*Buch*

Sie ist schön wie die Sünde und längst nicht mehr so unschuldig, wie viele meinen. Die junge Lady Isabella Ashley ist nach dem Tod ihrer Eltern als Waise unter dem Schutz des Duke of Gloucester, dem späteren König Richard III. aufgewachsen. Ihre Schönheit und Jugend betört nicht nur den König, sondern auch viele seiner Edelmänner. Schon manch einer hat sich in blutige Auseinandersetzungen gestürzt, um ihre Liebe zu erobern. In den Wirren der Rosenkriege droht Isabella, als enge Vertraute des Königs, zu einem Spielball der Macht zu werden. Selbst seine erbittertsten Feinde vergessen all ihre Schwüre, wenn sie erst einmal ihrem Zauber erlegen sind.

*Autorin*

Rebecca Brandewyne feierte mit ihrem ersten Roman *Wer die Liebe flieht* auf Anhieb einen überragenden Erfolg. Seither hat sie mit ihren Büchern weltweit ein begeistertes Publikum erobert. Die Auflage ihrer Bücher übersteigt inzwischen die 4-Millionen-Grenze.

*Zuletzt im Goldmann Verlag erschienen:*

Brandende Sehnsucht. Roman (41247)
Dornen der Leidenschaft. Roman (9815)
Wildes Blut. Roman (42034)
Heiße Stürme. Roman (42031)
Verschwörung der Herzen. Roman (42213)

# Rebecca Brandewyne

# Im Rausch der Nacht

ROMAN

Aus dem Amerikanischen
von Christoph Göhler

GOLDMANN VERLAG

Die Originalausgabe erschien unter dem Titel »Rose of Rapture«
bei Warner Books, New York

Deutsche Erstveröffentlichung

*Umwelthinweis:*
Alle bedruckten Materialien dieses Taschenbuches
sind chlorfrei und umweltschonend.
Das Papier enthält Recycling-Anteile.

Der Goldmann Verlag
ist ein Unternehmen der Verlagsgruppe Bertelsmann


Umschlaggestaltung: Design Team München
Umschlagillustration: Schlück/Berni, Garbsen
Satz: Uhl + Massopust, Aalen
Druck: Elsnerdruck, Berlin
Verlagsnummer: 42408
Lektorat: Anke Knefel
Redaktion: Sabine Dolt
Herstellung: Stefan Hausen
Made in Germany
ISBN 3-442-42408-9

1 3 5 7 9 10 8 6 4 2

# Die handelnden Personen

*Auf Schloß Rushden*

Lady Isabella Ashley von Rushden, eine Edelfrau
Lord Giles Ashley, Graf Rushden, Lady Isabellas Bruder
Lord Perceival Renfred, Graf Oadby, Lady Isabellas und Lord Rushdens Vormund
Lady Beatrice Biggs, Gräfin Shrewton, Lord Oadbys Mätresse
Maude, eine Dorfbewohnerin
Jocelyn, Maudes Enkelin

*Auf Schloß Hawkhurst*

Lord Warrick (Waerwic) ap Tremayne, Graf Hawkhurst, illegitimer Sohn des verstorbenen Lord James Tremayne
Seine Halbbrüder:
Lord Madog ap Bryn-Dyfed of Gwendraeth, ehelicher Sohn des verstorbenen Lord Bryn-Dyfed of Gwendraeth
Sir Caerllywel ap Powys, illegitimer Sohn Lord Powys'
Sir Emrys ap Newyddllyn, illegitimer Sohn Lord Newyddllyns
Ihre Mutter, Lady Hwyelis uerch Owein

*Auf St.-Saviour-on-the-Lake*

Lord Lionel Valeureux, Erbe auf St.-Saviour-on-the-Lake; der spätere Graf St.-Saviour-on-the-Lake
Lady Gilliane Beaumaris of Devizes, Gemahlin Lord Lionels

*Am Hof*

König Edward IV. von England (durch Usurpation)

Königin Elizabeth (geborene Woodville), Witwe Sir John Greys, König Edwards IV. Gemahlin

Prinzessin Elizabeth, älteste Tochter König Edwards IV. und Königin Elizabeths; spätere Gemahlin König Henrys VII.

Seine Gnaden der Herzog von Gloucester, Richard Plantagenet, Bruder König Edwards IV.; späterer König Richard III. von England (durch Usurpation)

Ihre Gnaden die Herzogin von Gloucester, Anne (geborene Neville), Gemahlin Seiner Gnaden des Herzogs von Gloucester Richard Plantagenet; spätere Königin Anne

Lord Harry Tewdwr (Henry Tudor), genannt der Tydder, fälschlich bekannt als Graf Richmond; Sohn Lady Margaret Stanleys und ihres ersten, verstorbenen Gatten, Lord Edmund Tewdwrs; der spätere König Henry VII. von England (durch Usurpation)

Lady Margaret Stanley, Baronin Stanley, fälschlich bekannt als Lady Margaret Beaufort, Gräfin Richmond; Mutter Lord Harry Tewdwrs und Gemahlin Lord Thomas Stanleys; die spätere Gräfin Derby

Lord Thomas Stanley, Baron Stanley, genannt der Fuchs; dritter Gemahl Lady Margaret Stanleys; der spätere Graf Derby

Seine Gnaden der Herzog von Buckingham, Henry (Harry) Stafford, angeheirateter Neffe Lady Margaret Stanleys durch ihren zweiten Gemahl, den verstorbenen Sir Henry Stafford.

Lord Dante da Forenza, Conte di Montecatini, italienischer Gesandter in England

# Buch 1

## Unterm Sommerhimmel

# Kapitel 1

*Auf dem Hochmoor, England 1490*

Manchmal, wenn Isabella die Augen schloß und sich mit aller Kraft darauf besann, konnte sie noch die festen grauen Mauern Grasmeres unter dem blaßblauen Vorhang des Sommerhimmels stehen sehen. Hoch über den weißen Wolkenschleiern, die wie altweibersommerliche Spinnweben über den Himmel wehten, schien gelb und warm die Sonne; und wie Prismen spiegelten die diamantförmigen Fenster des Hauses ihre hellen Strahlen in tausend tanzenden Regenbögen auf den sanft abfallenden Rasen. Die weißen Spalierrosen an den Mauern des Gutes standen in voller Blüte; und Isabella rannte, außer Atem und laut lachend, über das süße, frisch gemähte grüne Gras.

So wollte sie Grasmere in ihrer Erinnerung behalten, so wie es in ihrer Kindheit gewesen war, bevor die Stürme des Krieges – und der Liebe – darüber hinweggezogen waren. Aber jedesmal wurde der geliebte Anblick nach kurzer Zeit von einem anderen Bild überlagert, dann sah sie Grasmere, wie es wirklich war – verkohlt und niedergebrannt, nur noch eine leere Hülle.

Auch sie hatte sich verändert. Bittersüße Wunden hatten ihr Herz und ihre Seele mit unauslöschlichen Narben gezeichnet.

Es gab dunkle Türen in ihrer Vergangenheit, die fest verschlossen blieben, auch wenn die Erinnerung sie manchmal mit ihnen konfrontierte. Es gab Orte, an die sie nie zurückkehren würde, obwohl sie ihr soviel bedeutet hatten: Rushden, die Burg ihres Bruders, und vor allem Grasmere. Geister verfolgten sie dort, sorglose, lachende Gesichter von Menschen, die sie einst geliebt hatte. Für sie lagen sie nicht tot in ihren Gräbern, auch wenn sie die verblichenen Namen und Daten im verwitterten Granit vor sich sehen konnte. Auch die, deren Namen nicht dort standen, lebten weiter, obwohl sie wußte, daß manche von ihnen in hastig ausgehobenen und wieder zugeschütteten Gruben ruhten.

Nein, all diese Menschen, die so leidenschaftlich gelebt und geliebt hatten, wichen ihr nie von der Seite; aber am hartnäckigsten verfolgten sie sie an den Stätten ihrer Vergangenheit.

Natürlich gab es auch andere Orte, die Isabella fürchtete und denen sie nicht entfliehen konnte. Westminster gehörte dazu. Dort spielten wie auf verblichenen Wandteppichen altbekannte, schattenhafte Gestalten ihr Leben nach, als wären sie noch lebendig. Im Geist kniete sie wieder vor Königen und Königinnen; Edward, von den Drei Sonnen, der alle anderen in den Schatten gestellt hatte, bis seine Eitelkeit ihn zu Fall gebracht und einen Preis eingefordert hatte, der England teuer zu stehen gekommen war. Aber das hatte Ned nicht mehr miterlebt. Damals hatte er schon kalt im Grab gelegen; nur in der Erinnerung lebte sein hübsches, aber verlebtes Gesicht weiter. Isabella sah es vor sich, wie es über einen derben Spaß lachte, den seine Mätresse Jane Shore erzählt hatte – und den seine Königin Elizabeth hoheitsvoll überging. Die schöne, geheimnisvolle Bess Woodville, die ihren Weg zur Krone mit List geplant hatte. Des Königs Graue Mähre wurde sie genannt, sie, die sich mit der hoheitsvollen Grazie einer Melusine bewegt und deren kaltes Lachen geklungen hatte wie der plätschernde Lauf eines Bergbaches. Man erzählte sich, sie sei wahnsinnig geworden und allein mit Edwards unehelicher Tochter Grace als Zofe in einem Konvent eingeschlossen. Isabella schauderte bei der Vorstellung. Sie wußte, daß selbst die Erhabensten in die Tiefen der Hölle gezerrt werden konnten. Ja, Bess hatte geerntet, was sie mit ihren Ränken, ihrem Ehrgeiz und ihrem Haß auf Richard ausgesät hatte.

Richard. Der teure Richard, den Isabella so geliebt und für den sie so unverzagt und treu gefochten hatte. Im Gegensatz zu vielen anderen hatte sie den Mann verstanden und an ihn geglaubt. Aber schon jetzt tunkten die Historiker ihre Federn in die Tintenfässer, um seinen Charakter für immer zu entstellen. Sie hatte gelesen, was sie über ihn schrieben, und am liebsten laut aufgeschrien.

*Nein! Tausendmal nein!* Er war nicht der Bucklige, als der er in ihren böswilligen Zerrbildern hingestellt wurde, kein häßlicher Zwerg, kein unförmiges Monstrum. Das war gelogen und gemein! Gut, er war kein strahlender Gott gewesen wie die meisten der Plantagenets, sondern ein verschlossener, ernster junger Mann, der seine Leidenschaft mit dem Leben bezahlt hatte. Ja, eine Schulter war vom Hantieren mit der schweren Streitaxt ein bißchen kräftiger als die andere, aber abgesehen davon hatte er ausgesehen wie jeder andere. Er war der beste unter den Männern – und unter den Königen gewesen. Er hätte nicht sterben dürfen.

Aber Richard war in der Schlacht bei Market Bosworth erschlagen worden, und Henry hatte seinen Platz eingenommen. Der kalte, berechnende Henry, der den Tod viel eher verdient gehabt hätte.

Nein, es war Verrat, so etwas zu denken, ermahnte sich Isabella scharf.

Gott würde sie strafen, so wie Gott nach Meinung mancher Richard gestraft hatte, indem er ihm seine geliebte Frau, die süße Anne, geraubt und in der Blüte ihrer Jahre gepflückt hatte. Isabella hatte am Krankenbett der Königin gesessen, hatte Annes zitternde Hand gehalten und hatte – um Richard Kummer zu ersparen – die Tücher versteckt, die die Königin mit ihrem blutigen Husten befleckte. Mit Anne war Richard das Licht aus seinem Leben genommen worden. Ja, Richard war lange vor Market Bosworth gestorben, lange bevor ihm Henry die Krone abgerungen hatte.

Henry, der Tydder-Emporkömmling, der Edwards Tochter Elizabeth geheiratet hatte, die sanfte Bess, die, obwohl sie denselben Namen trug, so ganz anders war als ihre Mutter. Gemeinsam hatten sie auf dem Blut derer, die vor ihnen regiert hatten, eine Dynastie gegründet.

Ja, so viele waren gestorben. Der mächtige Graf Warwick, der Königsmacher, wie ihn manche genannt hatten, war in der Schlacht von Barnet gefallen. Marguerite, die einst selbst Königin gewesen war, war von allen vergessen in Armut auf einem verfallenen Château in Frankreich gestorben; und ihren Gemahl, ein weiterer König namens Henry, hatte man, wie manche munkelten, im Tower ermordet. Seine Gnaden der Herzog von Clarence, George Plantagenet, ein weiterer Gefangener im Tower, war in einem Faß Malvasierwein ertränkt worden. Bonnie Lord Anthony Woodville, den Grafen Rivers, der einst in der Gunst des Königs gestanden hatte, hatte man wegen Verrats an der Krone verurteilt. Sir Richard Grey war mit Graf Rivers gestorben, obwohl sein Bruder Lord Thomas Grey, der liederliche Marquis von Dorset, es viel mehr verdient gehabt hätte, als Verräter gehängt zu werden. Und seine Gnaden der Herzog von Buckingham, Harry Stafford, der fröhliche Buckingham, hatte feige bis zuletzt seinen Kopf vor der Henkersaxt retten wollen.

Ja, sie alle waren tot, wie so viele andere, die Isabella geliebt – und gehaßt – hatte; sie alle waren den skrupellosen Listen und Machenschaften der Mächtigen und Ehrgeizigen zum Opfer gefallen.

Nur Henry, der Tydder, hatte überlebt; der mißtrauische, vorsichtige Henry regierte nun auf jenem Thron, auf dem einst Isabellas geliebter Richard gesessen hatte. Der Bürgerkrieg, den man später Rosenkrieg nennen würde, war zu Ende; die weiße Rose des Hauses York und die rote Rose des Hauses Lancaster hatten sich miteinander verwoben und unter dem Tydder vereint. Endlich hatte England Frieden gefunden.

Aber für wie lange? fragte sich Isabella und blickte auf den fernen Horizont. Die Menschen schmiedeten immer noch Pläne, und der Schatten des Towers reichte weit wie eh und je. Sie schauderte, als sie daran dachte.

Vorerst war sie in den grauen Steinmauern sicher, über die sie nun als Lady herrschte und die ihr Lord mit seinem mächtigen Schwert beschützte. Viele Male hatte sie gesehen, wie seine Klinge im Kampf glänzte und der Stahl aufblitzte, bevor er tief und vernichtend niederfuhr. Und doch hatte Isabella in den starken Armen gelegen, die dieses Schwert führten und die so zärtlich und liebevoll sein konnten. Sie hatte den sinnlichen Mund gespürt, der sich so aufreizend ironisch kräuseln konnte, hatte sich von ihm in der Dunkelheit berühren und die Geister vertreiben lassen, die sie immer noch heimsuchten. Jetzt noch, nach all den Jahren, brannte ihr Fleisch, wenn er sie berührte, wenn er Besitz von ihr nahm, wenn sein harter Körper sie von allem abschirmte.

Sie drehte sich zu der Feste in der Ferne um. Dort war er, dort wartete er auf sie, so wie immer. Selbst aus dieser Entfernung konnte sie seine große, kraftvolle Gestalt nach ihr Ausschau halten sehen. Schließlich erspähte er sie und hielt inne. Er würde sich ihr nicht aufdrängen. Er wußte, daß es Augenblicke gab, in denen sie ganz allein sein mußte, und respektierte das. Isabella schaute wieder über das Hochmoor, über das der Wind fegte. Die Stimmen der Geister waren schwächer geworden, so als würde sie sie vielleicht zum letzten Mal hören. Sie hoffte, daß es so war; sie hatte soviel ertragen – nur ihr Lord wußte, wieviel, denn an seine Schulter hatte sie sich gelehnt, an seiner Liebe gestärkt... Mit klopfendem Herzen raffte Isabella ihre Röcke hoch und lief auf dic ausgestreckten Arme ihres Mannes zu.

»Schau mal, Ma.« Ein Bauernkind zeigte mit dem Finger auf sie. »Da ist die Lady aus der Burg. Ist sie nicht schön?« fragte es ehrfürchtig.

»Ja, das ist nicht zu leugnen, Töchterchen. Aber trotzdem ist sie eine Fee. Tu ein Kreuz schlagen und ein Gebet für die Seele der armen Frau sagen.«

»Tu das nicht, Moll«, schalt eine andere Bauersfrau. »Und du halt den Mund, Nellie Sims!« sagte sie zu der Mutter des Kindes. »Die Lady ist genausowenig eine Fee wie du!«

»Nein? Und was ist mit dem Falken, Sarah Plunkett? Er ist immer da, hockt auf ihrer Schulter, starrt einen an – dieser verfluchte Vogel! Kein wildes Tier tut sich so benehmen. Er ist ihr magisches Zeichen; glaub mir.«

»Nein, das ist er nicht, und wenn du vernünftiger und weniger neidisch wärst, dann würdest du wissen, daß die Lady den Vogel schon seit vielen Jahren hat. Sie hat mir alles erzählt, als ich sie danach gefragt hab'. Er hatte sich den Flügel gebrochen, und sie hat den Vogel gesund gemacht und ihn dabei gezähmt. Es gibt keinen freundlicheren Menschen als die Lady. Ist sie nicht zu dir nach Hause gekommen und hat die ganze Nacht bei deinem Danny gewacht, als der Junge Fieber hatte? Und hat sie auch nur einmal daran gedacht, daß sie sich anstecken könnte? Dabei war sie selbst gerade erst wieder gesund geworden. Sie hat ihm das Leben gerettet, das hat sie, und du sagst deiner Moll, sie soll sich bekreuzigen, als wäre die Lady eine Hexe. Schäm dich, Nellie Sims!«

Die andere besaß zumindest so viel Anstand, rot zu werden. »Also, wenn sie keine Zauberin ist«, lenkte Nellie mürrisch ein, »warum wandert sie dann wie eine Aussätzige allein durchs Moor? Verrat mir das mal, Sarah Plunkett.«

Sarah schniefte hoheitsvoll, als wisse sie Dinge, die niemanden sonst etwas angingen. »Das ist eine tragische Geschichte, Nellie Sims, nicht dazu gedacht, daß sich solche Menschen wie du lustig darüber machen. Aber die Lady hat ihre Gründe.« Sarah senkte die Stimme und schüttelte mitleidig den Kopf. »Sie hat mehr als genug Gründe, die Ärmste.«

Nellie schnaubte ungläubig. »Also, wenn ich so einen Mann wie den Lord haben täte«, verkündete sie, als könnte sie tatsächlich so einen Mann bekommen, wenn sie nur wollte, »dann würde ich meine Zeit bestimmt nicht damit vergeuden, tagzuträumen und in der Gegend rumzuwandern; soviel steht fest.«

»Aber Ma, Pa sagt, daß du auch nie zu Hause bist«, wandte Moll unschuldig ein.

»Du hältst den Mund, Moll Sims!« drohte die Mutter ihrem Kind. »Du bist zu klein, um so frech zu sein. Vorlaut bist du, das sag' ich dir. Wenn du dich nicht sofort benehmen tust, dann setzt es was. Ich kneif' dir noch die Ohren ab, wenn sie weiter soviel Sachen hören, die nicht für sie bestimmt sind.«

»Ich sag' dir was, Nellie Sims«, unterbrach sie Sarah, während Moll erst schniefte und dann laut losheulte. »Du bist bloß beleidigt, weil sich der Lord nicht für deine Schöntuerei interessiert. Du tust ihm nämlich schön, das tust du. Nein, du brauchst es nicht zu leugnen, denn ich bin nicht die einzige, die das weiß. Gott sei dir gnädig, Weib! Du solltest aufhören, dich so zum Narren zu machen. Jeder weiß, daß der Lord nur noch Augen für die Lady hat. Sieh sie dir nur an.« Die Pächterin machte eine Kopfbewegung Richtung Isabella, die inzwischen in den starken Armen ihres

Mannes ruhte. Freudestrahlend sah sie zu ihm auf, und er lächelte liebevoll zurück. »Jeder würde schwören, daß sie frisch verheiratet sind, dabei sind sie schon seit vielen Jahren zusammen.« Sarah seufzte sehnsüchtig und wischte sich mit dem Schürzenzipfel eine Träne aus dem Augenwinkel.

»Und das beweist, daß die Lady doch eine Zauberin ist.« Nellie grinste hämisch und triumphierend. »Nur eine Hexe kann einen Mann so an sich binden. Ah, früher, da war der Lord ein echter Eroberer – vor ihr. Sie hat ihn verhext; das hat sie.«

Bestimmt hätte es Nellie Sims überrascht, wenn sie erfahren hätte, daß der Lord in diesem Augenblick genau das gleiche dachte. Leise und halb ironisch sagte er zu Isabella: »Die Bauern halten dich für eine Zauberin, Geliebte. Ist das wahr? Hast du mich tatsächlich verzaubert oder einen Liebestrank in mein Bier geschüttet? Ich schwöre, du wirst mit jedem Tag schöner, und ich – ich liebe dich jedesmal mehr, wenn ich dein bezauberndes Gesicht sehe. Kaum zu glauben, daß schon so viele Jahre ins Land gegangen sind. Ach, liebster Jesus! Womit habe ich dich nur verdient, Geliebte?«

»Das sollte ich dich fragen, Herr«, antwortete Isabella. Ihr Blick war plötzlich traurig und in weite Ferne gerichtet.

Der Lord begriff, wie immer, denn er kannte ihre Stimmungen und ihre Gedanken so gut wie seine eigenen. »Es sind nur Geister, 'Sabelle«, mahnte er leise. »Ihr Bild wird irgendwann verblassen.«

»Ich weiß. Jetzt schon flackert es und wird dunkler, fast wie das Licht einer Kerze kurz vor dem Erlöschen. Ich versuche mit aller Kraft, es festzuhalten, aber immer öfter entschlüpft es meinem Griff ...«

»Laß sie ziehen, Geliebte. Es wird Zeit. Du hast ein Leben lang um sie getrauert. Das hätten sie nicht gewollt.«

»Ich weiß.« Plötzlich klammerte sie sich an ihn und rief ängstlich aus: »So viele, Herr ... wenn es nur nicht so viele wären! Und trotzdem würde ich keine Sekunde meines Lebens mit dir hergeben wollen, selbst wenn ich damit ihre Zahl vermindern könnte! Ich bin schlecht – *schlecht*!«

»Nein, 'Sabelle, nur ehrlich. Das Leben ist uns allen teuer, vor allem, wenn wir lieben.« Er nahm sie bei der Hand. »Komm – ich will die Schatten aus deinen Augen vertreiben. Du bist nicht zum Trauern geschaffen.«

Er führte sie zu einem abgeschiedenen Hain in einer Senke und legte sie in die sommerliche Wiese. Der Falke auf ihrer Schulter plusterte sich auf und flatterte, erbost über die Störung, auf einen nahen Baum, von wo aus er seine Lady aufmerksam beobachtete.

Der Lord betrachtete ihre kleine graziöse Hand, die in seiner lag, und das dünne Handgelenk. *Zerbrechlich.* So empfand er Isabella: als zerbrechlich und schutzbedürftig. Dabei hatte sie sich in der Vergangenheit oft besser als jeder Mann verteidigt. Er küßte zärtlich ihre Hand und drückte sie dann an seine Wange.

»'Sabelle«, flüsterte er.

Mehr brauchte er nicht zu sagen. Sie löste schon die Bänder ihres Kleides, schlüpfte eifrig und doch scheu aus ihren Gewändern. Er war zwar ihr Ehemann, trotzdem ließ sie der Gedanke, daß er sie begehrte, aufs lieblichste erröten. Denn auf ihre ruhige Art war sie zwar eine starke Frau, doch der Lord war stärker; und nie spürte sie dies deutlicher, als wenn er sie in seine Arme nahm und sie sich ihm hingab. Sie war so verletzlich, als wäre sie ihm gegenüber hilflos. Sie begehrte ihn und fand es doch schwer, die Worte auszusprechen. Man hatte sie so verletzt; immer noch konnte sie kaum glauben, daß der Lord sie und nur sie liebte und daß seine tiefe Leidenschaft nie erlöschen würde.

Der Lord entledigte sich seiner Kleider, lächelte sanft und legte sich zu ihr in den Schatten der alten, knorrigen Eichen und ausladenden Eiben.

»'Sabelle, Geliebte.«

Seine Worte gaben ihr Sicherheit. Sie mußte sie hören. Dann berührten seine Lippen ihre, küßten einen zitternden Mundwinkel, seine Zunge wanderte um ihren Mund, bevor er seine Lippen ganz auf ihre deckte, behutsam, so als wäre sie ein junges Mädchen, das mit Vorsicht und Bedacht verführt werden mußte. Zärtlich küßte er sie auf den Mund und teilte schließlich ihre Lippen, um sie zu schmecken. Seine Zunge tastete sich vor, schmeckte die Süße ihres Mundes und jagte ihr einen Schauer über den Rücken. Ein Blitz durchzuckte ihren Körper, und in ihren Lenden begann es zu kribbeln. Ein leises Stöhnen entschlüpfte Isabellas Brust. Sie schlang die Arme um den Lord, legte eine Hand in seinen Nacken und wühlte in den vollen, schweren Locken. Sie zog ihn näher, preßte ihren Mund auf seinen, zeigte ihm, wie sie ihn begehrte, sich nach ihm verzehrte. Er gab ihr all ihre Kraft zurück. Er war ihr Licht, ihr Hafen im Sturm. Wenn er bei ihr war, ließen sie die Geister in Frieden.

Ihre Zunge traf auf seine, verband sich mit ihr, und das Herz begann ihr wild in der Brust zu klopfen. Sie genoß die Bewegungen seiner Zunge, das Saugen seiner Lippen, das Knabbern seiner Zähne, bis sie das Gefühl hatte zu ertrinken – aber auch das war ihr gleich. Fieberhaft erwiderte sie seine Küsse, bis sie beide außer Atem kamen. Sie spürte den Beweis für seine Begierde, als er sich halb auf sie legte und seine Hände über ihren Körper zu wandern begannen. Wie besessen riß er den Mund von ihrem los, legte mit seinen Lippen eine heiße Spur über ihr Gesicht, schien sie mit seinen Küssen zu verbrennen. Er küßte sie auf die Augen, deren unglaublich lange schwarze Wimpern wie dunkle Mondsicheln auf ihren Wangen lagen. Er hauchte ihr Koseworte ins Ohr, ließ seinen warmen Atem über ihre Haut streichen, berührte mit der Zunge die kleine, feste Muschel, so daß sie vor Lust und Verlangen erschauerte. Er webte seine Finger durch ihr Haar, barg sein Gesicht in den langen, seidigen Strähnen und atmete tief ihren süßen Rosenduft ein. Rosen. Immer waren es Rosen. Weiße Rosen.

Für Isabella nur weiße Rosen.

Man hatte sie nach ihnen benannt. »Schönste aller Rosen« hatten die Höflinge sie genannt, die um ihre Gunst geworben hatten. Tausend weiße Sträuße waren ihr ehrerbietig zu Füßen geworfen worden, doch nur der Lord hatte Isabella schließlich erobert.

Der Gedanke erregte ihn. Sein heißer Mund wanderte zu dem Grübchen unter ihrem Hals, in dem ihr Puls schlug, zu der empfindsamen Stelle an ihrer Schulter und dann zu ihren runden, vollen Brüsten. Besitzergreifend umfaßte er sie, liebkoste er sie, neckte er sie, bis sie vor Lust zu schmerzen begannen. Die rosa Knospen erblühten und wurden hart, bettelten darum, berührt, geküßt, genommen zu werden. Liebevoll saugend schlossen seine Lippen sich erst über der einen, dann über der anderen, bevor er die rosigen Perlen mit den Zähnen faßte und festhielt, um Isabella mit zärtlichen Zungenschlägen noch größere Lust zu bescheren. Isabella hielt die Luft an, als sie spürte, wie Hitzewellen ihren Körper entlangrieselten. Noch einmal entschlüpfte ein leises Stöhnen ihrer Kehle.

»Mein Lord, mein Geliebter«, hauchte sie.

»'Sabelle«, kam die tiefe, heisere Antwort.

Wie immer verharrte der Lord über ihren bezaubernden Brüsten. Es waren die schönsten, die er je gesehen hatte. Sie waren so blaß, daß er den Schatten der blauen Adern darunter erkennen konnte. Sie füllten seine liebkosenden Hände; zwischen ihnen lag ein sanftes Tal, das sein Mund genüßlich durchwanderte, bevor er sich wieder ihren Brustwarzen zuwandte. Noch einmal kitzelte seine Zunge die kleinen, festen Gipfel und umkreiste sie, bis sie Feuerfunken zu schlagen schienen. Heißkalte Schauer durchliefen Isabella; sie hungerte nach mehr und drängte sich an ihn.

Die Lippen des Lords wanderten heiß wie glühende Lava an ihrer Hüfte hinab. Es gab keine Stelle, die er nicht schon kannte und die er trotzdem nicht von neuem erforschen wollte: die Seiten, die er morgens oft boshaft kitzelte, die schlanke Taille, die zitternden Schenkel, die sich ihm wie von selbst öffneten, die Kniekehlen und ihre festen Waden... die Knöchel... die Füße.

Er hob einen zierlichen Fuß an den Mund und küßte die Sohle. Er saugte an ihren Zehen, die nach dem süßen Gras und den Wildblumen schmeckten, über das sie vorhin gelaufen war. Einen Moment verharrte sein verlangender, eindringlicher Blick auf ihrem Gesicht. Sie hatte den Kopf in den Nacken gelegt; die Augen geschlossen; ihre Lippen waren leicht geöffnet. Einen winzigen Augenblick hörte das Herz des Lords zu schlagen auf, um dann um so heftiger zu klopfen. Der Anblick ihres Antlitzes, das ihre nackte Lust erkennen ließ, erregte ihn. Dieser Anblick gehörte ihm allein. Kein anderer Mann würde sie je so sehen. Der Lord würde jeden umbringen, der auch nur den Versuch unternahm. Isabella gehörte ihm – ihm allein.

Sie spürte seinen bohrenden Blick; flatternd hoben sich ihre Lider. Die Zeit stand still. Ihr Atem stockte und wurde dann heftiger, als sie sich wegdrehte, als würde sie sich vor seinem durchdringenden Blick fürchten.

Sie ist so scheu, dachte er. Sie würde ihre Gedanken vor mir verheimlichen, wenn sie nur könnte. Doch sie gehört mir ganz und gar...

Der Lord schwelgte in seinem Sieg, während er ihr mit den Händen über die Beine strich, um ihre Schenkel zu öffnen. Langsam, ganz langsam fuhr er mit den Fingern über die Innenseite, dann senkte er mit einem leisen Stöhnen seinen Kopf in die daunenweichen Locken zwischen ihren Beinen. Er preßte die Lippen auf die honigsüße Grotte, suchte und forschte mit seiner Zunge. Isabella stockte erneut der Atem. Schmerzliches Verlangen loderte an der empfindsamen Perle unter seiner Zunge auf und breitete sich wie ein Waldbrand durch ihren Körper aus. Sie sehnte sich so danach, ihn in sich zu spüren, daß sie nichts mehr um sich herum wahrnahm außer ihm.

Als würde er das ahnen, ließ er einen Finger in ihre Muschel gleiten und stillte damit ihre Sehnsucht für eine kurze Weile. Unendlich lange streichelte, füllte und küßte er sie, bis er die kleinen Schauer spüren konnte, die aus ihrem Innersten aufstiegen und sich in einem unbeherrschbaren Beben entluden. Sie bäumte sich unter ihm auf, griff mit beiden Händen in sein Haar und zog ihn an sich. Ihr ganzer Körper versteifte sich, sie atmete scharf ein und dann mit einem leisen Wimmern wieder aus, um sich kurz darauf wieder zu entspannen. Langsam und unter unzähligen Küssen kehrte sein Mund zu ihrem zurück, dann zog er sie atemlos an sich, während sie seinen Körper ebenso gründlich zu erforschen begann wie er ihren.

Liebevoll und andächtig wanderten ihre Hände über seinen Körper. Es erfüllte sie mit Freude und Ehrfurcht, daß dieser Mann ihr und nur ihr allein gehören sollte. Ihre Handflächen streichelten zärtlich das Haar, das seine sonnengebräunte Brust bedeckte. Sie mochte es, wenn es weich und seidig über seinem harten, flachen Bauch durch ihre Finger glitt. Ein paar Kampfnarben zeichneten seine Haut. Behutsam und unerträglich langsam wanderten ihre Hände tiefer, zu den festen, kräftigen Schenkeln und seinem stolz erhobenen Geschlecht. Bebend vor Lust ertrug der Lord Isabellas Neckereien, die mit den Fingern immer wieder über die Flanken strich, bevor sie schließlich seinen Schaft ergriff und ihn langsam zu bewegen begann. Nach einer Ewigkeit schlossen sich ihre Lippen über seinem Geschlecht, und ihre kreisende Zunge ließ ihn vor Lust aufstöhnen. Und dann gab es nichts mehr außer ihr und dem, was sie mit ihm machte.

Schließlich ertrug er es nicht mehr. Er packte sie an ihrem Haar, und als sie den Kopf hob, um ihn anzusehen, murmelte er: »Meine Geliebte . . .«

Sie lächelte, als er sie hochzog, sie auf den Rücken rollte und ihre Schenkel teilte. Sein Geschlecht drängte sich zwischen ihre Beine, fand den Eingang, schlüpfte in sie, erfüllte sie unendlich langsam, tauchte in die einladende Wärme, daß ihr erst der Atem stockte und sie gleich darauf vor Lust aufschrie. Genauso langsam zog er sich wieder zurück und versenkte sich von neuem in sie. Dann ergriff der Lord ohne Vorwarnung Isabellas volle Seidenmähne und zog ihren Mund an seinen. Seine Bewegungen wurden kraftvoller, fordernder. Seine Leidenschaft übertrug sich auf sie. Isabella schob die Hüften vor, um ihn wieder und wieder, schneller und schneller in sich aufzunehmen, bis seine Hände sich um ihr Gesäß schlossen, es hochhoben und gegen ihn drückten. Wild und ungestüm brachte er sie zum Höhepunkt. Kurz darauf folgte er ihr, erschauerte und kam zur Ruhe.

Ihre Leiber drängten sich aneinander, sanken gemeinsam zurück ins Gras. Ihr schwerer Atem erfüllte die Luft. Der Lord strich eine Strähne aus Isabellas Gesicht und küßte sie.

»'Sabelle, Geliebte«, flüsterte er.

Sie seufzte glücklich, kuschelte sich in seine Armbeuge und legte den Kopf auf seine Schulter. Die Geister, die sie vorhin noch verfolgt hatten, waren vertrieben. Es gab nur noch den Lord, ihren Gemahl.

In seine Arme gebettet, lauschte sie seinem Atem, bis er, einen Arm schützend um sie gelegt, eingeschlafen war. Dann küßte sie ihn zärtlich auf den Mund und stand leise auf, um ihn nicht zu wecken. Liebevoll lächelnd betrachtete sie seine schlafende Gestalt. Wie sie ihn liebte. Er war ihr Schicksal, ihre Bestimmung. Das hatte sie von dem Augenblick an gewußt, in dem sie ihm zum ersten Mal in die Augen gesehen hatte.

Ihre Gedanken flogen zurück... zu ihrer ersten Begegnung.

Wie viele Jahre waren seitdem ins Land gegangen? Wie viele Jahre waren vergangen, seit der Lord nach Rushden gekommen war und sie zum ersten Mal sein Gesicht erblickt hatte?

Der Himmel zog sich zu, als würde es bald regnen; aber Isabella achtete nicht darauf, sondern ging zurück zum Moor, das sie noch einmal rief. Die Brise seufzte klagend, fuhr durch das hohe Gras und raschelte in den Blättern der alten Eichen und Eiben; aber Isabella hörte das leise Flüstern nicht. In Gedanken war sie weit weg entfernt von den Hügeln, über die sie wanderte.

Es war Frühling, sie war auf der Burg ihres Bruders und gerade erst fünf Jahre alt...

# Kapitel 2

*Schloß Rushden, England 1470*

Die beiden kleinen Bewohner auf Schloß Rushden, das seit Jahrhunderten Heimstatt der mächtigen Familie Ashley war, balancierten aufgeregt auf zwei hohen Stühlen und schielten neugierig durch das Astloch in den großen Rittersaal. Das jüngere Kind, Isabella, hatte die Hand ängstlich um die ihres Bruders Giles gekrallt. Es war der einzige Trost, den sie sich zugestand. Sie hätte sich lieber mit dem ganzen Leib an ihn geklammert, so ängstlich war sie heute, aber sie wollte keinesfalls die steifen Brokatfalten ihres frisch gewaschenen Kleides in Gefahr bringen. Man hatte sie strikt davor gewarnt, ihr Gewand zu verknittern, und sie hatte keine Lust herauszufinden, ob Alice, ihre Kinderfrau, die am Morgen so mürrisch geäußerten Drohungen ernst gemeint hatte.

Wenn sie sich nicht gerade auf das Guckloch konzentrierte, durch das sie und ihr Bruder abwechselnd spähten, schaute sich das Mädchen immer wieder ängstlich um. Sie hoffte, daß niemand sie bemerkt hatte, denn man hatte den Kindern befohlen, in ihren Gemächern zu bleiben, bis sie gerufen wurden. Aber niemand kam. Alle waren viel zu beschäftigt, die Ankunft Lord Perceival Renfreds, des Grafen Oadby, vorzubereiten.

Isabella schluckte einen ängstlichen Schluchzer hinunter und rieb sich mit der Faust übers Auge, um die heißen Tränen fortzuwischen, die plötzlich darin brannten. Ach, wären ihr Vater und ihre Mutter doch nur nicht gestorben! Aber Lord und Lady Rushden waren dem gefürchteten Schweißfieber erlegen, das durchs Land gegangen war, und hatten Isabella und Giles verwaist zurückgelassen. Als alleinige Erben des riesigen Ashley-Besitzes waren die beiden zu Königsmündeln ernannt worden; und vom heutigen Tag an würde ihr Schicksal in der Hand des ängstlich erwarteten Lord Oadbys liegen, jenes Mannes, den Seine Gnaden zu ihrem Vormund ernannt hatte und der Isabellas Überzeugung nach fürchterlich gemein sein mußte.

Warum sie so empfand, konnte sie nicht sagen. Sie war ein phantasievolles Kind mit lebhafter Vorstellungskraft; und da sich niemand die Mühe gemacht hatte, ihr mehr über den in Kürze erwarteten Vormund zu verraten als seinen Namen, war sie zu den allerschrecklichsten Schlüssen gelangt. Bestimmt war er ein solcher Unhold, daß niemand sich traute, über ihn zu sprechen. Die hektische Betriebsamkeit der Diener unten in der Halle schien ihre Befürchtungen nur zu bestätigen. Ihr Magen krampfte sich so fest zusammen, daß sie Angst bekam, sich übergeben zu müssen. Und das wäre eine Katastrophe, denn dabei würde sie bestimmt ihr Kleid schmutzig machen.

Ihre Eltern lagen erst seit wenigen Monaten in ihrem Grab, und diese neue, alarmierende Entwicklung war mehr, als Isabellas junges Herz ertragen konnte. Die ganze Welt schien um sie herum in Scherben zu fallen, ohne daß sie etwas dagegen tun konnte. Sie wußte nichts von den Gebräuchen und politischen Überlegungen, die zu der Ernennung ihres Vormunds geführt hatten. Sie wußte nur, daß von nun an ein Fremder über sie bestimmen würde.

»O Giles, was soll nur aus uns werden?« fragte sie zitternd. Vorsichtig drückte sie seine Hand, um sich davon zu überzeugen, daß er noch da war, daß er nicht auch noch verschwunden war.

Der Junge hätte seiner Schwester nur zu gern den Trost gespendet, den sie sich von ihm erhoffte, aber er war genauso aufgeregt wie sie und wußte nicht, was er ihr sagen sollte.

Vorsichtig und ängstlich darauf bedacht, daß sein gegürtetes Seidenwams genauso glatt und sauber blieb wie nach dem Anziehen, drehte er sich auf seinem Stuhl um. Auch Giles hatte man davor gewarnt, sich schmutzig zu machen, und als wohlerzogener Knabe befolgte er sorgsam den Rat seines Tutors Meister Jaksone.

»Ich weiß nicht, 'Sabelle«, antwortete der Junge schließlich mit ernster Miene.

»Dieses Warten ... ist einfach schrecklich«, seufzte Isabella.

»Schon, aber es kann nicht mehr lange dauern, Schwesterherz. Hörst du nicht die Wachen, die gerade Lord Oadbys Ankunft melden?«

»Ja, aber es wäre mir lieber, ich würde es nicht hören«, gestand sie. Ihr reizendes kleines Gesicht verriet, wie sehr sie sich fürchtete. »Ach, Giles, warum kommt er überhaupt? Warum können wir nicht weitermachen wie bisher?«

»Weil wir Königsmündel sind.«

»Aber das verstehe ich nicht. In Rushden gibt es noch mehr Kinder, deren Eltern an der Krankheit gestorben sind. Und denen haben Seine Gnaden keinen Fremden geschickt, der für sie sorgen soll.«

»Das sind Bauern, 'Sabelle«, meinte Giles nachsichtig, »sie zählen nicht. Wir sind Edelleute, Schwesterherz«, verkündete er, als würde das alles erklären, was es auch getan hätte,wäre Isabella älter gewesen. »Ich bin jetzt Lord Rushden, und du bist die Schloßherrin.«

Es kam ihr komisch vor, daß sie jetzt die Stelle ihrer geliebten Mutter innehaben sollte, deshalb stieß das Mädchen wütend und mit kindlicher Inbrunst aus: »Also, ich wünschte, ich wäre arm und gewöhnlich!«

Für mehr blieb keine Zeit, denn just in diesem Moment wurden die massigen Eichentore der Feste aufgeschwungen, und Lord Oadby betrat unter den Verbeugungen und Knicksen der Dienerschaft die Burg. An seinem Arm führte er die wunderlichste Frau, die Isabella je erblickt hatte, und einen Moment lang vergaß sie all ihre düsteren Vorahnungen. Entsetzt und fassungslos starrte sie die aufgeputzte Kreatur an, die zu Lebzeiten ihrer Mutter bestimmt keinen Fuß in das Schloß gesetzt hätte.

Die Frau, Lady Beatrice Biggs, Gräfin Shrewton, hatte das schrillste Kleid an, das Isabella je gesehen hatte. Es war grellrosa gefärbt, und das Mieder war so tief ausgeschnitten, daß die kleinen, hohen Brüste der Gräfin jeden Moment herauszupurzeln drohten und ihre braunen Brustwarzen genau zu erkennen waren. Dazu trug sie einen grünen, goldbestickten Umhang sowie einen geflochtenen Goldgürtel, der mit protzigen Smaragden besetzt war. Ihre blitzend schwarzen und verführerisch mandelförmigen Augen waren geschickt mit schwarzer Kohle umrandet und mit blaßgrünem Puder überschattet. Ihr dünner, rosafarbener Herzmund war zu einem leichten Schmollen verzogen und ihre Nase hoheitsvoll erhoben, als sie den Kopf zurückwarf und sich umsah, um sich zu vergewissern, daß ihr Auftritt auch gebührend bewundert worden war. Nachdem sie sich davon überzeugt hatte, schaute sie auf Lord Oadby herab (denn sie war einen Kopf größer als er) und versetzte ihm leise lächelnd einen spielerischen Schlag mit dem Fächer.

»O Gott, Percy«, zwitscherte sie, »hier ist es ja dunkel und finster wie in einem Kerker.«

Isabella wie Giles stockte der Atem, als sie die Lady so über ihr ehrwürdiges Elternhaus sprechen hörten. Immerhin existierte Schloß Rushden seit der Zeit Wilhelm des Eroberers und zählte zu den vornehmsten Burgen in ganz England!

»Ich bitte um Vergebung, Mylady.« Sir Lindael, der Burghauptmann, meldete sich zu Wort und antwortete scheinbar unschuldig: »Aber wir trauern immer noch um den verstorbenen Grafen und die Gräfin Rushden.«

Die Frau schaute ihn verblüfft an, ehe sie sich wieder faßte, den ergrauten alten Ritter mißbilligend beäugte und antwortete: »Aber ja, natürlich.« Dann wandte sie sich kühl ab, als ahnte sie ganz richtig, daß sie Sir Lindael mit ihren weiblichen Reizen nicht beeindrucken konnte.

Der Burghauptmann war ganz und gar nicht zufrieden mit dem Vormund, den der König ernannt hatte, und hatte für Lord Oadbys Mätresse, Lady Shrewton, noch weniger übrig. Nicht zum ersten Mal seit dem Tod des Grafen und der Gräfin Rushden fragte sich Sir Lindael, was aus Isabella und Giles werden sollte. Bereits als er die große Halle betreten hatte, hatte er die beiden Kinder hinter dem Astloch bemerkt, und er wußte, daß sie entsetzt über ihren neuen Vormund waren.

Der kleine, stämmige Lord Oadby zeigte Ansatz zu einer Glatze, hatte kleine, lüsterne Augen und eine große rote Nase, deren Farbe auf eine Schwäche fürs Trinken schließen ließ. In seinem purpurroten, grün umsäumten Seidenmantel und dem ebenfalls purpurroten, silberdurchschossenen Wams sah er aus wie ein prunksüchtiger Waldschrat. Seine stämmigen Waden steckten in einer grünen Strumpfhose, und an den Füßen trug er purpurrote Schnabelschuhe. Sie waren mit Silberglöckchen behangen, die leise klingelten, als er, seinem massigen Rumpf zum Trotz, hereingetrippelt kam. In der einen Hand hielt er wedelnd ein stark parfümiertes weißes Spitzentaschentuch. Der Burghauptmann zweifelte nicht daran, daß Lord Oadby sehr reich war und großen Einfluß am Hof hatte, denn andernfalls hätte er sich die Vormundschaft für die beiden Kinder kaum erkaufen können; aber trotzdem war der treue Ritter nicht begeistert. Er seufzte leise. Schwere Zeiten standen bevor, fürchtete er, denn er glaubte nicht, daß Lord Oadby ein ebensoguter Herr sein würde, wie es der Graf selbst gewesen war. Schon jetzt beäugte Lord Oadby die Dienstmädchen mit lüsternen Blicken, während er vor ihnen auf und ab stolzierte wie ein fetter Pfau; und zum ersten Mal während all der Jahre, die er auf dem Schloß gelebt hatte, sah Sir Lindael Angst in den Mienen der Mädchen. Er schickte ein stilles Dankgebet zum Himmel, daß Isabella erst fünf Jahre alt war.

Oben faßten sich die beiden Kinder noch fester an den Händen und schauten einander entsetzt an.

»O Giles, er ist noch furchtbarer, als ich gedacht habe«, hauchte Isabella. Ihr war nicht entgangen, wie die sonst so freundlichen Dienstmädchen während Lord Oadbys gieriger Inspektion die Köpfe eingezogen hatten. »Und diese gräßliche Frau! O Giles, glaubst du, das ist seine Frau?«

»Nein«, erwiderte der kluge Giles, der viel aus den Gesprächen der Ritter auf der Burg aufgeschnappt hatte. »Sie ist bloß seine Hure, 'Sabelle! Beim Blute Christi! Eine *Hure* soll den Platz unserer Mutter einnehmen!«

Für die Kinder war das eine viel schlimmere Beleidigung als Lady Beatrices Bemerkung über ihr Elternhaus, denn ihre Mutter war die schönste und edelste aller Ladies gewesen, und beide hatten sie über alles geliebt.

»O Giles«, wimmerte Isabella ängstlich. »Was sollen wir bloß tun?«

»Nichts, 'Sabelle«, antwortete ihr Bruder. Seine Stimme bebte vor Zorn, sein Kinn war wütend vorgeschoben und sein Antlitz dunkel vor Haß. »Wir können nichts tun, Schwesterherz. Aber eines Tages, glaube mir, wird dieser Kerl für die Beleidigung bezahlen, die er uns und den Unseren zugefügt hat; das schwöre ich!«

»Du weißt, daß ich immer an deiner Seite sein werde, Giles. Wir müssen einen Eid schwören.« Isabella drückte seine Hand noch fester. »Laß uns einen Pakt gegen das Böse schließen, damit wir diesen Tag nie vergessen.«

»Einverstanden. Wir wollen ihn mit Blut besiegeln, 'Sabelle«, verlangte der Junge und zog sein juwelenbesetztes Eßmesser aus dem Gürtel.

Mit ernster Miene zückte Isabella ihr eigenes Messer, fuhr sich mit der Klinge über die Handfläche und drückte ihre blutende Hand auf die ihres Bruders.

»*Fiat*«, schworen sie im Chor. »So soll es geschehen.«

Von diesem Moment an schmiedeten sie ein Band zusammen, das ihr Leben lang halten sollte.

Als Isabella und Giles später in die große Halle gerufen wurden, um ihren Vormund und seine Mätresse kennenzulernen, versuchten sie, ihren Stolz und ihre Abneigung hinter einer Maske der Gleichgültigkeit zu verstecken. Als man sie vorstellte, machte Isabella einen kleinen Knicks, und Giles verbeugte sich knapp – beide höflich, aber ohne Ehrfurcht.

»Moment mal. Was soll das?« knurrte die Gräfin mit hochgezogener Braue. Sie fand die Begrüßung nicht ehrerbietig genug. »Weißt du überhaupt, wem du da vorgestellt wirst? Das ist Lord Perceival Renfred, Graf Oadby.«

»Ganz recht.« Giles nickte kühl. »Und ich bin Lord Giles Ashley, Graf Rushden.«

»Anscheinend kennst du deinen Stand sehr gut«, mischte sich Lord Oadby ein, der sich nur ungern daran erinnern ließ, daß Giles' Rang seinem ebenbürtig war.

»Mein Vater wußte, was er wert war, Mylord«, antwortete Giles leise. »Und ich bin meines Vaters Sohn.«

»Das sehe ich.« Mit zusammengekniffenen Augen erinnerte sich der Graf an den berühmten und mächtigen Grafen Rushden.

Der Junge war fürwahr ein Sproß seines Vaters – durch und durch ein Rushden. Stirnrunzelnd musterte Lord Oadby Giles. Der Graf konnte Kinder nicht leiden, obwohl er schon öfters Vormund gewesen war. Er hatte entdeckt, wie lohnend diese Aufgabe sein konnte. Sie erforderte nur spärliche Aussaat und brachte doch reiche Ernte. Daß der Knabe eines Tages seine Diebereien entdecken und versuchen würde, das Unrecht wiedergutzumachen, schreckte Lord Oadby kaum. Er hatte schon einmal ein Mündel aus dem Weg geräumt, das ihm zu lästig geworden war. Arrogant wandte Lord Oadby seine Gedanken von dem Jungen ab und Isabella zu.

Ein verlockendes kleines Früchtchen, fand der Graf, auch wenn er sich noch ein Weilchen gedulden mußte, bevor er sie pflücken konnte. Er leckte sich die Lippen. Nichts kam einer unschuldigen Knospe an Süße gleich; und Lord Oadby wußte nur zu gut, daß ihm die jungen Mädchen hilflos ausgeliefert waren. Wenn der Graf sie erst entehrt hatte, trauten sie sich, aus Furcht vor der drohenden Schande, nicht mehr, irgend jemandem von seinen Übergriffen zu erzählen. Außerdem war Lord Oadby immer so gütig gewesen, die undankbaren Gören standesgemäß zu verheiraten und in der Kunst der Täuschung zu unterweisen, die dadurch in der Hochzeitsnacht notwendig geworden war. Ein einziges Mal hatte ihm ein Mädchen tollkühn gedroht, daß es ihn bloßstellen würde. Der Graf hatte sie in aller Stille an ein maurisches Bordell verkauft.

Jetzt sprach er Isabella an. »Und du bist genauso wohlerzogen wie dein Bruder, kleine Lady?« fragte er.

»Ich bin die Tochter meines Vaters, Mylord«, äffte Isabella Giles' Antwort nach.

Lady Shrewton kicherte, als sie das hörte, und Lord Oadby lächelte nachsichtig.

»Und die Schwester deines Bruders, wie es scheint«, bemerkte er nachdenklich und entließ beide Kinder mit einem Wedeln seines Taschentuchs. »Nun, ihr könnt gehen. Ich fürchte, die Reise hat mich mehr angestrengt als erwartet.« Er warf einen Blick aus dem Augenwinkel auf die Gräfin, die ihm zuzwinkerte. »Ich muß mich ausruhen.«

Isabella und Giles antworteten nicht. Sie waren nur froh, ihm zu entkommen.

In der ersten Zeit ging alles auf Schloß Rushden seinen gewohnten Gang. Es sah sogar so aus, als bemühten sich der Graf und seine Geliebte, besonders freundlich zu allen zu sein. Sie umschmeichelten selbst die einfachsten Diener, die nicht ahnten, daß Lord Oadby und Lady Shrewton auf diese Weise geschickt alle möglichen Informationen über die Burg und die Schwächen seiner Bewohner sammelten. Der Graf und die Gräfin hatten dieses Spiel schon oft gespielt, und sie verstanden sich ausgezeichnet darauf. Wen sie nicht auf ihre Seite ziehen konnten, den würden sie später einschüchtern; aber zuerst mußten sie soviel wie möglich wissen, um in jeder Situation die Oberhand zu behalten. Darum begannen sich die Dinge erst später zu wandeln, als Lord Oadby und Lady Shrewton den ganzen Haushalt fest in der Hand hatten.

Anfangs waren es nur unbedeutende Vorfälle. Lady Shrewton konnte ja nicht wissen, wie sehr Isabella die teuren Zimtstangen liebte; sie hätte sie sonst bestimmt bestellt, wenn man sie darauf aufmerksam gemacht hätte, und überhaupt, hatte sie dem Mädchen nicht erst letzte Woche eine teure Puppe geschenkt? (In Wahrheit war es eine Strohpuppe gewesen, die sie auf einem Jahrmarkt gewonnen hatte, zu dem sie die Kinder nicht mitgenommen hatte.) Lord Oadby hatte keine Ahnung, daß Giles auf dem toten Baum neben den Ställen immer Seeräuber spielte. Sonst hätte der Graf ihn bestimmt nicht fällen und in seinem Kamin verheizen lassen. (Als ihm der Schmied allerdings erzählte, wie gern Lord Rushden dort spielte, hatte Lord Oadby den Baum kurzerhand als Schandfleck bezeichnet, der entfernt werden müßte.) Wie gedankenlos von Lady Shrewton, Isabella einen Ballen braunroten Stoff zu schenken. Natürlich stand dem Kind die Farbe nicht. (Der Stoff war ohnehin mottenzerfressen gewesen.) Und wie vergeßlich Lord Oadby war! Er hatte doch tatsächlich versäumt, Giles' Schachspiel aus massivem Gold und Silber dem Jungen zurückzugeben. (Giles hatte es dann unter einem Kleiderhaufen im Schrank des Grafen wiedergefunden.)

Erst als sich diese Vorfälle häuften und immer schwerer wurden, begriff man auf Rushden, daß man von Lord Oadby und Lady Shrewton hintergangen worden war. Aber da war es schon zu spät. Wer protestierte, wurde ohne einen Penny Lohn entlassen. Die übrigen begriffen, wie nutzlos jedes Aufbegehren war. Auch wenn sie Isabella und Giles liebten – sie konnten ihnen nicht helfen.

Die beiden Kinder lernten, die Behandlung, die man ihnen angedeihen ließ, schweigend zu erdulden. Sie schluckten ihren Stolz hinunter und versteckten ihren Rachedurst hinter ausdruckslosen Mienen, wenn sie ihrem Vormund und seiner Geliebten gegenübertraten. Schließlich hatten sich der Graf und die Gräfin bequem in Rushden eingenistet. Sie waren überzeugt, jeden hintergehen zu können, der sie zur Rechenschaft ziehen wollte, und begannen, das Gut schamlos auszubeuten. Gemeinsam stopften sie sich die Taschen mit dem Gold der Rushdens voll und kümmerten sich dabei immer weniger um Isabella und Giles, bis sie die Kinder fast vergessen hatten.

Und als wären sie Gespenster, waren die Kinder froh, im Dunkeln zu bleiben. Sie schauten zu, warteten ab, reichten sich die Hände und flüsterten grimmig: »*Fiat.*«

# KAPITEL 3

*Die Küste, England 1470*

An einem düsteren Septembertag legte ein Schiff, das aus Frankreich herübergesegelt war, an Englands Küste an, um seine Passagiere auf den Boden ihrer Heimat zu entlassen. Die Männer hielten argwöhnisch Ausschau, während sie an Land gingen, denn sie waren im Begriff, ihren König Edward IV. zu verraten. Dabei hatte einer unter ihnen ihm den Weg zum Thron geebnet. Der Lord, den sie den Königsmacher nannten, Richard Neville, Graf Warwick, ließ schweigend seinen Blick über das Land schweifen, das er geliebt – und verraten hatte. Es tat weh, sich daran zu erinnern, wie er und sein Vetter Edward vor so vielen Jahren Seite an Seite in die Schlacht geritten waren, um König Henry IV. die Krone zu entwinden und sie Ned aufzusetzen. Dann schob sich Bess Woodvilles Gesicht vor sein geistiges Auge, vertrieb die Szenen aus der Vergangenheit, und seine Lippen verzogen sich verächtlich. Bess Woodville, eine Gemeine, Witwe Sir John Greys, eines einfachen Ritters – und Ned hatte sie heimlich zur Frau genommen! Des Königs Graue Mähre hatten die Höflinge sie genannt, als sie von der Heirat erfahren hatten. Aber Neville hatte das nicht komisch gefunden. Er hatte wie ein Narr ausgesehen, denn damit war die Ehe mit der Prinzessin von Frankreich, die er für Ned arrangiert hatte, unmöglich geworden. Bei Gott, diese Schmach! Sie war unerträglich, und Neville hatte sie nicht ertragen. Er hatte sich von dem Mann, den er zum König gemacht hatte, abgewandt und war nach Frankreich geflohen, um Neds

Sturz zu planen. Henry lebte noch, saß als Gefangener im Tower, und seine Frau, Marguerite von Anjou, war nun Nevilles Verbündete. Er hatte schon einen König gemacht. Er konnte auch einen zweiten machen. Jawohl, Neville würde noch einmal mit Ned in die Schlacht ziehen, aber diesmal würden sie nicht Seite an Seite kämpfen.

Isabella wußte kaum etwas über den Krieg, den das Haus York und das Haus Lancaster um den Thron ausfochten. Hätte sie allerdings geahnt, wie sehr sich dieser Krieg eines Tages auf ihr Leben auswirken würde, hätte sie vielleicht aufmerksamer den ernsten Gesprächen gelauscht, die sie manchmal aufschnappte. Doch ihr bedeutete die Krone nichts. Sie hatte selbst zu viele Probleme, um sich dafür zu interessieren.

Sie schaute sich vorsichtig um, um sich davon zu überzeugen, daß niemand sie beobachtete, und schlüpfte in das Stallgebäude, das ihr seit einiger Zeit als Zuflucht diente. Mit einem Seufzer der Erleichterung ließ sie sich auf einen Heuballen sinken. Dann umfaßte sie ihre Beine, legte den Kopf auf die Knie und ließ ihren Tränen und herzzerreißenden Schluchzern freien Lauf. Ach, warum hatte sie nur eines von den Apfeltörtchen genommen, die die Köchin der Gräfin zum Dessert gemacht hatte? Ach, hätten sie und Giles in letzter Zeit doch nur einmal etwas anderes als Fleisch, Brot und Käse bekommen. Doch Lord Oadby war der Auffassung, daß das gut genug für seine Mündel war.

Isabella lief jetzt noch das Wasser im Munde zusammen, wenn sie an den süßen Duft der frischgebackenen Pasteten dachte, der in den Hof geweht war und sie in die Küche gelockt hatte.

»Los, Mylady. Nehmt eine!« hatte die Köchin sie angeknurrt, um sich ihr Mitleid nicht anmerken zu lassen, und dann gebrummt: »Was die Gräfin nicht weiß, macht sie nicht heiß. Es gibt immer noch Leute auf Rushden, die Augen im Kopf haben, selbst wenn wir uns blind stellen. Aber wir müssen an uns und an unsere Familien denken, Mylady. Die anderen sind ein Haufen Narren, denen man nur ein bißchen Honig um den Bart zu streichen braucht, und schon sehen sie nicht mehr, was vor ihrer Nase passiert.« Die Köchin hatte die Lippen zusammengekniffen, den Kopf geschüttelt und unnötig laut mit ihren Töpfen und Pfannen geklappert. »Und jetzt fort mit Euch, Mylady. Seht Ihr nicht, daß ich zu tun habe?«

Isabella hatte die verdutzte Köchin dankbar umarmt und war blindlings aus der Küche gestürzt.

Leider war das Mädchen dabei geradewegs in Lady Shrewton gerannt.

»Dummes Gör!« hatte die Gräfin gekreischt. »Mach doch deine Augen auf! He, ich rede mit dir, Kind.« Sie hatte Isabella gepackt und durchgeschüttelt, als das Mädchen nach einer gemurmelten Entschuldigung zu fliehen versuchte. »Was hast du denn da... hinter deinem Rücken? Was willst du vor mir verstecken?«

»Nichts – nichts, Mylady.«

»Laß sehen. Aha, ein Apfeltörtchen.« Lady Shrewton hatte mißtrauisch die Augen zusammengekniffen. »Woher hast du das? Los, rede, Kleine! Ich hab' dich was gefragt!«

Isabella begriff, daß die Köchin bestraft werden würde, wenn die Wahrheit ans Licht kam, und stammelte: »Ich – ich habe es gestohlen, Mylady, aus der Küche.«

Die Gräfin hatte dem Mädchen eine Ohrfeige versetzt und ihr das unberührte Törtchen aus der Hand gerissen. Mit einem haßerfüllten Grinsen hatte Lady Shrewton dann die Pastete auf den Boden fallen lassen und sie mit dem Absatz ins Pflaster getreten.

Noch nie hatte jemand Hand an Isabella gelegt. Über alle Maßen verwirrt und entsetzt war das Mädchen in die Stallungen geflohen, verfolgt von Lady Shrewtons schrillem Lachen.

Jetzt ließen die quietschenden Türangeln Isabella aufblicken. Hastig wischte sie sich die Tränen aus den Augen. Sonnenlicht flutete in den Stall, als die Tür weit aufschwang, dann trat eine große Gestalt ins helle Licht. Es war Sir Eadric, einer der Ritter ihres Bruders. Er hatte Isabella immer voller Rücksicht und Respekt behandelt, deshalb fürchtete sie sich nicht vor ihm und krabbelte aus ihrem Versteck, um zu sehen, was er im Stall tat.

Vorsichtig faßte der Ritter in sein Jagdwams und zog ein kleines

Häschen heraus. Das Tier zitterte leicht in Sir Eadrics Hand, aber es versuchte nicht, ihm zu entkommen.

Es ist verletzt, dachte Isabella, als sie sah, daß ein Bein in unnatürlichem Winkel von dem Tier abstand. Es ist verletzt und leidet – genau wie ich.

Der Ritter sprach leise auf das verletzte Tier ein, wußte aber offensichtlich nicht, was er damit tun sollte, deshalb tauchte Isabella aus ihrem Versteck auf und fragte schüchtern, ob sie ihm helfen könnte. Sie hatte ihre Mutter oft begleitet, wenn Lady Rushden Krankenbesuche bei den Pächtern gemacht hatte. Sir Eadric entgingen weder die Tränenspuren auf Isabellas Wangen noch die Strohhalme auf ihrem Kleid.

»Hier, Mylady.« Der Ritter kniete nieder, reichte ihr das weiche, zitternde Häschen, das sie so zu fesseln schien, und zog dann ein Tuch aus seiner Tasche. »Euer Gesicht und Euer Kleid sind schmutzig.« Er feuchtete das Leinen in einem Wassereimer an und säuberte sie notdürftig, wobei er die ganze Zeit über leise auf sie einredete. Schließlich fragte er: »Was hat Euch in den Stall geführt, Mylady? Das ist kein angemessener Ort für ein Kind Eures Standes.«

Das Mädchen tat, als hätte es seine Frage überhört, weil es nicht mehr an die Gräfin denken wollte und sich inzwischen viel mehr für das kleine Häschen interessierte. »Wie seid Ihr zu diesem armen Geschöpf gekommen, Sir?« wollte Isabella statt dessen wissen.

Der Ritter lächelte leicht verlegen. »Ich war auf der Jagd, Mylady, und entdeckte das dumme Tier am Waldesrand. Als es nicht einmal versuchte, vor mir davonzulaufen, wurde ich neugierig. Ich sah, daß es verwundet war, und – verzeiht mir das, Mylady –, brachte es nicht übers Herz, das kleine Geschöpf zu töten. Ich nahm es mit, weil ich hoffte, die Verletzung irgendwie heilen zu können, doch ich muß gestehen, daß ich keine Ahnung habe, was ich tun soll. Ich bin nicht gut im Heilen.«

»Ich werde Euch helfen, Sir«, erklärte ihm Isabella ernst. »Das Häschen hat sich das Bein gebrochen, fürchte ich. Wenn wir eine kleine Schiene bauen könnten...«

»Das hatte ich mir auch gedacht, aber was sollen wir mit dem armen Tier tun, bis der Bruch geheilt ist? So können wir es nicht laufenlassen.«

»Wir – wir könnten ihm hier im Stall einen Käfig bauen, Sir«, schlug das Mädchen schüchtern vor, weil es nicht wußte, ob das erlaubt war.

»Eine gute Idee, Mylady«, nickte Sir Eadric nachdenklich. »Aber wer soll sich um das Tier kümmern? Ich habe auch so genug Aufgaben.«

»Ich – ich könnte mich darum kümmern, Sir«, erbot sich Isabella. »Ich habe nur wenig zu tun. Man wird mich bestimmt nicht vermissen.«

Der Ritter schwieg einen Moment und erklärte dann mit fester Stimme: »Ihr seid zwar noch jung, aber trotzdem schon Herrin auf Rushden, Mylady. Was Ihr befehlt, wird ausgeführt.«

Isabella legte nachdenklich den Kopf zur Seite. »Das – das glaube ich nicht, Sir«, antwortete sie schließlich. »Sonst wären Lord Oadby und Lady Shrewton längst nicht mehr hier. Mir gefällt nicht, daß sie da sind. Seitdem ist alles ganz anders.«

»Das wird sich im Lauf der Zeit wieder einrichten, Mylady. Wenn Ihr und der junge Lord älter seid, werden wir uns darum kümmern. Einstweilen ist es jedoch am besten, sich zu gedulden. Ein guter Jäger wiegt seine Beute in Sicherheit, bis der geeignete Augenblick zum Schuß gekommen ist.«

Isabella schaute ihn fragend an, aber Sir Eadric hatte schon angefangen, aus einem Holzstück eine Schiene anzufertigen, und wich ihrem Blick aus. Trotzdem verstand sie genau, was er ihr sagen wollte. Vor Freude machte ihr Herz einen Satz.

»Ich werde nicht vergessen, daß Ihr mein Freund seid«, erklärte sie leise.

Er räusperte sich verlegen. »Holt Thegn und Beowulf, Mylady«, bat er sie. »Sie sollen einen Käfig bauen, während wir dem Hasen das Bein schienen.«

So wurde der Grundstein zu dem gelegt, was später Lady Isabellas Menagerie genannt werden und das Mädchen durch ihr ganzes Leben begleiten sollte.

Wie geplant schlug der Graf Warwick König Edward IV. in einem Überraschungsangriff in die Flucht. Seine Gnaden flohen nach Burgund, wo Edward auf die Hilfe der Herzogin, seiner Schwester Margaret, hoffte. Der triumphierende Neville marschierte unterdessen in London ein, befreite dort den überraschten Henry aus dem Tower und setzte ihn wieder auf den Thron. Ganz England stöhnte unter diesem erneuten Königswechsel auf. Edward, unter dessen Regentschaft das Land floriert hatte, war überall beliebt gewesen.

Im Jahre 1471 segelte Edward zurück nach England und forderte seinen Vetter Neville bei Barnet, nördlich von London, zum letzten Mal zum Kampf auf. Als der verräterische Graf Warwick merkte, daß seine Sache verloren war, versuchte er, feige vom Schlachtfeld zu fliehen. Edwards Männer stellten Neville am Waldrand, und Sekunden später war der Königsmacher gestorben. Es war ein glorreicher Sieg, den niemand mehr genoß als Edwards achtzehnjähriger Bruder Richard, der Herzog von Gloucester. In seiner ersten großen Schlacht hatte er einen Flügel von Edwards Armee brillant geführt.

Von Barnet aus marschierten die Männer nach Nordosten bis Tewkesbury, wo sie Marguerite besiegten und ihren jüngsten Sohn erschlugen. Marguerite selbst wurde in Unehren nach Frankreich zurückgeschickt und Henry erneut im Tower eingekerkert.

Isabella hörte auf Rushden nur aus zweiter Hand von diesen Auseinandersetzungen. Giles erzählte ihr von den Kämpfen, wobei er wild sein Messer schwang, als wäre es ein Schwert, und die Schlachten so lebendig beschrieb, als wäre er persönlich dabeigewesen.

»Stell dir nur vor, 'Sabelle«, ereiferte er sich. »Gloucester ist erst achtzehn und schon einer der besten Heerführer in ganz England! Kannst du dir vorstellen, wie er ausgesehen haben muß... Er schwingt seine mächtige Streitaxt; spornt seine Männer mit donnernder Stimme an; sein Banner mit dem weißen Eber flattert fröhlich im Wind. Beim Blute Christi, ich würde mein Leben dafür geben, so einem Mann dienen zu dürfen!«

»Ach, Giles«, seufzte Isabella, »wie kannst du dich nur so für den Krieg begeistern? Wenn ich mir vorstelle, wie viele Männer auf dem Feld sinnlos verwundet werden oder sterben, wird mir ganz elend; und wenn ich an ihre Frauen denke, will mir fast das Herz brechen.«

Ihr Bruder sprang von seinem Heubündel herunter, als wäre es ein Hügel, von dem aus er die Schlacht beobachtet hatte.

»Das verstehst du nicht, 'Sabelle. Männer müssen kämpfen und sterben. Nur Feiglinge wie der fette alte Oadby verkriechen sich in ihren Burgen. Ich möchte wissen, ob er jemals auch nur bei einem Turnier mitgemacht hat!« höhnte Giles.

»Wahrscheinlich nicht«, stimmte ihm Isabella zu. Sie nahm noch eine Handvoll Nüsse und hielt sie dem kleinen Eichhörnchen hin, das mit funkelnden Augen vor ihr saß und gierig die kleinen Pfötchen nach den Leckerbissen ausstreckte. »Wie sagt man, Jasper?« fragte das Mädchen und hielt eine Nuß hoch. Das Tier begann fröhlich zu schnattern, und Isabella lachte. »Genau: Danke.« Sie nickte und gab ihm die verdiente Belohnung.

Während das Tier an der Nuß knabberte, untersuchte das Mädchen die winzige Bißwunde an seinem Leib, die es sich im Kampf mit einem anderen Eichhörnchen zugezogen hatte. Nachdem sich Isabella vergewissert hatte, daß die Verletzung gut heilte und keine weitere Pflege brauchte, wandte sie sich wieder ihrem Bruder zu.

»Es wird spät«, bemerkte sie. »Wir müssen uns beeilen, wenn wir nicht zu spät zu Meister Jaksone kommen wollen.«

Da Lady Shrewton klargestellt hatte, daß Isabella im Söller, wo sich die Frauen auf der Burg zum gemeinsamen Stricken oder Spinnen trafen, nicht gern gesehen war, hatte es sich das Mädchen zur Gewohnheit gemacht, zusammen mit ihrem Bruder zum Unterricht zu gehen. Meister Jaksone, der Lehrer, hätte ihr ohnehin Lesen, Schreiben und Rechnen beigebracht; er fand es zwar eigenartig, daß Isabella sich auch für andere Wissensgebiete interessierte, aber er hatte nichts gegen ihre Anwesenheit einzuwenden und lehrte sie dieselben Dinge wie Giles.

Die Menagerie, die inzwischen zu einer ansehnlichen Sammlung verschiedenster Tiere angewachsen war, und die Unterrichtsstunden mit ihrem Bruder waren die einzigen Lichtblicke im Leben des Mädchens. Abgesehen von der Köchin und Alice, ihrem Kindermädchen, hatte Isabella niemanden, der sie in die Tugenden und Pflichten einer Burgherrin einführen konnte; aber das störte sie nicht. Sie war zwar immer noch unglücklich, aber sie hatte sich an ihr eigenartiges Leben gewöhnt; und im Grunde entsprach es ihrem feenhaften Wesen so ohnehin am besten.

# Kapitel 4

*Schloß Rushden, England 1473*

»Isabella! Isabella, wo bist du?«

Das Mädchen verkroch sich noch tiefer in den Getreidekasten und kniff entschlossen den Mund zusammen. Sie würde nicht herauskommen! schwor sie sich. Niemals! Nicht mal, wenn Lord Oadby und Lady Shrewton sie schlugen, würde sie ihr Versteck verlassen, diesen Zufluchtsort, an dem sie ihre Wunden lecken konnte. Der Graf und die Gräfin waren noch grausamer, als sie geglaubt hatte! Heute wollten sie Giles wegschicken! Wütend wischte sich Isabella die heißen Tränen ab, die ihr über die Wangen liefen. Die kleinen Hände hatte sie zu festen Fäusten geballt.

»Isabella!« hörte sie es wieder rufen, dann sagte die Stimme leiser: »'Sabelle, bitte komm raus.«

Sie hob den Deckel der Getreidekiste einen Spaltweit an, damit sie hinausschauen konnte. Es war Giles, und er sah so aus, als hätte er auch geweint. Bei dem Anblick wollte ihr das Herz brechen. Er war so schön. Vielleicht würde sie ihn nie wiedersehen!

Als sie sich davon überzeugt hatte, daß er allein gekommen war, kletterte sie aus ihrem Versteck und bürstete sich mit den Händen ab. Ihr Bruder sah sie nicht und wollte schon mit traurig herabhängenden Schultern aus dem Lagerhaus gehen.

»Giles!«

Er drehte sich um, sah sie auf sich zurennen, hob sie in seine Arme und wirbelte sie durch die Luft.

»Du unartiges Mädchen! Wie kannst du es wagen, dich vor mir zu verstecken?« schalt er sie unter Tränen. Wütend wischte er sie sich aus den Augen, um nicht unmännlich zu wirken. »Wo doch der Herzog auf mich wartet! Jesus, 'Sabelle! Ist dir nicht klar, daß er der zweitwichtigste Mann in ganz England ist? Lord Oadby kocht vor Wut.«

»Das ist mir gleich! Das ist mir gleich! Ach, Giles, ich ertrage es nicht, daß du fortgeschickt wirst!« schluchzte Isabella. »Dann bin ich ganz allein hier. Du wirst mir so fehlen...«

»Du mir auch, Schwesterherz.« Sachte setzte er sie wieder ab und befreite sich aus ihrer Umarmung, ohne dabei ihre Hände loszulassen. Er küßte beide und legte Isabella dann einen Finger unters Kinn. »'Sabelle, du weißt, daß ich nicht weggehen würde, wenn es nach mir ginge; aber es ist nun mal nicht zu ändern. Ich bin alt genug, Knappe zu werden. Und denk doch nur, Schwester, was es für mich bedeutet, von hier wegzukommen und mit Gloucester ziehen zu können! O 'Sabelle, mein größter Wunsch wird wahr!«

Er war lauter geworden, und seine Augen leuchteten vor Freude. Isabella fühlte sich verletzt. Es sah ja fast so aus, als würde sich ihr Bruder darauf freuen, sie zu verlassen!

»Versuch mich zu verstehen, Schwesterherz«, bat Giles, als er ihre Miene sah und begriff, wie sehr sie seine Worte getroffen hatten. »Da draußen wartet eine ganze Welt auf mich. Ich will sie sehen. Bei Gott, 'Sabelle! Ich halte es hier nicht länger aus! Mit jedem Jahr wird es schlimmer; ich ertrage es einfach nicht mehr!«

»Dann nimm mich mit!« bettelte sie. »Bitte, bitte. Laß mich nicht allein zurück! Wir könnten die Welt zusammen erkunden, so wie wir es immer getan haben. Weißt du noch, wie wir den einäugigen Dachs gefunden haben? Und den Igel mit der verkrüppelten Pfote? O bitte, nimm mich mit! Bitte, Bruderherz!«

»Ach, ich wünschte, ich könnte es, Schwesterherz, aber das geht nicht.«

»Liebst – liebst du mich denn nicht mehr, Giles?« Ihre

Unterlippe bebte gefährlich. »Hat dieser Herzog von Gloucester meinen Platz in deinem Herzen eingenommen?«

»Aber nein, 'Sabelle!« versicherte er ihr eindringlich. »Wie kannst du nur so etwas glauben? Ich liebe niemanden so wie dich. Aber endlich von Rushden wegzukommen! Und dem Bruder des Königs zu folgen! Ach, Schwesterherz. Das hätte ich mir in meinen kühnsten Träumen nicht erhofft! Wenn ich ihm gute Dienste leiste, werde ich vielleicht zum Ritter geschlagen. Möchtest du denn nicht stolz auf mich sein?« fragte Giles.

»Ich war immer stolz auf dich, Giles«, antwortete das Mädchen leise. »Aber der Abschied von dir fällt mir so schwer. Du bist alles, was mir geblieben ist. Was soll ich ohne dich nur anfangen?«

»Du wirst schon zurechtkommen, 'Sabelle. Irgendwie kommst du schon zurecht. Du bist stark – ja, auf deine ruhige Art vielleicht sogar stärker als ich.«

»Nein –«

»Doch, Schwesterherz, denn dein Herz ist immer noch voller Liebe, während ich nur noch hassen kann. Ich muß fort von Rushden, wenn ich endlich Frieden finden will, so wie du ihn in deiner Menagerie gefunden hast. Ach, 'Sabelle, verachte mich nicht deswegen!« Plötzlich drückte er sie fest an sich.

»Nein, das tue ich nicht. Wie könnte ich denn?« Sie erwiderte seine Umarmung und schluckte dabei mühsam den Kloß in ihrer Kehle herunter.

»Schau mich an, Schwesterherz«, befahl der Junge sanft, der ihren Kummer spürte. »Ich möchte mir dein geliebtes Antlitz einprägen, so wie du dir meines merken mußt. Ich weiß nicht, wann wir uns wiedersehen. Wahrscheinlich bist du schon erwachsen, wenn ich wiederkomme, 'Sabelle, und eine wunderschöne Schloßherrin, der die Männer zu Dutzenden zu Füßen liegen«, erklärte er fröhlich, um sie aufzuheitern.

»Wenn irgendwann jemand deinen Platz einnehmen soll, Giles, dann sollst du ihn für mich auswählen. Ich werde keinen zum Mann nehmen, der dir nicht gefällt, und ich – ich traue Lord Oadbys Urteil nicht. Ich glaube nicht, daß ihm etwas an meinem Glück liegt.«

»Gut, das verspreche ich dir«, gelobte der Junge. »Wenn ich zurückkomme, bringe ich dir den schönsten Edelmann ganz Englands mit. Er wird dir den Hof machen und dir Rosen zu Füßen streuen!«

»Ach, Giles.« Isabella lächelte, wurde aber gleich wieder ernst. »Du – du wirst mir doch schreiben, nicht wahr?« Ihr versagte die Stimme. »Versprich es mir«, flüsterte sie.

»Natürlich, das werde ich.«

»Und – und vielleicht kannst du Weihnachten nach Hause kommen?«

»Wenn Gloucester mich ziehen läßt, dann könnte mich nichts davon abhalten, Schwesterherz. Vielleicht habe ich ja dann schon einen Gemahl für dich«, neckte er sie. »Komm. Ich will den Herzog nicht länger warten lassen. Bestimmt ist er schon böse auf mich, und ich möchte meine Knappschaft nicht mit einem Mißklang beginnen. Bitte hör auf zu weinen, 'Sabelle.«

Isabella versuchte, fröhlich zu tun, aber trotzdem mußte sie sich die Tränen verkneifen, als sie und ihr Bruder in den Hof traten. Dort warteten schon Lord Oadby und Lady Shrewton, umgeben von einer Schar Männern. Das Schweinchengesicht des Grafen war rot vor Zorn. Es war ihm peinlich, daß Seine Gnaden der Herzog von Gloucester, Richard Plantagenet – immerhin der Bruder des Königs – mit ansehen mußte, wie schlecht seine Mündel gehorchten.

»Ich bitte die Verzögerung zu vergeben, Euer Gnaden«, entschuldigte sich der Graf zum hundertsten Mal mit nervösem Händeringen. »Aber seit dem Tod ihrer Eltern stehen sich die Kinder unnatürlich nahe und –«

»Ich verstehe ausgezeichnet, Mylord«, antwortete Richard kühl. Seine tiefen, schiefergrauen Augen bedachten den fetten Graf mit einem verächtlichen Blick.

Was für ein Speichellecker, dachte der Herzog. Wie hatte Edward zwei so wichtige Mündel nur in die Obhut eines Mannes wie Lord Oadby geben können? Die Ashleys waren immerhin eine der mächtigsten Familien Englands und hatten dem Haus York ehrvoll und treu gedient. Ein Kerl wie dieses suhlende

Schwein hatte es nicht verdient, Rushden auch nur zu betreten. Es ist nur gut, daß ich den Jungen mitnehme. Der Vater der Kinder würde sich im Grabe umdrehen, wenn er wüßte, daß sein Sohn von diesem unfähigen Wurm erzogen wird.

Gloucesters dunkle Augen blitzten bei diesem Gedanken auf, und der Graf spürte, wie ihm ein Angstschauer über den Rücken lief. Er haßte den Bruder des Königs, diesen überaus geschickten Befehlshaber, der angeblich keine Gnade kannte. Einen Augenblick drohte Lord Oadby in Panik zu geraten. Was war, wenn Giles ihm erzählte, wie er behandelt worden war? Ein Mann seines Standes hätte Lord Oadby keine Angst gemacht, aber der Herzog kam gleich nach dem König. Herr im Himmel! Hätte er nur geahnt, daß der Junge nach dem Willen des Königs Gloucesters Knappe werden sollte! Dann wäre er vorsichtiger mit diesem nichtsnutzigen Flegel umgegangen. Aber Lord Oadby hatte erst von der Entscheidung des Königs erfahren, als der Herzog, versehen mit dem königlichen Erlaß, unangemeldet an diesem Morgen eingetroffen war und das ganze Haus in Aufruhr versetzt hatte. Man hatte Gloucester nicht einmal ein anständiges Essen vorsetzen können, weil die Speisekammer, abgesehen von Lord Oadbys und Lady Shrewtons Privatvorräten, so gut wie leer war. Während die Gräfin in den Keller geeilt war, um nach Erfrischungen zu suchen, war der Graf nach oben gelaufen, hatte Giles aus dem Unterrichtsraum gezerrt, ihn hastig in seine besten Kleider gesteckt (die allerdings auch nicht allzu fein waren, da Lord Oadby die billigsten Stoffe dafür gekauft hatte), und den Knaben dann zu Richard gebracht.

In all der Aufregung hatte der Junge erst kurz vor der Abreise festgestellt, daß seine Schwester verschwunden war. Deshalb hatte er den Herzog um Erlaubnis gebeten, sie zu suchen, damit er sich von ihr verabschieden konnte. Und obwohl Gloucester es eilig hatte, nach Schloß Middleham zu kommen, wo seine Gemahlin, Ihre Gnaden Anne, und ihr kleiner Erstgeborener Edward auf ihn warteten, hatte er dem Knaben nach einem kurzen Blick in seine Augen gestattet, Isabella zu suchen.

Jetzt sah der Herzog die beiden Kinder näher kommen und war

froh, daß er nicht anders entschieden hatte. Auch er kannte die bittere Süße des Abschieds.

»Ah, da kommen sie, Euer Gnaden.« Der Graf war sichtlich erleichtert.

»Ich hoffe, Euer Gnaden verzeihen ihnen«, zwitscherte die Gräfin nervös. »Natürlich haben Lord Oadby und ich unser Bestes versucht, aber–«

»Ganz bestimmt.« Gloucester brachte Lady Shrewton mit einem bohrenden Blick zum Verstummen.

Die Gräfin erinnerte Richard an Neds neueste Mätresse, deren Anblick der Herzog nicht ertragen konnte.

»Euer Gnaden.« Obwohl er insgeheim vor Angst zitterte, brach Giles mannhaft das entstandene Schweigen und verbeugte sich tief vor Gloucester. »Ich bitte um Vergebung, daß ich Euch und Eure Männer so lang warten ließ. Ich habe nicht bemerkt, wie schnell die Zeit verging. Bitte gestattet mir, Euch meine Schwester Lady Isabella vorzustellen.«

Isabella knickste tief und wartete mit gesenktem Blick auf den Zornesausbruch des Herzogs. Zu ihrer Verblüffung nahm Richard sie lediglich bei der Hand und half ihr wieder auf.

»Ihr seid also das junge Mädchen, das uns soviel Zeit gekostet hat«, sagte er, aber sein Blick war gütig.

»Jawohl, Euer Gnaden. Ich bitte um Vergebung, Euer Gnaden«, murmelte Isabella. Sie traute sich immer noch nicht, dem Herzog in die Augen zu sehen.

»Was sollen wir nur mit Euch machen?« Nachdenklich musterte Gloucester das Mädchen in den zerlumpten Kleidern, die ihr am hageren, kleinen Leib herabhingen.

»Ich – ich nehme an, ich muß bestraft werden, Euer Gnaden?«

»Werdet Ihr oft bestraft, Kind?« fragte Richard. Ihm entging nicht, daß Isabella einen ängstlichen Seitenblick auf Lady Shrewton geworfen hatte.

»Nur wenn ich böse war, Euer Gnaden.« Das Mädchen sprach so leise, daß er es kaum verstehen konnte.

»Nun, ich bin sicher, das kommt nicht allzu oft vor«, verkündete der Herzog. Er hob die Stimme und nagelte den Grafen und die Gräfin mit seinem Blick fest. »Sonst wärst du bestimmt nicht der Liebling meiner Gemahlin.«

»Eurer – Eurer Gemahlin, Euer Gnaden?«

»Der Herzogin von Gloucester, mein Kind.«

»Ich – ich bin ihr Liebling, Euer Gnaden?« fragte Isabella verwirrt nach. Sie war sich nicht sicher, ob sie ihn richtig verstanden hatte; schließlich kannte sie die Herzogin gar nicht.

»Jawohl. Sie hat mir sogar« – Gloucester faßte in sein Wams und zog einen funkelnden Sovereign hervor – »ein Geschenk für Euch mitgegeben und bittet Euch, sie in Eure Gebete einzuschließen.« Er drückte dem Mädchen die Münze in die Hand. »Werdet Ihr das tun, Mylady?«

»Aber ja, bestimmt, Euer Gnaden!« sprudelte es aus Isabella heraus. Jetzt erst sah sie auf und starrte den Herzog mit großen Augen an, verwirrt und tief gerührt zugleich.

Dieser Mann sollte angeblich den alten König Henry VI. ermordet haben; aber schon in diesem Augenblick wußte das Mädchen, daß die Gerüchte nicht wahr waren.

Richard war nicht groß und auch nicht kräftig gebaut, doch dank ihres großen Einfühlungsvermögens erkannte Isabella in ihm dieselbe ruhige innere Kraft, die auch sie besaß, gepaart mit einem freundlichen Wesen. Auch der Herzog von Gloucester hatte viel durchgemacht; als Kind war er viel allein gewesen, hatte einsam Unruhen und Aufruhr erlitten; und diese Jahre hatten seinen Charakter unwiderruflich geprägt. In frühester Kindheit hatte man ihn von Vater und Mutter getrennt; wenig später war sein Vater auf dem Schlachtfeld gefallen und sein Bruder Edmund ermordet worden; sein Bruder Edward war zum König gekrönt worden, er selbst wurde mit neun Jahren zum Ritter geschlagen; man hatte ihn zum Fürst ernannt; dann hatte sein Vetter, der Graf Warwick, seinen Bruder verraten; Edward und er hatten überstürzt nach Burgund fliehen müssen; sein Bruder George, der Herzog von Clarence, war zum Feind übergelaufen; es folgten die Schlachten von Barnet und Tewkesbury, in denen der Königsmacher gefallen war ... All diese Ereignisse hatten unauslöschliche Spuren in Richard hinterlassen.

Und in diesem Augenblick spürte Isabella, daß sie diesen Mann ihr ganzes Leben lieben würde.

»Ich werde Ihre Gnaden Anne von Eurer Güte unterrichten, Kind«, fuhr Richard fort. »Ihr müßt ihr schreiben und berichten, wie es Euch ergeht. Es würde ihr gar nicht gefallen, wenn sie erführe, daß Ihr unglücklich seid und daß es auf Rushden Schwierigkeiten gibt.«

Der Herzog sah Lord Oadby und Lady Shrewton erbleichen und wußte, daß sie die Warnung verstanden hatten.

»Aber ja, Euer Gnaden, ich werde ihr gleich heute schreiben«, versprach Isabella eifrig.

»Und jetzt, Mylady, muß ich mich von Euch verabschieden. Gebt Eurem Bruder einen Abschiedskuß und wünscht uns eine gute Reise.«

Das Mädchen umarmte den Bruder ein letztes Mal, trat dann zögernd zurück und sagte: »Zieht mit Gott, Euer Gnaden. Ich werde Euch nie vergessen. Möge Gott Euch und Giles beschützen, bis wir uns wiedersehen.«

Gloucester und ihr Bruder drehten sich um, schwangen sich in ihre Sättel und gaben den Pferden die Sporen. Isabella wartete, bis sie unter dem eisernen Fallgitter hindurchgeritten waren. Dann rannte sie ins Haus, die Treppe hoch zu ihrer Kammer und hinaus auf den Balkon. Ohne sich um die Gefahr zu scheren, kletterte sie auf die steinerne Brüstung, damit sie dem Troß so lange wie möglich nachschauen konnte. Als würde er ihren Blick spüren, drehte sich Giles noch einmal zur Burg um und winkte. Isabellas zartes Gesicht leuchtete glücklich auf, und sie winkte aus Leibeskräften zurück, bis sie fast das Gleichgewicht verlor.

Dann war ihr Bruder fort.

Ihre Schultern sackten traurig herab, als ihr das bewußt wurde. Isabella ließ sich von der Brüstung herunter und ging zurück in ihr Zimmer, wo sie sich bitterlich weinend auf ihr Bett warf.

»Aber Mylady!« tröstete sie Alice, ihre Kinderfrau. »Der junge Herr bleibt schließlich nicht ewig fort.« Sie strich dem Mädchen beruhigend übers Haar, denn sie liebte das Kind und ertrug es nicht, Isabella unglücklich zu sehen.

»Ach, Alice, warum mußte Giles fortgehen?«

»So ist es eben Brauch, Mylady, das wißt Ihr doch. Lord Rushden wird unter der Aufsicht des Herzogs von Gloucester viel lernen. Es war dumm und äußerst ungezogen, Euch zu verstecken und ihre Abreise zu verzögern. Euretwegen haben sie zwei Stunden Tageslicht verloren. Vielleicht werden sie deswegen kein angemessenes Nachtquartier mehr finden. Und seht nur! Ihr habt bei Eurem unsinnigen Versteckspiel Euer Kleid zerrissen. Wahrscheinlich werdet Ihr für Euren Ungehorsam schwer bestraft werden, Mylady.« Alice kniff den Mund mißbilligend und besorgt zusammen.

»Was macht das schon?« fragte Isabella nur und vergrub das Gesicht wieder ins Kissen, um ihre herzzerreißenden Schluchzer zu ersticken.

Aber das Mädchen wurde nicht bestraft; im Gegenteil, von diesem Tag an wurde ihr Leben auf Rushden wesentlich angenehmer. Und so drückte Isabella jeden Abend den goldenen Sovereign an ihre Brust, um für den Herzog von Gloucester und seine Frau Anne zu beten.

# Kapitel 5

*Schloß Rushden, England 1478*

Die Nachmittagssonne legte ihre feurigen Strahlen über das Land und tauchte die saftigen grünen Hügel und goldenen Felder in angenehme Wärme. In der Ferne grasten Rinder, Schafe und Ziegen an den sanften, mit einzelnen weißen Felsen bestandenen Hängen, die aus dem Hochmoor aufragten. Eine leichte Brise ging und raschelte in den alten Eichen und Kiefern, den Eschen und Pappeln, auf denen Vögel zwitscherten und Eichhörnchen schnatterten. Näher an der Burg hörte man die Pächter, die ihrer Arbeit nachgingen, und aus dem äußeren Hof der Burg erscholl das schwere, rhythmische Hämmern des Schmiedes.

Isabella Ashley stand auf dem Balkon und ließ, ungeduldig von einem Fuß auf den anderen tretend, den Blick über den riesigen Besitz der Rushdens schweifen – so wie jeden Tag, seit sie Giles' letzten Brief erhalten hatte.

So viel war in den Jahren geschehen, seit sie ihren Bruder zum letzten Mal gesehen hatte. Im Jahre 1475 hatte Giles geschrieben, daß der Herzog von Gloucester und seine Männer an König Edwards IV. Feldzug gegen den französischen König Louis XI. teilnehmen sollten. Allerdings war es zu keiner großen Schlacht gekommen, da Louis XI. König Edward IV. mit einem Jahrgeld bestochen hatte, Frankreich zu verlassen. Richard, der Herzog von Gloucester, war dagegen gewesen, das Geld anzunehmen und den Vertrag von Picquigny zu unterzeichnen, weshalb der Herzog dem französischen König ein Dorn im Auge war. Kurz darauf hatte Louis gemeinsam mit Richards und Edwards Bruder George, dem verräterischen Herzog von Clarence, versucht, den König von England zu stürzen. Edward hatte George wegen Hochverrats verhaften und in den Tower sperren lassen. Wie schon so oft hatte Richard um das Leben seines Bruders gebettelt, aber diesmal war Edward fest geblieben. Bruder oder nicht, der Herzog von Clarence mußte sterben. Nachdem er von seinem Todesurteil erfahren hatte, hatte George in einem Anfall von Galgenhumor darum gebeten, in einem Faß Malvasierwein ertränkt zu werden. Dieser perverse Wunsch war ihm gewährt worden, und einzig Richard betrauerte den Tod seines Bruders.

Traurig machte sich der Herzog von Gloucester auf die Heimreise nach Middleham. Da Schloß Rushden auf dem Weg lag, wollte Richard dort haltmachen, hatte Giles geschrieben. Jetzt erwartete Isabella ungeduldig die Ankunft der Männer.

»Ach, Alice, heute kommen sie ganz bestimmt!« rief sie.

Die Kinderfrau schenkte dem Mädchen, aus dessen Gesicht Spannung und Vorfreude leuchteten, ein nachsichtiges Lächeln. »Das sagt Ihr schon seit zwei Wochen, Mylady – und nichts ist passiert«, meinte Alice.

»Heute ist es anders. Ich kann es spüren«, entgegnete Isabella fröhlich.

Vor Freude umarmte sie sich selbst, tänzelte ein paar Schritte über den Balkon und drehte sich dann in einer Pirouette, bei der der Rock hochflog und zum Entsetzen der Kinderfrau Isabellas wohlgeformte Schenkel aufblitzten.

»Mylady!« schalt Alice erschrocken. »Die Wachen können Euch vom Turm aus sehen! Kommt sofort herein!«

Statt den Befehl zu befolgen, hielt Isabella lachend inne. Ihre Wangen waren rot, und ihre Augen strahlten.

»Heute ist es anders«, wiederholte sie und suchte erneut das weite Land ab.

Alice schüttelte resigniert den Kopf. Die Kinderfrau hatte ihr Bestes versucht, aber das Mädchen war nicht zu bändigen. Die Jahre, in denen es halb vergessen und verwahrlost aufgewachsen war, hatten unauslöschliche Spuren hinterlassen. Isabella war so unbezähmbar wie die Tiere, die sie im Wald und im Moor fand und die sie auf der Burg pflegte.

Sie war jetzt dreizehn Jahre alt, und das seidige silberblonde Haar floß ihr wie ein schimmernder, frostglitzernder Mondstrahl über die Hüften. Ihre Samthaut war so hell, daß sie manchmal fast silbrig zu leuchten schien. Unter der fein geschnittenen Nase folgte ein voller Mund, dessen Lippen bisweilen ängstlich bebten. Das weiche Kinn mündete in einen schwanengleichen Hals, der aus elegant gerundeten Schultern emporwuchs. Die knospenden Brüste, die über ihrer schlanken Taille sprossen, waren rund und versprachen in einigen Jahren voll zu werden; und wenn Isabella auch nicht zu groß war, so waren doch ihre Glieder gut proportioniert.

Aber so bezaubernd sie auch aussah, all das schien zu verschwimmen und zu verblassen, wenn man ihr in die Augen sah – denn Isabellas Augen konnte man unmöglich vergessen. Sie wurden umrahmt von silberblonden Brauen, beschirmt von dikken schwarzen Wimpern und waren tief, unergründlich und graugrün wie das Meer vor einem Sturm. Diese in weite Ferne gerichteten fast übersinnlichen Augen schienen jedem Menschen in die Seele zu blicken und seine tiefsten Gedanken offenbaren zu können.

Seit Giles fort war, hatte Isabella sehr zurückgezogen gelebt und sich vor allem um ihren Unterricht und ihre Menagerie gekümmert; auf diese Weise hatten die Liebe und Fürsorge, die von Geburt an Teil ihres Wesens gewesen waren, überleben können. Aber trotz ihres Sanftmuts war Isabella nicht kraft- und temperamentslos, denn ihre Kraft war von ruhiger Art und kam aus dem Inneren. Isabella war wie eine Kerze in der Dunkelheit oder eine Weide, die sich im Wind beugt. Und ihr Temperament zeigte sich vor allem, wenn sie sah, wie eines von Gottes Wesen ungerecht behandelt wurde.

Aber im Augenblick spürte Isabella nichts von den Bürden, die sonst auf ihr lasteten, sondern war fröhlich und sorglos wie die Feen und Nymphen und Elfen, mit denen sie so oft verglichen wurde. Ihr Lachen klang fröhlich wie ein Lied aus Pans Pfeife; und schließlich riß sie Alice mit einem Freudenschrei aus ihren Gedanken:

»Er kommt, Alice! Giles kommt!«

Die Männer waren müde und schmutzig vom Reisen, aber keiner unter ihnen wollte sich deswegen bei dem Herzog beklagen, der an der Spitze des Zuges ritt. Der Herzog trauerte um seinen Bruder George, und keiner seiner Gefolgsleute wollte seinen Kummer vergrößern, indem er sich beschwerte. So ritten sie schweigend weiter.

Endlich erspähten sie in der Ferne ihr Ziel. Groß und erhaben ragte Schloß Rushden vor ihnen auf. Dort würde man sie freundlich empfangen und ihnen das Beste aus den Kellern der Burg auftischen – und zwar ohne die kaum verhohlene Feindseligkeit, mit der sie oft in jenen Burgen behandelt wurden, die insgeheim mit dem Haus Lancaster sympathisierten. Auf Rushden würde man den Männern nicht mit verstohlenen Seitenblicken jeden Bissen des absichtlich fade gekochten Mahles in den Mund zählen. Warmes Badewasser, weiche Seife und hübsche Mädchen würden sie erwarten. Die Männer würden in der großen Halle auf sauberem Binsenstroh lagern und in aller Ruhe schlafen können, ohne heimtückische Überfälle oder die Bisse unzähliger Läuse und Wanzen fürchten zu müssen.

Im Näherkommen erkannten die Männer, daß sich Lord Oadby und Lady Shrewton die versteckte Warnung zu Herzen genommen hatten, die ihnen der Herzog gegeben hatte. Das Land sah gepflegt aus, die Ernte schien reichlich. Die kleinen strohgedeckten Katen der Bauern waren einfach, aber stabil gebaut, und hinter jedem leuchtete ein kleines, farbenfrohes Gemüsebeet. Die Dörfler selbst sahen größtenteils sauber und gesund aus; ihre Kleider waren zwar geflickt, aber gepflegt. Wenn der Trupp vorbeizog, hielten die Männer auf den Feldern mit der Arbeit inne, verbeugten sich und zogen ehrfurchtsvoll den Hut; manche strahlten fröhlich und begrüßten den jungen Lord Rushden mit lauten Rufen.

»Willkommen daheim, Mylord! Willkommen daheim!«

Wie ein Blitz schoß Isabella aus ihrer Kammer, flog durch die langen Gänge, raste die Steintreppe zum Rittersaal hinab und stürzte aus der massiven Eichentür in den Innenhof.

Eine Ewigkeit schien zu vergehen, bis der Troß, den sie in der Ferne erspäht hatte, endlich vor der Burg stand und den Wachen den Namen ihres Herrn zurief.

Schneller, schneller! bettelte das Mädchen lautlos, während das eiserne Fallgitter an quietschenden Ketten aufgezogen wurde. Noch nie hatte es sich so langsam gehoben! Es folgte das Tor am inneren Torhaus, und kurz darauf drängten vielleicht hundert Männer in den Innenhof. Rüstungen blinkten in der Sonne, und Pferdehufe klapperten über das Pflaster. Aber Isabella hatte nur Augen für einen einzigen Mann.

»Giles!«

Wie groß und wie schön er geworden war. Der Junge, der ihr im Gedächtnis geblieben war, hatte sich zu einem jungen Mann entwickelt. Sein silberblondes Haar glänzte fast weiß in der Sommersonne, und die haselnußfarbenen Augen in dem gebräunten Gesicht spühten vor Freude, als er sie erblickte. Er strahlte glücklich, dann rief er: »'Sabelle!«, sprang von seinem Pferd und rannte auf sie zu, ohne sich um die Zügel seines Rosses zu kümmern.

»Bruderherz, geht es dir gut? Hast du dir einen Wimpel erobert? Bist du tatsächlich Knappe geworden? Hast du mir auch was mitgebracht?«

Während die Fragen aus ihr heraussprudelten, warf sie sich in seine ausgestreckten Arme und drückte ihn an sich; lachend antwortete er: »Ja, und ja und ja und ja.« Und alles war wieder gut.

Nach einer Weile lösten sie sich voneinander, und ihr Bruder musterte sie so eindringlich, daß Isabella verlegen errötete. Ihr war bewußt, daß sie sich genauso verändert hatte wie Giles.

»Du bist wunderschön geworden, 'Sabelle, genau wie ich es vorhergesagt habe«, befand er schließlich, und ihr Gesicht leuchtete vor Freude über dieses Lob auf.

»Da gebe ich Euch recht, Giles.«

Isabella schaute auf, als sie die volle Stimme hörte, und sank sofort mit ausgestreckter Hand in einen tiefen Knicks.

»Euer Gnaden. Wieder ehrt Ihr Schloß Rushden durch Euren Besuch.«

»Das kleine Mädchen von damals ist erwachsen geworden«, bemerkte der Herzog von Gloucester, während er ihr aufhalf. »Habt Ihr auch Eure Gebete gesprochen, Mylady?«

»Aber natürlich, Euer Gnaden. Wie hätte ich das vergessen können?«

»Das freut mich«, stellte Richard fest und wandte sich dann um, um Lord Oadby und Lady Shrewton zu begrüßen, die unruhig neben Isabella warteten.

Die Jahre waren zu dem gierigen Graf und seiner Mätresse nicht gnädig gewesen. Oadbys dicker Bauch hatte monströse Ausmaße angenommen, und Lady Shrewtons einst scheinbar attraktives Gesicht war schlaff geworden und von tiefen Falten durchzogen, die sie nun unter dicken Farbschichten zu verstecken versuchte.

»Willkommen auf Schloß Rushden, Euer Gnaden«, begrüßte der Graf den Herzog von Gloucester nervös. »Alles ist bereit für Euer Gnaden.«

»Diesmal habt Ihr und Lady Shrewton auch frühzeitig genug von meiner Ankunft erfahren«, bemerkte Richard trocken. »Nun, wir werden sehen.«

Dann verschwand er ins Haupthaus der Burg, ohne die Gräfin auch nur eines Blickes zu würdigen, die daraufhin dem Grafen einen verstohlenen, ängstlichen Blick zuwarf. Das Gesicht schien ihr unter der dicken Pudermaske zu zerbröckeln; dann starrte sie Isabella an, als zweifelte sie daran, daß das Mädchen dem Herzog auch den gebührenden Respekt erwiesen hatte. Lord Oadby ließ seine Schweinsäuglein ihrem Blick folgen und leckte sich die Lippen, denn er sah Isabella nur selten. Sie ging ihm so weit wie möglich aus dem Weg. Soso. Das kleine wilde Biest hatte sich zu einem recht ansehnlichen Fratz gemausert. Der Graf beschloß, sich dieser Sache später zu widmen, nahm Lady Shrewtons Arm und führte sie Gloucester hinterher in den Palast, wobei er flüsternd weitere Anweisungen erteilte.

Isabella hatte die beiden gar nicht bemerkt. Sie hatte nur Augen für Giles, der sie ironisch anlächelte.

»Und?« fragte das Mädchen ganz außer Atem. Sie konnte ihre Neugier kaum bezähmen. »Was für ein Geschenk hast du mir mitgebracht, Bruderherz? Du hast mir schon so viel geschickt – den Fächer, das Glockenspiel, den Ballen Seide –, daß ich mir gar nicht vorstellen kann, was mir noch fehlen soll. Wirklich, du warst viel zu großzügig, Giles.«

»Nein, all das war nur Tand. Erinnere dich an den Tag, Schwesterherz, an dem wir Abschied nahmen. Habe ich dir damals nicht ein Versprechen gegeben?«

»Warte! Doch, jetzt fällt es mir wieder ein!« rief sie. »Du hast versprochen, mir den schönsten Edelmann ganz Englands zu bringen, der Rosen vor meine Füße streuen würde!«

»Und wie ich inzwischen weiß, *demoiselle*, hält Giles sein Wort.« Lord Lionel Valeureux, Erbe der Grafschaft von St.-Saviour-on-the-Lake und genau wie Giles Knappe im Dienste des Herzogs, vollführte eine tiefe Verbeugung und legte Isabella einen Strauß weißer Rosen zu Füßen.

Zum ersten Mal in ihrem Leben fehlten dem Mädchen die Worte. Dieser Mann war bestimmt kein Sterblicher, sondern mußte ein junger Gott, ein Abkömmling der Sonne selbst sein! Selbst ihr Bruder, der Isabella alles bedeutete, verblaßte ein bißchen neben dem strahlend schönen Mann vor ihr. Er war groß und gut gebaut; die sechs Jahre, in denen er zum Ritter ausgebildet worden war, hatten seine Muskeln kräftig und doch geschmeidig werden lassen. Er trug die Uniform Gloucesters, aber in die Schließen des königsblauen, goldgefütterten Seidenumhangs, der ihm von der Schulter wehte, waren Löwen – das Wappentier der St. Saviours – statt Richards weißen Ebern eingeprägt. Sein edles, gleichfalls königsblaues Wams war mit goldenem Stoff gefüttert. Ein Schwert hing an seiner schmalen Taille. Goldene Beinlinge feinster Webart und hohe schwarze Lederstiefel schmückten die starken Beine, die selbstbewußt und keck vor ihr standen.

Seine Haut war dunkel wie Honig; sein schönes Gesicht zeigte bereits den Schatten eines Bartes. Sein windzerzaustes Blondhaar war so golden wie das Sonnenlicht, das sich darin fing, und Isabella ertappte sich dabei, daß sie am liebsten hineingefaßt hätte, nur um zu sehen, ob es sich genauso weich und seidig anfühlte, wie es aussah. Seine Nase war gerade gewachsen; sein Mund voll und sinnlich; sein Kinn wirkte entschlossen. Und seine Augen – o Jesus – seine Augen! Weit auseinander unter dichten blonden Brauen lagen sie, umkränzt von blonden Wimpern, und blau wie der Sommerhimmel. Genau wie sein Haar zeugten sie von der jahrhundertelangen Vermischung seiner normannischen Vorfahren mit den Sachsen.

Isabella blickte in diese Augen – und war verloren.

Auch Lord Lionel konnte den Blick nicht von ihr abwenden. Er atmete tief ein, als er merkte, wie es in seinen Lenden vor Verlangen zu kribbeln begann. Giles hatte ihm nicht erzählt, wie bezaubernd und berückend das Mädchen war. In diesem Augenblick faßte Lionel den Entschluß, sie zu erobern und zu seinem Weib zu machen; er konnte nicht ahnen, daß sich dieser Entschluß zu einer Besessenheit auswachsen sollte, die ihn sein ganzes Leben lang nicht loslassen würde.

Schließlich fing sich Isabella wieder und brachte auch ihn mit ihren Worten wieder zu Verstand.

»Mylord.« Sie machte einen eleganten Knicks und hob die Blumen auf, die er ihr zu Füßen gelegt hatte.

Noch einmal verbeugte er sich tief, diesmal über ihrer Hand, und berührte ihre Finger mit den Lippen, so wie es am Hof Mode war.

»*Enchanté, demoiselle.*« Seine blauen Augen glitzerten vor Bewunderung und Begierde.

Isabella errötete aufs reizendste. »*Je suis aussi, seigneur.*« Sie sprach so leise, daß er sie fast nicht verstanden hätte.

So begann Isabellas Liebe zu Lord Lionel Valeureux.

Was für ein Fest gab das am Abend! Die Dienerschaft auf Rushden hatte sich selbst übertroffen. Die Bediensteten waren stolz auf ihren Lord und wollten Giles keine Schande bereiten, indem sie dem Herzog von Gloucester ein spärliches Mahl auftischten oder nachlässig in ihren Pflichten waren.

Zehn fette Milchferkel waren geschlachtet und im eigenen Saft gebraten worden; in jeder Schnauze steckte ein roter Apfel, der weich im strahlenden Kerzenlicht schimmerte. Zwanzig frisch geschlachtete Hühner und zwanzig Gänse waren gebacken und mit verschiedenen Soßen angerichtet worden. Es gab Platten mit Rind, Lamm, Wildbret, Ziege und Hase, die in der kühlen Vorratskammer abgehangen waren. Gegrillter Fisch – Barsch, Karpfen und Hecht – lag auf liebevoll angerichteten Salatbetten, garniert mit Kirschen und Beeren, Rosinen und Nüssen und in Scheiben geschnittenen Vogeleiern. Große Töpfe mit Neunaugen und allerlei Gemüse dampften neben Schüsseln mit heißen, sämigen Sahnesoßen. Fleisch- und Obstpasteten sowie eine Auswahl an Torten, denen nicht einmal der verwöhnteste Gaumen widerstehen konnte, wurden auf Wagen hereingerollt, umkränzt von Naschwerk, Johannisbeermus und Quittenmark. All das wurde mit kaltem Bier und den besten Weinen aus den Kellern der Burg heruntergespült.

Laute Stimmen und Gelächter schallten durch die große Halle. Isabella, die zwischen Giles und Lionel auf der Estrade saß, war so aufgeregt, daß sie kaum einen Bissen hinunterbrachte. Mit strahlenden Augen lauschte sie hingerissen den Gesprächen um sie herum – den Erzählungen vom Hof, von Schlachten und fernen

Ländern – und kam sich dumm und unbedeutend vor, weil sie so wenig über all diese Dinge wußte, ihren Unterrichtsstunden und den Briefen ihres Bruders zum Trotz. Sie befürchtete, daß Lionel sie für dumm halten könnte, obwohl er sie so gekonnt und draufgängerisch umschmeichelte, daß ihr das Blut in die Wangen schoß. Ihr Herz schlug wie wild, sobald sie einen verstohlenen Blick auf ihren Tischherrn warf. Ob er wohl gemerkt hatte, daß sie sich vom ersten Augenblick an bis über beide Ohren in ihn verliebt hatte?

Isabella errötete schon wieder und versuchte, sich auf die Spielleute in der Mitte des Saales zu konzentrieren: die hübschen Mädchen in farbenfrohen Kostümen, die einen leichtfüßigen Tanz aufführten; die Akrobaten und Jongleure, die phantastische Tricks zeigten; und den Narren, der gewagte Zoten erzählte und sich geschickt bei jenen revanchierte, die sich über ihn lustig machen wollten.

Nach dem Essen wurden die langen Klapptische abgedeckt und an die Wände geschoben; und kurz darauf erfüllten das fröhliche Spiel der Flöte, der Rhythmus der Laute und das Echo der Harfe die Luft. Zu Isabellas Überraschung erhob sich Richard und verbeugte sich vor ihr. Das Mädchen knickste tief und reichte ihm die Hand. Sie, Lady Isabella Jane Ashley of Rushden, würde mit dem zweitwichtigsten Mann in ganz England tanzen! Solange sie lebte, würde sie diese Nacht und die dunklen, ernsten Augen des Herzogs nicht vergessen, der sie elegant durch die komplizierten Schritte führte und nach dem Ende des Tanzes ihre Hand wieder in Giles' ausgestreckte Rechte legte.

»Nun, Schwesterherz«, fragte ihr Bruder mit funkelnden Augen. »Muß ich noch fragen, ob du mit meiner Wahl einverstanden bist?«

»Ach, Giles, merkt man mir das so an?« fragte sie ängstlich zurück. »Habe ich mich so närrisch aufgeführt?«

»Nein.« Er lachte. »Aber du hast jeden Mann im Raum neidisch auf Lionel gemacht.«

Er hatte recht: Niemand hatte entgehen können, daß Isabella dem Erben von St. Saviour ihre Gunst geschenkt hatte, und mancher hätte viel darum gegeben, an Lionels Stelle zu sein.

Noch nie waren ihr die Tage so lang vorgekommen, und noch nie waren sie so schnell verflogen – allzu schnell, denn Isabella war jung und so verliebt, wie es nur die Jungen sein können.

Der Herzog von Gloucester war mit seinen Männern abgereist. Doch weil er das enttäuschte Gesicht des Mädchens bemerkt und sich vielleicht an seine eigene einsame Jugendzeit erinnert hatte, hatte Richard Giles und Lionel gestattet, den Sommer über auf Rushden zu bleiben.

Jeden Morgen riß Isabella nach dem Aufstehen die Balkontüren auf und bat die Bäume, ihre Blätter noch ein bißchen länger festzuhalten; jeden Tag ritten sie und Giles aus. Noch nie hatte sich das Mädchen so lebendig gefühlt. Sie war so fröhlich, daß sie vor Lachen und Freude fast platzte. Wie eine Furie galoppierte sie durch die Wälder; ausgelassen tanzte sie über die Wiesen; und wenn sie nachts allein im Bett lag und an Lionel dachte, nahm sie sich heimlich selbst in den Arm. Wenn Giles fortging, würde sie ihm nachtrauern, aber Lionels Abreise... ach, Lionels Abreise würde ihr den Todesstoß versetzen; dessen war sie sicher. Und darum betrachtete sie jeden Tag mit ihm als ein wertvolles Geschenk, das sie hüten und bewahren mußte.

Ihr Herz floß über. Sie konnte es nicht erwarten, Lionels Frau zu werden. Isabella war nicht entgangen, wie seine Augen zu glühen begannen, wenn sie ihren erblühenden jungen Leib verschlangen. Sobald er mit seinen Fingern oder Lippen ihre Hand berührte, spürte sie ein Prickeln auf ihrer Haut. Sie war überzeugt, daß es nur noch eine Frage der Zeit war, bis er um ihre Hand anhielt.

Ach, Lionel. *Lionel!*

Das Mädchen merkte erst, daß sie den Ruf laut ausgestoßen hatte, als sie den Widerhall hörte. Sie flog hoch über dem Boden; die Schaukelstricke an der stämmigen Eiche waren ihre Flügel, und Lionels Arme schickten sie immer höher hinauf. Er lachte.

»Höher, 'Sabelle!« rief er. »Ich lasse Euch noch höher fliegen!«

»Nein! Nein, mir wird schon schwindlig!«

»Dann springt!« Plötzlich stand er mit weit ausgebreiteten Armen vor ihr. »Springt! Ich werde Euch auffangen.«

Sie zweifelte keine Sekunde an seinen Worten. Sie stieß sich von der Schaukel ab und flog durch die Luft in Lionels ausgestreckte Arme. Er schloß sie fest um ihren Leib, doch gleich darauf stürzten beide, fielen... und rollten über die wilde Sommerwiese. Ihr Lachen schallte über die kleine, verschwiegene Lichtung, auf der die Schaukel hing. Schließlich wurden sie ruhig. Lionel sah sie an, und sein Blick wurde so dunkel, daß Isabella ein Schauer über den Rücken lief.

Er wollte sie, wollte sie mit all der Leidenschaft, die seit ihrer ersten Begegnung wie ein Fieber von ihm Besitz ergriffen hatte. Es erforderte seine ganze Beherrschung, nicht sofort über sie herzufallen. Aber er hielt sich zurück. Denn Isabella erwartete bestimmt, daß er sie heiraten würde – völlig zu Recht. Der Gedanke ließ Lionel insgeheim fluchen, denn so gut ihm die Vorstellung gefallen hätte, er konnte das Mädchen unmöglich zur Frau nehmen. Er war bereits verlobt – mit Lady Gilliane Beaumarais of Devizes.

Lionels Augen wurden schmal und begannen vor Wut und Ekel zu glitzern, als er die schlichte, brünette Gilliane vor sich sah. Es widerstrebte ihm, diese verhuschte graue Maus zu heiraten, die quiekend die Flucht ergriff, sobald er auftauchte; aber sie war die Tochter des besten Freundes seines Vaters, deshalb waren Lionel und Gilliane bereits in der Wiege einander versprochen worden. Lionel würde die Heirat nicht verhindern können, und diese Ohnmacht brachte ihn beinahe zur Verzweiflung. Warum mußte er Gilliane heiraten, wo er doch eine Frau wie Isabella haben konnte?

Noch nie hatte ihn eine Frau so in ihren Bann gezogen. Dieses halbe Kind hatte ihn mit ihren verstörenden graugrünen Augen und ihrer feengleichen, geisterhaften Anmut verhext.

Jawohl, Lionel begehrte sie. Irgendwie mußte er es schaffen, sie zu seiner Gemahlin zu machen – und zum Teufel mit Gilliane Beaumarais!

»Ihr könnt einen Mann um den Verstand bringen, 'Sabelle«, murmelte er, während er ihr eine seidige Strähne aus dem Gesicht strich.

Er wird mich küssen, dachte das Mädchen, und ihr Herz begann wie rasend zu klopfen. Er wird mich küssen!

Ach, wenn ihr das Blut bloß nicht so in den Ohren dröhnen würde! Sie war so nervös, daß sie nicht einmal denken konnte. Ihre Hände zitterten leise auf seinen Schultern; ihre Handflächen waren eiskalt und dennoch verschwitzt. Es kam ihr vor, als hätte sie ihr ganzes Leben auf diesen Augenblick gewartet. Sie schluckte schwer, legte den Kopf in den Nacken und teilte, wie sie inständig hoffte, die Lippen auf genau die richtige Weise.

Ach, wie weich sein Mund war, und wie er sie erregte. Sanft strich er mit seinen Lippen über ihre, bis sie sich an das Gefühl gewohnt und begonnen hatte, seine Küsse gierig und zugleich schüchtern zu erwidern. Sie wollte lernen, wollte ihm gefallen. Zaghaft strich Isabella über sein goldenes Haar, während er seine Hände in ihre Haarpracht vergrub und sich mit seiner Zunge in ihren Mund vortastete, um sich an ihrer Süße zu laben. Ein leiser Laut entfloh ihrer Kehle, als seine Hände über ihren Rücken strichen, sie drückten und sein Kuß fordernder wurde. Die Zeit schien stillzustehen und doch schneller als der Wind zu verfliegen; bis Lionel sie plötzlich losließ und den Blick senkte. Er gab ihr einen letzten, kurzen Kuß, stand auf und reichte ihr die Hand.

»Komm, 'Sabelle«, sagte er. »Es wird spät. Wir müssen zurück zur Burg.«

»Ja«, hauchte sie und hielt einen Moment den Atem an, als seine Hand die ihre berührte.

Lionel hatte schon viele Frauen geküßt, aber das wußte Isabella nicht. Sie ahnte auch nicht, warum so plötzlich ein Schatten über sein Gesicht gezogen war und welchen Kummer er bringen würde. Sie wußte nur, daß ihr erster Kuß so schön war, wie sie ihn sich erträumt hatte und daß sie Lionel Valeureux bis zu ihrem letzten Atemzug lieben würde.

Im Rittersaal war es still. Isabella stickte schweigend an dem Wandteppich, auf dem sie Giles' Abenteuer darstellen wollte. Die mühselige Aufgabe wurde zusätzlich durch die Tränen erschwert, die ihr in den Augen brannten und das Bild verschwimmen ließen.

Die Bäume hatten ihr Laub abgeworfen. Es war Herbst geworden und damit Zeit für Giles und Lionel, abzureisen. Isabellas Bruder starrte trübsinnig in seinen Weinpokal, denn er wußte, wie schwer seiner Schwester der Abschied fiel. Auch Lionel war verstimmt; er wußte immer noch nicht, wie er sich aus der Verlobung mit Gilliane Beaumarais befreien sollte. Müßig zupfte er an seiner Laute.

Isabella und Giles erwarteten von ihm, daß er vor seiner Abreise um die Hand des Mädchens anhielt, das war ihm klar, aber er wußte, daß er das nicht konnte. Und er konnte den beiden nicht einmal erklären, in was für einer mißlichen Lage er sich befand. Die Ashleys waren eine stolze und ehrbare Familie. Sie hatten Lionel in ihrem Heim und in ihren Herzen aufgenommen und keinen Zweifel daran gelassen, daß sie ihn gern als Isabellas Gemahl sehen würden. Sie würden ihn bestimmt verachten, wenn sie erfuhren, daß er sie hintergangen hatte, indem er um Isabella geworben hatte, ohne sie heiraten zu können. Lionel konnte den Gedanken, von ihnen verachtet zu werden, nicht ertragen.

»Spiel uns ein Lied, Lionel!« forderte ihn Giles mit gezwungener Fröhlichkeit und leicht lallend auf.

»O ja!« stimmte Isabella zu. Ihr war alles recht, wenn bloß die beiden nicht die Tränen in ihren Augen sahen.

Lionel war froh über die Abwechslung und schlug ein paar Akkorde auf seinem Instrument an. »Ich werde Euch ein Lied spielen, das ich gestern abend komponiert habe«, erklärte er, den Blick fest auf Isabella gerichtet. Dann begann er zu singen:

»Sie hat ein rotes Lippenpaar
Und seidenweiches blondes Haar
Ach, sie ist so wunderbar
Meine weiße Rose

So lieblich strahlet ihr Gesicht
Aus grünen Augen leuchtet Licht
Schön ist sie, mehr sag' ich nicht,
Wie eine weiße Rose

Eros' Pfeil traf mich von fern
Ich liebe meinen Augenstern
Für einen Kuß, da stürb' ich gern
Von meiner weißen Rose

Ich bitte Euch, Ihr Holde mein
Kennt Ihr den Ort, findet Euch ein
Dort im sanften Mondenschein
Ihr meine weiße Rose.«

Die klagende Troubadourstimme verstummte. Isabella senkte den Blick und spürte, wie ihr Herz raste. Die Wiese! Die Wiese im Wald, wo die Schaukel hing. Dort wollte sich Lionel heute nacht mit ihr treffen! Sie war ganz sicher. Und dort würde er sie bitten, seine Frau zu werden. Wieder traten ihr Tränen in die Augen – doch diesmal waren es Freudentränen.

Es kam Isabella vor, als hätte sie eine Ewigkeit gewartet, aber schließlich war alles ruhig auf Schloß Rushden. Leise stand sie auf, zog ihr Gewand über und schlich auf Zehenspitzen hinunter zum Rittersaal, wo die Ritter Eadric, Thegn und Beowulf auf Strohsäkken lagerten. Halbvolle Krüge standen neben den Schläfern, und zwei Würfel lagen achtlos neben ein paar Münzen. Das Mädchen seufzte erleichtert. Normalerweise wären die drei Ritter beim leisesten Geräusch aufgeschreckt, heute nacht dagegen rührten sie sich nicht, als Isabella sich an ihnen vorbeitastete.

Trotzdem zitterten ihre Finger, als sie den schweren Riegel vor der Vordertür zurückschob, und eine Sekunde lang erstarrte sie vor Schreck, als Eadric im Schlaf schnaufte und sich in eine bequemere Lage rollte. Dann war sie draußen im Dunklen und rannte barfuß über das Pflaster zur hinteren Pforte.

Als Isabella die Lichtung erreicht hatte, blieb sie stehen und schaute sich ängstlich nach Lionel um.

»Lionel?« flüsterte sie, aber niemand antwortete ihr.

Sie spürte, wie der Mut sie verließ. Hatte sie sein Lied etwa mißverstanden?

»Lionel?«

»*Enchanté, demoiselle*«, antwortete er leise und trat lächelnd aus dem Schatten.

»Ach, Mylord! Ihr – Ihr habt mir einen schönen Schrecken eingejagt«, sagte Isabella aufatmend und unter nervösem Lachen.

»Verzeiht mir, meine Teuerste, aber ich wollte sichergehen, daß Ihr und niemand sonst es seid, der diesen Ort aufsucht.«

Das Mondlicht beschien sein goldenes Haar und ließ ihn in der Dunkelheit wie einen jungen Gott aussehen. Zärtlich nahm er ihre Hände, und sie erschauerte unter seiner Berührung und den Koseworten. Sie konnte kaum glauben, daß Lionel ihr gehören sollte, daß dieser gutaussehende, kühne, strahlende Mann eines Tages ihr Gemahl werden sollte, daß sie sich hier und jetzt für immer aneinander binden sollten.

Isabella ließ den Blick über die Lichtung schweifen, weil sie jedes Detail in ihr Gedächtnis meißeln wollte: den Mond, dessen Strahlen wie glühende Speere durch die dunstigen Äste der knorrigen Bäume stießen; das Gras, das glitzerte, als wäre es mit tausend Diamanten bestreut; die Schaukel an der alten Eiche, die sacht im kühlen, frischen Herbstwind schwang. Das Mädchen glaubte beinahe, Elfen in der Dunkelheit tanzen zu sehen, so mystisch und von der Magie der Liebe erfüllt erschien ihr die Lichtung plötzlich.

»'Sabelle«, hauchte Lionel. »'Sabelle.« Er vergrub sein Gesicht in ihrem Haar, atmete ihren Rosenduft ein und drückte sie an sich; dann hob er sie plötzlich hoch und wirbelte sie herum, so als hörte er eine wilde, für sie allein gespielte Melodie. Isabella merkte, daß sie gleichzeitig lachte und weinte. Mit tränenüberströmtem Gesicht lächelte sie ihn an, gefangen in der bittersüßen Ekstase des Augenblicks.

»O Lionel, geliebter Lionel«, hauchte sie inbrünstig, als er sie freigegeben hatte und sie wieder zu Atem gekommen war. »Wenn Ihr mich verlaßt, dann sterbe ich.«

»Ich komme zurück, 'Sabelle«, versprach er ihr ernst. »Daran dürft Ihr nie zweifeln, mein Herz. Jawohl, ich werde zu Euch zurückkommen, und ich werde Euch zu meiner Frau machen, und wenn ich dabei sterbe. Das schwöre ich Euch bei allem, was mir heilig ist.«

Ihr stockte der Atem, als sie seinen Schwur hörte. Wie er geahnt hatte, war sie zutiefst getroffen. Das Lächeln wich aus ihrem Gesicht, nur die Tränen glänzten noch wie Regentropfen in ihren großen graugrünen Augen. Wie mußte er sie lieben, wenn er einen solchen Eid ablegte! Ein ahnungsvolles Schaudern überlief sie. Es war nicht gut, das Schicksal so herauszufordern!

Isabella sank vor ihm auf die Knie, legte ihre Hände auf seine und schaute flehend in seine blauen Augen auf.

»O Lionel, Lionel! Nehmt das zurück! Ich will Euch nicht durch einen solchen Schwur an mich binden. Das ist nicht recht! Nehmt ihn zurück!«

»Nein«, weigerte er sich. Sein düsteres Gesicht wirkte auf einmal hungrig und trotzig. »Er ist getan. O Gott, 'Sabelle!« stieß er aus. »Ihr habt mich bezaubert!«

Dann lagen sie plötzlich zusammen im Gras, und er löste die Bänder ihres Gewandes, zog an den Schnüren ihres Leibchens. Sie erbebte, als er ihre Brüste entblößte und die kalte Nachtluft sie berührte. Einen Augenblick war sie wie gelähmt, denn noch kein Mann hatte sie so gesehen; und sie war jung und ängstlich.

Lionel schien ihr Unbehagen zu spüren, denn er murmelte: »Christus, Ihr seid so schön.« Dann stöhnte er: »O 'Sabelle, ich kann es nicht erwarten, Euch zu besitzen. Ich habe es versucht... ich habe es weiß Gott versucht! Aber mit jedem Tag, den ich in Eurer Gesellschaft verbracht habe, wurde ich entschlossener, Euch zu besitzen. Sagt, daß Ihr mein werden wollt... jetzt... heute nacht!«

Isabella wand sich in seinen warmen Armen. Sie fühlte sich so unsicher, war so ängstlich und sehnte sich doch so nach ihm. »Ich – ich bin noch unberührt«, flüsterte sie.

»'Sabelle«, flüsterte er ihr beschwörend ins Ohr, »ich weiß nicht, wann Gloucester mich wieder zu Euch kommen läßt. Bei Gott! Mein Herz schlägt schon den ganzen Sommer nur für Euch. Ihr dürft mich jetzt nicht abweisen! Habe ich nicht einen Eid geschworen, Euch zu meiner Gemahlin zu machen?«

»Ja, das habt Ihr. Aber ich habe solche Angst. Ach Lionel!«

»Ihr braucht keine Angst zu haben, Geliebte«, versicherte er ihr flüsternd. »Ihr habt nichts zu befürchten. Ich werde sanft zu Euch sein.«

Seine Hände verschwanden in ihren silbernen Haaren, dann küßte er sie voller Inbrunst. Seine Zunge teilte ihre zögernden Lippen, bis sie sich ihm ergab. Seine Finger umfaßten eine feste, knospende Brust, und plötzlich schienen seine Hände überall zu sein, sie überall zu berühren und ein Feuer der Begierde in ihr zu entfachen. Seine Lippen schlossen sich über den rosigen Spitzen ihrer Brüste und hauchten feuchte Küsse darauf. Leicht schlug seine Zunge über die knospenden Warzen. Isabella wand sich stöhnend unter ihm, zitternd und mit langsam erwachender Leidenschaft. Ihr Leib drängte sich gegen Lionels. Nur noch Minuten, dann würde sie ihm gehören...

Eine Wolke schob sich vor das Gesicht des Mondes. Zugleich schrie irgendwo in der Ferne ein Falke und ließ sie zusammenfahren.

Isabella befreite sich aus Lionels Griff, setzte sich auf und hielt sich das Gewand vor die nackte Brust. Als Kind der Natur deutete sie das Verschwinden des Mondes, gepaart mit dem Schrei des Vogels, als schlechtes Omen. Sie schauderte, und plötzlich war der Zauber der Nacht gebrochen. Lionel atmete tief ein und schüttelte den Kopf, um den Wahnsinn zu vertreiben, der von ihm Besitz ergriffen hatte; denn bestimmt war es Wahnsinn gewesen. Bei Gott! Er hätte beinahe ein Mündel des Königs verführt! Wenn er Isabella jetzt nahm, würde er sie damit für alle Zeiten entehren und Edwards königlichen Zorn auf sein Haupt herabbeschwören. Das Mädchen sollte verheiratet werden, und Seine Gnaden wären kaum erfreut, wenn sie nicht mehr unberührt war. Lionel mußte erst seine Verlobung mit Lady Gilliane lösen, dann konnte er davon träumen, Isabella zu seinem Weib zu machen.

Wie benommen half Lionel dem Mädchen, ihr Nachtgewand wieder zu richten, dann zupfte er ihr die Zweige aus dem Haar. Beide wußten, daß der Augenblick, in dem sie sich ihm hingegeben hätte, vergangen war.

# Kapitel 6

Lord Oadbys blutunterlaufene Knopfaugen glühten vor Lust, als er die beiden Liebenden aus dem Schatten heraus beobachtete. Was für ein Glück, daß er gesehen hatte, wie Isabella aus ihrer Kammer geschlüpft war, und ihr heimlich gefolgt war – der kleinen Schlampe. Nachdem er mitbekommen hatte, wie schnell sie sich dem ersten hübschen Höfling an den Hals warf, war der Graf wesentlich zuversichtlicher, was seine eigenen Pläne betraf. Schließlich konnte sie kaum dagegen protestieren, daß er ihr die Unschuld raubte, wenn sie bereit gewesen war, sich wie eine gewöhnliche Dienstmagd an Lord Lionel Valeureux zu verschenken. Lord Oadby lächelte säuerlich. Der Junge war wirklich ein Tollpatsch. Eine Jungfrau mußte mit fester Hand geführt werden; auf ihre ängstlichen Schreie durfte man keine Rücksicht nehmen.

Gott sei Dank war der Graf kein so romantischer Narr, der sich durch Ehr- und Anstandsgefühle hemmen ließ. *Er* wußte, wie er mit so einem Mädchen umspringen mußte, und er würde dafür sorgen, daß sie trotzdem nicht zum Herzog von Gloucester rannte. Allein der Gedanke an ihre weißen, nackten Brüste im Mondlicht ließ das Blut wieder in seine Lenden schießen. Er konnte es kaum erwarten, das Mädchen zu erobern. Gierig schmatzend schlich er den beiden Liebenden nach.

Und er hatte Glück! Die Vorsehung lachte Lord Oadby in dieser Nacht. Ein Tier in Isabellas Menagerie maunzte erbärmlich, weshalb sie sich mit ein paar Küssen und ein paar geflüsterten Worten von Lord Lionel trennte und zum Stall lief, statt im Haupthaus zu verschwinden. Der Graf konnte sein Glück kaum fassen. Das Mädchen war dazu bestimmt, ihm zu gehören! Lautlos folgte er ihr in das Stallgebäude.

Hastig schaute er sich um und zog dann verdutzt die Stirn in Falten. Isabella war nirgendwo zu sehen, dabei hatte Lord Oadby genau beobachtet, wie sie in den Stall gegangen war. Dann hörte er ihre leise, tröstende Stimme vom Heuboden herunter. Schnaufend und ächzend kletterte er die Leiter hinauf, bis er, hochrot im

Gesicht, oben angelangt war. Dort wartete er kurz, um wieder zu Atem zu kommen, und stolperte dann langsam auf das Mädchen zu.

Isabella schaute erschrocken auf, als vollkommen unerwartet die Silhouette des Grafen über ihr aufragte. Einen Augenblick lang war sie so verblüfft, daß sie sich nicht rühren konnte. Sie sah ihn so unvermutet und in so eindeutiger Absicht auf sie zukommen, daß sie ein paar Sekunden brauchte, um die Erkenntnis zu verarbeiten. Dann stieß sie das Kätzchen, das sie gerade getröstet hatte, von ihrem Schoß, sprang auf und schaute sich fieberhaft nach einem Fluchtweg um. Aber weit und breit war kein Versteck zu sehen, und der Graf stand genau zwischen ihr und der Leiter. Sie saß in der Falle. In panischer Angst suchte das Mädchen nach etwas, mit dem sie sich verteidigen konnte, dann packte sie eine an der Wand lehnende Heugabel. Mit drohend vorgestreckter Waffe drehte sie sich wieder um.

»Geht«, warnte sie ihren Vormund, der überrascht mit den Schweinsäuglein blinzelte. »Kommt keinen Schritt näher, sonst stoße ich zu, das verspreche ich Euch.«

»Aber mein gutes Kind«, säuselte Lord Oadby. »Du brauchst nicht gleich hysterisch zu werden. Ich habe bloß Licht gesehen«, er deutete auf die Fackel, die Isabella entzündet hatte, als sie in den Stall gekommen war, »und bin hergekommen, um nachzusehen, ob auch alles in Ordnung ist.«

»Nun, hier ist alles in Ordnung«, zischte das Mädchen, ohne die Gabel zu senken. Sie wich langsam zurück, da der Graf immer näher kam. »Einem von den jungen Kätzchen ging es nicht gut. Ihr könnt beruhigt zurück in Eure Kammer gehen.«

»Aber ich kann dich doch nicht alleine hierlassen, mein Kind, was ist, wenn einer der Wachposten dich entdeckt und die Lage ausnutzt?« erklärte Lord Oadby unschuldig. »Es ist meine Pflicht, dich sicher zu deiner Kammer zurückzugeleiten.«

»Ich brauche Euer Geleit nicht, das versichere ich Euch. Kein Mann auf Rushden wird mir etwas antun – außer Euch, Mylord.«

»Ich?« Der Graf sah sie betroffen an. »Aber mein Kind, es

schmerzt mich sehr, daß du so etwas von mir glaubst, wo ich doch all die Jahre nach besten Kräften für dich gesorgt habe.«

Isabella schnaubte verächtlich. »Macht Euch nicht lächerlich, Mylord«, höhnte sie. »Ihr und Eure Hure habt lediglich das Andenken meiner Eltern beschmutzt und Euch die Taschen mit dem Gold der Rushdens vollgestopft. Mein Bruder und ich sind nicht so töricht, wie Ihr glaubt, Mylord. Wir warten nur noch, bis Giles volljährig ist, dann werden wir eine Rechnungsprüfung verlangen und den König um Wiedergutmachung für das bitten, was Ihr uns angetan habt. Ihr werdet uns unser Geld bis auf den letzten Penny zurückzahlen, das verspreche ich Euch!«

Der Graf zuckte mit den Achseln. »Das glaube ich nicht, mein Kind«, sagte er kühl. »Dein Bruder wird nicht der erste junge Mann sein, der bei einem tragischen Unfall umkommt, und dir wird deine Hochnäsigkeit vermutlich vergehen, wenn du erst in einem maurischen Harem steckst. Aber erst werde ich mir genehmigen, was du beinahe an Lord Lionel verschleudert hättest, du dummes Ding.«

Mit einer unerwarteten, überraschenden Bewegung riß Lord Oadby Isabella die Heuforke aus der Hand. Sie hätte nicht gedacht, daß dieser fette, gichtige Alte sich so schnell bewegen konnte. Bevor sie sich von ihrem Schrecken erholen konnte, versetzte ihr der Graf einen gemeinen Fausthieb. Das Mädchen sackte zusammen, fiel auf die Knie und blieb wie versteinert am Boden hocken, während sich in ihrem Kopf alles drehte. Blindlings versuchte sie, wegzukriechen, aber bevor sie auch nur einen Schritt getan hatte, landete Lord Oadby auf ihr und nagelte sie mit seinem massigen Leib am Boden fest. Seine fetten Wurstfinger hielten ihre wild kratzenden Finger mit Leichtigkeit über ihrem Kopf fest. Dann riß er mit einem gehässigen, selbstzufriedenen und triumphierenden Lächeln die Bänder ihres Gewandes auf und fetzte ihr das Unterhemd entzwei, so daß ihre Brüste seinem gierigen Blick ausgeliefert waren.

»Ich werde es wirklich genießen, dir die Unschuld zu nehmen, mein Kind«, erklärte er der entsetzten Isabella erbarmungslos. Aus seinem schlaffen Mund rann ein Speichelfaden.

Sie schrie hysterisch, so daß er ihr mit dem Handrücken ins Gesicht schlug, um sie zum Schweigen zu bringen. Dann begann er, mit der freien Hand an ihren Brüsten herumzuspielen. Vor Scham, Wut und Zorn über ihre Hilflosigkeit begann das Mädchen zu schluchzen. Das durfte doch nicht wahr sein! So etwas durfte es doch nicht geben!

Lord Oadby glaubte, sie hätte ihren Widerstand aufgegeben, ächzte und richtete sich auf, um an seiner Hose herumzufummeln. Diese Gelegenheit nutzte Isabella, um ihm ihr Knie zwischen die Beine zu stoßen. Der Graf grunzte überrascht, rollte von ihr herunter und krümmte sich vor Schmerz zusammen. Zitternd stand das Mädchen auf. Sie wollte loslaufen, aber Lord Oadby hatte sich bereits wieder in der Gewalt, stemmte seinen fetten Leib hoch und riß sie an den Haaren zurück. Doch die Angst verlieh Isabella fast übermenschliche Kräfte. In einem Kampf auf Leben und Tod wirbelten beide über den Heuboden. Plötzlich verlor der Graf den Halt und kippte über den Rand des Bodens, wobei er Isabella um ein Haar mit sich gerissen hätte. Mit ungläubig aufgerissenem Mund und wild rudernden Armen stürzte er in die Tiefe. Sein Kopf schlug dumpf auf dem Holzgatter eines Stallabteils auf, dann sank der Graf zu einem riesigen Haufen zusammen und blieb reglos liegen.

Immer noch benommen vor Schreck und Entsetzen beugte sich Isabella über den Abgrund. Sie konnte kaum glauben, daß ihr Peiniger außer Gefecht war. Der verhaßte Lord Oadby lag wie ein unförmiger Fettklumpen unter ihr. Sein Hals war in einem unnatürlichen Winkel abgebogen, und Blut sickerte aus einer tiefen Wunde am Hinterkopf. Er war, das erkannte das Mädchen ebenso entsetzt wie erleichtert, tot.

Mit zittrigen Knien stieg sie die Leiter hinab, zu verängstigt, um noch einen Blick auf die verkrümmte, reglose Gestalt des Grafen zu werfen.

Minuten später rüttelte sie ihren schlafenden Bruder wach. »Giles!« flüsterte sie beschwörend. »Giles, wach auf!«

»Was? Was? Was ist denn?« Er setzte sich augenblicklich auf und sah sich verwirrt um. Dann blinzelte er, rieb sich den Schlaf aus den Augen und rief leise: »'Sabelle! Was tust du denn hier? Was ist passiert?«

»Pssst! Sei leise«, warnte sie ihn flüsternd. »Es hat einen Unfall im Stall gegeben. Lord Oadby ist tot, und ich brauche deine Hilfe.«

Sofort war er hellwach. Er sah sie scharf an und sog die Luft ein. »Mein Gott, 'Sabelle! Hat er dich vergewaltigt?«

»Nein, aber ich habe es nur Gottes Gnade zu verdanken, daß ich ihm entkommen bin. Komm schnell. Wir müssen überlegen, was wir jetzt tun sollen.«

Ihr Bruder zog sich bereits so schnell und leise wie möglich an. Sekunden später waren beide draußen auf dem Gang. »Warte, 'Sabelle. Ich hole Lionel. Vielleicht brauchen wir ihn.«

Sie zögerte kurz und nickte dann. Ihr Geliebter würde sie nicht verraten. Giles huschte durch den großen Saal und kehrte kurz darauf mit seinem Pflegebruder zurück. Lionels sonst so helles Gesicht war von Ärger und Sorge überschattet. Kaum hatte er Isabella erblickt, kam er auf sie zu und nahm ihre Hände.

»'Sabelle! Seid Ihr verletzt?«

»Nein.« Sie genoß seine warme Berührung, war froh, daß er bei ihr war und sie hielt.

»Bei Gott, dieser verfluchte Hurenbock!« Lionels Stimme bebte vor Zorn. »Ich hätte dich nicht allein in den Stall gehen lassen sollen.«

Giles starrte sie durchdringend an, sagte aber nichts. Lionel war sein bester Freund. Wenn er mit Isabella ein Stelldichein im Mondschein gehabt hatte, dann bestimmt in ehrbarer Absicht, davon war Giles überzeugt.

»Kommt!« drängte Isabella. »Wir müssen uns beeilen, bevor ein anderer den Leichnam findet.«

»Jesus Christus!« entfuhr es Giles, als sie den Stall erreicht hatten. Dann spie er: »Dieses Schwein!«

»Ach, Giles, was sollen wir tun?« fragte Isabella ängstlich.

»Ich habe mir einen Plan ausgedacht«, verkündete Lionel. »Wir müssen dem Kerl sein Jagdgewand anziehen und seine Leiche zu der Schlucht bringen – du weißt schon, Giles, die Schlucht im

Wald, wo der Wasserfall in den kleinen Bach mündet. Dort werfen wir ihn hinein. Niemand wird daran zweifeln, daß der ungeschickte, fette Kerl seinem überladenen Gaul zuviel zugemutet hat und gestürzt ist. Der Schuft setzte dem armen Tier oft grausam mit den Sporen zu, nicht wahr?«

»So ist es«, nickte Giles. »Das könnte klappen.« Das Gesicht ihres Bruders wirkte gefährlich im Fackelschein, und einen Moment lang zitterte Isabella am ganzen Leib. »Wir müssen uns beeilen«, fuhr Giles fort, »denn es dämmert bald; und wir müssen wie geplant am Morgen abreisen.«

»O nein, Giles, nein!« rief das Mädchen.

»Doch, Schwesterherz, das müssen wir. Es wäre auffällig, wenn wir unsere Pläne in der letzten Minute änderten, und wir würden uns verdächtig machen, wenn wir blieben, bis Lord Oadbys Leiche entdeckt wird. Du mußt tapfer sein und dich allein dem stellen, was dich morgen erwartet.«

»Giles hat recht, 'Sabelle«, pflichtete ihm Lionel bei, wobei er ihre Hand sanft und beschwichtigend drückte. »Kommt. Wir haben viel zu tun und nur wenig Zeit.«

»'Sabelle, du gehst zurück ins Haus«, befahl Giles, »und holst Eadric, Thegn und Beowulf. Ihnen können wir trauen. Erzähl ihnen, was passiert ist. Dann sag ihnen, sie sollen die Wachen am Haupttor ablösen und morgen früh behaupten, sie hätten den Grafen in aller Frühe allein zur Jagd ausreiten sehen. Außerdem sollen sie den Suchtrupp anführen. Sorg dafür, daß sie – und nur sie – das Gelände rund um die Schlucht absuchen. Es ist besser, wenn die drei den Leichnam entdecken, denn sie werden wissen, was sie auf die Fragen zu antworten haben, die man ihnen stellen wird. Lionel geht mit dir und holt Lord Oadbys Jagdkleidung, während ich die Leiche ausziehe und das Pferd sattle. Und macht schnell!« drängte Giles nochmals. »Mit jedem Augenblick rückt die Dämmerung näher.«

Sie schienen Stunden zu brauchen, doch schließlich hatten die Verschwörer ihren Plan in die Tat umgesetzt und waren erschöpft in ihre Betten gesunken. Obwohl sie genauso müde war wie die anderen, lag Isabella wach. Die Ereignisse der vergangenen Nacht gingen ihr einfach nicht aus dem Kopf. Mühsam verdrängte sie die gräßliche Erinnerung an Lord Oadby aus ihren Gedanken und versuchte, sich auf Lionel, ihren Geliebten, zu konzentrieren.

Deshalb fiel ihr erst später – viel später – auf, daß der Erbe von St. Saviour zwar geschworen hatte, sie zu seinem Weib zu machen, aber kein Wort von einer Hochzeit gesagt hatte. Und obwohl Isabella sich verzweifelt einzureden versuchte, daß Lionel sie liebte, schlich sich ein leiser, doch ausgesprochen hartnäckiger Zweifel in ihr Herz.

# Kapitel 7

*Wales 1453*

Die Nacht war schwarz wie ebenholzfarbener Samt, vor dem der gespenstisch graue Nebel wie ein unwirklich leuchtender, bleicher Schleier schwebte. Nichts war zu hören außer dem heftigen, ungleichmäßigen Atmen einer Frau, die sich jetzt an einen uralten, knorrigen Baum lehnte, um Luft zu holen. Aber sie durfte sich keine Pause gönnen. Nachdem sie einen gehetzten Blick über ihre Schulter geworfen hatte, lief sie weiter. Barfüßig und graziös wie ein Reh flog sie durch den Forst.

Noch an diesem Morgen war sie die Tochter des mächtigen walisischen Häuptlings Owein und die Gemahlin des gutaussehenden walisischen Lords Bryn-Dyfed gewesen. Heute nacht war sie nur noch eine Gefangene ihrer Todfeinde, der Engländer. Vor der blutigen Schlacht hatte ihr Vater sie in ein Versteck gebracht. Aber ihr Gemahl war gefallen – sie hatte gesehen, wie die Feindesaxt seinen Schädel spaltete und er starb –, deshalb hatte man sie gefangengenommen und forderte nun Lösegeld für sie. Nur dank ihrer Gerissenheit hatte sie fliehen können.

Doch schon hörten ihre scharfen Ohren die Verfolger nahen; das Geräusch trieb sie weiter. Der Weg wurde steiler. Mühsam kletterte die Frau über die scharfen Felsen, die aus der Erde aufragten. Sie schrie auf, als ein Lachen durch die Nacht schallte, eine Männerhand von unten ihre Knöchel packte und sie nach unten gezogen wurde. Mit aller Kraft wehrte sie sich gegen die starken Arme, aber schließlich hielt ihr der Mann mit einer Hand die Handgelenke hinter ihrem Rücken fest und versetzte ihr mit der anderen eine Reihe schallender Ohrfeigen.

»Dreckskerl!« zischte sie. Sie wußte, daß ihre Flucht gescheitert war. »Engländerschwein!«

Der Mann lachte wieder, so daß seine Zähne weiß im Mondlicht aufblitzten. »Ach, Hwyelis« – er griff in ihr festes braunes Haar und riß ihr Gesicht zurück – »was für eine fröhliche Jagd Ihr mir bereitet habt! Aber jetzt... seid Ihr mein!«

Er preßte seinen Mund auf ihren und schleuderte sie dann ohne Vorwarnung zu Boden. Einen Moment lang ragte er über ihr auf wie ein mächtiger, goldener Gott und betrachtete ihre langen, schlanken Beine, die unter dem hochgerutschten Kleid hervorragten und im Mondschein schimmerten; ihre vollen, weichen Brüste, die sich unter dem dünnen Kleid hoben und senkten; ihre breiten, samtenen Lippen, die sich bebend öffneten; ihre rätselhaften blauen Augen, die glitzerten, als sie das Messer zückte, um sich zu wehren. Sorglos schaute der Mann auf den Dolch.

»Wollt Ihr mich oder Euch damit erstechen, Mylady?« Er zog ironisch eine Braue hoch.

»Euch, Tremayne!« fauchte sie. »Glaubt Ihr, ich lasse mich von Euch berühren – von einem Feind meines Volkes?«

»Aber nicht *Eurem* Feind, Hwyelis«, schnurrte er. »Nicht nach dieser Nacht. Nach dieser Nacht werde ich Euer Geliebter sein; nach dieser Nacht werdet Ihr mich anflehen, Euch zu nehmen und Euch zu lieben.«

»Niemals!«

»Das werden wir sehen, Mylady. Ich biete Euch sogar eine Wette an, um unserer Begegnung zusätzlichen Reiz zu verleihen.«

»Was für eine Wette?« Hwyelis sah mißtrauisch zu ihm auf.

»Paßt auf: Wenn Ihr heute nacht auch nur einmal vor Lust aufschreit und Ihr von mir ein Kind bekommt, dann werdet Ihr es zu mir bringen, sobald es acht Jahre alt ist, damit ich es erziehe, so wie es mir beliebt.«

Sie fragte höhnisch: »Und wenn ich nicht schreie?«

»Dann dürft Ihr das Kind behalten – ein schlechter Handel für mich, denn die Kleinen, die mir mein Weib geboren hat, sind schwächlich wie ihre Mutter und werden wohl kaum zu Männern heranwachsen. Ich brauche einen Erben, Mylady. Ich bin der letzte meines Geschlechts. Es gibt eine wenig bekannte Bestimmung in der Charta der Hawkhursts, die besagt, daß auch ein illegitimer Sohn Erbe werden kann, wenn keine ehelichen Nachkommen vorhanden sind. Ich schwöre es bei meiner Ehre«, beteuerte der Lord, als sie schwieg. Er lächelte leise, als er sah, wie sie die Augen plötzlich berechnend zusammenkniff.

»Erst müßt Ihr mich erobern – und Eure Wette gewinnen!« Sie richtete drohend das Messer auf seine Brust. »Und ich werde Euch töten, wenn Ihr das versucht!«

»Die Wette gilt also?«

»Sie gilt.«

Lord Hawkhurst lachte laut auf, trat ihr das Messer aus der Hand und stürzte sich auf sie. Dann war nichts mehr zu hören außer seinem Stöhnen und, nach einer Weile, einem heiseren Schrei der Lust.

Als traute er seinen Ohren nicht, starrte der Wachposten auf die einsame Frau mit den vier Knaben hinab, die vor dem Fallgitter der alten Burg wartete.

»Habt Ihr nicht gehört?« schrie die Frau wütend. »Ich bin Lady Hwyelis uerch Owein, und dieser Junge« – sie stieß eines der Kinder vor – »ist Waerwic, Lord Hawkhursts Sohn.«

Nach langem Überlegen holte der Soldat den Burghauptmann, der dem Wachposten ordentlich den Kopf wusch. Neun Jahre waren vergangen, seit der Burghauptmann Lady Hwyelis zum letzten Mal gesehen hatte, aber so schnell würde er die fülligen, braunen Locken oder diese rätselhaften blauen Augen bestimmt nicht vergessen. »Das ist wirklich Lady Hwyelis«, erklärte er. »Laßt sofort das Fallgitter hochziehen!«

Sobald sie im Burghof waren, wurden Hwyelis und ihre Kinder in eine Kammer gebracht, wo sie sich frisch machen konnten, bis Lord Hawkhurst von der Jagd zurückkehrte. Dort starrte Hwyelis ihr Spiegelbild an und seufzte. Sie hatte ihre besten Kleider für die Reise nach Devon angezogen, aber sie waren fleckig vom Salzwasser im Bristol Channel und dreckig von den staubigen Straßen, über die sie gewandert waren. Eine Dienstmagd half ihr, den Schaden so weit wie möglich zu beheben, denn es gab keine Kammerfrauen auf der Burg. Die Gemahlin des Lords war gestorben, ebenso wie die beiden kleinen Söhne, die sie ihm geschenkt hatte.

Hwyelis schaute auf Waerwic. Gut, daß sie die Wette eingelöst und den Jungen nach Hawkhurst gebracht hatte. Eines Tages würde er Herr über die Burg sein; und wenn die Festung auch alt und, soweit sie gesehen hatte, in jämmerlichem Zustand war, würde sich ihm dort eine weit bessere Zukunft bieten als in den wilden Hügeln von Wales. Hier würde Waerwic zum Grafen heranwachsen, zu einem wichtigen, bedeutenden Mann. In Wales konnte er höchstens darauf hoffen, einem Lord dienen zu dürfen. Sie lächelte den achtjährigen, ernsten Knaben an, der noch gar nicht ganz erfaßt hatte, weshalb sie die lange Reise angetreten hatten. Er wußte nur, daß sein Großvater Owein sehr aufgebracht gewesen war.

»Hwyelis, du bist verrückt!« hatte Großvater getobt, als er von der geplanten Reise nach England erfuhr. »Glaubst du wirklich, dieser Engländerhund wird den Kleinen anerkennen? Drei Bastarde hast du geboren, dabei würden Powys und Newyddllyn dich beide zur Frau nehmen!«

Hwyelis hatte stolz das Haar zurückgeworfen. »Ich bin keine Frau, die sich an einen Mann bindet. Nicht einmal Bryn-Dyfed wollte ich heiraten, obwohl ich ihn liebte. Mein Leben gehört mir. Tremayne wird sich an mich erinnern; er ist kein Mann, der vergißt. Er wird den Jungen anerkennen und zu seinem Erben machen.«

Und so waren sie nach Hawkhurst gereist.

Jawohl. Tremayne wird sich erinnern, dachte Hwyelis, während sie nachdenklich ihren Sohn betrachtete. Der Junge hatte ihren vollen, braunen Schopf, durchsetzt mit goldenen Strähnen, die an das Haar seines Vaters erinnerten, und die eigenartig gelben Augen Hawkhursts, die wie Hwyelis' Augen voller Rätsel schienen. Es war unverkennbar, von wem das Kind abstammte.

»Hwyelis!« Lord Hawkhurst platzte in die Kammer. Ein Blick auf ihn genügte, und sie wußte, daß er den Knaben nicht ablehnen würde. »Du bist gekommen! Nach so langer Zeit bist du gekommen!« Dann nahm er sie in die Arme und küßte sie; und tausend Erinnerungen an die langen, süßen Nächte, die sie zusammen in den walisischen Hügeln verbracht hatten, bevor ihr Lösegeld bezahlt worden war, erwachten in ihr zum Leben.

Sie lachte leise und melodiös, dann warf sie den Kopf auf die ihm so vertraute, arrogante Weise zurück. »Tremayne. Ich bin gekommen, wie ich versprochen habe.«

Er seufzte. »Nach all den Jahren nennst du mich immer noch Tremayne. Warum nennst du mich nicht bei meinem Taufnamen? James heiße ich, wie du wohl weißt, Mylady.«

Sie lächelte. »Tremayne gefällt mir besser, glaube ich.«

Er lachte und umarmte sie nochmals, bevor er sich endlich den Kindern zuwandte. »Aber was ist das, Hwyelis? Soll ich meinen Sohn unter all den Kindern heraussuchen? Ah, Mylady, hast du geglaubt, ich würde meinen Sproß nicht erkennen? Du, Knabe«, er deutete auf Waerwic, »tritt vor. Wie heißt du, Knabe?«

Der Junge verbeugte sich. »Ich heiße Waerwic, Mylord«, antwortete er frech und ohne jede Furcht dem großen, kräftigen Mann, der seine Mutter so herzlich umarmt und geküßt hatte.

»Das hast du ihm gut beigebracht, Hwyelis«, bemerkte Lord Hawkhurst. »Weißt du, wer ich bin, Waerwic? *Waerwic!* Ah, mit so einem Namen kann man unmöglich durchs Leben gehen. Von nun an sollst du Warrick heißen. Also, Warrick, weißt du, wer ich bin?«

Der Junge schaute auf seine Mutter und dann wieder auf den Mann. »Mein Vater, Mylord.«

Lord Hawkhursts donnerndes Lachen erschallte wieder. »Ganz recht, der bin ich.«

Die Tage vergingen voller Glück, denn Lord Hawkhurst mochte seinen Sohn sehr gern und hatte auch nichts gegen die Halbbrüder des Jungen einzuwenden. Es war gut, wenn der Knabe weiterhin enge Bande nach Wales hatte. Sie konnten ihm später von Nutzen sein, dachte Tremayne.

Hwyelis teilte wieder das Bett mit ihm. Er hätte sie zur Frau genommen und bot ihr das auch an, aber sie lachte bloß und schüttelte den Kopf.

»Nein, Tremayne, ich bin wie ein wildes Tier. Ich bin nicht dazu geschaffen, gefangen und eingesperrt zu werden. Ich will lieben, wen ich will, und gehen, wann ich will. Das wißt Ihr doch.«

Ja, das wußte er. Eine Zeitlang hatte er sie zähmen können, aber nur, weil es ihr gefallen hatte, ihm zu gehören. Der Graf hielt sie, so lange er konnte, aber irgendwann wurde Hwyelis unruhig. Sie sehnte sich zurück nach den walisischen Hügeln; außerdem machte sie sich Gedanken über die Zukunft ihrer drei anderen Söhne. Es war nicht recht, daß sie in England, dem Land ihrer Feinde, blieben. Sie waren Waliser, und Madog war Bryn-Dyfeds Erbe.

Sie erklärte Tremayne, daß sie gehen mußte. Ihn betrübte ihre Abreise zwar, doch er wußte, daß er sie nicht daran hindern konnte.

Warrick hingegen war zu jung, um das zu verstehen. Er war außer sich vor Trauer und Angst, als ihn seine Mutter zum Abschied an die Brust drückte. Mit aller Kraft klammerte er sich an ihr fest. »Mutter, bitte«, jammerte er. »Sag, daß es nicht wahr ist... sag, daß du nicht gehst.«

»Aber es ist wahr, Waerwic«, antwortete sie sanft. »Ich muß nach Wales zurück, und du mußt hierbleiben. Es ist unser Schicksal, daß wir getrennt werden.«

»Nein. Nein! Verlaß mich nicht, Mutter. Bitte verlaß mich nicht!«

Doch sie schickte ihn fort, richtete sich auf und bestieg die Stute, die Lord Hawkhurst ihr gegeben hatte. Ohne sich auch nur ein einziges Mal umzudrehen, ritt sie unter dem eisernen Fallgitter hindurch. Warrick sollte die Tränen nicht sehen, die ihr über die

Wangen rannen. Zutiefst verletzt rannte er in den Stall, warf sich auf das Stroh im Heuboden und weinte herzzerreißend. Die einzige Frau, die er je geliebt und verehrt hatte, hatte ihn verlassen.

Im Alter von zehn Jahren wurde Warrick zur Erziehung auf ein nahes Gut geschickt. Lord Drayton, der zu Lord Hawkhursts engsten Freunden zählte, fühlte sich geschmeichelt, den Erben des Grafen in seine Obhut nehmen zu dürfen, und tat sein Bestes, um dem Jungen eine gute Ausbildung zukommen zu lassen. Warrick bemühte sich aus Leibeskräften, die gesetzten Aufgaben zu bewältigen – mehr als die meisten, denn obwohl ihn sein Vater als Erben anerkannt hatte, neckten die anderen Knaben den Jungen gnadenlos als halbwalisischen Bastard. Sie nannten ihn »Barbar« – und Schlimmeres –, wenn kein Erwachsener in der Nähe war, machten ihn oft zum Ziel gemeiner Späße, und immer wieder mußte er Prügel einstecken.

Ein weicherer, sanfterer Knabe wäre an diesen Grausamkeiten vielleicht zugrunde gegangen, Warrick dagegen wurde nur stärker und immer entschlossener, sich zu behaupten. Er tat das, indem er seine Waffen – das Breitschwert und Schild, die Schlachtaxt, die Lanze, den Morgenstern, die Armbrust, den Langbogen und das Messer – so gut beherrschen lernte, daß ihn bald niemand mehr herausfordern mochte.

So oft wie möglich floh Warrick über die Meerenge von Bristol nach Wales, wo er eine andere Form des Kampfes lernte – den Guerillakrieg, mit dem die Waliser die Engländer daran hinderten, Wales zu besetzen. Dort traf er sich mit seinen Halbbrüdern, seinen einzigen Freunden, und besuchte pflichtbewußt seine Mutter Hwyelis, der er nie ganz verziehen hatte, daß sie ihn verlassen hatte. Und dort, in den wilden Hügeln seiner Kindheit, begegnete er auch Brangwen, der Frau, der er später sein ganzes Herz schenkte.

Warrick hielt um ihre Hand an, nicht wissend, daß unter der Fassade atemberaubender Schönheit ein nachtschwarzes Herz schlug. Brangwen verschenkte ihre Gunst nur, um die Menschen zu verführen, zu umgarnen und schließlich zu zerstören. Sie spielte mit Warrick, versprach ihm ihre Hand und lachte ihm ins Gesicht, als sie überzeugt war, daß er ihr gehörte.

»Habt Ihr wahrhaftig geglaubt, ich würde den Bastard eines Engländerhundes heiraten?« höhnte sie. »Ihr seid ein Tor, Waerwic. Verschwindet, Sohn eines Verbrechers. Ich bin Euch leid.«

Warrick war wie vor den Kopf geschlagen; sein Herz zerbrach. Er war erst neunzehn, doch schon jetzt hatte ihm das Leben so viele Wunden zugefügt, daß er hart geworden war. Sein Stolz und seine Anmaßung waren alles, was ihm noch geblieben war – und sein Schwur, sich nie wieder zu verlieben.

Als sein Vater zwei Jahre später in der Schlacht fiel, wußte Warrick nur, daß er weit weg von Devon und Wales wollte. Er hatte sich seine Sporen verdient und machte sich auf den Weg nach London, wo er sich eine Stelle am Hof suchte. Dort zeichnete er sich durch seine Dienste aus und stand bald in der Gunst des Königs.

Jetzt, mit fünfundzwanzig, verfluchte Warrick den Tag, an dem er den Palast betreten hatte, denn der König hatte als neuen Vormund für die Ashleys niemand anderen ausersehen als Lord Warrick James ap Tremayne, den neuen Grafen Hawkhurst. Warrick kochte vor Wut, seit er von seinem neuen Amt erfahren hatte, obwohl es eine durchaus ehrenvolle Auszeichnung darstellte. Bestimmt hatten Dorset oder Hastings den Vorschlag gemacht – daran zweifelte er nicht –, denn diese beiden Günstlinge Seiner Gnaden versuchten ständig, ihre Rivalen am Hof loszuwerden.

»Mit allem gebotenen Respekt, Sire – ich bin hier im Palast sehr zufrieden«, protestierte Warrick steif.

»Na, na, Hawkhurst«, tadelte Seine Gnaden nachsichtig. Warricks Ablehnung irritierte Edward. »Ich gewähre Euch ein Amt, für das die meisten Männer eine ordentliche Summe zahlen würden, doch Ihr seid nicht zufrieden. Ich fürchte, ich verstehe Euch nicht.«

»Ich bitte um Vergebung, Sire, aber mit allem gebotenen Respekt – ich bin kein Kindermädchen. Ich glaube nicht, daß ich für diese Aufgabe geeignet bin.«

»Beim Heiland, Hawkhurst! Ist das alles?« Der König lachte. »Was habt Ihr denn für Vorstellungen, Mylord? Den Knaben, Giles, werdet Ihr kaum zu Gesicht bekommen, denn der steht im Dienst meines Bruders Gloucester. Und das Mädchen, Isabella, ist ein hübsches Ding von dreizehn Jahren und eine recht einnehmende kleine Maid – so hat es mir Dickon wenigstens erzählt«, fügte er fast beiläufig hinzu. »Um genau zu sein, ich habe beschlossen, daß sie eine ausgezeichnete Braut für euch abgeben würde.«

»Braut, Sire!« japste Warrick. Und dann vergaß er vollkommen, vor wem er stand, und er platzte heraus: »Aber ich will nicht heiraten!«

Der König kniff die Augen zusammen, und sein Lächeln wurde schmaler. »Aber *ich* will, daß Ihr heiratet, Hawkhurst. Es wird Zeit, daß Ihr einen Erben bekommt. Die Vorstellung, daß Euer Land in die Hände eines Eurer Halbbrüder übergehen soll, gefällt mir gar nicht.«

»Bis auf meinen ältesten Bruder Madog sind alle meine Brüder unehrenhaft geboren wie ich selbst, Euer Gnaden, und werden deshalb bestimmt nicht erben. Außerdem stehe ich keineswegs mit einem Fuß im Grab! Haben Euer Gnaden etwa Anlaß, an meiner Treue zu zweifeln?« wollte Warrick kühl wissen.

»Nein, natürlich nicht«, antwortete Edward. »Ansonsten hätte ich Euch kaum eine solche Ehre zukommen lassen. Rushden war seit jeher ein fester Pfeiler des Hauses York. Ich brauche einen Mann meines Vertrauens dort, damit das auch in Zukunft so bleibt. Ihr habt der Krone wohl gedient, Mylord. Es wäre eine Schande, wenn sich das ändern sollte. Natürlich«, fuhr der König achselzuckend fort, als der Graf schwieg, »wenn Ihr wirklich nicht gewillt seid, Euch zu Lady Isabella zu begeben, könnte ich auch eine andere Aufgabe – und Gemahlin – für Euch finden. Lady Nan wurde vor kurzem Witwe, eine von Edwards Huren, und wenn ihr Besitz auch klein ist, so ist die Feste doch von gewisser militärischer Bedeutung...«

»Ich verstehe, Sire«, antwortete Warrick mit zusammengebissenen Zähnen.

»Das habe ich mir gedacht«, stellte Edward trocken fest. »Ihr könnt gehen. Und schreibt mir, wie Euch Lady Isabella gefällt.«

Warrick vollführte eine tiefe Verbeugung, machte dann abrupt auf dem Absatz kehrt und stapfte wütend aus dem Saal.

Sobald er draußen war, lehnte er sich an eine Wand. Er zitterte am ganzen Leib vor Zorn. Die düstere Aussicht, vom Hof weggehen zu müssen, verblaßte vor der noch viel schrecklicheren Nachricht, die er eben erfahren hatte. *Heiraten!* Er sollte verheiratet werden – mit einem Weib, das er noch nie gesehen hatte! Ihm blieb nur die Wahl zwischen Lady Isabella und einer der abgelegten Huren des Königs. Daran hatten Seine Gnaden keinen Zweifel gelassen.

Der Graf biß wütend und verärgert die Zähne zusammen. So verzweifelt er auch danach suchte, er sah keinen Ausweg. Er war Edward zur Treue verpflichtet und hatte deshalb keine Wahl; er würde die Stellung als Vormund der Ashleys auf Rushden akzeptieren müssen, und, was noch schlimmer war, er war gezwungen, Lady Isabella zu seiner Frau zu machen. Das erstere würde ihm zumindest den Beutel füllen. Das letztere dagegen... Der Graf verzog die Lippen zu einem haßerfüllten Grinsen. Er wollte keine Frau – aber wenn er schon heiraten mußte, dann würde er Lady Isabella nach seinem Willen formen oder sie brechen! Nie wieder würde sich Warrick zum Narren machen!

## Kapitel 8

Isabella kaute gedankenversunken auf dem Ende der Schreibfeder und schaute von dem großen Kontenbuch auf. Seit Stunden brütete sie über den Zahlen und versuchte, sie wieder in Ordnung zu bringen. Lord Oadby hatte so geschickt damit jongliert, daß sie Monate gebraucht hatte, um herauszufinden, wie er es geschafft hatte, die Abschlüsse richtig erscheinen zu lassen. Sie seufzte, legte die Feder beiseite und schloß die Augen.

Nach dem Tod des Grafen hatte das Mädchen die fassungslose

und plötzlich überfreundliche Lady Shrewton aus der Burg gejagt, trotz ihrer schrillen Proteste, daß sie nirgendwohin könne – denn ihr Gemahl hatte die Lady verstoßen, als sie sich mit Lord Oadby liiert hatte.

»Der arme Percy«, hatte Lady Shrewton händeringend und unter Tränen gejammert. Dabei wußte Isabella genau, daß die Gräfin immer nur an sich selbst dachte. »Er war mein ein und alles. Ach, was soll nur aus mir werden?«

Das Mädchen hatte Lady Shrewton kühl gemustert und geantwortet: »Das weiß ich nicht und will ich auch nicht wissen, Mylady. Ihr habt eine Stunde, um von Schloß Rushden zu verschwinden – mit allem, was Euch wirklich gehört. Wenn Ihr danach noch hier seid, werdet Ihr von den Wachen meines Bruders hinausbefördert.«

»Oh, wie könnt Ihr nur so grausam und undankbar sein!« hatte die Gräfin gezetert. »Wo ich doch soviel für Euch getan habe!«

»Ihr habt nichts für mich getan, außer mir meinen rechtmäßigen Platz wegzunehmen und mir das Leben schwerzumachen«, hatte Isabella bebend vor unterdrückter Wut erwidert. »Hättet Ihr nicht den Herzog von Gloucester fürchten müssen, dann hätte ich nicht einmal das wenige bekommen, das Ihr mir zugestanden habt. Ihr habt es nur Eurer Gier zu verdanken, daß Ihr jetzt gehen müßt. Und je eher Ihr von Rushden verschwunden seid, desto besser.«

Nach Lady Shrewtons hastiger und unbeachteter Abreise hatte Isabella dem König geschrieben, um ihm von dem unzeitigen Ableben des Grafen zu berichten und um seinen Rat zu erbitten. Wie sie befürchtet hatte, lautete seine Antwort, daß er einen neuen Vormund schicken würde. Aber da es inzwischen tiefster Winter war und die schneebedeckten Straßen das Reisen erschwerten, ging das Mädchen davon aus, daß der Nachfolger des Grafen frühestens nach der Schneeschmelze eintreffen würde – oder noch später. Bis dahin blieben ihr ein paar Wochen, in denen sie sich als Herrin über Rushden etablieren konnte; und diesmal, das schwor sich Isabella, würde sie sich nicht so leicht von ihrem Platz drängen lassen. Schließlich war sie kein Kind mehr, sondern eine Frau.

Mühsam hatte sie die vielen Rechnungsbücher der Burg durchgearbeitet, um sich einen Überblick darüber zu verschaffen, wie es um den Besitz ihres Bruders bestellt war. Vierzehn Tage hatte Isabella allein gebraucht, um das System zu durchschauen, das ihre Mutter einst erfunden und angewandt hatte; so sehr hatte der Graf die Bücher manipuliert. Sie war wütend, aber keineswegs überrascht, als sie schließlich herausfand, in welchem Ausmaß Lord Oadby sie betrogen hatte. Dann hatte sie ihrem Bruder geschrieben und ihm geschildert, wie es um sein Erbe stand.

*Der neue Vormund darf auf keinen Fall glauben, wir wären jung und unbedarft und er könnte sich seine Taschen mit unserem Gold vollstopfen*, hatte Giles zurückgeschrieben. *Aus Deinem Brief entnehme ich, daß unser Gut immer noch wohlhabend ist. Du mußt den neuen Vormund genau im Auge behalten, Schwesterherz. Vergiß nicht – Du bist jetzt Herrin über Rushden. Wenn Dir irgend etwas an ihm merkwürdig erscheint, mußt Du mir sofort schreiben. Bis dahin werden Eadric, Thegn und Beowulf wissen, was zu tun ist.*

Isabella hatte zu den drei treuen Rittern hinübergeschaut und ein Schaudern gespürt. Die drei waren von Lord Oadbys plötzlichem Tod nicht im mindesten überrascht worden. Im Gegenteil, sie hatten zugegeben, daß sie mit dem Gedanken gespielt hatten, den verhaßten Grafen selbst zu beseitigen. Wenn der neue Vormund genauso schrecklich war wie der alte, dann würden die drei nicht zögern, ihn zu ermorden und seine Leiche verschwinden zu lassen.

Nein, sie brauchte den neuen Vormund nicht zu fürchten. Sie brauchte nur ein Wort zu flüstern, und schon würde er bei einem »Unfall« auf Schloß Rushden zu Tode kommen, ohne daß jemand die wahre Todesursache erfuhr. Isabella schauderte erneut; ihr wurde schwindlig bei der Vorstellung, einen so grausigen Befehl zu erteilen – aber sie wußte, daß sie es tun würde, wenn sie dazu gezwungen war. Sie würde alles Nötige tun, um Giles' Erbe zu bewahren. Das hatte sie ihrem Bruder versprochen.

Das Mädchen seufzte und schlug das Rechnungsbuch zu. Wenn nur ihre Eltern nicht gestorben und Lord Oadby mit Lady Shrewton niemals nach Rushden gekommen wären!

»Ich bitte um Vergebung, Mylady.« Eine Dienstmagd war hereingekommen und hatte kurz geknickst. »Aber in der Küche gibt es Streit.«

Das Mädchen seufzte noch mal und folgte der Magd nach unten und in den Innenhof zum Küchenhaus. Es gab soviel zu tun auf Rushden; erst nach Lady Shrewtons Abreise hatte Isabella gemerkt, wieviel Arbeit auf sie wartete. Vielleicht konnte man der Gräfin ihre Übellaunigkeit doch nicht zum Vorwurf machen.

Nachdem die Schwierigkeiten in der Küche bereinigt waren, befahl Isabella, ihr Pferd satteln zu lassen. Sie wollte zum Friedhof reiten, wo sie inzwischen oft am Grab ihrer Mutter kniete und sie um Rat fragte. Eine Burg zu führen, war keine leichte Aufgabe, und das Mädchen empfand ihre neue Verantwortung als große Belastung.

»Und wo sind Eadric, Thegn und Beowulf?« wollte der grauhaarige Burghauptmann Sir Lindael wissen, als sie ans Fallgitter geritten kam.

Isabella schaute ihn verdutzt an. »Das weiß ich doch nicht, Sir. Warum fragt Ihr mich das? Ich bin schon oft allein ausgeritten. Gibt es irgendeinen Grund, warum ich das nicht mehr tun sollte?«

»Aber ja, Mylady, den gibt es«, antwortete der alte Lindael zu ihrer Überraschung. »Ihr seid kein Kind mehr, Mylady, sondern eine junge Frau – alt genug, geheiratet und geliebt zu werden«, erklärte der Burghauptmann offenherzig. »Außerdem seid Ihr eine gute Partie. Und wenn Ihr auch ein Königsmündel seid, Euer Vormund ist tot, Mylady; und die Zeiten sind hart. Es gibt viele schlechte Herren und Ritter, die Euch die Unschuld rauben könnten, Mylady, Eurer edlen Abstammung zum Trotz, und die Euch dadurch in die Ehe zwingen könnten, um Eure Mitgift zu ergattern.«

Isabella fiel Lord Oadby ein, und sie schauderte. Er hatte sie gewollt – wenn auch nicht als Gemahlin.

»Aber – aber der König würde doch eine solche Verbindung bestimmt nicht billigen, Lindael.«

»Vielleicht nicht, Mylady, vielleicht erlegt er Eurem unfreiwilligen Gemahl aber auch nur eine Strafe dafür auf, daß er Euch ohne

Erlaubnis Seiner Gnaden geheiratet hat. Wie auch immer, es wäre bestimmt keine angenehme Erfahrung für Euch, Mylady.«

»Ich – ich habe es mir anders überlegt, Lindael. Ich werde heute doch nicht ausreiten.«

Er nickte. »Es ist besser so, Mylady.«

Von diesem Tag an wurde Isabella, wenn sie die Burg verließ, um den Besitz in Augenschein zu nehmen oder kranke Bauern zu pflegen, von schwerbewaffneten Reitern begleitet. Außerdem hielten die Leibeigenen auf den Feldern alle Augen offen. Falls jemand Isabella entführen und ihr seinen Willen aufzwingen wollte, dann würde ihm das nicht leichtfallen.

Trotzdem vermißte das Mädchen die Freiheit, über das Moor und durch die Wälder zu galoppieren. Sie fragte sich,wie die Tiere in freier Wildbahn wohl ohne sie zurechtkämen, und war zutiefst gerührt, als die Bauern anfingen, verletzte Tiere zur Burg zu bringen, damit sie sie pflegte. Als erstes kam ein alter Jagdhund, der einem Ritter gehörte, dann ein Rotfuchs mit buschigem Schweif, der in eine Wildererfalle gegangen war, und danach ein junger Hirsch, den ein schlecht gezielter Pfeil verwundet hatte. Hätten die Bauern Isabella nicht unbedingt aufheitern wollen, hätten sie die beiden letzteren in aller Stille getötet und in den Suppentopf wandern lassen. Das Mädchen wußte das und sorgte dafür, daß niemand, der ein verletztes Tier abgab, ohne eine Belohnung weggeschickt wurde. Das brachte ihr die Liebe und das Vertrauen selbst der mißtrauischsten Pächter ein.

»Habt Ihr entschieden, Mylady?« Alices Frage riß das Mädchen aus seinen Tagträumen.

Isabella besah sich die Kleider, die Alice für sie bereitgelegt und die sie bis jetzt kaum eines Blickes gewürdigt hatte.

»Ja, Alice, ich nehme das hier.« Sie deutete auf das langweiligste unter den dreien.

»Aber – aber Mylady«, protestierte die Kinderfrau vehement, »in diesem Kleid seht Ihr immer so blaß aus . . . wie ausgewaschen, wenn Ihr mir die Bemerkung erlaubt, Mylady. Ihr wißt, daß der neue Vormund jeden Tag, vielleicht schon heute, eintreffen kann. Ihr wollt ihm doch bestimmt gefallen . . .«

Reuevoll schüttelte Isabella den Kopf, denn sie liebte hübsche Kleider, von denen sie während Lord Oadbys und Lady Shrewtons Vormundschaft allzu wenige besessen hatte. »Nein. Ich möchte keinem Mann gefallen außer zweien, Alice, und die werden mich beide in nächster Zeit nicht sehen, es sei denn, Gloucester erteilt ihnen die Erlaubnis, wieder herzukommen. Vielleicht wird sich der neue Vormund mir und meinem Bruder gegenüber anständig verhalten, vielleicht aber auch nicht. Ehe ich nicht weiß, was für ein Mensch er ist, möchte ich ihn nicht unnötig auf mich aufmerksam machen. Wenn er uns nichts Böses will, können wir beruhigt sein. Andernfalls wird er bald Stahl zwischen seinen Rippen spüren!«

»Aber Mylady!« Alice war wie vor den Kopf geschlagen. Sie konnte kaum fassen, daß ihre sanftmütige Herrin, die für alle nur das Beste wollte, so etwas sagte.

Plötzlich wurde Isabella wieder bewußt, mit wem sie da sprach. Sie stieß ein kurzes, angespanntes Lachen aus, das gar nicht zu ihr paßte. »Nein, du brauchst keine Angst zu haben, Alice. Ich werde bestimmt nicht den Zorn des Königs auf unser Haupt herabbeschwören. Trotzdem muß ich alles Nötige unternehmen, um Giles' Erbe zu schützen.«

Und sein Leben, fügte sie ernst für sich hinzu.

## Kapitel 9

Lord Warrick ap Tremayne, der Graf Hawkhurst, war müde und schlechtgelaunt. Er war lang und zügig unter der schon viel zu warmen Frühlingssonne geritten und hatte die ganze Reise über die Neckereien seines jüngeren Halbbruders Caerllywel ertragen müssen. Warrick verfluchte sich dafür, daß er seinem Bruder von seinem neuen Amt und seiner bevorstehenden Vermählung erzählt hatte, und vor allem dafür, daß er ihn gebeten hatte, mit nach Rushden zu kommen: Denn seitdem setzte ihm Caerllywel zu, der die Ansicht vertrat, Warricks Stolz könnte ein paar Dämpfer gebrauchen. Zu Warricks großem Verdruß hatte Caerllywel ihn fortwährend mit einem Schweinehirten verglichen und Lady Isabella Ashley, die keiner von beiden je zu Gesicht bekommen hatte, mit seiner Sau. Deshalb legte sich die schlechte Laune des Grafen nicht einmal, als er endlich die Türme von Rushden in der Ferne aufragen sah.

»Nun, Waerwic«, Caerllywel sprach den Grafen mit seinem walisischen Namen an und grinste breit, ohne sich auch nur im geringsten durch die finstere Miene seines Bruders beirren zu lassen, »jetzt werden wir endlich herausfinden, was für eine Sauerei Edward sich für dich ausgedacht hat!«

Warrick biß die Zähne zusammen. »Wenn dir dein Leben lieb ist, Caerllywel, dann hör auf, dich über meine Braut lustig zu machen«, warnte der Graf. »Ich weiß noch nicht einmal, ob ich das Mädchen überhaupt heiraten werde.«

»O doch, das wirst du«, gab Caerllywel fröhlich zurück. »Du bist viel zu stolz, um dich mit einer abgelegten Königshure abzugeben. Eines Tages wird dich dein Stolz noch den Kopf kosten.«

»Nun, wenn dieser Tag gekommen ist, dann darfst du nach Herzenslust jubilieren«, erwiderte Warrick sarkastisch. »Aber bis dahin halte deine Zunge im Zaum, denn ich bin schon jetzt versucht, sie dir abzuschneiden.« Wütend stieß der Graf seinem Hengst die Hacken in die Flanke und galoppierte vornweg, verfolgt vom fröhlichen Lachen seines Bruders.

»Ich – ich bin gleich gekommen, als ich es gefunden habe, Mylady. Hat – hat es was Schlimmes?«

»Nein, Wat, das glaube ich nicht«, versicherte Isabella dem Knaben lächelnd, während sie das verletzte Lämmchen behutsam untersuchte. »Es hat sich das Bein gebrochen, aber das heilt schnell, wenn ich es ordentlich schienen und das arme Ding eine Weile ruhigstellen kann.«

»O Mylady.« Wats Jungengesicht war von Sorgenfalten durchfurcht. »Ich – ich weiß wirklich nicht, wie ich es verloren habe. Ich bin ganz sicher, daß ich mich nicht verzählt habe...«

»Nicht so schlimm, Wat. So was kann jedem passieren. Ich bin nur froh, daß es sich nicht schlimmer verletzt hat. Ein Wunder, daß das Lamm den Fall in eine so tiefe Grube überhaupt überlebt hat. Bestimmt eine Wildererfalle. Eadric und die anderen sollen sie sofort auffüllen. Und jetzt mach dir keine Gedanken mehr. Wenn du nicht so schnell gemerkt hättest, daß das Kleine fehlt, dann wäre das Lamm inzwischen tot.«

»Jawohl, Mylady.«

»Hol mir den Wassereimer da drüben und such in dem Holzstapel nach einem Stock, aus dem wir eine Schiene basteln können. Dann bring mir meine Salben und Leinenstreifen.«

»Jawohl, Mylady.«

Der Junge hastete davon, um das Gewünschte zu holen, während Isabella dem verletzten Tier zuredete. Sie war so damit beschäftigt, das verängstigte Wesen zu trösten, daß sie dem Lärm außerhalb der Burg keine Beachtung schenkte.

Warricks düstere Miene wirkte bedrohlich. Er hatte den Wachposten seinen Namen zugerufen, seinen Rang und sein Begehr deutlich genannt, und trotzdem hatte man ihm höflich, aber entschieden den Einlaß in die Burg verwehrt.

»Bitte nehmt zur Kenntnis, daß ich nicht sage, Ihr seid nicht, wer und was Ihr zu sein behauptet, Mylord«, rief Sir Lindael von einem der Türme beiderseits des Haupttores herab. »Aber ich trage die Verantwortung für die Sicherheit meiner Herrin, und was mich betrifft, könntet Ihr genausogut Briganten sein, die sie entführen wollen. Die Zeiten sind schwer und gefährlich, Mylord, und es gibt viele Unholde.«

»Armer Waerwic«, neckte ihn Caerllywel, der sich das Lachen kaum verkneifen konnte, »anscheinend will sich deine Sau gar nicht von dir hüten lassen.«

Der Graf bedachte seinen Bruder mit einem vernichtenden Blick. »Meine Braut weiß nichts von der beabsichtigten Hochzeit. Und jetzt spar dir die Sticheleien, du Narr. Bei Gott! Ich weiß wirklich nicht, warum ich dich mitgenommen habe!«

»Weil du sonst vor Langeweile gestorben wärst. Wirklich, Waerwic, du solltest etwas mehr Sinn für Humor entwickeln, sonst wird dein Schweinchen laut quiekend vor dir in seinen Stall fliehen –«

Weiter kam Caerllywel nicht. Im nächsten Moment flog er durch die Luft und landete polternd im Dreck. Sein Brustharnisch wies eine tiefe Delle auf, wo ihn sein Bruder mit der Breitseite seines Schwertes getroffen hatte. Die Männer des Grafen lachten aus vollem Hals. Langsam, aber immer noch grinsend, rappelte sich Caerllywel auf und schüttelte sich den Staub aus den Haaren. Er konnte über sich genausogut wie über andere lachen.

»Diesen Tiefschlag zahle ich dir heim, Waerwic«, versprach er und schaute traurig auf seine verbeulte Rüstung hinunter.

Warrick war zufrieden, seiner Wut Luft gemacht zu haben, und schnaubte bloß. Dann brüllte er zornig über den Burggraben: »Sir Lindael, es wird Euch Euren Kopf kosten, wenn Ihr nicht augenblicklich die Zugbrücke senkt und das Fallgitter hochziehen laßt!«

»Vergebt mir, Mylord, aber das kann ich nicht. Ich habe mir jedoch einen Plan ausgedacht«, schrie der Burghauptmann zurück, während er an einem Seil einen Eimer vom Turm herabließ. »Wenn Ihr das Schreiben des Königs in diesen Eimer steckt, dann werde ich es von unserem Schreiber prüfen lassen, und wir können entscheiden, ob Ihr eingelassen werden sollt oder nicht.«

Warrick kochte vor Wut und fluchte wortgewaltig vor sich hin, aber anscheinend blieb ihm keine andere Wahl. »Rhys!« bellte er seinen Schildknappen an, »kannst du schwimmen?«

»Jawohl, Mylord.«

»Dann nimm das Schreiben und steck es in den Eimer«, knurrte der Graf. »Bei Gott, ich werde ihn degradieren und in Ketten legen lassen, noch ehe dieser Tag vorüber ist; das schwöre ich.«

»Sei nicht zu hart gegen den Mann.« Caerllywel war plötzlich ernst geworden. »Vielleicht gab es wirklich Probleme hier. Es wäre nicht gut, wenn du dich gleich schlecht einführst.«

»Wenn ich deinen Rat will, werde ich dich fragen!« fuhr Warrick ihn an, aber Caerllywel bemerkte zu seiner Erleichterung, wie sich die verkrampften Muskeln im Kiefer seines Bruders lockerten.

Die Wutausbrüche des Grafen jagten selbst seinem Bruder Madog bisweilen Angst ein. Wenn die junge Herrin von Schloß Rushden das mitbekam... Caerllywel schüttelte den Kopf und seufzte.

Der Graf wartete schweigend, während der Schreiber die Schriftrolle durchlas. Schließlich wurde der tropfnasse Rhys wieder aus dem Graben gezerrt, die Zugbrücke senkte sich, und das Fallgitter wurde hochgezogen. Warrick stürmte in den Burghof und saß ab. Arrogant schwang er den dunkelbraunen, goldgefütterten Umhang um sich.

»Bringt mich augenblicklich zu der Lady!« verlangte er herrisch und mit zusammengekniffenen Augen.

»Aber – aber Mylord«, protestierte der Burghauptmann energisch. »Ihr wollt doch bestimmt zuerst ins Haus und baden und –«

»Augenblicklich, habe ich gesagt. Laßt mich bloß nicht länger warten«, warnte der Graf ihn grimmig. »Ihr habt meine Geduld schon mehr als genug strapaziert.«

Sir Lindael versteifte sich. Langsam begann er zu fürchten, daß der neue Vormund nicht besser war als Lord Oadby. »Wie Ihr befehlt, Mylord«, antwortete er kühl, bevor er den Weg in Richtung Stall einschlug.

»Herrgott!« stöhnte Caerllywel mit ungläubig aufgerissenen Augen. »Sie lebt *tatsächlich* im Stall!«

»Ich sagte, Ihr sollt mich zu Eurer Herrin bringen«, fauchte Warrick, nachdem er seinem Bruder einen strafenden Seitenblick zugeworfen und sich mit einigem Unbehagen umgeschaut hatte. Die Gesichter der Burgmannen auf Rushden wirkten verschlossen und wachsam. Wollte man ihn in eine Falle locken? Was in aller Welt hatte ein Mädchen von vornehmer Abstammung im Stall zu suchen?

»Lady Isabella ist dort drin, Mylord.« Sir Lindael deutete auf eine halboffene Tür am anderen Ende der Stallungen.

Mit eisigem Blick starrte der Graf den Burghauptmann an. »Wenn das ein Scherz ist, Sir, dann finde ich ihn nicht komisch«, knurrte er leise.

Sir Lindael richtete sich zu voller Größe auf. »Glaubt mir, ich würde einem königlichen Vormund bestimmt keinen Streich spielen. Der bloße Gedanke beleidigt mich.«

»Nun gut«, verkündete Warrick und marschierte hinein.

Der Anblick, der sich ihm bot, traf ihn so unvorbereitet, daß er nach Luft schnappte, wie angewurzelt stehenblieb und Caerllywel in seinen Rücken stolperte. Beide Männer schauten sich mit offenen Mündern um. Sie kamen sich vor, als wären sie in eine Menagerie gestolpert. Vögel aller Art zwitscherten und krächzten auf ihren Sitzstangen. Drei Hasen setzten sich schnuppernd in ihrem Stall auf, als die beiden Männer näher kamen. Ein in der Ecke angebundener Hirsch schlug in panischer Angst mit den Läufen aus, und vom Heuboden blickte finster ein struppiger, einäugiger Dachs herunter und zeigte ihnen seine scharfen Krallen. Unzählige Kätzchen stoben miauend in alle Richtungen davon, als eine Ziege losmeckerte und drohend den Kopf schüttelte.

»Mein Gott, Waerwic«, flüsterte Caerllywel, der sich das Lachen verkneifen mußte, »ist *das* etwa deine Sau?«

Mitten in all dem Lärm und Chaos erspähte der Graf ein junges Mädchen mit einem mähenden Lamm auf dem Schoß. Soweit er erkennen konnte, hatte sie ihr Haar nachlässig unter ein schmutziges Kopftuch geschoben, aus dem ein paar verfilzte Strähnen herabhingen. Dreckspuren zogen sich über ihre Wangen und Nasenspitze. Das Kleid, das sie trug, war aus feinstem Musselin, sah aber aus wie ein alter Lumpen, denn es war mit eingetrocknetem Blut, fettig wirkenden Flecken und etwas, das gefährlich nach Tierdung aussah, besprenkelt.

Warrick schluckte schwer, machte den Mund auf und klappte ihn wieder zu, ohne einen Ton hervorgebracht zu haben. Erst als Caerllywel hinter ihm zu kichern begann, faßte er sich wieder. »Mylady – Mylady Isabella?«

Das Mädchen war vollauf damit beschäftigt, die Schiene festzubinden, die es für das gebrochene Bein des Lämmchens gefertigt hatte, und schaute verärgert hoch. »Wat, ich habe dir doch gesagt – O Heiland –« Sie ließ den Satz unvollendet und starrte den Mann vor ihr an.

Er war vielleicht fünfundzwanzig Jahre alt, stark und muskulös, und sein Körper wirkte geschmeidig wie eine Peitsche. Von seinen breiten Schultern hing ein Umhang, auf dessen Schließen Falken mit gespreizten Schwingen aufgeprägt waren, die ihre Fänge zum Zuschlagen ausgestreckt hatten. Der mächtige Brustkorb unter dem weißen Leinenhemd und dem dunkelbraunen, mit Gold durchschossenem Wams wurde als einziger Körperteil von einem einfachen Brustharnisch geschützt. Darunter verengte sich der Leib zu einem flachen, festen Bauch und einer schmalen Taille, an der ein glänzendes silbernes Schwert hing. Die kraftvollen Beine steckten in einer goldfarbenen Strumpfhose. Die Schäfte seiner hohen schwarzen Lederstiefel glänzten im Sonnenlicht, das durch die Stalltür hereinströmte.

Er sah gut aus – und wirkte dabei kalt und hart wie die Falken auf seinen Verschlüssen. Sein tabakbraunes, goldsträhniges Haar war in der Mitte gescheitelt und auf den Seiten zurückgekämmt, die Haut war sonnengebräunt und verwittert. Über seinen vollen, sinnlichen Lippen ragte eine leicht gekrümmte Nase, die er angesichts des Gestankes im Stall leicht gerümpft hatte, und sein harter Unterkiefer war energisch vorgereckt, so als wäre er gewohnt, daß man ihm gehorchte.

Doch vor allem seine Augen zogen Isabella in ihren Bann. Sie waren wie dunkles Bernstein, eher gelb als braun, von dichten, dunklen Wimpern umrahmt und von geschwungenen Brauen überschattet; und sie blickten sie voller Ekel an – und zu ihrer Überraschung auch mit eindeutigem Mißfallen.

Sie atmete tief ein. Dies war also der Mann, der Giles' Erbe verwalten sollte; der Fremde konnte niemand anderes sein. Nun, falls er versucht hatte, Isabella vom ersten Moment an einzuschüchtern, so war er gescheitert.

»Mylady Isabella«, wiederholte er, »ich bin –«

»Ich kann mir denken, wer Ihr seid«, erwiderte das Mädchen ebenso frostig. »Der neue Vormund, den uns der König schickt. Ihr steht im Licht, Mylord, und wie Ihr sehen könnt, ist dies hier eine schwierige Operation.« Sie deutete auf das gebrochene Bein des Lämmchens. »Bitte seid so gut und begebt Euch in die Burg. Sir Lindael wird sich um Euch kümmern.«

Mit diesen Worten wandte sie sich wieder dem Lamm zu. Zum zweiten Mal an diesem Tag machte Warrick den Mund auf, um etwas zu sagen, und klappte ihn wortlos wieder zu. Bei Gott, wie konnte es das Mädchen wagen, so mit ihm zu sprechen? Der Graf machte auf dem Absatz kehrt und marschierte zornig aus dem Stall, um seinen Männern ein paar Befehle zuzubrüllen.

*Das* war also das Mädchen, das er nach dem Willen des Königs heiraten sollte. Herr im Himmel! Zum Teufel mit Edward! Nun, er konnte es nicht ändern. Warrick würde sie ordentlich abschrubben und die Kerzen ausblasen müssen, bevor er sich zu ihr ins Bett legte; das war alles. Und was das Benehmen des Mädchens ihm gegenüber anbelangte – das würde sich schnell ändern, wenn er ihr erst eine wohlverdiente Tracht Prügel für ihre Unverschämtheit verabreicht hatte!

In genau diesem Augenblick hatte der Ziegenbock, ohne daß Isabella es ahnte, das zerfranste Seil durchgekaut, mit dem er an seinem Pfosten festgebunden war. Er meckerte laut auf, stürmte mit gesenktem Kopf durch die halboffene Tür und rammte Warricks Hinterteil. Der Graf war auf einen solchen Angriff natürlich nicht gefaßt, stolperte, verlor das Gleichgewicht, flog der Länge nach hin und landete mit dem Gesicht voran auf dem Kopfsteinpflaster des Burghofes. Augenblicklich senkte sich eine unheilverheißende Stille über den Hof. Dann meckerte der Ziegenbock selbstzufrieden, warf den Kopf zurück und tänzelte ein paar Schritte zur Seite, bevor er stolz davontrabte. Caerllywel wandte sich ab und stopfte sich den Zipfel seines Umhangs in den Mund, um nicht laut loszuprusten. Isabella war entsetzt, sah aber auch die Komik der Situation. Hin- und hergerissen zwischen dem Lamm und der Ziege rief sie mit zittriger Stimme: »Tinker! Tinker, komm zurück!« Dann wandte sie sich, bebend vor unterdrücktem Lachen, ab.

Ein paar von Warricks Männern besannen sich schließlich und liefen herbei, um dem Grafen aufzuhelfen, doch der schlug die ausgestreckten Hände weg, erhob sich und klopfte sich mit zornrotem Gesicht den Staub von den Kleidern. Bei Gott! Er war noch keinen halben Tag auf Rushden, und schon machte das

Mädchen einen Narren aus ihm! Wütend wirbelte Warrick zu ihr herum.

»Mylady«, warf der Graf Isabella unverhohlen vor, »das habt Ihr mit Absicht gemacht!«

Isabella war zu Tode erschrocken. »O nein, Mylord! Ganz gewiß nicht! Wirklich, ich – ich habe keine Ahnung, wie sich das verflixte Biest befreien konnte – o nein!« Plötzlich schlug sie sich entsetzt eine Hand vor den Mund. »O nein, nicht schon wieder! Mylord –«

»Waerwic! Waerwic! Paß auf!« brüllte Caerllywel, und Warrick fuhr gerade noch rechtzeitig herum, um den Geißbock erneut angreifen zu sehen.

Diesmal bekam der Graf die Hörner mit voller Wucht in den Magen. Mit lautem »Uff!« landete er rückwärts in einem Heuhaufen und schlug mit dem Kopf gegen eine Vogelstange.

Der Rabe krächzte, schlug mit den Flügeln, pfiff und schaute mit schief gelegtem Kopf zu Warrick herab, bevor er schrie: »Wohl bekomm's! Wohl bekomm's!«

Und dann konnte Isabella nicht mehr an sich halten: »O Matey!« schalt sie den boshaften Vogel stammelnd. »Du – du nicht auch noch!« Und dann brach sie zu Warricks großem Zorn in lautes Lachen aus.

Isabella lag in einer großen Wanne aus Messing und schloß die Augen. Sie hatte den neuen Vormund seither nicht wiedergesehen, allerdings hatte ihr Alice aufgeregt erklärt, wer der Mann war. Er war Lord Warrick ap Tremayne, Graf Hawkhurst, und stand angeblich in der Gunst des Königs. Gott sei ihr gnädig! Schlechter hätte der Empfang für ihn nicht ausfallen können.

Isabella fragte sich, ob ihr der Graf wohl je verzeihen würde. Es schien fraglich – er war wirklich wütend gewesen –, aber trotzdem mußte sie alles versuchen, um die Scharte wieder auszuwetzen. Schaudernd erinnerte sie sich daran, wie mißbilligend die bernsteinfarbenen Augen sie abgemustert hatten. Sie verstand nicht, warum der Graf schon vor dem katastrophalen Vorfall im Stall so feindselig gewirkt hatte. Schließlich rief sie nach Alice.

»Jawohl, Mylady?«

»Leg mir bitte mein meergrünes Kleid mit der kleinen Haube bereit.«

»Sehr wohl, Mylady.«

Alice strahlte erleichtert. Offenbar hatte Isabella ihren Plan, so unattraktiv wie nur möglich zu erscheinen, aufgegeben. Vielleicht hatte das düstere, edle Gesicht Lord Hawkhursts sie ja dazu bewogen, ihre Taktik zu ändern. In dem meergrünen Kleid war sie immer besonders schön.

Tatsächlich hätte Isabella nicht lieblicher aussehen können, als sie die Haupttreppe zum großen Saal hinabschritt. Die meergrüne Seide war mit silbernem Garn durchschossen, das den silbernen Glanz ihrer blonden Haare noch hervorhob. In dem tiefen Ausschnitt kamen Isabellas reife Brüste und die fein gearbeiteten Silberketten um ihren Hals besonders gut zur Geltung. Ein silberner Filigrangürtel lag um ihre Taille; das juwelenbesetzte Eßmesser glänzte im milden Kerzenschein. Das Kleid selbst fiel in weichen Falten auf den Boden; die engen Ärmel, die in Spitzen über ihren Handgelenken endeten, lagen unter einem silbernen Cape versteckt. Die kleine meergrüne Haube war mit Silberreifen verziert.

Warrick und Caerllywel starrten sie wie gebannt an, während sie langsam und voller Grazie durch die Halle auf sie zuschritt. Das konnte doch unmöglich die schmutzige, zerlumpte Magd sein, der sie vorhin im Stall begegnet waren! Isabella machte einen tiefen Knicks und streckte erst dem Grafen, dann seinem Bruder eine schlanke Hand entgegen.

»Mylord Hawkhurst«, sie lächelte und zeigte dabei gleichmäßige, weiße Zähne, die wie Perlen glommen, »und Sir Caerllywel – habe ich das richtig ausgesprochen? Walisisch ist eine so schwere Sprache.«

»Ja, und Ihr habt es schöner gesagt, als ich es je zuvor gehört habe, Mylady«, antwortete Caerllywel mit einem bewundernden Leuchten in den Augen, ohne sich an der finsteren Miene seines Bruders zu stören.

»Mylord«, wandte sich Isabella wieder an den Grafen, »ich muß

Euch um Verzeihung für den ungastlichen Empfang bitten, den die Männer meines Bruders und ich Euch bereitet haben. Wir hatten Euch nicht so bald erwartet, und da der König uns den Namen des neuen Vormundes nicht angekündigt hat, war Sir Lindael vielleicht übereifrig in der Erfüllung seiner Pflichten. Er war nur auf meine Sicherheit bedacht, geht deshalb bitte nicht zu hart mit ihm ins Gericht. Ich selbst war um das Lamm besorgt und hoffe, meine unhöfliche Begrüßung und das – das schreckliche Mißgeschick im Stall wiedergutmachen zu können.«

All das sagte sie ernst, ohne Spott oder unterdrückte Schadenfreude, aber Warrick ließ sich nicht täuschen. Das Mädchen wollte etwas von ihm. Was nur?

»Natürlich, Mylady«, dröhnte er, aber er hatte den Blick gesenkt, so daß sie seine Gedanken nicht lesen konnte.

Seine Antwort war nicht eben ermutigend, aber Isabella rang sich trotzdem ein Lächeln ab, bevor sie sich zum Essen an die große Tafel setzten.

Das ganze Essen hindurch unterhielt sie beide Männer mit einer Fröhlichkeit, hinter der sich nackte Verzweiflung verbarg, denn während sie Caerllywels Zuneigung in Windeseile gewann, blieb der Graf mürrisch und stumm. Trotzdem gab Isabella nicht auf, denn sie mußte erfahren, wie Lord Hawkhurst über sie, Giles und Rushden dachte.

»Wart Ihr schon jemals Vormund, Mylord?« fragte sie neugierig.

»Nein, aber man hat mich genau über meine Pflichten unterrichtet«, antwortete der Graf knapp und mit sardonisch herabgezogenen Mundwinkeln.

»Ihr – Ihr findet keinen Gefallen an der Aufgabe«, stellte Isabella entmutigt fest; denn in diesem Fall würde Lord Hawkhurst bestimmt nicht gut zu ihr und ihrem Bruder sein. »Mylord, ich – ich weiß, daß Ihr völlig zu Recht wütend wegen des Vorfalls heute morgen seid, doch bitte urteilt deshalb nicht zu streng über mich und die Meinen. Ich – ich versichere Euch, daß Giles und ich keine Belastung für Euch darstellen werden, Mylord. Meinen Bruder werdet Ihr kaum sehen, da er beim Herzog von Gloucester im Dienst steht, und – und das Land wird gut geführt. Ihr braucht nur dafür zu sorgen, daß der König einen angemessenen Zins erhält ...«

Sie verstummte, als sie den Glanz in seinen goldenen Augen sah. Ein Prickeln überlief sie. Der Blick des Grafen erinnerte sie an den eines Falken, bevor er seine Beute in Fetzen reißt. Trotzdem strahlten die bernsteinfarbenen Augen noch mehr aus – sie taxierten sie ironisch ab, so als wäre Isabella eine Sklavin auf dem Block, die Lord Hawkhurst kaufen – und ins Bett zerren konnte, falls und sobald es ihm gefiel.

Sie wandte den Blick ab und nippte beklommen an ihrem Wein, wobei sie zu verheimlichen versuchte, wie sehr die um den Pokal geschlossenen Finger zitterten.

Caerllywel dagegen grinste nur und beugte sich zu ihr herüber, um ihr ins Ohr zu flüstern: »Macht Euch keine Sorgen wegen Waerwic. Er ist wütend, weil der König ihn hierhergeschickt hat, obwohl mein Bruder lieber am Hof geblieben wäre. Das ist alles«, log er skrupellos. »Mit Euch, Mylady, hat das nichts zu tun, trotz des unglücklichen Zwischenfalls im Stall. Ihr werdet bald sehen, daß Waerwic nicht der Unhold ist, für den er sich ausgibt.«

Isabella war zwar nicht überzeugt, aber sie seufzte erleichtert. »Das wußte ich nicht. Ich dachte, vielleicht – vielleicht ist er mir böse und stürzt Rushden deswegen ins Unheil. Ich werde nie vergessen, wie er geschaut hat, als er aus dem Stall verschwunden ist. Ich hätte nicht so lachen sollen, aber – aber es war einfach *zu* komisch.«

»Ja, das war es wirklich, Mylady. Keine Angst. Waerwic mag momentan wütend sein, aber ich versichere Euch, daß er nicht ungerecht zu Euch und den Euren sein wird.«

»Giles hat Rushden meiner Obhut anvertraut, müßt Ihr wissen, und ich nehme meine Aufgabe nicht leicht, Sir. Ich weiß, daß meine erste Begegnung mit Lord Hawkhurst unter einem schlechten Stern stand, aber ich hatte gehofft, das wiedergutzumachen ...« Isabella versagte die Stimme, und sie biß sich auf die Lippen.

»Das habt Ihr, Mylady. Zweimal hat mich Euer Anblick heute

schon sprachlos gemacht.« Caerllywels Augen leuchteten heiter und zugleich begehrlich.

Unwillkürlich mußte Isabella lächeln. »Hoffentlich, weil ich Euch beim zweiten Mal soviel besser gefallen habe, Sir. Es war wirklich nicht in Ordnung von Euch, in meine Menagerie zu kommen und meine Tiere zu erschrecken. Wirklich, wenn ich es mir recht überlege, habt *Ihr* den Unfall heute morgen verschuldet!«

»Na, na, Mylady, Ihr beliebt zu scherzen. Wir sind nur hineinspaziert –«

»Richtig, aber trotzdem hat Euer Anblick den Bock in solchen Aufruhr versetzt. Normalerweise ist er das sanftmütigste Geschöpf –«

»Na, na, Mylady!« wiederholte Caerllywel.

»Gut, ich muß zugeben, daß Tinker eine tiefe Abneigung gegen Umhänge hat, Sir. Ihr müßt wissen, als er noch klein war, machten sich ein paar Buben einen Spaß, indem sie ihn in eine Decke wickelten. Natürlich rannte das arme Tier wie vom Teufel gejagt herum, während es die ungezogenen Bengel mit Stockhieben quälten. Tinker muß Todesängste ausgestanden haben und hat sich von dem Vorfall nie ganz erholt. Jetzt greift er alles an, was auch nur im entferntesten an eine Decke erinnert. Deshalb muß er auch im Stall bleiben.«

»Zusammen mit einem scharfzüngigen Raben und verschiedenen anderen auserwählten Tieren, die zweifellos so ungezogen sind wie –«

»Ihre Herrin?«

»Aber gewiß nicht, Mylady!«

»Na, na, Sir. Hat mir mein Burghauptmann Märchen erzählt, oder habt Ihr mich nicht heute morgen als Sau und Euren Bruder als Schweinehirten bezeichnet?« wollte Isabella mit gespielter Schmollmiene wissen.

»Beim Blute Christi! Wie kann Sir Lindael es wagen, so etwas zu wiederholen? Ich werde seinen Kopf fordern –«

»Aha, dann stimmt es also!« triumphierte das Mädchen, während Caerllywel immer verlegener wurde.

»Nein, Mylady –«

»Vielleicht habt Ihr mich ja mit meinem Bruder verwechselt, der dem Eber von Gloucester dient«, deutete sie listig an.

»Ganz recht, so war es!« Caerllywel klammerte sich sofort an diesen Strohhalm.

»Aber, aber, Sir!« betonte Isabella, die inzwischen vor unterdrücktem Lachen bebte. »Selbst dann hättet Ihr meinen Bruder wohl kaum als Sau bezeichnet, höchstens als Ferkel...«

Endlich begriff Caerllywel, daß sie sich gnadenlos über ihn lustig machte und ihn damit für die unverschämte Bemerkung bestrafte, die ihr von einem zutiefst entrüsteten Sir Lindael hinterbracht worden war.

»Isabella – darf ich Euch Isabella nennen? –, Ihr habt eine messerscharfe Zunge«, stellte Caerllywel ernst, aber mit sprühenden Augen fest. »Hätte Euer Burghauptmann Euch meine Bemerkung früher hinterbracht – die ich gemacht habe, ehe ich Euer wahres, liebliches Wesen kennenlernte –, dann hätte dieser kapriziöse Bock wohl mein Hinterteil ins Visier genommen statt das des unschuldigen Waerwic.«

»Bestimmt«, gab sie mit einem Lachen in den Augen zu.

»Der arme, arme Waerwic«, japste Caerllywel, der sich von ihrer Heiterkeit anstecken ließ. »Ich fürchte, er ist heute mehr als einmal auf die Hörner genommen worden!«

Bei dieser Bemerkung konnte sich Isabella das Lachen nicht mehr verkneifen und prustete laut los, ohne aber auch nur einen verstohlenen Blick auf den Grafen zu wagen, der sich in diesem Moment bestimmt mit Mordgedanken trug.

Damit hatte sie ganz recht, denn Warrick hatte den unbedachten Wortwechsel zwischen seinem Bruder und Isabella mitbekommen und überlegte ganz ernsthaft, ob man ihn wohl hängen würde, wenn er beide mit bloßen Händen erwürgte.

Sie ist genau wie Brangwen, dachte er. Sie bezaubert die Männer, lacht sie dann aus und stößt sie ins Verderben. Nun, er würde ihr nicht so leicht ins Netz gehen. Er hatte schon einmal wegen eines Mädchens gelitten; ein zweites Mal würde ihm das nicht passieren, gelobte er.

»Du schwatzt zuviel, Bruder«, sagte er warnend. »Ich glaube, du hast zuviel Bier getrunken. Kommt, Mylady.« Er nahm Isabella bei der Hand und zog sie hoch. »Ich fürchte, mein Bruder ist nicht mehr die rechte Gesellschaft für eine Jungfer wie Euch.«

Sie fand kaum Zeit, Caerllywel gute Nacht zu wünschen und kurz zu knicksen, bevor der Graf sie aus dem Rittersaal zog. Seine Finger schlossen sich so fest über ihren, daß ihr die Hand weh tat, obwohl sie bei seiner Berührung ein Blitz durchzuckt hatte. Stolpernd hastete sie der großen, finsteren Gestalt nach.

»Bitte, Mylord. Ihr – Ihr tut mir weh, und Ihr geht zu schnell«, stieß sie hervor.

Er starrte sie wortlos an, lockerte aber seinen Griff und führte sie langsamer durch die langen Gänge der Burg.

Die Fackeln an den Wänden warfen gespenstische Schatten auf Warricks kaltes, messerscharfes Profil und jagten Isabella Angst ein. Wohin brachte er sie? Was hatte er mit ihr vor? Ach, warum hatte sie beim Essen nur nicht den Mund gehalten? Vielleicht war der Graf gleichfalls betrunken und wollte – wollte –

Das Mädchen schauderte vor Entsetzen angesichts dieses unvollendeten Gedankens. Lord Oadby fiel ihr wieder ein, und ohne jede Vorwarnung wurde sie von Panik gepackt. Vielleicht war Lord Hawkhurst ja nicht besser als ihr früherer Vormund. Unvermittelt blieb Isabella stehen und versuchte, ihre Hand loszureißen.

Warrick drehte sich um, fluchte leise und zog sie mit einem Ruck an sich.

»Was bedrückt Euch, Mylady?« fragte er höhnisch, nachdem er ihren Fluchtversuch vereitelt hatte. Doch als er ihre Miene sah, lachte er leise und spöttisch. »Glaubt Ihr etwa, ich wollte Euch meinen Willen aufzwingen? Ich versichere Euch, daß mir danach keineswegs der Sinn steht«, erklärte er ihr. Dabei verschlang er mit glitzernden Augen ihren Körper, als wüßte er genau, wie sie nackt aussah. Er hob eine Haarsträhne hoch, die auf ihre reifen Brüste gefallen war. »Aber selbst wenn«, fuhr er fort, während er mit ihrem Haar spielte, als wollte er ihr klarmachen, wie hilflos sie ihm ausgeliefert war, »könntet Ihr nichts daran ändern. Ich bin jetzt

Herr in diesem Haus, und Eure Gunst wäre eine nur angemessene Entschädigung für die Beleidigung, die mir heute morgen zugefügt worden ist.«

Das Mädchen war entsetzt über sein grobes Benehmen. Wie konnte er es wagen, sie so herablassend zu behandeln, als wäre sie eine gewöhnliche Hure. Ängstlich schaute sie den Gang hinunter, doch sie waren ganz allein. Niemand außer ihr selbst konnte ihr helfen.

»Wie könnt Ihr es wagen, mich anzurühren? Nehmt augenblicklich Eure Hände von mir!« zischte Isabella in panischer Angst. »Die Männer meines Bruders würden Euch schon für weniger niederstrecken! Ich brauche nur den Befehl zu geben, und schon kommt Ihr auf höchst unangenehme Weise zu Tode. Selbst dem Vorsichtigsten kann einmal ein Unfall passieren.«

»Ach wirklich?« fragte er leise und drohend. »Habt Ihr Lord Oadby damals auch vorgewarnt?«

Es war nur ein Schuß ins Dunkel, aber das ahnte das Mädchen nicht. Sie erbleichte, und ihr wurde schlecht vor Angst, als sie begriff, wie töricht ihre Bemerkung gewesen war. Dann faßte sie instinktiv nach ihrem Dolch.

»Lord Oadby war ein grausamer Mensch und hat sein Pferd oft bis zur Erschöpfung angetrieben«, erklärte sie in der Hoffnung, Lord Hawkhurst würde ihr glauben. Dann zuckte sie leichthin mit den Achseln, als wäre das alles ohne Bedeutung. »Kein Wunder, daß das arme Tier ihn abgeworfen hat. Und jetzt laßt mich gehen, Mylord, sonst töte ich Euch noch selbst!« Blitzschnell riß Isabella sich von ihm los und zog die Klinge.

Der Graf kniff die gelben Augen zusammen. »Die Rose *hat* also Dornen«, schnurrte er mit samtweicher Stimme, »und würde mich lieber umbringen, als ihre Tugend zu verlieren.«

»Wie jeden Mann, der mich mit Gewalt zu nehmen versucht«, verkündete das Mädchen inbrünstig.

Warrick kam langsam näher, bis sie an die Wand des Ganges zurückweichen mußte. Dann stemmte er seine Hände links und rechts von ihr gegen die Mauer, so daß sie nicht entkommen konnte. Er schien kein bißchen Angst um sein Leben zu haben, obwohl Isabella ihm jetzt den Dolch, wenn auch zitternd, gegen die Kehle drückte.

»Seid Ihr so sicher, daß ich Euch mit Gewalt nehmen müßte, Mylady?« fragte er mit hochgezogener Braue. Er lachte wieder, als sie verwirrt und verlegen errötete. Seine bloße Nähe ließ ihr Herz wie wild klopfen. Die Finger, die die Klinge hielten, zitterten. Blitzschnell schlug er ihr das Messer aus der Hand und riß ihr beide Arme auf den Rücken, so daß sie gegen seine Brust gedrückt wurde. Mit der freien Hand packte er ihr Haar und zog ihren Kopf zurück.

»Seid Ihr da so sicher, Madam?« wollte er nochmals wissen. Seine Lippen verharrten dicht über ihren.

»My – Mylord, bitte«, japste Isabella in Todesangst. »Ihr seid mein Vormund. Bestimmt hat Euch der König nicht die Freiheit gegeben, ein unschuldiges Mädchen...«

Auf einmal begannen die Augen des Grafen zu glänzen. Aus ihnen strahlten Heiterkeit und Wut, aber auch heiße Begierde. »Was Euch betrifft, hat mir der König jede Freiheit gegeben«, sagte er. »Wirklich jede Freiheit«, wiederholte er.

»Wie – wie meint Ihr das?« fragte Isabella nervös.

»Nun, Seine Gnaden haben beschlossen, daß Ihr mir ein gutes Weib abgeben würdet«, erwiderte er sarkastisch. Seine Worte trafen das Mädchen wie eine Ohrfeige.

»Nein!« Wie von selbst kam der Schrei aus ihrem Mund. Starr vor Entsetzen schaute sie zu ihm auf. »Nein! Ihr lügt! Das ist nicht wahr! Das kann nicht wahr sein!«

»Ich versichere Euch, daß es wahr ist, Madam, sosehr uns beiden das mißfällt. Ich habe zwar versucht, ihn von dem Plan abzubringen, aber der König hat bereits unseren Heiratskontrakt unterschrieben. Ich wollte Euch das noch nicht sagen – und auch nicht auf diese Weise –, aber vielleicht ist es so am besten. Wenn Ihr wißt, woran Ihr bei mir seid, werdet Ihr vielleicht weniger geneigt sein, mich zum Narren zu halten.«

»Das würde ich sowieso nie tun.« In Isabellas Stimme schwang eine Ruhe und Würde, die ihn fast beschämte.

Doch dann fiel ihm Brangwen wieder ein, und er erklärte

entschlossen: »Das ist auch gut so, denn sonst werdet Ihr dafür büßen, das verspreche ich Euch. Wo ist Eure Kammer?« wollte er abrupt wissen. Er ließ sie los, ohne ihr Gelegenheit zu geben, über seine schreckliche Drohung nachzudenken.

»Dort«, antwortete das Mädchen dumpf und deutete auf ihr Zimmer. Irgendwie war sie unfähig zu begreifen, daß sie mit diesem Mann verheiratet werden sollte.

Kein Wunder, daß er gewagt hatte, so mit ihr umzuspringen. Sie fühlte sich, als hätte er ihr eine betäubende Ohrfeige verpaßt. Wie vor den Kopf geschlagen und vollkommen benebelt stand sie da, bis Warrick wieder sprach und sie in die Gegenwart zurückholte.

»Dann begebt Euch hinein, Madam, und hört auf, meinen Bruder zu umgarnen. Mir mißfällt das außerordentlich. Ihr seid nicht ihm zugedacht.«

»Aber Euch auch nicht, Mylord«, platzte es aus Isabella heraus. Ihre Augen flehten ihn an, ihr zu erklären, daß alles nur ein Scherz gewesen war. »Bitte sagt mir, daß das nicht wahr ist. Ich möchte nicht Eure Gemahlin werden –«

»Und ich will Euch nicht haben!« fuhr Warrick sie bebend vor Zorn an. Schon wieder hatte sie ihn beleidigt. »Aber wir können nichts daran ändern. Edward hat es so befohlen.«

»Gott sei uns gnädig«, hauchte Isabella, faltete die Hände und legte wie im Gebet die Stirn darauf. »Dann bin ich verloren. Verloren«, schluchzte sie leise und herzzerreißend.

Hilflos schaute sie zum Grafen auf. Dieser Mann sollte ihr Gemahl werden, würde mit ihr das Bett teilen, hätte das Recht, sie zu berühren und – und – O Lionel. *Lionel!* Sie stieß einen Verzweiflungsschrei aus: »Nein! Nein! Ich werde Euch niemals gehören«, schwor sie.

»Anscheinend seid Ihr von vielen Dingen überzeugt, Mylady«, höhnte Warrick, während er ihr den Dolch zurückreichte. »Ich finde es nicht klug, sich einer Sache allzu sicher zu sein. So unangenehm die Aussicht auch ist, Ihr *werdet* meine Frau werden, Mylady – und zwar ganz und gar«, fügte er grob hinzu. »Der König wünscht, daß ich einen Erben bekomme. Nur deshalb hat er diese Heirat befohlen.«

»Dann – dann wäre Euch doch bestimmt jede andere Jungfrau genauso recht.« Isabella biß sich auf die Lippen. »Ihr begehrt mich nicht, Mylord –«

»Nicht als Gemahlin, nein. Aber ich ziehe Euch bestimmt einer von Edwards abgelegten Huren vor, die er mir andernfalls angeboten hätte. Wenigstens *seid* Ihr noch Jungfrau«, er hielt inne, als wollte er abwarten, ob sie ihm widersprach, »und ich finde die Vorstellung, mit Euch ins Bett zu gehen, gar nicht so ... abstoßend.«

Er legte dem Mädchen die Hand auf die Kehle, ließ seine Finger langsam über die Mulde zwischen ihren Brüsten wandern und lächelte spöttisch, als er sah, wie unangenehm ihr das war.

»Nicht. Bitte nicht«, flüsterte Isabella. Die Worte hallten wie ein leises Wimmern durch den Gang.

Zu ihrer Überraschung hörte Warrick auf, sie zu liebkosen und zuckte gleichgültig mit den Achseln. Es genügte ihm, daß sie ihn verstanden hatte.

»Wieviel bleibt mir? Wieviel Zeit bleibt mir, ehe wir verheiratet werden?« In Isabellas Gehirn arbeitete es fieberhaft.

»Ich habe es nicht eilig, Mylady, und bin es auch nicht gewöhnt, mit Kindern ins Bett zu gehen. Ihr seid noch jung. Ein Jahr oder zwei vielleicht.«

»Früher hätte ich das für viel Zeit gehalten«, antwortete das Mädchen.

»Das ist es auch, Mylady. Wer weiß, was in der Zwischenzeit alles passiert? Vielleicht überlegen es sich Seine Gnaden anders; vielleicht falle ich in der Schlacht ... Obwohl ich gestehen muß, daß beides recht unwahrscheinlich ist.«

»Mylord, bitte. Es *muß* doch eine Möglichkeit geben, wie wir diese Heirat, die wir beide nicht wollen, vermeiden können. Ich kann Euch nicht heiraten. Ich – ich liebe einen andern.«

Warrick sog scharf die Luft ein. Seine Augen wurden schmal. »Dann seid Ihr zu bedauern.« Seine Stimme klang leise und bedrohlich. »Denkt nicht einmal daran, mich mit einem anderen zu betrügen, Mylady, denn wenn Ihr das tut, werde ich Euch töten. Vergeßt das nie und nehmt keinen anderen mit in Euer Bett.

Ihr braucht nicht zu hoffen, daß ein tapferer Liebhaber Euch von Eurem Los errettet. Mein Breitschwert ist tödlich, und ich lasse mich nicht noch einmal betrügen. Ihr seid mein«, flüsterte er drohend. »Ob es Euch gefällt oder nicht – Ihr seid mein. Gute Nacht, Mylady. Angenehme Träume.«

Dann verbeugte er sich, machte auf dem Absatz kehrt und ließ sie allein zurück.

Nachdem er verschwunden war, lief Isabella in ihre Kammer, schlug die Tür zu und tat etwas, das sie kaum je zuvor getan hatte: Sie schob den Riegel vor. Dann lehnte sie sich, am ganzen Leib zitternd, gegen die Tür. Ihr war sterbenselend.

*Heiraten!* Sie sollte Lord Hawkhurst heiraten! Bei dem Gedanken überlief sie ein eiskalter Schauer. Bei Gott! Das würde sie auf keinen Fall tun! Sie würde Giles' Rittern befehlen, den Grafen umzubringen. Dann fiel Isabella ein, daß sie Lord Hawkhurst vorhin gewarnt hatte. Sie biß sich auf die Lippen und verfluchte sich für ihre Dummheit. Jetzt war der Graf bestimmt erst recht auf der Hut. Außerdem war da noch sein Bruder Caerllywel. Wenn Isabella Giles' Rittern den Befehl gab, Lord Hawkhurst zu töten, würden sie seinen Bruder ebenfalls umbringen müssen. Sie durften kein Risiko eingehen, daß Caerllywel Nachforschungen über den Tod des Grafen anstellte.

Guter Gott. Was sollte sie nur tun?' Was sollte sie nur tun?

O Lionel. Lionel, Geliebter! Wie kann ich ohne dich leben? Es ist zu grausam! Es darf nicht sein!

Isabella preßte das Gesicht gegen die harte Holztür – und weinte.

## Kapitel 10

Am nächsten Morgen war Isabella froh, daß sie nicht überstürzt gehandelt hatte, denn der Graf gab sich beim Frühstück ihr gegenüber höflich, wenn auch schweigsam, und erwähnte ihre Vermählung mit keinem Wort. Isabella konnte gar nicht begreifen, wie Warrick so ruhig dasitzen konnte, nachdem auf so fürchterliche Weise in ihr beider Leben eingegriffen worden war. Hatte dieser Mann, der ihr erklärt hatte, er würde sie heiraten, obwohl er sie nicht zur Frau haben wollte, denn gar keine Gefühle? Sie dachte an Lionel und daran, wie er sie angesehen hatte, als er geschworen hatte, sie zur Seinen zu machen. So hatte sie der Graf gestern abend wirklich nicht angesehen ...

Gott, o Gott, betete sie inbrünstig. Laß es nicht wahr sein. Bitte laß es nicht wahr sein, daß dieser Mann mein Gemahl werden soll. Ich liebe doch Lionel. *Lionel!*

Auch Caerllywel war schweigsam, und Isabella fragte sich, ob das von den Kopfschmerzen kam, die ihm der Schnaps von gestern abend eingetragen hatte, oder von dem erbitterten Streit, den er, lang nachdem sie zu Bett gegangen war, mit seinem Bruder ausgefochten hatte. Das Mädchen hatte die beiden gehört, allerdings nicht deutlich genug, um zu verstehen, was die beiden sagten.

Trotzdem wäre Isabella kaum überrascht gewesen, hätte sie erfahren, daß sich der Streit um sie gedreht hatte.

»So süß sie auch tut, sie ist nicht dumm«, hatte der Graf geknurrt. »Sie hat Augen, die einem Mann in die Seele schauen können, und ihren Ohren entgeht nicht der leiseste Zwischenton. Wenn du ihr weiterhin den Hof machst, wird sie Streit zwischen uns stiften. Ich warne dich, Caerllywel: Halte dich von ihr fern.«

»Ach komm schon, Waerwic. Du sprichst nur so schlecht über Lady Isabella, weil Brangwen dir alle Frauen vergällt hat. Lady Isabella war nur freundlich –«

»Nein, sie ist eine Hexe – genau wie alle anderen! Glaubst du mir nicht?« Waerwic hatte kurz gelacht, als sein Bruder nicht antwortete. »Bei allen Wunden Christi! Sie hat mir sogar gedroht, mich umzubringen!«

»Was?« Caerllywel hatte ungläubig die Augen aufgerissen.

»Ganz recht. Lady Isabella hat ihr Messer gezogen und geschworen, daß sie mich umbringen oder die Mannen ihres Bruders zum Mord anstiften würde. Wahrscheinlich ist es Lord Oadby nicht anders ergangen. Aber ja, ein freundliches Mädchen, wahrhaftig, Bruder«, hatte der Graf gehöhnt.

»Nein, das kann ich nicht glauben, Waerwic. Eine, die sich dem Heilen verschrieben hat, stößt keinem das Messer in die Rippen.« Plötzlich hatte Caerllywel seinen Bruder vorwurfsvoll angesehen. »Du mußt sie eingeschüchtert haben, und zwar mit Absicht.«

»Aber ja.« Warrick hatte ihm ein Wolfslächeln gezeigt. »Ich habe ihr gesagt, daß wir heiraten werden, und ich habe durchblikken lassen, was sie dann erwartet. Ich fürchte, meine süße Braut brennt nicht gerade darauf, das Bett mit mir zu teilen.«

»Aber – aber warum um alles in der Welt hast du das Mädchen so verängstigt, Waerwic? Das war doch bestimmt nicht nötig.«

»Ich habe nicht vor, mich mit einem Weib einzulassen, das keine Angst vor mir hat, Caerllywel. Hätte ich Brangwen so behandelt, wie sie es verdient hatte, hätte sie bestimmt keinen anderen Mann angeschaut.«

»Nein, nicht einmal damit hättest du sie halten können. Außerdem ist Lady Isabella nicht Brangwen, Waerwic«, hatte sein Bruder ihm grimmig widersprochen.

»Vielleicht nicht, aber sie sind trotzdem alle gleich – alle! Falsche, verlogene Metzen, eine wie die andere – nur zu einem zu gebrauchen! Und wie dumm sind die Männer, die nicht erkennen, was für schwarze Herzen sich unter diesen schönen Fassaden verbergen!«

»Waerwic, Waerwic! Du irrst dich! Eine Maid hat dir übel mitgespielt, das stimmt. Aber das lag in ihrer Natur, Bruder. Sie war krank und böse. Lady Isabella ist anders, Waerwic. Man muß sie mit Liebe gewinnen. Ich flehe dich an: Laß dich von deinem Haß auf ein böses Weib nicht blind gegenüber einem Mädchen machen, das nur sanft und gut ist. Du wirst es bereuen, zutiefst bereuen, glaub mir.«

»Du bist ein Narr, Caerllywel.«

Warrick verzog verächtlich den Mund, als er an den Streit vom Abend zuvor dachte. Sein Bruder *war* ein Narr. Der Graf hatte gut daran getan, Isabella angst zu machen. Sie benahm sich schon ehrerbietig und hielt die Augen demütig auf den Teller gesenkt, statt mit Caerllywel zu tändeln.

Daß Isabella gestern abend *nicht* mit seinem Bruder getändelt hatte, kam Warrick gar nicht in den Sinn. Er hatte keine Schwestern und kannte die Frauen nur schlecht. Deshalb konnte er nicht wissen, daß sich Isabella benahm wie jedes Mädchen, das unter Männern aufgewachsen ist und ohne Scheu mit ihnen verkehrt. Tatsächlich hatte Isabella aufgrund Lady Shrewtons Niedertracht und ihrer tiefen Liebe zu den Tieren viel mehr Zeit im Stall als im Söller verbracht. So war es gekommen, daß sie oft lebhafte Gespräche mit den Burgmannen führte, während sie vollkommen hilflos war, sobald sie sich mit den Mägden auf der Burg unterhalten sollte.

Doch das wußte der Graf nicht, und hätte er es gewußt, hätte er es nicht geglaubt. Er hatte sich zu sehr daran gewöhnt, Frauen nur als Körper anzusehen, die einem Mann das Bett wärmen konnten – die er mit einer Handvoll Münzen oder einem hübschen Schmuckstück entlassen konnte, wenn sie ihm Vergnügen bereitet hatten, und mit ein paar scharfen Worten oder einer Ohrfeige, wenn er unzufrieden war.

Warrick schob seinen Teller weg und stand auf. »Ich wollte heute den Besitz abreiten. Willst du mich begleiten?«

Er hatte die Frage an Caerllywel gerichtet, aber das wußte Isabella nicht. »Aber natürlich, Mylord«, antwortete sie höflich und schaute ihn überrascht an. »Ich habe meine Stute schon satteln lassen. Die Ritter Eadric, Thegn und Beowulf werden uns begleiten.«

Wenn Caerllywel der Schädel nicht so gedröhnt hätte, hätte er laut losgelacht. Warrick war der Auffassung, daß sich Frauen nicht in Männergeschäfte mischen sollten, und so hatte ihn Isabella, ohne es zu wissen, schon wieder beleidigt.

»Mylady.« Der Graf sagte das kalt und abweisend, um dieses unverschämte Weib an seinen Platz zu verweisen. »Es ist kaum nötig, daß Ihr Euch solche Umstände macht. Die Dienste Eures Burgvogts werden genügen, versichere ich Euch, denn bestimmt weiß er weit besser über die Verwaltung der Ländereien Bescheid als Ihr.«

»Ich – ich glaube nicht, Mylord. Im Gegenteil, er wird es eigenartig finden, daß ich Euch nicht begleite. Aber«, lenkte

Isabella schnell ein, um ihn nicht weiter zu provozieren, »wenn Ihr es wünscht ...«

»Ja, so wünsche ich es«, verkündete er herablassend, und das Mädchen eilte aus der Halle, um nach dem Burgvogt schicken zu lassen.

Meister Potter protestierte jedoch vehement und mit energischem Kopfschütteln, als er geholt worden war. »Mylord, ich habe ein krankes Bein«, jammerte er, »und ich kann nicht lange reiten. Es ist besser, wenn Ihr Lady Isabella mitnehmt. Sie führt schließlich auch die Bücher und ist die einzige außer Lord Rushden, die den wahren Wert seiner Ländereien kennt.«

»Was soll das heißen – Lady Isabella führt die Bücher? Tut Ihr das nicht selbst?«

»O nein, Mylord. Die Ladies auf Rushden haben die Bücher immer selbst geführt und wissen genausoviel über die Geschäfte der Burg wie die Lords selbst. Die Charta von Rushden läßt auch die weibliche Erbfolge zu, wenn es keinen ehelichen männlichen Erben gibt. Deshalb lernen auf Rushden die Töchter nicht weniger als die Söhne.«

Warrick atmete tief durch. »Meister Potter, bitte bringt Lady Isabella augenblicklich zu mir«, befahl er grimmig.

»Sehr wohl, Mylord.«

Kurz darauf erschien Isabella wieder, mit züchtig gefalteten Händen und fragend hochgezogenen Brauen. Warrick ließ sich nicht täuschen. Er hatte den Verdacht, daß Isabella sich trotz ihres demütigen Auftretens insgeheim über ihn lustig machte. Er mußte sich beherrschen, um ihr keine Ohrfeige zu geben.

»Mylord?« fragte sie.

»Ich – ich habe es mir anders überlegt, Mylady«, verkündete Warrick steif. »Ich wünsche, daß Ihr doch mit uns ausreitet.«

»Sehr wohl, Mylord«, antwortete Isabella sofort.

»Und hört mit dem ständigen ›Mylord‹ auf. Das ist nicht nötig. Immerhin seid Ihr von ebenso hohem Rang wie ich und werdet außerdem bald meine Frau! Ich habe einen Namen: Warrick. Verwendet ihn in Zukunft!« bellte er zornig.

Bei diesen Worten erlosch das warme Licht, das fast immer in

Isabellas Augen leuchtete, und das Herz wurde ihr schwer. »Wie – wie Ihr wünscht, My- Warrick«, antwortete das Mädchen schließlich, jedoch so leise, daß sie kaum zu verstehen war.

Die nächste unangenehme Situation entstand, als Isabellas kleine Stute Cendrillon aus dem Stall geführt wurde und sich die kräftigen Hände des Grafen um die schmale Taille des Mädchens schlossen, um ihr in den Sattel zu helfen. Sein Griff war stählern und wirkte besitzergreifend, so als wollte er sie daran erinnern, daß sie ihm gehörte. Und genau wie am Abend zuvor empfand Isabella Warricks Berührung eigenartig intensiv. Kurz sah sie in seinen Augen jene seltsame Begierde aufglimmen, die ihr letzte Nacht solche Angst gemacht hatte, und ihre Hände zitterten leicht, als sie die Zügel nahm.

»Ich bin bereit, My- Warrick«, sagte sie.

Erst da ließ der Graf sie los und schwang sich auf sein eigenes Pferd, ein riesiges braunes Streitroß mit sahnegelber Mähne und langem Schweif. Langsam trabten sie unter dem eisernen Fallgitter hindurch und über die Zugbrücke auf die Ländereien dahinter, gefolgt von Caerllywel und den übrigen.

Der Tag hatte strahlend angefangen und war schön geblieben. Vor der kleinen Gruppe wand sich die Straße durch Wälder und Felder, die in frischer Blüte standen. Äcker mit sprießendem Weizen, Hafer und Gerste leuchteten im Sonnenschein. Hier und da waren Bauern mit Hacken und Sicheln in der Hand zu sehen; in der Ferne muhten Kühe, und Schafe und Ziegen blökten oder meckerten an den Hügelabhängen.

Warrick fiel auf, wie wohlhabend, sauber und gesund alles aussah; denn Isabella hatte die Monate, in denen sie Herrin über Rushden gewesen war, gut genutzt. Nachdem sie erfahren hatte, in welcher Armut die Pächter und Leibeigenen unter Lord Oadbys Herrschaft gelebt hatten, hatte sie alles darangesetzt, ihnen das Leben zu erleichtern, und hatte sich dadurch die Liebe und Dankbarkeit ihrer Untertanen erworben. Jetzt begrüßten die Leute das Mädchen freudig, sobald sie es erspähten, senkten ihre Hacken und zogen respektvoll die Mützen.

Ein paar Frauen arbeiteten mit ihren Männern in den Feldern, andere dagegen kümmerten sich um die kleinen Gemüsegärten, die der Graf hinter jeder einzelnen Hütte entdeckte. Die älteren Kinder halfen ihren Müttern bei der Arbeit, doch die Kleinen spielten, wie Warrick bemerkte, unter den wachsamen Augen einiger junger Mädchen.

Er wandte sich fragend an Isabella. »Warum sind sie nicht alle auf den Feldern, wo selbst die Jüngsten sein sollten?« fragte er mißbilligend. »Und wer erlaubt ihnen, Gärten anzulegen, obwohl es genug andere Arbeit gibt?«

»Ich habe es ihnen erlaubt, Mylord – Warrick«, antwortete Isabella kühl. »All das ist seit langem auf Rushden so Brauch – trotz Lord Oadbys gemeiner und niederträchtiger Versuche, das zu ändern. Wir sorgen gut für unsere Bauern, und sie sind stolz auf ihre Arbeit. Ich frage Euch, Mylord: Was nutzt Euch ein Leibeigener, der geschlagen und durch Hunger in die Knechtschaft gezwungen wird und der wahrscheinlich irgendwann fliehen, rebellieren oder an einer Krankheit sterben wird? Was nutzt Euch ein Kind, das mit zwei Jahren auf die Felder geschickt wird, wenn es dafür mit acht wahrscheinlich ausgezehrt und verkrüppelt ist und mit fünfzehn stirbt? Was nutzt Euch ein Pächter, dem jede Lebensfreude und jeder Stolz genommen wurde? Ich sage Euch, solche Untertanen sind nichts wert, Warrick; und es hat mich große Mühe gekostet, das große Unheil wiedergutzumachen, das Lord Oadby den Leuten meines Bruders angetan hat.« Wieder klang eine Warnung aus ihren Worten.

»Ihr ermutigt sie, von Dingen zu träumen, die ihnen nicht zustehen.«

»Vielleicht, aber was ist der Mensch ohne Hoffnungen und Träume? Seht Ihr nicht, wie reich Rushden ist? Glaubt Ihr, das Gut wäre auch nur halb so wohlhabend, wenn wir anders handeln würden? Ich glaube das nicht. Ich garantiere Euch, daß jeder einzelne Leibeigene auf Rushden soviel arbeitet wie drei Männer auf einem anderen Gut – und besser dazu. Jeder Mann hier würde gern und freudig für mich sterben, wenn es nötig sein sollte. Könnt Ihr das auch von Euren Bauern sagen?«

Der Graf dachte an seine Untertanen, arme und traurige

Gestalten, die mißmutig ihrer Arbeit nachgingen und ihn ängstlich aus den Augenwinkeln heraus beobachteten. Er dachte an seine eigene Burg, Hawkhurst, eine verfallene Ruine, die kaum etwas einbrachte und trotz seines persönlichen Reichtums unter ihrem Schuldenberg erstickte. Der Vergleich mit Rushden fiel wenig schmeichelhaft für Hawkhurst aus. Dabei war Isabella nur eine Frau. Woher wußte sie all diese Sachen? Das war höchst ungehörig. Ein Mädchen gehörte ans Spinnrad oder an den Stickrahmen im Söller – oder zu einem Mann ins Bett.

Auch im Dorf konnte man sehen, wie gut Rushden geführt wurde. Selbst die Straßen waren sauber, weil Müll und Unrat regelmäßig abtransportiert und zum Düngen der Felder verwendet wurden. Der Priester und der Dorfvorsteher wurden herbeigerufen, um ihre Pachtlisten vorzuzeigen, und ein alter Mann aus der Menge, die den neuen Vormund in Augenschein nehmen wollte, zupfte den Priester am Rock und erkundigte sich griesgrämig, ob jetzt alle ihre Papiere holen müßten.

»Papiere? Was denn für Papiere?« fragte Warrick mißtrauisch.

»Na, die Papiere, die die Lady vom Priester austeilen läßt, wenn wir unsere Pacht bezahlen«, antwortete der Alte.

»Er meint seine Quittungen, Warrick«, erklärte Isabella. »Nach der Ernte erhält jeder Leibeigene und Pächter eine Quittung über die Abgaben, die er dem Lord gezahlt hat. Auf diese Weise kann ein neuer Priester oder Dorfvorsteher die Leute nicht zwingen, doppelt zu zahlen. Das hat mein Vater so eingeführt. Die Zeiten sind schwer; es herrscht Bürgerkrieg, und niemand weiß, wer morgen die Krone tragen wird. Es ist nicht recht, die einfachen Leute für die Streitigkeiten des Adels büßen zu lassen.«

»Ganz recht.« Warrick kniff die goldenen Augen zusammen. »Wenigstens darin bin ich mit Euch einer Meinung, denn darunter leiden die Waliser seit langem. Die Ashleys haben immer auf der Seite der Yorks gestanden, nicht wahr?«

»Ja, seit dem Beginn des Bürgerkrieges. Und Ihr, Mylord?«

»Ich, Madam?« Der Graf zog ironisch eine Braue hoch.

Sein Bruder lachte. »Waerwic steht immer auf der Gewinnerseite, Mylady«, erklärte Caerllywel.

Isabella war entsetzt. »Aber das ist ja schrecklich! Habt Ihr denn keine Ehre?«

»Ich bin zur Hälfte Waliser und außerdem ein Bastard, Madam«, antwortete Warrick gedehnt und verbittert. »Was für eine Ehre sollte ich schon haben? Schließlich hat man mir immer wieder erklärt, daß ich ein Wilder – wenn nicht Schlimmeres bin.«

Isabella schaute ihn mit ihren unendlich tiefen grauen Augen an. »Selbst ein Wilder hat seine Ehre«, bemerkte sie leise. »Ohne Ehre ist der Mensch nichts.«

Die Nasenflügel des Grafen blähten sich vor Zorn, und eine Sekunde lang fürchtete Isabella, er würde ihr eins mit der Reitpeitsche überziehen; dann gab er seinem Pferd die Sporen und ließ die Zügel schießen.

Isabella nagte betreten an ihrer Unterlippe. »Ich habe ihn verärgert; das wollte ich nicht.«

»Zerbrecht Euch nicht den Kopf deswegen, Mylady«, beruhigte Caerllywel sie. »Ihr habt bloß die Wahrheit gesagt, das weiß Waerwic genau. Er wird bald darüber hinwegkommen.«

»Ich wünschte – ich wünschte, ich wüßte, warum er mich so haßt. Ich glaube nicht, daß es nur wegen unserer Heirat ist. Ich weiß, daß er mich nicht heiraten möchte, aber ihm muß doch klar sein, daß mir die Vorstellung genauso mißfällt wie ihm. Gestern nacht habe ich sogar gehofft, er wäre betrunken und würde nur Spaß machen.« Sie hielt inne und seufzte dann. »Es tut mir leid. Es war nicht richtig, Euch das zu erzählen, aber, ach, Caerllywel! Es stimmt! Einen Mann zu heiraten, den ich kaum kenne ... Ich hatte gehofft, ich könnte mir selbst einen Mann suchen. Jetzt ist alles entschieden und nichts mehr zu ändern. Nichts! Aber ich kann doch genausowenig dafür wie der Graf! Warum behandelt er mich dann so?«

»Das – das ist einfach Waerwics Art, Mylady«, antwortete Caerllywel mit abgewandtem Gesicht, damit sie nicht in seinen Augen lesen konnte. »Er will nicht grausam sein. Aber er hat nur wenig für Frauen übrig. Er war nicht immer so. Früher hat er so fröhlich und unbeschwert wie jeder andere Mann gelacht – und geliebt –, doch dann hat er sein Herz an die falsche Frau verschenkt. Brangwen, seine Verlobte, war wie die Belladonna-Pflanze, schön, aber giftig. Sie hat Waerwic nur ausgenutzt; als sie die Lust an ihm verloren hatte, verstieß und hinterging sie ihn. Ihre Falschheit hat ihn zutiefst verletzt. Bitte übt Euch in Geduld, Mylady, und urteilt nicht zu hart über ihn.«

»Ich – ich werde es versuchen.«

»Ich danke Euch, Isabella.« Caerllywel lächelte traurig. »Ihr seid sehr großherzig. Vielleicht könnt Ihr ja irgendwann auch Waerwic heilen, so wie Ihr die Tiere des Feldes und Waldes heilt.«

»Vielleicht. Immerhin«, flüsterte Isabella, und dann stieg ein kleiner Schluchzer aus ihrer Kehle, »habe ich mein ganzes Leben lang Zeit dazu. Dafür hat der König gesorgt.«

## Kapitel 11

Tief in der Nacht erreichten sie die abgelegene Feste Oakengates, die Sir John Debolt, einer von Giles' Vasallen, verwaltete. Aber trotz der Dunkelheit war offensichtlich, daß es auf der Burg nicht zum Besten stand. Im Mondlicht konnte die kleine Gruppe erkennen, daß ein Teil der Felder abgebrannt war und daß die Herden, die normalerweise auf den sanften Hügeln weiden sollten, nirgendwo zu sehen waren.

Isabella war bestürzt. »Was ist denn hier passiert?« fragte sie, während sie entsetzt auf die angerichtete Verwüstung starrte. »So sah es nicht aus, als ich das letzte Mal mit den Männern meines Bruders hier war.«

»Ich weiß nicht«, sagte Warrick, der sofort weniger feindselig wirkte. Die Zerstörung, die sie hier sahen, bedrohte sie beide gleichermaßen. »Aber wir werden bald herausfinden, was passiert ist, das verspreche ich Euch.«

Zur ihrer Überraschung schenkte er ihr ein kurzes, aufmunterndes Lächeln, bevor er den Männern hinter ihnen Befehle erteilte. Augenblicklich waren alle hellwach. Sollte jemand einen Angriff auf den Troß planen, würde er mit erbittertem Widerstand rechnen müssen.

Schließlich kam die Burg in Sicht. Sie war nicht groß, aber gut zu verteidigen, und sie hatte Rushden in der Vergangenheit wertvolle Dienste erwiesen. Nachdem Caerllywel den Wachen ihre Namen zugerufen hatte, wurde der Zug unverzüglich eingelassen. Sobald alle im Hof waren, eilte Sir John persönlich herbei, um sie zu begrüßen. Trotz seines warmherzigen Empfangs konnte er nicht verhehlen, wie unangenehm es ihm war, daß sie Oakengates in einem so erbärmlichen Zustand vorfanden. Eindringlich musterte er Isabellas neuen Vormund.

»Ich habe von Euch gehört, Mylord«, erklärte der Gastgeber, während er sie in die große Halle führte. »Man sagt, Ihr seid ein harter Mann – aber gerecht – und Euer Schwert sei scharf. Ich vertraue darauf, daß Ihr Rushden und damit dem Lord wie der Lady gute Dienste erweist.«

»Soweit mir das mein Amt gestattet«, antwortete der Graf. »Denn ich handle im Auftrag des Königs.«

»Wie wir alle«, bemerkte Sir John geschickt. Dann wandte er sich an Isabella. »Und wie geht es Englands schönster Rose? Gut, hoffe ich.«

»Ja«, antwortete Isabella, wich aber seinem bohrenden Blick aus. »Mir geht es gut, Sir.«

»Und Eurem Bruder, Lord Rushden – bewährt er sich in Gloucesters Dienst?«

»Jawohl, Sir. Er hat einen Wimpel errungen und dient dem Herzog nun als Knappe. Er liebt Richard von ganzem Herzen.«

»Gut. Nun kommt«, meinte Sir John knapp, da damit die Höflichkeiten ausgetauscht waren. »Bestimmt habt Ihr einen langen und anstrengenden Tag hinter Euch. Ihr braucht Ruhe, denn gewiß wollt Ihr morgen das Gut besichtigen; und wie Ihr wohl bemerkt habt, steht es nicht gut um Oakengates.«

»Ja, das haben wir gesehen. Ihr habt Schwierigkeiten, Sir John«, stellte Isabella unverblümt fest. »Es war zwar dunkel, als wir ankamen, trotzdem konnten wir im Mondlicht die angerichtete Zerstörung sehen. Was ist geschehen, Sir?«

»Räuberbanden, Mylady.« Sir John klang grimmig. »Die Plünderungen begannen kurz nach Lord Oadbys Tod. Ich hatte gehofft, die Sache bereinigen zu können, bevor Ihr davon erfahrt, aber bislang war ich erfolglos.«

»Eure Zurückhaltung war fehl am Platz, Sir John«, tadelte Isabella ihn nachsichtig. »Es ist meine Pflicht, von allem zu wissen, was hier geschieht. Wenn Ihr Hilfe gebraucht habt, warum habt Ihr uns nicht darum gebeten?«

»Das habe ich, Mylady, aber Sir Lindael erklärte mir, Ihr hättet ohnehin genug Probleme. Er wollte nicht, daß Ihr von unseren Schwierigkeiten erfahrt, weil er glaubte, daß Ihr dann wahrscheinlich selbst nach Oakengates reiten würdet. Er hat uns soviel Männer geschickt, wie er entbehren konnte. Niemand weiß, wer diese Gesetzlosen sind, Mylady, und Sir Lindael fürchtete um Eure Sicherheit. Es ist zwar unwahrscheinlich, aber die Räuber könnten verkleidete Ritter eines fremden Lords sein, der Euch entführen und sich durch eine erzwungene Heirat Eure Reichtümer aneignen will und der sich diesen Plan ausgedacht hat, um Euch von Rushden fortzulocken.«

»Nein, bestimmt nicht. Das wäre ein kläglicher Plan, der großen Aufwand erfordert und dessen Ausgang höchst ungewiß ist. Außerdem – wenn dem so wäre, hätte man uns zweifellos auf dem Weg hierher überfallen. Ich glaube, Sir Lindael versucht in letzter Zeit, allzu viel von mir fernzuhalten«, bemerkte Isabella. »Ich werde mit ihm reden müssen.«

»Ich flehe Euch an, seid nicht zu hart gegen ihn, Mylady.« Sir John sprach so offen zu ihr, wie es nur einem alten, treuen Gefolgsmann zustand. »Außerdem trage ich ebenso große Schuld wie Sir Lindael, denn nachdem er mir von seinen Befürchtungen erzählt hat, war ich einverstanden, die Sache vor Euch zu verheimlichen. Ihr wißt genau, Mylady, daß Ihr gekommen wäret, ohne die möglichen Folgen für Euch zu bedenken.«

»Nun bin ich doch noch hergekommen, obwohl Ihr versucht habt, mich zu Hause zu halten. Ach, Sir John! Wie soll ich Giles' Erbe bewahren, wenn seine Männer aus lauter Angst um mich vor mir geheimhalten, was auf Rushden passiert?«

»Lord Hawkhurst wird sich jetzt um das Gut kümmern, Mylady. Das ist seine Pflicht, und ich hoffe, Ihr werdet nicht gegen ihn arbeiten.« Sir John sah sie ernst an.

»Da habt Ihr ganz recht, Sir«, bemerkte Warrick, wobei er Isabella mit einem unergründlichen Blick betrachtete. »Erzählt weiter. Ihr sagt, Ihr habt die Räuber noch nicht gefangen?«

»Richtig, denn es sind viele, und sie sind schlau. Ich habe langsam den Verdacht, daß ich einen Spitzel im Haus habe. Ich habe ihnen immer wieder Fallen gestellt, aber sie sind mir jedesmal entwischt.«

»Bestimmt habt Ihr alle auf der Burg befragt«, sagte der Graf.

»Ja, aber ohne Ergebnis. Natürlich beteuert jeder seine Unschuld. Außerdem kann ich kaum glauben, daß einer meiner Männer mit der Sache zu tun hat. Meine Leute dienen mir seit vielen Jahren und haben sich als vertrauenswürdig und treue Gefolgsleute erwiesen.«

»Wenn Eure Männer so treu sind, wie Ihr sagt, dann können wir sie außer acht lassen.« Warrick klang nachdenklich. »Und müssen anderswo suchen.«

»Vielleicht ist ein rebellischer Bauer der Zuträger«, schlug Caerllywel vor. »Ist es möglich, daß jemand einen Groll gegen Euch hegt?«

»Nein, das glaube ich nicht. Habt Ihr nicht heute erst gesehen, wie gut die Menschen auf Rushden und den Ländereien behandelt werden?« Sir John schniefte, als wäre schon die Vorstellung beleidigend.

»Die Bauern sehen wirklich satt und zufrieden aus«, gab Warrick zu. »Trotzdem, wenn es so ist, wie Ihr sagt, können die Räuber nicht allein arbeiten. Jemand, und zwar kein Bauer, sondern ein Diener auf Eurer Burg, muß ihnen zuarbeiten. Morgen früh werden wir herausfinden, wer es ist.«

Seltsamerweise zweifelte Isabella keinen Augenblick daran, daß ihr Vormund diese Aufgabe lösen würde. Sie konnte ihn zwar nicht leiden, aber er strahlte Entschlossenheit aus; und Sir John, auf dessen Urteil Isabella vertraute und der Sir Oadby nicht gemocht hatte, hatte anscheinend nichts an Warrick auszusetzen.

Im Gegenteil, der Vasall behandelte den Grafen voller Ergebenheit und Respekt.

Isabella seufzte und reichte ihren Weinkelch einem Diener zum Auffüllen. Sie war so gedankenverloren, daß ihr die verbitterte Miene des Jungen kaum auffiel, und als sie sich später daran zu erinnern versuchte, war der Eindruck so flüchtig, daß sie meinte, sich alles nur eingebildet zu haben.

## Kapitel 12

Am nächsten Morgen beschloß man, sich in drei Gruppen aufzuteilen. Caerllywel blieb in der Burg, um das Gesinde zu befragen, Warrick würde sich mit Sir John unter den Pächtern umhören, und Isabella sollte gemeinsam mit dem Burgvogt von Oakengates herausfinden, wie groß der angerichtete Schaden war. Das Mädchen fühlte sich eigenartig geschmeichelt, daß Warrick ihr offenbar nun zutraute, die Aufgaben einer Burgherrin wahrzunehmen. Deshalb fühlte sie sich fröhlicher, als eigentlich angebracht war. Offenbar hatte Warrick nicht vor, ihr die Leitung Rushdens aus der Hand zu nehmen. Vielleicht blieb ihr nichts anderes übrig, als den Grafen zu heiraten, aber wenigstens wäre Giles' Erbe außer Gefahr.

Erst jetzt, im vollen Tageslicht, konnte sie das ganze Ausmaß der Zerstörung sehen. Das Mädchen erbleichte. Die eben aufgehende Saat war großenteils niedergebrannt; von den Rinder-, Schaf- und Ziegenherden waren nur noch ein paar vereinzelte Tiere übrig. Isabella war sofort klar, daß die Burg keinesfalls genug Ernte einbringen konnte, um die Pacht an Rushden zu bezahlen oder gar den Winter zu überstehen. Kurzerhand beschloß sie, daß der Burg dieses Jahr der Pachtzins gestundet werden sollte. Dann begann sie im Geiste die kommende Ernte in ihren Lagerhäusern zusammenzurechnen und versuchte abzuschätzen, wieviel man Oakengates davon abgeben könnte. Das Mädchen seufzte vor Mitleid mit Sir John und seinen Bauern, denn sie alle würden nächstes Jahr doppelt hart arbeiten müssen, um den angerichteten Schaden zu beheben und die dann anstehende Pacht bezahlen zu können. Sie hoffte inständig, daß Warrick und Caerllywel den Spitzel der Gesetzlosen entlarvten.

Schließlich hatten sie alles abgeritten, und die wilden grünen Hügel des vom Wind gezeichneten Hochmoors lagen vor ihr, hier und da durchbrochen von bleichen Kalkfelsen und kleinen Schluchten, in denen manchmal Bächlein plätscherten.

»Sollen wir nach Oakengates zurückkehren, Mylady?« wollte Sir Beowulf wissen.

»Nein, laßt uns noch ein wenig reiten«, antwortete Isabella.

Sie war schon so lange nicht mehr über das Hochmoor geritten, und im Schutz einer starken Eskorte würde sie bestimmt niemand entführen. Außerdem mißfiel ihr die Vorstellung, nach Oakengates – und zu Warrick – zurückzukehren. Sie brauchte Zeit, um über die Verlobung nachzudenken, die ihr Leben so verändert hatte. Obwohl der Graf das bestritten hatte, war Isabella überzeugt, daß es eine Möglichkeit geben mußte, die Verbindung aufzulösen. Sie hatte Giles und Lionel schon geschrieben und ihnen von ihrem neuen Vormund berichtet. Den königlichen Heiratsbefehl hatte sie allerdings verschwiegen, denn davon wollte sie den beiden persönlich erzählen; und sie wagte es nicht, Sir Lindael oder einen der Ritter ins Vertrauen zu ziehen, ehe sie Giles um Rat gefragt hatte. Am Ende würden Eadric, Thegn und vor allem Beowulf sich vielleicht in den Kopf setzen, Warrick zu ermorden, weil sie glaubten, dem Mädchen damit einen Gefallen zu erweisen. Deshalb durfte Isabella niemandem etwas von der bevorstehenden Heirat erzählen, ehe ihr Bruder heimgekommen war.

Gedankenverloren ritt das Mädchen weiter, ohne einen Gedanken an die Strauchdiebe zu verschwenden, die sich irgendwo verstecken mußten. Schließlich fragte Sir John, ob sie es für klug hielte, sich so weit von der Burg zu entfernen, wo doch Räuber in der Nähe waren. Doch Isabella wies ihn mit leisem Tadel zurecht.

»Es ist doch hellichter Tag, Thegn, und wir sind gut bewaffnet. Bestimmt sind die Plünderer nicht so dreist, daß sie einen Troß wie unseren überfallen.«

»Wie Ihr meint, Mylady, aber laßt mich wenigstens zur Burg reiten und Lord Hawkhurst von Eurer Absicht unterrichten«, mischte sich Sir Eadric ein.

»Wenn Ihr unbedingt wollt.« Isabella zuckte mit den Achseln. »Ich glaube allerdings nicht, daß er sich meinetwegen Sorgen machen wird.«

Doch da täuschte sie sich gewaltig. Als Sir Eadric Bericht erstattete, ließ Warrick eine Schimpftirade los.

»Zum Teufel mit ihr!« fluchte er zwischen zwei Befehlen. »Ist sie verrückt geworden – wie kann sie an so etwas auch nur denken, nachdem soviel passiert ist? Sir Eadric, ich ziehe Euch und Sir Thegn und Sir Beowulf zur Verantwortung, wenn Lady Isabella irgend etwas zustoßen sollte. Wie *konntet* Ihr nur zulassen, daß sie sich so weit von der Burg entfernt?«

»Wir – wir haben versucht, sie davon abzuhalten, Mylord, aber sie war in letzter Zeit soviel eingesperrt. Wir haben unser Bestes getan, aber mit ihr war einfach nicht mehr zu reden und – und sie ist schließlich nicht allein.«

»Wenn sie nicht hören wollte, dann hättet Ihr sie mit Gewalt zur Burg zurückbringen müssen! Sie ist doch fast noch ein Kind – und ein unerzogenes dazu!«

»Mylord!« Sir Eadric entsetzte der Gedanke, Hand an seine Herrin zu legen. »Bestimmt – bestimmt meint Ihr nicht ernst, was Ihr eben gesagt habt.«

»Und ob ich das ernst meine. Eure Herrin ist ein verzogenes Gör... und ich hätte gute Lust, ihr eine anständige Tracht Prügel zu verabreichen!«

»Mylord, ich bitte Euch: Seid nicht zu hart zu der Lady. Sie ist, wie Ihr selbst sagt, fast noch ein Kind und – und abgesehen von Lord Oadby von allen Männern mit Güte behandelt worden. Die Lady ist es nicht gewohnt, geschlagen zu werden –«

»Dann wird es höchste Zeit, daß jemand damit anfängt – und zwar ordentlich! Vielleicht lernt sie dann zu gehorchen! Schließlich bin ich jetzt Herr im Haus.«

»O nein, Mylord! Sie wird es nicht verstehen, wenn Ihr sie schlagt. Bitte, Mylord, ich flehe Euch an –«

»*Ich* bin nicht so dumm, mich von dem hübschen Gesicht eines Mädchens blenden zu lassen«, bellte der Graf. Dann stieß er seinem Streitroß die Hacken in die Flanken und ritt davon.

Isabella, deren Ohren kein Windhauch und kein raschelndes Blatt entging, hörte als erste den schrillen Schmerzensschrei in der Ferne. Sie zügelte jäh ihr Pferd und lauschte nochmals. Ja, da war es!

Ein Tier ist verletzt, erkannte sie, und ließ ihr Pferd ohne jede Vorwarnung losgaloppieren. Verwirrt starrten ihr Warricks und Sir Johns Männer nach.

Nur Thegn und Beowulf ahnten aufgrund ihrer langen Erfahrung, warum sie so plötzlich loshetzte. Und selbst sie konnten das Mädchen nicht einholen, da Isabellas kleines, flinkes Pferd viel besser auf dem felsigen, mit Stechginster überwucherten Heideboden zurechtkam als die schweren Streitrösser der Männer.

»Mylady! Mylady!« rief Sir Thegn Isabella vergeblich nach, als er merkte, daß sie unmöglich mit ihr Schritt halten konnten. »Mylady, kommt zurück!«

»Es hat keinen Sinn. Wir holen sie nie ein«, bemerkte Sir Beowulf mutlos. »Bei Gott! Der Graf wird uns den Kopf abhakken! Hast du gesehen, wohin sie ist?«

»Nein, und du?«

»Ja. Reite du zurück zu den anderen. Sag ihnen, sie sollen sich aufteilen und darauf achten, ob sie ein verwundetes Tier schreien hören. Dort werden sie die Lady finden. Ich suche weiter. Ich habe gesehen, wo sie in den Wald hineingeritten ist.«

»Einverstanden«, pflichtete ihm Sir Thegn bei. Auch er fürchtete Lord Hawkhursts Groll, falls dem Mündel des Königs etwas zustieß.

Isabella galoppierte währenddessen wie wild durch den Wald, ohne auf die tiefhängenden Äste zu achten, die ihr ins Gesicht peitschten, das Kleid aufrissen und ihr Brust und Arme zerkratzten. Ihr war alles gleich, solange sie nur das verwundete Wesen so schnell wie möglich erreichte.

Schließlich platzte sie auf eine Lichtung und zügelte abrupt ihre

Stute, denn mit so einem Anblick hatte sie einfach nicht gerechnet. Noch nie hatte sie so schmuddlige Männer gesehen wie die drei vor ihr. Sie wirkten alt: Ihre dreckigen Gesichter waren unrasiert, und das Zahnfleisch in den lachenden und brüllenden Mündern, in denen so einige Zähne fehlten, war faulig. Die Schultern hingen unter den zerlumpten Joppen herab, aber so alt, wie Isabella im ersten Augenblick geglaubt hatte, konnten die Männer nicht sein, denn sie wirkten trotz alledem recht kräftig. Sie kauerten um eine Grube, in der ein Eber steckte. Das Loch war nicht tief, aber trotzdem konnte das wütende Wildschwein nicht mehr heraus. Gnadenlos peinigten die Wilderer das arme Tier mit Speeren, die zu stumpf waren, um wirklich zu töten.

»Hört auf! Hört sofort damit auf!« rief Isabella mit zornesbleichem Gesicht.

Die Männer schauten ängstlich hoch und standen langsam auf. Dann merkten sie jedoch, daß sie es nur mit einem jungen Mädchen zu tun hatten, und lachten laut los.

»He, Bo!« schrie einer. »Schau mal! Das tut mir ja noch besser gefallen als das alte Schwein, wie?« frohlockte der Mann mit glitzernden Augen. »Wie wär's? Wir vergessen die Wildsau und packen uns lieber das Mädel!« Er zeigte auf Isabella. »Ich hab' kein Mädel mehr gehabt, seit wir dem blinden Bettler die Alte weggenommen haben, und die hat auch nix getaugt. Die hier weiß bestimmt, wie man einem Mann Freude macht, glaubt mir. O ja.« Er musterte Isabella abschätzend. »Ich hätt' wirklich nix dagegen, mich zwischen die hübschen Beinchen von ihr zu legen.«

»Woher weißt du, daß sie hübsch sind, Wyatt?« krächzte der Bo genannte Wilderer.

»Muß so sein – bei so einer süßen Fratze.«

»Ich bin Lady Isabella Ashley of Rushden«, verkündete Isabella kühl und ruhig. Bestimmt würden es die Männer nicht wagen, ihr etwas anzutun! Trotzdem lenkte sie Cendrillon ein bißchen weiter weg. »Und Ihr befindet Euch auf dem Grund meines Vasallen. Ich befehle Euch, sofort zu verschwinden, sonst werdet Ihr für Euren Diebstahl gehängt.«

Die Männer quittierten das mit lautem Gelächter. »Ihr wollt uns ganz allein gefangennehmen, kleine Lady?« fragte der dritte Wilderer und verzog seine Lippen zu einem widerwärtigen Grinsen.

»Meine Männer sind schon auf dem Weg hierher.« Isabella mußte sich zusammennehmen, um sich ihre Angst nicht anmerken zu lassen, die ihr Schauer über den Rücken jagte.

»Ha!« schnaubte der Mann und setzte sich einen Trinkschlauch an die Lippen. »Wer soll das glauben! Mir kommt's eher so vor, als seid Ihr ganz allein.«

Gebannt verfolgte das Mädchen, wie ihm die dunkle Flüssigkeit über das schmutzige Kinn rann und er sie mit dem Ärmel seines zerfetzten Hemdes abwischte. Natürlich, sie waren betrunken, alle drei! In diesem Augenblick begriff Isabella, daß sie so schnell wie möglich flüchten mußte – aber da war immer noch der Eber, der wie wild in der Grube um sich schlug. Sie brachte es einfach nicht übers Herz, ihn allein zu lassen.

»Ich schätze, du hast recht, daß sie allein is', Fess«, meinte Bo, nachdem er sich mißtrauisch umgeschaut hatte. »Ich tu' niemanden sehen und niemanden hören. Aber mir kommt's trotzdem komisch vor, daß ein Mädel so allein durch den Wald hier reiten tut. Ich finde, sie sieht aus wie'n Edelfräulein. Vielleicht sollten wir doch lieber abhauen. Mir gefällt das nicht.«

»Und ich schätze, sie hat das bloß gesagt, weil sie uns angst machen will«, höhnte Wyatt. »Du kannst ja abhauen, wenn du willst, aber ich werd' einen Blick unter diesen hübschen Rock werfen. Was is' mit dir, Fess?«

»Tja...« Fess kratzte sich scheinbar nachdenklich am Kopf. »Ein Blick kann nix schaden, mein' ich. Mann, wenn wir fertig sind mit ihr, dann tun wir sie einfach in die Grube schmeißen, und das alte Schwein erledigt den Rest.«

Isabella stockte der Atem. »Ich warne Euch. Ihr werdet mit Eurem Leben bezahlen, wenn Ihr mich anrührt«, drohte sie und lenkte Cendrillon erneut weg, weil die Wilderer langsam auf sie zukamen. »Wenn Euch Euer Leben lieb ist, dann verschwindet, bevor meine Eskorte auftaucht.«

Die Männer lachten nur. Dann rannten sie plötzlich wie auf

Kommando auf Isabella zu, packten sie an den Beinen und Cendrillon an den Zügeln. Instinktiv hob Isabella die Peitsche, die sie immer bei sich trug, aber nie einsetzte, und prügelte aus Leibeskräften auf die Wilderer ein. Bo und Wyatt heulten vor Schmerz auf, aber Fess schnaubte nur.

»Glaubst du etwa, du kannst uns mit dem Stöckchen tothaun?« fragte er und schaute sie schief an, bevor er Isabellas Rock packte und entzweiriß.

Das Mädchen trat mit aller Kraft nach ihm und traf ihn am Kinn, so daß er rückwärts taumelte; dann trieb sie Cendrillon vorwärts. Aber Fess riß sie aus dem Sattel, als die Stute an ihm vorbeikam. Isabella schrie auf und schlug wieder nach ihm, doch diesmal gelang es ihm, ihr die Peitsche zu entwinden. Er zerbrach die dünne Gerte über dem Knie und schleuderte die Stücke in den Wald, dann packte er Isabella am Mieder und riß es herunter, so daß ihr Unterhemd zu sehen war, unter dem ihre vollen Brüste wogten. Schließlich versetzte er ihr ein paar scharfe Ohrfeigen.

Isabella schnappte nach Luft, schrie hysterisch auf und riß die Hände hoch, um die schmerzhaften Schläge abzuwehren, die nun alle drei Männer auf ihr Gesicht herabregnen ließen. Sie spürte fauligen, heißen Atem auf ihrem Gesicht. Ohne recht zu begreifen, was sie da tat, riß das Mädchen den Dolch aus ihrem Gürtel und hieb blindlings auf die Hände ein, die sie am ganzen Leib begrapschten. Sie hörte einen Schmerzensschrei und sah Bo zurücktaumeln, bevor sie die Klinge in Wyatts Schulter versenkte. Wie durch einen Schleier hindurch bekam sie mit, daß Fess ihr inzwischen das Kleid und den Gürtel vom Leib gerissen hatte und sie nur noch im Unterhemd vor ihm stand. Gleich einem in die Enge getriebenen Tier fuhr sie mit gezücktem Messer zu ihm herum. Fess hatte gesehen, was seinen Freunden passiert war, machte vorsichtshalber einen Schritt zurück und stellte ein gräßliches, widerwärtiges, haßerfülltes Grinsen zur Schau.

»Ein durchtriebenes kleines Biest, was?« knurrte er, bevor er langsam auf sie zukam.

Warrick blieb stehen, um seinem erschöpften Streitroß Gelegenheit zum Verschnaufen zu geben, dann befahl er dem schnaubenden Tier, still zu sein. Die Schreie einer Frau in Todesangst drangen an sein Ohr. *Isabella!* Vor Angst und Wut setzte das Herz des Grafen einen Schlag aus. Warrick wollte sie zwar nicht zur Frau, aber trotzdem gehörte Isabella ihm, und niemand durfte sie anrühren. Mit einem wütenden Knurren bohrte er dem Hengst die Hacken ins Fell.

Wie ein Racheengel kam Warrick aus dem Schutz des Waldes auf die Lichtung galoppiert. Mit einem Blick erfaßte er die Situation. Nackter Zorn überkam ihn, und er zögerte nicht. Sein Breitschwert traf Fess am Hals und trennte den Kopf des Wilderers vom Rumpf. Isabella schrie entsetzt auf, als das Blut in einer scharlachroten Fontäne aus dem Hals des Mannes schoß und ihren Körper bespritzte. Dann lag Fess' Kopf am Boden. Seine Augen zuckten, ehe sie sich im Todeskampf verdrehten. Guter Gott! Einen kurzen, schauderhaften Moment lang hatte der Kopf des Mannes noch gelebt, und er hatte begriffen, was mit ihm geschehen war! Isabella wurden die Knie weich, und sie erbrach sich ins Gras.

Bo und Wyatt versuchten zu fliehen, doch der Graf schenkte ihnen keine Gnade, sondern brachte sie auf die gleiche Weise zu Fall wie ihren Freund.

Mit grimmigem Gesicht lenkte Warrick Sekunden später sein Streitroß herum, zügelte es grob und schwang sich aus dem Sattel, um zu Isabella zu eilen. Auch der Graf war blutbespritzt, und von der Klinge in seiner Hand tropfte ein rotes Rinnsal.

Das Mädchen starrte ihn entsetzt an, bevor sie sich umdrehte und ihr Gesicht an dem Baumstamm barg, der sie immer noch stützte. Erstickte Schluchzer stiegen ihr jedesmal aus der Kehle, wenn sie nach Luft schnappte. Mit aller Gewalt versuchte sie, die gräßliche, unwirkliche Szene aus ihren Gedanken zu verbannen.

Warrick legte ihr eine Hand auf die Schulter. Seine Berührung war unerwartet zärtlich. »Seid Ihr verletzt?« fragte er besorgt.

Isabella schüttelte verneinend den Kopf und weinte weiter, während der Graf unschlüssig stehenblieb. Dann quiekte der Eber wieder und schlug in panischer Angst in der Grube aus. Langsam und wie im Traum ging das Mädchen auf die Grube zu und schaute auf das verletzte Tier hinab. Warrick folgte ihr.

Das Tier lag auf der Seite, schwer keuchend vor Schmerz, und schlug wild mit den Beinen. Speere steckten in seiner Flanke. Die unzähligen Einstiche waren blutverklebt.

Der erste Gedanke des Grafen war, das Tier so schnell wie möglich zu töten, um seinem Leid ein Ende zu bereiten, aber eigenartigerweise hörte er sich statt dessen zu Isabella sagen: »Könnt Ihr es retten?«

»Nein«, antwortete sie zittrig. »Seid gnädig und tötet es schnell.«

»Tretet zurück«, befahl er leise.

Sie tat wie geheißen und hörte den Eber noch einmal aufschreien. Dann war alles still. Behutsam führte sie der Graf weg von der Grube, wobei er ihren Blick vor dem grausamen Gemetzel abschirmte, und rief seinen Hengst Gwalchmai. Nachdem das Tier herbeigekommen war, zog Warrick einen Trinkschlauch aus dem Sattel, benetzte sein Taschentuch mit Bier und begann, Isabella das Blut abzuwaschen. Sie ließ die Säuberung ohne Protest und stumm über sich ergehen. Offenbar stand sie immer noch unter Schock. Als er ihr Gesicht abtupfte, entdeckte er die blauen Flecken, die sich auf ihren Wangen abzuzeichnen begannen.

»Was ist mit Eurem Gesicht passiert?« fragte er.

»Einer der Wilderer hat – hat mich geschlagen«, erklärte Isabella.

»Dann bereue ich nicht, daß ich ihn umgebracht habe«, erklärte der Graf, obwohl er selbst Isabella vorhin noch eine Tracht Prügel hatte verabreichen wollen. Zu seiner Überraschung versetzte ihn der Gedanke, daß jemand ihr weh tat, in rasende Wut. Im Gegenteil, er konnte sie nicht einmal dafür schelten, daß sie sich so weit von der Burg entfernt hatte, denn sie war schlimmer bestraft worden, als er es gewollt hätte. Als er alles Blut von ihrem zitternden Leib gewaschen hatte, zog er sie an sich. Er spürte, daß sie seine Nähe brauchte.

Er wußte nicht, wie lange sie so standen, ehe ihm schließlich bewußt wurde, daß Isabella fast nackt war, ehe er die weiche Haut unter seinen Händen spürte und der Duft ihres Parfüms ihm zu Kopf stieg. Sie duftete nach Rosen – weißen Rosen; davon war er überzeugt. Als ihr zukünftiger Ehemann hätte Warrick zwar das Recht gehabt, Isabella seinen Willen aufzuzwingen, aber er verscheuchte den Gedanken so schnell, wie er gekommen war. Sie hatte weiß Gott genug gelitten. Außerdem spürte er, daß er sie ein für allemal verlieren würde, wenn er ihr Gewalt antat, und merkwürdigerweise war dem Grafen diese Vorstellung äußerst unangenehm.

Ein Hemdträger war ihr von der Schulter gerutscht und entblößte großzügig ihre volle, reife Brust. Irgendwie war der Rock unten ebenfalls hochgerutscht und gab den Blick auf ein langes Bein und einen samtigen Schenkel frei. Der Graf stöhnte und fluchte leise, denn er spürte, wie ihm das Blut in die Lenden schoß und sein Geschlecht hart wurde. Er versuchte, Isabella wegzudrücken, aber sie wehrte sich, kuschelte sich noch fester an ihn und sah ängstlich, verwirrt und fragend zu ihm auf.

Seine bernsteinfarbenen Augen verdunkelten sich vor Begierde; und als sich seine Schenkel an ihre drückten, begriff das Mädchen plötzlich, was in ihm vorging. Ihre Augen wurden groß; jetzt versuchte sie sich zu befreien, doch es war zu spät.

»Du Hexe!« keuchte Warrick. »Willst du mich verführen?« Und gleich darauf: »O liebster Jesus, Isabella.« Dann senkte sich sein Mund auf ihren, und seine Arme schlossen sich wie ein stählernes Band um sie.

Das Mädchen versuchte sich zu wehren, aber der Graf hielt sie fest. Erst versengte er sie mit seinen Lippen, doch gleich darauf stahl er sich mit seiner Zunge in ihren Mund, umspielte ihre Zunge erst zärtlich, dann immer fordernder. Hilflos war Isabella dem Sturm der Gefühle ausgeliefert. Sie fühlte sich verwirrt und irgendwie aufgeregt, aber auch ängstlich. Sie versuchte, standhaft zu bleiben, aber die Lust, die plötzlich durch ihre Adern züngelte, war zu stark. Ihr dröhnte der Kopf, und das Herz schlug viel zu schnell in ihrer Brust. Ihr war unbegreiflich, wie sie so empfinden konnte. Sie liebte doch Lionel! Wieso reagierte sie dann mit einem so unanständigen und hartnäckigen Feuer auf den Grafen?

Es ist ja nur ein Kuß, versuchte sie sich einzureden. Nur ein Kuß. Aber er war mit dem, den ihr Lionels Lippen gegeben hatten, nicht zu vergleichen. Lionels Mund hatte sich warm und einladend angefühlt. Warricks Kuß dagegen war glühend und wild. Der Graf hatte nichts Romantisches an sich, und er würde auch nie vor ihr niederknien und ihr seine Liebe schwören, so wie Lionel es getan hatte. Nein, Warrick war voller Kraft und Leidenschaft; er würde sich nehmen, was ihm gehörte – und wehe ihr, wenn sie ihm trotzte, sich ihm verweigerte...

»Nein«, flehte sie wie in Todesangst. »Nein, Mylord, hört auf. Bitte.«

Aber Warrick hörte nicht auf. Sein Mund wanderte über ihre Wange bis zu ihrer Schläfe, dann an ihrem seidenen Haar hinab zu ihrem schlanken Hals und zu ihren Brüsten. Ungestüm zerrten seine Finger an dem Träger, der noch auf ihrer Schulter lag. Das Band fiel. Langsam sank der Unterrock zu Boden, obwohl Isabella versuchte, ihn festzuhalten. Aber der Graf packte kurzerhand ihre Handgelenke und hielt sie hinter ihrem Rücken fest, so daß ihre Brüste seinen Augen und Fingern und Lippen ausgeliefert waren... Das Mädchen stöhnte und wehrte sich mit neuer Kraft, als Warrick mit der freien Hand eine Brust umfaßte; dann senkte sich sein Mund über die rosige Spitze, und seine Zunge ließ die kleine Knospe zu einer prallen Beere reifen.

»Bitte, Mylord«, flehte Isabella entsetzt. Es war ihr peinlich, daß sie so schamlos auf ihn reagierte. »Ich – ich bin noch Jungfrau, und – und –« Sie wollte ihm noch einmal ihre Liebe zu Lionel gestehen und ihn bitten, die Verlobung aufzuheben. Aber in diesem Moment hörten ihre scharfen Ohren die nahenden Leibwachen, die sie endlich aufgespürt hatten, und sie vollendete den Satz statt dessen: »Und meine Eskorte kommt.«

Der Graf fluchte wieder, hob den Kopf und schaute sie eindringlich mit seinen goldenen Augen an, bis sie bebend errötete. Hastig zog er ihr den Unterrock zurecht, dann löste er seinen Umhang und legte ihn ihr um, damit sie nicht nackt vor den Männern stand, die in diesem Moment auf die Lichtung geritten kamen.

»Mylady!« Sir Beowulf zügelte sein schwer schnaubendes Streitroß direkt vor ihnen. »Seid Ihr wohlauf?«

Isabella nickte. Sie zitterte immer noch in Warricks Armen und hoffte inständig, daß der treue Ritter glaubte, sie zittere aus Angst.

»Lady Isabella ist nichts geschehen – obwohl Ihr Eure Pflicht vergessen habt«, bemerkte Warrick, den es wütend machte, daß er beim Liebesspiel unterbrochen worden war.

»Mylord«, verteidigte sich der Ritter, »wir sind so schnell gefolgt, wie wir konnten, aber das Pferd der Lady ist leichter und weit schneller als unsere; sie ist so plötzlich losgaloppiert –«

»Das entschuldigt nichts«, wies ihn der Graf grimmig zurecht. »Es ist Eure Pflicht, Eure Lady jederzeit zu beschützen, und sollte es Euch das Leben kosten! Zum Glück war Sir Eadric klug genug, mir zu berichten, daß Lady Isabella außer Sichtweite der Burgmauern reiten wollte. Nur deshalb habe ich sie gefunden, ehe man ihr ein Leid zufügen konnte. Die drei Schurken, die Ihr hier liegen seht, hätten sie umbringen können!«

»Ja, Mylord.«

»Warrick, bitte«, flehte Isabella leise und legte eine Hand auf seinen Arm. »Es war alles mein Fehler. Die Männer haben mich gewarnt, aber ich wollte nicht hören; und als ich den Eber schreien hörte, bin ich einfach losgeritten, obwohl meine Begleiter mir nachgerufen haben. Mich müßt Ihr bestrafen.«

Der Graf sah sie an. Ihre großen graugrünen Augen strahlten Reue – und etwas anderes – aus; ihre weichen, verletzlichen Lippen waren nach dem Kuß geschwollen und gerötet. Er mußte daran denken, wie sich ihr Körper an seinem angefühlt und wie ihre Brustwarze in seinem Mund geschmeckt hatte. Allein ihre Nähe berauschte ihn.

Was hat sie nur mit mir angestellt? fragte er sich. Ich habe ihr nur ein paar Küsse geraubt, und trotzdem werde ich ganz schwach vor Lust, wenn ich sie nur ansehe und würde ihr jeden Wunsch gewähren – dieser Waldfee, dieser Flußnymphe! Sie hat mich bezaubert, genau wie alle anderen! Wie kann ich den Rittern Vorwürfe machen, wenn nicht einmal ich ihrem Charme widerstehen kann?

Er schüttelte den Kopf, wie um ihn klar zu bekommen. »Wie Ihr meint. Ihr werdet von nun an auf Oakengates bleiben, bis wir den Verräter entdeckt und den Schlupfwinkel der Räuber ausgemacht haben; ist das klar?«

»Ja, Mylord.«

»Sir Beowulf, Ihr und Lord Rushdens Männer werdet die Wilderer begraben und die Köpfe mit zur Burg bringen, wo sie an der Straße auf Spießen aufgestellt werden sollen, als Warnung für alle, die hier wildern wollen.«

»Was ist mit dem Eber, Mylord? Sir Debolt wird ihn bestimmt haben wollen.«

Der Graf bemerkte, wie Isabella erbleichte. »Das Tier wird unter den Bauern verteilt, denn diese Leute haben am meisten unter den Angriffen der Räuber gelitten. Wenn Sir John Euch deswegen Fragen stellt, sagt ihm, Ihr hättet auf meinen Befehl gehandelt.«

»Jawohl, Mylord.«

»Und füllt die Fallgrube auf. Sir Johns Leute sollen nach Lady Isabellas Pferd suchen. Es ist während des Handgemenges fortgelaufen. Meine Männer werden mich und Lady Isabella zurück zur Feste begleiten.«

»Jawohl, Mylord.«

Warrick drehte sich um, legte seine Hände um Isabellas Taille und hob sie in seinen Sattel. Bei der Berührung durchfuhr beide ein Blitzschlag. Isabella schnappte nach Luft, und auch der Graf atmete tief ein, als sie die Augen vor seinem bohrenden Blick senkte.

Der Ritt zurück nach Oakengates war für beide eine Qual, denn Warrick mußte einen Arm um Isabella legen, damit sie nicht vom Pferd fiel; und als seine Finger einmal zufällig über ihre Brust strichen, errötete sie vor Scham, weil sich ihre Brustwarze schon bei dieser kurzen Berührung aufstellte.

Sobald sie in der Burg angekommen waren, eilte Isabella in ihre Kammer. Dort verriegelte sie die Tür hinter sich und setzte sich, am ganzen Leib zitternd, aufs Bett. Sie wollte allein sein mit ihrer Verwirrung. Etwas Unbegreifliches war ihr widerfahren. War sie wirklich ein so liederliches Weib? War sie so lüstern, daß sie sich nach ihrem neuen Vormund verzehrte, obwohl sie doch Lionel liebte? Ach liebster Jesus! Was war nur mit ihr los? Und wie sollte sie Warrick – oder Lionel – jemals wieder gegenübertreten?

## Kapitel 13

Auch Warrick zog sich unverzüglich in sein Gemach zurück, wenn auch aus anderen Gründen. Seit Isabella fast nackt in seinen Armen gelegen und sich so verführerisch an ihn geschmiegt hatte, war dem Grafen qualvoll bewußt, daß er seit vielen Wochen keine Frau mehr gehabt hatte. Er spürte ein schmerzliches Ziehen in den Lenden. Er wollte Isabella, und er hatte jedes Recht, sie zu nehmen, aber sein Instinkt warnte ihn davor, ihr Gewalt anzutun.

Sie war wirklich so feenhaft, wie die Ritter ihres Bruders behaupteten. Warrick hatte geglaubt, gegen ihren Charme gewappnet zu sein, und war dennoch ihrem Bann erlegen. Er mußte sie aus seinen Gedanken streichen. Das Mädchen war eine Hexe – genau wie Brangwen. Mit ihren graugrünen Augen und ihren samtweichen Lippen würde sie sich in sein Herz stehlen, und dann würde sie ihn zerstören. Er sah das Dienstmädchen an, das eben hereingekommen war.

»Komm her, Kleine«, befahl Warrick, und als sie erwartungsvoll vor ihm stand, fragte er: »Bist du Jungfrau?«

Das Mädchen lächelte ihn keck und aufmunternd an. »Nein, Mylord.«

»Dann zieh deine Sachen aus und leg dich ins Bett.«

»Jawohl, Mylord.«

Das Mädchen war dunkel und auf schlichte Weise hübsch, und es war ganz offensichtlich *keine* Jungfrau. Trotzdem stellte Warrick fest, daß er die Kleine immer wieder mit Isabella verglich. Ihre kleinen, festen Brüste mit den braunen Brustwarzen waren so ganz anders als Isabellas volle, reife Hügel mit ihren rosigen Gipfeln. Auch war das Mädchen im Gegensatz zu der zierlichen, schlanken

Isabella grobknochig und ihr Körper füllig. Ihre breiten Hüften öffneten sich dem Grafen begierig, als er in sie drang und sich dabei vorstellte, es wäre Isabellas schmaler, geschmeidiger Unterleib, der sich ihm so eifrig entgegendrängte. Er stöhnte, erbebte und kam zur Ruhe. Kurz darauf rollte er sich von der Magd herab, gab ihr ein paar Goldstücke und schickte sie, in Gedanken immer noch bei Isabella, fort.

Minuten später klopfte Caerllywel an die Tür und trat ein. Er sah Warrick nackt auf dem zerwühlten Bett liegen und grinste. »Ich glaube nicht, daß du deine Beschwerden lindern kannst, indem du dich mit einer anderen ins Bett legst«, bemerkte er ein bißchen zu fröhlich für den Geschmack seines Bruders.

Der Graf blickte ihn säuerlich an. »Und woher weißt du so genau, welche Beschwerden ich habe?« fuhr er Caerllywel an.

»Wie alle anderen im Rittersaal habe ich auch Lady Isabella mit dir zurückkommen sehen. Die anderen mögen glauben, daß sie so zitterte, weil sie sich vor den Wilderern fürchtete, aber sie kennen dich nicht so gut wie ich, Bruder; und du hast sie mit deinem Umhang bedeckt. Ich frage mich, was zwischen Euch vorgefallen ist, ehe die anderen eingetroffen sind...« Als der Graf nicht antwortete, zog Caerllywel eine Braue hoch. »Sie steht dir zu, weißt du?« bemerkte er. »Und du willst sie. Warum zögerst du also, den königlichen Befehl auszuführen? Warum heiratest du das Mädchen nicht einfach und Schluß?«

»Weil ich, trotz Edwards Befehl, nicht heiraten möchte, und am allerwenigsten ein Weib, das mich genau wie Brangwen verzaubern will.«

»Brangwen, immer diese Brangwen. Christus! Waerwic, wann wirst du endlich begreifen, daß nicht alle Frauen gleich sind?«

»Nie, denn sie *sind* alle gleich, ganz egal, was du sagst. Lady Isabella ist nicht anders als alle anderen. Mir ist das Dienstmädchen genauso recht; sie hat mir genausoviel Freude bereitet.«

»Hat sie das? Ich weiß nicht recht. Nun, nachdem du inzwischen deine Lenden – wenn auch nicht dein Herz – erleichtert hast, kannst du dich ja wieder um deine Geschäfte kümmern.«

»Was gibt es denn?«

»Ich habe den Verräter auf Oakengates enttarnt. Er sitzt unten im Kerker. Willst du den Jungen verhören?«

»Ja.«

»Dann erwarte ich dich im Rittersaal.«

Obwohl ihnen die Fackeln der Wachen leuchteten, wirkte der Weg in den Kerker düster und gespenstisch. Die steile, lange Wendeltreppe, die zu den Zellen tief unter der Feste führte, war mit glitschigem, grünem Morast überzogen. Warrick rümpfte die Nase, bis er sich an den Gestank gewöhnt hatte. Rücksichtslos trat er nach den fetten, quiekenden Ratten, die über die nassen Steine huschten.

Ernst suchte Sir John im flackernden Licht einen Schlüssel aus dem großen Bund in seiner Hand heraus und steckte ihn in das alte, rostige Schloß einer Zelle. Langsam und knarrend schwang die Tür auf.

»Der Gefangene, Mylord«, sagte er mit einer Geste zu dem Jungen in der Zelle, der trotzig aufstand, als sie eintraten. »Er heißt Ham. Bis jetzt hat er sich geweigert zu sprechen.«

»Woher wißt Ihr denn, daß er der Verräter ist?«

»Als Sir Caerllywel das Gesinde befragte, bemerkte er, daß sich der Knabe eigenartig benahm. Er beschuldigte Ham geradeheraus, mit den Räubern unter einer Decke zu stecken. Der Junge versuchte zu fliehen. Natürlich kam er nicht weit.«

»Was Ihr mir auch antut, ich werde Euch nichts verraten!« schleuderte ihnen Ham trotzig entgegen. »Ich bin unschuldig, ganz gleich, was dieser dumme walisische Bastard behauptet!«

»Hüte deine Zunge!« befahl Sir John. »Du sprichst mit Lord Hawkhurst, dem Bruder Sir Caerllywels, der der neue Vormund Lord Rushdens und Lady Isabellas ist.«

»Ach ja? Ich nehme an, Ihr werdet mich töten. Nun, ich habe keine Angst vorm Sterben, also hängt mich meinetwegen, damit wir die Sache hinter uns bringen!« höhnte der Bursche, an Warrick gewandt.

»Genau.« Der Graf nickte. »Wenn du der Verräter bist, für den dich mein Bruder hält, dann wirst du ganz bestimmt hängen – aber erst nachdem du uns alles verraten hast, was wir wissen wollen.

»Ich werde Euch überhaupt nichts verraten. Ich habe doch gesagt, ich bin unschuldig!« beteuerte Ham.

»Warum wolltest du dann fortlaufen, als mein Bruder dich beschuldigt hat, ein Komplize der Räuber zu sein?«

»Ich – ich hatte Angst.«

»Ach?« Warrick zog scheinbar amüsiert eine Braue hoch, denn er war überzeugt, daß der Junge log. »Aber wenn du so unschuldig bist, wie du behauptest, dann brauchst du doch gar keine Angst zu haben. Willst du immer noch schweigen?« Der Graf machte eine Pause, aber Ham antwortete nicht, deshalb fuhr Warrick fort: »Dann tust du mir leid, denn dein Leben wird eine einzige Qual sein, bis du redest.« Bei dieser Ankündigung riß der Bursche ängstlich die Augen auf, doch dann reckte er mit falschem Mut den Kiefer vor und preßte rebellisch die Lippen zusammen. »Caerllywel, bring den Stiefel«, befahl der Graf.

Trotz Hams verzweifelter Gegenwehr ketteten ihn die Burgmannen an die Wand und schlossen seinen Fuß in den eisernen Stiefel. Beinahe gleichgültig nahm Warrick den Krug entgegen, den ihm sein Bruder kurz darauf hinhielt, und goß das Öl daraus in den Stiefel. Dann stöpselte er das Gefäß wieder zu.

»Verrate mir die Namen deiner Komplizen und ihr Versteck, dann brauchst du nicht zu leiden, bevor du stirbst«, erklärte Warrick dem Jungen, aber Ham schwieg immer noch, auch wenn er schon wesentlich weniger mutig wirkte als noch vor wenigen Augenblicken. »Na gut.« Der Graf seufzte. »Caerllywel, die Fackel.«

Doch noch ehe er die Fackel an den eisernen Stiefel setzen und das Öl darin zum Sieden bringen konnte, schrie der Bursche auf: »Nein, Mylord! Ich flehe Euch an! Tut mir das nicht an!«

»Dann sprich.« Warrick zog die Fackel zurück.

Tagelang hatte der Lärm der Äxte und Hämmer Isabella in den Ohren gedröhnt. Jetzt war alles still, doch die Stille war noch viel schrecklicher als der Lärm. Zitternd verfolgte das Mädchen, wie die Räuber, die die Schlacht mit den Burgmannen überlebt hatten, vorgeführt wurden, gefolgt von dem bemitleidenswerten Ham. Sie war entsetzt, als sie den Dienstjungen wiedererkannte, der an jenem ersten Abend auf Oakengates ihren Weinkelch vollgeschenkt hatte. Einen Moment lang wurde ihr schwindlig. Dann legte Warrick seinen starken Arm um ihre Taille, um sie zu stützen.

»Ihr dürft nicht ohnmächtig werden!« zischte er.

»Der Herr sei uns gnädig! Er ist doch fast noch ein Kind!«

»Er hat Oakengates und Rushden verraten!«

»Aber – aber warum?«

»Seine Familie starb am Schwitzfieber, und er gab Sir John die Schuld daran, daß er sie nicht retten konnte. Erst vor kurzem hat er Gelegenheit zur Rache bekommen.«

»Aber – aber niemand hätte seiner Familie helfen können. Selbst meine Eltern sind an der Krankheit gestorben.«

»Richtig, aber manche Menschen geraten nach so einem Erlebnis auf recht abwegige Gedanken.«

Isabella begriff, daß ihr Vormund die Wahrheit sagte. Trotzdem hatte sie Mitleid mit dem Knaben. »Ihr seid grausam und gefühllos, Mylord«, erklärte sie bitter.

Der Graf schenkte ihr einen kühlen Blick. Seine verschlossene Miene verriet keinerlei Regung. »Glaubt Ihr wirklich, ich würde nichts empfinden, Isabella?« fragte er. »Glaubt Ihr wirklich, es macht mir Freude, einen verwirrten und halb verrückten Knaben hinrichten zu lassen? Ihr nennt mich grausam, Mylady, aber ist es nicht besser, wenn nur ein Mensch leiden muß statt den Hunderten, die die Angriffe der Räuber ertragen mußten?«

»Doch, Ihr habt recht«, antwortete Isabella schließlich beschämt. »Aber trotzdem kommt es mir so grausam vor...«

»Das Leben ist manchmal so, Isabella«, erklärte er ihr. »Und man muß stark sein, um zu überleben.«

»Ja, das ist wohl richtig, aber ich wollte trotzdem, es wäre anders. Ich glaube nicht, daß ich für so ein Leben geschaffen bin. Warrick, muß ich – muß ich zusehen? Ich habe noch nie bei einer Hinrichtung zugeschaut. Ich möchte es auch jetzt nicht tun.«

»Der Verräter und die Räuber müssen für ihre Taten bestraft werden. Sir John hat den Befehl gegeben, und als Herrin über

Rushden müßt Ihr zu ihm stehen, wenn Ihr die Autorität Eures Vasallen nicht untergraben wollt. Versteht Ihr das?«

Isabella nickte widerstrebend.

Vor der gesamten Burgbesatzung wurden die Gesetzlosen zu den aufgerichteten Galgen geführt und Schlingen um ihren Hals gelegt. Zwei Räuber wehrten sich, wurden aber von den Wachen überwältigt. Jeder Räuber bekam Gelegenheit, seine Sünden zu beichten, und bekam von einem Priester die Absolution. Dann nickte Sir John den Henkern zu. Außer ein paar erstickten Schreien und einem lauten Knacken war nichts zu hören, als die Verurteilten gehängt wurden. Isabella schnappte nach Luft und wandte sich ab, weil die Knie unter ihr nachzugeben drohten; aber der Graf faßte sie nur kräftiger um die Taille und zwang sie, stehenzubleiben. Dann gingen sie schweigend und getrennt zurück zum Haupthaus.

# Kapitel 14

Isabella hielt es einfach nicht mehr aus. Sie versuchte sich einzureden, daß sie das Erlebnis mit den Wilderern und den Räubern so mitgenommen hatte, aber tief im Innersten wußte sie, daß das nicht stimmte. In Wahrheit trieb sie die eigenartige Anziehungskraft, die ihr neuer Vormund auf sie ausübte, nach Grasmere, einem Gutshaus, das ihr von ihrer Großmutter mütterlicherseits hinterlassen worden war.

Der Frühling wich langsam dem Sommer, als das Mädchen wie ein erschrecktes Reh von Schloß Rushden floh und nach Grasmere reiste. Dort wartete Isabella auf ihren Bruder Giles und ihren Geliebten Lionel – vor allem auf Lionel. Sie war überzeugt, daß sie ihn nur wiederzusehen brauchte, um das verwirrende Feuer, das Warrick in ihr entfacht hatte, wieder zu löschen.

Zum ersten Mal in ihrem Leben verstand Isabella sich selbst nicht mehr; sie konnte nicht erklären, warum sie sich so zu dem Grafen hingezogen fühlte, obwohl sie doch Lionel liebte. Diese

Empfindungen waren falsch und schlecht. Das wußte sie genau. Sie hätte sich nicht elender fühlen können, wenn sie ihren geliebten Bruder hintergangen hätte; und irgendwie hatte sie das Gefühl, genau das zu tun.

Sie brauchte Abstand von Schloß Rushden und dem Mann, der jetzt dort herrschte. Isabella fürchtete sich davor zu bleiben, fürchtete, Warrick könnte mit seinen ironischen Attacken irgendwann Erfolg haben. Sie wollte nicht seine Gemahlin werden, aber sie war durch den Befehl des Königs an ihn gebunden; und obwohl der Graf sie ebenfalls nicht heiraten wollte, begehrte er sie, und zwar auf so sinnliche Weise, daß er damit einen bislang unbekannten, unverständlichen und unkontrollierbaren Instinkt in ihr ansprach. Er brauchte sie nur anzusehen, und schon loderte ein Feuer in ihr auf, daß ihr angst und bange wurde.

Deshalb mußte sie fliehen, und sie konnte nur hoffen, daß ihr neuer Vormund sie nicht verfolgte.

Zum Glück verlief der Ritt nach Grasmere ohne Zwischenfall. Schließlich sah Isabella das Herrenhaus in der Ferne aufragen und trieb Cendrillon noch einmal an. Sie hatte das Gut immer geliebt, und sie war nicht mehr dort gewesen, seit ihre Eltern gestorben waren.

Am schönsten war Grasmere, wenn es so wie jetzt hoch und stolz unter dem Sommerhimmel aufragte. Keine Mauer schloß es ein, denn es war nur ein einfaches Herrenhaus und nicht zur Verteidigung gedacht. Es stand auf einer kleinen Anhöhe mit freiem Blick über das Land, und die sanften Abhänge rings ums Haus waren mit saftig grünem Gras bewachsen. Am Rande des weitläufigen Rasens wuchsen bunte Blumen unter Weidenstämmen, und hinter diesen Weiden erhoben sich dichte, alte Wälder auf dem wilden, windgepeitschten Hochmoor, das sich in allen Richtungen bis zum Horizont erstreckte.

Das gedrungene, dreistöckige Haus selbst war aus dunkelgrauem Stein erbaut und wurde zu beiden Seiten von kleineren Flügeln flankiert. Mit seinen vier pechnasenbewehrten Türmen, dem Wehrgang und den eleganten Erkern an den Ecken der Gebäudeflügel sah es beinahe aus wie eine Burg. Die Vorderfront war von langen, schmalen Flügelfenstern mit diamantförmigen Bleiglasscheiben durchbrochen, die in allen Regenbogenfarben leuchteten, wenn die Sommersonne darauf schien. Zwischen den Fenstern erhoben sich Spaliere an den Wänden, an denen sich Rosen – weiße Rosen – emporrankten.

Isabella atmete erleichtert aus, als die massiven Eichentüren des Herrenhauses aufschwangen und sie in die Halle trat. Sie war in Sicherheit. Hier konnte ihr nichts zustoßen – so glaubte das Mädchen wenigstens. Isabella konnte nicht ahnen, daß hier, in Grasmere, gleich zweimal auf dramatische Weise in ihr Leben eingegriffen werden sollte.

Endlich traf Giles ein, dem Isabella zwei Briefe geschickt hatte – im ersten hatte sie Giles von dem neuen Vormund berichtet und im zweiten ihren Bruder gebeten, sie so bald wie möglich auf Grasmere zu besuchen. Mit ihm kam Lionel, ihr Geliebter.

Trotzdem warf sich Isabella wie immer zuerst Giles in die Arme, denn ihr geliebter Bruder würde ewig einen ganz besonderen Platz in ihrem Herzen einnehmen. Ihr fiel auf, daß er älter aussah – und müde, so müde. Tiefe Falten zeichneten seine haselnußbraunen Augen, so als hätten ihn die Jahre müde gemacht und das Licht der Jugend darin gedämpft.

Instinktiv wußte Isabella, daß ihm etwas Einschneidendes widerfahren war. Die Veränderung machte ihr angst. Zum ersten Mal sah sie ihren Bruder so, wie er wirklich war: als einen Mann, der seine Pflicht getan hatte und gut getan hatte, aber der mit dem Herzen nicht mehr bei der Sache war. Plötzlich begriff Isabella, daß sie ihn nicht mit ihren Sorgen belasten durfte. Damit würde sie ihm nur noch mehr Kummer machen. Sie liebte Giles. Sie konnte ihm nicht weh tun – nicht jetzt.

Deshalb schenkte ihm Isabella ein strahlendes Lächeln zur Begrüßung. Ihr Bruder merkte nicht, daß es ihre Augen nicht erreichte. Seine Augen leuchteten auf, als er leicht hinkend auf sie zukam.

Verwirrt und besorgt eilte das Mädchen auf ihn zu. »Giles! Du bist verletzt! Laß dir helfen!«

»Das ist nichts. Ein gebrochener Knochen, der nicht richtig zusammengewachsen ist; sonst nichts. Ich komme inzwischen ganz gut damit zurecht.«

»Ach, Giles, warum hast du mir das nicht geschrieben?« Isabella biß sich ängstlich auf die Lippen, als sie ihn so verletzt sah; aber irgendwie schien das Hinken seine romantische Traurigkeit nur noch zu unterstreichen. Ihr Herz flog ihm zu. Mit aller Kraft drückte Isabella ihren Bruder an sich und küßte ihn auf die Wangen. »Ach, Giles, es tut so gut, dich wiederzusehen«, sagte sie.

»Mir geht es genauso, Schwesterherz«, antwortete er.

Sie hätte ihn so gern gefragt, was ihm passiert war, aber dies war weder der rechte Zeitpunkt noch der rechte Ort. So wandte sie sich statt dessen Lionel zu, ihrem Geliebten, ihrem glorreichen goldenen Gott von der mondbeschienenen Wiese.

Doch irgendwie kam ihr nach einem Jahr der Trennung auch Lionels strahlende Gestalt stumpf und eigenartig matt vor. Er sah so gut aus wie immer, aber irgendwie wirkte er blaß – vor allem, als sich heimlich Warricks männliches Gesicht, seine kalte, markante Miene und sein fester muskulöser Körper vor ihr geistiges Auge schoben. Hastig und mit schlechtem Gewissen senkte Isabella den Blick.

»Freut Ihr Euch nicht, mich zu sehen, 'Sabelle?« fragte Lionel leise.

»Natürlich«, versicherte sie ihm. »Willkommen auf Grasmere.« Aber selbst in ihren Ohren klang sie unaufrichtig wie ein Kind, das eine auswendig gelernte Floskel aufsagt.

Sie wandte sich ab und bemerkte deshalb nicht die Sorgenfalten auf Lionels Stirn, als er ihr ins Haus folgte.

Schweigend musterte Isabella ihren Bruder. Er hatte während des Abendessens wenig gesprochen und sich kaum über ihren neuen Vormund und die Lage auf Rushden geäußert. Isabella hatte den Eindruck, daß sich Giles nicht richtig auf das Thema konzentrieren konnte; und wieder hatte das Mädchen das Gefühl, daß er mit seinen Gedanken woanders war. Schließlich sprach sie ihn direkt darauf an.

»Giles, was ist los mit dir?« fragte sie leise. »Du bist nicht du selbst. Was hat dich so verändert, Bruderherz? Bist du krank?«

»Ja.« Müde rieb er sich die Augen. »Aber nicht so, wie du meinst. Mein Herz ist krank, 'Sabelle.« Er schlug sich mit der Faust auf die Brust und seufzte. Nach einer Weile sagte er kraftlos: »Wie soll ich nur anfangen ...« Er zögerte. »Es war im Winter, der erste Schnee war gerade gefallen. Ach, 'Sabelle, du hättest das sehen sollen! An den nackten Ästen glitzerten Eiszapfen, und dieser sonderbare schottische Nebel hing schwer und dicht über dem Grenzland.

Eines Morgens bat mich der Herzog, seine Getreuen zu holen. Wir wollten auf die Jagd gehen, denn unsere Vorräte gingen zur Neige, und die barbarischen Schotten hatten sich weiter nach Norden zurückgezogen. Wir mußten neuen Proviant fassen, bevor wir ihnen folgten.

Es war ein großartiger Tag, 'Sabelle, der schönste in meinem Leben, denn irgendwie wurde ich von den anderen getrennt und stieß mitten im Wald auf ein Mädchen. Wie eine Schneekönigin kam sie mir vor. Es war, als hätte ein Pfeil mein Herz durchbohrt, denn ich liebte sie vom ersten Augenblick an.«

»Ja«, murmelte Isabella verständnisvoll. »So war es auch bei mir und Lionel.«

»Sie hieß Catriona«, fuhr Giles fort, als hätte er sie gar nicht gehört. »Und sie war Schottin. O ja, wir wußten, daß es keine Zukunft für uns gab«, beantwortete er die unausgesprochene Frage in Isabellas Augen, »aber wir träumten trotzdem davon, denn auch sie hatte sich in mich verliebt. Zwei Wochen lang trafen wir uns im Wald, spazierten, redeten und liebten uns unter den schneebeladenen Kiefern. Ich flehte sie an, mit mir zu kommen, denn im Grenzland war sie nicht mehr sicher. Falls ihre Familie von unserer Liebe erfuhr, würde man sie umbringen, weil sie von einem Feind entehrt worden war –« Er verstummte, und plötzlich wußte das Mädchen, was kommen würde.

»O Giles, nein!« hauchte sie.

»O doch, 'Sabelle.« Er holte tief Luft, als würde ihm das Atmen plötzlich schwerfallen. »An jenem Tag, an dem wir ihre Flucht geplant hatten, wollte ich sie holen; und fand sie im Wald, mit einem Dolch im Herzen.« Isabella hatte sich zwar dagegen gewappnet, doch ihr stockte trotzdem der Atem. »Ja«, Giles verzog verbittert den Mund, »ihr Clan hatte sie ermordet. Ach, 'Sabelle!« rief er plötzlich aus. »Sie war so schön! Selbst im Tod sah sie aus wie eine verzauberte Märchenprinzessin! Ich stieg ab und kniete neben ihr nieder, weil ich hoffte, daß sie noch atmete. Ich konnte nicht wissen, daß die Männer ihres Clans mir auflauerten. Wie feige Mörder griffen sie mich aus dem Hinterhalt an. Ich zog mein Schwert, blind vor Schmerz und Wut... Ich metzelte sie allesamt nieder. Sogar das Streitroß eines Mannes schlug ich um, so daß es auf mich fiel und mir das Bein brach. Der Schmerz brachte mich schließlich wieder zu Besinnung.« Giles verstummte wieder.

Isabella biß sich auf die Lippen und blinzelte die Tränen aus ihren Augen. Schließlich nahm sie seine Hand und drückte sie. »Es tut mir leid, Bruderherz, so leid. Aber ich glaube, Catriona hätte nicht gewollt, daß du so lange um sie trauerst, Giles.«

»Ich weiß. Es ist nur – ihr Tod war so sinnlos, und seitdem geht mir nicht mehr aus dem Kopf, was du vor vielen Jahren einmal zu mir gesagt hast. Du hast gesagt, der Krieg sei schrecklich sinnlos; die Männer würden sterben und die trauernden Frauen allein zurückbleiben. Damals – damals habe ich dir gar nicht zugehört; ich war zu jung und zu gedankenlos, um zu erkennen, wie weise deine Worte waren... Aber ach, 'Sabelle, du hattest so recht! Mir liegt nichts mehr am Kriegführen, und das macht mir angst. Was nutze ich dem Herzog, wenn ich ihm nicht mit ganzem Herzen dienen kann?«

»Ach, Giles. Hast du auch mit Gloucester darüber gesprochen? Glaubst du wirklich, er führt gern Krieg? Bruderherz, du täuschst dich, wenn du das meinst. Er tut seine Pflicht, das stimmt, und tut sie gut; aber er leidet trotzdem, Giles. Man braucht ihm nur in die Augen zu sehen, um das zu erkennen.«

»Du scheinst dir so sicher zu sein, 'Sabelle.«

»Ich bin es, Bruderherz. Ich sage es noch einmal: Sprich mit Gloucester. Er wird dich verstehen«, versicherte ihm Isabella. Inzwischen war sie fester denn je entschlossen, Giles nichts von ihrem eigenen Unglück zu erzählen. »Und jetzt geh schlafen, Bruderherz. Mögen dein Herz und deine Seele Frieden finden.«

Leise ging sie aus der Halle, um Eadric, Thegn und Beowulf Bescheid zu geben, damit sie Giles in seine Kammer und ins Bett brachten. Der Wein und seine Geschichte hatten ihn so erschöpft, daß ihm sofort die Augen zugefallen waren und sein Atem schon tief und regelmäßig ging.

»So ruhig habe ich ihn schon lange nicht mehr schlafen sehen«, bemerkte Lionel, der Isabella nachgekommen war. »Ich wußte, daß er es jemandem erzählen mußte; aber der Tod der Schottin hat ihn so mitgenommen und dann der schreckliche Kampf... Bei Gott, 'Sabelle! Ich weiß nicht, wie er es geschafft hat, sie alle niederzustrecken, denn sie waren zu fünft, und Giles war allein und nur ein Knappe. Gloucester wollte ihn nach der Tat sofort zum Ritter schlagen, aber davon wollte Giles nichts wissen. Er sagte, es sei nicht die Tat eines Tapferen gewesen, sondern das Werk eines Wahnsinnigen, und der Herzog drängte ihn nicht weiter. Er meinte, Giles bräuchte Zeit. Deshalb hat Richard ihn hierhergeschickt.«

»Der Herzog ist wirklich ein gütiger und verständnisvoller Herr«, bekräftigte Isabella. »Ich glaube, wenn Giles Gloucester von seinen Ängsten erzählt, wird Richard ihn verstehen und beruhigen können.«

»Ich wünschte, ich könnte das gleiche für Euch tun«, gestand Lionel und nahm ihre Hand. »Kommt, 'Sabelle. Laßt uns spazierengehen und erzählt mir, was Euch bedrückt. Euch liegt doch auch etwas auf dem Herzen.«

»Ihr habt recht. Ach, Lionel, etwas Schreckliches ist passiert.«

»Was immer es auch sein mag, ich werde versuchen, es in Ordnung zu bringen. Ich liebe Euch, wie Ihr wißt.«

»Ich weiß«, bestätigte Isabella inbrünstig. Sie wünschte sich so sehr, daß das stimmte. »Das macht es ja so schwer... Ach, Lionel!« platzte es plötzlich aus ihr heraus. »Ich soll Lord Hawkhurst heiraten!«

»Nein! Das darf nicht wahr sein!« Lionel war wie vor den Kopf geschlagen.

»Ich versichere Euch, daß es so ist«, beteuerte ihm Isabella bitter. »Der König hat es so befohlen und schon den Heiratskontrakt unterzeichnet.«

»O 'Sabelle! Nein! Nein!« Aber noch während er das sagte, fühlte sich Lionel irgendwie erleichtert: denn es war ihm noch nicht gelungen, seine Verlobung mit Lady Gilliane Beaumarais zu lösen. Sein Vater hatte auf eine entsprechende Bitte Lionels hin knapp geantwortet, daß das Heiratsversprechen schon bei seiner Geburt gegeben worden sei und unmöglich gebrochen werden könne. Es sei wohl am besten, wenn Lionel den Herzog um Urlaub bitten und schnellstens nach Hause kommen würde.

So war Lionels Aufenthalt auf Grasmere nur ein letzter Aufschub, bevor er das Ehegelübde ablegte. Sobald er das Herrenhaus verließ, mußte er weiterreisen nach St.-Saviour-on-the-Lake, um dort zu heiraten.

Er hatte sich davor gefürchtet, Isabella die schreckliche Neuigkeit mitzuteilen und mit ansehen zu müssen, wie sich ihre Liebe in Verachtung verwandelte. Jetzt brauchte er ihr nichts von seinen Schwierigkeiten zu erzählen. Sosehr ihm ihr Geständnis auch mißfiel, es hatte ihm die Peinlichkeit erspart, seines vorbringen zu müssen. Trotzdem war Lionel unzufrieden. Der Gedanke, daß sie Lord Hawkhurst heiraten sollte, machte ihn wütend.

»Ach, 'Sabelle.« Er drückte sie fest an sich, so daß sie ihm nicht ins Gesicht sehen konnte. »Euch zu verlieren, bevor Ihr mein werden könnt . . .«

»Ich weiß, ich weiß. Ich dachte, Ihr könntet vielleicht mit Gloucester sprechen. Vielleicht kann er dem König die Verbindung ausreden.«

»Ich werde es natürlich versuchen, mein Herz, wenn Ihr das so wünscht. Aber ich habe wenig Hoffnung auf Erfolg. Lord Hawkhurst steht in der Gunst des Königs.«

»Der Graf will mich nicht; das hat er mir selbst gesagt. Er heiratet mich nur auf Befehl des Königs.«

»Dann ist er ein Narr.« In Lionels Kopf arbeitete es fieberhaft. Vielleicht konnte er Isabellas Heirat ja verhindern – aber was war mit seiner? »Ach, 'Sabelle, wenn nur –«

»Was, Geliebter, wenn nur was?«

»Nichts. Irgendwie werde ich diesen Knoten durchschlagen, das verspreche ich Euch.« Und dann drehte er ihr hübsches Gesicht seinem zu und küßte sie so, als wollte er sie für alle Zeiten brandmarken. Verzweifelt klammerte und schmiegte sich Isabella an ihn in der Hoffnung, daß er sie ebenso in Brand setzte, wie Warrick es getan hatte. Aber sie fühlte nicht einmal mehr die angenehme, langsam erwachende Wärme wie bei ihrem ersten Kuß. Sie hatte zuviel Angst.

Sowie Lionel sie berührt hatte, war Warricks düsteres, falkengleiches Antlitz vor ihrem geistigen Auge aufgeblitzt und hatte ihr einen eisigen Schrecken vor dem eingejagt, was der Graf wohl tun würde, wenn er von ihrer Untreue erfuhr. Die Angst machte es ihr unmöglich, auf Lionel zu reagieren.

Ach, Geliebter, Geliebter! Warrick hat uns selbst um diese Augenblicke gebracht, dachte sie verbittert.

Sie löste sich von Lionel und preßte den Handrücken auf die Lippen, als wollte sie auf diese Weise die Erinnerung an Lionels Kuß wegwischen.

»Was ist denn, 'Sabelle?« fragte er. Seine tiefblauen Augen sahen sie verwirrt und leicht verärgert an. Ihm war ihr abweisendes Verhalten nicht entgangen. »Weshalb wollt Ihr Euch dem verschließen, was wir beide begehren?«

Sie wandte sich ab. »Es ist Warrick«, gestand sie leise. »Er steht schon zwischen uns.«

Lionel atmete scharf ein. »Er hat Euch entehrt, dieser Bastard! Er hat Euch bereits genommen und –«

»Nein!« Isabella wirbelte herum. »Nein! Ich bin immer noch unberührt; das schwöre ich!«

»Aber er hat Euch in seinen Armen gehalten und sich an Euren Lippen gelabt, so wie ich, nicht wahr? Nein, streitet es nicht ab, 'Sabelle, ich kann in Euren Augen lesen, daß es stimmt. Bei Gott! Wie konntet Ihr zulassen, daß er Euch berührt, dieser Hurensohn?«

»Glaubt Ihr, ich habe das gewollt? Er ist mein Verlobter!« wehrte sich Isabella ängstlich. »Er hat das Recht dazu. Was hätte ich denn tun sollen? Ach, Lionel, Lionel! Ich habe ihm gesagt, daß ich einen anderen liebe und ihn angefleht, unsere Verlobung aufzulösen, aber er hat nur gelacht und mir erklärt, er würde mich umbringen, wenn ich ihn betrügen würde. Wundert es Euch immer noch, daß ich solche Angst habe? Wenn er wüßte, daß ich mit Euch zusammen bin, würde er –«

»Bei Gottes Sohn! Ich werde ihn umbringen, diesen Bastard! Wie kommt er dazu zu glauben, er könnte sich nehmen, was mir gehört?«

»Aber ich gehöre Euch nicht! Und wenn Ihr nicht bald mit Gloucester sprecht, werde ich Euch nie gehören. Ach, Lionel, Lionel! Ihr schwört, daß Ihr mich liebt und mich zu Eurem Weib machen wollt, und doch habt Ihr noch nie von Heirat gesprochen.«

Isabella versagte die Stimme; ihr Herz krampfte sich zusammen, als er nicht antwortete. Hatte sie am Ende zu Recht an ihm gezweifelt?

»Ich kann nicht«, gestand er schließlich kleinlaut. »Ach, 'Sabelle! Ich habe soviel falsch gemacht; ich weiß gar nicht, wie ich es Euch erklären soll ... Verzeiht mir, mein Herz, und vertraut mir. Ich werde alles in Ordnung bringen, das verspreche ich Euch.«

»Aber ich verstehe nicht –«

»Psst. Vertraut mir«, wiederholte er. »Ich liebe Euch. Reicht das nicht aus?«

Tief in ihrem Herzen spürte das Mädchen wohl, daß das nicht reichte. Trotzdem versuchte es mit aller Kraft, die Zweifel zu besiegen, und antwortete: »Ja, natürlich. Es tut mir leid. Ich weiß, daß Ihr alles tun werdet, um die Angelegenheit wieder ins Lot zu bringen. Ihr tragt keine Schuld an dem, was passiert ist.«

Und trotz seiner Gewissensbisse widersprach Lionel ihr nicht. Er hatte sich so tief in sein Netz von Täuschungen und Lügen verstrickt, daß er sich nicht mehr aus eigener Kraft daraus befreien konnte, selbst wenn er es gewollt hätte. Er hatte die Gelegenheit, alles zu erklären und Isabella um Verzeihung zu bitten, ungenutzt verstreichen lassen und statt dessen ihr Vertrauen eingefordert – nur um sie erneut zu hintergehen. Das war unverzeihlich.

»Ich werde mit Gloucester sprechen«, versprach er unvermittelt. »Zumindest das kann ich tun.«

»Ach, Lionel, Geliebter, danke«, hauchte das Mädchen, dem ein Stein von der Brust fiel. »Ich bin Euch so dankbar. Ich wußte, daß Ihr mich nicht im Stich lassen würdet.«

Was er tun sollte, falls der Herzog den König tatsächlich überredete, Isabellas Verlobung mit Lord Hawkhurst zu lösen, wußte Lionel allerdings nicht. Wie immer beschloß er, das Problem erst einmal auf die lange Bank zu schieben. Vorerst hatte er sich Isabellas Liebe und Vertrauen gesichert.

# Kapitel 15

Die Sommertage auf Grasmere zogen sich gemächlich hin, fast als würde sich der Herbst mit seiner Ankunft absichtlich Zeit lassen, und Isabella war dankbar dafür. Giles taten die friedlichen, müßigen Tage gut. Wie früher gingen er und Isabella jeden Morgen spazieren und plauderten. Wie Kinder erforschten sie die Wälder und das Hochmoor, und Isabellas Herz schlug höher, als sich die ernsten Augen ihres Bruders langsam aufhellten. Hin und wieder erzählte Giles sogar von Catriona. Zu Isabellas Erleichterung tat die Erinnerung offenbar nicht mehr ganz so weh.

»Ich werde nie wieder lieben können, 'Sabelle«, erklärte ihr Giles eines Morgens. »Mein Herz wird immer Catriona gehören. Wie seltsam mir das vorkommt; aber vielleicht geht es allen Ashleys so. Manchmal glaube ich, daß Vater nach Mutters Tod eher an gebrochenem Herzen als an dem Schwitzfieber starb, an dem beide erkrankt waren.«

»Ja, das habe ich mir auch schon überlegt. Dennoch, du bist noch jung, Giles. Trotz allem, was du sagst, glaube ich, daß du wieder lieben wirst.«

»Würdest du es können, wenn dir Lionel geraubt würde?«

»Ich – ich weiß nicht.«

»Ich bete zu Gott, daß du das nie herausfinden wirst, 'Sabelle.

Dabei fällt mir ein, ich war so in meine Trauer vertieft, daß ich meine Pflichten vollkommen vernachlässigt habe. Du bist inzwischen alt genug zum Heiraten, Schwesterherz. Ich glaube, ich sollte meinen Freund fragen, welche Absichten er dir gegenüber hat«, neckte er sie. Sein Gesicht leuchtete kurz fröhlich auf.

»Nein«, antwortete Isabella schnell, zu schnell; als ihr Bruder sie verwirrt und fragend ansah, lächelte sie strahlend. »Es eilt nicht, Giles. Wir wollen warten, bis du wieder wohlauf bist. Im Augenblick könnte ich den Gedanken nicht ertragen, von dir getrennt zu werden.«

»Ach, 'Sabelle, ich glaube, deine Welt dreht sich immer noch viel zuviel um mich. Aber ich bin egoistisch genug, um es noch eine Weile dabei zu belassen. Also gut. Erzähl mir von Rushden und unserem neuen Vormund. Ich fürchte, als du neulich davon gesprochen hast, habe ich dir nicht besonders aufmerksam zugehört.«

»Auf Rushden ist alles zum Besten bestellt, so wie immer, und unser neuer Vormund ist hart, aber gerecht.«

»Trotzdem zitterst du, wenn du von ihm sprichst, 'Sabelle.«

»Nein, Bruderherz. Es war nur eine kühle Brise. Vielleicht wird es doch langsam Herbst.«

»Reiter nähern sich dem Gut, Mylady«, verkündete Sir Eadric, nachdem er in den großen Saal getreten war und sich respektvoll verbeugt hatte. »Es ist Lord Hawkhurst mit seinen Männern. Beowulf – der ja angeblich Adleraugen hat – hat das Banner erkennen können.«

»Seid – seid Ihr sicher, Beowulf?« fragte Isabella nervös.

»Jawohl, Mylady. Es ist der Graf, ganz ohne Zweifel.«

»Aber was will er hier? Ich hoffe nur, auf Rushden ist nichts passiert. Gott sei Dank ist Lionel mit Giles auf der Jagd. Thegn, bitte laßt sofort meine Stute satteln und herbringen. Ich werde Seiner Lordschaft entgegenreiten. Beowulf, falls Lord Rushden und Lionel heimkehren sollten, haltet sie hier auf, bis ich erfahren habe, ob etwas passiert ist. Eadric, Ihr werdet mich begleiten.«

»Jawohl, Mylady«, antworteten die Ritter im Chor.

Sobald sie draußen und aufgestiegen war, drückte Isabella Cendrillon die Fersen in die Flanken. Das Herz schlug ihr vor Angst im Halse. Warum kam Warrick hierher? Das Mädchen glaubte eigentlich nicht, daß es Probleme auf Rushden gab. Der Graf war zu arrogant, um sie um Rat zu fragen; er würde die Schwierigkeiten auf eigene Faust beheben. Nein, er stöberte sie aus einem anderen Grund hier in Grasmere, ihrem Hafen und Zufluchtsort auf. Hatte er irgendwie von Lionel erfahren? Bei dem Gedanken lief ein kalter Schauer über Isabellas Rücken. Warrick wollte sie zwar nicht heiraten, aber er betrachtete sie dennoch als sein Eigentum und hatte ihr deutlich erklärt, was er tun würde, wenn er entdeckte, daß sie ihn betrog.

Schließlich erspähte sie Warrick, ritt im leichten Galopp auf ihn zu und zügelte ihre Stute kurz vor seinem Hengst. Der Graf sah noch düsterer, noch attraktiver und noch abweisender aus als in ihrer Erinnerung. Eigenartigerweise begann Isabellas Herz bei seinem Anblick zu rasen, deshalb wandte sie sich kurz ab, damit er ihre verwirrte Miene nicht bemerkte. Nachdem sie die Fassung notdürftig wiedergefunden hatte, lächelte sie Caerllywel warmherzig an, der seinem Pferd die Sporen gegeben hatte, um ihr entgegenzureiten.

Caerllywel grinste boshaft und triumphierend zu Warrick hinüber, zog in einer ausgeprägt höfischen Geste, die auch das härteste Herz erweicht hätte, den Hut und verbeugte sich tief im Sattel. »Mein liebste Lady Isabella«, begrüßte er sie mit einem Funkeln in den Augen, ohne sich um den finsteren Blick seines Bruders zu scheren, »Ihr seid noch schöner, als ich Euch in Erinnerung hatte.«

»Und Ihr, Sir Caerllywel, seid so glattzüngig wie eh und je«, erwiderte Isabella hoheitsvoll und mit gespielter Mißbilligung, aber einem leichten Zucken um die Mundwinkel. Dann begrüßte sie den Grafen. »Mylord Warrick«, sagte sie, sobald er sein Streitroß neben ihr gezügelt und seinen Männern Zeichen zum Haltmachen gegeben hatte. »Wir fühlen uns geehrt. Was bringt Euch hierher in unser schlichtes Gutshaus Grasmere, wo Euch doch ganz Rushden zur Verfügung steht?«

Der Graf lächelte ironisch, ließ seine gelben Augen genüßlich über ihren Leib wandern und sah ihr schließlich wieder ins Gesicht. »Mylady, die Ehre ist ganz meinerseits«, verkündete er mit kaum hörbarem Sarkasmus. »Reitet Ihr Euren Gästen immer entgegen, oder« – er senkte die Stimme – »habt Ihr mich am Ende mehr vermißt, als ich gedacht habe?«

»Wenn Ihr hergekommen seid, um das herauszufinden, habt Ihr Eure Zeit vertan, Warrick«, gab Isabella zuckersüß zurück.

»Wirklich?« fragte der Graf gedehnt und zuckte mit den Achseln. »Nun ja, wenigstens ist es meine Zeit, die ich vertan habe.«

»Was bringt Euch her, Mylord?« wollte Isabella nochmals wissen. »Ist auf Rushden etwas passiert?«

»Nein. Es ist, wie Ihr gesagt habt, Mylady: Die Burg wird gut geführt. Nein, ich habe befürchtet, daß es hier Probleme geben könnte; Ihr seid schon so lange hier.«

»Mein Bruder ist bei mir und krank. Das habe ich Euch doch geschrieben.«

»Das habt Ihr.« Warrick grinste. »Und Eure schwesterliche Fürsorge rührt mich. Trotzdem« – Er durchbohrte sie mit seinem Blick – »kann ich kaum glauben, daß Ihr nur Eures Bruders wegen hier seid, so schlecht es ihm auch gehen mag.«

»Ich habe es gewußt! Ihr wollt mir nachspionieren!« zischte Isabella.

Dämonisch zog der Graf eine Braue hoch. »Gibt es hier etwas für mich zu spionieren, Madam?« wollte er gefährlich leise wissen.

Das Mädchen atmete tief ein. Erst jetzt merkte Isabella, wie töricht sie gewesen war. Hätte sie Warrick ganz normal begrüßt, hätte sie sein Mißtrauen entkräften können. Statt dessen hatte sie es zusätzlich geschürt. Bestimmt würde der Graf, sowie er Lionel zu Gesicht bekam, in ihm den Mann erkennen, den Isabella liebte. Sie biß sich auf die Lippen und versuchte, gleichgültig mit den Achseln zu zucken. »Grasmere ist mein Heim, Mylord«, antwortete sie schließlich. »Kein Ort des Verrats. Trotzdem könnt Ihr natürlich verfahren, wie Ihr es für richtig haltet.«

»Das habe ich vor, Mylady.«

Der Ritt zurück zum Gutshaus kam Isabella wie ein Alptraum vor, denn ihr wollte nicht einfallen, wie sie Lionel vor dem Besuch warnen und ihn davon abhalten sollte, eine Dummheit zu begehen. Seine Drohung, den Grafen zu erschlagen, wollte ihr nicht aus dem Kopf gehen. Sie konnte nur beten, daß sich die beiden Männer nicht duellieren würden.

Was in Warrick vorging, blieb ihr ein Rätsel, denn seine düstere Miene blieb verschlossen. Nur seine bernsteingelben Augen glitzerten, wenn er sie ansah. Es kam ihr fast so vor, als könnte er die Gedanken lesen, die ihr durch den Kopf schossen. Einen Augenblick lang befürchtete Isabella, ohnmächtig zu werden. Warrick lenkte seinen Hengst neben ihr Pferd und streckte seine Hand aus, um sie zu stützen, bevor er seinen Arm um ihre Taille schlang. Sie erschauerte in seinem Griff. Bestimmt mußte er das bemerken, dieser Lüstling!

»Ihr braucht nicht in Ohnmacht zu fallen, Madam«, erklärte er ihr mit gespielter Heiterkeit. »Ihr wart mir doch bestimmt treu – wenn auch nur mit Eurem Körper.«

Plötzlich erboste Isabella das besitzergreifende Benehmen des Grafen und seine unverschämte Bemerkung. Unter gesenkten Lidern hervor sah sie zu ihm auf. »Wieso seid Ihr da so sicher, Mylord? Mir hat einmal jemand gesagt, es wäre nicht klug, sich einer Sache allzu sicher zu sein«, forderte sie ihn leise heraus.

Einen kurzen Moment krampften sich seine Finger fester um ihre Taille, und seine bleich gewordenen Nasenflügel blähten sich. Dann entspannte er sich und lachte. Irgendwie wußte er, daß sie ihn nicht betrogen hatte. *»Touché,* Mylady. Wie ich sehe, seid Ihr ebenso klug wie schön. Aber ich wollte Euch nicht beleidigen! Vielleicht hätte ich mich klarer ausdrücken sollen: Ein Mann kann leicht feststellen, ob seine Frau noch Jungfrau ist, und Ihr seid bestimmt nicht so töricht, mich in unserer Hochzeitsnacht mit einer jener Listen täuschen zu wollen, die weniger tugendhafte Weiber oft anwenden.«

Isabella lief zornrot an. »Wie könnt Ihr es wagen, so zu mir zu sprechen?« fauchte sie.

»Wäre es Euch lieber, wenn ich Euch Koseworte ins Ohr flüstern würde wie der mondsüchtige Verehrer, den ich hier zweifellos aufstöbern werde?«

»Ich weiß nicht, wovon Ihr sprecht«, gab das Mädchen steif zurück.

»Wirklich nicht?«

»Nein. Auf Grasmere ist niemand außer mir selbst, meinem Bruder Giles und seinem Freund Lord Lionel Valeureux, der auf Gloucesters Geheiß meinen Bruder begleitet.«

»Aha.« Darauf hatte der Graf nur gewartet. »Ihr müßt mir mehr über diesen Lord Lionel erzählen. Ist er nicht der Erbe von St.-Saviour-on-the-Lake?«

Wieder bebte Isabella vor Angst. »Richtig. Und zusammen mit Giles Knappe beim Herzog von Gloucester. Ich habe ihn erst wenige Male gesehen. Mylord – ich bitte Euch –, mein Bruder hat sich immer noch nicht ganz von seinem schrecklichen Erlebnis erholt. Er weiß noch nichts von unserer Verlobung, denn das würde ihn nur unnötig aufregen. Bitte sagt nichts zu ihm. Wenn er wieder gesund ist, ist immer noch Zeit genug dazu.« Flehend sah sie zu Warrick auf.

»Wie Ihr wollt, Madam«, willigte er schließlich ein. »Aber mein Schweigen hat seinen Preis – nein, Ihr braucht Euch nicht zu ängstigen, Mylady.« Sein Blick heftete sich auf ihren Mund. »Ich fordere nur einen Kuß, einen einzigen Kuß, den Ihr mir willig geben sollt – wahrlich ein geringer Preis für das Wohlergehen Eures Bruders.«

Isabella errötete, senkte unwillkürlich die graugrünen Augen und spürte, wie ihr das Herz in der Brust zu rasen begann. Einen Augenblick traute sie sich nicht zu sprechen.

»Nun?« Er zog fragend eine Braue hoch. »Sind wir uns einig oder nicht?«

»Ja – ja, Mylord.« Ihre Stimme war so leise, daß er sie kaum verstand.

»Gebt mir Euer Wort darauf, Mylady.«

Aus ihren Augen blitzte es gefährlich. »Traut Ihr mir nicht, Warrick?«

»Nein. Ich traue keiner Frau, Madam, und am allerwenigsten einer, die mich so … behext hat wie Ihr.«

»Ich bin keine Hexe, Mylord, aber selbst wenn ich eine wäre, brauchtet Ihr mich nicht zu fürchten. Nicht einmal mit Hexerei könnte ich Euer Herz erobern, denn Ihr habt keins; und wenn Ihr eines hättet, würde ich es nicht wollen.«

Der Graf kniff bei dieser Antwort die Augen zusammen; erst eine Frau hatte es bisher gewagt, ihm so zu trotzen. »Ihr sprecht recht offen, wenn man bedenkt, daß Ihr eines Tages meiner Gnade ausgeliefert sein werdet«, bemerkte er. »Wir werden sehen, ob Ihr dann immer noch so vorlaut seid, Mylady.«

Isabella schauderte, antwortete aber tapfer, wenn auch ein bißchen verbittert: »Ich glaube, Ihr zögert diesen Tag nur hinaus, um Katz und Maus mit mir zu spielen, Mylord.«

»Die Valeureuxs führen die Katze in ihrem Wappen, Madam«, widersprach er ihr sofort. »Mein Wappentier ist der Falke. Ich lauere meiner Beute nicht auf. Wenn ich zuschlage, dann schnell – und gnadenlos. Vergeßt das nicht.«

Isabella schluckte schwer und trieb ihre Stute an, um Warricks leisem, ironischem Lachen zu entfliehen.

Doch Isabella hatte sich umsonst gesorgt, denn der Graf behandelte Giles und Lionel zurückhaltend, aber höflich; und Caerllywel gab sein Bestes, um alle aufzuheitern. Als es ihm mit seinen derben Späßen und Spielen gelang, Giles zum ersten Mal seit Monaten ein lautes, natürliches Lachen zu entlocken, hatte er endgültig Isabellas Herz gewonnen.

»Ach, Caerllywel«, seufzte Isabella. »Ich kann Euch gar nicht sagen, wie dankbar ich Euch bin, daß Ihr so freundlich zu meinem Bruder seid. Jeden Tag wird er dem Giles von früher wieder ähnlicher.«

Caerllywel lächelte. »Wenn ich jetzt auch noch die Schatten vertreiben könnte, die *Eure* Augen umwölken, 'Sabelle, dann wäre ich der glücklichste Mensch auf Erden.«

»Wie schön, daß Ihr mich 'Sabelle nennt«, antwortete sie mit abgewandtem Gesicht, um seinem fragenden Blick auszuweichen.

»Ich glaube, ich hätte Euch recht gern zum Bruder, Caerllywel, obwohl Ihr so ein Draufgänger seid.« Sie lachte gekünstelt, um von dem unangenehmen Thema abzulenken. »Jetzt kommt. Ihr habt versprochen, die Vorbereitungen für die Schatzsuche wären heute morgen abgeschlossen.«

Die Idee für die »dämliche Schatzsuche«, wie Warrick sich ausdrückte, war beim Abendessen aufgekommen; und Caerllywel hatte versprochen, alles vorzubereiten. Er würde die Regeln für das Spiel aufstellen; die Ritter Eadric, Thegn und Beowulf sollten sich die nötigen Rätsel ausdenken, die Karten zeichnen und den Schatz verstecken. Auf diese Weise konnten die anderen sicher sein, daß Caerllywel sie nicht zum besten hielt.

Warrick, Giles und Lionel saßen bereits auf ihren Pferden, als sie und Caerllywel aus dem Haus traten. Nicht einmal Warrick konnte sich ein sprödes Lächeln verkneifen.

Caerllywel grinste, hob die Hände und fragte boshaft: »Sind alle da?«

»Das siehst du doch!« fuhr ihn der Graf an. »Jetzt mach schon, Bruder!«

»Kein Grund, gleich sauer zu werden«, antwortete Caerllywel mit gespieltem Unwillen. »Sonst kriegst du noch eine falsche Schatzkarte! Also, das Spiel geht so: Irgendwo da draußen«, er deutete ins Freie, »haben Sir Eadric, Sir Thegn und Sir Beowulf einen Schatz versteckt.« Er faßte in sein Wams. »Dies, meine lieben Mitspieler, sind die Karten. Wir brauchen nur die Rätsel darauf lösen und ihnen zu dem Schatz folgen. Gibt es noch Fragen?«

»Nur eine«, meldete sich Warrick zu Wort. »Was für einen Schatz suchen wir überhaupt?«

»Ach komm schon, Warrick«, tadelte ihn Caerllywel. »Die Tatsache, daß du nicht weißt, um welchen Schatz es geht, macht das Spiel doch erst spannend. Giles' treue Ritter haben mir jedoch versichert, daß wir sehr dankbar sein werden, wenn wir ihn erst gefunden haben. Sind alle bereit? Dann los!«

Der blaßgraue Nebel, der vorhin noch über dem Hochmoor gelegen war, hatte sich unter der milden Sonne aufgelöst, und die herbstliche Luft roch klar und frisch. Hier und da waren schon rote und gelbe Blätter an den Bäumen zu sehen.

Alle studierten die verschlüsselten Karten und versuchten die Rätsel zu lösen, die sie zu dem Schatz führen würden. Isabella hatte als erste den Ausgangspunkt ausgeknobelt und galoppierte mit einem kleinen Triumphschrei los, dicht gefolgt von den anderen.

»Das ist gemein! Das ist gemein!« beschwerte sie sich lachend über die Schulter hinweg und trieb Cendrillon noch mehr an.

Schließlich war sie tief im Wald und hatte die anderen abgehängt, die sich, einer nach dem anderen, abgesondert hatten, um jeweils ihren eigenen Eingebungen nachzugehen.

Es war später Nachmittag, als Isabella schließlich auf eine kleine Lichtung mit einem alten, verlassenen Brunnen kam, in dem der Schatz versteckt sein mußte. Der Brunnen sollte angeblich verhext sein; deshalb näherte sich ihm Isabella trotz aller Neugier nur vorsichtig. Ein Schaudern überlief ihren Rücken, als ein leiser Schrei zu ihr heranschwebte, doch dann erkannte sie, daß nur ein Pferd gewiehert hatte. Jemand hatte den Schatz vor ihr entdeckt! Vor Spannung begann ihr das Herz in der Brust zu klopfen. Wahrscheinlich war es Giles, der sich nach ihr am besten in der Gegend auskannte; aber vielleicht war es ja auch Lionel, und sie konnte ein paar Minuten allein mit ihm sein. Aufgeregt drückte Isabella Cendrillon die Hacken in die Flanken und lenkte die Stute auf die Lichtung.

»Ihr!« entfuhr es ihr, als sie zu ihrer großen Enttäuschung entdeckte, daß Warrick sie erwartete. »Was tut *Ihr* denn hier? Kaum jemand kennt diesen Fleck. Wie habt Ihr ihn so schnell gefunden?«

»Ich habe beschlossen, daß es einfacher wäre, nur das letzte Rätsel zu entschlüsseln, während Ihr und die anderen Euch durch die ganze Karte gearbeitet habt. Und da Eure Ritter freundlicherweise ein walisisches Wort in das letzte Rätsel eingefügt haben – zweifellos um meinem Bruder und mir, die wir die Gegend nicht kennen, Hilfestellung zu leisten –, war es nicht schwer für mich, hierherzufinden. Ich brauchte nur nach einem Brunnen zu suchen.«

»Gut, aber woher wußtet Ihr das?«

Der Graf deutete auf seine Karte und zitierte: »›Reitet vor der Sonne her zu einem Ort, an dem ihre Anbeter einst Cain aus dem Steinring zogen.‹ Um vor der Sonne herzureiten, muß man nach Westen«, erläuterte er. »Die Sonnenanbeter waren die alten Heiden, deshalb nahm ich an, daß der Schatz wahrscheinlich an einem alten, verlassenen Ort versteckt ist. Aber des Rätsels Lösung steckte in dem Wort *Cain*, mit dem nicht der biblische Kain gemeint ist, sondern das walisische Wort für ›klares Wasser‹. Ein Steinring ist dementsprechend ein Brunnen.«

»Sehr geschickt, Mylord. Ich muß zugeben, das *Cain* hat mir schwer zu schaffen gemacht. Ich habe viel Zeit vergeudet, bevor mir diese Lichtung einfiel. Der Brunnen soll angeblich verhext sein, müßt Ihr wissen.«

»Wirklich? Nun, sollen wir nachsehen, ob der Schatz auch verzaubert wurde?«

»Also gut«, nickte Isabella.

Warrick half ihr abzusteigen, und gemeinsam zogen sie den Korb aus dem Brunnen. Wie sich herausstellte, enthielt er lediglich ausgiebigen Proviant und ein paar Weinkrüge, aber Isabella lachte bloß und machte sich daran, die Speisen auszubreiten.

»Bei Gott«, fluchte der Graf. »Soll das heißen, *danach* haben wir den ganzen Tag gesucht?«

»Es tut mir leid«, entschuldigte sich Isabella. »Vermutlich wollten sich Eadric, Thegn und Beowulf einen Spaß mit uns erlauben. Trotzdem war es sehr umsichtig von ihnen, uns etwas zu essen dazulassen. Ich bin am Verhungern. Die Mühe war also nicht ganz umsonst.«

»Richtig.« Plötzlich verdunkelte sich Warricks Blick. »Ihr habt natürlich recht. Es war ganz und gar nicht umsonst. Denn wir sind allein hier, Madam; und Ihr schuldet mir noch einen Kuß. Ich denke, jetzt ist der Moment gekommen, ihn einzufordern.«

Ohne Vorwarnung schnürte es Isabella die Brust zu; einen Moment lang bekam sie keine Luft. Der Graf hatte seine Schuld so lange nicht eingefordert, daß sie schon geglaubt hatte, er hätte sie vergessen. Sie hätte es besser wissen müssen!

»Warrick, bitte«, flüsterte sie.

»Kommt, meine Süße«, lockte er sie leise. »Ich warte, und Ihr habt mir Euer Wort gegeben.«

Aus Angst, was er ihr sonst antun würde, reichte ihm Isabella ihre Hand und stand langsam auf. Zaghaft und mit klopfendem Herzen bat ihn das Mädchen noch einmal, ihr den Preis für sein Schweigen zu erlassen, aber lachte bloß und schüttelte den Kopf.

»Kommt, kommt, 'Sabelle.« Er sprach ihren Kosenamen aus, als wollte er sie damit streicheln. »Spielt mir nicht die Schüchterne vor. Ihr wißt genau, daß ich Euch begehre. Und schließlich liegt Ihr nicht zum ersten Mal in meinen Armen – und auch nicht zum letzten Mal. Also, was ist mit dem Kuß, den Ihr mir versprochen habt?«

Zögernd legte Isabella die Arme um Warricks Hals und drückte ihren Mund auf seinen. Sie hatte ihm nur einen kurzen, trockenen Kuß geben wollen; aber plötzlich zog er sie mit aller Kraft an sich und fuhr ihr mit den Fingern durchs Haar, so daß sie sich nicht mehr aus seiner Umarmung befreien konnte. Immer tiefer beugte er sich über sie, bis ihr die Knöchel einknickten und sie sich scheinbar lüstern an ihn klammern mußte, um nicht zu Boden zu fallen. In ihrem Kopf drehte sich alles, und tief aus ihrer Kehle stieg, ohne daß sie etwas dagegen tun konnte, ein heiseres, animalisches Stöhnen.

Erst da ließ der Graf sie los. Und erst da hörte Isabella den unterdrückten Wutschrei vom Rande der Lichtung. Entsetzt wirbelte das Mädchen herum und sah Lionel mit zornig und ungläubig verzogenem Gesicht in den Wald davongaloppieren.

»Lionel!« schluchzte Isabella mit gebrochener Stimme. Endlich begriff sie, was der Graf mit seinem Kuß bezweckt hatte. »Lionel!« Aber er war verschwunden. Verzweifelt versuchte sie ihm nachzulaufen, aber Warrick fing sie ab und riß sie zurück. »Das habt Ihr absichtlich getan!« zischte ihn Isabella wütend an. »Ihr seid ein Schuft! Ihr habt gewußt, daß uns Lionel zusieht! Ihr habt es so aussehen lassen, als würden wir uns lieben –«

»Ganz recht«, schnitt er ihr grinsend das Wort ab. Aber das Lächeln erreichte seine zusammengekniffenen Augen nicht. »Ich habe Euch gewarnt, Madam: Ihr gehört mir, und ich dulde nicht, daß Ihr mit einem anderen tändelt.«

»O Gott, wie ich Euch verabscheue! Ich verabscheue Euch, habt Ihr gehört?« fauchte Isabella ihn an.

»Glaubt Ihr, das kümmert mich?« entgegnete der Graf scharf. »Mir reicht es, wenn Ihr mir gehorcht. Ich habe Euch nicht um Eure Liebe gebeten.«

»Selbst wenn, würde ich sie Euch niemals geben. *Niemals!*« schwor das Mädchen.

Blind vor Wut schlug sie mit ihren kleinen, festen Fäusten auf ihn ein. Aber Warrick lachte nur, hielt mit Leichtigkeit ihre beiden Arme hinter ihrem Rücken fest und küßte sie nochmals, bis ihre Lippen rot und geschwollen waren, sich ihr Körper an seinen schmiegte und sich ihr Zorn unaufhaltsam in Begierde gewandelt hatte.

# Kapitel 16

Irgendwo in weiter Ferne schien das endlose, windgepeitschte Hochmoor mit dem ebenso unendlichen Himmel zusammenzutreffen, schienen die intensiven Rot-, Gold- und Grüntöne der Erde mit dem blassen, verwaschenen Blau des Firmaments zusammenzulaufen wie Wasserfarben im Regen; und der weite Horizont schien ohne Anfang und Ende.

So wird auch der Jüngste Tag aussehen, dachte Isabella, während sie den Blick über das Land schweifen ließ. Der Himmel wird auf die Erde fallen, und irgendwo weit draußen werden die Sterne ins Meer stürzen. Wenn ich weit genug reiten würde, dann würde ich vielleicht entdecken, daß der Jüngste Tag bereits angebrochen ist, daß irgendwo weit hinter dem Horizont die Erde bereits stirbt... stirbt, so wie ich sterbe...

Sie seufzte langsam und tief, als würde der dumpfe, pochende Schmerz in ihrem Herzen stärker, schmerzhafter, unerträglich werden, wenn sie zu schnell einatmete.

Lionel war abgereist, ohne daß sie Gelegenheit gehabt hätte, ihm zu erklären, was damals am Brunnen wirklich geschehen war. Warrick hatte das sichergestellt, indem er sie ständig unter gesenkten Lidern hervor beobachtet hatte. Bebend erinnerte sich Isabella daran, wie er sie an jenem Tag am Brunnen geküßt hatte und wie sie in seinen starken Armen dahingeschmolzen war. O Gott. Er hätte sie nehmen können, und sie hätte sich ihm willig und schamlos hingegeben – obwohl sie ihn verabscheute, obwohl er sie und ihren Geliebten so verletzt hatte. Nur Giles' Ankunft hatte den Grafen davon abgehalten, sie sich gefügig zu machen. O Gott. Was war nur mit ihr los?

Verstohlen schaute Isabella hinüber zu Warrick, der neben ihr ritt. Was hatte er nur mit ihr angestellt, daß sie ihn so begehrte, obwohl sie ihn doch haßte? Natürlich sah er gut aus, aber sie kannte viele gutaussehende Männer, Lionel eingeschlossen. Was war es dann? Vielleicht diese gelben Augen, die sie bisweilen aus heiterem Himmel so hungrig und besitzergreifend abmusterten, sie im Geiste auszogen und mit rücksichtsloser Leidenschaft verschlangen? Ja, die mußten es sein, denn wenn sie nur daran dachte, lief ihr vor Lust eine Gänsehaut über den Rücken. Er hatte sie mit diesen allwissenden Augen verführt, die zu sagen schienen: »Komm zu mir, und du wirst dich fühlen, wie du dich noch nie gefühlt hast. Du bist mein ... mein!«

Bei Gott! Dieser arrogante Kerl. Für wen hielt er sich eigentlich? Warrick war nicht vornehmer oder reicher als Lionel, wieso fühlte sich Isabella also zu ihm hingezogen, wo sie doch den Erben von St. Saviour liebte? Lionel, das war ihr goldener Gott, ihre Sonne und ihr Himmel. Warrick ... Warrick war ein Teufel, stand für das Dunkel und die Erde. Ja, so war es.

Jeder von uns hat eine dunkle Seite, erkannte das Mädchen, und irgendwie hatte Warrick ihre entdeckt und angesprochen. Nein, ich will nicht seine Persephone werden. Ich werde Lionel zurückgewinnen und mich irgendwie aus Warricks Bann befreien, gelobte sie. Ach, wenn sie doch wenigstens mit Giles hätte reden können!

Aber ihr Bruder war zurückgereist ins Grenzland, um sich

Gloucester wieder anzuschließen und gegen die barbarischen Schotten zu kämpfen, die England immer wieder überfielen. Sie hatte niemanden mehr außer Caerllywel, und auch ihm konnte Isabella nicht ihre Nöte anvertrauen. So freundlich er auch war, er blieb Warricks Bruder.

Deshalb ritt sie schweigend auf Rushden zu, ohne jemandem ihren Kummer zu verraten.

Der Graf beobachtete das Mädchen eindringlich. Er ahnte, wie sehr sie litt, und spürte kurz Gewissensbisse, weil er ihr so weh getan hatte. Dann fiel ihm Brangwen wieder ein, und er zwang sich, hart und unnachgiebig zu bleiben. Er würde sich von seiner Braut nicht hintergehen lassen. Er würde sich nicht noch mal zum Narren machen lassen. Isabella war halb verwildert aufgewachsen, behütet von Eadric, Thegn und Beowulf, die ihr aus Liebe und Mitleid jeden Wunsch von den Augen abgelesen hatten. Deshalb ging sie nun für Warricks Geschmack allzu leichtfertig und offen mit Männern um. Auf Rushden war das kein Problem. Aber am Hof...

Der Graf kniff die Lippen zusammen. Das Mädchen würde mit jedem Höfling im Palast schäkern; und Schwerenöter wie Lord Thomas Grey, der Marquis von Dorset und Sohn der Königin, würden nicht zögern, Isabella zu entehren und sich hinter Warricks Rücken über ihn lustig zu machen! Ja, sie würde ihn betrügen, um sich so für alle echten und eingebildeten Kränkungen zu rächen. Nur um ihn zu treffen, würde sie sich jedem Mann hingeben, genau wie Brangwen es getan hatte.

Nun, dachte Warrick, während er die stille Gestalt auf der Stute aus dem Augenwinkel beobachtete, er würde sie im Auge behalten, während ihrer Verlobung und nach ihrer Hochzeit. Er würde sie umbringen, wenn sie einen anderen Mann auch nur anschaute. Und was die Liebe betraf, die das Mädchen angeblich für Lionel empfand – nun, der Graf hoffte, dieser Affäre ein Ende gemacht zu haben, ehe sie noch richtig begonnen hatte. Für den Fall der Fälle hatte Warrick außerdem seinen Knappen Rhys nach St.-Saviour-on-the-Lake gesandt, um alles Wissenswerte über den dortigen Erben auszukundschaften. Falls Lord Lionel Isabella weiterhin den Hof machen sollte, würde der Graf wissen, wie er mit dem mondsüchtigen Romantiker am besten fertigwurde.

In diesem Moment wurde der Graf von Isabellas ersticktem Schrei aus seinen Gedanken gerissen. Ehe er noch herausfinden konnte, was los war, hatte das Mädchen ihre Stute zum Galopp angetrieben und preschte quer über die Heide davon.

»'Sabelle!« brüllte er ihr wütend nach, doch sie drehte sich nicht einmal um.

Warrick fluchte in sich hinein und wendete sein Pferd, um Eadric, Thegn und Beowulf nachzureiten, die bereits die Verfolgung aufgenommen hatten.

»Da muß ein Tier in Not sein«, rief ihm Sir Eadric über die Schulter hinweg zu. »Nur das kann die Lady so aus der Fassung bringen!«

Bald stellte sich heraus, wie recht er hatte, denn bis der Graf Isabella eingeholt hatte, war sie bereits abgesessen und hockte neben einem streunenden Hund, der abseits der Straße auf der Erde lag. Wie sie den Hund entdeckt hatte, wußte er nicht, denn er war kaum mehr als ein Häufchen Fell und Knochen, so abgezehrt war er.

»Thegn, einer der Männer soll mir einen Karren bringen«, befahl Isabella, den Blick fest auf Warrick gerichtet, als fordere sie ihn geradezu heraus, ihr zu widersprechen.

Aber er schwieg. Die Rückkehr nach Rushden eilte nicht, und außerdem wußte der Graf, wieviel Isabella für ein verwundetes Tier auf sich nehmen konnte. Sie hätte ihm ohnehin nicht gehorcht, wenn er ihr befohlen hätte, den Hund liegenzulassen. Wenigstens wurde sie auf diese Weise von Lord Lionel Valeureux abgelenkt.

Der Karren wurde gebracht, und das Mädchen hob den reglosen Hund vorsichtig auf die Ladefläche, um ihn dann mit einer alten Pferdedecke zuzudecken.

»Armer alter Hund«, redete sie dem Tier zu, während sie ihm den Kopf tätschelte und es hinter den Ohren kraulte. »Armer alter Hund. Du bist wahrscheinlich einfach zu alt, um deinem Herrn noch dienen zu können, deshalb hat er dich fortgejagt. Eadric, bitte bindet Cendrillon hinten am Karren fest, und Beowulf, gebt mir ein bißchen Fleisch aus Eurer Provianttasche. Ich weiß, daß Ihr es Euch für später aufheben wolltet, aber dieses arme Wesen hat es nötiger als Ihr.«

»Wie Ihr wünscht, Mylady.«

»Bestimmt wollt Ihr nicht den ganzen Weg zurück nach Rushden auf diesem Karren fahren, Mylady«, wandte Warrick ein. »Er ist höchst unbequem und schmutzig dazu.«

»Was ist ein bißchen Dreck und Unbequemlichkeit schon gegen das Leid, das dieser Hund erdulden mußte? Seht Ihr nicht, wie verhungert er ist? Außerdem ist er verängstigt und muß gestreichelt werden; aber das versteht Ihr wahrscheinlich nicht, Mylord, dazu seid Ihr selbst zu kühn.« Ihre Stimme verriet, wie doppeldeutig und sarkastisch diese Bemerkung gemeint war.

Der Graf zog eine Braue hoch und grinste. »Ihr habt Euch nicht über meine Kühnheit beschwert, als wir uns damals am Brunnen begegnet sind, Mylady«, rief er ihr leise in Erinnerung.

Sie errötete schamhaft. »Oh! Wie könnt Ihr es wagen, mich an diesen Tag zu erinnern?« fuhr sie ihn an. »Ihr habt keinerlei Gespür, Mylord.«

»Oh, ich habe sehr wohl Gespür, 'Sabelle, sehr viel sogar. Ihr müßt nur aufhören, gegen mich zu kämpfen.«

»Euch werde ich mich niemals beugen, Warrick; es wäre töricht, das zu glauben. Und hört auf, mich 'Sabelle zu nennen! Ich habe Euch das nicht erlaubt.«

»Gut, gut. Das macht nichts. Lange werde ich Eure Erlaubnis nicht mehr brauchen. Ich habe beschlossen, daß wir so bald wie möglich nach unserer Rückkehr heiraten.«

Eigentlich hatte Warrick das gar nicht sagen wollen. Er wußte nicht einmal, warum er das gesagt hatte. Er wollte keine Frau. Aber irgendwie schien Isabella bei ihren Auseinandersetzungen jedesmal die Oberhand zu behalten, und das traf ihn in seinem Stolz und seiner Eitelkeit.

»Nein!« rief das Mädchen erschrocken aus. »Ihr lügt! Ihr wollt mir nur angst machen. Ihr habt gesagt, Ihr wolltet mindestens noch ein Jahr warten.«

Einen Moment war der Graf versucht, ihr zuzustimmen; aber als er es sich genauer überlegte, erkannte er, daß er Isabella früher oder später ohnehin heiraten mußte. Es war höchst unwahrscheinlich, daß Edward die Verlobung auflösen würde, und die Chance, daß Warrick oder Isabella vor der Vermählung sterben würden, war nicht größer. Außerdem wollte der Graf das Mädchen. Er beschloß, daß er die Heirat ebensogut gleich hinter sich bringen konnte. Sie war inzwischen vierzehn – alt genug, um in seinem Bett zu liegen –, und vielleicht hätte sie, wenn sie erst seine Gemahlin und seiner Gnade ausgeliefert wäre, zuviel Angst, um ihn zu betrügen.

»Ich habe es mir anders überlegt, Madam. Ich bin es allmählich leid, mir Eure Beleidigungen gefallen zu lassen. Als Euer Gatte kann ich Euch auf ganz andere – und viel angenehmere Weise – zum Schweigen bringen, glaube ich.«

»Beim Blute Jesu! Glaubt Ihr etwa, ich werde zulassen, daß Ihr mich anrührt, Ihr Bastard einer Hure?«

»Das werdet Ihr.« Warrick zog sie unverhohlen mit Blicken aus. »Und nicht nur das. Zweifelt *Ihr* etwa daran?« Er lachte leise, als sie ihm nicht antwortete. »Jetzt beruhigt Euren Hund, Madam«, riet er ihr und wandte sich ab. »Er zittert – genau wie Ihr.«

Sobald sie auf Rushden angekommen waren, brachte Isabella den streunenden Hund in einem leeren Käfig in ihrer Menagerie unter. Sie legte den Zwinger mit Stroh aus, deckte die alte Pferdedecke darüber und trug den Hund vorsichtig auf sein neues Lager. Dann brachte sie ihm Futter und Wasser. Während der Hund fraß, untersuchte das Mädchen seinen schrecklich dürren Leib und versorgte eine Reihe von Schürf- und Schnittwunden sowie eine besonders tiefe Verletzung, die wie eine Bißwunde aussah.

Nachdem der Hund versorgt war, wanderte Isabella langsam zum Haupthaus zurück; erst jetzt kam sie dazu, über das nachzudenken, was Warrick während der Reise zu ihr gesagt hatte. Wollte er sie wirklich so bald wie möglich heiraten? Sie mußte sich schnellstens Gewißheit verschaffen, denn wenn der Graf gleich heiraten wollte, blieb keine Zeit mehr, daß Lionel den Herzog von Gloucester bat, auf den König einzuwirken, damit dieser die Verbindung löste.

Das Mädchen seufzte verzweifelt. Anscheinend lief seit dem Tod ihrer Eltern alles schief.

»Warum so trübsinnig, 'Sabelle?« Caerllywel gesellte sich zu ihr und schaute sie ebenso freundlich wie besorgt an. »Ist etwas mit dem Hund?«

»Nein, er muß nur ein bißchen aufgepäppelt werden. Das arme Tier hat sich ein paar häßliche Wunden zugezogen, aber die werden heilen.«

»Weshalb seht Ihr dann so bekümmert aus, Mylady?«

»Es ist nichts, Caerllywel, wirklich.«

»Ach kommt, 'Sabelle. Bin ich nicht Euer Freund?«

»Doch, aber Ihr seid ebenso Warricks Bruder.«

»Dieser Narr«, murmelte Caerllywell vor sich hin und fragte dann lauter: »Was hat er angestellt?«

»Eigentlich nichts, er hat nur gesagt, daß wir so bald wie möglich heiraten werden.« Isabella klang bitter. »Erst hatte er mir versichert, daß die Hochzeit frühestens in ein, zwei Jahren stattfinden soll, doch jetzt hat er anscheinend seine Meinung geändert.«

»Vielleicht ist es besser so, Mylady. Manchmal ist es besser, etwas Unangenehmes gleich hinter sich zu bringen, weil alles Warten die Qualen nur verlängert.«

»Schon, aber ich hatte gehofft – daß die Heirat irgendwie noch verhindert würde. Jetzt ist das unmöglich.«

»Es ist ohnehin unwahrscheinlich, daß so etwas passiert wäre, 'Sabelle«, wandte Caerllywel bedächtig ein. Er zögerte kurz. »Ich weiß, daß Ihr Waerwic nicht leiden könnt, aber Ihr könntet es schlechter treffen. Wenigstens sieht er gut aus, ist reich und steht in der Gunst des Königs. Und auf seine Weise wird Euch mein Bruder gut behandeln. Er wird Euch nicht schlagen oder irgendwie mißhandeln.«

»Aber er wird mich auch nicht lieben!« weinte das Mädchen.

»Woher wollt Ihr das wissen, Mylady? Wie Waerwic immer sagt, es ist nicht klug, sich einer Sache allzu sicher zu sein. O 'Sabelle, das Herz meines Bruders ist kalt; das stimmt. Aber es ist nur erkaltet, weil ihn Brangwens Betrug so verletzt hat. Ihr steht in dem Ruf, Verletzte heilen zu können. Diese zarten Hände können zaubern...« Caerllywel nahm sie und musterte sie kurz. Dann schaute er ihr in die Augen. »Wollt Ihr nicht versuchen, damit auch Waerwics verwundete Seele zu heilen? Wenn Ihr das tut, dann werdet Ihr vielleicht entdecken, daß er Euch inniger liebt, als je ein Mann eine Frau geliebt hat.«

Isabella biß sich auf die Unterlippe und wandte sich ab, damit Caerllywel ihre Miene nicht sah. »Aber – aber wie soll ich das, wenn ich – wenn ich einen anderen liebe?«

»Lionel Valeureux?« fragte er leise.

»Ja. O ja.« Leise schluchzend versuchte das Mädchen, seine Hände aus seinem Griff zu lösen.

»'Sabelle, seht mich an«, befahl er ihr. »Seht mich an. Trotz seines Charmes ist Lord Lionel nicht der Richtige für Euch; und ich glaube, tief in Eurem Herzen spürt Ihr das auch. Ach, 'Sabelle, Ihr seid zu tiefer, nie versiegender Liebe fähig. Wenn Ihr liebt – wirklich liebt –, verschenkt Ihr Euch mit Eurer ganzen Seele. Sagt mir, habt Ihr nicht einen winzigen Teil Eurer selbst vor Lionel Valeureux zurückgehalten?«

»Nein! Nein, das ist nicht wahr!« protestierte Isabella, doch ihr Blick war von Zweifeln überschattet.

»Wirklich nicht?« fragte Caerllywel nach und zuckte leichthin mit den Achseln, als sie ihm nicht antwortete. »Vielleicht habt Ihr das wirklich nicht. Aber falls doch, dann müßt Ihr Euch fragen, warum, Mylady. Schaut in Euer Herz, 'Sabelle, denn nur dort findet Ihr die Antwort.«

Gedankenverloren wanderte Isabella zum Stall, öffnete die Tür und holte sich den Korb mit Leinenstreifen und Salben, um ihre morgendliche Runde zu machen.

Warrick hatte nicht gelogen. Aufgeregt traf das Gesinde auf Rushden alle Vorbereitungen für die Hochzeit. Alle waren der

Meinung, daß Isabella großes Glück hatte, einen so reichen und gutaussehenden Mann zu heiraten. Und noch dazu einen Günstling des Königs!

Glück, dachte das Mädchen bitter und mit verächtlich herabgezogenem Mund. Was für ein Glück, einen Mann heiraten zu müssen, der mich nicht liebt. Was für ein Glück, von dem Mann getrennt zu werden, den *ich* liebe.

Aber im gleichen Augenblick fiel ihr Caerllywels Bemerkung wieder ein. Hatte er recht? War es möglich, daß Warrick sie irgendwann wirklich lieben würde, wenn sie versuchte, seine verletzte Seele zu heilen? Konnte aus seiner Begierde etwas Tieferes, Dauerhafteres werden – und wollte Isabella das überhaupt? Sie dachte an Lionel und fragte sich, warum trotz seiner heißblütigen Liebesschwüre immer noch ein leiser Zweifel an ihr nagte. Hatte Caerllywel doch richtig geraten? Wollte ihr Herz ihr tatsächlich etwas sagen? Das Mädchen seufzte und schüttelte den Kopf. Die Antwort fiel ihr nicht leicht.

Die meisten Tiere in ihrer Menagerie schienen wohlauf zu sein, deshalb wandte sie sich bald dem Zwinger mit dem streunenden Hund zu, den sie Faegen getauft hatte.

»Na, Faegen, mein Junge?« begrüßte sie das Tier. »Wie geht es dir heute?«

Zu Isabellas Überraschung legte der Hund die Ohren zurück und knurrte sie an.

»Aber, aber. Was ist denn, Faegen? Versteckst du etwas vor mir? Vielleicht den alten Suppenknochen? Hast du ihn unter dem Heu vergraben?« neckte sie ihn. »Also, ich verspreche dir, daß ich ihn nicht anrühren werde.«

Mit dem Korb in der Hand ging sie auf das Tier zu, tätschelte es beschwichtigend und machte sich dann daran, die nässende Wunde zu untersuchen, die einfach nicht heilen wollte. Vorsichtig betupfte sie die Stelle. Faegen knurrte noch einmal, bellte und schnappte dann nach ihr. Isabella versetzte ihm zur Strafe einen leichten Schlag auf die Schnauze.

»Ich weiß, daß es weh tut«, sagte sie. »Aber ich will dir doch nur helfen.«

Doch Faegen ließ sich nicht durch ihre Worte besänftigen. Ohne Vorwarnung fuhr er jäh herum und biß das Mädchen ins Bein.

Isabella zuckte zwar zusammen, als die scharfen Zähne in ihre Wade drangen, aber sie ließ sich durch diese Attacke nicht aus der Fassung bringen; sie war schon öfter gebissen worden. Wahrscheinlich hatte das Tier stärkere Schmerzen, als sie angenommen hatte. »Schon gut.« Sie kraulte Faegen hinter den Ohren. »Wir lassen die Wunde heute in Ruhe und sehen morgen wieder danach.«

Sobald sie den Zwinger verlassen hatte, sah sich das Mädchen die Bißwunde an. Sie schien nicht tief zu sein, deshalb wusch sie sie mit klarem Wasser aus und machte sich keine Sorgen.

Am nächsten Tag ließ Faegen sie nicht mehr in den Zwinger. Er knurrte sie an, bellte und lief drohend vor der Tür auf und ab, als sie das Gitter öffnen wollte. Irritiert schlug Isabella den Verschlag wieder zu und schob den Riegel vor. Dahinter begann der Hund wie wild herumzutoben, zu knurren, zu jaulen und gegen die Tür zu springen. Es war fast, als wäre er verrückt geworden.

»Madam.«

Sie fuhr herum, als sie die leicht ironische Stimme und das leise Klopfen hörte. Warricks große, dunkle Gestalt stand in der Tür.

»Stimmt etwas nicht?« fragte er. »Ich dachte, ich hätte Lärm gehört – ach, es ist nur der Hund. Darf ich hereinkommen?«

»Ja.« Das Mädchen nickte. »Ich weiß nicht, was mit ihm los ist. Er – er scheint plötzlich verrückt geworden zu sein.«

»Verrückt?« Der Graf riß die Augen auf. »Tretet von dem Zwinger weg, 'Sabelle«, befahl er. Als sie sich nicht rührte, eilte er mit großen Schritten auf sie zu und riß sie zurück. »Wie lange benimmt er sich schon so?«

»Erst – erst seit heute morgen. Warum? Ach ja, gestern war er schon ein bißchen nervös; er hat mich sogar gebissen aber –«

»Was?«

»Er – er... Faegen hat mich gebissen. Ins Bein. Aber bestimmt hat ihm nur seine Wunde weh getan«, beschwichtigte Isabella schnell, aus Angst, daß ihr Warrick das Tier wegnehmen würde.

»Ich glaube nicht, daß er mir wirklich weh tun wollte...« Als sie den unheilverheißenden Blick des Grafen bemerkte, verstummte sie.

»Laßt mich den Biß sehen«, befahl er knapp. Und dann: »Meine Güte, Isabella! Ich will Euch doch nichts antun! Zieht endlich Euren Rock hoch, damit ich Euer Bein untersuchen kann!«

Warrick kniete sich nieder und betrachtete die kleine Wunde genau, aber ohne sie zu berühren. Kurz darauf stand er wieder auf. Sorgenvoll schaute er wieder auf Faegen. »Laßt diesen Hund auf keinen Fall aus dem Zwinger«, befahl er dem Mädchen. »Ist er mit irgendeinem anderen Tier im Stall in Berührung gekommen?«

»Nein. Das glaube ich nicht. Die anderen haben sich noch nicht an Faegen gewöhnt; und als Jagdhund hätte er bestimmt jedes Tier getötet, das sich in den Zwinger gewagt hätte. Wieso fragt Ihr, Warrick? Was ist los?«

»Ich bin nicht sicher«, erklärte Warrick langsam. »Ich habe erst einmal ein Tier gesehen, das sich so seltsam benahm, fast als hätte es plötzlich den Verstand verloren. Es war ein Dachs. Mir kam das Tier damals eigenartig vor, weil es überhaupt keine Angst vor mir und meinen Brüdern zu haben schien. Zu unserer Überraschung kam es direkt auf uns zu; Caerllywel und ich meinten, daß es wahrscheinlich irgendwann in Gefangenschaft gelebt hatte und gezähmt worden war. Ich weiß noch gut, wie Emrys sich hinhockte, um den Dachs zu streicheln – und wie Madog meinen Bruder gerade noch wegreißen konnte, ehe er das Vieh berührte. Sekunden später wurde der Dachs verrückt. Wir sind auf die Bäume geklettert, um uns in Sicherheit zu bringen. Ein paar Minuten darauf war das Tier tot. Ich mache mir große Sorgen, 'Sabelle. Wir müssen diesen Hund genau im Auge behalten.«

Sie schaute auf Faegen, der immer noch wie wild in seinem Zwinger tobte, und dann heimlich auf ihr Bein. Dem Grafen entging ihr Blick trotzdem nicht.

»Wenn der Hund stirbt...«, setzte er an und verstummte dann.

»Ihr – Ihr meint, dann könnte ich auch sterben«, hauchte Isabella, »weil Faegen mich gebissen hat. O Warrick, nein! Nein!« schrie sie mit entsetzt aufgerissenen Augen.

»Ich werde einen Medikus holen lassen –«

»Warum? Was kümmert Euch das?« fuhr ihn das Mädchen böse an. »Wenn ich sterbe, seid Ihr mich endlich los!« Dann drehte sie sich um und rannte aus dem Stall, damit er nicht die Tränen sah, die ihr plötzlich übers Gesicht strömten.

»'Sabelle!« Warrick lief ihr nach. »'Sabelle, wartet!«

Aber sie war schon fort.

Am nächsten Tag hatte sich Faegens Verfassung weiter verschlechtert, und Schaum stand ihm vor dem Maul. Qualvoll versuchte er zu schlucken, konnte es aber nicht. Einen Tag später wirkte er ruhig und verdächtig gleichgültig; trotzdem begann Isabella neue Hoffnung zu schöpfen, die aber endgültig zunichte gemacht wurde, als sie merkte, daß das Tier im Sterben lag.

Ein paar Stunden darauf war Faegen tot.

# Kapitel 17

Auf der Burg war es unheilverheißend still und trübsinnig. Die Vorbereitungen für die anstehende Hochzeit waren eingestellt worden. Der Medikus war gekommen und gegangen; jetzt saß Warrick allein in der großen Halle, hatte die Augen geschlossen und den Kopf in die Hände gestützt.

*Da kann man nichts machen, Mylord. Ich kenne die Krankheit. Lady Isabella wird bald verrückt werden, genau wie der Hund, und dann wird sie sterben. Da kann man nichts machen …*

Die Worte des Arztes dröhnten dem Grafen im Kopf, und ein entsetzliches Schuldgefühl nagte an seiner Seele. Er hatte Isabella nicht heiraten wollen, und nun würde er das auch nicht müssen. O Gott! Diese Last würde er sein ganzes Leben nicht mehr loswerden! Nie hätte er geglaubt, daß er eines Tages bereuen würde, nicht zu heiraten.

*Da kann man nichts machen …*

»Nein! Man muß doch irgendwas machen können!« stieß er störrisch aus und hieb die Faust auf den Tisch.

Seit Faegens Tod war das Mädchen in ihrer Kammer geblieben, ängstlich und aufmerksam beobachtet von ihren Dienerinnen. Warrick holte tief Luft, denn es schnürte ihm die Brust zusammen, als er daran dachte, was Isabella zu ihm gesagt hatte.

»Ich – ich will nicht so enden wie Faegen, Mylord. Bitte, Warrick, wenn ich – wenn ich *wirklich* verrückt werde, dann tötet mich, und zwar schnell«, hatte sie ihn angefleht. »Die anderen werden immer noch hoffen, daß ich – daß ich nicht sterbe, deshalb werden sie mir kein gnädiges Ende vergönnen . . .« Dann hatte ihr die Stimme versagt.

»Beim Blute Christi!« polterte Warrick, als er sich an die tapfere Miene erinnerte, die Isabella trotz ihrer Angst gezeigt hatte. »Man muß doch *irgendwas* machen können!«

»Was kümmert dich das, Bruder?« Plötzlich stand Caerllywel vor ihm. Die unergründlichen blauen Augen klagten ihn an. Als Warrick nicht antwortete, wiederholte Caerllywel: »Ich frage dich noch mal: Was kümmert dich das, Bruder?« Das Wort »Bruder« klang wie eine Beleidigung. »Wenn sie stirbt, bist du sie endlich los. Das wolltest du doch, oder nicht?«

Das düstere Gesicht des Grafen verfinsterte sich noch mehr, als er seinen Bruder ansah. »Dafür sollte ich dich umbringen.«

»Warum versuchst du es nicht? Weil du weißt, daß ich dir zuerst den Schädel spalten werde?«

»Beim Heiland! Ich *werde* dich umbringen!« brüllte der Graf, sprang blitzschnell auf und zog sein Schwert.

Caerllywel lachte, aber es war kein angenehmer Laut. Dann zog er ebenfalls die Klinge aus der Scheide. »Wie gesagt, du kannst es ja versuchen, Bruder.«

Mißtrauisch musterten sich die beiden Männer. Sie salutierten knapp voreinander, und dann schallten nur noch die schweren Schwertschläge durch den Rittersaal. Immer wieder durchschnitten die Schwerter die Luft, bis beide Männer vor Anstrengung keuchten. Dies war kein Spiel; es war ein Kampf auf Leben und Tod; und wie er auch endete, beide Brüder würden dabei verlieren. Doch für keinen von beiden war das noch von Bedeutung. Beide waren fest entschlossen, den anderen umzubringen.

»Aufhören!«

Der schrille Schrei hallte gebieterisch durch die große Halle. Die beiden Männer hielten inne und drehten sich zu Isabella um, die von den verängstigten Dienern gerufen worden war (denn verrückt oder nicht, sie war immer noch ihre Herrin), um dem Streit ein Ende zu bereiten, und die jetzt wie angewurzelt vor ihnen stand.

»Aufhören, sage ich. Noch bin ich Herrin auf Rushden, und ich befehle Euch, augenblicklich die Waffen niederzulegen.«

Die beiden Männer funkelten sich ein letztes Mal an, dann schoben sie widerstrebend die Klingen zurück in die Scheiden. In der Halle wurde es still.

»Lord Hawkhurst! Lord Hawkhurst!« Sir Beowulf platzte in den Saal. »O Mylady, mit Euch hatte ich gar nicht gerechnet...« Die Stimme des Ritters erstarb, als er merkte, wie still alle waren. Er sah erst den Grafen, dann Caerllywel und schließlich Isabella an. Dann holte er tief Luft. »Braucht – braucht Ihr Hilfe, Mylady?«

»Nein, Beowulf«, antwortete sie ruhig. »Was gibt es denn?

»Mylady, ich habe im Dorf eine alte Frau namens Maude aufgetrieben, die behauptet, daß sie Euch heilen kann!«

Isabellas Herz setzte einen Schlag aus, dann begann es wie rasend zu klopfen, beinahe als hätte es Flügel. Ungläubig schaute sie Beowulf an. »Ist – ist das wahr, Beowulf? Ihr scherzt nicht?«

»Nein, Mylady.«

»Bringt die Alte augenblicklich her«, befahl Warrick. Isabella und Caerllywel gafften ihn erstaunt an.

»Jawohl, Mylord. Das werde ich, Mylord. Es ist nur – also –«

»Was denn?« drängte der Graf den Ritter.

»Ich bitte um Vergebung, Mylord, aber die Bauern im Dorf – die Bauern«, stammelte Beowulf, »also, sie schwören, daß sie eine – eine Hexe ist, Mylord.«

»Ob Hexe oder nicht, wenn es eine Möglichkeit gibt, Lady Isabella zu retten, dann müssen wir sie nutzen. Holt die Frau sofort her. ’Sabelle, Ihr geht nach oben und wartet in Eurer Kammer auf uns.«

Seine Anweisungen waren knapp, aber zum ersten Mal seit seiner Ankunft auf Schloß Rushden glaubte Isabella einen Funken Mitgefühl in Warricks goldenen Augen aufglühen zu sehen.

Die Nacht war tiefschwarz. Der frische Herbstwind stöhnte unheimlich in den langen Gängen auf Schloß Rushden. Ab und zu flackerten die Kerzen im Luftzug und warfen gespenstisch tanzende Schatten an die Wände.

Warrick sah die alte Frau an, die neben ihm herschlurfte; obwohl er sich eigentlich für einen tapferen Mann hielt, mußte er unwillkürlich schaudern. Sollte es tatsächlich Hexen geben, dann hätte es ihn nicht überrascht, wenn Maude dazu gehört hätte.

Die kleine, verschrumpelte Frau, der die spitzen Knochen aus dem dürren Leib staken, sah aus, als wäre sie hundert Jahre alt und als hätte sich jeder einzelne Tag in ihre Haut eingekerbt. Noch nie hatte der Graf ein so faltiges Gesicht gesehen. Schwere Tränensäcke hingen unter den eingesunkenen Augen, die schwarz wie Obsidiane waren und genauso glitzerten. Über einem dünnen, blassen und speicheltriefenden Mund, in dem kaum mehr ein Zahn stand, ragte eine riesige Hakennase hervor. Drahtige schwarze Haare wuchsen ihr aus der Oberlippe und dem Kinn.

Wie kann ich nur zulassen, daß diese gräßliche Kreatur Isabella untersucht? fragte sich Warrick zum hundertsten Mal. Und wie könnte ich es ihr verwehren?

»'Sabelle.« Er klopfte sacht an die Tür zu ihrer Kammer. »'Sabelle, die Frau namens Maude ist da.«

Die alte Alice öffnete die Tür und bat sie herein. Wie der Graf würde auch die treue Kinderfrau, trotz ihrer Angst, nichts unversucht lassen, um das Leben ihrer Herrin zu retten. Nur Alice wußte, wie das Mädchen in seiner Kindheit gelitten hatte. Nur Alice wußte von den Hoffnungen, die sich Isabella Lord Lionel Valeureux' wegen machte, und von den Ängsten, die sie seinetwegen ausstand. Nur sie wußte, wie sehr sich Isabella vor der Hochzeit mit Warrick fürchtete. Und nur Alice wußte, wieviel Angst Isabella vor dem Sterben hatte, seit die Kinderfrau in der

Nacht nach Faegens Tod von den Schreien des Mädchens geweckt worden war.

Damals hatte sich Isabella weinend das Kissen an die Brust gepreßt und immer wieder »Ich will nicht sterben! Ich will nicht sterben!« gestöhnt, während Alice über das silberne Haar gestrichen hatte, das auf den bebenden Schultern des Mädchens lag.

»Ganz ruhig, Mylady«, hatte Alice Isabella leise in der Dunkelheit getröstet. »Ihr werdet nicht sterben. Ob Ihr es wollt oder nicht, Ihr müßt auf einer Hochzeit erscheinen.«

Jetzt musterte das Mädchen mißtrauisch das alte, bucklige Weib, das in ihre Kammer getreten war. *Das* war also die Frau, die sie heilen sollte? Die Alte hatte sich ja nicht einmal gewaschen! Aber sie war Isabellas einzige Überlebenschance. Entschlossen streckte das Mädchen die Schultern durch.

Ich werde nicht sterben, versuchte sie sich aufzumuntern. Ich werde nicht sterben. Bitte, lieber Gott, wenn du mich weiterleben läßt, werde ich Warrick heiraten. So lange ich lebe, werde ich keinen anderen Mann mehr anschauen.

»Danke, daß du gekommen bist, Maude«, sagte sie und streckte ihr leise schaudernd die Hand entgegen.

»Jetzt zeigt mir, wo der Hund Euch gebissen hat, Mylady«, befahl die Alte, nachdem sie ihre Patientin begrüßt hatte.

Langsam zog Isabella den Rock hoch und streckte ihr Bein aus.

»Aha.« Maude nickte. »Weit vom Herzen weg. Das ist gut. Die Krankheit wird eine Weile brauchen, um durch Eure Adern zu reisen. Wann ist es passiert?«

»Vor drei Tagen.«

»Dann bleibt uns vielleicht noch Zeit, Euch zu retten.«

»Kannst – kannst du mich wirklich heilen? Der Medikus hat gesagt, man könne nichts mehr tun.«

»Dieser alte Narr«, schnaubte Maude verächtlich. »Was weiß er schon von den alten Mitteln und Mächten? Wir haben es eingebildeten Dummköpfen wie ihm zu verdanken, wenn das Wissen unserer Vorfahren bald für immer verloren sein wird. Vertraut auf Gott, Mylady; denn der Herr hat uns zwar viele Krankheiten gegeben, um unseren Glauben auf die Probe zu stellen, aber er hat uns auch die Mittel gegeben, sie zu heilen. Viele Pflanzen wachsen auf unserer Erde, Mylady, und jede hat ihren Nutzen. Legt Euch hin, Mylady, dann fange ich gleich an. Du!« Sie wandte sich an Alice. »Du setzt einen Kessel Wasser aufs Feuer.«

Schweigend öffnete Maude die Leinentasche, die sie mitgebracht hatte, und zog ein paar frisch gepflückte Kräuter, eine Handvoll knorriger Wurzeln und winziger Körnchen sowie schließlich einen Mörser mit Stößel hervor. Mit einem scharfen Messer spleißte sie die Wurzeln und warf sie in den Wasserkessel auf dem Feuer. Dann gab die Alte raunend einen Teil der Pflanzen und einige Samen in den Mörser und zermahlte alles mit ihrem Stößel. Zu dem Pflanzenbrei gab sie ein bißchen von der dunkelbraunen Brühe, die nun im Kessel blubberte. Als die Paste fertig war, zog sich die Kräuterfrau ein paar dicke Lederhandschuhe über und trat an das breite Himmelbett, in dem Isabella lag.

»Warum – warum ziehst du dir Handschuhe an?« fragte das Mädchen.

»Um die Krankheit abzuhalten, Mylady«, keckerte das bucklige Weib. »Die Handschuhe atmen nicht so wie unsere Haut. Die Krankheit kann sie nicht durchdringen.«

Die Alte stimmte einen eigenartigen Singsang an und begann, die angefertigte Mixtur auf Isabellas Bein zu verstreichen. Danach deckte Maude die Bißwunde mit den übriggebliebenen Blättern ab und verband die Wade sorgfältig.

»Jetzt müßt Ihr etwas von der Brühe trinken, Mylady«, wies die Vettel sie an.

Ängstlich nahm Isabella die hingehaltene Schale entgegen. Die dunkle Flüssigkeit war bitter, aber trotzdem würgte sie ein paar Schlucke hinunter. Fast augenblicklich wurde ihr so übel, daß sie sich am liebsten in ihren Nachttopf übergeben hätte, doch sie konnte sich gerade noch beherrschen. Maude nickte zufrieden, packte dann ihre Sachen zusammen und warf sich das Leinensäckchen über die Schulter.

»Von nun an werde ich jeden Tag zu Euch kommen, bis der Wahnsinn überstanden ist«, erklärte sie Isabella.

»Wie – wie lange dauert es, bis ich wieder gesund bin?« fragte das Mädchen schüchtern, denn Maude machte ihr angst.

»Viele Tage, Mylady. Das hängt davon ab, wann der Wahnsinn einsetzt. Vielleicht seid Ihr bis zum nächsten Vollmond wieder geheilt.«

Isabella schnappte verzweifelt nach Luft und versuchte zu schreien, aber die Kehle war ihr wie zugeschnürt, und kein Laut drang aus ihr heraus. Sie würgte krampfhaft. Sie konnte nicht schlucken; aber trotzdem schwebte der böse Falke mit seinen gefährlichen schwarzen Fängen über ihr und zwang ihr sein ekliges Gebräu in die Kehle. Sie wehrte sich mit aller Kraft gegen den Vogel, aber sie kämpfte vergeblich, denn der Falke hatte sie mit Händen und Füßen an seinen Horst gefesselt.

Sie bekam keine Luft mehr. Ihr war so heiß; sie verbrannte. Sie schrie und schrie, aber immer noch war kein Laut zu hören. Die bittere Flüssigkeit tröpfelte ihr durch die Kehle. Sie konnte nicht schlucken. Sie würgte mit aller Kraft. Doch der Falke strich mit seinen Schwingen über ihren Hals und zwang ihr die widerwärtige Flüssigkeit in den Magen.

Und diese Schmerzen! Diese unvorstellbaren, grauenvollen Schmerzen! Sie zerrissen ihr den Leib, schossen wie flammende Blitze ihren Rücken hinauf und hinunter, glühten in ihrem Kopf und in ihren Gliedern. Sie schlug in wilden Krämpfen um sich, ihre Muskeln verhärteten sich, zuckten unkontrolliert. O Gott, bitte mach, daß irgendwer diesen Schmerzen ein Ende macht!

»O Mylady! Meine arme, arme Lady«, weinte Alice händeringend, während sie auf Isabella starrte, die sich wie wild auf dem Bett herumwarf, an den Leinenstreifen zerrte, mit denen sie an den Bettpfosten festgebunden war, und ihren Leib krampfhaft und grotesk verdrehte, um sich zu befreien.

Langsam streifte Warrick seine schwarzledernen Jagdhandschuhe ab und wusch sich ausgiebig die Hände. Jesus! Er ertrug es nicht, das Mädchen so leiden zu sehen. Es brach ihm das Herz, aber dennoch brachte er es nicht über sich, sie zu töten, wie sie ihn gebeten hatte. Letzten Endes hatte selbst er sie verraten. Anklagend wandte er sich an die alte Maude, die ihn aufmerksam beobachtet hatte.

»Es geht ihr schlechter.« Er klang grimmig.

Die Alte nickte. »Der Wahnsinn ist stark, Mylord, aber wir werden ihn besiegen.«

»Wie kannst du so sicher sein?« fragte der Graf wütend. Sein Gesicht war abgezehrt und von Sorgenfalten gezeichnet.

»Jetzt haben wir den fünften Tag, seit die Lady die ersten Zeichen des Wahnsinns gezeigt hat.«

»Und?«

»Sie hat keinen Schaum vor dem Mund, ihre Glieder sind nicht steif, und sie lebt immer noch. Sie kann sich glücklich schätzen. Ja, wir haben den Wahnsinn noch rechtzeitig eingefangen, Mylord. Lady Isabella wird gesund werden.«

»Wenn du mich anlügst... Wenn sie stirbt, du alte Hexe, dann bringe ich dich um«, knurrte Warrick.

Aber Maude hatte keine Angst. Ihre schwarzen Augen blitzten auf, dann lachte sie boshaft und hob ihren Sack auf. »Ich komme morgen wieder«, sagte sie.

»Waerwic, du brauchst Ruhe«, mahnte Caerllywel leise. »Sonst wirst du selbst noch krank. Ich werde mich eine Weile um 'Sabelle kümmern.«

»Nein.« Der Graf schüttelte den Kopf und rieb sich müde die Augen.

»Wie du meinst.« Caerllywel drängte seinen Bruder nicht weiter, denn er wußte, daß das keinen Sinn hatte. »Komm, Alice«, wandte er sich an die Kinderfrau. »Wir sind hier überflüssig. Waerwic wird uns rufen, wenn sich etwas tut.«

Sobald er allein war, trat der Graf wieder an Isabellas Bett. Dort blieb er stehen, betrachtete sie und empfand zum ersten Mal in seinem Leben Abscheu vor sich selbst. *Er* war schuld an allem. Irgendwie hatte *er* alles verursacht, weil er keine Lust gehabt hatte, das Mädchen zu heiraten. Wenn ihm etwas an ihr gelegen wäre, hätte er ihr verboten, diesen gottverdammten Hund anzurühren – O Jesus, Jesus! Caerllywel hatte recht. Isabella war gütig und liebevoll; sie half allen, die in Not waren, ohne darauf zu achten, was für Folgen das für sie haben mochte. Und er hatte sie mit Verachtung gestraft, anstatt um ihre Liebe zu kämpfen. Nun, Gott hatte ihn dafür bestraft. Wenn das Mädchen starb, würde er sich das nie verzeihen.

Was für ein harter, grausamer Narr war ich, Isabella so zu verletzen, nur damit sie mich nicht verletzen kann; sie, die ihr Herz so freigebig verschenkt. Caerllywel hat versucht, mir ihr wahres Wesen zu zeigen, genau wie er mich vor dem Bösen in Brangwen gewarnt hat. Warum habe ich nur nicht auf ihn gehört? Ich war zu stolz, zu verbohrt. O liebster Jesus, laß sie leben. Laß 'Sabelle leben, und ich werde sie glücklich machen; das schwöre ich!

Mit diesem Gelübde wandte Warrick sich ab. Es war an der Zeit, dem Mädchen wieder etwas von der Brühe einzuflößen und den Verband an seinem Bein zu wechseln. Nach dem ersten Anfall hatten sich die Symptome der Raserei in Windeseile verschlimmert, bis Maude nicht mehr stark genug war, dem Mädchen seine Medizin zu verabreichen und es ruhig zu halten, während sie die Bißwunde reinigte und neu verband. Nur der Graf brachte das zustande. Nicht einmal Caerllywel konnte Isabella unter Kontrolle halten, deshalb hatte Warrick Maude befohlen, ihm zu sagen, was er tun sollte. Niemand begriff, wieso er im Gegensatz zu seinem Bruder – der nicht weniger kräftig gebaut war als der Graf – das Mädchen bändigen konnte, und Warrick verriet niemandem, daß es sein schlechtes Gewissen war, das ihm die Kraft von zehn Männern verlieh. Wieder streifte er die schwarzen Jagdhandschuhe über und trat an Isabellas Seite.

Das Mädchen riß den Mund auf und schrie lautlos auf, als der finstere Falke mit den ebenhölzernen Fängen wieder auf es herabstieß. Wieder wehrte sie sich mit der ganzen Kraft ihres Wahnsinns, aber trotzdem zwang er ihr das verhaßte Gebräu in die Kehle, zwang sie zum Schlucken, Schlucken, Schlucken, allem Husten und Würgen zum Trotz.

Wie aus weiter Ferne glaubte sie in einem unberührten Winkel ihres Verstandes eine Stimme schluchzen zu hören: »'Sabelle. O Gott, 'Sabelle.« Aber sie verdrängte das Bild. Der böse Vogel wollte sie nur täuschen. Einst hatte es einen goldenen Gott gegeben, der ihren Namen so geflüstert hatte, aber der war fort. Komm zurück! Komm zurück, mein goldener Gott...

Doch just in diesem Augenblick sprach, ohne daß die gepeinigte Isabella es ahnte, Lord Lionel Valeureux in einem weit entfernten Winkel Englands auf Burg Devizes den Eid, der ihn bis zu seinem Tode an seine Verlobte, Lady Gilliane Beaumarais, binden würde.

## Kapitel 18

*Grasmere, England 1480*

Isabella Ashley hockte still auf der steinernen Brüstung des Wehrgangs über Grasmere und ließ den Blick über das Hochmoor schweifen. Wie ein endloses Meer erstreckte es sich bis weit hinter den Horizont, und das hohe Gras wogte in kleinen Wellen, wenn die frühlingshafte Brise mit ihren kühlen Fingern darüber hinwegstreifte. Leicht strich der Wind Isabellas immer noch blasses Gesicht und spielte in ihrem seidigen, silberblonden Haar. Sachte strich sie die tänzelnden Strähnen aus ihren tiefen, unergründlichen graugrünen Augen und starrte dann ungläubig auf ihre zitternden Hände. Vor Freude und Ehrfurcht platzte ihr beinahe das Herz. Sie lebte! Sie konnte es kaum glauben; wie durch ein Wunder hatte sie überlebt. Und wie eigenartig, daß ausgerechnet Warrick sie gerettet hatte. Caerllywel hatte ihr erzählt, wie der Graf ihre wild schlagenden Glieder gebändigt, ihr das bittere Gebräu eingeflößt und dreimal am Tag den Verband an ihrem Bein gewechselt hatte, um ihr den Wahnsinn aus den Adern zu ziehen.

»Wie friedlich es hier ist, Mylady«, bemerkte Jocelyn und riß Isabella damit aus ihren Gedanken. »Kein Wunder, daß Lord Hawkhurst Euch hierher zur Erholung geschickt hat.«

Isabella drehte sich um und lächelte das Mädchen neben ihr an. Jocelyn war Maudes Enkelin, aber abgesehen von den geheimnisvollen, dunklen Augen sah Jocelyn ihrer Großmutter kein bißchen ähnlich. Sie war groß und grazil, geschmeidig und hatte volles, rötliches Haar, das ihr bis auf die Taille hing. Ihre verstorbene Mutter war Maudes Tochter gewesen; wer ihr Vater war, wußte Jocelyn nicht, aber angeblich war es ein edler Lord.

»Ja, nur eine Nacht hat meine Ma mit ihm verbracht«, hatte Jocelyn Isabella traurig erzählt. »Und neun Monate später kam ich zur Welt. Er war ein so gutaussehender Mann, sagte sie immer. Ich habe viel von ihm, meinte sie. Großmutter sagte, das Blut der Thatchers sei wohl zu dünn geworden, um gegen seines anzukommen, und ich schätze, sie hat recht, denn Ma starb jung. Sie holte sich eine Erkältung und welkte dahin wie eine Winterrose. Nicht einmal Großmutter konnte sie retten. Dabei war sie immer fröhlich wie eine Lerche im Frühling gewesen. Noch im Sterben lächelte sie. Sie hat mir auch lesen und schreiben beigebracht. Früher hatte sie einem Priester den Haushalt geführt, der ihr ab und zu Unterricht gab. Jedenfalls kann ich hart arbeiten, und Ihr werdet nicht bereuen, mich aufgenommen zu haben, das verspreche ich Euch!«

Nachdem sie wieder gesundet war, hatte Isabella Maude auf Schloß Rushden kommen lassen und der Alten jede Belohnung angeboten, die diese nur wünschte.

»Ach, Mylady«, hatte das alte Kräuterweib krächzend geantwortet. »Ich möchte Euch nur um eines bitten. Mit mir geht es langsam zu Ende, müßt Ihr wissen. Ich kann nicht sagen, daß mir der Abschied schwerfällt, aber ich mache mir Sorgen um meine Enkelin. Jocelyn hat niemanden außer mir. Wenn Ihr sie aufnehmen würdet, Mylady, würde ich in meinem Grab ruhiger schlafen; das würde ich bestimmt.«

Und so hatte Isabella Jocelyn als Zofe und Begleiterin aufgenommen.

»Ich kenne keinen schöneren Fleck auf Erden als Grasmere«, antwortete Isabella schließlich auf Jocelyns Bemerkung von vorhin. »Hier fühle ich mich mehr zu Hause als auf Rushden.«

»Es muß himmlisch sein, ein solches Haus zu besitzen, Mylady«, seufzte Jocelyn. »Vielleicht wird ja eines Tages – nein.« Sie brach lachend ab und schüttelte den Kopf. »Mir wird niemals ein solches Haus gehören.«

»Aber Reichtum allein macht nicht glücklich, Jocelyn«, erwiderte Isabella freundlich. »Liebe und Freude im Herzen machen es.«

Sie biß sich auf die Lippe, weil sie an Caerllywels Bemerkung denken mußte. *Schaut in Euer Herz, 'Sabelle,* hatte er gesagt, *denn nur dort findet Ihr die Antwort.*

Sie hatte geschaut, aber trotzdem war Isabella nicht sicher, daß sie die Antwort kannte. Deshalb war sie nach Grasmere gekommen – um sie zu finden.

Lionel Valeureux blickte nachdenklich auf die hohen Türme von Grasmere, die sich in der Ferne erhoben. Das Herrenhaus auf dem Hügel über dem windgepeitschten Hochmoor kam ihm fast vor wie ein magisches Zauberschloß – und wie die ideale Behausung für die silbrige Nymphe darin.

Verflucht seist du, 'Sabelle! stöhnte Lionel insgeheim.

Monatelang hatte er versucht, das Mädchen aus seinem Gedächtnis zu streichen, aber er hatte sie einfach nicht vergessen können. Trotz allem, was inzwischen geschehen war, begehrte er sie immer noch; und seine Heirat mit Lady Gilliane hatte seine Lust auf Isabella nur noch angeheizt.

Lionels Mund zog sich ärgerlich zusammen, als er an sein Weib dachte, diese unscheinbare graue Maus, die man ihm aufgezwungen hatte. Bei Gott! Hatte die Welt je ein bemitleidenswerteres Geschöpf gesehen? Sie war so schüchtern und unsicher, daß sie tatsächlich in Tränen ausgebrochen war, als ihre Mägde sie in der Hochzeitsnacht ausgezogen hatten, um allen Anwesenden zu zeigen, daß ihr Leib ohne Fehler oder Makel war. Mit ihrem Geheul hatte sie allen den Spaß verdorben. Die groben Späße und Zoten, die normalerweise der Hochzeitsnacht vorangingen, waren allmählich verstummt, bis alle Gäste betreten geschwiegen hatten. Lionel war sich wie ein Idiot vorgekommen. Bei Gott! Wie konnte es Gilliane wagen, ihn so lächerlich zu machen? Beschämt und wütend zugleich hatte er ihr rücksichtslos seinen Willen aufgezwungen, um sie für ihr dämliches Benehmen zu bestrafen, und sie gleich am nächsten Tag verlassen. O Gott! Hätte doch nur 'Sabelle unter ihm gelegen!

Seine Lenden schmerzten sehnsüchtig bei dem Gedanken. Wie Lionel sie begehrte! Er mußte sie haben; er mußte sie haben!

Er blieb einen Augenblick stehen, schaute über die Schulter zurück und verfluchte sich dafür, daß er nicht direkt nach Grasmere gekommen war. Aber wie hätte er denn ahnen sollen, daß Isabella dort war?

Sie wäre krank gewesen, hatte Lord Hawkhurst Lionel kurz angebunden erklärt, als Lionel auf Rushden nach ihr gefragt hatte, und sei zur Erholung nach Grasmere gereist. Eisig hatte Lionel Lord Hawkhurst für die Auskunft gedankt, nicht ohne das feindselige Glühen in den Augen des Grafen zu registrieren, und war zu dem Herrenhaus weitergeritten.

Ein Muskel zuckte in Lionels hartem, entschlossen vorgerecktem Kiefer. Bestimmt war ihm Lord Hawkhurst dicht auf den Fersen. Nun, das war nicht zu ändern.

Lionel gab seinem Hengst die Sporen und galoppierte auf das ferne Herrenhaus zu.

»Warum seid Ihr gekommen, Lionel?« fragte Isabella wieder, während sie über die Heide wanderten. Lionel hatte auf dem Spaziergang bestanden, um den neugierigen Augen und Ohren der Bediensteten zu entfliehen. Und falls ihn Lord Hawkhurst tatsächlich verfolgen sollte, würde der Graf eine Weile brauchen, bis er Lionel und Isabella aufgespürt hatte.

»Ich wollte Euch sehen, deshalb«, antwortete der Erbe von St. Saviour.

»Aber – aber warum? Nach dem Vorfall am Brunnen –«

»Ich weiß, ich weiß«, fiel er ihr ins Wort, ohne ihr Gelegenheit zu geben, zu erklären, was an jenem Nachmittag wirklich vorgefallen war. »Ich habe Euch dafür gehaßt, aber ich konnte Euch trotzdem nicht vergessen. Jede Stunde seid Ihr in meinen Gedanken, und nachts träume ich nur von Euch.« Plötzlich blieb Lionel stehen und zwang Isabella, ihn anzusehen. »Wirklich, Ihr treibt mich noch zum Wahnsinn! Ich begehre Euch, 'Sabelle. Wahrhaftig! Und wie ich Euch begehre! Ich vergebe Euch alles, was an jenem Tag am Brunnen passiert ist. Ihr braucht nur zu sagen, daß Lord Hawkhurst Euch nichts bedeutet und daß Ihr für immer mein sein wollt!«

Es verletzte sie, daß er ihr so wenig vertraute. Wie konnte er nur glauben, daß sie Warrick damals Hoffnungen gemacht hatte? Sie wandte den Kopf ab, um ihre Gedanken vor ihm zu verheimlichen. Was war das für eine Liebe?

»Habt Ihr – habt Ihr mit Gloucester gesprochen?«

»Nein«, gab Lionel zögernd zu. »Aber ich werde es tun, 'Sabelle, das verspreche ich Euch. Richard war in letzter Zeit so damit beschäftigt, die Schotten zurückzuschlagen. Ich hatte keine Gelegenheit, in seine Nähe zu kommen...«

»Dann tut es mir leid, Lionel, leid um uns beide: Denn ich habe Gott gelobt, daß ich Warrick heiraten und nicht mehr an Euch denken würde, wenn Er mir mein Leben schenkt.«

»Nein, 'Sabelle! Das dürft Ihr mir nicht antun! Ihr seid mein! Mein! Beim Blute Christi –«, fluchte Lionel. Ohne Vorwarnung riß er sie in seine Arme, bedeckte ihr Gesicht mit leidenschaftlichen Küssen und zwängte seine Zunge zwischen ihre Lippen, ohne sich durch ihre erbitterte Gegenwehr beirren zu lassen.

»Nehmt Eure Hände von meiner Verlobten!«

Lionel und Isabella fuhren auseinander. Warrick stand vor ihnen. Grimmig klatschte er mit seiner Reitgerte gegen einen schwarzen Lederstiefel. Sein dunkles Gesicht war zu einer Zornesmaske gefroren.

Gott steh mir bei! dachte Isabella. Was hatte er hier auf Grasmere zu suchen, und was mußte er von ihr denken?

*Jesus!* Was für ein Idiot war er gewesen! Warrick hätte sich am liebsten geohrfeigt. Nur weil er ein so entsetzlich schlechtes Gewissen gehabt hatte, als Isabella krank geworden war, hatte er sich beinahe hinreißen lassen, an ihr gutes Wesen zu glauben. Nun, zum Glück hatte er seinen Fehler gerade noch rechtzeitig bemerkt! Sie war genauso falsch wie Brangwen – nein, noch schlimmer – denn er hatte Isabella das Leben gerettet, und allein dafür schuldete sie ihm ihre Treue. So zeigte sie also ihre Dankbarkeit – indem sie ihre Krankheit vorschob, um sich in aller Ruhe mit ihrem Geliebten treffen zu können! Nur hatten die beiden irgend etwas durcheinandergebracht, so daß Lionel versehentlich nach Rushden gekommen war. Kein Wunder, daß es der junge Narr so eilig gehabt hatte, wegzukommen!

»Soso«, meinte der Graf gedehnt. Aus seiner rauhen Stimme war sein brodelnder Zorn zu hören. »Ist das nicht ein hübscher Anblick?«

»Warrick, bitte, laßt mich erklären –«, setzte Isabella in panischer Angst an, da er sie mit Lionel und in dieser Situation entdeckt hatte.

O lieber Gott! Was mußte er nun denken? fragte sie sich wieder. Daß sie ein falsches, hinterhältiges, undankbares Flittchen war, das ihm, obwohl er ihr das Leben gerettet hatte, bei der erstbesten Gelegenheit übel mitspielte. Nein, o nein! Das war nicht wahr. So war es nicht gewesen. Wenn er sie nur erklären ließe...

»Warrick –«

»Halt den Mund, du Hexe!« zischte er sie an und kam drohend auf sie zu, als wollte er sie schlagen, so daß sie ängstlich zurückwich. »Ihr seid zu töricht, Madam«, höhnte er haßerfüllt. »Hat Euer Geliebter vielleicht versprochen, Euch zu heiraten und Euch damit vor meinem Bett zu retten? Habt Ihr Euch deshalb so gierig in seine Arme geworfen?« Warrick schnaubte verächtlich. »Aber er wird Euch nicht heiraten«, erklärte er ihr hämisch. »Und wißt Ihr auch, warum, Madam?« redete er gnadenlos weiter. Er wollte sie verletzen, so wie sie ihn verletzt hatte. »Nein? Soll ich es Euch erklären?« Der Graf lächelte höhnisch, als er an das dachte, was ihm sein Knappe Rhys über Lord Lionel Valeureux berichtet hatte. »Euer Geliebter kann Euch nicht zur Frau nehmen, denn er ist bereits verheiratet!«

»Verheiratet?« entfuhr es Isabella. Sie fühlte sich ins Mark getroffen.

Sie drehte sich um und starrte Lionel entsetzt an. Ihre graugrünen Augen flehten ihn an, die Anschuldigung des Grafen zurückzuweisen. Aber Lionel schwieg.

»O ja, 'Sabelle«, fuhr Warrick fort. Wie Nägel trieb er ihr seine Worte ins Herz. »Er ist mit Lady Gilliane Beaumarais of Devizes verheiratet, einem unscheinbaren Mädchen, das, wie man mir sagt, mit Eurer strahlenden Erscheinung nicht zu vergleichen ist. Aber trotzdem ist sie die Gemahlin Eures Liebhabers.«

In Isabellas Kopf drehte sich alles, bis sie befürchtete, ohnmächtig zu werden. Sie schwankte leicht, und ihre von der Krankheit geschwächten Glieder zitterten vor Erregung. »O Lionel«, hauchte sie. »Lionel! Sag, daß das nicht wahr ist. Bitte«, flehte sie ihn an. »Sag, daß es nicht wahr ist.«

Aber das konnte er nicht.

»Es tut mir leid, 'Sabelle.« Endlich gestand er ihr sein doppeltes Spiel ein.

»O Gott! O Gott!« Eine Welt brach für sie zusammen. Sie hatte ihn geliebt – geliebt! –, und die ganze Zeit über hatte er sie getäuscht. »Du Bastard!« spie sie verbittert aus, dann nahm sie ihre ganze Kraft zusammen und versetzte dem Erben von St. Saviour eine Ohrfeige.

Er zuckte nicht einmal zusammen, sondern starrte sie nur an.

»O Gott«, stöhnte sie noch einmal.

Plötzlich hatte Warrick Mitleid mit ihr. Er wußte, welche Hoffnungen sie gehegt, welche Qualen sie ausgestanden hatte und welchen Schmerz sie jetzt empfand. Hatte er nicht das gleiche gespürt, als Brangwen ihn damals ausgelacht hatte?

»'Sabelle«, sagte er und streckte die Hand nach ihr aus; aber sie ignorierte ihn und rannte blindlings über die wilde Heide davon in Richtung Grasmere.

Wie angewurzelt schauten ihr die beiden Männer nach. Dann wandte sich Lionel langsam wieder dem Grafen zu.

»Ihr Hurensohn von einem walisischen Bastard.« Der Erbe von St. Saviour sprach leise, und aus seinen blauen Augen sprühte Haß. Instinktiv faßte seine Hand nach dem Schwert. »Dafür werde ich Euch töten.«

Warrick lachte bloß; es war kein angenehmes Geräusch. »Narr! Glaubt Ihr, ich würde mein Schwert mit Eurem Blut besudeln?« fragte er. »Eine Peitsche ist für so jemanden wie Euch gerade noch gut genug. Und ich bin nicht schwer versucht, sie zu benutzen, solltet Ihr nicht augenblicklich von Grasmere verschwinden. Ihr mögt zu Gloucesters Männern gehören«, fuhr Warrick mit samtweicher Stimme fort, als Lionel keine Anstalten machte zu gehen, »ich dagegen bin ein Mann des Königs. Es wäre nicht klug, mich weiter herauszufordern«, warnte er.

Kurz schlossen sich Lionels Finger um den Schwertgriff, aber er ließ die Waffe stecken. Sein Zorn kühlte langsam ab, und er kam wieder zu Verstand. Einen Mann, der in der Gunst Edwards stand, herauszufordern, wäre tatsächlich töricht. Sie würden sich wieder begegnen. »Wir werden uns wiedersehen, Mylord«, versprach Lionel dem Grafen inbrünstig. Beide ahnten, daß das Duell nur aufgeschoben war.

»Dann werde ich Euch töten«, schwor Warrick leise. »Und bis dahin vergeßt nie, daß Lady Isabella mir gehört.«

## Kapitel 19

Der letzte Gast aus der kleinen, trunkenen Hochzeitsgesellschaft war gegangen und hatte die Tür zur Kammer fest hinter sich zugezogen. Jetzt war Isabella allein – allein mit ihrem Gemahl. Reglos lag sie in dem festen Himmelbett und preßte sich das feine weiße Leinentuch vor den nackten Körper, als könnte sie sich damit vor ihm schützen. Sie versuchte sich einzureden, daß sie nichts zu befürchten hatte, daß der Mann, der sie geheiratet hatte und dem sie nun auf Gedeih und Verderb ausgeliefert war, sie bestimmt nicht mißhandeln würde; aber trotzdem hatte sie Angst. Sosehr sie auch gegen das Gefühl angekämpft hatte, sie würde es nicht ertragen, daß er sie berührte, auch wenn sie ihm ihr Leben verdankte. Es kam ihr selbst schäbig vor, daß sie ihm vorenthalten wollte, was rechtmäßig sein war, nachdem er ihr das Leben gerettet hatte, aber Isabella konnte nicht anders. Wenn er sie berührte, wenn er sie nahm, würde sie ihm für alle Zeiten gehören, wäre sie für immer an ihn gebunden, und zwar viel fester als nur durch das Gelübde, das sie abgelegt hatte. So wartete sie zitternd und mit Tränen auf den Wangen darauf, daß sich ihr Mann zu seinem Recht verhalf.

Langsam rollte sich Warrick auf die Seite und stützte sich auf den Ellbogen, um seine Braut zu betrachten. Sie war so atemberaubend schön im Kerzenlicht. Ihre großen graugrünen Augen erinnerten ihn an ein Meer vor dem Sturm. Wie dunkle Halbmonde lagen ihre langen, schwarzen Wimpern auf ihren Wangen, wenn sie die Lider schloß, um seinem Blick auszuweichen. Wie gern hätte der Graf mit dem Finger ihre lange, fein ziselierte Nase nachgefahren, bis hinab zu den vollen, leicht bebenden, rosigen Lippen, die so weich und einladend, so nachgiebig und aufregend schienen. Er meinte sie beinahe zu schmecken. Mein Gott, wie begehrte er sie. Aber Isabella begehrte ihn nicht, daß wußte Warrick genau.

Sie war vollkommen abwesend, während sie mich geheiratet hat. Sie war verbittert und verletzt, und ihr war egal, was mit ihr geschah. Erst jetzt begreift sie wirklich, was es bedeutet, mich zum Mann zu haben. Jetzt hat sie Angst vor dem, was mit ihr passiert. Sie will nicht, daß ich sie berühre. Auch wenn ich ihr das Leben gerettet habe, haßt sie mich: Denn ich bin der Mann, der ihren Geliebten bloßgestellt und ihr damit das Herz gebrochen hat. Ich bin der Mann, den sie an seiner Stelle geheiratet hat.

Der Graf streckte eine Hand aus, faßte das Mädchen am Kinn und drehte sacht ihr Gesicht zu sich her. Tränenblind starrte sie ihn an. Einen Augenblick weckte ihre Angst sein Mitleid. Sie hatte soviel durchgemacht. Er konnte ein paar Tage warten, bevor er sie nahm. Dann dachte er daran, wie sie nackt vor ihm gestanden hatte, nachdem ihre Kammerfrauen sie ausgezogen hatten, und wieder schoß das Blut in seine Lenden. Isabella war seine Gemahlin. Sie hatte kein Recht, sich ihm zu verwehren, und Warrick würde es ihr nicht erlauben. Ja, es war besser, sie gleich zu nehmen, trotz ihrer Angst. Alles Warten würde die qualvolle Spannung nur verlängern.

»'Sabelle.«

Sie versteifte sich sofort und versuchte sich abzuwenden, aber er zwang sie, ihn anzublicken.

»'Sabelle.« Er beugte sich herab, um sie zu küssen.

Sie sog scharf die Luft ein. »Nicht, Warrick. Bitte. Bitte rühr mich nicht an.«

»Ich habe dir das Leben gerettet.« Er zog sich ein bißchen zurück und kniff die Augen zusammen. »Und außerdem bist du mein Weib.«

»Ich wünschte, du hättest es nicht getan. Ich wünschte, ich wäre es nicht.«

»Wirklich? Glaubst du wirklich, du wärst besser tot? Glaubst du wirklich, *er* hätte dich mehr geliebt?« Warricks Augen blitzten zornig auf.

Isabella biß sich auf die Lippen. »Vielleicht nicht, aber er hätte mich wenigstens nicht gehaßt.«

»Ich hasse dich nicht, 'Sabelle«, versicherte ihr der Graf.

»Wirklich nicht?«

»Nein.«

»O Gott«, hauchte das Mädchen gequält. »Laß uns wenigstens ehrlich zueinander sein. Du hast mich nie heiraten wollen.«

»Das hatte nichts mit dir zu tun, 'Sabelle. Ich wollte überhaupt nicht heiraten. Aber der König hat mir befohlen, mich zu vermählen. Dich habe ich wenigstens begehrt ... und dich begehre ich immer noch ...« Bedeutungsschwanger hingen seine Worte in der Luft, während er sie in seine Arme ziehen wollte.

»Du würdest eine Jungfrau gegen ihren Willen nehmen?« protestierte Isabella plötzlich.

Er durfte sie nicht anrühren; das durfte er nicht! Sonst wäre sie verloren, dachte sie wieder, für immer verloren. Tief in ihrem Herzen wußte sie, daß es so war. Er würde ihre dunkle Seite erwecken, sie entflammen, und dann könnte sie sich nie wieder von ihm befreien, so lange sie lebte.

Er legte ihr die Hand auf den Hals; seine Augen glitzerten eigenartig. »Ob du willst oder nicht, du wirst mir gehören«, gelobte er inbrünstig.

Später konnte sich Isabella beim besten Willen nicht mehr daran erinnern, was genau danach geschah; aber irgendwie küßte Warrick sie plötzlich, wie sie noch nie geküßt worden war, saugte ihr dabei die Seele aus dem Leib und flößte sie ihr wieder ein, füllte sie bis an den Rand, bis sie nichts mehr außer ihm wahrnahm. In ihrem Herzen erblühte eine Hoffnung, die ihr angst machte, denn seine Lippen schienen ihr unvergängliche Liebe zu versprechen, und sie wußte, daß das gelogen sein mußte. Kein Mann konnte so lieben. Nicht einmal Lionel hatte sie so geliebt. Warrick liebte sie nicht so, würde sie nie so lieben. Warum wollte er nur ihr Herz, wenn er sie nicht liebte? Reichte es nicht, daß Lionel sie so verletzt hatte? Mußte ihr Warrick auch noch die Seele zerreißen?

»Nein, nein«, wimmerte sie und versuchte, sich aus seiner fesselnden Umarmung zu befreien, aber seine Arme schlossen sich nur noch enger um sie, hielten sie fest, drückten sie an ihn.

O Jesus, liebster Jesus, was hatte sie mit ihm angestellt? Er hatte sie nehmen wollen, so wie er unzählige andere Mädchen genommen hatte; aber von dem Augenblick an, in dem er sie geküßt hatte, wurde Warrick von etwas überschwemmt, das stärker war als jede Lust und tiefer als jede Begierde. Es kam ihm vor, als sei Isabella eigens für ihn erschaffen worden, so gut paßte sie zu ihm, so perfekt schmiegte sich ihr weicher Leib an seinen harten, muskulösen Körper. Der Rosenduft ihres Parfüms stieg ihm in die Nase, betörte ihn mit seinem süßen, verlockenden Aroma. Fast glaubte er, darin zu ertrinken. Ihre Lippen schmeckten süßer als Wein. Wie war das möglich? Bestimmt hatte ihn das Weib irgendwie behext. Warum sollte sich sonst alles in seinem Kopf drehen? Warum sollte sich sonst sein ganzer Leib anfühlen, als stünde er in Flammen? Warum sollte er sonst dieses eigenartige Gefühl haben, daß sein Schicksal in Isabellas Armen lag? Sie war doch nur ein Mädchen, ein ganz normales Mädchen. Trotzdem vermochte er sich der Flutwelle alles überschwemmender Leidenschaft nicht entgegenzustellen, die ihn durchlief. Er wollte sie – wollte sie ganz und gar –, nicht nur ihren Körper, sondern auch ihr Herz und ihre Seele; aber wenn ihn jemand gefragt hätte, warum, hätte er keine Antwort darauf geben können. Er wußte nur, daß er sich nach Isabella verzehrte, wie er noch nie eine Frau begehrt hatte.

»'Sabelle, 'Sabelle«, murmelte er heiser über ihrem Mund. Er küßte die bebenden Mundwinkel, spielte dann liebevoll mit der Zungenspitze damit und fuhr schließlich ihre Lippen nach, als wollte er sich jede Kurve, jedes Detail des süßen, weichen Mundes einprägen. Immer noch widerstand sie ihm, doch er öffnete ihren Mund mit seiner Zunge, erforschte ihn vorsichtig und kostete ihn genüßlich, bis ihn sein kochendes Blut mehr fordern ließ. Er preßte seine Lippen auf ihre, so daß sie den Kuß erwiderte, allerdings ohne sich dessen bewußt zu sein. Ihr Kopf war wie leergefegt, und ihr war schwindlig. Wie ein Wirbelsturm brausten die Empfindungen durch sie hindurch. Wo seine Zunge ihren Mund berührte und verschlang, so als könnte Warrick nicht genug davon bekommen, begann alles zu prickeln. Wie ein Stück Treibholz wurde sie von der Woge der Gefühle fortgetragen, die er in ihr auslöste. O Gott! Was tat er ihr da an?

Es ist der Wein, dachte sie. Ja, es muß der Wein sein. Bestimmt ist es nur der Wein.

Aber tief im Herzen wußte sie, daß es mehr war.

»Warrick... Warrick.« Ohne daß sie es merkte, murmelte sie seinen Namen in einem sehnsüchtigen Seufzer, der klagend die Stille durchschnitt. Sie glaubte zu zerschmelzen, sich bis auf die Knochen in flüssiges Erz zu verwandeln. Unbewußt schmiegte sie sich an ihn und fuhr mit den Händen in sein volles, nußbraunes Haar.

Ungeduldig zerrte er die Decke von ihrem nackten Leib, aber das war ihr egal. Sie sah nicht einmal, wie seine Augen dunkel vor Begierde wurden, sobald ihr sahnig weißer Körper ungeschützt vor ihm lag. Sie spürte nichts außer seinen Händen, die über ihren Leib wanderten und ihn streichelten: ihren Hals, ihre Brüste, ihren Bauch, ihre Schenkel. Federleicht strichen seine Finger über ihre Haut; sie erschauerte unter der Berührung, schauderte vor Verzücken und Begierde.

Warum hatte sie nur solche Angst vor ihm gehabt? Bestimmt war kein Mädchen jemals behutsamer in das Spiel der Liebe eingeführt worden. Wie eigenartig. Er hatte sie doch nur auf Befehl des Königs geheiratet. Warum betörte sie Warrick dann, als wäre sie seine geliebte Braut? Und warum reagierte sie so ungestüm auf seine Küsse, seine Liebkosungen?

Warricks Herz schlug wie rasend, während er ihren Leib erforschte. Wie weich ihre Haut war, beinahe wie Samt unter seinen Händen; und wie klein sie war. Fast wie eine Weidenrute schmiegte sie sich in seine Arme. Er war so stark und kräftig; er hätte sie leicht und mühelos nehmen können. Aber plötzlich war es ihm wichtig, daß sie sich ihm aus freien Stücken hingab. Warrick wollte, daß sie ihn genauso begehrte wie er sie.

Seine Hände umschlossen ihre Brüste, nahmen zärtlich die vollen, reifen Hügel auf. Leicht wie ein Windhauch strich er über ihre Brustwarzen, bis sie hart geworden waren und nach seiner Berührung, seinen Küssen gierten. Langsam glitten die Finger über die rosigen Höfe, während seine Daumen mit den prallen Knospen spielten. Dann nahm er eine Brustwarze in den Mund. Genüßlich saugte, knabberte und leckte er daran, bis Isabella ein eigenartiges Ziehen in ihrem Leib spürte. Er merkte, wie Isabella zitterte, und sah, wie sie den Kopf zurückwarf, ganz und gar dem quecksilbrigen Strom ausgeliefert, der durch ihren Körper wogte. Wie ein Blatt auf einem Meer der Verzückung wurde sie fortgeschwemmt. O süßer Jesus! Wie verzehrte sie sich nach ihm!

Seine Lippen schlossen sich über der anderen Brustwarze, erregten sie genauso wie die erste, und wanderten dann langsam über ihren Bauch. Seine Hände glitten über ihre Beine, strichen qualvoll langsam über die Innenseite ihrer Schenkel, dann wieder hinauf und wieder hinab.

Ein süßer Schmerz erglühte tief in Isabellas Unterleib, um dann wie ein Feuer durch ihren ganzen Körper zu laufen. Sie brannte darauf, daß Warrick die glühende Hitze in ihr linderte, die Flammen löschte, die sie so stürmisch verschlangen, und ihr Erlösung verschaffte. Unwillkürlich drängte sie sich mit einem leisen Wimmern an ihn.

Als Antwort berührte seine Hand sie schließlich *dort,* fand die daunigen Locken und weichen Hänge jenes Tales, das noch kein

Mann vor ihm beschritten hatte. Seine Finger liebkosten sie rhythmisch und verführerisch, bis sie warm und feucht wurde und im Takt der hemmungslosen Leidenschaft zu pulsieren begann. Langsam, als würde er instinktiv ahnen, was sie jetzt brauchte, drang er tiefer vor und streichelte ihr Inneres mit winzigen Bewegungen, leicht wie der Flügelschlag eines Schmetterlings, die ihr beinahe den Verstand raubten und sie in ein fast unerträgliches Fieber steigerten.

Dann preßte er seinen Mund auf die sich öffnenden Blütenblätter ihres Geschlechts und schmeckte den Nektar darin. Behutsam streichelte er sie mit seiner Zunge, bis sie sich unter ihm hin und her wand, aus tiefster Kehle stöhnte und ihn mit den Händen tiefer zog. Und dann plötzlich, ohne Vorwarnung, schienen tausend Sterne in ihr zu explodieren und weißglühende Blitze durch ihren Körper zu schießen. Sie schnappte nach Luft, stieß einen gepreßten Schrei aus und begann hilflos zu keuchen.

Warrick konnte nicht mehr an sich halten. Er kam wieder hoch und legte sich über sie. Sein hartes Geschlecht suchte ihren Eingang, fand ihn und durchstieß ihn mit aller Kraft, so daß sie den plötzlichen, reißenden Schmerz kaum spürte, den er mit seinem Angriff auslöste; trotzdem schrie sie auf, bis er sie mit einem Kuß zum Schweigen brachte. Er zog eine Spur glühender Küsse über ihre Wange bis an ihre Schläfe und dann zu den silbernen Strähnen ihres langen, verschwitzten Haares. Warm wehte sein Atem an ihr Ohr, in das er heiser und abgehackt flüsterte, obwohl Isabella seine Worte kaum hörte und nur halb verstand; dazu war sie viel zu sehr in ihrer Leidenschaft gefangen. Langsam zog er sich zurück und drang dann nochmals in sie; doch diesmal verharrte er in ihr und über ihr, bis sie sich an das Gefühl gewöhnt hatte.

Sie spürte die Sehnen seiner mächtigen Arme, die wie Seile hervorstanden, als er sich schließlich wieder zu bewegen begann und allmählich in die feuchten, heißen Tiefen ihrer Grotte vorstieß.

Ohne die Bewegung zu unterbrechen, rollte er sich auf den Rücken und zog sie mit sich. Er umfaßte ihre Backen, um sie noch weiter zu öffnen.

Schwer atmend warf Warrick den Kopf zurück und starrte sie mit blanker Lust in den Augen an.

»Willst du mich?« fragte er. Seine bernsteingelben Augen waren dunkel vor Leidenschaft und voller Erwartung. »Sag mir, daß du mich willst, 'Sabelle!«

Das Mädchen erschauerte, so verletzlich fühlte es sich, als es ihn das sagen hörte. Es kam ihr vor, als würde Warrick von ihr verlangen, sich ihm zu ergeben, als würde sie von nun an nicht mehr sich selbst, sondern ihm gehören...

»Ja, ich will dich«, flüsterte sie, unfähig, sich ihm noch länger zu verweigern.

Er schloß die Augen, stöhnte und drückte sie mit aller Kraft an sich, dann drehte er sie wieder auf den Rücken und barg sein Gesicht an ihrer Schulter und drang in immer schnellerem Rhythmus in sie, bis tausend gleißende Sonnen in ihr erglühten und die Erde unter ihr zu erbeben schien. In ihrem Kopf drehte sich alles. Eine blendende, atemberaubende Ewigkeit lang glaubte Isabella zu sterben. Und wie durch einen dichten Nebel hörte sie Warricks tiefes Stöhnen, spürte sie ihn am ganzen Leib erzittern und schließlich ganz ruhig werden.

Es war vorbei.

Er küßte sie zärtlich und liebevoll auf den Mund und bettete seinen Kopf wieder auf ihrer Schulter. Ermattet blieben sie zusammen liegen und warteten, bis ihr hektischer Atem und ihre rasend schlagenden Herzen zur Ruhe gekommen waren. Schließlich zog sich Warrick aus Isabella zurück, ohne aber seine Umarmung zu lösen.

Sie sprachen nicht, denn keiner wußte, was er sagen sollte. Die Magie der Nacht hatte sie fortgetragen, und jetzt verwirrte und verängstigte sie, was zwischen ihnen vorgefallen war. Es war keine Liebe. Nein, es konnte keine Liebe sein. Liebe war eine Lüge, an die nur Dumme glaubten.

Einen Augenblick starrte Warrick Isabella eindringlich an, als suche er nach etwas, das ihm zuvor unwichtig gewesen war. Doch sie schloß die Augen und wandte sich ab, damit er ihre Miene nicht sah. Er würde sofort begreifen, daß sie ihm nun ganz und gar ausgeliefert war, und dieses Wissen benutzen, um sie zu verletzen. Zu ihrer Überraschung zwang Warrick sie nicht, ihn anzusehen, so wie er es zuvor getan hatte, sondern blieb still neben ihr liegen und spielte nachdenklich mit einer Strähne ihres silbernen Haares.

Erst viel später nahm er sie, ihren geflüsterten Protesten zum Trotz, wieder in seine Arme und zeigte ihr die Geheimnisse seines Körpers.

# Kapitel 20

Als die ersten blassen Strahlen der rosigen Morgendämmerung den Himmel erhellten, wachte Isabella auf. Irgend etwas war anders; das spürte sie sofort. Aber erst als sie Warricks Arm über ihr bemerkte, wurde ihr bewußt, was es war. Die Ereignisse von letzter Nacht brachen wie eine Flutwelle über sie herein, ließen sie vor Scham und Verlegenheit rot werden. Beim Blute Christi! Wie hatte sie nur so unkeusch sein und sich so hemmungslos in die Umarmung des Mannes werfen können, der jetzt neben ihr lag?

Der Wein war schuld gewesen, versuchte sie sich zu rechtfertigen. Es war nur der Wein. Aber tief in ihrem Herzen wußte das Mädchen, daß das nicht stimmte. O süßer Jesus! Was hatte Warrick mit ihr gemacht?

Vorsichtig drehte sie den Kopf zu ihm um. Im Schlaf waren die grimmigen Falten auf seinem Gesicht zwar weniger ausgeprägt, aber sein düsteres, gutaussehendes Antlitz strahlte trotzdem eine unmißverständliche Arroganz aus. Doch seltsamerweise fürchtete ihn Isabella nicht mehr. Caerllywel hatte recht gehabt. Warrick hatte sie weder geschlagen noch mißhandelt, wie sie halb befürchtet hatte. Jetzt war sie sicher, daß er sie nicht mißbrauchen würde wie so viele Männer ihre Frauen. Wäre Warrick wirklich so grausam, wie sie zuerst geglaubt hatte, hätte er sie letzte Nacht nicht so behutsam genommen. Statt dessen hätte er sie einfach vergewaltigt. Er konnte also gütig und mitfühlend sein. Im Grunde konnte Isabella dankbar sein. Wenigstens brauchte sie nicht ihr ganzes Leben mit einem Mann zu verbringen, der sie grausam quälte.

Ihr ganzes Leben. Wie eigenartig das klang. Wie eigenartig die Vorstellung war, von nun an jeden Morgen neben Warrick zu erwachen, einen besitzergreifenden Arm über ihrer Brust und eine Hand in ihrem zerwühlten Haar zu spüren. Bis jetzt hatte das Mädchen immer allein geschlafen. Von nun an würde sie, solange ihr Gemahl nicht verreist war, nie mehr alleine schlafen, denn Warrick war kein Mann, der sich nicht nahm, was ihm zustand. Ein Schauer überlief Isabella, als ihr wieder einfiel, was er letzte Nacht zu ihr gesagt hatte:

*»Ob du willst oder nicht, du wirst mir gehören.«*

Ja, Warrick würde sie nehmen, wann immer es ihm gefiel, und sie würde nichts dagegen unternehmen können. Noch schlimmer war, daß sie ihn begehrte und er das wußte. Trotzdem hatten sie beide gestern nacht mehr als bloße Lust empfunden. Würde ein Mann eine Frau nehmen, wie Warrick es getan hatte, wenn er nichts für sie empfand? Isabella bis sich auf die Unterlippe. Sie wußte es nicht. Vielleicht waren alle Männer Lügner und Betrüger. Das Mädchen seufzte traurig und fragte sich, wie es wohl gewesen wäre, wenn Lionel gestern nacht bei ihr gelegen hätte, Lionel, den sie einst geliebt hatte.

Warrick, der inzwischen wach geworden war und sie schweigend beobachtete, sah ihre Miene träumerisch werden, und erriet sofort den Grund. Seine Nasenflügel blähten sich vor Wut. Isabella war sein Weib, bei Gott; er war zärtlich zu ihr gewesen, und sie hatte auf ihn reagiert, wie er es sich nicht hätte träumen lassen. Fast hätte er zu hoffen gewagt, daß sie ihn doch nicht haßte. Aber heute morgen war sie, noch während sie in seinen Armen lag, in Gedanken und mit dem Herzen bei Lionel Valeureux. Die Vorstellung erfüllte ihn mit Zorn.

»Denk nicht einmal an ihn«, befahl der Graf kalt. Das Mädchen zuckte zusammen. Herrje! Wie lange war er schon wach, und wieso konnte er so leicht ihre Gedanken lesen? Das war geradezu unheimlich, und einen Moment lang fürchtete sie ihn wieder wie zuvor. Sollte sie denn gar keine Geheimnisse vor ihm haben? »Ob es dir gefällt oder nicht, du gehörst mir«, fuhr er warnend fort. »Ich werde nicht dulden, daß du an einen anderen denkst. Hast du mich verstanden, 'Sabelle?« Seine goldenen Augen durchbohrten sie mit Blicken, als könnte er direkt in ihre Seele schauen.

Isabella schauderte leicht und wandte sich ab. »Ich – ich weiß nicht, wovon du sprichst«, antwortete sie. »Ich habe an niemand Bestimmten gedacht.«

»Lüg mich nicht an!« fuhr Warrick sie an und packte sie am Kinn, so daß sie ihn ansehen mußte. »Ich habe dein Gesicht gesehen, und es war nicht schwer, daraus zu lesen. Nun, du wirst diese Frage niemals beantworten können, denn du wirst nie das Bett mit Lionel Valeureux teilen. Du bist mein Weib –«

»Ich wünschte, ich wäre es nicht!«

Warrick kniff zornig den Mund zusammen. Seine Augen wurden schmal. »Das wünschte ich auch, glaub mir. Trotzdem, es ist nicht zu ändern, und wir werden damit leben müssen. Und wenn du auch nur einen Funken Glück in unserer Verbindung finden willst, dann lerne lieber, mir zu gehorchen.«

»Glück! Was weißt du schon vom Glück? Dazu bist du viel zu kalt und grausam! Du kennst keine Freude. Nein!« wehrte sich Isabella.

Warrick lächelte gehässig und ironisch. »Wirklich nicht?« fragte er. »Du lügst schon wieder. Wenn du kannst, dann schwöre mir, daß ich dir gestern keine Freude bereitet habe.«

Das Mädchen schnappte nach Luft und lief rot an. Gütiger Gott! Wie konnte er so offen über das sprechen, was sie gestern nacht getan hatten? »Du wagst es, mich daran zu erinnern –«, setzte sie an.

»Daß du dich mir hingegeben hast?« Er zog eine Braue hoch und lachte. »Oh, ich werde dich nicht nur daran erinnern, 'Sabelle.« Er musterte sie vielsagend. »Ich werde noch viel mehr tun.«

»Nein«, hauchte sie und versuchte, von ihm wegzukommen. »Rühr mich nicht an!«

Er hielt sie mit Leichtigkeit fest. »Wohin so eilig, meine Feenkönigin?« fragte er höhnisch. »Es ist noch früh am Morgen, und ich habe Lust auf dich.«

»Lust, ganz recht«, zischte Isabella. »Denn mehr ist es nicht!«

»Hast du etwa mehr erwartet? Liebe gar? Oje, wie gemein von mir, deine Hoffnungen zu enttäuschen –«

»Ich habe mir gar nichts erhofft, hörst du? Ich will nichts von dir.«

»Zu schade, 'Sabelle, denn ich will sehr wohl etwas von dir«, erklärte ihr Warrick unmißverständlich. »Komm, meine Gemahlin«, lockte er sie. »Du weißt, daß es keinen Sinn hat, sich gegen mich zu wehren; und obwohl du das wahrscheinlich kaum glauben kannst, möchte ich dir nicht weh tun.«

»Wirklich nicht?«

»Nein, Mylady. Ich möchte dir nichts als Vergnügen bereiten, genau wie gestern nacht.«

»Vergnügen! Ich habe keine Vergnügen empfunden, Mylord –«

»Wirklich nicht?« Langsam zog ihr Warrick die Decke vom Leib und legte seine Hand auf ihre Brust. Zu ihrem Entsetzen erblühte die rosige Knospe unter seinem Finger augenblicklich. Er lachte wieder. »Wirklich nicht, 'Sabelle?«

Und dann küßte er sie, verführte er sie, entflammte er sie wie die Nacht davor. Als alles vorüber war, rückte er langsam von ihr ab und stand dann auf, um sich anzuziehen.

»Es wäre klug, wenn du mich in Zukunft nicht mehr anlügen würdest, 'Sabelle«, sagte er. »Jetzt ruf deine Frauen herbei und laß deine schönsten Kleider und deinen Schmuck einpacken. Noch in dieser Woche werden wir Schloß Rushden verlassen.«

Überrascht setzte sich Isabella auf und zog das Laken hoch, um sich zu bedecken. »Rushden verlassen! Aber – aber wohin wollen wir?«

»An den Hof natürlich. Hier ist alles in besten Händen – Meister Potter und Sir Lindael werden die Burg bis zu unserer Rückkehr führen –, und ich habe mich schon allzu lang nicht mehr im Palast blicken lassen. Außerdem wären Seine Gnaden zutiefst beleidigt, wenn ich dich nicht am Hof vorstellen würde. Du bist schließlich Edwards Mündel; und da er auf unserer Vermählung bestanden hat, wird er sich bestimmt davon überzeugen wollen, daß die Hochzeit stattgefunden hat.«

Isabella biß sich auf die Unterlippe, als sie an die Zeremonie zurückdachte, die so ganz anders gewesen war, als sie sich in ihrer Kindheit ausgemalt hatte. Sie und Warrick hatten in aller Stille in der Burgkapelle von Rushden geheiratet, im Beisein einiger Ritter und Mägde. Nicht einmal Giles war gekommen, denn Isabella hatte befürchtet, daß er eine Dummheit begehen könnte, um die Hochzeit zu verhindern. Sie wollte ihm heute schreiben, ihm von der Hochzeit berichten und ihm mitteilen, daß sie zufrieden sei mit ihrem Gemahl; das mußte reichen. Das Mädchen brachte es nicht übers Herz, ihm von Lionels Betrug zu erzählen. Der Erbe von St. Saviour war Giles bester Freund. Isabella wollt das Band zwischen den beiden nicht zerstören.

»'Sabelle.« Warrick holte sie zurück in die Gegenwart. »Warum liegst du immer noch im Bett? Soll ich mich wieder zu dir legen?« Er grinste boshaft.

»Nein, nein«, antwortete sie hastig und errötete. »Ich – ich wollte nur warten, bis du fort bist.«

»Um Himmels willen, Isabella! Wie kannst du nach dem, was wir gestern abend und heute morgen getan haben, nur so schüchtern sein?«

Das Mädchen wurde vor Verlegenheit noch röter. »Wie kannst du nur solche Sachen sagen?« hauchte sie.

»Warum sollte ich nicht? Wir haben nichts Falsches getan. Im Gegenteil, ich habe es sogar sehr genossen. Außerdem bist du mein Weib –«

»Woran du mich unablässig erinnerst«, fiel ihm das Mädchen trocken ins Wort.

»Und ich kann zu dir sagen, was ich will«, fuhr er fort, als hätte sie gar nicht gesprochen. »Ich fürchte, daran wirst du dich gewöhnen müssen, mein Liebling.«

Das Kosewort kam ganz selbstverständlich über seine Lippen und überraschte sie beide; für einen Moment erwachte der Zauber der vergangenen Nacht zu neuem Leben. Diesmal wandte sich Warrick ab.

»Und jetzt aus den Federn.« Seine Stimme klang eigenartig gepreßt. »Schon jetzt wird man überall auf der Burg über meine

Manneskraft und dein Naturell klatschen. Bestimmt bewundert mich inzwischen jeder Mann im ganzen Haus.«

Zu Isabellas Entsetzen erkannte sie, daß er wahrscheinlich die Wahrheit sagte. Mein Gott, es war bald Mittag! Sie konnte sich die vielsagenden Seitenblicke und groben Späße gut ausmalen. Hastig stieg sie aus dem Bett und schlüpfte in ihr Kleid.

Sie war schon auf dem Weg zur Kammertür, als Warrick plötzlich den Arm vorstreckte und sie daran hinderte, den Riegel zurückzuschieben.

»Warte«, befahl er knapp.

Kurz starrte er auf das feine weiße Linnentuch, auf dem sie gelegen hatten, und zog kühl eine Braue hoch, als er schließlich den gesuchten Blutfleck erspäht hatte.

»Was ist denn, Warrick? Was stimmt nicht?« wollte Isabella verwirrt wissen.

»Ich wollte mich nur davon überzeugen, daß der Beweis für deine Tugend gut zu sehen ist«, erklärte er ihr.

Isabella erblaßte, als hätte er sie geschlagen. Zornig ballte sie die Fäuste. »Hattet Ihr Zweifel daran, daß Ihr ihn finden würdet, Mylord?« fragte sie eisig. Sie war verletzt und beleidigt gleichermaßen.

»Nein, 'Sabelle. Ich wußte genau, daß ich der erste war. Ich wollte nur sicherstellen, daß die anderen nicht daran zweifeln können. Wenn sie keinen Beweis für deine Jungfräulichkeit gefunden hätten, dann wärst du für alle Zeiten entehrt gewesen. Das weißt du genau.«

Ja, das wußte sie. Sie schämte sich, daß sie ihren Gemahl so falsch eingeschätzt hatte; schließlich hatte er nur an sie gedacht.

»Es – es tut mir leid, Warrick.«

Die Entschuldigung klang gequält, aber wenigstens hatte sie sie ausgesprochen. Er sah die Frau an, die seine Gemahlin geworden war, und einen Moment sehnte sich Warrick verzweifelt nach etwas, für das er keinen Namen fand.

»'Sabelle«, setzte er an, aber das fast flehend gesprochene Wort kam zu spät.

Isabella war schon fort.

# Buch 2

## Die schönste aller Rosen

# Kapitel 21

*Auf der Straße nach London, England 1480*

Obwohl ihr Warrick kaum von der Seite wich, war die Reise nach London für Isabella das Aufregendste, was sie je erlebt hatte. Noch nie war sie so weit von Rushden weg gewesen. Gierig nahmen ihre Augen alles auf; ehrfürchtig und überwältigt bestaunte sie die Städte, durch die sie kamen und die viel größer waren als alle Orte, die sie je gesehen hatte. Sie blieb skeptisch, als Warrick ihr erzählte, daß London noch größer sei, denn das konnte sich das Mädchen einfach nicht vorstellen. Neu war für sie auch die Ehrerbietung, mit der sie als Gemahlin des Grafen behandelt wurde. Zwar hatte man auch Lady Isabella Ashley of Rushden den gebührenden Respekt erwiesen, aber als Gräfin Hawkhurst, Gemahlin eines Günstling des Königs, übte sie noch bedeutend größere Macht aus. Isabella wurde umhegt und umhätschelt wie nie zuvor; und sie mußte sich widerwillig eingestehen, daß es doch etwas für sich hatte, mit einem Mann wie ihrem verheiratet zu sein. Warrick brauchte nur eine Braue hochzuziehen, schon kuschten alle vor ihm, beeilten sich, ihm jeden Wunsch zu erfüllen und bibberten, wenn nicht alles zu seiner Zufriedenheit war.

Jeden Morgen sorgte Warricks Hauptmann Sir Bevan dafür, daß das Mädchen einen Platz an der Spitze des Trosses bekam, wo sie nicht den Staub einatmen mußte, den die Pferde aufwirbelten, und überzeugte sich davon, daß ihr Wasserschlauch mit frischem, kühlen Wasser gefüllt war. Außerdem tauchte der Ritter in regelmäßigen Abständen an ihrer Seite auf, um sich zu erkundigen, ob sie etwas brauche.

Mittags machte man bei einem Wirtshaus am Straßenrand halt, und jedesmal half Warrick Isabella aus ihrem Sattel, eskortierte sie ins Haus und führte sie in ein Privatgemach, wo sie in aller Ruhe speisen und sich ausruhen konnte. Normalerweise leisteten er und Caerllywel ihr beim Essen Gesellschaft; selbstverständlich bekamen sie die feinsten Speisen und Getränke, die das Haus zu bieten hatte. Nachts suchte er ihr das eleganteste Zimmer aus und ließ die Betten mit ihrem eigenen Bettzeug beziehen, da er der festen Überzeugung war, daß alle Wirtshäuser mit Läusen und Wanzen verseucht waren.

Seine Fürsorge wunderte sie, denn sie hatte nicht damit gerechnet, so umsorgt zu werden. Als sie ihn einmal darauf ansprach, sah sie der Graf ungeduldig und stirnrunzelnd an. »Du bist mein Weib«, sagte er zum hundertsten Mal, als würde das alles erklären. »Hast du geglaubt, ich würde dich schlecht behandeln?«

»N-nein, wenigstens habe ich gehofft, daß du das nicht tun würdest. Aber ich habe auch nicht erwartet, daß du so gut zu mir sein könntest. Ich – ich weiß, daß du mich nicht heiraten wolltest.«

»Das haben wir schon durchgesprochen. Ob wir wollen oder nicht, wir sind ein Paar. Wir sind verheiratet, und ich würde dich kaum für etwas bestrafen, wofür du nichts kannst. Ich bin nicht grausam, auch wenn du mir das einst vorgeworfen hast. Solange du mein bist – und mir gefällig bist –, wird es dir an nichts mangeln. Auch wenn du es mir vielleicht nicht glaubst, ich möchte dich nicht unglücklich machen.«

Tagelang ging Isabella diese letzte Bemerkung nicht mehr aus dem Kopf, während sich der Troß weiter auf London zubewegte. Seltsam, daß Warrick so etwas sagte, nachdem er sie so verletzt hatte, indem er Lionel bloßgestellt hatte. Aber je länger sie über die Sache nachdachte, desto klarer wurde dem Mädchen, daß der Graf nur dann wirklich hart zu ihr gewesen war, wenn er geglaubt hatte, daß sie ihm körperlich oder in Gedanken untreu war. Sie erkannte, daß Caerllywel seinen Bruder ganz richtig eingeschätzt hatte. Warrick war von Brangwen so schrecklich verletzt worden, daß es ihm schwerfiel, einer Frau zu trauen. Deshalb beobachtete er Isabella so mißtrauisch, so eindringlich – fast wie ein Falke, sein Wappentier.

Langsam beginne ich ihn zu verstehen, erkannte Isabella. Er hatte Angst davor zu lieben. Seltsam, wo er doch nicht einmal den Tod fürchtet. Und doch ist es so. Er fürchtet sich davor zu lieben, denn wer liebt, ist verletzlich. Das kann Warrick nicht ertragen, deshalb fordert er nur Treue. Genau wie Caerllywel es gesagt hat. Warrick ist hart, aber nicht, weil er schlecht oder ungerecht wäre, sondern weil er so verletzlich ist. Solange ich ihm im Geist und körperlich treu bin, wird er mir ein guter Ehemann sein, so wie er seinen treu dienenden Männern ein guter Herr ist. Und vielleicht wird Warrick irgendwann, genau wie Caerllywel es prophezeit hat, lernen, etwas für mich zu empfinden. Schon jetzt habe ich eigentlich keinen Grund zu klagen, denn er erfüllt mir jeden Wunsch, sogar im Bett.

Der letzte Gedanke ließ Isabella schamhaft erröten, und sie warf einen kurzen, verstohlenen Seitenblick auf ihren Mann. Zu ihrer Erleichterung unterhielt er sich gerade mit Caerllywel und schien sich nicht um sie zu kümmern. Sie atmete dankbar aus, denn Warrick besaß ein geradezu unheimliches Talent, ihre Gedanken zu erraten. Wie schrecklich, wenn ihr Mann erführe, wie sehr der Anblick seiner Muskeln unter dem Wams sie erregte und wie sie den Abend herbeisehnte, wenn sie die Kammertür hinter sich zumachen und die Welt aussperren würden, bevor Warrick sie in seine starken Arme schließen und sie lieben würde. Nachdem sie so viele Nächte in seiner warmen Umarmung gelegen hatte, protestierte sie nicht länger, wenn er sie besitzen wollte. Es war zwecklos, sich ihm zu verweigern, denn er würde trotzdem seinen Willen durchsetzen; und es war sinnlos, gegen ihn zu kämpfen, wenn ihr Körper ihn so begehrte.

Ja, sie begehrte ihn genauso, wie er sie begehrte. Sie liebten sich nicht, aber sie hatten mehr als viele andere Ehepaare.

Trotz allem, was zwischen uns vorgefallen ist, versucht er, das Beste aus unserer Ehe zu machen, mahnte sich Isabella. Muß ich nicht ebensoviel tun? Ja, ich muß Lionel aus meinem Herzen und meinen Gedanken verbannen. Ich muß mich ganz darauf konzentrieren, Warrick eine gute Frau zu sein.

Aber das war leichter gesagt als getan. Obwohl sie ihn inzwischen verachtete, hatte Isabella Lionel aus tiefstem Herzen geliebt; sie entdeckte, daß nicht einmal der Schmerz, den er ihr mit seinem Betrug zugefügt hatte, die zärtlichen Gefühle für ihn auslöschen konnte. Immer wieder redete sich Isabella ein, daß sie Lionel haßte. Aber jedesmal wenn sie glaubte, ihn endgültig vergessen zu haben, geschah irgend etwas, das sie an ihre Liebe erinnerte und tausend schöne Erinnerungen in ihr wachrief, bevor sie die Qualen wieder spürte, die ihr Lionel mit seiner Falschheit zugefügt hatte. Ein Sonnenstrahl in den goldenen Haaren eines jungen Mannes, zwei blaue Augen, die in ihre graugrünen lachten, eine weiße Rose, die ihr ein kleines Kind überreichte, ein duftendes Stück Sandelholzseife aus der Hand einer Wirtin – es waren kleine, unbedeutende Vorfälle, die in ihr solche Erinnerungen und zugleich den Wunsch nach Vergessen auslösten.

O Lionel. *Lionel!*

Nur nachts verjagte Warrick mit seinen starken Armen, seinen Küssen und Liebkosungen die Gespenster, die Isabella verfolgten. Noch einmal schaute das Mädchen zu dem Grafen hinüber.

Ja, inzwischen verstand sie, warum er sich hinter einen so harten Panzer zurückgezogen hatte. Der Betrug eines geliebten Menschen riß Wunden, die nicht leicht verheilten.

*Diese zarten Hände können zaubern. Wollt Ihr nicht versuchen, damit auch Waerwics verwundete Seele zu heilen? Wenn Ihr das tut, dann werdet Ihr vielleicht entdecken, daß er Euch inniger liebt, als je ein Mann eine Frau geliebt hat.*

»Ich will es versuchen«, gelobte Isabella im stillen. »Gott ist mein Zeuge. Ich will es versuchen.«

Fast endlos zog sich die riesige, verwinkelte Stadt London an der Themse entlang. Die heiseren Schreie der Händler, die ihre Waren feilboten, schallten durch die Luft. In der Candlewick Street reihte sich ein Stoffladen an den anderen; selbst auf der Straße hatten fliegende Händler ihre Karren aufgebaut und boten leuchtende Stoffballen aller Farben und aller Art an. Auf der West Cheap Street befanden sich die eleganteren Läden und Verschläge der Goldschmiede und Juweliere; einen krassen Gegensatz dazu bildeten die Märkte der Fischhändler, Schmiede und Weinhändler auf der Thames Street.

An den Docks wurden exotische Waren aus fernen Ländern aus den Booten und Barken geladen, die die Piers verstopften. Aus den vielen Gewürzen, deren verlockende Düfte durch die Luft zogen, roch Isabella Zimt und Nelken heraus, die sich aufs köstlichste mit dem Aroma frisch gebackenen Brotes und Kuchens aus den vielen Bäckereien vermischten. Von der Themse selbst wehte eine leicht feuchte Brise den typischen modrigen Flußgeruch herüber.

Mit dem Wind schwebte auch das fröhliche Pfeifen der Flöten und das Klingen der Laute heran. Wandernde Spielleute zogen von Ecke zu Ecke; ab und zu blieben sie stehen, um ihre Mützen für eine kleine Gabe herumzureichen. Anderswo gab es Schauspieler und Komödianten, Akrobaten oder Jongleure, und einmal entdeckte Isabella einen Mann mit einem Äffchen, das zum Lied einer Drehorgel tanzte und den Umstehenden einen verbeulten Blechtopf entgegenstreckte. Immer wieder ging jedoch das Klingeln der Münzen in lauten Rufen unter: »Weg frei, Weg frei«, und dann ließen donnernde Pferdehufe und knirschende Kutschenräder die Zuschauer auseinanderstieben. Es waren schon mehrfach arme, unachtsame Städter zu Tode getrampelt worden. Isabella stockte der Atem, als sie sah, wie ein zerlumptes Kind um Haaresbreite diesem Schicksal entging, und schutzsuchend lenkte sie ihre Stute näher zu Warricks Hengst hin. Das hektische, geschäftige London war ihr unheimlich.

An der Seite ihres Gatten hatte sie nichts zu befürchten, denn die Menge schien vor Warricks Falkenbanner und den Schreien seiner Männer förmlich hinwegzuschmelzen.

»Macht Platz! Macht Platz für den Grafen und die Gräfin Hawkhurst!«

Und dann gelangten sie zur königlichen Residenz, dem Palast, den man Tower nannte. Seine dicken, weißgewaschenen Wände bestanden aus hellem französischen Kalkstein und grobem Kieselsandstein aus Kent. Über ihnen thronten vier Türme, von denen drei rechteckig waren, während der vierte, runde, als Observatorium diente.

Über die Jahre hinweg war um diesen Burgkern herum eine Reihe weiterer Tore, Mauern, Bastionen und Türme errichtet worden, die den Palast zu einer der mächtigsten Festungen ganz Europas machten.

Der Troß betrat den Palast durch das Löwentor, nachdem sie auf einem gepflasterten Dammweg an die Zugbrücke über den äußeren Burggraben gekommen waren, über die ein Löwenturm wachte (in dem der König seine Tiere hielt). Es folgten eine weitere Zugbrücke und ein Fallgitter, das den Weg durch den mittleren Turm schützte. Hinter dem mittleren Turm kamen der nächste Dammweg und die nächste Zugbrücke, die den Burggraben vor dem inneren Torturm überbrückte. Nachdem sie unter dessen Fallgitter hindurchgeritten und den äußeren Ring vor der inneren Burgmauer durchquert waren, gelangten sie an den Glockenturm, der den Eingang zum inneren Burghof bewachte und die Alarmglocke beherbergte, mit der die Besatzung der Festung zu den Waffen gerufen wurde. In die innere Burgmauer waren eine ganze Reihe von Türmen eingelassen, die Warrick ihr alle zeigte, obwohl Isabella befürchtete, sie nie voneinander unterscheiden zu können. Besonderen Eindruck machte ihr dabei der St.-Thomas-Turm, der über dem Verrätertor wachte und dessen Stufen direkt zur Themse hinabführten, sowie der Flint-Turm, in dem es die schrecklichsten Verliese der ganzen Festung geben sollte.

Und in der Mitte stand der Weiße Turm, flankiert von Cole Harbour, der eigentlich aus zwei durch eine Brücke verbundenen Türmen bestand auf der einen Seite und dem Wardrobe-Turm auf der anderen.

Isabella war überzeugt, daß sie sich öfters verlaufen würde, ehe sie sich in dem riesigen Palast zurechtfand, deshalb bat sie Warrick, sie durch die Anlage zu führen, nachdem sie sich in ihren Gemächern eingerichtet hatten. Anfangs machte ihr der Rundgang Spaß, aber dann stießen ungebetenerweise ein paar Höflinge zu den Frischvermählten und begannen unverfroren, mit Isabella zu flirten. Sie ließen sich weder durch Isabellas abweisende Art noch durch Warricks zunehmend finster werdende Miene erschrecken. Das Faß zum Überlaufen brachte ein besonders forscher junger

Kavalier, den ein paar Becher Wein übermütig gemacht hatten. Er fiel vor Isabella auf die Knie, bezeichnete sie als »Schönste aller Rosen« und streute eine Handvoll weißer Rosen auf ihren Weg.

Da riß Warrick endgültig der Geduldsfaden. Er packte den Jüngling am Kragen, schüttelte ihn durch und verabschiedete ihn mit einem wohlgezielten Tritt in dessen Hinterteil. Mit roten Ohren hob der Höfling sein herabgefallenes Käppchen auf, entschuldigte sich wortreich bei Isabella und stahl sich eilig davon. Kurz darauf hielten es auch die anderen Kavaliere für klüger, sich zu verziehen, und bald war das Mädchen mit ihrem zornroten Gatten wieder allein.

»Madam.« Warrick schleuderte ihr einen wütenden Blick entgegen. »Ihr habt diese Männer absichtlich ermutigt, Euch den Hof zu machen, wie eine ganz gewöhnliche Hafenschlampe.«

»Mylord, das ist nicht wahr!« Isabella schnappte nach Luft. Die ungerechte Anschuldigung verletzte und erboste sie. »Ich war nur höflich, das wißt Ihr ganz genau. Ihr seid nur so wütend, weil Ihr eifersüchtig seid. Und nun versucht Ihr, mir die Schuld dafür zuzuschieben, daß Ihr Euch zum Narren gemacht habt. Bestimmt amüsiert sich heute abend der ganze Hof über diese Geschichte. Ich weiß gar nicht, wie ich den Leuten in die Augen sehen soll«, grollte sie entrüstet. Ihre Augen blitzten zornig auf, und Isabella warf den Kopf in den Nacken, scheinbar vollkommen unbeeindruckt von der finsteren Miene ihres Gemahls. Dabei zitterte sie innerlich und fand es äußerst unangenehm, ausgerechnet jetzt am Kopf der Treppe zum Verrätertor zu stehen. Tief unter ihnen strömte die Themse durch das Gitter und klatschte gegen die mit grünem Schleim überzogenen Stufen; und unwillkürlich mußte Isabella an all die Menschen denken, die durch dieses Tor hereingerudert worden waren und von denen kaum einer den Tower lebend wieder verlassen hatte. Sie schauderte, woraufhin Warrick, der ihre Gedanken ahnte, sardonisch die Stirn runzelte.

»Ich bin kein König und kann dich deshalb kaum aufs Schafott schicken. Aber du kannst froh sein, daß wir nicht im Löwenturm sind, denn ich hätte gute Lust, dich den wilden Tieren zum Fraß vorzuwerfen.«

»Würdest du das?« fragte Isabella. Sie hob eine der Rosen zu ihren Füßen auf und roch an der süß duftenden Blüte. Dann schaute sie ihren Gemahl wieder an. »Würdest du das wirklich, Warrick? Möchtest du mich so gerne loswerden?«

Einen Moment starrte Warrick unverwandt auf sie herab. Dann fluchte er leise und brummte: »Du bist weiß Gott eine Hexe, 'Sabelle.«

Das Mädchen senkte den Kopf unter seinem bohrenden Blick, aber die Antwort gefiel ihr. Vielleicht liebte ihr Gatte sie nicht, aber er begehrte sie. Ein Anfang war gemacht, dachte sie. Die Saat war gesät; vielleicht würde sie im Lauf der Zeit aufgehen und zu einer nie verwelkenden Blume erblühen.

Sie warf die Rose in die Themse und lächelte still vor sich hin, bis Warrick sie in seine Arme riß und leidenschaftlich küßte.

## Kapitel 22

Der Festsaal war brechend voll, als Isabella und Warrick zum Abendessen kamen, aber der Graf fand schnell an einem der abbaubaren Tische in der Nähe der Estrade Platz für sie beide. Wie es am Hof Sitte war, teilten sie sich ein Schneidbrett und wurden von Warricks Knappen Rhys bedient, der hinter ihnen stand und gute Arbeit leistete.

Warrick stellte sie einer ganzen Reihe von Gästen an ihrem Tisch vor. Unter ihnen befanden sich zwei seiner Rivalen: Lord Thomas Grey, der Marquis von Dorset und älteste Sohn der Königin aus erster Ehe, sowie Lord William Hastings. Mit am Tisch saßen auch Sir Richard Grey, der jüngere Bruder des Marquis', und Lord Thomas Stanley, genannt der Fuchs, mit seiner Gattin Lady Margaret Stanley (einer geborenen Beaufort). Der Sohn Lady Margarets, Henry Tudor, lebte in der Bretagne im Exil, weil auch er Anspruch auf den Thron erhob und die Plantagenets berüchtigt dafür waren, ihre Gegenspieler aus dem Weg zu räumen. Rechts von Isabella saß schließlich noch Lord

Dante da Forenza, Conte di Montecatini, ein italienischer Gesandter in England.

Der Conte war ein extrem eitler und atemberaubend gutaussehender Mann mit dunkler Haut, tiefschwarzem Haar und ebenholzbraunen Augen, die jedesmal anerkennend glitzerten, wenn er das Mädchen anschaute. Er war schlank, aber Isabella hatte den Eindruck, daß seine dünnen Finger den Weinkelch mit Leichtigkeit hätten zerquetschen können. Er besaß eine eigenartige Ausstrahlung, die Isabella in ihren Bann zog, zugleich aber auch abschreckte. Der Italiener schien ihr Unbehagen zu spüren und überhäufte sie mit seinem Charme, aber dennoch fühlte sich Isabella in seiner Nähe nicht wohl. Er schmeichelte ihr ausgiebig und nach allen Regeln der Kunst, doch irgendwie hatte sie den Eindruck, daß er es nicht aufrichtig meinte; denn die Worte kamen ihm für ihren Geschmack zu glatt von den Lippen. Trotzdem überwand sie sich dazu, mit dem Grafen zu plaudern; sie wollte keinesfalls ungerecht ihm gegenüber sein.

»Ich habe gehört, Signora, daß man Euch die Schönste aller Rosen nennt, aber erst jetzt kann ich mit eigenen Augen sehen, warum die Höflinge Euch so bezeichnen«, meinte der Italiener zu ihr. Isabella errötete, denn es war ihr peinlich, daß der Vorfall am Nachmittag schon die Runde am Hof gemacht hatte. Als der Graf ihre rotfleckigen Wangen bemerkte, lächelte er reuig. »Es tut mir leid, Signora«, sagte er. »Bitte vergebt mir. Ich wollte Euch nicht in Verlegenheit bringen, obwohl Ihr noch schöner werdet, wenn Ihr so errötet. Vielleicht hätte ich diese Sache nicht ansprechen sollen.«

»Nein.« Das Mädchen schüttelte den Kopf. »Es ist schon gut, Mylord. Bestimmt weiß inzwischen jeder hier von der Geschichte. Ich hatte nur gehofft, daß wir nicht gleich ins Gerede kommen würden; es war ein so dummer Zwischenfall.«

»Aber nein, Signora«, protestierte der Graf. »Er war höchst romantisch – das hat man mir wenigstens erzählt. Man sagt, Euer Gemahl liebt Euch so sehr, daß er es nicht erträgt, wenn ein anderer Eure Schönheit bewundert. Und ich muß sagen, man kann ihn gut verstehen.«

Wieder färbten sich Isabellas Wangen rosa, bis sie fast die gleiche Farbe wie ihr Kleid hatten. Es war aus hellrosa Damastseide, hatte ein tief ausgeschnittenes Mieder, in dem ihre vollen, sahneweißen Brüste zu sehen waren, und war darunter zu schmalen Falten gerafft, die Isabellas schlanke Taille und ihre runden Hüften betonten. Zu dem Kleid trug sie einen silbernen Umhang und einen spitz zulaufenden Hut, Hennin genannt, von dem ein meterlanger rosa-silbern gemusterter Schleier herabhing. Das Haar hatte Isabella unter dem Hennin festgesteckt, so daß die klaren, lieblichen Linien ihres Gesichtes und Halses besonders gut zur Geltung kamen.

Ihre unergründlichen, graugrünen Augen verdunkelten sich leicht, als der Italiener das sagte. Ach, würde ihr Gemahl sie doch nur wirklich über alle Maßen lieben! »Warrick ist mir ein guter Gatte, Mylord«, murmelte sie zur Antwort und wandte sich verlegen ab, nur um in die bernsteinfarbenen Augen ihres Mannes zu blicken, der sie nachdenklich betrachtete.

Ein leichter Schauer der Begierde lief Isabella über den Rücken. In ein paar Stunden wären sie allein in ihrem Gemach, und dann würde er sie wieder lieben. Aber heute wäre alles anders. Endlich hatte sie sich von Brangwens und Lionels Schatten befreit; jetzt konnte sie damit beginnen, Warricks Herz zu erobern. Denn das hatte sie sich geschworen, und wenn sie jemals mit Warrick glücklich werden wollte, mußte sie ihren Schwur wahr machen. Sie konnte nicht wissen, ob sie seine Liebe und sein Vertrauen jemals gewinnen würde; sie wußte nicht einmal, ob sie das überhaupt wollte. Sie wußte nur, daß sie es versuchen mußte.

»Lord Montecatini scheint Euch ja ganz bezaubernd zu finden, Mylady.« Warricks Bemerkung rief sie in die Gegenwart zurück.

»Wirklich? Das ist mir gar nicht aufgefallen.«

»Tatsächlich nicht?«

»Nein. Als Euer Weib habe ich nur Augen für Euch, Mylord.«

Ihre Worte überraschten und verwirrten ihn, das war deutlich zu erkennen. Aber sie sah auch, daß sie ihm schmeichelten, obwohl er mißtrauisch blieb. »Was für ein Spiel versucht Ihr mit mir zu spielen?« fragte er.

»Gar kein Spiel, mein Gemahl.« Denn die Liebe und das Leben sind kein Spiel, dachte sie. »Überhaupt kein Spiel.«

Kurz begegneten sich ihre Augen über den Rand des Pokals hinweg, den sie sich an die Lippen gesetzt hatte. Ein paar Herzschläge lang hielt sie seinem Blick stand, dann senkte sie die Lider und wandte sich ab. Sie war keine Hexe, ganz gleich, was ihr Mann dachte, und ihn so zu bezaubern, daß er sie liebte, würde ihr nicht leichtfallen. Warrick war nicht dumm. Was war, wenn er ihre Absichten durchschaute? Wie höhnisch und gehässig würde er reagieren!

Sie war erleichtert, als Lady Margaret Stanley etwas sagte und Warrick sich zu ihr umdrehte.

Während sich die Baronin leise mit Warrick unterhielt, musterte Isabella die Frau verstohlen. Sie war klein und wirkte einfach; denn ihr Gesicht war zwar hübsch und fein geschnitten, doch sie war eine außerordentlich fromme Frau und deshalb ungeschminkt und schlicht gekleidet. Aber Margarets dunklen Augen entging kaum etwas, und Isabella vermutete, daß ein höchst intelligentes Gehirn unter dem so harmlos wirkenden Gesicht arbeitete.

Obwohl sie inzwischen Lady Stanley hieß, bezeichnete sich Margaret immer noch als Gräfin Richmond. Anscheinend konnte sie sich nicht damit abfinden, daß ihr die Yorkisten diesen Titel aberkannt hatten und daß sie seit dem Tod Edmund Tewdwrs, des Grafen Richmond, zweimal wieder geheiratet hatte. Der Graf war ein Anhänger des Hauses Lancaster gewesen; er war als Gefangener der Yorkisten auf der Burg Carmarthen gestorben und hatte die dreizehnjährige Margaret als Witwe zurückgelassen. Kurz nach Edmunds Tod hatte die Baronin ihrem einzigen Kind das Leben geschenkt, einem Sohn namens Henry, den sie über alles liebte. Obwohl sein Anspruch auf den Thron nur von seiner Mutter herrührte, die der illegitimen Verbindung John of Gaunts mit seiner Geliebten Katherina Swynford entstammte, war Henry Tudor inzwischen der einzige überlebende Abkömmling des Hauses Lancaster.

Bei diesem Gedanken sah Isabella ihren Ehemann unsicher an,

denn plötzlich wurde ihr bewußt, daß Henry auch ein Waliser war. Sein Großvater väterlicherseits war Owein Tewdwr gewesen, ein waliser Barde, der heimlich Katherine de Valois, die Mutter des alten König Henry VI., geheiratet hatte. Somit war sein Vater Edmund der Halbbruder des alten Königs gewesen, und Henry selbst war sein Neffe. Ja, Henry Tudor war Waliser, davon war Isabella überzeugt, denn just in diesem Moment nannte Warrick Margarets Sohn nicht Henry, sondern Harry, Lord Harry Twedwr, Graf Richmond, obwohl ihm der Titel inzwischen ebensowenig zustand, wie sein Anspruch auf die Krone rechtmäßig war. Trotzdem hielt König Edward IV. Henry für eine so große Bedrohung, daß er schon mehrmals versucht hatte, ihn gefangenzunehmen. Bis jetzt war es Henry allerdings jedesmal gelungen, dem König zu entkommen.

Kein Wunder, dachte Isabella. Schließlich hat er dank seiner Mutter Augen und Ohren am Hof.

Wieder schaute sie auf Margaret und fragte sich, was für Winkelzüge die Baronin wohl hinter diesen großen, dunklen Augen aushecken mochte. Nach dem Ableben ihres Gemahls hatte Margaret Sir Henry Stafford geheiratet, dessen Neffe, der ebenfalls Henry Stafford hieß, inzwischen Herzog von Buckingham und mit der Schwester der Königin verheiratet war. Isabella sah sich den jungen Herzog an der Haupttafel an. Auch er hatte Anspruch auf den Thron, überlegte sie, und zwar einen legitimen, durch Thomas of Woodstock.

Seine Gnaden der Herzog von Buckingham, Henry Stafford; Henry Tudor, der letzte aus dem Haus Lancaster; Lady Margaret Stanley, seine einfallsreiche, liebende Mutter; und Lord Thomas Stanley, genannt der Fuchs, der dritte Mann der Baronin. Isabella schauderte, als sie sich ausmalte, welche Gefahren von dieser Gruppe ausgingen.

Und was war mit Warrick, ihrem Gemahl, der selbst ein halber Waliser war?

*Waerwic steht immer auf der Gewinnerseite, Mylady.*

»Ist Euch kalt, Mylady?« wollte Warrick wissen, dem ihr Schaudern nicht entgangen war.

»Nein.« Sie brachte ein künstliches Lachen zustande. Richard. Ach, Richard, mein gütiger Lord und Herzog. Sie würden deinem geliebten Bruder die Krone entreißen, wenn sie nur könnten. Das weiß ich genau. »Es war nichts, Mylord, nur ein kurzer Luftzug; sonst nichts«, log das Mädchen, denn das eigenartige Gefühl wollte nicht weichen.

Erst vor vierzehn Tagen hatte sie gelobt, den Mann, der neben ihr vor dem Priester gekniet hatte, zu lieben, zu ehren und ihm zu folgen. Und erst heute abend hatte sie beschlossen, das Herz jenes Mannes zu gewinnen, der ihr Gemahl geworden war. Aber erst jetzt wurde Isabella klar, daß Warrick eines Tages ihr Feind werden könnte.

Sie konnte ihm nicht länger in die Augen sehen und war deshalb froh, als ein Ritter mit einer gedeckten und mit kostbaren Juwelen besetzten Silberplatte an ihren Tisch kam.

»Mylord Hawkhurst«, sagte der Ritter und verbeugte sich tief, »Seine Gnaden bitten Euch, dies als Ausdruck seiner Glückwünsche zu Eurer Heirat anzunehmen.« Er hob die Haube hoch und gab den Blick auf einen braungoldenen, lebendigen Falken frei, der fest verschnürt auf einem Bett aus weißen Rosenblüten lag.

Isabella schnappte nach Luft und konnte einen kleinen Entsetzensschrei nicht unterdrücken, als sie sah, welche Qualen der Vogel leiden mußte. Sie begriff sofort, was für einen grausamen Spaß sich der König da erlaubte; denn wahrscheinlich hatten inzwischen alle Anwesenden mitbekommen, was heute nachmittag passiert war, und begriffen nur zu gut, worauf der König mit seinem Hochzeitsgeschenk anspielte.

»O wie gemein. Wie gemein!« wimmerte das Mädchen und wollte schon aufspringen.

Aber Warricks Arm schoß vor und umfaßte ihre Taille – liebend, wie es den unbeteiligten Zuschauern vorkommen mußte –, während Isabella spürte, wie sich sein Griff warnend verstärkte, bis er fast schmerzte.

Der Graf lächelte den Ritter spröde an und ließ seinen Blick dann durch den Saal schweifen. »Ich sehe, daß Seine Gnaden auch während meiner Abwesenheit seinen Sinn für Humor nicht verloren haben«, erklärte Warrick so laut, daß alle es hören konnten. Anerkennendes Gelächter erklang, erstarb aber kurz darauf wieder. »Kommt, Mylady.« Warrick stand auf und bot ihr seinen Arm. Sein Blick warnte sie davor, jetzt eine Dummheit zu machen. »Ich glaube, der König möchte Euch kennenlernen.«

Bebend vor Zorn stand sie auf. Ihre graugrünen Augen blitzten wütend; und obwohl ihr die Vorstellung, sich Edwards Zorn zuzuziehen, Todesängste bereitete, machte sie keine Anstalten, ihre Hand auf Warricks Arm zu legen.

Statt dessen nahm sie in der atemlosen Stille, die sich über den Saal gesenkt hatte, dem Ritter die schwere Platte ab und stellte sie auf den Tisch. Dann zog sie ihr Messer aus dem Gürtel und schnitt dem Falken die Fesseln durch, wobei sie ihm leise Mut zusprach. Der Vogel zappelte und versuchte aufzufliegen, konnte es aber nicht. Das Mädchen erkannte, daß ein Flügel gebrochen war. Isabella konnte sich ausmalen, wie sich die Höflinge über sie und Warrick lustig machen würden, wenn der Falke sich weiter vergeblich abmühte, flügge zu werden. Das durfte sie nicht zulassen. Mit einer knappen Handbewegung packte sie die Fußbänder, die an den scharfen Krallen des Falken hingen, und setzte den Vogel in einer graziösen Geste auf ihr Handgelenk. Einen Moment schwankte der Vogel unsicher, dann fing er sich und schaute mit seinen gelben Augen tief in ihre, so als spürte er das Band, das sich eben zwischen ihnen geknüpft hatte. Gleich darauf hob er stolz den Kopf und schaute sich im Saal um.

Ein paar Sekunden lang lag atemlose Stille über dem Saal, dann brandete Jubel und bewundernder Applaus für diese tapfere Tat auf, der bis zum Dach hochschallte, als Isabella den Falken hochhob, damit alle ihn sehen konnten.

Mit hochrotem Gesicht drehte sie sich zu ihrem Gatten um, dessen Augen zu ihrer Überraschung stolz und bewundernd strahlten. *»Brava,* 'Sabelle«, flüsterte er ihr zu und hob ihre freie Hand an seine Lippen, um sie zu küssen. *»Brava,* Mylady.«

In diesem Augenblick hätte Isabella schwören können, daß er sie liebte.

An seinem Arm schritt das Mädchen nervös auf die Haupttafel

zu. Ob Edward ergrimmt war oder nicht, konnte sie nicht sagen. Natürlich hatte sie den König und die Königin bei ihrem Einzug in den großen Saal gesehen, aber ihr war nicht klar gewesen, daß sie den beiden noch heute abend vorgestellt würde. Sie hatte geglaubt, das würde morgen bei der Audienz im Westminster-Palast stattfinden. Nervös nagte Isabella an ihrer Unterlippe und schaute an sich herab. Hoffentlich war ihr Kleid dem Anlaß angemessen.

»Lächle, 'Sabelle«, zischte ihr Warrick plötzlich ins Ohr. »Du siehst aus, als wärst du auf dem Weg zu deiner Hinrichtung. Du hast nichts zu befürchten. Du warst großartig, und Edward hat uns sein Wohlwollen gezeigt.«

»Mein Gott! Indem er uns diesen armen Falken auf einem Rosenbett schenkt und uns vor dem ganzen Hof bloßstellt?«

»Nein.« Warrick grinste sardonisch. »Das war bloß einer von Edwards Scherzen. Das eigentliche Geschenk ist natürlich die Platte, die ein kleines Vermögen wert sein muß.«

»Oh. *Oh!«* Isabellas Augen wurden groß, als sie schließlich begriff. »Dann – dann ist der König zufrieden mit unserer Heirat?«

»Ganz recht.«

»Nun, er hat eine grausame Art, sein Wohlgefallen zu zeigen! Der Herzog von Gloucester könnte nie so grausam sein. Ich glaube, dein Edward ist nicht der Mann, für den ihn sein Bruder hält.«

»Wie dem auch sei, er ist mein Lehnsherr – und deiner. Sei nicht so töricht, den Sieg zunichte zu machen, den wir errungen haben, 'Sabelle.«

»Nein, Mylord. Das werde ich nicht. Aber bittet mich nicht, den König zu lieben, denn das kann ich nicht.«

Warricks Augen schimmerten nachdenklich, als sie das sagte, aber er erwiderte nichts darauf.

Edward Plantagenet, der König, war achtunddreißig Jahre alt, sah aber älter aus. Mit neunzehn hatte er bei Towton einen glorreichen Sieg errungen und den Thron bestiegen. Doch die Jahre der Ausschweifung hatten ihren Tribut gefordert. Sein einst so geschmeidiger und kräftiger Körper war dick und aufgeschwemmt. Das hübsche Gesicht wirkte inzwischen schlaff und weichlich, und die so klaren, blauen Augen waren nach unzähligen durchzechten Nächten blutunterlaufen. Nur das glänzende blonde Haar ließ noch ahnen, warum England seinen König einst als Goldenen Gott angesehen hatte.

Isabella empfand nichts als das eigenartige Gefühl, einen tragischen Verlust erlitten zu haben, als sie vor ihrem Lehnsherrn niederkniete.

Die Augen des Königs hatten etwas grausam Verschlagenes an sich, das dem Mädchen einen Schauer über den Rücken jagte, als er sie aufstehen ließ; und ihr entging nicht, wie genau er ihren Körper taxierte.

Ihr Herz begann ängstlich zu klopfen, denn die Gerüchte über Edwards unstillbare Lust auf Frauen waren bis nach Rushden vorgedrungen.

»Ihr seid also mein Mündel Isabella«, begrüßte Edward sie. »Ich wußte gar nicht, was für einen Gefallen ich Warrick getan habe, indem ich Euch zu seinem Weib erkor. Ihr seid nicht nur hübsch, sondern auch klug.« Er deutete auf den Falken, der immer noch auf ihrer Hand saß. »Das habt Ihr wirklich gut gemacht, Mylady.«

»Ich danke Euch, Euer Gnaden«, antwortete Isabella schließlich. Sie war froh, daß ihr der König nicht böse war. »Mein Gemahl und ich sind Euch zutiefst dankbar für Euer Hochzeitsgeschenk und hoffen, daß Ihr zufrieden mit unserer Vermählung seid.«

»Das bin ich, Mylady, auch wenn ich gestehen muß, daß ich bedaure, Euch verloren zu haben. Jetzt begreife ich, warum Euch meine Höflinge zur Schönsten aller Rosen erkoren haben.«

»Ihr schmeichelt mir, Sire.« Isabella errötete zaghaft, denn sie wollte dem König keine Hoffnungen machen, vor allem, da die Königin sie giftig anstarrte.

Elizabeth Woodville war älter als ihr königlicher Gemahl, sah aber jünger aus, denn sie hatte viel Mühe darauf verwandt, ihre kalte, hoheitsvolle Schönheit zu bewahren. Immer noch war gut zu sehen, warum Edward sich von ihr hatte bezaubern lassen. Ihre glatte Haut war hell wie Sahne, und ihr königliches Antlitz sah aus wie aus feinstem Marmor gemeißelt. Sie hatte sich den Haaransatz ausrasiert, wie es bei den Frauen am Hof üblich war, deshalb sah man unter ihrem Hennin kaum etwas von dem berühmten silbergoldenen Haar, das ihr angeblich bis zu den Knien ging. Aber die hohe Stirn brachte ihre großen blaßblauen und eisig glitzernden Augen vorteilhaft zur Geltung. Ihre gerade, klassische Nase ragte stolz über einem rosigen Schmollmund empor, dessen Lippen momentan eifersüchtig zusammengepreßt waren.

Isabella wußte instinktiv, daß die Königin sie haßte, denn das Mädchen stand Elizabeth an Schönheit in nichts nach – und sie war jünger als die Königin. Isabella war froh, als das königliche Paar nach einer kurzen Unterhaltung mit Warrick den Frischvermählten gestattete, sich wieder zu entfernen.

Zur großen Enttäuschung der Höflinge blieben Isabella und Warrick nicht zum Tanz, der nach dem Essen stattfinden sollte, sondern gingen gleich in ihre Gemächer. Dort machte sich Isabella sofort daran, den gebrochenen Flügel des Falken zu schienen, während Warrick seinem Knappen Rhys befahl, in den Marstall hinunterzugehen und den Falkner des Königs um eine Vogelstange zu bitten. Schließlich war Ragnor, wie Isabella den Vogel getauft hatte, untergebracht, und Isabella wandte sich schüchtern an ihren Gatten.

Sie wollte ihn lieben, sie wollte endlich den Kampf um sein Herz aufnehmen, aber sie wußte nicht, wie sie ihm ihre Wünsche offenbaren sollte. Schweigend nahm sie den Weinpokal, den er ihr reichte, und nippte nervös daran. Aber ihr fiel nicht ein, wie sie beginnen sollte. »Warrick, ich – ich –« Sie brach abrupt ab und kaute auf ihrer Unterlippe.

»Ja?« fragte er und zog eine Braue hoch.

Plötzlich wurde ihr klar, daß er wußte, was ihr auf dem Herzen lag. Sie verkrampfte sich und streckte stolz die kleinen Schultern durch, weil sie glaubte, daß er sich über sie lustig machen wollte. Sie spürte einen schmerzhaften Stich in ihrem Herzen. Es war sinnlos; sie würde Warricks Liebe nie gewinnen. Die Mauer, die er um sich errichtet hatte, war undurchdringlich.

»Nichts«, flüsterte sie. »Es ist nichts.« Sie setzte den Kelch ab.

»Das glaube ich dir nicht, 'Sabelle«, murmelte er ihr ins Ohr und strich ihr liebkosend über den Arm. »Wenn du mich willst, brauchst du es nur zu sagen. Es ist keine Schande, seinen Gemahl zu begehren. Und du begehrst mich, 'Sabelle, nicht wahr?« Er drehte sie vorsichtig zu sich her.

»Ja«, hauchte sie schließlich. »Ich weiß nicht, wie und warum, doch du hast etwas in mir geweckt, das mich dich begehren läßt.«

»Man nennt das Leidenschaft, 'Sabelle.« Seine Stimme klang rauh. »Es gefällt mir, daß du mich willst. Geh und sag deinen Zofen, daß wir sie heute abend nicht mehr brauchen werden.«

Als sie zurückkam, entdeckte sie, daß ihr Gemahl fast alle Kerzen gelöscht und sich bis auf Hemd und Strumpfhose ausgezogen hatte. Langsam kam er auf sie zu, um ihr den spitzen Hut abzusetzen, so daß ihr Haar wie ein silbern glänzender Strom auf ihre Hüften fiel. Dann begann er sie genüßlich auszuziehen. Als sie endlich nackt vor ihm stand, hob er sie in seine starken Arme und trug sie zum Bett. Kurz blieb er über ihr stehen und betrachtete sie, bevor er sich ebenfalls auszog. Dann legte er sich zu ihr.

Isabella spürte bereits, wie sie vor Begierde am ganzen Leib zitterte, und sie wußte, daß auch Warrick das spürte. Ein paar Sekunden lang musterte er sie eindringlich und zog mit seiner Hand kleine Kreise auf ihrem Bauch.

»Warum bist du heute nacht zu mir gekommen, 'Sabelle?« fragte er neugierig. Sonst hatte immer er den Anfang gemacht.

»Ich – ich wollte dir einen Gefallen erweisen.«

»Warum?«

»Weil – weil du mir ein guter Ehemann bist, obwohl ich das am Anfang nicht für möglich gehalten habe, Warrick. Und sosehr dir auch unsere Heirat mißfällt, du versuchst, das Beste daraus zu machen. Auch ich wollte meinen Teil dazu beitragen.«

»Ich verstehe.« Er schwieg eine Weile. »Und was ist mit Lionel Valeureux?«

»Er hat unsere Liebe verraten. Ich – ich versuche, nicht mehr an ihn zu denken.«

»Wenn du die Wahrheit sagst, dann hast du mir wirklich einen

Gefallen erwiesen, denn ich wünsche – nein, ich *fordere* – nichts mehr als deine Treue.«

Und meine Liebe, Warrick? wollte sie laut ausrufen. Wünschst du die auch? Aber sie sprach die Frage nicht aus. Für den Augenblick reichte es, daß Warrick glaubte, sie habe Lionel aus ihren Gedanken und ihrem Herzen verbannt. Ihre Verbindung brauchte Zeit, wenn sie mehr als nur Begierde aufweisen sollte.

Zärtlich streichelte sie sein Gesicht. »Wie könnte ich dir meine Treue verweigern? Du hast mir das Leben gerettet, Warrick. Allein dafür würde ich dir alles geben, worum du mich bittest.«

»Das würdest du?«

»Ich – ich würde es versuchen, Warrick. Ich versuche es.«

»Dann leg deine Arme um meinen Hals und liebe mich, 'Sabelle.«

Langsam glitt sie in seine warme Umarmung und gab sich eifrig, wenn auch schüchtern, seinen Lippen hin. Ihr Mund erbebte, als Warricks Zunge fordernd ihre Lippen teilte. Gierig trank er die Süße, die ihn dahinter erwartete. Mit beiden Händen fuhr er in ihre silberblonde Mähne, während er sie küßte, bis sie vor Leidenschaft brannte. Sie wußte, daß ihre Lippen vor Begierde gerötet und geschwollen waren, aber das war ihr gleich. Kühn folgte Isabella seiner Zunge, leckte, liebkoste und umschlang sie, bis sie seinen Mund genauso schmeckte und erforschte, wie er ihren eben erforscht hatte. Warrick stöhnte vor Lust auf und begrub sein Gesicht in ihrem weichen Haar. Heiser murmelte er ihr ins Ohr, daß ihr sein heißer Atem Schauer über den Rücken jagte: »Hexe!« Und dann, zärtlich: »'Sabelle, mein Liebling.«

Seine Stimme fachte das Feuer in ihr weiter an. Mit geschlossenen Augen und offenem Mund legte sie den Kopf in den Nacken, als seine Lippen über ihren Hals abwärts wanderten und seine Zähne zärtlich an der blassen, hochempfindlichen Haut knabberten, die sie ihm so vertrauensvoll darbot. Kurz legte er seine Hand an ihre Kehle und schloß die Finger besitzergreifend darum, bevor er mit beiden Händen ihre Brüste umfaßte.

Immer tiefer glitt sein Kopf, bis seine Lippen erst die eine, dann die andere Brust ertastet hatten. Genüßlich saugte er an den reifen

Knospen, nahm sie zwischen die Zähne, ließ seine Zunge über die rosigen Spitzen schnellen und umkreiste sie mit der Zungenspitze, bis sie noch härter wurden. Ein Kribbeln lief durch Isabellas ganzen Körper, als sie Warricks Kopf in beide Hände nahm und ihm über das Haar strich, während seine Zunge weiter ihre Brustwarzen erregte und seine Finger mit ihren Brüsten spielten.

Dann bewegte sich sein Mund weiter abwärts. Er ließ sie süße Qualen erleiden, indem die Hände ihr geheimes Tal streichelten und liebkosten, bis sie warm und feucht war und am ganzen Leibe zitterte. Sie verzehrte sich danach, von ihm ausgefüllt zu werden.

Seine Finger schlüpften tiefer, ließen ihr mit ihren flinken, leichten Bewegungen das Blut in die Lenden schießen. Die kleine verborgene Blume begann unter seiner heißen Zunge zu knospen und erblühte plötzlich in wilder Pracht, so daß sie mit ihrem Geschlecht wie besessen gegen seine Hand drängte. Immer und immer wieder schrie sie vor Wollust auf, bis sie, für den Augenblick zufriedengestellt, seufzte und tief durchatmete. Sie war zufrieden, aber nicht befriedigt. Heute abend hatte sie die Jägerin sein wollen! Wie hatte sie sich von seinen Zärtlichkeiten so überwältigen lassen können, obwohl sie doch ihn hatte erobern wollen?

Mit den Händen tastete sie nach ihm und zog ihn hoch, um ihn zu küssen und seine feuchten, nach Moschus schmeckenden Lippen zu kosten. Dann drückte sie ihre beiden Hände gegen seine Brust, bis er unter ihr auf dem Rücken lag.

Ganz sanft wob sie die Finger in sein Haar und küßte ihn von neuem, zaghaft wie ein schüchternes Mädchen, auf die Lider, auf die Nase und auf den Mund. Dann waren ihre Lippen an seinem Ohr, atmeten leicht in die warme Muschel.

Das Blut schoß ihm in die Lenden. Diese Isabella kannte er gar nicht. Sie hatte gut gelernt, was er sie gelehrt hatte, und nutzte ihr ganzes Talent dazu, ihm Freude zu bereiten. Kurz fragte er sich, warum sie das wohl tat. Aber der Gedanke verflog so schnell, wie er gekommen war.

Langsam und sinnlich legte sie ihren Leib auf seinen. Dann brannte ihr Mund einen Weg hinab zu seiner Brust, fand seine

Brustwarzen und erregte sie, wie er ihre erregt hatte. Sie knabberte daran, leckte darüber und spielte damit, bis sie so prall waren wie ihre vorhin. Er stöhnte leise, grub seine Finger in ihren Rücken und knetete die geschmeidigen Muskeln unter seinen Händen.

Weiter wanderte ihr Mund über seinen Bauch, dann noch tiefer, zu seinen starken, festen Schenkeln. Aufreizend langsam fuhr sie mit den Lippen an seinem harten Glied hinauf, dann wieder abwärts. Als sie merkte, daß er es nicht länger aushielt, schloß sie den Mund über der samtigen Spitze und begann zu saugen, bis er sich unter ihr wand und leise aufschrie.

Der Laut ließ sie den Kopf heben. Sie zog sich hoch und verharrte kurz über ihm, um sich dann auf ihn zu senken und sein feuriges Schwert in ihre samtige Scheide einzuführen. Schneller und schneller ritt sie ihn, bis sie spürte, wie sich tief in ihrem Unterleib etwas immer fester zusammenzog. Sie spürte, wie seine Hände sie an den Hüften packten, sein Glied immer wilder in sie stieß, er sie an sich preßte und sie mit seiner Klinge durchbohrte, bis sich schließlich alles in einem unbeschreiblichen Ausbruch löste und beide erschlafften.

Warricks Herz pochte wie wild in seiner Brust. Nie zuvor hatte er etwas Vergleichbares erlebt. Plötzlich begriff er, was es bedeutete, genommen zu werden, denn anders konnte man nicht beschreiben, was eben mit ihm geschehen war. Verwundert starrte er sie an. Das glänzende Haar klebte ihr naß und wollüstig am Leib; ihre Lippen waren leicht geteilt, und auch sie rang nach Luft. Ihre Haut glänzte unter einem feinen Schweißfilm wie Satin und leuchtete rosig nach der eben vollbrachten Anstrengung. Noch nie war sie ihm so aufregend, so schön erschienen – wie eine heidnische Gottheit in ihrer ganzen nackten Pracht.

Was hatte sie nur mit ihm angestellt, diese Hexe? Dann fiel es ihm wie Schuppen von den Augen. Sie hatte Brangwens Geist vertrieben. Zu seiner Überraschung merkte er, daß er sich nicht einmal an ihr Gesicht erinnern konnte. Wie war das möglich, nachdem er sie so geliebt, so gehaßt hatte? Er wußte es nicht. Er wußte nur, daß für nichts außer Isabella Platz in seinen Gedanken war. Für nichts außer ihrem lieblichen Gesicht, das ihm klar und rein vorkam. Ohne daß er sich dessen recht bewußt war, erfüllte ihn tiefer Friede, als Glied für Glied die Kette fiel, die ihn an die Vergangenheit gekettet hatte; endlich war er frei.

»O 'Sabelle«, flüsterte er. »O 'Sabelle, wie hast du mich verzaubert!«

Aber die Zauberin, die ihn so in ihren Bann gezogen hatte, antwortete nicht, denn sie schlief tief und fest – und nur ein leises Lächeln des Triumphes spielte um ihren Mund.

## Kapitel 23

Als Isabella am Morgen erwachte, war das ganze Zimmer voller Rosen, weißer Rosen. Sie setzte sich langsam auf und schaute sich entgeistert um. Dann flog die Tür auf, und die alte Alice kam hereingeschlurft, einen Korb mit einem weiteren großen Strauß im Arm.

»Ach, guten Morgen, Mylady«, begrüßte die Kinderfrau sie. »Endlich seid Ihr aufgewacht, schließlich ist schon bald Mittag. Aber der Lord hat gesagt, wir sollen Euch so lange schlafen lassen, wie Ihr wollt, deshalb haben wir Euch nicht geweckt.« Sie setzte den Korb ab und begann, die langstieligen Rosen neu zu ordnen. »Ich lasse Euch gleich das Frühstück bringen, Mylady.«

»Alice.«

»Jawohl, Mylady?«

»Von wem – von wem sind all diese Blumen?«

»Na, von den Höflingen natürlich, Mylady, und zwar alle, das heißt bis auf diese Blume da auf dem Tisch. Die ist von Seiner Lordschaft. Ach, ist das nicht aufregend, Mylady? Und ständig kommen noch mehr Blumen. Ich weiß gar nicht, wo wir sie alle hinstellen sollen –«

»Bring sie weg«, befahl Isabella freundlich. Sie streckte die Hand aus und nahm die einzelne Rose, die neben ihrem Bett lag. Sie vergrub das Gesicht in den samtigen Blütenblättern und fuhr liebkosend mit dem Finger über das fröhlich weiße Seidenband, das um den Stiel gewickelt war.

»Wie – wie bitte, Mylady?« Die Kinderfrau traute ihren Ohren nicht und starrte ihre Herrin fassungslos an. »Habt Ihr gesagt – habt Ihr wirklich gesagt –«

»Bring sie weg, und zwar alle bis auf die hier.« Isabella deutete auf die Blume in ihrer Hand.

»Aber – aber Mylady!« stammelte Alice verwirrt. »Was – was soll ich denn mit all den Blumen anfangen.«

»Schenk sie der Kirche oder den Armen. Das ist mir egal. Für mich zählt nur diese Rose hier.«

»Wie Ihr befehlt, Mylady.«

Die Kinderfrau schüttelte den Kopf und seufzte; offenbar hatte ihre Herrin den Verstand verloren. Trotzdem hob Alice den Korb, den sie eben hereingetragen hatte, wieder auf und schleppte ihn hinaus, um dann Jocelyn und die anderen herbeizurufen, damit sie ihr halfen. Isabella lächelte still vor sich hin, als sie die Zofen kurz darauf verwundert und bestürzt durcheinanderschnattern hörte.

Noch einmal strich das Mädchen liebevoll über die makellosen Blütenblätter der Rose in ihrer Hand, dann warf sie die Decke zurück und stand auf. Erst jetzt bemerkte sie die Nachricht, die neben der Rose auf dem Tisch gelegen hatte. Mit zitternden Fingern zerbrach sie das Wachssiegel. Ein einziges Wort, schwungvoll und energisch zu Papier gebracht, sprang ihr entgegen: *Warrick*. Sie lächelte wieder, und ihr Herz machte vor Freude einen Satz. Warrick. Ihr Gemahl. Sie drückte die Blume mit der Nachricht an ihre Brust und tanzte vor den ungläubigen Augen Alices und der anderen Dienstmädchen ein paar Schritte durchs Zimmer. Als Isabella die verdutzten Mienen bemerkte, hielt sie unvermittelt inne und brach in Lachen aus.

»Mylady. Ist – ist alles in Ordnung?« fragte Jocelyn.

»Ja, aber ja, Jocelyn. Hat der Lord gesagt, wann er zurückkommen will?«

»Irgendwann im Laufe des Vormittags, Mylady.«

»Und es ist schon fast Mittag! Oh, wir müssen uns schicken.

Schnell, Mathilde, Edith, bringt die Blumen weg. Alice, Jocelyn, ihr müßt mir sofort beim Anziehen helfen.«

Wenig später trug Isabella ein Kleid aus braunem Satin mit goldenem Umhang. Es waren Warricks Farben, und sie standen ihr ausgezeichnet.

Das Mädchen rutschte ungeduldig auf ihrem Stuhl herum, während Alice und Jocelyn ihr dickes, langes Haar in zwei Zöpfe flochten, die sie über den Ohren zu Schnecken rollten. Als letzten Schliff steckte sich Isabella Warricks Blume hinter das linke Ohr. Links, die Seite des Herzens. In Zukunft würde keiner der Höflinge noch den geringsten Zweifel daran haben, daß sie ihrem Gemahl gehörte – und nur ihm allein. Dafür würde sie sorgen.

Leise vor sich hin singend, trat sie dann an die Vogelstange, auf der Ragnor saß. Vorsichtig nahm sie die Haube ab, die sie dem Vogel gestern abend aufgesetzt hatte. Er plusterte sein Gefieder und sah sich aufmerksam um, wobei er ein paarmal mit den gelben Augen blinzelte, bis er sich an die plötzliche Helligkeit gewöhnt hatte. Schließlich schien er das Mädchen zu erkennen. Er stieß einen Schrei aus und versuchte aufzufliegen, wobei er beinahe von seiner Stange fiel und Alice fast zu Tode erschreckte.

Die alte Kinderfrau schrie auf und ließ die Vase fallen, die sie gerade in der Hand hielt. Eine Hand flatterte an ihren großen, schwer wogenden Busen. »Ach, Mylady«, japste sie. »Es tut mir leid, aber das Tier hat mir einen solchen Schrecken eingejagt. In der ganzen Aufregung hatte ich es vollkommen vergessen.«

»Schon gut, Alice«, versicherte Isabella der aufgeregten Zofe. »Du brauchst dich nicht vor ihm zu fürchten. Ragnor wird dir nichts tun. Er kann nicht fliegen.«

»Das sehe ich, Mylady. Das arme Tier hat einen gebrochenen Flügel«, gluckste Alice.

»Ja, aber ich habe ihn bereits geschient, damit er heilt.« Wie auch hoffentlich Warricks Herz und Seele heilen werden, fügte Isabella für sich hinzu.

Nachdem die Kinderfrau aus dem Zimmer geraschelt war, zerrupfte Isabella eine Scheibe Rindfleisch, die vom Frühstück übriggeblieben war. Aber trotz allem Zureden aß Ragnor kaum etwas. Isabella nahm sich vor, Rhys zu sagen, daß der Falke frisches Fleisch brauchte. Sobald Ragnor seine kärgliche Mahlzeit eingenommen hatte, nahm sie ihn an den Fußfesseln, setzte ihn auf ihr Handgelenk und schaffte es schließlich, ihn auf ihre Schulter zu locken. Von dort aus schien er ganz zufrieden seine Umgebung in Augenschein zu nehmen.

»O Mylady. Bestimmt wollt Ihr den Vogel nicht mit in den Westminster-Palast nehmen«, schalt Alice sie, als sie wieder hereingeschlurft kam, um den nächsten Strauß hinauszutragen.

»Will der Lord heute mit mir dorthin?« fragte Isabella neugierig. »Aber natürlich nehme ich Ragnor mit. Er ist inzwischen eine Berühmtheit, mußt du wissen, und außerdem fast ein Teil von mir.«

So wie Warrick ein Teil von mir ist und ich von ihm bin, dachte sie.

Fast als hätte er ihre Gedanken erraten, trat Warrick in den Raum. Er blieb stehen und musterte ausgiebig das Mädchen, das sich nervös zu ihm umgedreht hatte, um sich von ihm begutachten zu lassen. Unter gesenkten Lidern hervor tastete sein Blick sie scheinbar gleichgültig ab; aber Isabella wußte, daß der Schein trog. Er bemerkte, daß sie seine Farben trug, sah die Rose in ihrem Haar und den Falken auf ihrer Schulter, und in seinen bernsteinfarbenen Augen glomm Verlangen – und etwas anderes – auf.

»Guten Morgen, Mylady«, begrüßte er sie.

»Guten Morgen, Mylord.«

»Ich nehme an, Ihr habt gut geschlafen.«

War da nicht die Spur eines Lächelns zu sehen? Das Mädchen errötete. »Ausgezeichnet, Mylord.«

»Wie ich sehe, haben die Höflinge keine Zeit verloren, um Euch ihre Bewunderung zu zollen«, bemerkte Warrick trocken, wobei er den Blick durch das Zimmer wandern ließ, das immer noch voller Blumen war.

»Ja, aber wichtig war mir nur eine einzige Rose, Mylord. Ich habe meinen Frauen gesagt, sie sollen den Rest der Kirche schenken oder unter den Armen verteilen.«

In Warricks Augen glühte etwas auf. »Eure Kavaliere werden sehr enttäuscht sein«, stellte er fest.

»Alle bis auf den einen, dessen Rose ich behalten habe, hoffe ich.«

»Oh, der fühlt sich geschmeichelt, sehr geschmeichelt sogar. Komm, 'Sabelle. Westminster erwartet uns.«

* * *

Der Westminster-Palast war sehr alt, denn der Bau ging auf Edward den Bekenner zurück, der ihn zwischen der Benediktinerabtei auf der Dorneninsel – einem tief gelegenen, sumpfigen, von Brombeerranken und Weißdornbüschen überwucherten Landstück an der Themse – und dem Fluß selbst hatte errichten lassen. Das Kloster war im Lauf der Jahrhunderte immer wieder geplündert und niedergebrannt worden, doch der Palast hatte allen Angriffen standgehalten. Unter Wilhelm dem Eroberer war der Herrschaftssitz ausgebaut worden, und Wilhelms Sohn Wilhelm II. der Rote hatte die riesige Westminster Hall anbauen lassen. 1394, zweihundert Jahre später, hatte Richard II. dann den ganzen Palast umgestaltet.

Die Wände waren erhöht und mit Verschanzungen verstärkt worden. Das alte, säulengestützte Dach der Halle war entfernt und in einer Glanzleistung mittelalterlicher Baukunst durch ein großartiges, eichenes Stichbalkendach ersetzt worden, dessen Träger mit geschnitzten Engeln verziert waren.

Die große Halle selbst wurde durch halbrunde Fensteröffnungen erhellt, und an einem Ende gab es ein großes Kathedralenfenster. Steinere Stufen führten auf die Estrade, wo der König und die Königin Hof hielten. Der Eingang wurde von großen, schweren Messingkandelabern flankiert; aus einem anderen Portal führte eine schmale, mit fein gemeißelten Statuen verzierte Treppe in die große Halle. Durch diese Tür traten Isabella und Warrick ein.

Die Frischvermählten schoben sich langsam durch das Gedränge, wobei sie immer wieder stehenblieben, um mit denen zu plaudern, die der Graf dessen für würdig erachtete. Ein paar

Kavaliere drängten sich Isabella auf, um sich zu erkundigen, ob sie ihre Bouquets erhalten hatte; zu ihrer großen Enttäuschung gestand sie fröhlich lachend, daß sie alle Blumen weggegeben hatte bis auf die wunderschöne, einzelne Rose, die sie von ihrem Gemahl bekommen hatte.

»Es sollte mich sehr wundern, wenn in den Gärten des Königs noch eine einzige weiße Rose blüht«, bemerkte sie spitz. »Denn mein Zimmer quoll über von Blumen, die zweifellos sämtlich Seiner Gnaden gestohlen wurden. Trotzdem hat nur eine davon meinen Gefallen gefunden.«

Sie legte ihre Hand auf Warricks Arm und lächelte zu ihm auf. Jemand meinte, daß der Graf wahrlich ein Glückspilz sei, und nachdem Warrick das bestätigt hatte, führte er Isabella fort, während die Zurückbleibenden hinter vorgehaltener Hand eifersüchtig lästerten.

Die Gräfin Hawkhurst, so hatte es den Anschein, war eine Blume, die sich nicht pflücken ließ.

Nachdem die Frischvermählten dem König und der Königin ihre Aufwartung gemacht hatten, nahm Warrick Isabella mit zum Einkaufen auf den Markt, wo er ihr ein filigranes Silberarmband schenkte. Dann kehrten sie zum Tower zurück. Dort erklärte ihr Warrick, daß er sie allein lassen müsse, weil er einiges zu erledigen habe. Doch anstatt in ihre Gemächer zurückzukehren, beschloß Isabella, den Löwenturm zu besuchen und noch einmal die königliche Menagerie zu besichtigen. Dort gab es Löwen, Tiger, Leoparden, Luchse und Bären, außerdem einen Elefanten und einen Eisbären, ja sogar einen Adler und ein Stachelschwein. Die meisten Tiere waren in Käfigen mit hölzernen Gittern untergebracht, und die Kosten für ihren Unterhalt waren erheblich. Jeder Löwe verschlang täglich ein viertel Schaf; zum Futterkauf standen für jeden Leopard sechs Pence täglich zur Verfügung, für jeden Bären vier.

In Anbetracht dieser Summen erfüllte es Isabella mit Zorn, daß für die menschlichen Gefangenen in den Kerkern des Tower gerade einmal ein Penny pro Tag ausgegeben wurde.

Selbst die Raben, die frei im Palast herumflogen, erhielten eine wöchentliche Ration Pferdefleisch; denn eine alte Legende besagte, daß der Palast und damit ganz England zum Untergang verdammt war, wenn sie jemals den Tower verließen.

Als sich Isabella dem Löwenturm näherte, sah sie, daß sich eine Menschenmenge vor dem Geländer um eine tiefe Grube drängte. Neugierig zwängte sie sich durch die Zuschauer. Doch ihr stockte vor Entsetzen der Atem, als sie sah, was die Passanten so anlockte. In der Grube liefen drei Löwen rastlos auf und ab. Frisches Blut bedeckte den Steinboden, und Federn schwebten in der Luft. Nach ein paar Minuten ging eine Klappe auf, und ein lebender Hahn wurde zu den Katzen hineingeworfen, die den hilflosen Gockel augenblicklich in Fetzen rissen.

Isabella wurde von dem Anblick so übel, daß sie sich abwenden mußte. Blindlings versuchte sie sich durch die johlenden Gaffer zu kämpfen. Aber die Menge wich keinen Zentimeter zur Seite. Fast panisch vor Angst hielt das Mädchen nach Hilfe Ausschau.

»Kein hübscher Anblick, wie, Mylady?«

Erleichtert drehte sich Isabella zu der Stimme um. Sie gehörte einer Frau in einem billigen schwarzen Kleid mit spitzem Hennin, dessen rissiger, löchriger Schleier ihr Gesicht verbarg.

»Nein. Es ist gräßlich, *gräßlich*!« weinte das Mädchen, das froh war, eine Gleichgesinnte gefunden zu haben. »Ach bitte, könnt Ihr mir nicht helfen, hier wegzukommen?«

»Aber ja, Mylady. Ich werde Euch schon helfen«, antwortete die Alte und lachte keckernd. »Ich helf' Euch gleich rüber!«

Ihr Instinkt alarmierte Isabella noch im letzten Moment, ehe sich die Fremde auf sie stürzte, um sie über die Steinbrüstung in die Grube zu schubsen. Das Mädchen schrie gellend auf und wehrte sich mit aller Kraft gegen die Angreiferin; aber in dem allgemeinen Tumult achtete niemand auf die beiden Frauen. Ragnor flatterte mit den Flügeln und grub seine scharfen Krallen in Isabellas Schulter, um das Gleichgewicht zu halten, doch nicht einmal seine schrillen Schreie erweckten Aufmerksamkeit. Niemand kam ihr zu Hilfe. Mein Gott, die Frau war wahnsinnig! Von Sinnen! Das Mädchen kannte sie nicht einmal, und trotzdem versuchte die Alte, sie umzubringen!

»Warum? Warum tut Ihr das?« gellte Isabella.

»Dummes Weibsbild!« spie die Fremde, die inzwischen eingesehen hatte, daß sie Isabella nicht in die Grube schubsen konnte. Wie eine Klaue schloß sich ihre Hand um Isabellas Arm. Daß die Frau so kräftig war, versetzte das Mädchen in Todesangst. Verzweifelt versuchte sie, sich aus ihrem Griff zu befreien, aber die Angreiferin wollte sie einfach nicht loslassen. »Ihr seid daran schuld, daß ich in Armut leben muß, und jetzt wollt Ihr mich nicht einmal kennen!« fauchte die Fremde anklagend.

»Woher sollte ich Euch denn kennen?« fragte Isabella in einem Versuch, die Wahnsinnige zu besänftigen. »Ich habe Euch bestimmt noch nie gesehen. Ich fürchte, Ihr müßt mich mit jemandem verwechseln, Madam.«

»Nein, denn Euer Gesicht würde ich niemals verwechseln, Mylady. Endlich kann ich mich an Euch rächen!« Die Alte verstärkte ihren Griff schmerzhaft und schob sich näher an Isabella heran.

Plötzlich erkannte Isabella die Frau. »Lady – Lady Shrewton!« rief sie aus.

»Jawohl, ganz recht, die bin ich. Bestimmt habt Ihr geglaubt, Ihr würdet mich nie wiedersehen, wie, Mylady? So wie ich geglaubt habe, ich würde Euch nie wiedersehen! Ich war sicher, daß Euch dieser Köter umbringen würde.«

»Köter? Was für ein Köter?«

»Na, der tollwütige Hund, Mylady, den Ihr damals an der Straße gefunden habt. Er hat meinem Mann gehört. Ich bin zu ihm zurückgegangen, wißt Ihr, nachdem Ihr mich hinausgeworfen habt. Ich konnte sonst nirgendwohin. Er hat mich in die Küche geschickt wie eine gewöhnliche Dienstmagd, dieser Mistkerl. Aber ich habe ihm alles heimgezahlt.

Eines Tages kam er von der Jagd zurück und hielt die Töle in seinen Armen. Das Vieh war von einem tollwütigen Fuchs gebissen worden. Trotzdem befahl er seinem Knappen, ihn im Stall anzubinden und ihn im Auge zu behalten. Er wollte das Tier nur töten, falls es tatsächlich krank wurde. Ha!« höhnte die verrückte Gräfin. »Er hätte das Biest lieber gleich umbringen sollen, dieser Idiot! Denn so eine Gelegenheit konnte ich mir nicht entgehen lassen.

In dieser Nacht hab' ich den Hurensohn vergiftet. Sobald er tot war, habe ich den Hund in einen Käfig gelockt. Dann habe ich mich auf einen Karren gesetzt und bin nach Rushden gefahren. Die Bauern haben mir verraten, daß die Lady in Grasmere sei. Ich war schon auf dem Weg dorthin, als ich Lord Hawkhursts Banner auf der Straße sah. Schnell lenkte ich den Wagen von der Straße, ließ den Hund frei und versteckte mich. Ich wußte, daß er nicht weit kommen würde, denn er war halb verhungert. Als Ihr neben ihm knietet und ihn berührtet, war ich überzeugt, daß Euer Schicksal besiegelt sei.

Deshalb kehrte ich zurück nach London, um mir eine Stellung zu suchen. Ich, Lady Shrewton!« Die Gräfin knirschte zornig mit den Zähnen. »Ich hatte das ganze Gold und all die Juwelen ausgegeben, die Percy mir geschenkt hatte, und mein Mann hatte mir nichts hinterlassen. Aber ich fand einfach keinen neuen Beschützer. Ich sei zu alt und häßlich, sagten alle, dabei war ich früher eine solche Schönheit – bevor Ihr mich auf die Straße gesetzt habt! Ich glaubte meinen Augen nicht zu trauen, als ich Euch heute auf dem Markt sah. Dieser blöde Hund war also doch nicht tollwütig, wie, Mylady?«

Isabella begann unwillkürlich zu zittern, als sie sich an die schreckliche Krankheit erinnerte, die sie mit knapper Not überlebt hatte. »O mein Gott«, hauchte sie. »O mein Gott.«

»Ich bin Euch hierher gefolgt«, fuhr die Gräfin unbeirrt fort. »Jetzt werdet Ihr für das bezahlen, was Ihr mir – und Percy – angetan habt. Ich war immer davon überzeugt, daß Ihr etwas mit seinem Tod zu tun habt, auch wenn ich das nie beweisen konnte.«

»Ihr seid ja wahnsinnig!« rief Isabella aus. »Dafür wird man Euch hängen!«

»O nein, das wird man nicht«, versicherte Lady Shrewton dem Mädchen gehässig. »Es wird so aussehen, als wärt Ihr versehentlich in die Grube gefallen. Ihr werdet in Fetzen gerissen werden – von jenen Tieren, die Ihr doch so liebt –, und ich werde hier oben stehen, zuschauen – und lachen.«

Wieder rang Isabella nach Luft. Dann verlieh ihr die Angst ungeahnte, neue Kräfte. Sie befreite sich aus dem stählernen Griff der Gräfin und floh. Rücksichtslos drängelte sie sich durch die Menge, ohne darauf zu achten, ob sie jemandem dabei weh tat.

Sie hatte es so eilig wegzukommen, daß sie den großen, düsteren Mann nicht bemerkte, der den ganzen Wortwechsel mit angehört hatte und der sich jetzt zu Lady Shrewton herabbeugte, kurz mit ihr redete und dann ihren Arm nahm, um sie geschickt durch die Menschen zu schieben. Mit einem wölfischen Grinsen schaute der Mann zurück, um sich davon zu überzeugen, daß niemand sie beobachtet hatte. Im Augenblick hatte der Mann keine Verwendung für Lady Shrewton, aber vielleicht würde sie sich ja irgendwann als wertvoll erweisen. Solange sie ihm gehorchte, würde er sie in seinem Haushalt aufnehmen, bis er sie brauchte. Sollte sie ihm Schwierigkeiten machen, würde er sie umbringen.

Als wäre ihr der Leibhaftige auf den Fersen, floh Isabella blindlings durch die langen, gewundenen Korridore des Palastes, ohne sich um die Höflinge zu kümmern, die ihr neugierig und verdutzt nachstarrten.

Als sie endlich ihre Gemächer erreicht hatte, hatte Isabella Seitenstechen und rang um Luft. Kurz lehnte sie sich gegen die Wand, um Luft zu holen; dann platzte sie in ihr Vorzimmer.

Caerllywel, der eher schlecht als recht Jocelyn auf der Laute vorgespielt hatte, sprang alarmiert auf, als er sie derart aufgelöst hereinkommen sah. »'Sabelle! Was ist passiert?« wollte er wissen, während die Dienerinnen aufgeregt herbeigelaufen kamen.

Gackernd und aufgescheucht wie eine Schar Hühner untersuchten sie ihre Herrin nach Wunden, um entsetzt die Luft anzuhalten, als sie das Kleid in Augenschein nahmen, das Ragnor mit seinen scharfen Klauen zerrissen hatte und das über der Schulter blutdurchtränkt war. Bis jetzt hatte Isabella die schmerzhaften Wunden gar nicht bemerkt. Verwirrt schaute sie an sich herunter, als die alte Alice aufschrie:

»O Mylady! Seht nur, was dieses böse Tier angerichtet hat!«

»Nein, nein, Ragnor hat keine Schuld«, protestierte Isabella und scheuchte die aufgebrachten Dienerinnen weg. »Caerllywel, wo ist Warrick?«

»Hier bin ich«, antwortete ihr Gemahl zu ihrer Erleichterung selbst. Er stand in der Tür zu ihrem Schlafzimmer, sah, daß sie verwundet war, und kam sofort zu ihr. »Was ist passiert, mein Liebling? Was ist passiert? Bei Gott, wenn einer der Männer am Hof –«

»Nein, das war es nicht. Kein Mann hat mich berührt«, versicherte ihm das Mädchen. »O Warrick, etwas Furchtbares ist passiert. Ich muß dich sprechen, unter vier Augen.«

»Natürlich, mein Liebling«, sagte Warrick, ohne sich darum zu scheren, daß sein Bruder die Augenbrauen hochzog, als er das Kosewort zum zweiten Mal in so kurzer Zeit hörte. »Komm.«

Er führte sie in ihr Schlafgemach und schloß die Tür. »Jetzt sag mir, was geschehen ist, 'Sabelle.«

»Ach, Warrick«, weinte das Mädchen und erzählte ihm dann, was vorgefallen war. »Und da – da gibt es noch etwas, das ich dir sagen muß.« Isabella nagte an ihrer Unterlippe. Sie wußte, daß es an der Zeit war, ihm die Wahrheit über den Tod ihres ersten Vormundes zu beichten. »Es geht – es geht um Lord Oadby . . .«

»Was ist mit ihm?«

»Er – er ist nicht wirklich bei einem Jagdunfall ums Leben gekommen«, platzte das Mädchen heraus.

Warrick atmete tief ein. »Wie ist er dann gestorben, 'Sabelle?« wollte er wissen. »Hast du die Männer deines Bruders auf ihn angesetzt?«

»O nein, nein«, widersprach das Mädchen entschieden.

»Sag mir die Wahrheit, mein Liebling«, befahl der Graf. »Ich kann dir nicht helfen, wenn ich nicht genau weiß, woran ich bin.«

»Ach, Warrick, es war wirklich ein Unfall. Es geschah im Stall, auf Rushden, wo ich meine Tiere untergebracht hatte. Lord Oadby hat mich eines Nachts dort entdeckt, und er – er wollte mich – mich –«

»Vergewaltigen, 'Sabelle?« Warricks Lippen waren weiß vor Zorn.

»Ja. Ich war auf dem Heuboden und konnte ihm nicht entkommen. Ich habe mich gewehrt, und – und dabei hat er das Gleichgewicht verloren und ist durch die Luke gefallen. Er – er ist mit dem Kopf auf eine der Stalltüren unten aufgeschlagen. Ich habe sofort meinen Bruder geweckt; und zusammen mit Lionel stellten wir alles so hin, als sei Lord Oadby bei einem Jagdunfall verunglückt.

Lord Oadby hat – hat Giles und mich sehr schlecht behandelt, deshalb haßten wir ihn. Wir hatten uns geschworen, uns an ihm zu rächen; und wir – wir hatten Angst, daß der Graf Freunde am Hof hatte, die mir die Schuld an seinem Tod geben und den Zorn des Königs auf uns lenken würden.«

»Das hätte niemand getan, 'Sabelle«, beruhigte Warrick sie. »Aber ich kann dich gut verstehen. Ihr wart jung und verängstigt. Doch nun brauchst du nichts mehr zu befürchten, mein Liebling. Ich werde dich beschützen. Ich werde Lady Shrewton ausfindig machen und sie für ihr Verbrechen vor Gericht stellen lassen. Und wenn sie dich anklagt, Lord Oadby umgebracht zu haben, brauchst du nur die Geschichte zu wiederholen, die du mir eben erzählt hast. Der Graf war am ganzen Hof verrufen und hatte wenig Freunde. Niemand wird an deiner Geschichte zweifeln, glaub mir. Im Gegenteil, ich könnte mir vorstellen, daß es Edward vollkommen gleichgültig ist, was wirklich vorgefallen ist. Jetzt gib mir einen Kuß, mein Liebling, dann werde ich Alice und die anderen rufen, damit sie deine Wunden auswaschen.« Er sah sich die Verletzungen an, die Ragnor ihr mit seinen Klauen beigebracht hatte.

Zum ersten Mal war Isabella froh, wirklich froh, daß sie mit Warrick verheiratet war. Nur zu gern erfüllte sie seine Bitte, kam lächelnd und dankbar in seine warmen, beschützenden Arme und hob den Kopf zum Kuß. Er küßte sie tief und zärtlich, um sich dann langsam von ihr zu lösen. Einen Augenblick schaute er sie durchdringend an, so als wollte er am liebsten gleich mit ihr ins Bett; doch dann seufzte er leise und enttäuscht, weil ihm klar war, daß erst ihre Wunden versorgt werden mußten. Er drehte sich um und rief nach ihren Frauen.

Viele Wochen lang ließ Warrick überall nach Lady Shrewton

suchen; doch schließlich konnte er nicht umhin, Isabella zu gestehen, daß die böse Gräfin wie vom Erdboden verschwunden war.

## KAPITEL 24

Isabella war schon über zwei Monate am Hof, als Giles endlich nach London kam. Margaret, die Schwester des Königs und Fürstin von Burgund, besuchte zum ersten Mal seit zwölf Jahren ihre Heimat; und ihre Familie, Richard eingeschlossen, hatte sich in Edwards Palast in Greenwich versammelt, um sie willkommen zu heißen. Giles hatte Richard darum gebeten, im Tower bleiben zu dürfen, statt bei seinem Herrn zu wohnen. Der immer gütige Richard hatte ihm das erlaubt.

Nachdem er herausgefunden hatte, in welchen Gemächern Isabella und Warrick untergebracht waren, hatte Giles beschlossen, seine Schwester zu überraschen, indem er unangemeldet bei ihr auftauchte. Deshalb legte er, als er jetzt das Vorzimmer betrat, hastig einen Finger auf die Lippen, um die Freudenschreie der Zofen zu ersticken. Augenblicklich verstummten sie. Mit einem Lachen in den Augen schlich sich Giles auf Zehenspitzen durch das Vorzimmer und klopfte leise an die Tür zu Isabellas Schlafgemach.

»Herein«, sagte sie, um dann laut loszujubeln, als er die Tür einen Spaltweit aufmachte und den Kopf ins Zimmer streckte: »Giles! O Giles!«

Lachend trat er ein. Isabella stürzte quer durch das Zimmer auf ihn zu und warf sich in seine ausgebreiteten Arme.

»O Giles!« sagte sie wieder, während sie ihn umarmte und abküßte. »Ich hatte keine Ahnung, daß du hier bist. Warum hast du mir nicht geschrieben, daß du kommen würdest?«

»Ich wollte dich überraschen.«

»Ach, Bruderherz, ich freue mich so, dich zu sehen. Und du siehst gut aus.« Ihr war nicht entgangen, daß die Schatten unter seinen Augen verschwunden waren. »Wie bist du hierher gekommen? Ich dachte, du wärst in Schottland. Ist Gloucester auch hier? Komm, setz dich und erzähl mir alles. Hast du schon gebadet und gegessen? Mathilde, Edith!« rief das Mädchen. »Macht Badewasser für meinen Bruder heiß. Alice, Jocelyn, holt Bier und ein leichtes Vesper für uns beide. Also«, wandte sie sich wieder ihrem Bruder zu, »was tust du in London?«

»Ihre Gnaden die Fürstin von Burgund ist zu Besuch nach England gekommen. Natürlich wollte Richard sie sehen. Er ist zusammen mit ihr in Edwards Palast in Greenwich«, führte Giles aus. »Ich habe den Herzog um Erlaubnis gebeten, bei dir im Tower wohnen zu dürfen.«

»Ach, Giles, wie schön!« rief das Mädchen aus. »Dann wirst du also länger bleiben. Und jetzt erzähl schon. Hast du mit Gloucester darüber gesprochen, daß du Angst hast, ihm nicht mehr mit ganzem Herzen dienen zu können?«

»Ja, 'Sabelle.«

»Und ist jetzt alles gut?«

»O ja, Schwesterherz. Du hattest ganz recht. Er hat mir bis in die Morgenstunden zugehört, während ich ihm mein Herz ausschüttete. Dann hat er mir die Hand auf die Schulter gelegt und mir gesagt, daß kein Mann mit einem Funken Mitgefühl Freude am Krieg finden kann. Richard hat mir gestanden, daß er selbst oft nachts wachliegt und an die Männer denkt, die er getötet hat. Er sagte, es sei ganz natürlich, Reue zu fühlen, nachdem man jemandem das Leben genommen hat. Dann sagte mein Herzog zu mir, ich sei sein bester Knappe und Soldat; und dann, ach, 'Sabelle! Dann sagte er, ich solle mich hinknien, und schlug mich zum *Ritter*!«

»Ach, Giles, ich freue mich so für dich.« Isabellas Augen strahlten vor Freude. »Wie gern hätte ich das gesehen.«

»Ja, Lionel war ziemlich wütend, als er erfuhr, daß ich mir meine Sporen vor ihm verdient hatte.« Giles lachte, wurde aber wieder ernst, als er merkte, was er da gesagt hatte. Leiser fuhr er fort: »Es tut mir leid, 'Sabelle, so schrecklich leid. Ich weiß –« Er verstummte. »Ich weiß, daß du ihn geliebt hast, daß du ihn heiraten wolltest –«

»Ja, aber all das ist längst vorbei, Giles. Keine Angst, du tust mir nicht weh, wenn du über ihn sprichst, denn ich habe mein Bestes getan, um ihn aus meinem Herzen und meinen Gedanken zu verbannen; und mit jedem Tag schmerzt die Wunde weniger, die er mir zugefügt hat; obwohl mir immer noch manchmal schrecklich schwer ums Herz wird«, gestand das Mädchen.

»Eines muß ich Lionel zugute halten – er hat mir erzählt, was er getan hat, 'Sabelle. Ich kann ihm zwar nicht vergeben, aber ich begreife, was ihn dazu getrieben hat, dich zu täuschen. Wahrscheinlich liebte er dich so sehr, daß er es nicht ertragen hätte, wenn du ihn verachtet hättest ...« Plötzlich schlug sich Giles die Faust in die offene Handfläche. »Bei Gott! Ich hätte ihn nie nach Rushden bringen dürfen. Es tut mir leid, Schwesterherz, so schrecklich leid«, entschuldigte sich ihr Bruder erneut. »Ich weiß, wie tief er dich verletzt hat.«

»Ja.« Das konnte Isabella nicht abstreiten. »Aber ich hätte ihn ohnehin nicht heiraten können. Der König hatte mich bereits mit Warrick verlobt.«

»Und behandelt er dich gut, 'Sabelle? Warrick, meine ich. Hat er dich glücklich gemacht?«

»Er ist hart, aber es könnte keinen besseren Ehemann geben, Giles. Er sorgt gut für mich.«

»Aber liebt er dich auch, 'Sabelle? Bist du *glücklich* mit ihm, Schwesterherz?« hakte Giles nach.

Sie antwortete langsam und zurückhaltend. »Warrick – Warrick liebt mich nicht, Giles, noch nicht, aber ich will sein Herz erobern. Genau wie mir hat ihm ein geliebter Mensch einst schreckliche Wunden zugefügt; sie sind noch nicht verheilt. Aber zumindest begehrt er mich«, gestand das Mädchen ihrem Bruder offenherzig, »und ich glaube, er empfindet schon etwas für mich. Es ist ein Anfang. Und ihm liegt daran, daß ich glücklich bin, was mehr ist, als man von vielen Männern behaupten kann. Ja, ich bin zufrieden.«

Giles wirkte erleichtert. »Das freut mich für dich, 'Sabelle.«

»Und jetzt komm, Bruderherz.« Isabella lächelte und streckte ihm die Hand entgegen. »Ich möchte, daß du meinen Gemahl besser kennenlernst.«

Erst drei Tage später traf Lord Lionel Valeureux am Hof ein. Mit ihm kam seine Gemahlin Lady Gilliane. Lionel verabscheute sie zwar, doch ihm war klar, daß es sich für ihn geziemte, sie am Hof einzuführen, deshalb hatte er sie zu sich nach London kommen lassen.

Isabellas Finger krampften sich fest um Warricks Arm, als sie Lionel in der großen Halle entdeckte. Warrick sah ihr ins ängstliche Gesicht und ließ seinen Blick durch den Raum schweifen, um herauszufinden, was sie so nervös machte. Seine Kiefermuskeln spannten sich an.

»Ihr empfindet also doch noch etwas für Lord Lionel«, knurrte der Graf anklagend.

»Ihr von allen Menschen solltet wissen, daß eine Wunde, wie er sie mir zugefügt hatte, nur sehr langsam heilt«, antwortete Isabella ihrem Gatten ruhig. »Glaubt nicht, daß ich ihn noch liebe, Warrick, denn das tue ich nicht. Ich trauere nur um das, was hätte sein können. Bitte urteilt deswegen nicht zu hart über mich.«

»Nein, das tue ich nicht, Mylady. Aber ich warne Euch: Vergeßt nicht, daß Ihr mein Weib seid und mir treu zu sein habt – mit Eurem Körper wie im Geiste.«

»Das werde ich bestimmt nicht vergessen. Ich bin Euch treu seit dem Tag unserer Hochzeit. Können wir – können wir jetzt gehen, Warrick?«

»Nein, 'Sabelle. Meine Frau darf nicht feige sein. Du wirst dich nicht vor ihm verstecken, sondern bleiben und ihm zeigen, daß du nichts mehr für ihn empfindest.«

»Wie – wie Ihr wünscht, Mylord. Sagt: Ist – ist das seine Gemahlin?« fragte das Mädchen mit Blick auf die Frau, die Lionel begleitete.

»Ich glaube schon.«

»Sie – sie sieht nicht sehr glücklich aus, nicht wahr?«

»Nein, Madam, das tut sie nicht. Rhys hat mir erzählt, es sei bekannt, daß Lady Gilliane den Erben von St. Saviour nicht heiraten wollte.«

»Dann tut sie mir leid«, meinte Isabella, wobei sie Gilliane heimlich betrachtete. »Ich glaube nicht, daß Lionel sie so gut behandelt wie du mich, Warrick.«

Und so war es auch. Lady Gilliane Valeureux, geborene Beaumarais, lebte in Angst und Schrecken vor ihrem Gemahl. Sie erinnerte an eine kleine, verschüchterte Maus und sah genauso verängstigt aus.

Erst vorhin war Lionel, wie gewöhnlich, zutiefst unzufrieden mit ihrem Aussehen gewesen, obwohl sie und ihre Zofen sich alle Mühe gegeben hatten. Wie immer hatte ihn allein ihr Anblick wütend gemacht; er hatte sie bösartig beschimpft und, nachdem er ihr ein paar schmerzhafte Ohrfeigen verpaßt hatte, ihr knapp befohlen, sich etwas Anständiges anzuziehen. Aber Gilliane besaß nichts Eleganteres. Das hatte sie Lionel auch gesagt, woraufhin er all ihre Koffer ausgeleert, jedes einzelne Kleid herausgezerrt hatte und zornig darauf herumgetrampelt war, als er feststellen mußte, daß sie die Wahrheit gesagt hatte. Gilliane war zu eingeschüchtert gewesen, um ihm zu erklären, daß er ihr kein Geld gegeben hatte, mit dem sie sich neue Kleider hätte kaufen können. Jetzt schämte sie sich um so mehr über ihr schäbiges, unauffälliges Kleid. Am liebsten hätte sie sich heimlich aus dem Staub gemacht, aber sie wußte, daß Lionel ihr keinesfalls gestatten würde, die große Halle zu verlassen, deshalb schwieg sie.

In Wahrheit wirkte Gilliane vor allem wegen ihrer Schüchternheit so farblos, denn ihr Gesicht war durchaus gefällig. Ihre sanften braunen Augen konnten freundlich leuchten, und über ihrem sanft geschwungenen Mund ragte eine freche Stupsnase in die Luft. Die vollen Wangen waren hell und rosig, und das braune Haar lockte sich auf anrührend kindliche und höchst einnehmende Weise um ihr Gesicht.

Und sie war keineswegs dumm. Im Gegenteil, sie war höchst intelligent und sehr gebildet, denn sie hatte sich fast ihr ganzes Leben lang eifrig auf den Tag vorbereitet, an dem sie ihre Erfüllung in dem Kloster nahe der väterlichen Burg zu finden gehofft hatte. Bis zuletzt hatte Gilliane nicht glauben wollen, daß Lord St. Saviour auf der Vermählung mit seinem Sohn beharren würde, wenn er von ihrem religiösen Ehrgeiz erfuhr, oder daß ihr Vater,

Lord Devizes, sie zur Heirat mit Lionel Valeureux zwingen würde.

»Seht mal!« Sir André Montagues Ausruf riß Gilliane aus ihren Gedanken. »Da kommt die Schönste aller Rosen. Schnell, Edmund. Wir wollen sehen, ob sie Geoffreys Bouquet trägt. Wenn nicht, haben wir unsere Wette gewonnen!«

Betreten schaute Gilliane den davoneilenden Höflingen nach, die lachend und scherzend auf eine der schönsten Frauen zusteuerten, die sie je gesehen hatte. Zaghaft legte Gilliane eine Hand auf den Arm ihres Gemahls, nahm all ihren Mut zusammen und fragte: »My-Mylord, wer ist die Lady dort? Die, mit der sich Sir André gerade unterhält?«

Lionel fühlte sich, als hätte ihm jemand in den Magen geschlagen, als er mißmutig zu der Frau hinsah.

*Isabella.* O Gott, Isabella! Das Herz schlug ihm im Halse. Einen Moment lang kündete seine Miene von nacktem Schmerz und ungestillter Begierde; und Gilliane stieß erschrocken einen leisen Schrei aus.

»Aber Ihr liebt sie ja, Mylord«, hauchte sie, weil sie plötzlich alles verstand. »Deshalb verachtet Ihr mich so.«

»Ja, du einfältige Dirne«, knurrte Lionel sie an. »Endlich begreifst du einmal was.«

Gilliane zuckte unter der gehässigen Antwort zusammen, aber tapfer fragte sie ihn noch einmal nach dem Namen der Frau. »Aber – aber wer ist sie?«

»Lady Isabella Tremayne, die Gräfin Hawkhurst«, antwortete Lionel knapp. Er nahm einen tiefen Schluck aus seinem Weinkelch und wischte sich den Mund am Ärmel ab. »Und dieser Hurensohn neben ihr ist ihr Mann, Warrick, ein halbwalisischer Bastard«, zischte er. Er lachte kurz und hämisch auf. »Ich frage mich, wie es ihr in seinem Bett gefällt, dieser Hexe.«

Sir André Montague, der eben zurückgekommen war und die Bemerkung gehört hatte, antwortete: »Wenn Ihr damit die Schönste aller Rosen meint, lautet die Antwort: offenbar sehr gut. Zum großen Bedauern aller Kavaliere am Hof hat Lady Hawkhurst nur Augen für ihren Mann. Trotzdem haben die Höflinge schon

Wetten darüber abgeschlossen, wer wohl so glücklich – oder wahnsinnig – sein wird, Lord Hawkhurst Hörner aufzusetzen.«

»Aber das ist ja schrecklich!« entfuhr es Gilliane.

»Ein sehr beliebter Zeitvertreib am Hof, Lady Gilliane, fürchte ich«, erklärte Sir André trocken.

Nun, ich bin nicht wahnsinnig, dachte Lionel, während er einen tiefen Schluck nahm. Aber wenn ich es geschickt anstelle, werde vielleicht ich dieser Glückliche sein.

Isabella, die neben ihrem Gatten stand und sich mit ihrem Bruder und Lord Montecatini unterhielt, schauderte plötzlich, als sie merkte, wie Lionel sie mit Blicken verschlang – und das vor den Augen seiner bedauernswerten Frau.

»Ist etwas, Lady Hawkhurst?« fragte der italienische Graf.

»Nein, nichts«, versicherte sie ihm schnell. »Ich habe nur einen Augenblick lang befürchtet, Sir Geoffrey Tuwyford wäre auf dem Weg hierher, um mich zur Rede zu stellen, weshalb ich sein Bouquet nicht trage. Jetzt hat er die Wette mit Sir André Montague und Sir Edmund Lacey verloren.«

Lord Montecatini sah Isabella nachdenklich an. Ihm war klar, daß sie ihm nicht die Wahrheit gesagt hatte. Dann sah er sich mit gesenkten Lidern im Saal um, um herauszufinden, was sie plötzlich so nervös machte. Weder Lord Lionel Valeureux' glitzernde blaue und hungrige Augen noch Lady Gillianes Bestürzung entgingen ihm. Er registrierte auch, daß sowohl Lord Hawkhurst als auch Lord Rushden den Erben von St. Saviour lediglich mit einem knappen Kopfnicken begrüßt hatten, so als stünden sie nicht auf bestem Fuß mit Lord Lionel. Der Italiener lächelte still in sich hinein. Das Schicksal meinte es in letzter Zeit wirklich gut mit ihm.

»Es war sehr dumm von Sir Geoffrey, eine solche Wette einzugehen«, fuhr Lord Montecatini ohne Zögern fort. »Jeder Tor kann sehen, daß Ihr nur Augen für Euren Gemahl habt.« Er wandte sich an den Grafen. »Ihr könnt Euch wahrhaft glücklich schätzen, Lord Hawkhurst.«

»Das tue ich«, antwortete Warrick kühl, denn er mochte den Italiener nicht. Ihm waren schon öfter Gerüchte über den Conte zu Ohren gekommen, die allerdings niemand bestätigen konnte. Es gab keine Beweise, daß der Graf jemals an dunklen Machenschaften teilgehabt hatte. Trotzdem musterte Warrick Lord Montecatini mißtrauisch, denn er war überzeugt, daß der Italiener den wahren Anlaß für Isabellas Unbehagen erraten hatte. Aus irgendeinem Grund war Warrick dieser Gedanke unangenehm; und außerdem gefiel es ihm nicht, wie Lord Montecatini Giles anstarrte. Man munkelte, der Conte habe einen Hang zu jungen Männern; und Warricks Schwager war jung und relativ unerfahren.

»Kommt, 'Sabelle, Giles«, befahl Warrick unvermittelt. »Es wird spät, und da Giles und ich uns beide in die Liste für das königliche Turnier eingetragen haben, das morgen stattfindet, sollten wir langsam zu Bett gehen. Werdet Ihr ebenfalls teilnehmen, Mylord?« wollte der Graf von dem Italiener wissen.

»Leider nein. Mir liegt nichts an Wettkämpfen.«

»Wie schade. Ich hätte es äußerst interessant gefunden, die Klinge mit Euch zu kreuzen.«

Der Italiener hörte die unterschwellige Warnung aus dieser Bemerkung und zog eine Braue hoch. »Wirklich? Dann müßt Ihr mir natürlich die Ehre erweisen, Euch dieses Privileg zu gewähren, Mylord«, erwiderte der Graf höflich.

»Bis morgen also«, verabschiedete sich Warrick. »Kommt, 'Sabelle, Giles.«

Isabellas Bruder war überrascht und fühlte sich ein bißchen düpiert, weil ihm der Mann seiner Schwester so einfach befahl, die große Halle zu verlassen. Schließlich bekleidete Warrick keinen höheren Rang als Giles selbst. Dann rief er sich ins Gedächtnis, wie sehr sich Isabella danach sehnte, eine glückliche Ehe zu führen, und wie schwer das wäre, wenn es Spannungen zwischen ihm und Warrick geben würde. So verabschiedete er sich höflich und folgte den Frischvermählten aus dem Saal.

Keiner der drei drehte sich noch einmal um, deshalb bemerkte niemand das höhnische Schmunzeln auf Lord Montecatinis so verschlossenem Gesicht und das wütende Blitzen in seinen schwarzen Augen.

# Kapitel 25

Das Turnier fand an einem schönen, warmen Julitag statt. Oben zogen große, weiße Zuckerwattewolken über den heiteren Himmel; unten raschelte das grüne Laub im sanften Sommerwind und glitzerte die Themse in der Sonne.

An ihrem Ufer boten Händler ihre Waren feil und tummelten sich die Menschen, um einen Blick auf die Berühmtheiten zu erhaschen, die gemessen auf den Fluß zuschritten. Isabella hüpfte beinahe am Arm ihres Gemahls, so aufgeregt war sie. Wenn sie in den Westminster-Palast geritten waren, waren sie immer über die King's Road gekommen, die nur Personen von Adel oder Rang benutzen durften. Um Edwards Residenz in Greenwich zu erreichen, wo das Turnier stattfinden sollte, würden sie dagegen die Barke nehmen. Da Isabella noch nie an Bord irgendeines Bootes gewesen war, war sie natürlich höchst gespannt. Nicht einmal das leichte Schaukeln der Barke konnte ihr die Vorfreude nehmen, wohingegen Jocelyn kreidebleich wurde und ihre Herrin anflehte, sich augenblicklich hinzusetzen. Caerllywel lachte, ließ sich neben der Zofe nieder und gelobte fröhlich, sie vor dem Ertrinken zu retten, falls das Boot sank.

»O Sir.« Jocelyn schaute ängstlich auf den Fluß, der ihr plötzlich viel zu nah vorkam. »Glaubt Ihr wirklich, das könnte passieren?«

»Natürlich nicht, Jocelyn!« versicherte ihr Isabella mit einem strafenden Blick auf ihren Schwager. »Caerllywel scherzt, wie üblich.«

»Wie könnt Ihr da so sicher sein, Mylady?« fragte er.

»Weil Ihr das Blaue vom Himmel herunterlügen würdet, nur um ein hübsches Mädchen trösten zu können«, gab Isabella bissig zurück, obwohl es ihr insgeheim gefiel, daß zwischen ihrer Zofe und Caerllywel zarte Bande zu sprießen schienen. »Hör nicht auf den Aufschneider, Jocelyn«, befahl sie strikt. »Und sag ihm, er soll erst einmal Manieren lernen, bevor er dir den Hof macht.«

»Genau«, stimmte Warrick grinsend zu, der in diesem Moment

neben Isabella unter dem gestreiften Zeltdach Platz nahm. »Der Strolch könnte wirklich ein bißchen mehr Anstand brauchen.«

Als Antwort schnappte Caerllywel dem Grafen den gefiederten Hut vom Kopf und warf ihn über Bord.

»Oje«, jammerte Isabella, als die beiden Brüder zu balgen begannen und die Barke bedenklich ins Schaukeln geriet.

»O Mylord, Sir, bitte hört sofort damit auf«, flehte Jocelyn, die sich mit aller Kraft an der Bootswand festklammerte.

»Ruhig, ruhig, Warrick, Caerllywel«, beschwichtigte Giles und zog den triefenden Hut aus dem Wasser, bevor er abtreiben konnte. »Ihr macht Jocelyn angst, und auch Isabella sieht schon leicht grün aus. Vergeßt nicht – die beiden waren noch nie an Bord einer Barke!«

Augenblicklich hörten die beiden Brüder zu raufen auf und ließen sich wieder auf ihren Plätzen nieder. Giles wrang, so gut er konnte, Warricks Hut aus und reichte ihn dem Grafen. Mißmutig betrachtete Warrick die traurig herabhängende Feder. »Du *weißt* doch, daß ich dir diese kindischen Streiche jedesmal heimzahle, Bruder«, bemerkte der Graf leicht verstimmt. »Ich verstehe nicht, warum du trotzdem nicht davon lassen kannst.«

»Du verstehst keinen Spaß, Waerwic. Ehrlich, Isabella, wie haltet Ihr diesen arroganten Kerl nur aus?«

Warrick ersparte ihr die Antwort, indem er zurückfragte, ob er seinen kaputten Hut etwa spaßig finden solle.

»Ich fand es jedenfalls spaßig«, versicherte Caerllywel seinem Bruder und handelte sich damit einen weiteren Boxhieb ein.

Die Brüder hätten wohl wieder zu balgen begonnen, wenn Isabella nicht protestiert hätte, daß noch mehr Leute in die Barke wollten, unter anderem Lord und Lady Stanley, die nicht so aussahen, als würden sie gern ein Bad in der Themse nehmen. Warrick und Caerllywel ließen sofort voneinander ab, und dem Grafen gelang es gerade noch, seinem Bruder dessen Hut wegzuschnappen und gegen seinen auszutauschen. Caerllywel gab sich Mühe, seinen tropfnassen Hut mit besonders charmantem Lächeln vor Lady Stanley zu ziehen, aber die schaute ihn nur mißbilligend an, bevor sie sich setzte.

Kurz darauf begann die Barke langsam flußabwärts zu fahren, bis sie den königlichen Palast in Greenwich erreicht hatte.

Die eitle Königin Marguerite von Anjou, die fünfunddreißig Jahre zuvor mit dem Lancaster-König Henry VI. verheiratet worden war, hatte keine Mühen gescheut, dem alten Palast ihren Stempel aufzudrücken. Die Fenster waren mit dem teuersten Glas verglast worden, und die gebrannten Bodenfliesen trugen ihr Monogramm. Außerdem hatte sie den Bildhauern befohlen, Pfeiler und Arkaden mit ihrem Emblem, der Margerite, zu verzieren. Um ihre vielen Juwelen unterzubringen, hatte sie eigens eine Andachtskapelle errichten lassen, und westlich des Palastes war ein Pier aufgeschüttet worden, damit die königlichen Barken bei jedem Wasserstand problemlos anlegen konnten.

Auf diesen Pier steuerte das Boot mit Isabella und ihren Begleitern jetzt zu. Sobald sie angelegt hatten, sprangen Warrick, Caerllywel und Giles leichtfüßig an Land und halfen den Damen beim Aussteigen.

Dann machte man sich auf den Weg zu dem Rasen vor dem Palast, auf dem das Turnier abgehalten werden sollte. Die Wiese war sorgfältig für das Spektakel vorbereitet worden. Mit Baldachinen überdachte Banktribünen säumten eine Seite des Turnierplatzes und füllten sich bereits mit den Zuschauern, die von den Barken herbeiströmten. Gegenüber waren die bunten Zelte der Lords und Ritter aufgebaut worden, die sich in die Turnierliste eingetragen hatten.

»Mylady Hawkhurst?« Ein kleiner Page kam angerannt, sobald er das Mädchen erspäht hatte.

»Ja?«

Der Bub verbeugte sich respektvoll, runzelte dann angestrengt die Stirn und ratterte atemlos die Botschaft herab, die er ihr überbringen sollte. »Ihre Gnaden die Herzogin von Gloucester bittet Euch und Eure Begleiter demütig, in ihre Loge zu kommen. Sie würde sich sehr freuen, wenn Ihr ihr Gesellschaft leisten würdet.«

»Oh!« entfuhr es Isabella. Sie war überrascht und gerührt zugleich. »Wie gütig von Ihrer Gnaden. Geh und richte der Lady aus, daß wir uns durch ihre Bitte sehr geehrt fühlen und uns glücklich schätzen, ihr Gesellschaft zu leisten«, antwortete Isabella und drückte dem Bub eine Silbermünze aus ihrer Börse in die Hand.

Das Gesicht des Jungen strahlte, als er die Finger über der halben Krone schloß. Sobald er sicher war, daß er ihre Botschaft Wort für Wort gespeichert hatte, raste er davon, um sie zu überbringen.

Warrick, Caerllywel und Giles begleiteten Isabella und Jocelyn zu Annes Loge und zogen sich, nachdem sie der Herzogin ihre Aufwartung gemacht hatten, in ihre Zelte zurück, um sich auf das Lanzenstechen vorzubereiten. Isabella hatte zwar über Jahre hinweg mit Anne korrespondiert, war aber der Herzogin noch nie begegnet und setzte sich deshalb schüchtern neben sie.

Wie Isabella war auch Anne klein und zierlich, sogar noch zierlicher als Isabella. Ihr liebliches, schön gezeichnetes Gesicht war herzförmig und ihre Haut fast durchscheinend. Ihr Haar strahlte in vollem Kastanienbraun und war von goldenen Strähnen durchzogen, die die gleiche Farbe wie die bernsteingelben Flecken in ihren warmen, dunkelbraunen Augen hatten. Ihre hohen Jochbögen waren fein geschnitten; die Nase war gerade und schmal; der Mund voll und weich. Isabella begriff sofort, warum Richard seine Frau so liebte und so erbittert für sie kämpfte; und das Mädchen spürte, daß auch sie Anne liebgewinnen würde.

»Euer Gnaden«, murmelte Isabella. »Es ist sehr gütig von Euch, uns einzuladen.«

»Mylady.« Annes Stimme war tief und weich. »Das ist das mindeste, was ich für Giles' Schwester tun kann, deren Briefe mir soviel Freude gespendet haben. Ich hoffe, Ihr hattet nicht schon andere Arrangements getroffen.«

»Nein, Euer Gnaden«, versicherte ihr Isabella. »Ich freue mich ebenfalls, Euch endlich persönlich kennenlernen und danken zu können, denn Ihr wart sehr gütig zu mir und meinem Bruder. Ihr könnt Euch nicht vorstellen, was ich ohne Euch und Euren Gemahl als Kind hätte erdulden müssen.«

»Ich fürchte, Ihr lobt uns zu sehr, Mylady, denn es hat mich nicht viel gekostet, Euch zu helfen. Ein paar Briefe an ein verängstigtes Kind – was ist das schon?« fragte die Herzogin.

»Trotzdem gibt es viele, die nicht soviel getan hätten.«

»Sie tun mir leid«, stellte Anne fest. »Denn sie kennen kein Mitgefühl und finden zweifellos wenig Liebe oder Freude an ihrem Leben. Auch ich war einst in der Gewalt von Menschen, die mir Böses wollten; und ich weiß, wie elend man sich fühlt, wenn man solchen Leuten hilflos ausgeliefert ist.«

Isabella wußte, daß Anne damit auf ihren verstorbenen Schwager George, den Herzog von Clarence, anspielte, der sie gefangengehalten hatte, um ihre Heirat mit Richard zu vereiteln und sich die Ländereien und Güter ihrer Mutter anzueignen. Erst nachdem sie als Küchenmagd verkleidet verschleppt worden war, hatte sie George entkommen können.

»Es war wirklich eine schwere Prüfung für mich, Euer Gnaden«, gestand Isabella. »Ich hoffe nur, daß ich sie so tapfer gemeistert habe wie Ihr Eure Schwierigkeiten.«

»Das habt Ihr bestimmt, 'Sabelle«, erklärte ihr Anne lächelnd. »Ich darf Euch doch so nennen... 'Sabelle, meine ich. Ich habe mich an den Namen gewöhnt, weil Giles Euch immer so nennt.«

»Aber natürlich, Euer Gnaden.«

»Nein.« Die Herzogin ergriff Isabellas Hand. »Ihr müßt mich Anne nennen.«

Und so entwickelte sich zwischen den beiden Frauen, die sich kennengelernt hatten, nachdem vor so vielen Jahren Richard auf Schloß Rushden einem ängstlichen Mädchen einen Goldsovereign in die Hand gedrückt hatte, eine Freundschaft, die bis zu dem Tag halten sollte, an dem Anne starb und Isabella mit gebrochenem Herzen an ihrer Seite Wache hielt.

In die Augen der Herzogin trat ein liebevoller Ausdruck, als sie Richard, ihren Ehemann, entdeckte. Er saß auf einem braunen Hengst mit weißen Fesseln und kam langsam auf ihre Loge zugeritten, wo er sich aus seinem Sattel lehnte und seiner Frau die ausgestreckte Hand küßte. Kurz liebkosten die beiden einander mit Blicken; und Isabella sah deutlich, wie sehr die beiden sich liebten. Einen schmerzlichen Moment spürte das Mädchen eine schreckliche Leere und ein tiefes Verlangen in ihrem Herzen. Wenn sie und Warrick sich doch auch so liebten! Dann lächelte Richard sie an, und das Gefühl verflog.

»Mylady Hawkhurst«, begrüßte er sie.

»Euer Gnaden. Ich habe Eurer Gemahlin eben für die vielen Wohltaten gedankt, die sie mir erwiesen hat. Jetzt muß ich Euch danken, Euer Gnaden, weil Ihr soviel für meinen Bruder getan habt.«

Mit einer behandschuhten Hand wedelte der Herzog ihre Dankbarkeitsbekundung beiseite. »Es war nicht der Rede wert, Mylady. Ich habe Giles nur zugehört und ihm etwas Trost gespendet.«

»Ja, vielleicht, aber Ihr habt ihn damit glücklich gemacht, Euer Gnaden. Wir beide stehen tief in Eurer Schuld und der Eurer Gemahlin. Ich weiß nicht, wie wir das je wiedergutmachen sollen.«

»Schließt uns in Eure Gebete ein, Mylady«, antwortete Gloucester freundlich. »Mehr erbitten wir nicht.«

»Dann seid versichert, daß ich das nie vergessen werde, solange ich lebe, Euer Gnaden«, gelobte Isabella inbrünstig.

»Damit habt Ihr Eure Schuld getilgt«, meinte Richard und neckte sie dann: »Aber ein Zeichen Eurer Huld würde ich heute trotzdem nicht verschmähen, Mylady.«

Isabella und Anne flochten jeweils ein Band aus ihren Zöpfen und wanden die Seidenstreifen unter viel Gelächter dem Herzog um den Arm. Er besah sich die Gunstbeweise, die ihm überreicht worden waren, und lächelte nochmals.

»Jetzt muß ich das Turnier einfach gewinnen«, verkündete er, »denn mir gebührt doppeltes Glück.«

»Ihr werdet aber nicht der einzige bleiben, der mit solcher Gunst bedacht wird, Euer Gnaden«, wandte Giles ein, der eben in voller Rüstung angeritten kam. »Denn auch ich möchte von den beiden Damen ein Band einfordern.«

»Ich auch«, echoten Warrick und Caerllywel, die ebenfalls kampfbereit waren, wie aus einem Mund.

Als die Männer davonritten (Caerllywel hielt sich für den

glücklichsten von allen, da er noch dazu ein Band von der errötenden Jocelyn erhalten hatte), hatten weder Isabella noch Anne ein einziges Band übrig. Sie schauten einander bedauernd an und brachen dann in Lachen aus, denn die kunstvoll geflochtenen Frisuren, auf die ihre Zofen am Morgen soviel Mühe verwandt hatten, sahen traurig gerupft aus.

»Nun, wenn nicht wenigstens einer von unseren Männern heute gewinnt, reißt mir Jocelyn den Kopf ab«, scherzte Isabella und schaute mit einem Funkeln in den Augen zu ihrer Zofe, die sie heute morgen frisiert hatte.

»Aber Mylady«, widersprach Jocelyn, »Ihr wißt doch genau, daß wir so viele Bänder in Euer Haar geflochten haben, *damit* Ihr sie weggeben könnt. Stellt Euch nur vor, wie unglücklich Ihr wärt, wenn Ihr, wie die arme Frau dort drüben, all Eure Bänder noch hättet.«

»Ja, die Ärmste«, entfuhr es Anne, während Isabella vor Zorn und Mitleid den Mund verzog; denn Jocelyn deutete auf Lionels Gattin, Lady Gilliane. »Wer ist das?« wollte die Herzogin wissen. Aus ihren dunklen Augen leuchtete Mitgefühl für das arme Mädchen.

»Lady Gilliane, Lord Lionel Valeureux' Gemahlin, Euer Gnaden«, erklärte Isabella ihrer neuen Freundin. Sie war wütend auf Lionel, der nicht einmal den Anstand besessen hatte, seine Frau um ein Zeichen ihrer Gunst zu bitten. Das war wie eine öffentliche Ohrfeige, denn damit war klar, daß ihn seine Braut nicht interessierte. Isabella konnte sehen, wie angestrengt das Mädchen die Tränen zurückhielt; so schämte sie sich.

»Lionels Gemahlin?« Anne riß verwundert die braunen Augen auf. »Ich wußte gar nicht, daß sie am Hof ist. Ich muß sie sofort zu uns bitten.«

»Ja, bitte tut das, Anne«, drängte Isabella, »denn ich glaube, sie hat wenig Freunde hier, wenn sie überhaupt welche hat; und ich weiß, daß Lionel sie nicht – nicht gut behandelt.«

»Ach, 'Sabelle«, seufzte die Herzogin sorgenvoll. »Dann stimmt es also. Ich hatte Gerüchte gehört, daß Lionel seine Frau verachtet, aber ich habe gehofft, daß sie nicht wahr sind.« Sie kniff ernst die Lippen zusammen. »Tim! Tim!« rief sie dann ihren Pagen. »Geh und richte Lady Gilliane aus, daß ich mich sehr freuen würde, wenn sie mir in meiner Loge Gesellschaft leistete.«

»Ja, Euer Gnaden.« Der Page verbeugte sich wieder und rannte los.

Ängstlich und schüchtern, als fürchte sie, man spiele ihr einen Streich, kam Lionels Gattin auf sie zu. »Euer – Euer Gnaden«, stammelte sie. »Ich bitte um Verzeihung, daß ich störe, aber – aber Ihr habt mir eine Nachricht zukommen lassen...«

»Ganz recht, Mylady. Das habe ich. Bitte leistet uns Gesellschaft. Ich freue mich, daß Ihr gekommen seid«, erklärte die Herzogin huldvoll lächelnd und bat dann ihre Hofdamen, Gilliane und ihrer Zofe Platz zu machen.

Erleichtert, daß man sie nicht zum Narren gehalten hatte, ließ sich Gilliane zögernd und still auf der Kante einer Bank nieder. Kurz darauf begann die Herzogin, das Mädchen in aller Freundschaft auszufragen. Es dauerte nicht lange, da hatte Gilliane ihre Angst verloren und schenkte Anne ein Band, das diese Richard zukommen lassen wollte, damit er nicht mit weniger Gunstbeweisen gewappnet war als Caerllywel. Insgeheim war Anne entschlossen, Richard zu erzählen, daß Lionel seine Gemahlin mißhandelte, damit der Herzog seinen Ritter zur Rechenschaft zog.

Dann verkündete der Herold endlich den Beginn des Turniers.

»Lord Thomas Grey, Marquis von Dorset, und Lord William Hastings«, rief der Herold über den Platz.

Das Eröffnungsduell war eine reine Formalität. Nach drei relativ harmlosen Durchgängen längs der hölzernen Schranke, die die beiden Kampfbahnen trennte, ritten die beiden Männer unter höflichem Applaus aus der Arena.

»Lord Anthony Woordville, Graf Rivers, und Sir Edmund Lacey«, verkündete der Herold nun.

»Ich weiß gar nicht, warum Ned diese Turniere immer noch veranstaltet«, äußerte sich Anne flüsternd über den König. »Anthony ist Neds Favorit und der beste Lanzenstecher in ganz England. Bestimmt wird er heute wieder gewinnen und wie jedesmal die Königin, seine Schwester, zur Turnierkönigin krönen.«

»Ist er denn so gut?« wollte Isabella wissen.

»Aber ja, Anthony versteht wirklich mit der Lanze umzugehen«, antwortete ihr die Herzogin. »Deshalb wollen so viele junge Ritter wie Sir Edmund gegen ihn antreten. Sie würden sich wahrhaft Sporen verdienen, wenn sie es schaffen würden, Graf Rivers vom Pferd zu stoßen.«

Bedauerlicherweise blieb Sir Edmund diese Ehre verwehrt. Schon beim ersten Durchgang wurde er aus dem Sattel gehoben und landete unter dem Gelächter der Zuschauer im Staub. Blitzschnell eilten seine Knappen zu ihm, um ihm aufzuhelfen (denn seine Rüstung war so schwer, daß er nicht allein aufstehen konnte), dann zog er seinen Helm ab und verbeugte sich galant vor den Zuschauern.

Wie Isabella geahnt hatte, wurde es ein heißer Tag. Obwohl das Zeltdach über ihnen angenehmen Schatten spendete, wedelte sich Isabella mit dem Fächer Luft zu. Die Damen, die ihre Fächer vergessen hatten, mußte welche von den Händlern kaufen, die zwischen den Zuschauern herumspazierten. Ein Händler bemerkte, daß Gillianes Hände leer waren, kam auf sie zu und hielt ihr einen hübschen Fächer hin. Aber obwohl Lionels Gattin einen sehnsüchtigen Blick darauf warf, schüttelte sie abweisend den Kopf und schickte den Mann fort. Isabella hatte alles beobachtet und vermutete richtig, daß Gilliane kein Geld hatte.

»Sieh doch nur, Jocelyn!« rief sie aus. »Meinst du nicht, daß dieser Fächer wie geschaffen ist für mein puderblaues Kleid?«

»Aber ja, Mylady.« Jocelyn, ein gewitztes junges Mädchen, ahnte sofort, was ihre Herrin vorhatte, und rief den Verkäufer zurück.

Isabella kaufte den Fächer, studierte ihn eine Zeitlang und seufzte plötzlich. Scheinbar geknickt meinte sie: »Jocelyn, ich glaube, das Blau paßt doch nicht. Sieh nur, es ist viel zu dunkel. Ich weiß gar nicht, welcher Teufel mich geritten hat, das Ding zu kaufen. Wahrscheinlich wird der Lord glauben, es sei ein Geschenk von einem Höfling. Du weißt doch, wie eifersüchtig er ist.

Ach, Gilliane, ich wünschte, Ihr hättet den verfluchten Fächer selbst gekauft!«

»Aber das ist die Lösung, Mylady«, rief Jocelyn aus. »Gebt Lady Gilliane den Fächer, dann braucht Lord Hawkhurst gar nichts von Eurem Mißgriff zu erfahren.«

»O ja, das ist es, Jocelyn!« Isabella wandte sich wieder an Lionels Frau. »Meine liebe Lady Gilliane, bitte seid so gut und helft mir aus meiner Misere. Ich bin frisch verheiratet, müßt Ihr wissen, und möchte meinen Gemahl nicht verärgern.«

»Dann wäre es höchst unhöflich, Eure Bitte abzuschlagen, Mylady«, antwortete Gilliane leise.

»Ich bin Euch wirklich dankbar«, meinte Isabella zu Lionels Frau und reichte ihr den Fächer.

»Und ich Euch«, murmelte Gilliane. »Ihr seid zu gütig.«

»Aber keineswegs«, stritt Isabella ab und rief dann aufgeregt: »Oh, sieh nur, Anne! Mein Bruder hat seinen Gegner besiegt!«

»Das habt Ihr gut gemacht, 'Sabelle«, bemerkte die Herzogin leise, während beide enthusiastisch applaudierten. Dann fragte sie lauter: »Das ist doch sein erstes Turnier, nicht wahr?«

»O ja! Ach, ich bin so stolz auf ihn.« Isabellas Augen leuchteten.

Wenig später rief der Herold die nächsten Kämpfer auf. »Lord Warrick ap Tremayne, Graf Hawkhurst, und Lord Dante da Forenza, Conte di Montecatini.«

»Wie seltsam«, bemerkte eine Frau in der nächsten Loge. »Der Italiener nimmt doch sonst nie an einem Turnier teil. Man sagt, er sei viel zu eitel, um eine Gesichtsverletzung zu riskieren.«

»Das stimmt, Agatha«, antwortete ihre Nachbarin. »Aber mein Gemahl, Cedric, hat mir erzählt, Lord Hawkhurst hätte ihn herausgefordert; da konnte der Conte natürlich nicht kneifen.«

»Nein, natürlich nicht, ein Mann muß um seine Ehre kämpfen. Aber trotzdem kommt es mir komisch vor«, beharrte Lady Agatha. »Bestimmt ist Lord Montecatini nicht so dumm, einen Streit mit Lord Hawkhurst vom Zaun zu brechen. Immerhin ist er als Gesandter hier und sollte sich aus unseren Angelegenheiten heraushalten.«

»Hmpff!« schnaubte Lady Juliet. »Wenn Ihr mich fragt, dann hat der Conte sich Lord Hawkhursts Groll zugezogen, indem er Lady Hawkhurst schöne Augen gemacht hat.«

»Das ist es bestimmt nicht, Juliet«, schniefte Lady Agatha. »Die Schönste aller Rosen hat uns seit ihrer Ankunft am Hof alle in Bann geschlagen. Ich schwöre, es gibt keinen Kavalier am Hof, der ihr nicht sein Herz geschenkt hätte. Selbst der gute Rufus, den ich immer für einen grundsoliden Ehemann gehalten habe, ist ihrem Charme verfallen.«

»Das mag sein«, gab Lady Juliet zu. »Aber ich brauche Euch doch bestimmt nichts über die angeblichen Vorlieben des Conte zu erzählen, Agatha. Und jeder weiß, wie nahe sich die Ashleys stehen. Wer sich mit einem befreundet, wird auch des andern Freund. Ich vermute, Lord Hawkhurst will nicht tatenlos zusehen, wie sein junger Schwager in die Klauen des Italieners gerät.«

»*Juliet!*« entfuhr es der entsetzten Lady Agatha.

Lady Juliet zuckte bloß mit den Achseln, als würde sie das Thema nicht weiter interessieren. »Das sind natürlich nichts als Vermutungen«, meinte sie dann. »Meinetwegen könnt Ihr glauben, was Ihr wollt, Agatha.«

Hätte Isabella das Gespräch der beiden belauscht, wäre sie wohl verrückt geworden vor Angst um ihren Bruder. Aber sie hatte den Wortwechsel nicht mitbekommen, deshalb sorgte sie sich nur um Warrick, denn obwohl die Turnierkämpfe als Spiel gedacht waren, gab es oft Unfälle.

Warrick sah auf seinem mächtigen braunen Streitroß mit der sahnegelben Mähne aus wie ein finsterer Heidengott. Er salutierte vor dem König und der Königin, wendete dann seinen Hengst und trabte langsam über den Turnierplatz. Der goldumsäumte, braune Satinumhang flatterte ihm von den breiten Schultern herab; der aufgestickte Falke war genauso deutlich zu erkennen wie der Schrägbalken im linken Feld seines Schildes, der von seiner illegitimen Abkunft kündete. Ob Ernst oder Spiel – er war ein gefährlicher Gegner.

Als er am Ende des Feldes angekommen war, wendete Warrick wieder und senkte seine Lanze zum Gruß ehrerbietig in Isabellas

Richtung. Die unerwartete Geste rührte sie, und die Zuschauer jubelten begeistert. Dann senkte der Graf sein Visier, legte die Lanze ein und galoppierte über das Feld auf seinen Gegner los.

Am anderen Ende der Reitbahn gab Lord Montecatini seinem Pferd die Sporen. Er fand zwar keinen Geschmack am Lanzenstechen, aber er war keineswegs ein Neuling in diesem Sport. Kühl studierte er den Grafen, der auf ihn zugaloppiert kam. Als er sich über Warricks Angriffsstrategie Klarheit verschafft hatte, winkelte er seinen Schild an und zielte mit seiner Lanze. Die Hufe seines ebenholzschwarzen Hengstes donnerten entlang der hölzernen Schranke, die ihn von seinem Gegner trennten, über den Boden. Sein rot-goldener Satinumhang, auf dessen Schließen Greifen eingeprägt waren, flatterte schimmernd hinter ihm im Wind. Seinen schwarzen Augen entging nicht die kleinste Bewegung, die Warrick machte.

Gleich. Jetzt!

Mit Wucht trafen die Gegner aufeinander und splitterten die Lanzen gegen die Schilde. Der Italiener wurde halb aus dem Sattel gehoben, genauso wie der Graf, der die Kraft des schlanken Conte unterschätzt hatte.

»Beim Blute Christi, Bruder! Das war knapp.« Caerllywel pfiff durch die Zähne, während er die Zügel des tänzelnden Streitrosses faßte und der Knappe Rhys mit einer neuen Lanze angerannt kam. »Ich dachte, du hättest gesagt, der Graf kämpft nicht gern.«

»Ja.« Der Graf nickte angespannt. »Aber ich hätte wissen müssen, daß der Dreckskerl kein leichter Gegner ist.«

»Halte dich um Gottes willen bedeckt!« warnte Caerllywel. »Mir gefällt sein Blick nicht, und du hast einen ganz schönen Treffer einstecken müssen.«

»Keine Angst, Bruder«, beruhigte ihn Warrick. »Zweimal lasse ich mich nicht zum Narren halten. Diesmal bin ich vorbereitet, und dann werden wir sehen, ob er sich noch weiter an meine Frau und ihren Bruder heranmacht.«

Caerllywel zog die Brauen hoch. »Ich wußte gar nicht, daß dir soviel an 'Sabelle liegt – oder an Giles«, kommentierte er.

»Was mir gehört, gebe ich nicht mehr her, Bruder, wie du

weißt«, erklärte ihm der Graf entschlossen, bevor er Gwalchmai die Sporen zum zweiten Durchgang gab.

Wieder krachten die Lanzen ohrenbetäubend laut auf die Schilde. Unwillkürlich stand Isabella auf und fuhr sich mit der Hand an den Hals, als plötzlich ein aufgeregter, blutdurstiger Schrei durch die Menge ging, der so ganz anders klang als der Jubel zuvor. Der König beugte sich in seinem Sitz vor. Es war nicht zu bestreiten, daß dieser Kampf der aufregendste des ganzen Tages war; aber ohne Vorwarnung schien er plötzlich eine – fast makabre – Ernsthaftigkeit angenommen zu haben, die gar nicht zu dem Sport paßte.

Elizabeth, die Königin, sah ihren Gatten kühl an. »Ich glaube, das ist mehr als ein Spiel, Ned«, erklärte sie. Ihre eisblauen Augen glitzerten. »Anscheinend ist Lord Hawkhurst noch eifersüchtiger auf seine Braut, als es der Hofklatsch glauben läßt. Meiner Meinung nach will er den Italiener umbringen. Ich frage mich bloß, was man in Italien dazu sagen wird.«

»So dumm ist Hawkhurst nicht, Bess«, antwortete Edward knapp. »Er will den Grafen bloß demütigen; da bin ich ganz sicher.«

»Und was ist mit Lord Montecatini? Glaubst du, er will Lord Hawkhurst auch bloß ›demütigen‹?«

»Ich weiß nicht. Wer kann schon sagen, was im Kopf eines Ausländers vor sich geht.«

Elizabeth lächelte grausam. »Sag nicht, ich hätte dich nicht gewarnt, wenn er deinen Günstling erschlägt.«

Unter dem gespannten Warten der Zuschauer bereiteten sich die beiden Kontrahenten auf den letzten Durchgang vor. Isabella packte ihre Zofe so fest am Arm, daß sich ihre Nägel in Jocelyns Fleisch gruben. »Ach, Anne, ich weiß nicht, warum, aber ich – ich glaube, sie würden sich am liebsten umbringen«, flüsterte Isabella. »Warum macht der König nicht endlich Schluß?«

»Ich weiß nicht, 'Sabelle«, antwortete die Herzogin nachdenklich. »Ned muß überzeugt sein, daß keine Gefahr droht. Er kann unmöglich wollen, daß die beiden einen Kampf auf Leben und Tod führen.«

Aber Isabella fürchtete sich trotzdem, als die beiden Männer ihren Pferden die vergoldeten Sporen in die Flanken drückten und wieder das Donnern der Hufe über das Feld klang.

Warricks Blick war hinter dem Visier fest auf Lord Montecatinis dunkle Augen gerichtet. Der aufgestickte Falke auf seinem Umhang schien in der Luft zu fliegen. Der goldene Greif Lord Montecatinis jagte in einem Meer von Rot auf sein Opfer zu. Die Tiere trafen und hieben aufeinander ein, bis Isabella den adlerköpfigen Löwen wie in Zeitlupe fallen sah. Ein hellroter Strahl schoß aus der Wunde, die Warricks Lanze gerissen hatte.

Ein ängstlicher, fast unnatürlicher Schrei stieg über dem Turnierplatz auf; wie ein Mann waren die Zuschauer aufgesprungen. Selbst der König und die Königin standen, schauten, warteten.

»Mein Gott!« brüllte jemand. »Der Italiener ist tot!«

»Nein«, wimmerte Isabella. »Nein.«

Warrick war bereits abgestiegen und kam seinem Gegner zu Hilfe. Blitzschnell riß er Lord Montecatini den Helm herunter, schob die Kettenpanzerkette weg und löste die Rüstungsteile, die bei dem Kampf unbeschädigt geblieben waren.

Der Conte stöhnte und lächelte schwach, als der Graf die Wunde in seiner Schulter freilegte. »Ich gratuliere Euch, Mylord«, sagte Lord Montecatini trocken. »Der Sieg schmeckt immer süß. Werde ich überleben?«

»Ja.« Warrick nickte. »Es ist nur eine Fleischwunde.«

»Und mein Gesicht, Mylord?«

»Euer Gesicht? Nur ein paar Kratzer. Es werden keine Narben bleiben.«

Der Italiener seufzte erleichtert. »Gott sei Dank. Ihr seid ein würdiger Gegner, Hawkhurst. Ich glaube, wir werden uns wieder begegnen.«

»Seid gewarnt. Nächstesmal werde ich Euch töten«, drohte der Graf mit zusammengebissenen Zähnen.

Lord Montecatini lachte kurz auf. »Das habe ich mir gedacht.«

»Haltet Euch von meiner Frau – und ihrem Bruder fern«, befahl Warrick grimmig.

»Ich war nur freundlich zu ihnen, Mylord.«

»Haltet mich nicht für dumm, Montecatini. Ich weiß, was Ihr vorhabt.«

»Wirklich? Wer weiß. Nur eins ist süßer als der Sieg, Hawkhurst – die Rache.«

»Der Junge wird Euch verachten«, zischte der Graf.

»Glaubt Ihr wirklich, Signore? Ich fürchte, ich verstehe nicht recht. Warum habt Ihr mich dann herausgefordert?«

»Ich weiß, was für Gifte man in Italien verwendet. Ich werde nicht zulassen, daß Ihr den jungen Giles süchtig nach dem Nektar des Mohnes und dann zu Eurem Sklaven macht. Ich nehme an, Ihr seid klug genug, England bald zu verlassen – ehe man Euch dazu zwingt. Ich glaube nicht, daß man in Eurer Heimat an dieser Geschichte großen Gefallen finden wird, und ich nehme nicht an, daß Ihr in Ungnade heimberufen werden wollt.«

Der Graf zuckte nur mit den Achseln. »Das wird nicht geschehen, Mylord. Meine Familie hat großen Einfluß. Ich bin sicher, daß ich auf meinem Posten bleiben kann. Ihr habt Euer Blatt ausgespielt und verloren, Hawkhurst.«

»Wirklich? Giles steht in Gloucesters Gunst, Montecatini, und ist dazu ein ergebener Yorkist. Wenn Ihr ihn umgarnt, werdet Ihr Euch vor dem Herzog – und dem König – rechtfertigen müssen.«

»Aber die Plantagenets können mir nichts anhaben – ebensowenig wie die englischen Gesetze. Außerdem geht es nicht mehr nur um den Jungen. Ihr habt meinen Stolz verletzt, Signore. Das vergesse und vergebe ich nicht so leicht.«

»Ich glaube, ich kann mich ganz gut gegen Euch zur Wehr setzen«, gab Warrick gnadenlos zurück. »Immerhin habe *ich* heute gewonnen.«

»Ja, das habt Ihr, Hawkhurst.« Der Italiener ließ seine Zähne in einem kalten Lächeln aufblitzen. »Hoffentlich seid Ihr ebenso geschickt darin, Euer Weib zu schützen.«

»Wenn Ihr Hand an meine Braut legt, werdet Ihr sterben; das schwöre ich«, gelobte Warrick.

»Seid Ihr da so sicher? In Italien sagt man mir nach, unter einem Glücksstern geboren zu sein.«

»Selbst wenn dem so wäre, Montecatini, frage ich mich, wie es

Euch gefallen würde, wenn Eurem Gesicht etwas zustieße.« Mit diesen Worten entfernte sich der Graf.

Mit einem Seufzer der Erleichterung ließ sich Isabella wieder auf der Bank nieder und sah ihrem Gemahl nach, der den Turnierplatz verließ.

»Lord Montecatini hat anscheinend doch nicht sein letztes Turnier bestritten«, bemerkte Anne, als die Knappen des Grafen kamen und ihm vom Feld halfen.

»Ja«, pflichtete ihr Isabella bei. »Gott sei Dank. Einen Moment habe ich befürchtet, Warrick hätte ihn erschlagen.«

Die restlichen Wettkämpfe verliefen ohne große Zwischenfälle. Zwar war Isabella darüber erleichtert, doch die übrigen Zuschauer begannen sich bald zu langweilen.

»Mylady Hawkhurst?« Ein kleiner Page näherte sich zögernd ihrer Loge.

»Ja.«

»Lord Hawkhurst möchte Euch sprechen, wenn Ihr beliebt.«

»Aber natürlich.« Eilig stand Isabella auf. Sie fragte sich, was ihr Gemahl wohl von ihr wollte. »Anne, Ihr entschuldigt mich doch, nicht wahr?«

»Selbstverständlich.« Die Herzogin lächelte. »Das Turnier ist ohnehin so gut wie vorbei. Die Schiedsrichter beraten sich schon, wie ich sehe.«

»Nun, wenn sie Graf Rivers zum Sieger küren, dann werde ich bestimmt nicht zur Turnierkönigin gekrönt und verpasse nichts. Nein, Jocelyn«, protestierte Isabella, als die Zofe aufstehen wollte. »Du bleibst, damit du mir später erzählen kannst, wer den ersten Preis gewonnen hat. Mir wird bestimmt nichts passieren, solange ich mit meinem Mann zusammen bin. Ich bin überzeugt, daß nach dem heutigen Tag kein Höfling mehr so töricht sein wird, mich anzusprechen.«

Das stellte sich bald als richtig heraus, denn obwohl Isabella viele bewundernde Blicke auffing, waren ihre vordem so aufdringlichen Kavaliere plötzlich spürbar zurückhaltender geworden.

»Hier ist es.« Der Page deutete auf die offene Zeltluke eines Pavillons.

»Aber – aber das ist nicht das Zelt meines Mannes«, stotterte sie verwirrt, denn Warrick hatte ihr am Morgen seinen Pavillon gezeigt.

Der Junge zuckte mit den Achseln. »Das weiß ich nicht, Mylady. Aber der Herr hat gesagt, ich soll Euch hierherbringen...«

»Keine Angst, Junge«, versicherte Isabella dem Buben, der sie eigenartig ängstlich ansah. »Ich mache dir ja keinen Vorwurf. Aber das ist nicht der Pavillon meines Gemahls. Nun, vielleicht will er mich aus irgendeinem Grund hier sprechen. Hier.« Sie drückte dem Knaben eine Silbermünze in die Hand. »Bitte geh und richte meiner Zofe aus, daß du mich sicher abgeliefert hast.«

Der Junge rannte davon, als wäre er froh, von ihr wegzukommen. Das Mädchen atmete tief durch und trat ins Zelt.

»*Lionel!*« Isabella war so verblüfft, daß ihr der Name wie von selbst entfuhr.

»Ja, ich bin es.« Der Erbe von St. Saviour trat aus dem Schatten. »Nein, 'Sabelle, geht nicht. Bitte. Verzeiht mir, daß ich Euch hergelockt habe, aber ich *mußte* Euch einfach sehen.«

»Ich wüßte nicht, weshalb. Wir haben einander nichts zu sagen.«

»Nein?« fragte er. Seine Stimme klang rauh vor Leidenschaft. »O 'Sabelle«, wisperte er wie im Fieber und hatte ihre Hände gepackt, ehe sie wußte, wie ihr geschah. »Ihr könnt mir nicht erzählen, daß Ihr Euch seit unserer Trennung weniger nach mir verzehrt habt als ich mich nach Euch.«

»Ich kann und werde sehr wohl. Was zwischen uns war, ist vorbei. Jetzt laßt mich los. Ihr habt eine Frau, und ich habe einen Ehemann, der berüchtigt für seine Eifersucht ist.«

Das Mädchen schaute sich ängstlich um, ob ihr jemand zu Hilfe kommen konnte, aber sie und Lionel waren allein im Zelt.

»Glaubt Ihr, mein Weib – oder Euer Mann – kümmern mich?« fauchte der Erbe von St. Saviour.

»Gilliane ist Eure Gemahlin«, erwiderte Isabella kalt. »Und Ihr behandelt sie schändlich. Ist Euch klar, daß sie nicht einmal Geld hatte, um sich einen Fächer zu kaufen? Und ihre Kleider sind kaum besser als die einer Küchenmagd! Bestimmt schlagt Ihr sie noch dazu, denn sie fürchtet sich vor Euch, Mylord. Ich wußte, daß Ihr ein Betrüger seid, aber ich hätte nie geglaubt, daß Ihr auch grausam seid. Und jetzt nehmt Eure Hände weg! Warrick ist mein Mann, und ich würde ihn niemals hintergehen, am allerwenigsten mit Euch!«

Die groben Worte trafen ihn, genau wie sie gehofft hatte. Mit einem heiseren Knurren zerrte Lionel sie in seine Arme. »*Das* halte ich von Eurem Gemahl, Mylady!« zischte er. »Euer Gemahl! Was weiß er schon von Euch? *Ich* kenne Euch. Ich kenne Euch besser, als er Euch jemals kennen wird.« Er preßte seine Lippen auf ihren Hals, als wollte er sie mit seinem Mund verschlingen.

»Nein, Ihr kennt mich nicht«, widersprach Isabella und versuchte, sich wieder aus seinem Griff zu befreien. »Sonst würdet Ihr nicht versuchen, mich mit Grobheit und Lügen zu umgarnen. Zum letzten Mal, Mylord, warne ich Euch: Laßt mich gehen, sonst schreie ich die ganze Ritterschaft zusammen!«

»Nein, 'Sabelle, das werdet Ihr nicht, denn was würde Euer Gemahl sagen, wenn er Euch hier fände ... in meinem Zelt ... in meinen Armen?«

»Gegen meinen Willen, Lionel!« widersprach das Mädchen scharf.

»Meint Ihr wirklich, Hawkhurst würde Euch das glauben?« Lionel lachte kurz und gehässsig. »Kommt, geliebtes Herz, Ihr seid keine Jungfer mehr. Ich fordere nur das von Euch, was sich dieser walisische Hurensohn schon genommen hat.«

Isabella stockte der Atem, als sie ihn so unverschämt reden hörte. Schließlich gelang es ihr, eine Hand freizubekommen. Sie holte aus und versetzte ihm eine Ohrfeige, während sie sich immer weiter gegen ihn wehrte.

»Laßt mich gehen, nichtswürdiger Schuft!« tobte sie. »Wie könnt Ihr es wagen, mich derart zu beleidigen? Bei allen Wunden Christi, dafür wird Warrick Euch töten! Laßt mich los! Schert Euch zum Teufel! *Laßt mich los!*«

Aber Lionel lachte nur, riß ihr das Mieder entzwei, warf sie zu Boden und fiel über sie her. Und in diesem Augenblick begriff Isabella endgültig, daß sie ihn nicht liebte, daß sie ihn nie geliebt hatte. Wie hätte sie ihn auch lieben sollen? Sie hatte ihn ja nicht einmal gekannt. Er war nichts als eine romantische Märchengestalt gewesen, die einem uralten Kindheitsversprechen entsprungen war, um ihre Mädchenträume zu verwirklichen. Nein, er war es nicht einmal wert, Warrick die Schuhe zu putzen!

»Schert Euch zum Teufel!« schrie sie wieder. »Ihr seid keinen Deut besser als Lord Oadby!«

Ohne Vorwarnung ließ der Erbe von St. Saviour von ihr ab, denn dieser Satz traf ihn schmerzhafter als alles, was sie bis dahin gesagt hatte; und endlich gelang es Isabella, sich aus seinem Griff zu befreien. Mühsam richtete sie sich auf, raffte ihr zerrissenes Kleid hoch und rannte los.

Vor dem Zelt hielt sie einen Augenblick inne, um zu Atem zu kommen, und schaute sich dann ängstlich um, ob auch niemand ihre Flucht aus Lionels Pavillon gesehen hatte. Ihr stockte der Atem, und die frische Luft schien ihr in der Kehle zu gefrieren, als sie plötzlich in die goldenen Augen ihres Ehemannes blickte. Nur einen Moment lang hatte sie Angst; dann drohte ihr das Herz vor Freude zu zerspringen. Wie er sie gefunden hatte, wußte sie nicht; es war ihr auch egal. Er war da, so wie er immer für sie da gewesen war. Das genügte ihr.

»Warrick. Warrick!« Das Mädchen schluchzte erleichtert und warf sich an seine Brust.

Aber seine starken Arme schlossen sich nicht um sie, und sein Antlitz blieb versteinert. Plötzlich begriff sie und löste sich langsam und zu Tode erschrocken von ihm.

»Warrick, bitte. *Bitte*. Es ist – es ist nicht, wie du glaubst. O Gott! Es ist nicht so! Ich – ich kann alles erklären.«

»Das könnt Ihr gewiß, Madam.« Seine Stimme war eisig und ließ sie frösteln. »Aber ich habe keine Lust, mich noch einmal zum Narren halten zu lassen. Liebster Jesus«, fluchte er plötzlich verbittert und stieß sie von sich. »Wenn ich daran denke, daß ich langsam begonnen habe, etwas für Euch zu empfinden.«

Dann drehte er sich um und stapfte davon.

# Buch 3

## Wind über dem Moor

# Kapitel 26

*Schloß Hawkhurst, England 1480*

*Wenn ich daran denke, daß ich begonnen habe, etwas für dich zu empfinden.*

Wie ein Totengesang dröhnten Warricks Worte Isabella in den Ohren. O Gott, zum Teufel mit Lionel Valeureux! Er war schuld daran, daß sich ihr Gemahl von ihr abgewandt hatte. Ihr Gemahl, den sie eben erst zu heilen – und zu lieben begonnen hatte. Ja, zu lieben. Jetzt wußte Isabella mit Gewißheit, daß es so war. Sie hatte sich in ihren Mann verliebt. Jetzt – jetzt, wo alles zu spät war, wagte sie es, sich der Wahrheit in ihrem Herzen zu stellen.

O Gott! Wie gern hätte sie ihr Gesicht in den Händen vergraben und bitterlich um ihren Verlust geweint. Aber sie tat es nicht. Denn damit hätte sie sich vor Warrick und seinen Männern bloßgestellt. Sobald sie Schloß Hawkhurst erreicht hätten, würde sie sich einen stillen Winkel suchen, in dem sie ihre Wunden lecken konnte. Bis dahin mußte sie Haltung bewahren, damit niemand ahnte, wie schwer ihr das Herz war.

Nur Giles und Caerllywel wußten von ihrem Schmerz, denn nur sie wußten, was am Tag des Turniers vorgefallen war. Beide hatten Warrick inständig beschworen und angefleht, Isabella zu glauben, doch er hatte ihnen kein Gehör geschenkt.

»Ihr liebt sie«, hatte er geknurrt. »Alle beide! Ihr würdet alles zu ihrer Verteidigung sagen. Nun, ich bin nicht so dumm, Euch zu glauben. Und jetzt fort mit Euch! Geht mir aus den Augen! Und nehmt diese falsche Hexe mit, die ich geheiratet habe!«

Das hatte sie am schlimmsten getroffen – die Tatsache, daß Warrick sie nicht mehr begehrte. Still hatte Isabella ihre Sachen in das Vorzimmer ihres Schlafgemachs geschafft und dort bis zu ihrer

Abreise vom Tower und aus London mit Jocelyn auf einer Strohmatte am Boden geschlafen. Endlos waren Isabella die Nächte erschienen, in denen sie neben ihrer Zofe gelegen und das Gesicht in ihrem Kissen vergraben hatte, damit niemand sie weinen hörte. Wie schrecklich waren die langen Stunden gewesen, die sie darauf gewartet hatte, daß Warrick in ihre Gemächer zurückkehrte. Manchmal war schon der Morgen angebrochen, als er heimkam. Isabella wußte nicht, wo er seine Nächte verbrachte und fragte auch nicht danach. Sie zweifelte nicht daran, daß er in fremden Armen lag. Sie wäre sehr überrascht gewesen, hätte sie erfahren, daß er statt dessen im Pferdestall saß und seinem höchst verwunderten Streitroß Herz und Seele ausschüttete, während er sich langsam betrank.

Dann, eines Morgens, hatte der Graf seiner Frau befohlen, ihre Koffer zu packen. Sie würden London verlassen, erklärte er ihr kurz und bündig. Er würde sie nach Schloß Hawkhurst bringen. Isabella wäre lieber in London geblieben, aber sie protestierte nicht. Warrick war wie von einem Dämon besessen, und sie war nicht die einzige, der er in jenen Tagen angst machte.

Nun war die Burg ihres Gatten endlich zu sehen, und dem Mädchen wurde noch schwerer ums Herz; denn sie war überzeugt, daß Warrick sie dort einsperren und ohne sie an den Hof zurückkehren würde. Ja, dies würde ihr Gefängnis werden. Denn sie hatte sich gegen ihren Gemahl versündigt (so glaubte er wenigstens), er hatte über sie gerichtet und sie ohne Gnade verurteilt.

Die Hochmoore von Yorkshire, mit denen das Mädchen vertraut war, waren wild und felsig, aber im Gegensatz zu dem Land hier war die Landschaft dort von steilen Hügeln geprägt. In Devon dagegen waren die Hänge steil und zerklüftet. Kantige Granit- und Sandsteinfelsen ragten aus bewaldeten Ebenen, trostlosen Mooren und sumpfigen Tälern auf. Selbst hier konnte Isabella noch das Tosen des fernen Meeres durch den deprimierenden Nieselregen hören und die kühle, salzige Gischt in der Luft schmecken.

Hoch oben auf einer Klippe, die sich steil vor ihnen erhob und auf der anderen Seite senkrecht ins Meer abfiel, ragte Schloß Hawkhurst über dem Mädchen auf, dunkel und abweisend wie die spitzen Felsen, auf denen es erbaut war. Schwarz zeichneten sich die hohen, mächtigen Türme vor dem Horizont ab, und die mit Schießlöchern versehene Bastion schnitt wie ein kantiges Messer in den Himmel. Die wehrhaft graue Trutzburg hatte keinen Burggraben, weil sie keinen brauchte. Wer in die Burg hineinwollte, mußte die schmale Straße benutzen, die sich den Bergkamm hinaufschlängelte und an deren Ende die Feste hockte wie der Vogel, der ihr den Namen gegeben hatte: Hawkhurst – Falkenhorst.

Isabella stockte der Atem, als sie die Burg betrachtete. Kein Wunder, daß Warrick dort so wenig Zeit verbrachte. Die Feste strahlte etwas Unheimliches aus, das selbst den Tapfersten nervös machen mußte.

Das Mädchen schluckte schwer, als das massive eiserne Fallgitter an rostigen, quietschenden Ketten hinter ihnen herabgelassen wurde und mit lautem Schlag auf dem Boden aufkam. Man führte sie durch das innere Torhaus, und dann hoben Giles und Caerllywel sie von ihrer Stute, damit sie Warrick in den Burgfried folgte.

»Schaut nicht so ängstlich, 'Sabelle«, flüsterte ihr Caerllywel aufmunternd ins Ohr und drückte ihre Hand. »Hawkhurst mag zwar unheimlich aussehen, aber es gibt trotzdem keine Gespenster hier. Die Feste ist nur sehr alt – und die Tremaynes haben sie furchtbar vernachlässigt. Ich fürchte, was das betrifft, ist Waerwic nicht besser als seine Vorfahren. Genau wie seine Ahnen ist auch er lieber am Hof oder auf dem Schlachtfeld.«

»Kein Wunder«, antwortete Isabella leicht schaudernd, während sie sich ängstlich umsah.

Der Rittersaal, in dem sie jetzt standen, war riesig und hätte überwältigend wirken können, wäre er nur ein bißchen gepflegter gewesen. So aber waren die Wände über den Fackeln mit schmierigem, schwarzen Ruß überzogen; die Fackelhalter selbst sahen aus, als wären sie seit Jahrzehnten nicht mehr geputzt worden. Die einst fröhlich bunten Wandteppiche waren verblichen; viele waren mottenzerfressen, verfault und verschlissen. Die Seitentische, die nach dem Mittagessen nicht abgeräumt worden waren, waren verkratzt und wie die Bänke, die kreuz und quer im Raum standen, von einer dicken Staubschicht überzogen. Die Streu lag fast kniehoch auf dem Boden, weil man einfach immer neue Lagen ausgestreut hatte, ohne die alten zu entfernen. Die muffige Luft stank nach altem, fauligem Stroh, zwischen dessen Halmen sich im Lauf der Zeit schimmelnde Essensreste und allerlei anderer Abfall angesammelt hatten. Isabella war sicher, daß der eklige Bodenbelag Heerscharen von Asseln, Maden, Läusen und Bettwanzen beherbergte, ganz zu schweigen von den Ratten, die sie durch das Stroh huschen hörte.

»Meine Güte«, hauchte sie entsetzt.

Warrick hörte das und hatte zumindest soviel Anstand, rot zu werden, weil seine Gattin sein Heim – das nun auch ihres war – in einem solchen Zustand vorfand. Isabella war entsetzt über die Burg; und Giles war zwar nicht ganz so schockiert wie seine Schwester, aber trotzdem erstaunt. Selbst Caerllywel war so verlegen, daß er seinem Bruder nicht in die Augen sehen mochte. Wirklich! dachte der jüngere der beiden. Warrick hätte wenigstens seinen Dienern eine Nachricht zukommen lassen können, damit sie alles für ihre Ankunft vorbereiteten. Schließlich hatte er jetzt eine Frau, für die er zu sorgen hatte.

Warrick erriet ihre Gedanken, aber er redete sich ein, daß es ihm gleich war, was seine Begleiter denken mochten; und am allerwenigsten interessierten ihn Isabellas Gefühle. Aber trotzdem fegte er in einem Anfall von Wut über sich selbst ein paar Krüge von einem der Tische. Die Becher klapperten zu Boden und wirbelten eine beträchtliche Staubwolke auf.

»Bei Christi!« donnerte er wütend und brüllte dann nach seinem Haushofmeister: »Farrell! Farrell, wo seid Ihr?«

»Ich komme, Mylord. Willkommen daheim, Mylord. Sir Caerllywel, ich freue mich, Euch wiederzusehen.« Meister Farrell verbeugte sich lächelnd, scheinbar vollkommen unbeeindruckt von der schlechten Laune des Grafen. »Ich hoffe, Ihr hattet eine angenehme Reise, Mylord; aber nein, die hattet Ihr natürlich nicht. Wie konntet Ihr nur in diesem Regen reisen? Das ist so ermüdend. Perth, Anson, schürt die Feuer an – und zwar schnell –, damit sich Seine Lordschaft und ihre Gäste trocknen können. Mary, Leah, bringt etwas zu essen und zu trinken«, kommandierte der Haushofmeister, bevor er sich wieder an Warrick wandte. »Weil ich nicht wußte, wie viele Gäste wir erwarten durften, nachdem die Wachen Eure Ankunft verkündeten, habe ich nur Eure Gemächer bereiten lassen, Mylord. Wenn Ihr mich jetzt entschuldigt, werde ich Sir Caerllywels sowie die Gemächer für den Lord und die Lady richten lassen.« Er verbeugte sich respektvoll vor Giles und Isabella und wartete darauf, vorgestellt zu werden.

Abrupt besann sich Warrick auf seine Manieren. »Es tut mir leid, Farrell«, bekannte der Graf steif. »Isabella, Giles, dies ist mein Haushofmeister, Meister Farrell. Farrell, das ist meine Gemahlin, Lady Hawkhurst, und ihr Bruder Lord Rushden.«

Wenn diese Mitteilung den Verwalter überraschte, dann ließ er sich das nicht anmerken. Isabella war allerdings überzeugt, daß sie mit Ragnor auf ihrer Schulter, der die nassen Federn plusterte, und ihrem durchnäßten, schmutzigen Kleid ein recht eigenartiges Bild abgab. Farrell verbeugte sich nochmals, dann hieß er sie und Giles höflich auf Hawkhurst willkommen.

»Ich fürchte, unser Haus ist in einem recht traurigen Zustand«, entschuldigte sich der Haushofmeister ängstlich. »Seine Lordschaft ist so selten hier, daß wir nur wenige Bedienstete beschäftigen. Aber ich bin überzeugt, daß sich das in Zukunft ändern wird.«

»Das wird es bestimmt, Meister Farrell«, versicherte ihm Isabella freundlich. Im ersten Moment hatte sie den Haushofmeister für sträflich nachlässig gehalten, aber inzwischen hatte sie erkannt, daß ihm durch das Desinteresse ihres Gemahls an seinem Besitz beide Hände gebunden waren.

»Sind meine Brüder hier, Farrell?« fragte Warrick unvermittelt, um das Thema zu wechseln.

»Nein, Mylord, Lord Madog ist vor einiger Zeit nach Gwendraeth zurückgekehrt und hat Sir Emrys mitgenommen.«

»Und meine Mutter?«

»Ist ebenfalls nicht hier, Mylord.«

»Danke, Farrell. Das ist fürs erste alles.«

Inzwischen waren die großen Steinkamine in der Halle angeheizt und ein einfaches, aber herzhaftes Mahl aufgetragen worden. Bevor sich Isabella zum Essen hinsetzte, stellte sie sich an eines der fröhlich flackernden Feuer, die die trübe und muffige Atmosphäre im Saal wenigstens ein bißchen aufhellten. Der Herbstwind hatte Isabella mehr ausgekühlt, als sie gedacht hatte. Während sie die Hände den Flammen entgegenstreckte, kam Giles zu ihr.

»Liebster Jesus, 'Sabelle.« Er hatte die Stimme gesenkt. »Ich weiß nicht, wie Warrick seine Burg so verkommen lassen konnte. Du hast einen Haufen Arbeit vor dir. Vielleicht wäre es doch einfacher gewesen, gegen die Schotten zu kämpfen, als dir zu helfen, dieses Haus in Ordnung zu bringen, vor allem, wo Warrick so wütend auf dich ist.«

»Ach, Giles. Du weißt doch, daß ich nichts dafür kann.«

»Ja, ich weiß es. Zum Teufel mit Lionel! Ich könnte ihn umbringen! Wenn Warrick nur Vernunft annehmen würde.«

»Es ist hoffnungslos, Giles. Warrick wird niemals glauben, daß ich ihn nicht betrogen habe. Ach, Giles! Was soll ich bloß machen? Ich habe alles versucht, um seine Gunst zu gewinnen, und er *hatte* begonnen, etwas für mich zu empfinden; das hat er selbst gesagt. Jetzt ist alles zerstört.«

»Es tut mir leid, 'Sabelle. Soll ich dich von hier wegbringen? Du hast immer noch dein Gutshaus, Grasmere, und du weißt, daß du auf Rushden immer willkommen bist.«

»Nein, Bruderherz, trotzdem vielen Dank. Ich gehöre an die Seite meines Mannes, was immer auch geschehen mag. Aber... bitte laß mich nicht allein... wenigstens nicht gleich.«

»Das werde ich, Schwesterherz. Darauf kannst du dich verlassen; und vergiß nicht, wenn ich weg bin, auch Caerllywel ist dein Freund.«

»Ja, aber ihm darf ich mich nicht aufdrängen, Giles. Er stünde sonst zwischen Warrick und mir.«

»Du bist so gütig und freundlich, 'Sabelle. Ich weiß gar nicht, wie Warrick so schlecht von dir denken kann.«

»Er wurde verletzt, Giles, und tief getroffen. Ich verstehe ihn. Aber ich kann ihn nicht heilen.«

In dieser Nacht lag Isabella allein in ihrer Kammer und wartete. Doch Warrick kam nicht zu ihr. Sie hörte, wie er in der Kammer nebenan rastlos auf und ab ging, aber die Tür zwischen beiden Zimmern blieb verschlossen. Erst kurz vor Anbruch der Dämmerung ging er zu Bett. Doch selbst dann konnte er nicht schlafen, so daß er bei Sonnenaufgang aufstand und sein Pferd satteln ließ.

Isabellas Brust war wie zugeschnürt, als sie hörte, wie er seinem Knappen Rhys den Befehl erteilte. Dann merkte sie, daß er nur jagen ging; und ein Stein fiel ihr vom Herzen. Wenigstens kehrte er nicht an den Hof zurück – noch nicht.

Nachdem er fort war, rief sie eilig ihre Zofen, badete und zog sich an. Noch beim Frühstück erstellte sie eine Liste jener Dinge, die unbedingt erledigt werden mußten. Dann ging sie nach unten und rief das Gesinde im Rittersaal zusammen.

»Ich bin eure neue Herrin, Lady Hawkhurst«, erklärte sie, damit auch jene, die sie gestern nicht gesehen hatten, Bescheid wußten. »Und ich werde von nun an hier wohnen.« Sie hielt inne, damit alle die Bedeutung dieses Satzes begreifen konnten. »Ich weiß, daß es hier seit vielen Jahren keine Burgherrin gegeben hat, deshalb werde ich mich nicht dazu äußern, in welchem Zustand ich Schloß Hawkhurst gestern vorgefunden habe. Ich möchte aber klarstellen, daß ich es nie wieder so sehen will. Wenn ihr also in unseren Diensten bleiben möchtet – und das hoffe ich –, dann werdet ihr euch an einige Veränderungen gewöhnen müssen. Wir werden sofort damit anfangen, das Haus auf Vordermann zu bringen. Uns steht viel Arbeit bevor, und ich erwarte, daß jeder sein Bestes leistet. So – jetzt möchte ich, daß ihr nacheinander vortretet und mir euren Namen und euer Amt nennt. Danach werde ich euch eure Aufgaben zuteilen.«

Sie wartete gespannt, aber keiner trat vor. Statt dessen starrten sie sie alle schweigend an.

»Kommt schon. Was ist denn?« fragte das Mädchen ungeduldig. »Ich werde nicht ungerecht sein, das verspreche ich.«

»Ich bitte um Vergebung, Mylady.« Farrell räusperte sich verlegen. »Aber – aber die Dienstboten – sie – sie fürchten sich . . .«

»Fürchten sich wovor, Meister Farrell?«

»Vor – vor dem Falken, Mylady.«

»Aber das ist doch lächerlich! Sie haben bestimmt schon mehr Falken gesehen. Ich weiß, daß der Lord einige besitzt.«

»Jagdfalken, Mylady, das stimmt«, pflichtete der Haushofmeister nervös bei. »Aber dieser Vogel scheint nicht – nicht zahm zu sein, Mylady.« Hastig trat Farrell einen Schritt zurück, als Ragnor unerwartet mit den Flügeln schlug und einen schrillen Schrei ausstieß.

Isabella unterdrückte ein Lachen und kraulte den Falken am Kopf, um ihn zu besänftigen. Dann lockte sie den Vogel auf ihr Handgelenk und hielt ihn hoch, so daß alle ihn sehen konnten. »Das ist Ragnor«, erklärte sie. »Er ist ein Hochzeitsgeschenk Seiner Gnaden König Edwards.« Als sie sicher war, daß diese Erklärung mit gebührender Ehrfurcht und Anerkennung aufgenommen worden war, fuhr sie fort: »Ragnor hatte sich den Flügel gebrochen. Ich habe ihn zwar geschient, aber aus irgendeinem Grunde kann Ragnor immer noch nicht fliegen. Ich versichere euch, daß er euch nichts tun wird. Und jetzt – an die Arbeit.«

Man konnte natürlich nicht erwarten, daß die Burg in einem einzigen Tag auf Hochglanz gebracht wurde, denn die jahrhundertelange Vernachlässigung hatte ihren Tribut gefordert. Aber Meister Farrell sah in Isabella ein Geschenk des Himmels; deshalb konnte das Mädchen einiges bewirken. Außerdem hatte es Sir Bevan, der Burghauptmann, nur zu eilig, ihr den »schockierenden« Zustand der Wehranlagen wie der »fast nicht zu verteidigenden«, heruntergekommenen Burgmauern zu schildern und Giles gleich nach dem Aufstehen durch die Feste zu schleifen, um ihm diese »unverzeihlichen« Mängel vor Augen zu führen. Kaum waren die beiden verschwunden, da erschien der Burgvogt, Meister Isham, mit einer langen Liste von Beschwerden über die Äcker, Herden und Leibeigenen der Burg.

»Es wäre ein Wunder, wenn auch nur ein Bündel Getreide in

den Lagerhäusern liegen würde«, meckerte er. »Und wenn wir irgendwo noch eine Kuh oder ein Schaf auftreiben können, dann dürfen wir uns glücklich schätzen. Die meisten Leibeigenen sind davongelaufen, und ehrlich gesagt kann man ihnen das kaum verübeln. Ich würde diese Hütten nicht einmal einem Schwein zumuten wollen!«

Obwohl Isabella seinen Unmut nachempfinden konnte, brachte sie den Burgvogt mit einem strengen Blick zum Schweigen; denn auch wenn Warrick sein Erbe sträflich vernachlässigt hatte, stand es Meister Isham nicht an, ihn zu kritisieren.

»Bringt mir heute nachmittag die Bücher und ein Inventar der Burg, Meister Isham«, wies das Mädchen ihn an. »Denn wenn die Bücher genauso schlampig geführt wurden wie die übrige Burg, werdet Ihr bestimmt sehr lange brauchen, um sie einigermaßen in Ordnung zu bringen.«

Der Burgvogt plusterte sich auf, aber da ihn Isabella knallrot anlaufen sah, wußte sie, daß sie ins Schwarze getroffen hatte.

Als nächstes wandte sich schüchtern der Burgkaplan Pater Francis an sie. Er war klug genug, sich nicht über seinen Herrn zu beklagen, sondern lamentierte lange darüber, daß die Messe nur noch sonntags stattfand – statt täglich, wie es sich gehörte –, weil es furchtbar durch die kaputten Fenster in der Kapelle zog und die Kirchenbänke so zersplittert waren, daß man kaum noch darauf sitzen konnte.

Isabella versprach ihm, sich um alles zu kümmern, und machte sich dann, da sie nun mit den vier wichtigsten Männern in der Burg gesprochen hatte, an die Arbeit.

Im großen Saal waren kräftige, mit Reisigbesen bewehrte Männer dabei, die faulige Streu vom Boden zu fegen, und Mägde schrubbten bereits den freigelegten Steinboden. Eilig wies Isabella die Frauen an, zuerst die Wände zu waschen, weil sonst der fettige Ruß der Fackeln auf den dann sauberen Boden laufen würde. Sie befahl ihnen auch, Terpentin ins Wischwasser zu geben, um dem Ungeziefer den Garaus zu machen, und schickte dann zwei Pagen in den Stall, wo sie einen Korb Katzen holen sollten, mit denen sie die Ratten in Schach halten wollte.

Als sie sah, daß die Arbeit im großen Saal gut voranging, befahl sie ihren Zofen Mathilde und Edith, dafür zu sorgen, daß es auch so blieb, und machte sich daran, den Rest der Burg zu erkunden. Da die Räume oben im Burgfried nur selten benutzt wurden, waren sie weit weniger schmutzig als die unteren Zimmer und mußten vor allem gefegt, gewischt und gelüftet werden. Trotzdem beschloß Isabella, sie im Laufe der Zeit gründlich saubermachen zu lassen. Sämtliche Wandbehänge und Teppiche, entschied sie, mußten ausgewechselt werden; außerdem würde man neue Matratzen nähen und sie mit frischem Drillich stopfen müssen. Sie befahl den Frauen, die sie begleiteten, noch heute mit Warricks Gemächern anzufangen – denn die mußten bis zum Abend fertig werden, und zwar einschließlich einer neuen Matratze. Nur die Wandbehänge und der Teppich konnten warten. Die Mädchen sahen sie scheel an und begannen zu jammern, das sei unmöglich, aber Isabella blieb unnachgiebig und übertrug Alice die Aufgabe, dafür zu sorgen, daß niemand sich vor der Arbeit drückte.

Danach inspizierte Isabella die Speisekammer, den Weinkeller, das Vorratslager und die Lagerhäuser. Nur der Weinkeller war einigermaßen gefüllt. Verwundert schauten die Frauen zu, wie Isabella in einer langen Liste erfaßte, was nächstes Frühjahr in den Gemüsegärten angepflanzt werden sollte. Außerdem bemerkte sie trocken, es sei unglaublich, daß kein Käse in der Speisekammer sei, wo doch Cheddar Gorge in Somerset so nahe war. Natürlich würde man auch eigenen Käse herstellen – aus Kuh-, Ziegen- und Schafsmilch – und Schweinskopfsülze kochen; aber den delikaten Cheddar würden sie sich aus Somerset bringen lassen. Anschließend schickte Isabella dem Jäger und dem Fischer Nachricht, frisches Wild zu jagen und frischen Fisch zu fangen, mit denen die Speisekammer gefüllt werden sollte.

Im Vorratslager stellte sie irritiert, aber keineswegs überrascht fest, daß der Vorrat an Fackeln und Talg zur Neige ging. Sie stellte ein paar Mägde ab, augenblicklich neue zu fertigen.

Aber die leeren Lagerhäuser, die eigentlich so kurz nach der Ernte randvoll sein sollten, konnte sie nicht füllen. Das bißchen Weizen, Roggen und Hafer, das darin lagerte, wurde für Brot und

Kuchen sowie für Suppen und Haferbrei gebraucht; und Isabella hielt in ihrer Liste fest, daß dringend Saatgut für die Frühjahrssaat bestellt werden mußte.

In der Küche wies sie die Köchin an, daß sie von heute ab alle Mahlzeiten mit Isabella abzustimmen hatte und daß sofort ein nahrhafter Eintopf für das schwer schuftende Gesinde bereitet werden sollte. Außerdem würde für den Fall, daß die Köchin vorhatte, nicht das Allerbeste aufzutischen, was Küche und Keller zu bieten hatten – so wenig es auch sein mochte –, Jocelyn die Küche überwachen und in Schuß bringen.

Danach besichtigte das Mädchen den inneren und äußeren Burghof und scheuchte, grimmig assistiert von ihren treuen Rittern Eadric, Thegn und Beowulf, Warricks Burgmannen an die harte, ungewohnte Arbeit.

Nachdem sie ihre Inspektion beendet hatte, kehrte Isabella in den Burgfried zurück, um mit Meister Isham die Rechnungsbücher durchzugehen und um mit Giles und Sir Bevan zu besprechen, was an den Verteidigungsanlagen der Burg auszubessern war.

Kein Wunder, daß Warrick, als er am Abend heimkehrte, fassungslos im Burghof stand. In der sonst so gespenstisch ruhigen Burg herrschte emsiges Treiben; und wäre er nicht so überrascht gewesen, hätte er bestimmt über seine stolzen Ritter gelacht, die wie einfache Knechte die Ställe ausmisteten und Wagenladungen Dung aus der Festung herauskarrten. Caerllywel, der seinem Bruder entgegenkam, lachte sehr wohl, aber vor allem über das verdutzte Gesicht des Grafen.

»Du solltest dich lieber verstecken, und zwar schnell, Waerwic«, begrüßte Caerllywel den Grafen, während er dessen Pferd am Zügel nahm. »Wenn ich mich nicht irre, haben deine Männer vor, dich noch heute abend umzubringen.«

»Bei Christi, Caerllywel!« donnerte Warrick und stieg ab. »Was zum Teufel ist hier los? Nein, spar dir die Antwort, ich weiß sie bereits. Das war die Hexe, die ich geheiratet habe. Sie hat die ganze Burg auf den Kopf gestellt.«

»Also, ich weiß nicht, Waerwic«, gab Caerllywel heiter zurück.

»Wenn du mich fragst, hat sie einiges auf die Füße gestellt; und ich bin ihr sehr dankbar dafür. Ich hatte mich so an die Unordnung hier gewöhnt, daß ich kaum mehr gemerkt habe, in was für einem Schweinestall wir gelebt haben.«

»Ich kann mich nicht daran erinnern, dich mit vorgehaltenem Schwert zum Bleiben gezwungen zu haben, Bruder«, merkte der Graf zynisch an. Caerllywel zog frostig eine Braue hoch, und Warrick wurde tatsächlich rot. »Es tut mir leid, Bruder«, entschuldigte er sich. »Ich bin auf 'Sabelle böse, nicht auf dich.«

»Waerwic«, meinte Caerllywel bedächtig, »ich glaube, du bist wirklich ein richtiger Trottel. Ich sage es dir noch einmal: Du hast keinen Grund, böse auf deine Frau zu sein. Sie war Lord Lionels Opfer. Hätte dich Brangwen nicht so verletzt, wäre dir das inzwischen klar. 'Sabelle war und wird dir immer eine durch und durch ehrenhafte und treue Frau sein.«

»Ach ja?« fragte Warrick sarkastisch. »Und woher willst du das wissen?«

»Sie liebt dich – obwohl ich mir wirklich nicht erklären kann, warum.« Mit diesen Worten machte Caerllywel auf dem Absatz kehrt und ging davon.

*Sie liebt dich. Sie liebt dich.*

Die Worte gingen Warrick einfach nicht aus dem Kopf. Schweigend starrte er auf die Tür, die ihn von Isabella trennte. Caerllywel hatte ihn als Narren bezeichnet. War er das wirklich? Hatte ihn sein Schmerz so blind gemacht, daß er seine Frau falsch eingeschätzt hatte? War sie am Tag des Turniers wirklich unter einem Vorwand in Lionels Zelt gelockt worden?

Zum hundertsten Mal rief sich Warrick den Moment ins Gedächtnis zurück, in dem sie aus dem Pavillon des Erben von St. Saviour getreten war. Sie hatte schwer geatmet, erinnerte er sich, wie nach einem innigen Stelldichein; und ihr Mieder war zerrissen gewesen. Aber... hätte sie nach einem Kampf nicht auch schwer geatmet? Hatte nicht vielleicht Lionel ihr die Kleider zerrissen, weil er sie vergewaltigen wollte?

Der Graf atmete scharf ein.

Ja, so könnte es gewesen sein, schloß er, wie jedesmal. Warum zweifelte er dann immer noch an seinem Weib? Ach, wenn er doch nur mit Gewißheit wüßte, was geschehen war!

*Sie liebt dich – obwohl ich mir wirklich nicht erklären kann, warum.*

Warrick schaute sich nachdenklich in seiner Kammer um. Wie frisch und sauber sie war. Auf seinem Bett lag sogar eine neue Matratze. Hätte sich Isabella soviel Arbeit gemacht, wenn er ihr gleichgültig wäre? Viele andere Frauen hätten zuerst an sich gedacht, Isabella dagegen hatte sich nur um ihn gekümmert. Selbst Giles' Kammer, das wußte der Graf, war schmutzig geblieben, nur damit seine Gemächer bis zum Abend fertig wurden. Hätte sie ihn ihrem Bruder vorgezogen, wenn sie ihn nicht lieben würde? Er wußte es nicht.

Wieder schaute Warrick auf die Tür, die ihn von Isabella trennte. Wie viele Nächte waren vergangen, seit er sie in seinen Armen gehalten hatte! Zwar hätte er seine Lust mit anderen Frauen befriedigen können, aber das hatte er nicht getan. Als er sie geheiratet hatte, hatte er seiner Frau Treue geschworen so wie sie ihm. Er war kein Mann, der einen Schwur brach.

Wie einsam waren die Abende gewesen, die er in den königlichen Stallungen verbracht hatte, wo er Gwalchmi sein Herz ausgeschüttet hatte. Wenn er sich jetzt daran erinnerte, wurde Warrick den Eindruck nicht los, daß ihn sogar sein geschätztes Streitroß so angeschaut hatte, als hielte es ihn für einen Narren.

War ich einer? fragte er sich. Bin ich einer? Ja, denn ich habe mich von der Hexe verzaubern lassen, und jetzt kann ich mich nicht mehr aus ihrem Bann befreien. Wie viele Nächte habe ich damit verschwendet, zu trinken, von ihr zu träumen, sie zu begehren. Ein Narr? Ja. Ich hätte um sie kämpfen sollen, ihr Herz und ihre Seele erobern und Lord Valeureux aus ihrer Erinnerung vertreiben sollen. Ich närrischster aller Narren. Ich dachte, es würde reichen, ihre Treue einzufordern. Wie hätte ich wissen sollen, daß ich ihre Liebe wollte? Ja, Liebe. Ich habe sie von Anfang an geliebt und wollte es mir nicht eingestehen. Erst vor Lionels Zelt wurde mir das bewußt und dann... dann... Jesus! Ich wollte sie umbringen, sie verletzen, so wie sie mich verletzt hatte. Und doch ... und doch ... Wollte ich sie nicht auch in die Arme nehmen und sie lieben, bis sie nur noch mir gehören und schwören würde, daß Lionel ihr nichts bedeutete? *Nichts!* Sie hat so oft zu erklären versucht, was wirklich passiert ist. War es falsch, nicht auf sie zu hören und statt dessen zu glauben, daß sie mich hintergangen hat? O Gott. Was habe ich nur angerichtet! Caerllywel hat mir gesagt, daß sie mich liebt, aber ich weiß, daß er sich irrt. Wie kann sie mich lieben, nachdem ich so kalt und grausam zu ihr war? Aber trotzdem ist sie meine Frau! Es ist mein Recht, bei ihr zu sein, auch wenn sie mich nicht mehr will. Ich werde sie nehmen und sie dazu *bringen*, mich zu wollen. Selbst wenn sie mich verachtet. Ich werde ihr Herz erobern. Und wenn es das letzte ist, was ich tue! Sie gehört mir. Mir! Noch einmal stehle ich mich nicht davon.

Entschlossen trat Warrick an die Tür – und zog sie auf. »Komm«, sagte er zu seiner verwunderten Gemahlin. »Ich brauche dich.«

Langsam und verunsichert stand Isabella auf und folgte ihm in sein Zimmer. War er wütend? Sie wußte es nicht. Mit keinem Wort hatte er die Veränderungen erwähnt, die sie auf Hawkhurst durchgeführt hatte. Vielleicht hatte er nur gewartet, um sie jetzt seinen Zorn spüren zu lassen. Das Mädchen zitterte.

»Was ist denn, Mylord?« fragte sie schüchtern. »Habt Ihr etwas auszusetzen?«

Er sah sie überrascht an. »Nein, natürlich nicht.«

»Was wünscht Ihr dann von mir?«

Mit einer Handbewegung wies er auf das massive Himmelbett.

»Ich weiß, daß ich als einziger in der ganzen Burg eine neue Matratze habe. Ich dachte, du würdest gern bequemer liegen.« Er sagte das ganz beiläufig.

Als Isabella begriff, was er von ihr wollte, wurde sie unwillkürlich blaß; und dem Grafen sank der Mut. Es war so, wie er vermutet hatte. Sie wollte ihn nicht mehr und würde sich ihm verweigern. Doch dann errötete sie und wandte sich, leise bebend, ab; und Warrick erkannte, daß er sich geirrt hatte. Schweigend beobachtete er unter halb geschlossenen Lidern hervor, wie sie ihren Morgenrock aufschnürte und von den Schultern gleiten ließ. Sie hat Angst, durchfuhr es ihn, Angst wie in ihrer Hochzeitsnacht. Dann begriff der Graf, daß sie sich genau wie in der ersten Nacht fühlen mußte, denn sie wußte nicht, was sie von ihm zu erwarten hatte.

Plötzlich wurde ihm klar, wie stark und kräftig er war und wie klein und zerbrechlich Isabella gegen ihn wirkte. Zum ersten Mal verstand er wirklich, wie macht- und hilflos eine Frau einem Mann gegenübersteht – vor allem ihrem Gemahl, gegen den sie sich nicht wehren durfte. Sie war ihm ausgeliefert, und er konnte mit ihr tun, was er wollte. Kein Wunder, daß so viele Mädchen sich zitternd vor Angst ins Ehebett legten – so wie Isabella sich in Warricks gelegt hatte.

Damals hatte er ihre Ängste ignoriert, sie einfach beiseite geschoben. Natürlich fürchtete sie sich vor dem Unbekannten; sobald er sie entjungfert hatte, bräuchte sie keine Angst mehr zu haben. Jetzt erkannte der Graf, daß die Furcht viel tiefer begründet war. Eine Frau hatte soviel Angst, weil sie ihren Leib und ihre Seele, ihr *Leben* in die Hände des Mannes legte.

Und doch schlüpfte Isabella tapfer, wenn auch schüchtern, aus ihrem Nachthemd, ohne zu protestieren. Sie vertraute darauf, daß er sie gut behandelte, obwohl sie überzeugt war, daß er sie verachtete. Er fragte sich, ob er an ihrer Stelle auch so tapfer gewesen wäre.

»'Sabelle«, hauchte er.

Sie drehte sich um und ließ das Nachthemd leise wie ein Flüstern zu Boden sinken. »Ja?« Sie versuchte nicht einmal, ihren Leib vor seinem hungrigen Blick abzuschirmen. Mit zwei langen Schritten war er bei ihr.

»'Sabelle.« Noch einmal sprach er sie mit dem liebgewonnenen Kosenamen an, den sie seit dem schrecklichen Tag des Turniers nicht mehr aus seinem Mund gehört hatte.

Neugierig, fast flehend und doch eigenartig trotzig schaute sie zu ihm auf. »Ja?« fragte sie wieder.

Aber irgendwie fehlten Warrick die Worte, die er ihr so gerne sagen wollte. Zum ersten Mal in seinem Leben fühlte er sich durcheinander und verloren, so als habe er sich im Nebel verlaufen. Wenn er ihr jetzt plötzlich erklärte, daß er sie liebte, würde sie ihm nicht glauben. Er mußte warten und sie umwerben, wenn er ihr Herz erobern wollte.

»Nichts. Es war nichts«, meinte er.

Er nahm ihr Gesicht in beide Hände, fuhr mit den Fingern in ihr Haar und legte dann seine Lippen auf ihre. Er küßte sie scheinbar ewig, spürte dabei kaum ihre Hände, die leicht zitternd an seiner Brust lagen. Das verletzliche Beben ihrer Lippen dagegen konnte ihm unmöglich entgehen. Langsam löste er sich von ihr, strich mit den Händen über ihre Schultern und legte sie dann auf ihre Brüste.

Wie schön sie sind, dachte er. Weiß wie Marmor; man kann sogar das Blau des Blutes unter der Haut sehen.

Er streichelte die Brustwarzen mit den Daumen und genoß es, die rosigen Knospen prall werden zu sehen. Er küßte Isabella in den Nacken, dicht über der Schulter, bis sich ihr die Härchen zu einer wohligen Gänsehaut aufstellten. Seine Lippen wanderten an ihrem schlanken weißen Hals aufwärts und dann wieder abwärts, bis sie ihre Brüste gefunden hatten. Es war ihm unbegreiflich, wie die kleinen festen Warzen so hart und gleichzeitig so weich sein konnten. Er knabberte vorsichtig daran und faßte sie dann mit den Zähnen, um mit der Zunge die rosa Spitze zu kitzeln.

Schließlich richtete er sich wieder auf und schob Isabella sanft auf das massive Himmelbett zu. Sie schlüpfte hinein. Zwischen den vielen Kissen und unter der hermelinbesetzten Überdecke sah sie unglaublich klein aus.

Mit großen, unergründlichen Augen beobachtete sie, wie er sich im Kerzenschein lässig das Hemd über den Kopf zog und dann die enge Strumpfhose abstreifte. Wortlos legte er sich neben sie, zog sie in seine Arme und küßte sie erneut. Voller Ungeduld drängte sich eine Hand zwischen ihre weichen Schenkel. Als er entdeckte, wie warm und feucht es dort war, konnte er sich nicht mehr zurückhalten – denn er hatte sie so lange vermißt –, rollte sich auf sie und schob ihre Schenkel auseinander. Die Spitze seines Gliedes drückte gegen ihre Pforte, drang langsam ein, dann stieß er plötzlich mit einer geschmeidigen, festen Bewegung zu, die ihr den Atem nahm.

Lüstern schlang Isabella ihre Beine um seinen Rücken und hob die Hüfte, um ihn tiefer in sich aufzunehmen, immer wieder, bis ihr Schoß brannte und sich plötzlich die Erde unter ihnen zu öffnen schien. Die Erlösung kam wie eine Explosion, deren Schockwellen ihren ganzen Körper durchliefen. Noch nie war sie so schnell zum Höhepunkt gekommen. Kaum spürte sie, wie Warrick seufzte und erschauerte, bevor auch er erschöpft niedersank.

Doch obwohl er befriedigt war, machte er keine Anstalten, sich aus ihr zurückzuziehen, sondern blieb weiter ein Teil von ihr; und nach einer Weile spürte sie, wie sein Glied wieder in ihr wuchs. Überrascht riß sie die Augen auf und merkte, daß er sie neugierig betrachtete. Ein Hoffnungsfunken, daß vielleicht doch nicht alles verloren war, glomm in ihrer Brust auf. Vielleicht würde er ihr doch noch vergeben, vielleicht würde er ihr wieder vertrauen, sie wieder ein bißchen mögen, obwohl er sie bestimmt nie lieben würde; davon war sie überzeugt.

Wie sehnte sie sich danach, ihm das Haar aus dem Gesicht zu streichen, seine Wange zu liebkosen, ihn an ihre Brust zu ziehen und ihm zu gestehen, daß sie ihn liebte. Aber instinktiv hielt sie sich zurück. Er würde ihr nicht glauben. Sie mußte langsam und vorsichtig vorgehen, wenn sie sein Vertrauen wiedergewinnen wollte.

Die Kerzen waren längst erloschen, aber das Licht des Herbstmondes strömte durch die Fenster herein und erhellte die Kammer mit einem silbernen Schleier. Warricks Augen glühten wie zwei Kohlen im Halbdunkel, so als wollten sie ihr all ihre Geheimnisse ausbrennen. Sie erbebte leise. Warrick hatte sie oft genug Hexe genannt; und wenn er recht hatte, dann paßten sie wahrlich gut zusammen, denn er war ein Teufel, daran gab es keinen Zweifel.

Zweimal hätte sie beschwören können, daß ihrer Liebe ein Zauber innewohnte, und nun spürte sie wieder, wie diese seltsame Magie sie in ihren Bann zog. Ihre Augen wollten sich nicht mehr von ihm lösen. Sein volles, tabakbraunes und goldsträhniges Haar bettelte danach, sich mit ihren Fingern zu verweben. Seine gelben Augen hypnotisierten sie mit ihrem leidenschaftlich dunklen Blick. Der Anblick seines vollen Mundes schlug sie in Bann, bis sich seine Lippen auf ihre senkten, sein Mund ihren verschlang und ihr Atem eins wurde.

Seine Handflächen lagen auf ihren Brüsten, drückten sie sacht, aber fest. Seine Daumen spielten mit ihren Brustwarzen, ließen sie hart und fest werden, fest wie Warricks Glied in ihr, das sie inzwischen ganz und gar ausfüllte.

Isabella merkte, daß sie sich nicht rühren konnte, nicht rühren wollte, als er sich zwischen ihren Schenkeln bewegte, sie verhexte und sie mit seiner Zauberkraft in ungekannte Sphären der Verzückung entführte.

Ein tiefes Stöhnen stieg aus ihrer Kehle, ein leiser, heiserer Laut, der wie das Schnurren einer Katze klang. Er lachte ihr leise ins Ohr, knabberte dann liebevoll an ihrem Ohrläppchen und flüsterte: »Du Hexe. *Hexe!* Du wirst ihn vergessen, und wenn ich dich dazu umbringen muß!«

Das Mädchen wollte ihm antworten, wollte protestieren, wollte ihm erklären, daß es Lionel Valeureux nie geliebt hatte. Aber Warrick brachte sie mit seinem Mund zum Schweigen. Es war ihr gleich. Aus ihr unerfindlichen Gründen war der Graf fest entschlossen, um sie zu kämpfen und das Herz zu erobern, das ihm längst gehörte.

Der Hoffnungsfunken in ihrer Brust entflammte zu einem rasenden Feuer. Sie würde ihn doch noch heilen; sie würde seine Liebe doch noch gewinnen. Mit aller Kraft schlang sie die Arme um ihn. »Ich habe ihn vergessen«, hauchte sie. »Ich habe ihn vergessen, Geliebter.«

Mit einem wilden, triumphierenden Knurren hob Warrick ihre Hüften an und drang erneut in sie ein, bis sie sich ihm mit einem heiseren Aufschrei ergab und die Lust wie glühendheiße Lava über sie hinwegschwemmte.

# KAPITEL 27

»Dio mio!« Mit einem haßerfüllten Zischen knüllte Lord Dante da Forenza, Conte di Montecatini, das Pergament in seiner Hand zusammen und streckte den jungen Boten, der die Nachricht überbracht hatte, mit einem Faustschlag zu Boden. »Gott verfluche diesen walisischen Hurensohn!« spie der Graf.

Die Frau, die verschreckt vor dem Kamin kauerte, fuhr sich mit zitternder Hand an den Hals; nichts fürchtete sie so sehr wie die mörderischen Wutausbrüche des Italieners. »Was – was ist denn, Mylord?« fragte sie nervös.

»*La vita è piena di guai.* Das Leben ist voller Schwierigkeiten!« übersetzte er ihr seine Antwort. »Ich bin nach Rom zurückberufen worden – und zwar in Unehre. Ich! Montecatini! Man hat mich für ein Duell bestraft, das mir von diesem walisischen Bastard aufgezwungen wurde! Gott verfluche diesen Hawkhurst! Das wird er mir bezahlen, das verspreche ich Euch!«

»Aber – aber ich dachte... Ihr habt gesagt, Eure Familie würde alles in Ordnung bringen«, stammelte die Frau ängstlich. Was sollte jetzt aus ihr werden? Wo sollte sie hin? Was sollte sie tun? »Ihr habt gesagt, die Sache würde kein Nachspiel haben«, heulte sie anklagend.

Lord Montecatini warf ihr einen Blick zu, der ihr das Herz im Busen gefrieren ließ. »Dann habe ich mich eben geirrt, na und?« antwortete er mit einem Sarkasmus, der ihr wie ein Messer ins Fleisch schnitt. »*Sangue di Christo!* Zum Teufel mit diesem walisischen Hurensohn! Das wird er mir bezahlen!« ereiferte sich der Graf zähneknirschend von neuem. »Dafür lasse ich ihn büßen, und wenn es das letzte ist, was ich tue!«

Wieder durchbohrte er die Frau am Feuer mit seinem Blick. Sie kauerte auf ihrem Hocker, verschüchterter und nervöser als je zuvor. Tränen standen ihr in den Augen. Vielleicht würde er sie ja wieder schlagen,wie so oft, wenn ihn etwas ärgerte.

»Nun, worauf wartet Ihr?« fuhr der Italiener sie wütend an. »*Che idiota! Si alzi!* Los, auf! Geht und packt Eure Sachen.«

»Heißt das – heißt das, ich soll mit Euch fahren, Mylord?« stotterte die Frau, in deren Brust sich leise Hoffnung regte.

»Dumme Schlampe!« knurrte Lord Montecatini. »Hab' ich das nicht eben gesagt? Was seid Ihr doch für ein einfältiges Weib! Ich weiß wirklich nicht, warum ich Euch nicht einfach aus dem Weg räume. Glaubt Ihr wirklich, ich lasse Euch hier, damit ihr Euch während meiner Abwesenheit in meine Angelegenheiten mischen könnt – vor allem, wo Ihr nicht mehr Hirn als ein Huhn habt?«

Die Frau richtete sich auf. Ein Rest an Stolz war ihr noch geblieben. »Darf ich Euch daran erinnern, Mylord, daß –«, setzte sie an, brach aber abrupt ab, als er aufsprang.

»*Silenzio!*« brüllte der Graf. »Ihr werdet mich an überhaupt nichts erinnern, habt Ihr verstanden?« Er schüttelte drohend die Faust. »Ihr habt Eure Chance vertan! Jetzt bin ich dran. *Mi comprendi?* Und ich werde mich nicht von Euren idiotischen Manövern behindern lassen, beim Blute Christi! Ich muß gestehen, ich hätte gute Lust, Euch umzubringen, Signora.« Der Italiener lachte kurz und gemein. »*Non saresti davvero una grande perdita.*«

Die Frau zog den Kopf wieder ein, denn sie hatte ihn das oft genug sagen hören, um zu wissen, was dieser Satz bedeutete. Er hatte gesagt, daß ihr Tod kein großer Verlust wäre.

»*Ferite di Dio!*« tobte er weiter. »Ein tollwütiger Hund und ein paar hungrige Löwen«, höhnte er. »Mehr habt Ihr nicht zustande gebracht, Signora?«

»Es ist mehr, als Ihr zustande gebracht habt, Mylord«, versuchte sich Lady Shrewton entrüstet zu verteidigen. Ihre Pläne *waren* gut gewesen, ganz gleich, wie er darüber dachte. Es war nicht ihre Schuld, daß sie fehlgeschlagen waren.

»Das waren die Einfälle eines dummen *sciocco*.« Er grinste verächtlich. »Ihr seid ein zu großes Risiko eingegangen, daran erkennt man den Amateur.«

»Ihr vergeßt, Mylord, daß *Ihr* nach Italien zurückberufen werdet«, merkte Lady Shrewton an, die es insgeheim freute, daß er längst nicht so klug war, wie er glaubte.

»*E vero.* Trotzdem werde ich irgendwann nach England zurückkehren, seid dessen versichert. Und dann werde ich mich rächen. Zweifelt Ihr etwa daran, Signora?«

»Nein. Nein, Mylord«, antwortete sie schließlich. Sie zweifelte kein bißchen daran. Dazu kannte sie den Grafen inzwischen viel zu gut.

»Gott verfluche ihn!«

Lord Lionel Valeureux starrte auf das Pergament in seiner Hand und fluchte wieder, als er es zum zweiten Mal las.

»Gott verfluche ihn!«

Der Erbe von St. Saviour war kein Erbe mehr. Sein Vater war gestorben, bei einem Schiffsunglück vor der Insel Wight ertrunken. Jetzt war Lionel der Graf von St.-Saviour-on-the-Lake. Wütend schleuderte er das zusammengeknüllte Pergament in die Zeltecke. Wegen der paar Monate! Hätte Lionel nur noch ein paar Monate warten können, dann hätte er Gilliane Beaumaris nie zu heiraten brauchen. Als Graf St.-Saviour-on-the-Lake hätte er den Heiratskontrakt selbst lösen können. Was für eine Ungerechtigkeit! Das schrie zum Himmel!

Nun, es war nicht mehr zu ändern. Was geschehen war, war geschehen. Dennoch stand für Lionel eines fest: Früher oder später würde er sich von Gilliane befreien und Lady Isabella Tremayne, die Gräfin Hawkhurst, zur Seinen machen, und wenn es ihn das Leben kostete.

Er warf sich den Umhang über und stiefelte aus seinem Zelt, um Richard, den Herzog von Gloucester, aufzusuchen. Lionel mußte seinen Herrn um die Erlaubnis bitten, sofort nach Hause zurückkehren zu dürfen.

Weit entfernt davon verließ Lady Isabella Tremayne, Gräfin Hawkhurst, leise vor sich hin singend die Hütte eines ihrer Pächter.

Langsam, aber beharrlich hatte sich Warrick daran gemacht, sein Weib zu umgarnen, und sie wieder in seinem Bett aufgenommen. Manchmal mußte sich Isabella auf die Zunge beißen, um nicht laut herauszurufen, wie sehr sie ihn liebte. Wie gern hätte sie ihm gesagt, daß er sie nicht zu umwerben brauchte – daß sie ihm ihr Herz längst geschenkt hatte –, aber sie wußte, daß er ihr nicht glauben würde. So schwieg sie, beobachtete ihn und wartete ab, was er als nächstes tun würde; und von neuem begann die Saat der Hoffnung in ihrem Herzen aufzugehen.

Die Arbeiten an der Burg gingen ebenfalls gut voran. Die Innenräume waren bereits fertig, und unter Sir Bevans wachsamen Augen machten auch die Ausbesserungsarbeiten an den Verteidigungsanlagen sichtbare Fortschritte. Die Kapelle war bereits restauriert, zur großen Freude Pater Francis', und die Messe wurde wieder täglich gelesen. Bis Weihnachten hätten alle Leibeigenen neue Hütten und im kommenden Frühjahr auch ihre eigenen Gemüsegärten, da Warrick sein Einverständnis dazu gegeben hatte. Isabella hatte befürchtet, er könnte ihr diese Neuerung verweigern, aber als sie ihn gefragt hatte, hatte er lediglich eine Braue hochgezogen und spröde gelächelt.

»Dies ist jetzt dein Heim, 'Sabelle«, hatte er ihr erklärt. »Du kannst tun, was du für richtig hältst, um den Besitz zu erhalten. Wie du gemerkt hast, habe ich mich kaum um die Burg gekümmert. Ehrlich gesagt überrascht es mich, daß du mich überhaupt fragst, nachdem du gesehen hast, wie ich mein Erbe habe verkommen lassen.«

»Du warst die meiste Zeit am Hof oder auf Feldzügen, Warrick«, hatte das Mädchen schnell widersprochen. »Und du hattest keine Frau, die als Burgherrin über Hawkhurst wachen konnte. Du kannst nichts dafür.«

»Doch, das kann ich, und ich weiß das auch. Ich hatte mich einfach zu sehr an das Junggesellendasein gewöhnt. Ich wollte nicht heiraten, und deshalb kam es mir sinnlos vor, mein schwer verdientes Gold in dieses Gemäuer zu stecken.«

»Ich habe alle Ausgaben genau festgehalten, Mylord«, hatte ihm Isabella eilig versichert. »Die Reparaturen waren zwar kostspielig, aber Eure Börse ist immer noch voll.« Dann war es aus ihr herausgeplatzt: »Und ich – ich zahle auch die Zimtstangen, wenn Ihr wollt, weil ich – ich weiß, daß sie teuer waren.«

Wie hatte er darüber gelacht, gelacht, bis sie allmählich wütend geworden war und ihn gefragt hatte, was er daran so komisch fände.

»Es tut mir leid, meine Süße. Aber du – du hast einfach so schuldbewußt ausgesehen. Behalte dein Geld, 'Sabelle. Ich bin kein Bettler. Und selbst wenn ich einer wäre«, hatte er beiläufig und mit halb geschlossenen Augen ergänzt, »wäre ich kein solcher Unhold, dir deine Lieblingssüßigkeiten zu verbieten.«

»Nein, natürlich nicht«, hatte Isabella entrüstet widersprochen. »Giles sagt sogar, daß du überaus großzügig bist, Herr.«

Das hatte er mit einem eigenartigen Lächeln quittiert.

Stirnrunzelnd erinnerte sie sich jetzt daran. Warrick führte etwas im Schilde, aber sie hatte keine Ahnung, was. Schließlich zuckte sie mit den Achseln. Was immer es auch sein mochte, sie hatte keinen Grund zum Klagen. Auf Hawkhurst war beinahe alles nach ihrem Willen gegangen – mit zwei Ausnahmen. Ihr Gatte hatte ihr verboten, die Stallungen zu betreten, weil das, wie er sagte, einen schlechten Eindruck auf die Burgbesatzung machen würde; und all ihrem Flehen zum Trotz hatte er die Ritter Eadric, Thegn und Beowulf nach Rushden zurückgeschickt, da sie, wie er ihr erklärte, Giles Ritter seien, nicht seine.

»Aber es sind *meine*«, hatte sie mit Tränen in den Augen protestiert. »Sie beschützen mich seit meiner Kindheit. Giles hat ihnen erlaubt, mir zu dienen, solange sie möchten. O Warrick, bitte«, hatte sie ihn angefleht, »schick sie nicht fort!«

»Es tut mir leid, mein Liebling«, hatte er sich entschuldigt, aber ohne seine Entscheidung zurückzunehmen.

Isabella hatte die Zähne zusammengebissen und geschwiegen. Mehr noch hatte sie jedoch verletzt, daß Giles kein Mitleid mit ihr hatte. Zum ersten Mal in ihrem Leben hatten sich die beiden Geschwister gestritten.

Jetzt erblickte Isabella ihren Bruder und rief ihn, weil ihr der Streit leid tat. »Giles!«

»Einen schönen Nachmittag, Schwesterherz«, begrüßte er sie mit gezogenem Hut und tiefer Verbeugung. »Du machst deinen Rundgang, wie ich sehe.«

»Ja, ich will mich davon überzeugen, daß die Bauern zufrieden mit ihren neuen Hütten sind.«

»Wie könnten sie nicht? Die Häuser, die du ihnen hast bauen lassen, sind wahrscheinlich die schönsten, in denen sie je gelebt haben.«

»Das hoffe ich. Jedenfalls scheinen sie ihnen zu gefallen. Es kehren sogar ein paar Pächter zurück, die Hawkhurst verlassen hatten.«

»Du kannst stolz auf dich sein, 'Sabelle. Schloß Hawkhurst hat sich von Grund auf verändert.«

»Glaubst du – glaubst du, daß es Warrick gefällt?«

»Natürlich! Wie sollte es nicht? Wobei mir einfällt: Er und Caerllywel haben einen Baum für das Weihnachtsfest aus dem Wald geholt. Warrick sagt, du sollst heimkommen und bestimmen, wo er aufgestellt werden soll. Sonst würden die Diener noch fürchten, daß er die Leitung der Burg wieder übernimmt.«

»Ach, Giles.« Isabella lächelte. »Endlich beginnt er sich für sein Heim zu interessieren, nicht wahr? Sir Bevan hat mir erzählt, daß Warrick an den Verteidigungsanlagen alle möglichen Verbesserungen vorgenommen hat.«

»Ja, ein paar davon werde ich übernehmen, wenn ich nach Rushden zurückkehre. Gott sei Dank bleibe ich bis zum Frühling auf Hawkhurst. Wenn ich mir nur vorstelle, wie kalt es jetzt in Schottland ist, fange ich schon jetzt an zu zittern! Bestimmt stehen Richard und seine Männer bis zu den Knien im Schnee.«

Isabella seufzte. »Bruderherz, ich weiß, daß du Rushden und Gloucester vermißt, aber sprich trotzdem nicht von unserem Abschied. Das stimmt mich immer so traurig. Bestimmt kehren Warrick und Caerllywel an den Hof zurück, wenn du weg bist, und dann bleibe ich hier ganz allein zurück.«

»Da wäre ich mir nicht so sicher, 'Sabelle. Es sieht ganz so aus, als würde Warrick bleiben wollen.«

»Ach, ich hoffe so, daß du recht hast.«

»Du wirst schon sehen.« Giles grinste. »Und jetzt komm. Der Baum wartet auf uns.«

Unter großem Hin und Her und viel Gelächter wurde der

riesige Tannenbaum im Rittersaal aufgestellt. Schließlich erhob er sich stolz vor ihnen, und kurz darauf wurde der Yulscheit im Kamin entzündet, der dort bis nach Weihnachten brennen würde. Die ganze Zeit über wurde gesungen, wobei Warrick und Caerllywel Isabella und Giles die alten, überlieferten walisischen Lieder beizubringen versuchten.

Warrick erklärte später, ihm hätte das Singen noch besser gefallen, hätte Caerllywel nicht darauf bestanden, sie auf der Laute zu begleiten. »Wenn du schon darauf bestehst, dieses Instrument zu spielen, Bruder«, meinte der Graf trocken, »dann solltest du es wenigstens lernen.«

Bevor Caerllywel ihm jedoch darauf antworten konnte, verblüffte Jocelyn alle mit der Erklärung, *ihr* hätte Caerllywels Spiel vortrefflich gefallen. Isabella und Giles verkniffen sich das Lachen, während Warrick ungläubig die Augen verdrehte und meinte, offenbar mache die Liebe nicht nur blind, sondern auch taub.

Jocelyn wurde rot und entgegnete arglos: »Nun, ich muß zugeben, es wäre vielleicht noch besser gewesen, wenn er beim Spielen nicht getanzt hätte«, worauf ihr lautes Gelächter antwortete.

Schließlich wurde es Weihnachten, das diesmal ganz anders war als im Jahr zuvor. Während damals Isabellas Krankheit wie eine schwarze Wolke über ihnen gehangen hatte, wurde diesmal nur gelacht, gesungen, getanzt und gespielt. Sie hatten gerade das Festmahl verzehrt, als Warrick plötzlich aufsprang und Isabella die Hand entgegenstreckte.

»Komm«, sagte er.

Langsam und verwirrt folgte sie ihm aus dem Burgfried, in gebührendem Abstand gefolgt von Giles, Caerllywel und Jocelyn.

Draußen tanzten weiße Schneeflocken in der Nacht. Isabella stockte der Atem, denn in der Dunkelheit sah die Burg aus wie ein verzaubertes Schloß. Ringsum auf den Festungsanlagen leuchteten warme Fackeln durch das Schneetreiben, so daß der ganze Hof in Gold gehüllt schien. Warricks Burgmannen standen auf dem Wehrgang, und im Hof hatten sich die Bauern versammelt.

Isabella war sprachlos und hätte sich am liebsten unter die Leute gemischt, denn sie war überzeugt, daß keiner unter ihnen je eine solche Nacht erlebt hatte, aber Warrick hielt sie mit den Worten zurück: »Noch nicht, meine Süße.«

Erst jetzt merkte sie, daß er sie zu den Stallungen führte. Lächelnd, doch eigenartig unsicher stieß Warrick das Tor auf und ließ Isabella eintreten. Sie schlug die Hände vor die Wangen und spürte, wie ihr vor Freude die Tränen in die Augen stiegen.

»O Warrick!« hauchte sie atemlos. »O *Warrick!*«

Der ganze Stall war mühsam in eine Menagerie umgebaut worden; und mittendrin standen Eadric, Thegn und Beowulf, umgeben von all den Tieren, die Isabella auf Rushden gepflegt hatte. Tinker, der Bock, war da, Matey, ihr Rabe, und Jasper, das Eichhörnchen; genau wie alle übrigen. Das Mädchen rannte zu den Tieren hin, umarmte sie, plapperte überschwenglich mit allen, tätschelte sie und untersuchte sie, als könne sie nicht fassen, daß sie wirklich da waren.

»O Warrick«, seufzte sie glücklich, als sie sich schließlich wieder ihrem Gatten zuwandte. »Das ist das schönste Weihnachten meines Lebens. Wie hast du es bloß geschafft, das geheimzuhalten?«

»Na ja, es war nicht leicht, mein Liebling«, gestand er, »vor allem, weil du zur gleichen Zeit die ganze Burg auf den Kopf gestellt hast. Aber alle haben geholfen: Caerllywel, Giles, Jocelyn, die Ritter und Diener und Pächter. Kam es dir nicht seltsam vor, daß dir *alle* Bauern unbedingt ihre neuen Hütten zeigen wollten?« Er lachte. »Jedesmal, wenn du in einer Hütte warst, gaben uns die Bauern ein Zeichen, und die Ritter karrten eine Wagenladung Tiere in die Burg. Am schwierigsten war es, diesen störrischen Bock herzuschaffen. Er wollte um keinen Preis in den Karren steigen und mußte am Strick hergeschleift werden.«

»Das war bestimmt an dem Tag, als die alte Berta mich nicht gehen lassen wollte!« erkannte das Mädchen.

»Genau.« Warrick grinste. »Sie hat mir erzählt, du würdest sie bestimmt für die Dorfnärrin halten; sie hätte sich den Mund fusslig geredet, um dich abzulenken. Sie hat geschworen, daß sie noch nie so erleichtert gewesen war wie in dem Augenblick, in dem ihr das Zeichen gegeben wurde, daß der Weg frei war.«

»Jetzt wird mir einiges klar.« Isabella lachte. »Deshalb war sie so komisch. Die ganze Zeit redete sie wie ein Wasserfall auf mich ein; dann sprang sie plötzlich auf, sagte, sie müsse jetzt kochen, und warf mich praktisch hinaus!« Das Mädchen kicherte, wurde aber gleich darauf ernst. »Und Giles, Bruderherz.« Sie drehte sich zu ihm um. »Ich war so böse auf dich, weil du zugelassen hattest, daß Warrick unsere Ritter wegschickt. Wie hast du mich nur ertragen können?«

»Nun, es war nicht leicht, 'Sabelle«, gestand Giles. »Ich war so wütend, daß ich dir am liebsten alles verraten hätte. Aber Warrick und Caerllywel haben mir die Entscheidung erleichtert, indem sie mir drohten, mich von einer Klippe zu schmeißen, wenn ich auch nur einen Ton sagen würde.«

»Vielen, vielen Dank, Warrick.« Das Mädchen wandte sich wieder ihrem Gatten zu. »Ich bin dir dankbarer, als ich dir je sagen könnte.«

Dann umarmte und küßte sie ihn so innig, daß Eadric, Thegn und Beowulf verlegen mit den Füßen zu scharren begannen.

Schließlich gingen sie nach draußen zu den anderen, die in diesem Augenblick ein Lied anstimmten. Sobald die letzten Noten verhallt waren, knieten alle nieder, um sich von Pater Francis segnen zu lassen; und Isabella weinte heimliche Freudentränen. Sie wußte, daß sie diese Nacht nie vergessen würde.

## Kapitel 28

Langsam wich der Frühling des Jahres 1481 dem Sommer; die Knospen, die bislang nur ein Versprechen gewesen waren, erblühten wirklich. Auf den Bergen lag der Bärlapp wie ein weicher, grüner Samtteppich unter den Fichten. Auf dem wilden, windgepeitschten Hochmoor darunter wogte sonnengelber Adlerfarn im sanften Wind. In den fruchtbaren Tälern mischte sich der erdige Torfgeruch mit dem Duft der weißen Blüten und aromatischen Beeren des Gagelstrauchs. Auf den bewaldeten Ebenen erblühten die Zweige der Eichen, Eschen und Pappeln zu neuem Leben. Rund um Hawkhurst sproß auf den früher brachliegenden Feldern das Getreide. An den Hängen der Hügel grasten zufrieden kleine, aber gut genährte Kuh-, Schaf- und Ziegenherden.

Trotzdem wirkte Isabella ernst, als sie über die Heide in Richtung Meer wanderte; und eine ganze Reihe unter den Bauern schlug heimlich das Kreuz, als sie sie sahen, und murmelte ein stilles Gebet für ihre Seele. Es war nicht so, daß sie das Mädchen gehaßt hätten; im Gegenteil, sie liebten Isabella über alles. Aber sie war ihnen so fremd wie die verletzten Tiere, die sie auf so wunderbare Weise heilte. Ihre einsame Gestalt strahlte etwas aus, das die Pächter Abstand halten ließ.

Dabei liebte der Lord sie, das war nicht zu übersehen. Ja, Lady Isabella hatte ihren Lord verzaubert, und dafür waren ihr die Bauern dankbar, denn seitdem hatte sich ihr Los grundlegend gebessert. Aber dennoch machte sie ihnen manchmal angst.

Sie waren einfache, fröhliche Leute; es war ihnen unbegreiflich, wie jemand freiwillig die Einsamkeit suchen konnte, und sie wußten nicht, daß trotz aller Freude und Zufriedenheit eine dunkle Wolke an Isabellas Horizont aufgezogen war. Es gab keinen Grund, beunruhigt zu sein, trotzdem fühlte sich das Mädchen nicht wohl; und sie nagte gedankenversunken an ihrer Unterlippe, während sie über den Brief nachdachte, den sie am Morgen erhalten hatte.

Lady Stanley hatte ihr geschrieben, daß der Lieblingsfalke ihres Gemahls krank sei und die Falkner ihn nicht heilen könnten. Der Vogel scheine totgeweiht, und Lord Stanley sei am Boden zerstört. Ob Isabella so freundlich wäre, der Lady Rat zu geben? Der Vogel zeige diese und jene Symptome.

Dann erging sich der Brief in höflichem Geplauder darüber, was seit der Abreise der Tremaynes alles am Hof passiert war. Lord Dante da Forenza, Conte di Montecatini, war nach Italien abberufen worden. Lord St. Saviour war bei einem Schiffsunglück ums Leben gekommen; sein Sohn, Lord Lionel, war nun Graf. Die Ausschweifungen des Königs wurden immer schlimmer, und er sah schlecht aus. Edwards älteste Tochter Elizabeth war fast so schön wie die Königin. Lady Stanley hatte einen Brief von ihrem Sohn Harry erhalten. Wie gut und fürsorglich er sich um seine geliebte Mutter kümmerte; ihr Kind war ein wahrer Segen.

Es war Tratsch, wie er in jedem Brief hätte stehen können. Aber trotzdem fiel Isabella unwillkürlich jener erste Abend im Tower ein, als ihr während des Banketts das Bild einer Verschwörung gegen den König vor Augen gestanden hatte, einer Verschwörung des Herzogs von Buckingham mit Lord und Lady Stanley, Harry Tewdwr und Warrick, und sie zitterte leicht.

Der Vorwand, unter dem die Baronin dem Mädchen geschrieben hatte, mochte legitim sein; am Hof war nicht unbemerkt geblieben, wie gut sie mit Tieren umzugehen verstand. Aber trotzdem machte sich das Mädchen seine Gedanken. Hawkhurst wurde nur durch den Bristol Channel von Wales getrennt, Harry Tewdwrs – durch Warricks – Heimat. Was für dunkle Ränke wurden dort wohl geschmiedet? Was für Anschläge auf die Krone, auf Edward und Richard Plantagenet waren geplant? Isabella war sich nicht sicher, ob das wirklich zutraf. Aber Lady Stanleys unschuldiger Brief hatte sie mißtrauisch gemacht.

Das Mädchen seufzte. Ihr würde nichts anderes übrigbleiben, als zu antworten. Aber vielleicht konnte sie ihre Antwort so fassen, daß die Baronin davon absehen würde, ihr noch einmal zu schreiben. Isabella wußte, daß sie ihrem Mann Lady Stanleys Brief zeigen mußte. Denn irgend jemand von der Burgbesatzung würde ganz bestimmt erwähnen, daß die Baronin eine Nachricht nach Hawkhurst geschickt hatte; und wenn Isabella den Brief verschwieg, mußte Warrick glauben, daß seine Frau etwas vor ihm zu verbergen hatte.

Isabella hätte beinahe alles getan, um das Vertrauen ihres Gemahls nicht nochmals zu verlieren. Wäre doch nur Giles da! Aber der war nach Schottland zurückgekehrt, um sich Gloucester wieder anzuschließen. Das Mädchen seufzte wieder. Sie würde

Warrick den Brief zeigen, aber sie würde nie, nie – solange sie lebte und sosehr sie ihn auch liebte – ihm dabei helfen, dem Haus York den Thron zu stehlen.

Auch wenn ihr nichts an ihm lag, wäre Edward Plantagenet bis zu seinem Tode ihr König; und Richard, sein Bruder, würde immer ihr Retter bleiben.

Entschlossen streckte sie die zerbrechlichen Schultern durch und marschierte weiter über die windige Heide zum Meer hin, wo sie in der Ferne die wilden walisischen Hügel aufsteigen sehen konnte wie ferne Schiffe, die England erobern wollten.

»Beim Blute Christi! Was ist das denn?«

Verstört drehte sich Isabella um, als sie die Stimme hinter sich hörte, denn normalerweise ließ sie, von wenigen Ausnahmen abgesehen, niemanden in ihre Menagerie. Langsam und verwirrt stand sie auf. Es mußte etwas passiert sein, wenn einer der Burgmannen in den Stall kam; aber als sie an das Tor trat, sah sie zwei fremde, doch eigenartig vertraut wirkende Männer und ihre Knappen dort stehen. Beide trugen grüne, goldgefütterte Umhänge mit Schließen, auf denen Basilisken abgebildet waren; grüne Wämser mit goldenem Futter; grüne Strumpfhosen und hohe, schwarze Lederstiefel. Über die Brust hatten sie den gleichen unförmigen Brustharnisch geschnallt, den auch Warrick und Caerllywel getragen hatten, als sie zum ersten Mal nach Rushden gekommen waren. Und wie damals bei Warrick und Caerllywel spürte sie auch jetzt, daß der eine ein Lord und der andere ein Ritter war.

Die beiden mußten Gäste sein, erkannte Isabella, obwohl es ihr seltsam vorkam, daß sich die Diener nicht um die beiden gekümmert hatten.

»Verzeiht, Mylord«, sagte sie höflich, »aber Ihr müßt mit Euren Männern und Pferden ans andere Ende des Stalles. Wie Ihr sehen könnt, dient dieser Teil inzwischen einem anderen Zweck. Ich weiß gar nicht, warum Euch die Pferdeknechte nicht eingewiesen haben. Vielleicht haben sie Euch nicht kommen hören. Ich werde sie gleich rufen, Mylord.«

Der Lord, offenbar der Anführer der Gruppe, musterte sie unverhohlen mit seinen hellblauen Augen, bis sie rot wurde. Sie sah kaum besser aus als bei ihrer allerersten Begegnung mit Warrick, erkannte sie. Den Kopf hatte sie mit einem Tuch bedeckt, und an ihrem Kleid klebten Strohhalme. Aber das Haar hing ihr lose über den reifen, schlanken Leib, und der Lord erkannte als erfahrener Mann sofort, wie schön sie war.

»Soso«, meinte er gedehnt und grinste. »Wem gehörst du denn wohl? Und wie kann jemand so dumm sein, ein so hübsches Ding in diesem – diesem Zirkus zu verstecken?« Letzteres stieß er voller Abscheu hervor.

Bevor Isabella, die sein mangelnder Respekt gleichermaßen überraschte wie beleidigte, antworten konnte, ergriff der Ritter an seiner Seite das Wort. »Vielleicht ist sie genauso wild wie diese Tiere, Bruder, und muß dringend gezähmt werden.«

Die Männer lachten lauthals.

»Ich glaube, du könntest recht haben, Bruder«, pflichtete ihm der Lord bei. »Sie hat tatsächlich etwas Lüsternes an sich. Man braucht ihr nur in die Augen zu sehen. Trotzdem, ihr Herr ist ein Tor, wenn er glaubt, er kommt zum Ziel, indem er sie hier einsperrt. Bestimmt würde sie meine Methode, sie einzureiten, viel... vergnüglicher finden. Wer ist dein Herr, Mädchen?« fragte er abrupt, winkte aber gleich darauf mit einer ungeduldigen Handbewegung ab. »Nein, du brauchst gar nicht zu antworten«, erklärte er ihr knapp, »denn das macht keinen Unterschied. Du gefällst mir, wirklich. Von jetzt an gehörst du mir«, verkündete er arrogant. »Glaub mir, ich kann wesentlich besser mit Frauen umgehen als dein Herr.«

Isabella schnaubte vor Wut. »Wie könnt Ihr es wagen, Mylord! Ihr seid nicht einmal würdig, einer Sau den Hof zu machen!« Ihre Stimme bebte vor Zorn, und sie zitterte am ganzen Leib. Sie war Lady Isabella Tremayne, Gräfin Hawkhurst, und keine Dienstmagd, die sich solche Beleidigungen gefallen lassen mußte.

»Nicht, Bruder«, flehte der Ritter, der plötzlich ganz ernst wirkte.

Der Lord lachte nur und machte einen Schritt auf Isabella zu.

Das Mädchen war entsetzt. Er wollte sie tatsächlich vergewaltigen, und zwar vor den Augen seiner Männer! Sie konnte es einfach nicht fassen. Sie hatte von Männern gehört, die sich derart vergingen, aber am eigenen Leibe hatte sie so etwas noch nie erlebt. Doch was wußte sie schon davon, wie sich ein Mann von Rang gegenüber einem Mädchen von einfachem Stande verhielt (denn inzwischen war das Mädchen überzeugt, daß der Lord sie für die Tochter eines Bauern hielt)? Der Lord packte sie am Haar und schleuderte sie mit einer kurzen Handbewegung aufs Heu. Fast gleichzeitig warf er sich auf sie und drückte sie trotz ihrer verzweifelten Gegenwehr zu Boden. Seine Hände fuhren ihr unter die Kleider; gierig suchten seine Lippen nach ihren.

»Laßt mich los!« schrie sie, wobei sie wie wild zappelte, um seinem Mund zu entkommen. »Zum Teufel mit Euch! Laßt mich los! Ich bin – bin –«

»Komm schon«, fiel er ihr ins Wort. »Du brauchst mir nicht das anständige Mädchen vorzuspielen.«

»Laß sie los«, hörte sie plötzlich den Ritter sagen. »Du hast ihr genug Angst eingejagt.«

»Nein, ich will sie haben«, widersprach der Lord.

Isabella stockte erneut der Atem, und sie begann, aus Leibeskräften gegen den Lord anzukämpfen, der ihr den Rock über die Schenkel zu schieben versuchte. Schließlich bekam sie eine Hand frei und versetzte ihm eine schallende Ohrfeige. »Dafür werdet Ihr bezahlen«, keuchte sie, als er ihre Hand fing und wieder auf den Boden drückte. »Ich verspreche Euch, es wird Euch teuer zu stehen kommen, wenn Ihr mich nicht sofort loslaßt!«

»Ach ja? Und wer soll die Zeche für dich einfordern, Mädel?« fragte der Lord höhnisch.

»Mein Gemahl, Mylord«, gab Isabella stolz zurück. »Er wird Euch umbringen, das verspreche ich Euch. Jetzt – laßt – mich – los! Ich bin – bin –«

»Du hast mir viel versprochen, Kleine«, fiel ihr der Lord wieder ins Wort. »Aber nicht das, was ich mir wünsche. Ich versichere dir, es wird deinen Mann nicht stören, daß er dich mit mir teilen soll. Bestimmt ist er inzwischen deiner müde.«

»Das bezweifle ich«, fauchte Isabella zornig. »Denn wir haben erst vor kurzem geheiratet.«

»Wie schade. Nun, ich werde ihn für den Verlust bezahlen, glaub mir«, sagte der Lord, während er mit dem Finger über die Mulde zwischen ihren Brüsten fuhr.

»Dann macht Euch bereit, mit Eurem Leben zu bezahlen, Mylord!« schrie ihm das Mädchen entgegen. »Denn wenn ich mich nicht irre, spürt Ihr bereits sein Schwert an Eurem Hals.«

Der Lord hielt abrupt inne, denn er spürte tatsächlich kalten Stahl auf seiner Haut. »Emrys?« rief er seinen Ritter. »Warum tust du denn nichts?«

»Vielleicht weil ihm Caerllywel das Messer an die Kehle gesetzt hat«, antwortete Warrick grimmig.

»Jesus! Waer – Waerwic?« fragte der Lord zögernd und zu Isabellas großem Erstaunen.

»Ja, ganz recht«, antwortete ihr Gemahl. Seine samtweiche Stimme klang gefährlich leise, tödlich. »Und jetzt steh ganz langsam auf, Madog, und erklär mir, wie du dazu kommst, meine Frau zu vergewaltigen.«

»*Deine Frau!* Bei Gott, Waerwic! Das wußte ich nicht; ich schwöre es! Du weißt, daß ich sie sonst nicht angerührt hätte! Um Gottes willen, Bruder! Das ist die Wahrheit; du hast mein Wort darauf!«

Isabella wußte nicht, ob es sie mehr überraschte, daß der Lord Warricks Bruder Madog war oder daß Warrick ihr keine Schuld an dem gab, was passiert war.

»Mylady Hawkhurst.« Madog drehte sich mit flehend ausgebreiteten Händen zu ihr um. »Es tut mir so leid. Hätte ich gewußt –«

»Dann hättet Ihr mich natürlich nicht angerührt«, schnitt ihm Isabella wütend das Wort ab. Ihre Todesangst wandelte sich langsam in brodelnde Wut. »Sehr ehrenwert, Mylord. Ihr schändet also nur jene Frauen, die von einfacher Geburt und Euch wehrlos ausgeliefert sind? Nun, ich warne Euch – sollte ich entdecken, daß Ihr versucht, *irgendeiner* Frau hier Euren Willen aufzuzwingen, werdet Ihr doch noch die Klinge meines Mannes zu spüren bekommen. Ich weiß nicht, wie derlei gehandhabt wurde, bevor ich nach Hawkhurst kam, aber Ihr werdet entdekken, daß sich hier einiges geändert hat!«

»*Brava!*« hörte sie eine Frau unter Applaus ausrufen. »Der Leib einer Frau sollte willig geschenkt, nicht geraubt werden.«

Plötzlich verstummten die Männer, sahen schuldbewußt zu der Frau hin und erröteten.

Schließlich trat Warrick vor, verbeugte sich tief und küßte ihr die Hand. Caerllywel ließ hastig seinen Bruder Emrys los und folgte seinem Beispiel, während Isabella mit offenem Mund auf Warricks Mutter, Lady Hwyelis uerch Owein, starrte.

Das Mädchen vermutete, daß die Frau weit über vierzig war, aber die Jahre waren gütig zu ihr gewesen. Sie war groß und schlank, und ihre vollen braunen Haare hingen ihr offen bis zur Taille, was darauf schließen ließ, daß sie Hawkhurst als ihr Heim betrachtete, denn keine Frau würde ihr Haar außerhalb ihrer Burg offen tragen. Die honiggelbe Haut war glatt wie die eines jungen Mädchens und nur um die verblüffend hellblauen und rätselhaft leuchtenden Augen von winzigen Fältchen gezeichnet. Sie hatte das gleiche hübsche Gesicht wie all ihre Söhne; aber sie war keine Schönheit. Das bemerkte man allerdings kaum; denn wenn sie lächelte, so wie jetzt, hellte sich Hwyelis' ganzes Gesicht auf und strahlte jenes Leuchten aus, das verriet, daß sie ihr Leben – und ihre Liebe – mit Leib und Seele lebte.

Sie streckte Warricks Frau ihre Hände entgegen. Isabella flüsterte: »Mylady«, kniete nieder und preßte die Stirn gegen den Handrücken. »Mylady.«

Selbst wenn Warrick und die anderen diese Begrüßung eigenartig finden mochten, Hwyelis kam sie ganz natürlich vor. Sanft zog Warricks Mutter Isabella wieder hoch und küßte sie.

»Ihr seid also Warricks Frau«, flüsterte sie. »Ich hatte Angst, soviel Angst, aber jetzt sehe ich, daß ich nichts zu befürchten brauche.«

Vielleicht erschien Hwyelis' Söhnen diese Antwort noch eigenartiger, aber Isabella verstand sofort. »Nein, Mylady«, antwortete sie leise.

Warrick begriff, daß etwas höchst Wichtiges zwischen seiner Mutter und seiner Frau geschehen war, aber er wußte nicht, was es war. Erst Jahre später sollte er erfahren, daß Hwyelis schon bei ihrer ersten Begegnung mit Isabella gespürt hatte, wie sehr das Mädchen ihn liebte.

Der Zauber schwand, als sich Isabellas Tiere lautstark zu Wort meldeten. Warrick stellte dem Mädchen seinen Bruder Emrys vor, dann führte sie alle durch die Menagerie. Vor allem Hwyelis interessierte sich für die Tiere und streichelte jedes einzelne, während Isabella schweigend daneben stand.

»Und das hier?« fragte Hwyelis, als sie zu Ragnor kamen, der auf einer Vogelstange hockte. »Wer ist das?«

»Das ist Ragnor, Mylady«, antwortete das Mädchen und lockte den Vogel auf ihre Schulter. »Mein besonderer Liebling. Ein Geschenk des Königs.«

»Und was hat er?«

»Ich weiß es nicht, Mylady. Er hatte sich den Flügel gebrochen, aber obwohl ich ihn eingerichtet habe, kann er nicht fliegen.«

Hwyelis musterte den Vogel gedankenversunken und richtete dann ihre hellblauen Augen auf Warrick. Schließlich sah sie Isabella wieder an, und erneut schien sich ein geheimes Band zwischen den beiden zu knüpfen. »Keine Angst, Kind«, erklärte Hwyelis dem Mädchen. »Er ist einfach noch nicht bereit. Wenn die Zeit gekommen ist, wird Ragnor fliegen, das verspreche ich Euch.«

# Kapitel 29

Isabella hatte nie erfahren, wie es ist, Teil einer großen Familie zu sein. Es kam ihr vor, als würde die Burg erst jetzt richtig zum Leben erwachen. Man konnte nie wissen, was als nächstes geschah. In einer Minute scherzten die vier Halbbrüder wie die besten Freunde miteinander, in der nächsten standen sie sich vielleicht schon mit gezücktem Schwert gegenüber. Aber irgendwie hatten ihre wütenden, hitzigen Auseinandersetzungen nie tragische Folgen, denn die Blutsbande zwischen ihnen waren genauso stark wie die zwischen Isabella und Giles. Dabei waren die Brüder grundverschieden.

Madog, der Älteste, hatte das rabenschwarze Haar seines Vaters Bryn-Dyfed. Er konnte tagelang kaltblütig Schlachtstrategien austüfteln und traf seine Gegner stets an ihrer verwundbarsten Stelle. Als seine Feinde dem damals Fünfzehnjährigen sein Erbe, die Burg Gwendraeth, entreißen wollten, hatten sie entdecken müssen, daß der junge Madog schon gut allein zurechtkam. Madog hatte seine Feinde besiegt, in die Flucht geschlagen und in ihre eigenen Burgen zurückgejagt. Inzwischen gab es nur noch wenige Männer in Wales, die den Mut hatten, sich mit dem Dreißigjährigen anzulegen.

Warrick mit seinem braunen Haar, dessen goldene Strähnen ebenso wie seine bernsteingelben Augen von dem Erbe seines Vaters zeugten, war der launischste und verschlossenste der vier. In der Schlacht tat der Siebenundzwanzigjährige seine Pflicht, und zwar besser als die meisten, aber er war nicht so kriegsbesessen wie Madog. Oft brütete er vor sich hin und sonderte sich ab, wirkte fast gleichgültig. Nur Isabella und Hwyelis konnten sein Bedürfnis, von Zeit zu Zeit allein zu sein, nachvollziehen.

Caerllywel hatte nur wenig von seinem Vater Powys. Er hatte das volle braune Haar und die hellbraunen Augen seiner Mutter geerbt und war eine Art Schalk mit goldenem Herzen. Er war ein gefürchteter Gegner in der Schlacht und beim Wettkampf, das er beides als Zeitvertreib betrachtete. Allerdings liebte er nichts so sehr, wie Frauen den Hof zu machen, Streiche zu spielen, Trinken und Würfeln. Dabei hatte er auch eine ernste Seite, die es ihm ermöglichte, das Leid anderer wahrzunehmen; und er half jenen, die ihm nahestanden, nach besten Kräften. Im Gegensatz zu Madog und Warrick wurde der Vierundzwanzigjährige nicht gefürchtet, sondern *geliebt*.

Emrys hatte das nußbraune Haar und die grünen Augen seines Vaters Newyddllyn und ähnelte seiner Mutter vom Aussehen her am wenigsten. Vom Temperament her war er ihr allerdings ähnlicher als alle anderen, denn auch er genoß das Leben und die Liebe. Er war kein guter Krieger und konnte sich nur mit Mühe selbst verteidigen. Wenn er in die Schlacht reiten mußte, fand man ihn binnen kurzem auf dem Feld, wo er die Verletzten und Sterbenden pflegte. Er hatte Medizin studiert und war bewandert in der Kunst des Heilens. Madog liebte er von ganzem Herzen – ebenso wie seine anderen Brüder –, aber er war mit dem, was sein Bruder tat, nicht einverstanden. Deshalb hatte er sich mit einundzwanzig entschlossen, Madog zu dienen, in der bislang allerdings unerfüllt gebliebenen Hoffnung, seinen Bruder bekehren zu können.

Am meisten jedoch liebte Isabella Hwyelis, und die beiden Frauen wurden bald zu guten Freundinnen. Es war fast, als hätte Hwyelis den Platz von Isabellas verstorbener Mutter eingenommen. Zum ersten Mal seit dem Tod der Lady Rushden begriff das Mädchen, was es all die Jahre vermißt hatte, ohne es zu wissen: Denn erst jetzt hatte sie das Gefühl, eine ältere und weisere Freundin zu haben, von der sie sich anleiten lassen, an die sie sich wenden konnte, die sie stützte und mit der sie all die kleinen Dinge teilte, die Frauen miteinander teilen.

Oft erkundigte sich Isabella bei der Arbeit nach Hwyelis' Meinung und richtete sich nach dem Rat der Älteren.

»Was meinst du dazu, Mutter Hwyelis?« fragte das Mädchen dann.

Und Hwyelis antwortete lächelnd und umarmte Isabella liebevoll.

Hwyelis schien, ohne daß man es ihr erzählen mußte, zu wissen, was das Mädchen durchgemacht hatte. Sie war wie Isabella ein Kind der Natur und erfaßte vieles, was unausgesprochen bleiben mußte, auch wenn das sonst so schüchterne Mädchen der Älteren oft sein Herz ausschüttete. Im Gegenzug erzählte Hwyelis Isabella aus ihrem Leben und von ihren Söhnen, vor allem von Warrick, über den die Jüngere nie genug hören konnte.

Der arme, einsame Junge! Je mehr Isabella über ihren Ehemann erfuhr, desto inniger liebte sie ihn. Er hatte genauso gelitten wie sie. Kein Wunder, daß er ihr so zurückhaltend und vorsichtig den

Hof machte. Warrick war, wie Ragnor, noch nicht bereit zum Fliegen, konnte ihr noch nicht die Liebe gestehen, die er, wie sie wußte, für sie empfand. Trotzdem zeigte er ihr seine Zuneigung auf so viele verschiedene Weisen, daß das Mädchen zufrieden war.

Wenn sie nachts in seinen warmen Armen lag, fragte sie sich bisweilen, wie sie nur hatte glauben können, daß sie Lionel liebte. Inzwischen hatte sie begriffen, daß die Liebe – wahre Liebe – nie wie ein Blitz einschlägt. Sie wächst langsam, wie eine Rose, die erst sprießt, dann Knospen trägt und schließlich unter der Sonne – und dem Regen – erblüht.

Lionel war für Isabella ein goldener Gott gewesen, und genauso hatte sie ihn verehrt. Warrick dagegen... Warrick war durch und durch Mensch. Auch wenn er sie hin und wieder an einen heidnischen Gott erinnerte, wußte sie genau, daß er keineswegs unfehlbar war, und sie war froh darum. Sie lächelte leise, als sich ihr Gemahl im Dunklen umdrehte, den Arm nach ihr ausstreckte und sie an sich zog.

»Mein Liebling«, murmelte er ihr schlaftrunken ins Ohr. »Hast du Kummer?«

»Nein«, antwortete sie leise.

»Aber trotzdem bist du wach.« Schwerfällig stützte er sich auf einen Ellbogen und musterte sie.

»Ja. Ich habe nur nachgedacht.«

»Worüber?« fragte er, während seine Finger ihre Haut streichelten.

»Über dich«, antwortete sie und kuschelte sich wohlig seufzend an ihn.

»Aha«, hauchte er ironisch. »Das kann einem natürlich den Schlaf rauben. Und was hält dich dabei wach, 'Sabelle?«

»Im Moment sind es deine Hände, Herr«, scherzte sie leichthin.

Er lachte kurz, wurde aber gleich wieder ernst. »Komm, mein Liebling. Sag mir die Wahrheit. Du darfst deinen Gemahl nie anlügen.«

»Das würde ich auch nicht; aber trotzdem fürchte ich, daß du mir nicht glauben würdest, wenn ich dir meine Gedanken verriete.«

»Woher willst du das wissen?« bohrte er nach. »Habe ich dir nicht einst gesagt, daß es nicht klug ist, sich einer Sache allzu sicher zu sein?«

»Doch.«

»Dann beantworte mir meine Frage, 'Sabelle«, drängte er zärtlich.

Die Lässigkeit, mit der er auf ihre Antwort wartete, wirkte ein bißchen zu gewollt. Irgendwie ahnte das Mädchen, daß er endlich wissen wollte, was sie für ihn empfand. Heute nacht, beschloß sie, würde sie es ihm offenbaren. Sie atmete tief durch.

»Ich – ich habe daran gedacht, wie sehr ich dich liebe, Warrick«, erklärte sie.

Sie spürte, wie er sich versteifte. »Beim Blute Christi«, fluchte er leise. »Lüg mich nicht an, 'Sabelle!«

Sie schluckte schwer. »Ich habe dir gesagt, daß du mir nicht glauben würdest.«

Er ließ sie so plötzlich los, daß sie fast erschrak, und stand knurrend auf. Ängstlich setzte sich Isabella auf und zog sich das Laken vor die Brust. Warrick tastete im Dunkel herum und zündete kurz darauf eine Kerze an, die er auf die Truhe neben dem Himmelbett stellte. Dann setzte er sich auf die Bettkante, legte ihr die Hände auf die Schultern und schaute sie eindringlich an.

»Jetzt«, befahl er, »sag mir noch mal, was du mir eben im Dunklen erklärt hast, als ich dein Gesicht nicht sehen konnte.«

»Ich liebe dich, Warrick.«

Er atmete tief ein, und einen Augenblick befürchtete sie, ihn endgültig verloren zu haben. Dann fragte er: »Es stimmt also? Du lügst nicht?«

»Nein, Warrick.«

»Und was ist damals in Lionels Zelt passiert?«

»Er hatte mich zu sich gelockt; und als ich ihm sagte, daß ich nichts für ihn empfinde, packte er mich wie ein Wahnsinniger und versuchte, mir seinen Willen aufzuzwingen. Mit knapper Not konnte ich ihm entkommen. Mehr ist nicht passiert, Herr. Lionel hat mich geküßt, ja, und mein Kleid zerrissen, aber mehr ist nicht geschehen, das schwöre ich; denn in diesem Augenblick hatte ich begriffen, daß ich ihn nicht liebte, daß ich ihn nie geliebt habe. Euch gehört mein ganzes Herz.«

»Ach, 'Sabelle, mein Liebling«, murmelte Warrick und drückte sie an sich. »Du weißt nicht, wie lange ich darauf gewartet habe, daß du das sagst.«

Dann preßte er seinen Mund auf ihren und flocht seine Finger in ihr silberblondes Haar, als fürchte er plötzlich, sie zu verlieren. Er bedeckte ihre Schläfen, ihre Lider, ihre Nasenspitze mit einem Regen von Küssen und suchte dann wieder ihre Lippen. Er schien gar nicht genug von ihr zu bekommen, und Isabella drohte das Herz vor Freude zu zerspringen.

»Ach, Geliebter, Geliebter«, weinte sie, an ihn gepreßt. »Ich wollte dir schon so lange verraten, was du mir bedeutest, aber ich hatte solche Angst, daß du mir nicht glauben würdest. Und als es so aussah, als würdest du mich nicht mehr wollen...«

»Ach, 'Sabelle, meine Süße. Ich wollte dich. Ich konnte nur den Gedanken nicht ertragen, wieder verletzt zu werden. Aber ich konnte dein Bild nicht vertreiben, sosehr ich es auch versucht habe. In all den einsamen Nächten habe ich nur von dir geträumt.«

»Aber du bist nicht zu mir gekommen.«

»Nein, ich saß wie ein Narr im Stall und habe vor meinem Pferd auf dich geschimpft.«

»O Warrick, nein.« Isabella unterdrückte ein erleichtertes Kichern. »Ist das wirklich wahr?«

»Ja.«

»Und ich dachte – dachte...«

»Daß ich in den Armen einer anderen liege?« ergänzte er leise.

»Ja.«

»Ich fordere nichts, was ich nicht auch zu geben bereit bin, 'Sabelle. Komm. Ich zeig' es dir.«

Zeit ihres Lebens sollte Isabella diese Nacht nie mehr vergessen: Warricks Hände, die das Laken wegzogen und sie seinen hungrigen Augen auslieferten; seine heißen Lippen auf ihrem Mund, ihren Brüsten, ihrem Bauch; sein Gewicht, als er auf ihr lag und ihr alles gab, was er zu geben hatte. Der Sternenhimmel kreiste um sie herum, bis sie nicht mehr wußte, wo ihr brennendes Fleisch endete und Warricks anfing. Flammen loderten tosend in Isabellas Adern, als sie sich ihm ergab; und Warrick hauchte heiser: »*Cariad*, Geliebte, meine Schönste aller Rosen«, bevor er ihr gestand, daß er sie liebte.

# KAPITEL 30

Besorgt betrachtete Isabella den Brief in ihrer Hand. Er kam von Lady Stanley, Harry Tewdwrs Mutter, die trotz Isabellas abweisenden Antworten immer neue Briefe schrieb. Das Mädchen war inzwischen überzeugt, daß die Briefe in Wahrheit an Warrick gerichtet waren. Er las sie scheinbar regungslos, aber kurz darauf sah ihn Isabella oft in aller Abgeschiedenheit mit seinen Brüdern diskutieren, und obwohl sich die Männer leise auf walisisch unterhielten, das sie trotz Warricks Unterricht nur bruchstückhaft verstand, verstummten die Gespräche abrupt, sobald sie zufällig ins Zimmer kam.

Manchmal wünschte sie, Madog wäre nie nach Hawkhurst gekommen, denn sie war sicher, daß vor allem er die Flammen der Rebellion anfachte. Der kriegsbesessene Madog fände nichts dabei, seine Brüder mit in den Krieg zu ziehen. Bei dem Gedanken schnürte sich Isabellas Kehle zu. Sie liebte Warrick, ihren Gemahl. Sie wollte nicht, daß er starb, weder auf dem Feld noch wegen Hochverrats durch die Hand eines Henkers. Ja, Hochverrat – ein häßliches Wort, das schon für so viele den Tod bedeutet hatte.

Sie schloß die Augen und zerknüllte den Brief in ihrer Hand. Lady Stanley war schlau, sehr schlau. Wer nicht, wie Warrick, zwischen den Zeilen zu lesen verstand, entdeckte nichts Verdächtiges in ihren Briefen. Sollten sie je in falsche Hände fallen, würde man der Baronin nichts nachweisen können. Was konnte an ein paar Briefen an Isabella, die als treue Anhängerin des Hauses York bekannt war, schon gefährlich sein?

Am liebsten hätte das Mädchen die Nachricht stillschweigend verschwinden lassen, aber das traute sie sich nicht. Warrick würde bestimmt mißtrauisch werden, und sie wollte auf keinen Fall sein neu erwachtes Vertrauen in sie enttäuschen. Außerdem würde Isabella vielleicht, wenn sie sich unauffällig verhielt, etwas Wichtiges erfahren.

Ach, wenn Madog nur nach Gwendraeth zurückkehren würde! Vielleicht würde er Warrick dann nicht mehr in seine Pläne verwickeln, wie sie auch aussehen mochten. Aber alles Hoffen war vergebens, das wußte das Mädchen genau. Caerllywel und Jocelyn würden nach der Ernte heiraten; und natürlich wollten Madog, Emrys und Hwyelis dabeisein. Sie hatten Warrick immer noch nicht ganz verziehen, daß sie seine Hochzeit mit Isabella nicht miterleben durften.

Und auch nach der Ernte würden sie Madog nicht entkommen, denn dann würde er selbst heiraten; und dazu würden alle gemeinsam nach Gwendraeth reisen. Da Warrick den kinderlosen Madog beerben würde – Madogs erste Frau war im Kindbett gestorben, das Kind tot geboren worden –, hatte Madog seinem Bruder die Nachricht von der bevorstehenden Heirat persönlich überbringen wollen. Natürlich hoffte Madog, daß aus dieser Ehe ein Sohn entspringen würde, der ihn später beerben konnte.

Seufzend blickte Isabella wieder auf Lady Stanleys Brief und versuchte, das zerknüllte Pergament glattzustreichen. Im stillen verfluchte sie die Baronin und ihren Sohn, den Lancastererben Harry Tewdwr. Wären die beiden nicht gewesen, hätte Isabellas Glück nichts im Wege gestanden.

Wales, oder *Cymru*, wie die Waliser es nannten, war ein wildes, unheimliches Land; und Isabella war froh, als sie nach ihrem Aufenthalt auf Gwendraeth endlich heimreisten. Es war nicht so, daß ihr Wales nicht gefallen hätte; aber das Wesen der Waliser war ihr einfach fremd; und sie hatte sich auf Gwendraeth, einer recht einfachen Burg, nur selten wirklich wohl gefühlt.

Außerdem hatten sie die Unterhaltungen auf Gwendraeth zutiefst beunruhigt; denn in Wales, so schien es, hatte man nur wenig für England, den alten Erbfeind, übrig. Isabella war überzeugt, daß die Waliser keinen Augenblick zögern würden, den

Lancastererben Harry Tewdwr zu unterstützen, der einer der Ihren war.

Das Mädchen zitterte in seinem Hermelinmantel; doch es war nicht die Winterkälte, die es frieren ließ.

Als sie in dieser Nacht in einem Wirtshaus eingekehrt waren, nahm Isabella schließlich ihren ganzen Mut zusammen und gestand Warrick ihre Ängste. Doch die Antwort ihres Gemahls trug nicht dazu bei, sie zu beruhigen.

»Ein Mann muß tun, was er für richtig erachtet, mein Liebling«, erklärte ihr Warrick.

»Aber was ihr da plant, ist Verrat, Warrick!« beschwor sie ihn. »Das spüre ich genau. Solange Edward Plantagenet lebt, ist er der rechtmäßige König Englands.«

»Ja, und solange er lebt, wird er mein Lehnsherr sein, denn niemand wird Edward den Thron streitig machen können, 'Sabelle. Aber nicht einmal ein König lebt ewig, *Cariad*. Glaub mir, 'Sabelle: Wenn er stirbt, wird England seinen Sohn Ned nicht als König annehmen. Das Land hat zu oft unter der Herrschaft minderjähriger Könige gelitten, um das noch einmal durchzumachen.«

Isabella nagte an ihrer Unterlippe. König Richard II. war erst zehn gewesen, als er den Thron bestiegen hatte; die Macht hatte in den Händen seines Onkels John of Gaunt und eines Regierungsrates gelegen, der so zusammengesetzt war, daß niemand wirklich die Geschicke des Landes bestimmen konnte. England war es unter dieser schwachen Regierung so schlecht ergangen, daß es im Jahr 1381 zu einem Bauernaufstand gekommen war. 1399 hatte sein Sohn Henry Bolingbroke Richard zum Abdanken gezwungen und sich selbst zum König Henry IV. gekrönt.

Dann war 1422 sein einjähriger Enkel Henry VI. auf den Thron gelangt. Isabella wußte, was England unter dem frommen, aber schlichten König Henry VI. erleiden mußte.

Der junge Ned Plantagenet, Edwards Sohn, war erst zwölf.

»'Sabelle«, fuhr Warrick ernsthaft fort, »du siehst doch, daß die Macht, falls Edward sterben würde, in die Hände der Woodvilles fallen würde, nicht wahr?«

»Es gibt auch noch den Herzog von Gloucester«, wandte sie ein.

»Der junge Ned kennt Gloucester kaum«, widersprach ihr Gemahl. »Lord Anthony Woodville, der Graf Rivers, hat den Jungen auf Ludlow großgezogen.«

»Trotzdem ist der junge Ned der rechtmäßige Thronerbe, Warrick; und selbst wenn er es nicht wäre, gäbe es andere, die mehr Anrecht darauf hätten als Harry Tewdwr.«

»Vielleicht«, gab Warrick zu. »Aber eines steht fest: Wenn wir nicht die Woodvilles an die Macht kommen lassen wollen, müssen wir Tewdwr unterstützen.«

»Ich bin Yorkistin, Warrick, genau wie mein Bruder«, rief ihm Isabella in Erinnerung. »So wie es schon unser Vater war und vor ihm dessen Vater. Wir werden unserer Sache niemals untreu werden. Möchtest du Giles eines Tages auf dem Schlachtfeld gegenüberstehen?«

»Ich hoffe, daß das nie geschieht, 'Sabelle.« Warrick sagte das ganz ernst. »Aber wenn es zum Krieg kommt, werde ich wie jeder Ehrenmann gegen meine Feinde kämpfen.«

»Wenn es zum Krieg kommt, werde *ich* deine Feindin sein, Warrick«, bemerkte das Mädchen und lief schluchzend hinaus.

Tränenblind rannte sie zu Hwyelis, die sie nach England zurückbegleitete, und schüttete Warricks Mutter ihr Herz aus. Hwyelis hörte Isabella schweigend zu und streichelte ihr sanft übers Haar.

Schließlich seufzte die Ältere und sagte: »Ich weiß nicht, was meine Söhne im Schilde führen, Kind, und ich will es auch gar nicht wissen. Aber ich weiß eines: Du liebst Warrick, und er liebt dich. Was immer auch geschieht, du gehörst zu ihm.«

»Aber – aber ich habe auch dem König Treue geschworen!« weinte Isabella.

»Meine liebe 'Sabelle. Seine Gnaden liegen noch nicht im Grab. Bestimmt wird der König noch viele Jahre leben; und bis dahin kann sich noch viel ändern.«

»Ach, Mutter Hwyelis, das hoffe ich«, flüsterte das Mädchen inbrünstig. »Ich hoffe es von ganzem Herzen.«

Aber Isabella hoffte vergebens. Ein Jahr später waren Seine Gnaden Edward IV., König von England, tot.

* * *

Seine Gnaden der Herzog von Gloucester, Richard Plantagenet, starrte schweigend auf den vor ihm knienden, staubbedeckten Boten, den ihm Lord Hastings gesandt hatte. Es war deutlich zu sehen, daß der Junge in aller Eile hergeritten war; die Botschaft auf der Pergamentrolle, die er Richard entgegenstreckte, mußte dringend sein.

Widerstrebend nahm Richard den Brief entgegen und erbrach das Siegel. Er las den Inhalt und glaubte im ersten Moment, in Ohnmacht zu fallen. Wie blind starrte er in den Rittersaal auf Middleham, in dem plötzlich alles zu gefrieren schien, als seine Gäste merkten, wie ruhig er geworden war. Sein bleiches Gesicht machte ihnen angst.

Herr im Himmel. Ned war tot. War schon vor Tagen gestorben.

Nein! *Nein!* Das konnte nicht wahr sein! Edward von den drei Sonnen war nicht nur ein König gewesen; er war die Sonne selbst gewesen, ein goldener Gott, zu dessen Füßen ganz England gekniet hatte.

Tot. tot. *Tot*...

Gloucester drehte sich um und stolperte wie benommen aus dem großen Saal. Er hörte nicht einmal, wie seine geliebte Frau Anne ihm nachrief.

Anne, die Herzogin von Gloucester, hatte Angst. So hatte sie Richard noch nie erlebt. Am Boden zerstört vor Kummer, aber zugleich grimmig entschlossen, bereitete er sich auf die schwerste Schlacht seines Lebens vor; und sie wußte nicht, wie sie ihm dabei helfen sollte. Wenn sie ihm nur die schreckliche Last leichter machen könnte, die ihm auferlegt worden war; aber das konnte sie nicht. Sie war nur eine Frau; Edward Plantagenet war ein König gewesen. Anne konnte ihrem Mann die schwere Verantwortung nicht abnehmen, die ihm sein Bruder aufgebürdet hatte.

In seinem Testament hatte Edward seinen Bruder Richard, den Herzog von Gloucester, zum Lordprotektor des jungen Edward V. ernannt – des neuen Königs von England.

Es war eine ehrfurchtgebietende Position, und der Mann, der sie innehatte, mußte äußerst vorsichtig vorgehen – sonst konnte sie ihn das Leben kosten.

Richard war müde, so müde. Er schloß die dunkelblauen Augen und legte den Kopf auf den Tisch vor sich.

Sein ganzes Leben war er Edwards rechter Arm gewesen. Richard war mit seinem Bruder nach Burgund geflohen, als Neville sie verraten hatte. In den Schlachten von Barnet und Tewkesbury war Richard an Edwards Seite geritten. Richard war dabeigewesen, als Edward in Frankreich mit König Louis XI. verhandelt und den Vertrag von Picquigny unterzeichnet hatte. Richard war in Schottland einmarschiert, als Edward zu krank dazu gewesen war.

Selbst jetzt, wo Edward tot war, bestimmte er aus dem Grab heraus über Richards Leben.

Richard hatte Lord Anthony Woodville, dem Grafen Rivers, nach Ludlow geschrieben und ihn gebeten, ihm mit dem jungen Ned auf der Reise nach London entgegenzukommen, damit sie gemeinsam in die Stadt einreiten könnten. Anthony hatte eingewilligt, sich in Northampton mit Richard zu treffen; aber Richard traute ihm nicht. Lord Hastings hatte einen zweiten Boten nach Middleham gesandt, der Richard davor warnte, daß die Königin und ihr Clan ihm die Schutzherrschaft über den jungen Ned entreißen wollten. Richard fragte sich, wie viele sich wohl auf die Seite der Königin stellen würden. Bis jetzt hatte er erst eine ermutigende Nachricht erhalten: sein Vetter Henry Stafford, der Herzog von Buckingham, hatte sich erboten, ihn auf der Reise nach Süden zu begleiten und ihm tausend Mann zur Verfügung gestellt.

Seufzend hob Richard die Feder, um seinem Vetter zu antworten. Buckinghams Angebot war ermutigend. Trotzdem konnte Richard nicht vergessen, daß sein Vetter zugleich Lady Stanleys angeheirateter Neffe war. Richard konnte nur hoffen, daß in diesem Fall Blut dicker war als Wasser.

Am Dienstag, dem 29. April 1483, ritt Richard in Northampton ein, nur um zu entdecken, daß Lord Anthony Woodville, der Graf Rivers, bereits dagewesen und wieder abgereist war – mitsamt dem jungen Ned. Richard wartete ungeduldig auf Buckinghams Eintreffen, als Anthony in Begleitung eines kleinen Trosses zurückkehrte. Er entschuldigte sich für sein Verhalten und erklärte, der junge Ned habe möglichst schnell nach Stony Stratford weiterreisen wollen. Es war eine lahme Ausrede. In Wahrheit hatte sein Neffe Sir Richard Grey dem Grafen Rivers eine Botschaft der Königin überbracht, in der ihm befohlen worden war, das Treffen mit Gloucester abzusagen. Auf gar keinen Fall – das hatte Elizabeth doppelt unterstrichen – durfte Gloucester den jungen Ned in die Hände bekommen. Statt dessen sollte Anthony den Jungen so schnell wie möglich nach London zurückbringen.

Verlegen verabschiedete sich Anthony von Richard, noch ehe Buckingham eintraf und eine ganze Reihe – größtenteils schlechter – Nachrichten mitbrachte.

Edward war vor einer Woche in Windsor zu Grabe getragen worden. Richard brauchte sich keine Sorgen zu machen, daß die Zeremonie nicht standesgemäß gewesen wäre. Die Königin hatte Edward geliebt; und auch wenn sie dem Begräbnis nicht beigewohnt hatte, so hatte sie doch dafür gesorgt, daß der König mit allen Ehren beerdigt wurde. Elizabeth selbst war in Westminster geblieben, wo sie den Kronrat überredet hatte, eine Flotte aufzustellen, deren Kommando sie ihrem Bruder Sir Edward Woodville übertragen hatte. Ihr ältester Sohn, Lord Thomas Grey, der Marquis von Dorset und seit März Kommandant des Towers, hatte Edwards Schatz unter seine Kontrolle gebracht. Außerdem war es der Königin gelungen, den Rat davon zu überzeugen, daß Edwards Testament, in dem Richard zum Lordprotektor des jungen Königs ernannt wurde, mißachtet und der junge Ned so bald wie möglich gekrönt werden sollte. Die Krönung war für den 4. Mai angesetzt, den kommenden Sonntag.

Richard atmete scharf ein. Sobald Ned zum König gekrönt wurde, endete Richards Protektorat. Bei Gott! Wie konnte sie es wagen – diese gemeine Schlampe aus Grafton Regis, die ihre Schenkel so lange zusammengekniffen hatte, bis Ned sie geheiratet hatte? Mit welchem Recht untergrub sie Richards Autorität – diese falsche, kaltherzige Hure, die Ned dazu gebracht hatte, seinen eigenen Bruder George, den Herzog von Clarence, hinrichten zu lassen, und die auch Richard beseitigt hätte, wäre ihr das irgendwie möglich gewesen.

Abrupt sprang Richard auf und donnerte die Faust auf den Tisch. Bei Gott, das war eine Zumutung, die er sich nicht gefallen lassen würde!

»Francis!« Er wandte sich an Lord Lovell. »Weckt die Männer. Wir reiten augenblicklich nach Stony Stratford.«

Sie erreichten den Ort im Licht der Morgendämmerung. Dort verhaftete Richard Lord Anthony Woodville, den Grafen Rivers, Sir Richard Grey sowie einige andere und ließ alle auf Burg Pontefract einkerkern.

## Kapitel 31

*Schloß Hawkhurst, England 1483*

Die Männer kamen ganz unvermutet und unangekündigt. Aber im ersten Moment dachte sich Isabella nichts dabei. Seit dem Tod des Königs waren so viele Reitertrupps auf dem Weg nach London an Hawkhurst vorbeigezogen. Wäre Isabella nicht schwanger gewesen, hätten auch sie und Warrick die Reise angetreten. So aber hatte der Graf erklärt, das Wohlergehen seiner Frau sei ihm weitaus wichtiger als jede Politik; und weder würde er ihr in ihrer gegenwärtigen Verfassung die Reise zumuten noch ohne sie fahren.

Sie lenkte das kleine Waliserpony mit dem Wagen, den sie auf Warricks Drängen hin fuhr (er sagte, Reiten sei viel zu gefährlich für sie), an den Straßenrand, um die herangaloppierenden Männer vorbeizulassen. Sie runzelte die Stirn. Etwas irritierte sie an den Reitern, aber Isabella konnte nicht sagen, was es war. Kurz dachte sie darüber nach; dann wandte sie achselzuckend ihre Gedanken einem viel angenehmeren Thema zu – Warrick.

Wie gut und fürsorglich er war, auch wenn Isabella ihn für ein bißchen übervorsichtig hielt. Schließlich war sie nicht krank. Abgesehen von etwas morgendlicher Übelkeit verlief ihre Schwangerschaft ohne Schwierigkeiten. Trotzdem behandelte Warrick sie wie ein rohes Ei. Aber im Grunde genoß sie es, so verwöhnt zu werden, und war froh, daß sich ihr Mann ebensosehr auf das Kind freute wie sie. Liebevoll tätschelte sie ihren runder werdenden Bauch. Sie konnte es kaum erwarten, Warricks Kind in ihren Armen zu halten!

Die donnernden Hufe der nahenden Kavalkade rissen sie aus ihren Gedanken. Die Männer schienen geradewegs auf sie zuzuhalten. Wollten sie sie überrennen? Sie hatte ihnen doch reichlich Platz zum Vorbeireiten gelassen. Nervös schnalzte das Mädchen mit der Zunge und lenkte das Pony noch weiter an den Wegesrand, bis der Karren beinahe in den Straßengraben rutschte.

Isabella war so damit beschäftigt, die Straße frei zu machen, daß sie erst, als sie wieder aufschaute, bemerkte, was sie vorhin an den Männern gestört hatte. Sie waren ganz in Schwarz gekleidet und trugen keinerlei Wappen.

Ein Angstschauer kroch ihr über den Rücken, als ihr das bewußt wurde, denn das konnte nur eines bedeuten: Die Männer waren entweder verkleidete Ritter eines Lords oder Banditen, und beides verhieß jedem, der ihren Weg kreuzte, Unheil.

In panischer Angst zog Isabella die Zügel straff, lenkte den Wagen herum und trieb das Pony zum Galopp.

Sie war nicht ganz allein. Auf den Feldern arbeiteten ein paar Pächter, aber die Bauern würden gegen einen berittenen Trupp von Bewaffneten wenig ausrichten können.

Du Närrin! Du Närrin! schalt sich Isabella selbst. Sie hatte Warrick ausgelacht, als er ihr vorgeschlagen hatte, sich bei ihrer Ausfahrt von ihren drei treuen Rittern begleiten zu lassen.

Aber sie wollte doch nur zu Bertas Hütte, hatte sie ihm erklärt, die von den Mauern von Hawkhurst aus deutlich zu sehen war. Warrick drohte sie mit seiner Fürsorge bald zu ersticken! Sie war nur schwanger, nicht hilflos!

Jetzt blickte das Mädchen sehnsüchtig auf die Burg in der Ferne. Hoffentlich hatten die Burgmannen des Grafen den Vorfall beobachtet und schickten ihr bereits Hilfe.

Die Pächter, die ihren hoffnungslosen Fluchtversuch beobachteten, rannten auf die Straße zu, Hacken und Sensen in der Hand. Aber wie Isabella vorausgesehen hatte, vermochten sie gegen den Reitertrupp nichts auszurichten, deshalb rief Isabella ihnen zu, sich zurückzuziehen.

Das Pony rannte aus Leibeskräften, und die Räder des Karrens ratterten und holperten gefährlich über die Straße. Einmal wurde das Mädchen bei einem besonders tiefen Schlagloch aus dem Sitz gehoben und wäre um ein Haar im Straßengraben gelandet. Vor Angst, sich zu überschlagen, schlug ihr das Herz in der Kehle, aber sie wagte es nicht, langsamer zu fahren. Trotzdem konnte das Pony mit seinen kurzen, stämmigen Beinen unmöglich die Streitrösser abhängen, die ihr auf den Fersen waren. Immer näher rückten die Reiter auf.

Zu ihrem Entsetzen sah Isabella einen großen Stein vor ihr auf der Straße liegen. In letzter Sekunde versuchte sie, das Hindernis zu umfahren, aber ein Rad kam auf den Stein auf, und die Vorderachse zersplitterte unter dem Aufprall. Der Wagen schwänzelte gefährlich, Holz schabte über die Straße, dann löste sich das Pony aus dem Zaumzeug, und der Karren rumpelte geradewegs in den Straßengraben.

Die Angst verlieh Isabella übermenschliche Kräfte. Sie richtete sich auf und kletterte mühsam vom Kutschbock herunter; dann begann sie zu rennen. Aber es war zwecklos. Sekunden später hatten sie die Unbekannten in Schwarz eingeholt.

Sie wehrte sich aus Leibeskräften, trotzdem hatten sie die Männer in wenigen Sekunden überwältigt und auf ein Pferd geworfen, das sie offenbar eigens zu diesem Zweck mitgebracht hatten.

Wenigstens, begriff Isabella trotz aller Angst, waren es keine Banditen. Die Entführung war geplant und vorbereitet worden – aber warum? Wollte man Lösegeld für sie erpressen – oder etwas Schlimmeres?

Sie wußte es nicht. Sie erkannte keinen der brutalen Kerle, die sie entführt hatten; und als sie mit zitternder, aber hoheitsvoller Stimme nach ihrem Namen und dem Grund für die Entführung fragte, antwortete ihr eisiges Schweigen.

Schließlich gab das Mädchen verängstigt, entmutigt und verzweifelt das Fragen auf und ritt schweigend mit.

Isabella hatte keine Ahnung, wie lang oder wie weit sie galoppiert waren, als der gnadenlose Gewaltritt seinen Tribut zu fordern begann. Sie biß die Zähne zusammen, um nicht vor Angst aufzuschreien, als erste kleine Stiche, dann glühende Schmerzen durch ihren Unterleib fuhren.

O Gott, nicht das Kind, betete sie inbrünstig. Bitte, lieber Gott, nicht das Kind!

Bis dahin hatte sie nur um sich selbst gefürchtet. Jetzt verkrampfte sich ihr Herz in einer neuen, noch schrecklicheren Angst. Was war, wenn sie das Kind verlor?

»Bitte, bitte, nicht so schnell«, bettelte sie. »Ich bin schwanger.«

Aber ihr verzweifeltes Flehen rührte niemanden. Im Gegenteil, als die Entführer merkten, daß Warrick und seine Mannen die Verfolgung aufgenommen hatten, trieben sie ihre Pferde noch weiter an.

Schnell, Warrick! O bitte, lieber Gott, schnell! schrie Isabella im stillen.

Und als könnte er sie hören, trieb weit entfernt der Graf seine Ritter an, als wäre ihm der Leibhaftige auf den Fersen. Ein paar der weniger kräftigen Streitrösser stolperten und gingen zu Boden; aber Warrick gönnte sich trotzdem keine Rast.

Bei Einbruch der Nacht hatte der Graf die Entführer seiner Frau eingeholt.

Die Schlacht war kurz und grausam, denn Warrick kämpfte wie ein Wahnsinniger, flankiert von Madog und Caerllywel. Selbst der sanfte Emrys führte sein Schwert mit ihm bis dahin unbekanntem

Zorn. Schließlich war das Gemetzel vorüber und der Boden blutgetränkt. Nur ein einziger Entführer war am Leben geblieben.

Obwohl Warrick, Madog und Caerllywel den Gefangenen gnadenlos folterten, weigerte er sich standhaft, seinen Herrn zu nennen; und schließlich schnitt ihm Madog vor Zorn die Kehle durch.

Sekunden später spürte Isabella, wie etwas Klebriges, Warmes an ihren Schenkeln herabfloß und sank ohnmächtig in Warricks starke Arme.

Es ging Isabella schlecht. Plötzlich schien die ganze Welt verrückt geworden zu sein; und eine Frau, die eben eine Fehlgeburt erlitten hatte, mußte das noch mehr verstören als alle anderen. Mit dröhnendem Kopf lag sie auf dem massiven Himmelbett in ihrem Gemach im Tower. Die alte Alice legte ihr ein feuchtes Tuch auf die Stirn, und sie schloß erleichtert die Augen. Wann kam Jocelyn denn endlich mit einem der Hofärzte zurück!

Aber seit dem Tod des Königs war der ganze Tower in Aufruhr. Niemand konnte vorhersagen, wie lange Jocelyn brauchen würde. Niemand mit einem Funken Verstand ließ sich in diesen Tagen am Hof blicken, wenn er nicht in den dort tobenden Machtkampf hineingezogen werden wollte.

Natürlich würde Richard gewinnen. Im Gegensatz zum übrigen Hof zweifelte Isabella nicht daran. Um ihren Retter brauchte sie nicht zu bangen, sondern nur um Warrick, der nach London gekommen war, um dort Intrigen und Pläne zu schmieden.

Ach, hätte sie nur nicht ihr Kind verloren! dachte sie zum hundertsten Mal. Dann hätte sie ihren Gemahl vielleicht zu Hause halten können.

Aber sie hatte das Kind verloren. Isabella war überzeugt, daß die böse, verrückte Lady Shrewton daran schuld war; Warrick war da nicht so sicher. Ohnehin war es unwahrscheinlich, daß sie jemals die Wahrheit erfahren würden.

Körperlich hatte sich Isabella von den Qualen ihrer Entführung erholt, aber geistig war sie immer noch mitgenommen und trauerte ihrem Kind nach. Sie wünschte, Warrick hätte nicht darauf bestanden, nach London zu reisen, aber er war unnachgiebig geblieben.

»Es stimmt, ich habe das Kind nicht in meinem Leib getragen, mein Liebling«, hatte er gesagt. »Trotzdem bin ich genauso traurig wie du. Ich weiß, daß dir das kein Trost ist, aber du bist noch jung, erst siebzehn. Du wirst noch Kinder bekommen. Bis dahin geht das Leben weiter, und wir müssen an unsere Zukunft denken ... Es ist unabdingbar, daß wir an den Hof reisen, 'Sabelle; sonst würde ich dich nicht darum bitten. Außerdem hat der Medikus gemeint, ein bißchen Veränderung könnte dir nicht schaden.«

Warrick hatte sie nicht weiter gedrängt, obwohl er sich große Sorgen um seine Frau machte. Schloß Hawkhurst lag einsam und abgelegen, und Isabella würde es kaum aushalten, wenn sie zu ihrem eigenen Schutz in seinen Mauern eingesperrt bleiben müßte. Auch wenn er ihr seine Ängste nicht gestanden hatte, war Warrick überzeugt, daß Lord Montecatini hinter ihrer Entführung steckte. Soweit Warrick wußte, war der Conte immer noch in Italien, aber dem Grafen war klar, daß der Italiener trotzdem eine Gefahr blieb. Deshalb wollte Warrick seine Frau an den Hof bringen, wo sie sicherer war und wo er ausforschen konnte, wer genau hinter dem gemeinen Entführungsversuch steckte.

Hwyelis hatte ihrem Sohn zugestimmt, und schließlich hatte sich auch Isabella überreden lassen, die Reise anzutreten.

»Ich konnte keinen Doktor finden, Mylady«, erklärte Jocelyn, die eben in die Kammer getreten war. »Aber Lord Montecatini ist wieder bei uns am Hof und hat einen Trank gemischt, der Euch bestimmt die Kopfschmerzen nehmen wird, so sagt er.«

»Wie freundlich von ihm«, meinte Isabella. »Vor allem, nachdem ihn Warrick beim Turnier so verwundet hat. Bitte, Jocelyn, verrate meinem Gemahl nicht, daß mir der Graf den Trank gegeben hat. Ich will keinen Ärger.«

»Natürlich, Mylady.«

Isabella trank das süß schmeckende Gebräu und sank endlich in den lang erwarteten Schlaf.

* * *

Am Sonntag, dem 4. Mai 1483, seinem Krönungstag, ritt der junge Edward in London ein, begleitet von seinem Onkel Richard, dem Herzog von Gloucester, und seinem angeheirateten Onkel Henry, dem Herzog von Buckingham. Die älteren Männer trugen Schwarz, der junge Thronfolger dagegen blauen Samt. Ned war erst zwölf, und in all dem Trubel, der um ihn herum veranstaltet wurde, fiel es ihm schwer, um seinen Vater zu trauern, den er nur selten gesehen hatte. Eher machte er sich Sorgen um seinen Onkel Anthony Woodville und seinen Halbbruder Sir Richard Grey, die beide im Kerker jenes Mannes saßen, den Ned inzwischen insgeheim als »meinen bösen Onkel« bezeichnete – Richard, den Herzog von Gloucester. Von seiner Mutter und den übrigen Woodvilles hatte Ned Schreckliches über seinen Onkel Richard gehört, deshalb war er an jenem Morgen in Stony Stratford instinktiv vor ihm zurückgewichen. Als der Junge dann noch erfahren hatte, daß man seinen Onkel Anthony und seinen Bruder Dickon in den Kerker geworfen hatte, sah er seine schlimmsten Befürchtungen bestätigt.

Trotzdem freute sich Ned, als er die jubelnde Menge sah, die seine Ankunft in London feierte. Ja, er war wahrhaftig König von England. Gleich nach seiner Krönung würde er Onkel Anthony und Bruder Dickon befreien und seinen bösen Onkel Richard köpfen lassen.

In der Jerusalemkammer der Abtunterkunft in der Westminster-Abtei hockten Ihre Gnaden Elizabeth, Königin von England, zusammen mit ihren Söhnen und Töchtern, die mit ihr geflohen waren. Es war der vierte Tag, den sie in ihrem selbstauferlegten Exil verbrachten, und ihrer aller Nerven waren bereits dünn geworden.

»Bei Gott, Thomas!« fuhr die Königin ihren Ältesten an. »Hör auf mit dem endlosen Rumlaufen! Du kommst mir vor wie eins von den Tieren im Löwenturm. Ich muß überlegen, was zu tun ist. Noch ist nicht alles verloren ...«

»O Mama, wie kannst du so etwas sagen?« fragte Bess, die älteste Tochter der Königin, bebend. »Sieh nur, was uns deine

Intrigen eingebracht haben!« Sie deutete auf den riesigen Stapel von Teppichen, Bildern, Silber, Juwelen und Goldtuchballen, die sie aus dem Palast hatten mitgehen lassen. Bess war entsetzt über die Diebereien ihrer Mutter. »Und ich weiß genau, daß uns Onkel Dickon nichts Böses will. Sonst hätte Vater Ned bestimmt nicht in Onkel Dickons Obhut gegeben. Du hast Onkel Dickon von Anfang an gehaßt. Wenn du nicht gewesen wärst, wären wir vielleicht im Palast geblieben –«

»Halt den Mund, Bess!« zischte die Königin. »Du hast keine Ahnung, wie dein Vater uns verraten hat. *Keine Ahnung!*«

Elizabeths kaltes Herz gefror vor Angst, wenn sie nur daran dachte, was Ned ihnen angetan hatte, mit welcher Lüge sie all die Jahre gelebt hatten. Nun konnte ihr dieses Geheimnis zum Verhängnis werden.

Gott verdamme dich, Ned, fluchte sie im stillen. Gott verdamme dich für deine Sünden. Ich hoffe, du schmorst in der Hölle ...

Ach, wenn sie nur Bischof Stillington zu fassen bekäme. Sie würde ihm das feige Herz aus den Rippen reißen. Ned, der Narr, hatte das damals versäumt, als sein Bruder George, der Herzog von Clarence, über die Wahrheit gestolpert war. Ja, erst dann wäre sie sicher. Bischof Stillington war der letzte, der das Geheimnis kannte ...

»Onkel Dickon, Onkel Dickon«, äffte die Königin sarkastisch ihre Tochter nach. »Hat er nicht bewiesen, was er mit uns vorhat, als er meinen Bruder Anthony und meinen Sohn Richard in den Kerker geworfen hat?« Elizabeths Augen brannten sich wie glühende Kohlen in Bess'.

»Er hätte sie bestimmt nicht verhaftet, wenn *du* ihnen nicht aufgetragen hättest, Onkel Richard das Protektorat für Ned zu entreißen«, gab Bess postwendend zurück.

»Ach, halt den Mund, Bess«, befahl Lord Thomas Grey, der Marquis von Dorset, knapp. »Du verstehst nichts von Politik. Keine Angst, Mama«, wandte er sich an die Königin. »Onkel Neds Flotte ankert immer noch im Kanal, und außerdem haben wir das Großsiegel in unserem Besitz.«

»Ja«, nickte die Königin und wiederholte dann: »Ich muß überlegen, was zu tun ist.«

Am Crosby Place, wo Richard logierte, hätte man eine Nadel im großen Saal fallen hören können. Einen Augenblick lang wagte keiner der Anwesenden auch nur zu atmen. Dann sprang Richard plötzlich auf und sagte leise, aber bestimmt: »Nein, das ist eine Lüge.«

Robert Stillington, Bischof von Bath und Wells, errötete und scharrte nervös mit den Füßen. »Euer – Euer Gnaden, ich schwöre bei – bei meiner Seele, daß es keine ist. Ich selbst habe die Zeremonie durchgeführt!«

Nein, das durfte nicht wahr sein. Gott sei ihm gnädig! Bestimmt, *bestimmt* hatte Ned nichts so Schreckliches getan! Sein Königshaus auf einer so schrecklichen Lüge aufzubauen, die das Schicksal ganz Englands beeinflussen konnte. In Richards Kopf arbeitete es wie wild. Elizabeth war nicht Neds Witwe, weil sie nie seine rechtmäßige Frau gewesen war. Ned hätte sie gar nicht heiraten dürfen. Denn zwei Jahre zuvor hatte er sich heimlich mit Lady Eleanor Butler vermählt, der Witwe Sir Thomas Butlers of Sudley und Tochter Lord John Talbots, des Grafen Shrewesbury. Nein, das konnte nicht wahr sein. In den Augen der Kirche und des Gesetzes waren Neds Kinder Bastarde. Der junge Ned war nicht der Erbe seines Vaters, war es nie gewesen. Edwards rechtmäßiger Thronfolger war George, der Herzog von Clarence gewesen. George, den Elizabeth so gehaßt hatte und den Ned so plötzlich und unerklärlicherweise als Verräter hatte hinrichten lassen...

O Gott. Es war die Wahrheit. Plötzlich wußte Richard, daß es wahr sein mußte. Irgendwann, irgendwie hatte George von Neds Doppelheirat erfahren und war zu gefährlich geworden, als daß er hätte weiterleben dürfen.

»Der Junge kann nicht zum König gekrönt werden, Euer Gnaden«, verkündete Bischof Stillington nun fester. »Er ist kein rechtmäßiger Thronerbe.«

»Mein Gott! Begreift Ihr nicht, was das bedeutet, Dickon?« rief

Buckingham aus, als Richard schwieg. »Die Krone gehört Euch! Ihr braucht sie Euch nur zu nehmen –«

»Nein!« platzte es aus Richard heraus. »Das kann ich nicht!«

»Bei Christi, Dickon! Was soll das heißen, Ihr könnt es nicht?« zeterte Buckingham. »Es ist kein leichter Schritt, das gebe ich zu. Wir alle wissen, wie sehr Ihr Euren Bruder geliebt habt, und niemand erwartet, daß Ihr Euch freut, wenn seine Kinder zu Bastarden erklärt werden; aber das würde all Eure Probleme lösen.«

»Nein, Harry.« Richard schüttelte den Kopf. »Ihr vergeßt Georges Sohn Edward, den Grafen Warwick. Wenn Bischof Stillington die Wahrheit sagt, dann ist Warwick Neds rechtmäßiger Erbe, nicht ich.«

»Um Himmels willen, Dickon!« beschwor ihn Buckingham wieder. »Er ist noch ein Kind und außerdem nicht besonders helle. England kann weiß Gott keinen zweiten König wie Henry VI. auf dem Thron gebrauchen! Außerdem wurde Clarence wegen Hochverrats verurteilt, das schließt Warwick von der Thronfolge aus. Ich sage Euch, die Krone gehört Euch!«

Richard wurde blaß. O Ned, o Ned. Warum hast du mir nie die Wahrheit gesagt?

»Ich muß nachdenken«, sagte Richard langsam und wiederholte, ohne es zu wissen, Elizabeths Worte: »Ich muß überlegen, was zu tun ist.«

Es war Freitag der dreizehnte, angeblich ein Unglückstag. Isabella war überzeugt, daß es einer war. Lord Thomas Grey, der Marquis von Dorset, war aus dem Gewahrsam in der Westminster-Abtei entkommen und hatte ins Ausland fliehen können; andere dagegen hatten nicht so viel Glück gehabt. Als sich an diesem Morgen der Rat in der Ratskammer im Tower getroffen hatte, war ein neuer Anschlag der Königin auf Richards Leben bekanntgeworden.

Nach Edwards Tod hatte sich seine skrupellose Mätresse Jane Shore mit Lord Dorset eingelassen und sich heimlich mit ihm in der Westminster-Abtei getroffen. Mit ihrer Hilfe war es Lord

Dorset gelungen, Lord William Hastings, der in die Metze vernarrt war, für Elizabeths Sache zu gewinnen. Gemeinsam mit Erzbischof Thomas Rotherham, John Morton, dem Bischof von Ely, und Lord Thomas Stanley hatten sie sich verschworen, Richard zu ermorden und den jungen Ned auf den Thron zu heben.

Während der Ratsversammlung hatte Richard die Männer rundheraus des Hochverrats bezichtigt. Es war zu einem Handgemenge gekommen, bei dem Lord Stanley leicht verwundet worden war; und Richard hatte befohlen, Lord Hastings augenblicklich hinrichten zu lassen.

Isabella war entsetzt über das brutale Vorgehen, das so untypisch war für Richard, und war nach der gräßlichen Exekution augenblicklich an den Crosby Place gefahren, um die zutiefst verstörte Anne zu trösten, die inzwischen in London eingetroffen war.

»Euer Gnaden, Anne, bitte legt Euch hin«, bettelte das Mädchen. »Ihr werdet noch krank vor Sorge. Ich lasse Euch etwas zu trinken bringen, das Euch beruhigen wird.«

»Ach, 'Sabelle, das hat keinen Sinn«, weinte die Herzogin. »Ich könnte trotzdem nicht schlafen, fürchte ich. Ich kann nicht glauben, daß Richard etwas so Verrücktes tut. Will Hastings war einer von Edwards besten Freunden! Ihn ohne Verhandlung hinrichten zu lassen –« Unvermittelt brach Anne ab und biß sich auf die Unterlippe. Tränen strömten ihr über die bleichen Wangen.

»Richard *muß* einen guten Grund gehabt haben, so vorzugehen, Anne. Der Herzog ist kein grausamer Mensch. Niemand weiß das besser als Ihr und ich...« Isabellas Stimme erstarb, denn sie brachte es einfach nicht über sich, ihrer fassungslosen und ungläubigen Freundin den gräßlichen Rest der ganzen Geschichte zu erzählen: daß Erzbischof Rotherham und Lord Stanley verhaftet und im Tower eingekerkert worden waren. Daß der weitaus gefährlichere Bischof Morton verhaftet und in Buckinghams Gewahrsam nach Brecknock, Wales, überführt worden war. Daß Lord Anthony Woodville, der Graf Rivers, und Sir Richard Grey zum Tode auf Pontefract Castle verurteilt worden waren. Daß Jane Shore verhaftet und ins Gefängnis von Ludgate geworfen worden war. Daß Lady Stanley von den Yorkisten ihrer Besitztümer beraubt worden war.

»Verstehst du jetzt, was ich gemeint habe, als ich gesagt habe, daß England keinen unmündigen König ertragen würde, 'Sabelle?« hatte Warrick kurz nach der Hinrichtung grimmig gefragt. »Und glaub mir: Das ist nur der Anfang.«

Wie recht er gehabt hatte.

Erzbischof Rotherham und Bischof Morton wurden zu Kerkerhaft verurteilt, weil der Rat davor zurückschreckte, Priesterblut zu vergießen. Lord Stanley, der listige Fuchs, schaffte es jedoch, freizukommen. Wie gewöhnlich konnte ihm nichts nachgewiesen werden. Jane Shore blieb der Hochverratsprozeß erspart, allerdings mußte sie öffentlich für ihre Hurerei Abbuße leisten. Man zwang sie, barfuß durch die Straßen der Stadt zu wandern, mit nichts als einem Nachthemd am Leib und einer Kerze in der Hand. London amüsierte sich köstlich über den Anblick.

Nur Lord Thomas Grey, der Marquis von Dorset, entging der Strafe. Er hatte es bis in die Bretagne geschafft, wo er sich zu Harry Tewdwr gesellte, der dort im Exil saß – ein schlechtes Vorzeichen, fand Isabella.

Kurz darauf betrat Kardinal Bourchier, der Erzbischof von Canterbury, die Westminster-Abtei und verlangte von der Königin, ihren jüngsten Sohn Richard, den Herzog von York, wegzugeben. Der Junge wurde aus dem Unterschlupf geholt und zusammen mit seinem Bruder Ned im Tower untergebracht.

Daraufhin erklärte Richard in einem *Titulus Regius* genannten Akt die Heirat Edwards IV. mit Elizabeth Woodville für null und nichtig, da der König zur Zeit der Eheschließung bereits mit Lady Eleanor Butler vermählt gewesen sei, und alle Kinder Edwards für unehelich. Am 22. Juni 1483 hielt Bruder Ralph Shaa in Paul's Cross seine Predigt vor der Bevölkerung Londons, in der er den Bibeltext »Bastarde sollen nicht Wurzeln fassen« zitierte.

Vier Tage später trug England auf Schloß Baynard dem Herzog von Gloucester die Königskrone an.

# Buch 4

## Tränen

# Kapitel 32

*London, England 1483*

Isabella war überglücklich und ängstlich zugleich. Ihr geliebter Richard sollte zum König gekrönt werden – und schon jetzt wurden gemeine Gerüchte über ihn verbreitet. Er habe einen Buckel, wurde gemunkelt; er sei ein entstelltes Monstrum, das seine Neffen als Bastarde verunglimpft, die jungen Prinzen im Tower eingekerkert und sich Edwards Thron unrechtmäßig angeeignet habe. Nichts davon stimmte, davon war Isabella zutiefst überzeugt; aber trotzdem trafen sie die gehässigen, bösartigen Verleumdungen.

»Bist du bereit, meine Süße?« wollte Warrick wissen, der gerade sein Zierschwert anlegte.

»Ja.«

»Dann gehen wir. Die Pagen sagen, die Prozession wird bereits zusammengestellt.«

Heute, am 6. Juli 1483, sollte Richard gekrönt werden. Isabella würde Anne während der Zeremonie als Hofdame dienen. Was Warrick von all dem hielt, wußte das Mädchen nicht. Richard behandelte Warrick höflich, wenn sie einander begegneten, aber seit dem Ärger mit Lord Dorset und Lord Hastings wurden alle ehemaligen Günstlinge Edwards scheel angesehen. Warrick hatte es allein Isabella zu verdanken, daß er sich am Hof halten konnte.

Sie verließen den Palast und begegneten auf dem Weg zum Gartenturm den beiden Prinzen, die auf der Wiese spielten.

Isabella kaute auf ihrer Lippe. »Der kleine Ned sieht unglücklich aus, nicht wahr, Warrick?« fragte sie.

»Ja, aber ich kann ihm das nachfühlen. Bestimmt hat ihn der Verlust seines Titels schwer getroffen.«

»Dickon scheint das weniger ausgemacht zu haben«, bemerkte Isabella mit Blick auf den Bruder.

»Richtig, aber Dickon wurde auch nicht dazu erzogen, eines Tages König zu sein. Ich frage mich, wann Gloucester sie töten wird.«

*»Warrick!«* schrie Isabella entsetzt auf. »Richard liebt Edwards Söhne. Er würde niemals zwei unschuldige Kinder ermorden lassen.«

»Er kann es sich nicht leisten, sie am Leben zu lassen, 'Sabelle«, entgegnete Warrick trocken. »Solange sie leben, stellen die beiden eine Gefahr für Gloucester dar.«

»Richard wird mit dieser Gefahr leben«, bekundete das Mädchen überzeugt. »Anne hat mir erzählt, er hat vor, die Knaben in den Norden zu bringen, auf seine Burg bei Sheriff Hutton in Yorkshire.«

»Das wäre töricht«, meinte Warrick. »Und ich glaube nicht, daß Gloucester ein Tor ist.«

»Ihr vergeßt Euren Rang, Herr!« wies ihn Isabella schärfer als beabsichtigt zurecht. »Richard ist nicht mehr nur Herzog von Gloucester, sondern König von England und dein Lehnsherr. Es steht dir nicht an, an seinem Wort zu zweifeln. Außerdem weiß Richard genau, daß England den Mord an seinen Neffen nicht billigen würde. Er würde sein eigenes Todesurteil fällen, wenn er in einen solchen Plan verwickelt würde. Und jetzt hör auf mit den Unterstellungen, Warrick. Richard ist dein König und Lehnsherr«, wiederholte sie.

»Er ist König von England, ganz recht«, stimmte ihr Warrick zu, »aber nicht mein Lehnsherr, 'Sabelle. Ich habe jetzt Harry Tewdwr Treue geschworen, wie du weißt.«

Das Mädchen schnappte nach Luft, als sie ihre schlimmsten Befürchtungen bestätigt sah. »Warrick«, flehte sie. »Laß ab von diesem wahnsinnigen Plan, den Lancastererben auf den Thron zu heben. Er hat keinen Anspruch darauf. Selbst die Stanleys sind in Ungnade gefallen.«

»Wirklich?« fragte Warrick mit heiter hochgezogener Braue. »Man nennt Tom Stanley nicht umsonst den Fuchs, meine Süße;

und hinter Margaret Beauforts frommer Miene steckt ein schlauer Kopf.«

»O ja, sie ist schlau; darin hast du recht, Warrick. Trotzdem glaube ich, sie hat einmal zu oft intrigiert, als daß man ihr noch mal vergeben würde. Beim nächsten Mal könnte sie ihren klugen Kopf verlieren. Außerdem meint Richard, man könne sich bei den Stanleys nur in einem sicher sein; daß nur ein Tor ihnen trauen würde. Und wie du selbst gesagt hast, ist Richard kein Tor.«

Warrick zuckte mit den Achseln. »Wie du meinst, 'Sabelle. Ich hoffe nur, unsere Liebe ist stark genug, um zu überleben, was uns die Zukunft bescheren mag.«

»O Warrick.« Das Mächen schaute ihn ernst an. »Sag nie, sie wäre nicht stark genug. Ich – ich könnte nicht weiterleben, wenn du mich nicht mehr lieben würdest. Ich – ich hätte nicht einmal ein Kind, um mich über den Verlust hinwegzutrösten.«

»Ich werde dich immer lieben, *cariad«*, gelobte er leise. Dann nahm er ihr Gesicht zwischen beide Hände und küßte sie zärtlich. »Und ich verspreche dir, eines Tages wirst du die Kinder bekommen, die du dir wünschst; ein ganzes Dutzend, wenn du möchtest. Es war nicht deine Schuld, daß du das erste verloren hast, 'Sabelle.«

»Aber du hast mich geheiratet, damit ich dir einen Erben gebäre. Nur deshalb hat Edward unsere Hochzeit befohlen.«

»Doch ich bleibe bei dir, weil ich dich liebe, meine Süße; selbst wenn wir nie ein Kind haben werden, werde ich dich nicht weniger lieben. Und jetzt schnell, sonst kommen wir zu spät zu Glou- zur Krönung des Königs.«

Eilig schlossen sie sich Giles an und machten sich auf den Weg nach Schloß Baynard, wo Richards Mutter Cecily Plantagenet, die Herzogin von York, wohnte.

Das Mädchen vollführte einen tiefen Hofknicks vor der Herzogin und begrüßte dann Richard und Anne. Wie prächtig beide aussahen! Richard trug ein blaues, mit Ananas und Netzen besticktes, goldgewirktes Wams. Darüber hatte er ein langes, hermelingefüttertes Gewand aus purpurnem Samt, das mit über dreitausend Lammfellstückchen besetzt war. Anne war ebenfalls in Blau und Gold gekleidet, und die Schleppe ihres Kleides breitete sich hinter ihr elegant über den Boden.

Sobald alle bereit waren, half Warrick Isabella auf die weiße Stute, die sie reiten sollte, küßte sie und nahm dann seine Position bei den anderen Edelmännern ein. Langsam zog die Parade durch die Straßen Londons auf die Westminster-Abtei zu, wo die Krönung stattfinden sollte.

Vornweg kamen die Adligen in ihren feinsten Aufmachungen. Ihnen folgte Englands neuer Kanzler, John Russell, der Bischof von London. Dann kam, leicht abgesetzt, Henry Stafford, der Herzog von Buckingham, der erst kürzlich zum Oberrichter und Konnetabel für Nord- und Südwales ernannt worden war. Seine Ernennung hatte Isabella zutiefst verstört. Ihm folgten Lord Francis Lovell, Englands neuer Lordkämmerer, und dann Queen Annes Pagen und Hofdamen. Anne selbst fuhr in einer Prunkkutsche. Hinter ihr kam Richards Gefolge. Und danach folgte ganz allein Richard selbst auf seinem Streitroß White Surrey, das ihm sein Bruder Edward geschenkt hatte.

Sobald sie die Abtei erreicht hatten, stiegen alle ab und folgten Richard und Anne in die Kapelle; dann begann die lange Zeremonie. Gegen Ende kniete das königliche Paar mit nacktem Oberkörper auf dem Altar und wurde gesalbt. Isabella wußte von Anne, daß Richard auf diesem Teil des Ritus betanden hatte, damit jeder sehen konnte, daß er *keinen* Buckel hatte. Schließlich wurden der König und die Königin in goldgewirktes Tuch gehüllt und von Kardinal Bourchier, dem Erzbischof von Canterbury, gekrönt.

Damit war die Zeremonie zu Ende. Doch erst draußen am Fuß der Treppe merkte Isabella zu ihrem Schrecken, daß Lady Stanley der Königin die Schleppe trug.

Sie trafen sich südwestlich von Birmingham, auf der Straße von London nach Shrewsbury – scheinbar ganz zufällig: denn Henry Stafford, der Herzog von Birmingham, war auf dem Weg nach Wales, und Lady Stanley unterwegs von Worcester nach Bridgenorth.

»Es ist Euer Neffe, Seine Gnaden der Herzog von Buckingham,

Mylady«, verkündete ein Leibwächter der Baronin, die ihre Stute angehalten hatte.

»Ja.« Auch Margaret hatte Harrys Banner erkannt. »Wir werden warten.«

Der Ritter gab den Befehl an die Eskorte weiter, und bald hatte Buckingham sie erreicht.

»Einen guten Tag wünsche ich euch, Tante«, begrüßte er sie. »Was für eine angenehme Überraschung. Darf ich hoffen, daß Ihr mit mir nach Wales reist?«

»Nein, Harry.« Margaret erwiderte sein Lächeln, aber ihre dunklen Augen blieben ernst. »Ich bin auf der Reise nach Bridgenorth.«

Henry Stafford war ihr Neffe; seine Familie hatte für das Haus Lancaster gekämpft; und er haßte die Woodvilles, die ihn erst gezwungen hatten, Katherine, die Schwester der Königin, zu heiraten, um ihn dann am Hof in der Bedeutungslosigkeit versinken zu lassen. Vor allem deswegen hatte Harry nach Edwards Tod Richard, den Herzog von Gloucester, unterstützt. Harry hatte viel dazu beigetragen, daß Richard den Thron besteigen konnte, und war reich für seine Dienste belohnt worden. Aber das genügte ihm nicht. Er wollte alles. Und Margaret, eine ausgezeichnete Menschenkennerin, las in ihm wie in einem offenen Buch.

Deshalb hatte sie ihn seit einiger Zeit für ihre Zwecke eingespannt, obwohl sie nicht daran zweifelte, daß er versuchen würde, sie zu hintergehen. Immerhin hatte auch er durch Thomas of Woodstock Anspruch auf den Thron, während der Anspruch ihres Sohnes auf der illegitimen Verbindung John of Gaunts mit seiner Geliebten Katherine Swynford beruhte. Trotzdem war Margaret sicher, daß sie Harry in Schach halten konnte. Sie war schon mit intelligenteren Männern als ihm fertiggeworden. Doch eines nach dem anderen. Im Tower saßen zwei Kinder, die beseitigt werden mußten. Hatte Harry das erledigt? Er war in London geblieben, hatte Richard allein auf den Königszug durch England geschickt, so wie sie es geplant hatten. Aber hatte Harry es getan? Hatte er es gewagt?

Margaret lächelte nochmals, und diesmal drang das Lächeln bis in ihre Augen vor. »Ich sehe ein Wirtshaus am Wege, Harry«, sagte sie. »Leistet mir doch bei einem leichten Vesper Gesellschaft.«

»Mylady«, grinste Buckingham, »es ist mir ein Vergnügen.«

Und sie wußte, daß die Tat vollbracht war.

»O Warrick, halt mich. Halt mich!« heulte Isabella, als sie in ihre Gemächer im Tower stolperte. Heiße Tränen brannten ihr in den Augen.

»Was ist denn, meine Süße?« fragte er im Aufspringen. »Was ist denn? Ist jemand aufdringlich geworden?«

»Nein, nein. Viel schlimmer. Ach, Warrick, ich kann es gar nicht glauben. Es darf einfach nicht wahr sein!«

»Was denn, 'Sabelle?« fragte ihr Gemahl sanft nach. »Was darf nicht wahr sein?«

»Was die Leute sagen. Oh, sie sind gemein. *Gemein!* Ich habe sie auf dem Markt reden gehört.«

»Was reden gehört, *cariad?«* fragte Warrick wieder.

»Ach, Warrick. Die Leute sagen, daß – daß Richard – Richard die Prinzen *ermordet* hat!«

»Ja, ich weiß; ich hatte gehofft, daß du es nicht erfährst.«

»O Warrick, wie können sie nur so grausam sein? Wie können sie ihn nur so verleumden? Es ist gelogen, glaub mir! Richard hat die Kinder geliebt. Er hätte sich eher den rechten Arm abgehackt, als zuzulassen, daß ihnen irgend etwas geschieht. Ich weiß es!«

»Psst, 'Sabelle, psst. Du machst dich ganz verrückt.«

»Das ist mir egal. Das ist mir egal«, weinte sie. »Daß man ihm etwas so Schändliches zutraut, wo er doch so freundlich und gütig ist...«

»Ich weiß, daß du dich nur schwer damit abfinden kannst, meine Süße. Aber es ist nun mal so: Die Knaben wurden nicht gesehen, seit Richard vor fast drei Monaten die königliche Rundreise durch England angetreten hat –«

»Er hat sie mit sich nach Sheriff Hutton genommen. Er hat sie *bestimmt* mitgenommen!«

Warrick schwieg einen Moment und fragte dann leise: »Selbst

wenn er das getan hätte, 'Sabelle – und das glaube ich nicht –, warum hat sie dann niemand gesehen?«

»Ich weiß nicht. Ich weiß es nicht. Aber ich sage dir, Warrick: Wenn den Kindern etwas zugestoßen ist, dann trägt Richard keine Schuld daran.«

»Wem würdest du denn so etwas zutrauen?«

Isabella sog scharf die Luft ein und kniff die Augen zusammen. »Es gibt nur einen hier in London, der mächtig und ehrgeizig genug ist, ein so gräßliches Verbrechen zu begehen: Seine Gnaden der Herzog von Buckingham, Henry Stafford. *Lady Stanleys Neffe.* Natürlich würde Harry Tewdwr die Prinzen aus dem Weg schaffen wollen, nicht wahr? Schließlich möchte er selbst auf den Thron.«

»Damit hast du sicherlich recht, ja«, antwortete Warrick ausweichend. »Die Prinzen wären jedem Anwärter auf den Thron im Weg. Aber das erklärt nicht, warum sie Buckingham umbringen sollte. Was sollte *er* sich dadurch erhoffen?«

»Die Krone natürlich, wie du genau weißt. Er will selbst König werden, und er hat einen legitimen Anspruch darauf. Richard baut auf ihn, aber ich und Anne haben ihn nie für vertrauenswürdig gehalten. Ja, wenn die beiden Jungen tot sind, dann steckt bestimmt Buckingham dahinter. Vielleicht hatte Harry Tewdwr gar nichts damit zu tun, auch wenn ich das bezweifle. Immerhin hat er versprochen, die junge Bess Woodville zu heiraten, falls er zum König gekrönt wird, nicht wahr?

Mein Gott, was für ein Komplott! Bestimmt die neueste von Elizabeth Woodvilles hinterlistigen Intrigen, diesmal mit der Hilfe und Unterstützung Lady Stanleys. Ja, bestimmt steckt der kluge, fromme Kopf der Baronin hinter all dem. Zweifellos hat sie alles ausgeheckt. Gemeinsam mit den Woodvilles und Buckingham wäre ihr Sohn stark genug, Richard vom Thron zu stürzen. Natürlich würde Buckingham, wenn Richard erst tot ist, versuchen, sich selbst zum König zu krönen, aber damit rechnet Lady Stanley bestimmt. Sie würde das nicht unvorbereitet treffen. Und nachdem Buckingham aus dem Weg geräumt ist, wer bleibt dann noch übrig?

Ja, jetzt durchschaue ich es ganz und gar. Ich sage dir, Warrick: Wenn die Prinzen tot sind, dann durch Lady Stanleys Schuld. Buckingham ist nicht klug genug, einen solchen Plan auf eigene Faust durchzuführen.«

»Nein, das glaube ich auch nicht«, gab Warrick zu. »Aber all das ist nur Spekulation, 'Sabelle. Es gibt keinen Beweis dafür, daß die Buben tot sind. Vielleicht sind sie ja tatsächlich in Sheriff Hutton.«

Aber die Prinzen wurden nie wieder gesehen; und im Oktober marschierte Henry Stafford, der Herzog von Buckingham, gegen Richard, den König – unterstützt von John Morton, dem Bischof von Ely, der nach dem mißlungenen Komplott gegen Richard in Buckinghams Obhut gegeben worden war, sowie Harry Tewdwr und den Woodvilles.

Die Rebellion stand von Anfang an unter einem schlechten Stern. Gleich zu Beginn erhob sich ein schrecklicher Sturm, der die englischen Flüsse über die Ufer treten ließ. Seen breiteten sich aus, wo einst Felder gewesen waren, und die ungepflasterten Straßen verwandelten sich in schlammigen Morast. Ein Großteil der Waliser, die Buckingham unterstützen wollten, um damit ihrem Landsmann Harry Tewdwr zu helfen, wurden von den Vaughn-Familien, strammen Yorkisten, daran gehindert, zu den Streitkräften des Herzogs zu stoßen. Und kaum hatte der Herzog seine Burg Brecknock verlassen, da brandschatzten seine Feinde bereits sein Land.

In Herefordshire stellten sich selbst Buckinghams Vettern Humphrey und Thomas Stafford gegen ihn. Außerdem hatte der verfluchte Regen den Severn so anschwellen lassen, daß Buckingham und seine rapide schwindende Streitmacht ihn nicht überqueren konnten und so auch von den Woodvilles abgeschnitten waren, die sich mittlerweile ohnehin von Buckingham abgesetzt hatten. Lord Dorset war im Süden bereits geschlagen und Bischof Morton geflohen. Harry Tewdwrs Schiffe waren zweimal vom Sturm abgetrieben worden; und als er endlich die Küste Dorset erreicht hatte, hatte man dort eine Falle für ihn ausgelegt. Klugerweise weigerte er sich an Land zu gehen. Statt dessen segelte er weiter nach Plymouth in Devon, wo ihn Lord Warrick ap Tremayne, der Graf Hawkhurst, erwartete, um ihm mitzuteilen, daß Buckingham ein Idiot und die Rebellion fehlgeschlagen sei.

Harrys Söldner ruderten Warrick durch den peitschenden Regen zu einem der Schiffe im Ärmelkanal, wo Harry auf ihn wartete. Es war ein grauer, trostloser Tag, und der scharfe, naßkalte Geruch des Herbstes mischte sich mit der gischtigen Meeresluft. Als Warrick an Bord des Schiffes ging, schlotterte er vor Kälte und war bis auf die Haut durchnäßt. Gott sei Dank brannte ein Feuer in Harrys Kabine.

Harry Tewdwr war mit seinen sechsundzwanzig Jahren drei Jahre jünger als Warrick, sah aber älter aus, vor allem weil sein Gesicht einer gefühllosen, wachsamen Maske glich. Er war mittelgroß und schlank, fast hager; außerdem ließen sein hellblondes Haar und die eisgrauen Augen ihn irgendwie farblos aussehen. Aber seine tiefe Stimme klang sehr angenehm.

»Nun, Waerwic«, sagte Harry müde, nachdem sie sich begrüßt hatten. »So bald werde ich also doch nicht König von England.«

»Nein, Harry, diesmal nicht.«

Beide Männer schwiegen nachdenklich. Nach einer Weile bat Harry: »Erzählt mir, was passiert ist, Waerwic.«

»Wie nicht anders zu erwarten, hat Buckingham alles verpatzt«, stellte Warrick trocken fest. »Er hat versucht, Euch zu hintergehen, genau wie wir es vorausgesehen haben, aber die Menschen haben ihm die Gefolgschaft verweigert. Nicht einmal seine Vettern wollten ihm beistehen. Richards Männer haben Buckingham gefangengenommen und nach Salisbury gebracht, wo Richard lagert. Dort wurde Buckingham verurteilt und am nächsten Tag exekutiert.«

»Und die Woodvilles?« fragte Harry.

»Halten sich versteckt oder sind geflohen.«

»Ich verstehe.« Harry überlegte kurz. »Nun«, fuhr er dann fort, »es gibt keinen Grund für mich, noch länger zu bleiben. Damit brächte ich Euch nur in Gefahr, genau wie mich selbst, Waerwic, vor allem da Eure Gemahlin eine treue Anhängerin des Hauses York ist, wie mir meine Mutter mitgeteilt hat.«

»Ja, Mylord«, beantwortete Warrick ohne zu zögern die Frage, die er in Harrys Augen las. »Unsere politischen Meinungsverschiedenheiten bereiten uns beiden großen Kummer. Sie liebt Richard, denn er und Anne haben ihr sehr geholfen, als sie noch ein Kind war.«

»Richard kann sich wirklich glücklich schätzen, eine so ergebene Untertanin zu haben«, bemerkte Harry spröde.

»Ja, Mylord«, pflichtete Warrick ihm bei und fuhr dann halb trotzig fort: »Aber ich würde mich trotzdem nie von 'Sabelle trennen, Harry. Dazu liebe ich sie zu sehr. Wenn es Euch lieber ist, mich nicht an Eurer Seite zu wissen –«

»Nein, nein«, unterbrach ihn Harry. »Ich bin froh, daß Ihr mit Eurem Weib glücklich seid, Waerwic, wem auch immer sie ergeben ist; und entschuldigt meinen rauhen Ton. Ich weiß, daß Ihr mir treu gedient habt.«

»Da ist noch etwas, Harry, das Ihr meiner Meinung nach wissen solltet, bevor Ihr in die Bretagne zurückkehrt.«

»Ja, was denn?«

Nach einer Pause meinte Warrick leise: »Ich glaube, die Prinzen sind tot.«

Harry atmete scharf ein. Dann schüttelte er nachdenklich den Kopf. »Nein, Waerwic. Das sind bestimmt nur Gerüchte. Ich glaube nicht, daß Richard Plantagenet die Kinder seines Bruders umbringen lassen würde. Er hat viel zu verlieren, wenn sie sterben, und manch anderer würde viel dadurch gewinnen. Ich glaube nicht, daß Richard einen solchen Fehler machen würde.«

»Ich auch nicht, Mylord. Ich vermute, Buckingham hat es getan.«

»Buckingham war ein Einfaltspinsel, Waerwic. Das habt Ihr selbst gesagt«, wandte Harry ein. »Ich bezweifle, daß er gerissen genug war, einen solchen Plan allein auszuführen. Und wer sollte ihm bei so etwas helfen?«

Warrick senkte den Blick, denn jede Freundschaft hatte ihre Grenzen. »Ich weiß es nicht, Mylord«, antwortete er, ohne Harry dabei in die Augen zu sehen.

»Kommt schon. Heraus damit, Waerwic!« befahl Harry, der

spürte, daß Warrick ihm nicht alles gesagt hatte. »Bestimmt habt Ihr einen Verdacht.«

»Ja.« Warrick nickte bestätigend und hielt dann inne. »Aber ich wage nicht, ihn vor Euch auszusprechen, Harry. Ich denke, Ihr würdet lieber nicht wissen, wen ich verdächtige.«

Es gab nur zwei Menschen, die Harry so nahestanden, daß Warrick sie nicht beim Namen nennen wollte; und einer von beiden war bei Harry in der Bretagne gewesen.

Plötzlich stieg die Spannung in der Kabine. Im Ofen zersprang funkensprühend eine Kohle auf dem Rost, und die Kerzen flackerten in einem plötzlichen Luftzug. Draußen donnerte der Regen auf das Kabinendach und das Deck des schwankenden Schiffes. Harrys Gesicht war bleich geworden, und sein Atem ging so flach, daß er fast gar nicht zu atmen schien.

Wie konnte seine Mutter nur etwas so Gräßliches getan haben? Harry wollte die Krone, natürlich – aber um jeden Preis? Ja, vielleicht war es so. Wenn er ehrlich war, dann wußte er, daß er mitschuldig an der Tat seiner Mutter war – an der Ermordung zweier unschuldiger Kinder.

»Ich hoffe, sie betet für uns alle«, murmelte er schließlich leise und barg sein Gesicht in den Händen.

Wie ein Schatten schlüpfte Warrick aus der Kabine und zog leise die Tür hinter sich zu.

Isabella seufzte und räkelte sich, als sie spürte, wie das Bett neben ihr unter einem warmen Körper zusammensank. Gierig streckte sie beide Arme nach ihrem Gemahl aus. »Warrick«, hauchte sie, an seinen nackten Leib gekuschelt. »Ich habe dich so vermißt!«

Er lachte leise. »Ich dich genauso, meine Süße. Aber wie kannst du so sicher sein, daß ich es bin, 'Sabelle?« fragte er. »Habe ich dir nicht gesagt, daß es nicht klug ist, sich einer Sache allzu sicher zu sein?«

»Hmm. Aber selbst wenn ich blind wäre, würde ich dich erkennen, Geliebter. Außerdem«, neckte sie ihn, »bist du der einzige, der es an Caerllywel vorbei in mein Zimmer schaffen könnte.«

»Ja«, stimmte Warrick zu. »Er hätte mir fast die Kehle aufgeschlitzt, bevor er gemerkt hat, daß ich es war. Gott sei Dank habe ich nicht Madog befohlen, dich zu bewachen. Sonst wärst du wohl morgen früh als Witwe erwacht.«

»Ein gräßlicher Gedanke, Warrick.« Unwillkürlich schauderte Isabella. »Sag nicht solche Sachen. Wie war's zu Hause? Steht noch alles?«

»Ja, der Sturm hat großen Schaden angerichtet, aber die Bauern sind bereits dabei, alles zu reparieren. Bevor ich dich geheiratet habe, wären mir die Leibeigenen nach einer solchen Katastrophe bestimmt in Scharen fortgelaufen. Ich habe allen Grund, dich zu lieben, *cariad.«*

»Dann liebe mich, Herr, denn ich habe dich seit über einem Monat vermißt.«

»Ich dich auch«, murmelte er und suchte ihren Mund in der Dunkelheit.

Ihre leicht bebenden Lippen weckten in Warrick unvergleichliche Begierde. Behutsam küßte und leckte er sie, um sie dann mit seiner Zunge zu öffnen. Rücksichtslos drang er in das Innere vor und setzte es mit seinen Liebkosungen in Brand. Isabellas Zunge wand sich um seine, umkreiste sie, fuhr über die sensiblen Geschmacksnerven, trieb ihn zum Wahnsinn. Sie waren wirklich viel zu lange getrennt gewesen.

Langsam wanderten die Hände über ihr nacktes, heißes Fleisch, fordernd und liebkosend zugleich. Warricks Finger umspannten Isabellas Brüste; leicht rieben die Daumen über ihre Brustwarzen, bis sie heißer Schauer überlief. Ja, er begehrte sie! Für einen kurzen Augenblick war es ihr gelungen, diesen mächtigen Mann, der den Falken als Wappentier trug, zu zähmen.

Seine warmen Lippen strichen über ihr Gesicht, preßten sich auf ihre Schläfe, tauchten in ihr seidigweiches Haar. Heiß wehte sein Atem an ihr Ohr, und seine geflüsterten Worte ließen ihr Herz schneller schlagen.

*»Cariad«,* hauchte er mit leiser, rauchiger Stimme. »Meine geliebte Rose. Wie ich dich begehre. Nie werde ich genug von dir bekommen. Du hast mich verhext, mein Liebling.« Dann wühlte

er sein Gesicht in ihre Silbermähne, die sich wie ein glitzernder Wasserfall über die Kissen ergoß. Wie weich ihr Haar war – wie reine Seide. Er küßte eine Strähne und zog sie sich dann langsam über die Haut.

»So süß, so süß«, murmelte er.

Isabellas Arme schlossen sich um ihn und glitten an seinem Leib hinab, um die starken, festen Muskeln zu liebkosen, die bei jeder Bewegung unter seiner Haut tanzten, und um ihn so fest an sich zu drücken, daß sie die weißen Wundnarben spüren konnte, die seine Brust, seinen Bauch, seine Schenkel zeichneten. Andere Frauen hätten diese alten Kriegswunden vielleicht häßlich gefunden, für Isabella dagegen stand jede für ein Kapitel in Warricks Leben.

Eine Brustwarze verschwand in seinem Mund, während seine Hand über ihre Flanke kroch, um die warme, feuchte geheime Grotte zwischen ihren Schenkeln zu erkunden. Im gleichen Moment fanden Isabellas Finger sein Geschlecht und preßten es auf ihres. Sie glühte vor Lust und konnte es kaum erwarten, ihn in sich zu spüren.

Dann war er in ihr, füllte sie mit seiner Kraft, bis sie fast zu bersten meinte. Lüstern hob sie ihm die Hüften entgegen, um ihn noch tiefer in sich aufzunehmen. Jede Faser ihres Körpers war gespannt wie das Fell einer Trommel, das wenig später unter einem ekstatischen Wirbel erbebte, als die Lust sie endgültig überschwemmte.

Und dann lagen sie auf der Seite, paßten den Rhythmus ihrer Bewegungen dem neuen Takt an, bewegten sich in vollkommener Harmonie. Ganz allmählich wurde Warrick schneller. Er preßte sein Gesicht in ihre weiche Schulter und knabberte spielerisch an ihrer Haut, bis winzige Schockwellen durch ihr Blut liefen und sich mit dem fiebernden Pochen darin vermengten.

Isabella rang nach Luft, schrie auf, dann durchzuckten sie süße, lustvolle Schauer; Warrick preßte sie an sich und erbebte stöhnend.

Ganz ruhig lagen sie zusammen, warteten, bis sich ihr Atem beruhigte und ließen den wilden Sturm der Lust abziehen, der sie hinweggetragen hatte. Zärtlich wiegte Warrick seine Frau an seiner Brust.

»Ich liebe dich«, sagte er und küßte sie.

»Ich liebe dich auch«, antwortete Isabella leise und schloß die Augen. Endlich lag sie wieder sicher in Warricks starken Armen.

# Kapitel 33

*Burg Sheriff Hutton, England 1484*

Lange hatte Isabella die wilden Hochmoore Yorkshires nicht mehr gesehen, und dennoch war es keine glückliche Heimkehr. Ohne die bunt getupften, mit Heidekraut und Adlerfarn, Stechginster und Levkojen bewachsenen Hügel wahrzunehmen, starrte sie auf die sanft gewellte Landschaft. Wie geschmolzene Butter überfloß der Sonnenschein das Land, und die klaren Bäche glitzerten blau zwischen den Ästen der Eschen und Kiefern, Pappeln und Eichen hervor.

»Man sagt...« Anne atmete tief ein und seufzte schwer. »Man sagt, Gott – Gott hätte Dickon dafür gestraft, daß er – daß er seine Neffen umgebracht hat.«

Das Mädchen drehte sich um. Wie dünn und zerbrechlich die Königin aussah. Annes blasses Gesicht war von Kummer gezeichnet; ihre dunklen, gehetzten Augen waren rotgeweint und schwarzgerändert. Ihre zitternden Finger zupften rastlos an ihrem Taschentuch herum; und immer wieder wurde ihr Leib von einem beängstigend hartnäckigen Husten geschüttelt. Die Königin war krank, das war Isabella klar.

»Ihr wißt, daß das gelogen ist, Anne«, erklärte das Mädchen tonlos. »Buckingham hat sie umgebracht.«

»Aber das wird niemand glauben, 'Sabelle, am wenigsten jetzt.« Die Königin klang verbittert. »Dickon wird als der Mann in die Geschichte eingehen, der die Ermordung von zwei unschuldigen Knaben befohlen hat. O Gott! Der kleine Ned war erst zwölf und – und der kleine Dickon erst zehn. Ned –« Ihr versagte die Stimme, aber sie nahm alle Kraft zusammen und sprach weiter. »*Mein* Ned war auch zehn, schon fast elf. Er – er hätte bald Geburtstag gehabt. – Er – er hat sich so darauf gefreut . . .«

Isabella biß sich auf die Lippen. Erst heute hatte man Richard und Annes einziges Kind Edward in der Kirche St. Helen vom Heiligen Kreuz zu Grabe getragen. Ohne jede Vorwarnung hatte der Junge eine innere Blutung bekommen. Man hatte nichts tun können. Er war innerhalb weniger Minuten gestorben.

Das Mädchen schloß müde die Augen. Hatte Gott Richard tatsächlich bestraft? Er hatte seine Neffen nicht mit eigener Hand getötet; aber wenn er sie nicht für unehelich erklärt und die Krone für sich beansprucht hätte, hätten sie dann sterben müssen? Niemand würde das je erfahren, deshalb war es sinnlos, über diese Frage nachzudenken.

Plötzlich bekam Anne wieder einen Hustenanfall. Besorgt eilte Isabella an die Seite der Königin und führte sie zu einem Stuhl, auf den sie sich setzen konnte.

»Euer Gnaden, laßt mich bitte einen Arzt holen«, bettelte Isabella, doch die Königin lehnte ab.

»Nein«, keuchte sie. »*Nein!* Es ist gleich vorbei.«

Aber als der Anfall endlich vorüber war, begriff das Mädchen, daß die Königin gelogen hatte. Tränen sprangen Isabella in die entsetzt aufgerissenen Augen, sie preßte sich die zitternde Hand vor den Mund und schüttelte erschrocken, tieftraurig und vor allem zutiefst ergriffen den Kopf.

»O Anne«, weinte sie leise und unter ersticktem Schluchzen. »O Anne!«

Isabella kniete nieder, nahm die Hand der Königin und öffnete sie vorsichtig, bis sie das Taschentuch freigab, das sich Anne vorhin an den Mund gedrückt hatte. Dunkles, häßliches rotes Blut befleckte das feine, weiße Leinen. Anne hatte den Bluthusten, begriff Isabella, und der war tödlich. Annes Schwester Isabel war daran gestorben.

»O Anne, es tut mir leid. So leid.«

»Nicht, 'Sabelle. Bitte nicht. Ich – ich kann es nicht ertragen, wenn – wenn Ihr weint.« Das Gesicht der Königin war schmerzverzerrt.

Isabella wandte sich ab und wischte sich hastig die heißen Tränen aus den Augen. O Gott. Das war nicht gerecht. Das war einfach nicht gerecht! Wie konnte Gott so grausam sein? Richard erst sein Kind und nun auch noch seine geliebte Frau zu nehmen?

»Weiß – weiß Richard davon?« fragte Isabella zaghaft.

»Nein, und er soll es auch nicht wissen... noch nicht.«

»O Anne. Das wird ihn umbringen. Er liebt Euch so sehr. Kann man... wirklich gar nichts dagegen tun?«

»Nein. Bei Bella war es genauso.«

»Wie lange – wie lange dauert es –« Isabella brachte es nicht über sich, den Satz auszusprechen.

»Mir bleibt noch etwas Zeit, 'Sabelle. Ein paar Monate vielleicht, wenn ich Glück habe. Helft mir, 'Sabelle; bitte helft mir! Wenn die anderen davon erfahren, werden sie die Ärzte rufen und Richard davon erzählen; und ich darf ihn nicht damit belasten... nicht jetzt. O 'Sabelle. Ich habe Euch vor so vielen Jahren geholfen; wendet Euch jetzt nicht von mir ab.«

»Natürlich werde ich das nicht. Aber vielleicht... vielleicht kennen die Ärzte ein Heilmittel, irgend etwas...«

»Nein. Glaubt Ihr, wir hätten nicht alles für Bella getan, was wir konnten? Ich muß – muß sterben, und zwar bald. Bis dahin muß ich stark sein. Für Dickon. Ach, hätten wir nur auf Middleham bleiben können, wo wir in Frieden und Ruhe lebten. Wir haben uns nie nach dem Thron gesehnt.«

»Ich weiß«, antwortete Isabella leise. »Ich weiß.«

Fast verzweifelt umklammerte Anne Isabellas Hand. Die Augen der Königin glänzten wie im Fieber, die fast durchscheinende Haut schien allzu straff über die Knochen gespannt, und ihr Atem ging flach und unregelmäßig. »Versprecht mir – versprecht mir, daß Ihr Euch um Dickon kümmern werdet«, keuchte sie, bevor der nächste Hustenanfall kam.

»Ihr wißt, daß ich das tun werde«, flüsterte Isabella. Dann rief sie plötzlich aus: »O Anne. *Anne!* Was sollen wir nur ohne Euch anfangen?«

»Ihr werdet weitermachen, 'Sabelle. Ihr müßt. Ihr dürft mich nicht enttäuschen, hört Ihr? Dickon wird Euch dringender denn je brauchen. Betet für mich, 'Sabelle. Betet für uns alle. Und – denkt manchmal an mich...«

»Solange ich lebe, Anne, das verspreche ich Euch! Ich werde Euch nie vergessen! Solange ich lebe, werdet Ihr immer in meinen Gedanken und Gebeten sein, das schwöre ich!«

Am 16. März 1485, kurz nach ihrer Rückkehr nach London, starb Anne. Isabella war bis zum letzten Augenblick bei ihrer geliebten Freundin, hielt die bleiche, dünne Hand der Königin und spürte, wie sie langsam erkaltete, bis es schließlich keinen Zweifel mehr daran geben konnte, daß die Königin tot war.

Doch selbst dann blieb das Mädchen sitzen, so als versuche sie vergeblich, Anne noch ein bißchen bei sich zu behalten. Erst als Isabella aufschaute und Richards Miene sah, der auf der anderen Bettseite Wache hielt, stand sie auf.

In ruhigem, befehlenden Ton, der keinen Widerspruch duldete, schickte das Mädchen alle anderen aus dem Zimmer, selbst Lord Francis Lovell, Englands Lordkämmerer; und eigenartigerweise regte sich kein Widerspruch. Einer nach dem anderen verschwand, bis nur noch Isabella und Richard im Raum waren. Langsam trat das Mädchen neben den König und legte ihm eine Hand auf die Schulter.

»Euer Gnaden«, begann sie unsicher und fuhr, als er nicht antwortete, fester fort: »Mein Herr.«

Er sah zu ihr auf, schien sie aber nicht zu erkennen.

»Euer Gnaden«, wiederholte sie leise, »ich bin es, 'Sabelle.«

Mühsam schien sich der König zu besinnen. Er blinzelte und flüsterte dann stockend: »'Sabelle. O 'Sabelle, sie hat Euch so geliebt.«

»Euch auch, Euer Gnaden.«

Einen Augenblick herrschte Stille in dem leeren Raum. Von draußen konnte Isabella das Totengeläut der Kirchenglocken hören. Obwohl es schon Tag und beinahe Frühling war, wirkte der graue Himmel dunkel – und wurde immer dunkler. Durch das

Fenster konnte das Mädchen sehen, wie sich langsam eine beklemmende, unerklärliche Schwärze über London senkte, so als würde die Sonne im Firmament ausgelöscht und als bliebe nur noch ein schwarzes Loch am Himmel, wo sie zuvor gestrahlt hatte. Wenige Augenblicke später war es dunkel wie in der Nacht.

»Herr im Himmel«, hauchte Isabella unwillkürlich. Auf der Straße begannen die Menschen vor Angst zu schreien, fielen teils betend auf die Knie. »Herr im Himmel.«

Endlich drehte sich auch der König um. Kurz starrte er entsetzt aus dem Fenster, dann stieß er hervor: »Das ist ein Zeichen, ein schlechtes Omen. Ich habe mich gegen Gott versündigt, und nun bestraft er mich dafür.«

»Nein, Euer Gnaden! So ist es nicht! Das dürft Ihr nicht glauben!« beschwor Isabella ihn.

»O 'Sabelle.« Richards düsteres Gesicht war zu einer qualvollen Maske des Schmerzes verzogen. »Es ist wahr. Es ist wahr! Gott hat das Licht in meinem Leben ausgelöscht!«

Und dann warf sich Richard, der König von England, vor Isabella auf die Knie, barg sein Gesicht in ihrem Schoß und weinte bitterlich.

# Kapitel 34

*London, England 1485*

Isabella war krank vor Verzweiflung: denn mit jedem Tag mehrten sich die Gerüchte über den König, ihren geliebten Richard; und je lauter sie wurden, desto stiller schien Richard selbst zu werden. Er war immer ruhig und verschlossen gewesen; aber inzwischen wirkte sein Ernst irgendwie beklemmend und unheilverheißend. Er hatte die Wahrheit gesagt, damals an Annes Todestag. Das Licht in seinem Leben war ausgelöscht worden, so wie die Sonnenfinsternis kurz nach dem Tod der Königin die Sonne ausgelöscht hatte.

Nach Meinung des Volkes – und vielleicht auch nach Richards Meinung – hatte Gott über den König gerichtet und ihn verurteilt. Man munkelte, er habe seine Neffen umgebracht und seine Frau vergiftet, weil sie zu zart gebaut war, um ihm den erwünschten Erben schenken zu können. Am schlimmsten war jedoch, daß man ihm nachsagte, er wolle seine junge Nichte Bess heiraten.

Isabella verfolgte fassungslos, zu welch monströsen Hypothesen sich die Gerüchteköche verstiegen. Immer wieder verfluchte sie Lady Stanley und den Herzog von Buckingham für das schändliche Verbrechen, das die beiden begangen hatten und für das sie nie zur Rechenschaft gezogen würden. Aber nichts traf sie so sehr wie die Unterstellung, Richard wolle die junge Bess heiraten. Richard war ein durch und durch anständiger Mensch. Daß er ein inzestuöses Verhältnis mit seiner Nichte in Betracht ziehen sollte, war vollkommen absurd. Isabella war überzeugt, daß Elizabeth, die Mutter der jungen Bess, hinter dem Gerücht steckte. Nachdem sie nicht, wie geplant, über die Verbindung zwischen Bess und Harry Tewdwr Einfluß nehmen konnte, versuchte sie es nun über Bess und Richard!

Das mußte den Menschen doch einleuchten!

Aber das Raunen hörte nicht auf und vergiftete das Verhältnis der Untertanen zu ihrem König.

Schließlich wurde es dem König zuviel; im großen Saal von St. John of Jerusalem stritt er die schmählichen Vorwürfe öffentlich ab. Dann verbannte er die junge Bess, die ihre Zuflucht verlassen hatte, vom Hof.

Jeden Abend begab sich Isabella zur Kapelle von Westminster, um für den König und Anne zu beten, um Kerzen für beide zu stiften und um einen Goldsovereign in die Almosenkasse zu werfen.

Nachdem Isabella an diesem Abend die Münze in den Opferstock hatte fallen lassen, hielt sie inne, abgelenkt durch eine geisterhafte Gestalt, die aus dem Schatten trat und zum Gebet niederkniete. Es war Gilliane, Lionels Gemahlin, die neue Lady St. Saviour. Wie meistens sah sie aus, als hätte sie geweint. Isabella hatte gehört, daß Lionel sie immer noch grausam mißhandelte.

Selbst aus dieser Entfernung konnte sie einen häßlichen blauen Fleck auf Gillianes Gesicht erkennen. Isabella kniff zornig die Lippen zusammen und wollte schon losgehen, um der einsamen, bemitleidenswerten jungen Frau Trost zu spenden, da hörte sie eine Stimme, die sie abrupt stehenblieben ließ.

»Hier versteckst du dich also vor mir, Madam«, zischte Lord Lionel Valeureux, der neue Graf St. Saviour. Instinktiv versteckte sich Isabella hinter einem Pfeiler. »Bei allen Wunden Christi!« fluchte der Graf voller Abscheu. »Beim Beten! Ich hätte dich mehr geachtet, wenn ich entdeckt hätte, daß du dich mit einem Liebhaber triffst.«

Gilliane kniete mit gesenktem Kopf vor ihrem Ehemann, als würde sie erwarten, daß er sie schlug. Leise und mit leicht bebender Stimme antwortete sie ihm: »Ihr seid mein Gemahl, Mylord. Wenn ich einen Geliebten hätte, würde ich mich damit gegen Gottes Gebote versündigen.«

»Jesus, du dumme Schlampe!« Lionel lachte kurz und gemein auf. »Wenn das so ist, dann wird eines Tages fast der ganze Hof in der Hölle schmoren, mich eingeschlossen.«

Gilliane zuckte zusammen, als sie ihren Ehemann so offen über seine Seitensprünge reden hörte. Sie biß sich auf die Lippen, und Tränen glitzerten auf ihren Wimpern. »Dann werde ich für Euch beten, Mylord«, erklärte sie ihm leise.

»Ja, du solltest auch beten«, knurrte er. Plötzlich packte er sie am Haar und zog ihren gesenkten Kopf brutal zurück. »Aber bete lieber darum, daß du mir einen Erben schenkst – und zwar bald, denn ich bin es leid, mit dir zu schlafen, du kalte, unfruchtbare Hexe!«

»Dann gebt mich frei, Mylord!« flehte ihn Gilliane an. »Gestattet mir, in einen Konvent zu gehen, wie ich es mir so ersehne. Ich werde Euch keine Schwierigkeiten machen, das schwöre ich.«

»Nein, Madam, das wird nicht gehen. Dein Vater wird der Auflösung unserer Ehe nicht zustimmen. Ich fürchte, Madam, wir beide sind bis an unser Lebensende aneinander gebunden. Und jetzt hoch mit dir, du kleine graue Maus, und ab in deine Kammer. Ich werde dafür sorgen, daß ich einen Erben bekomme!«

»Nein, Mylord, bitte«, bettelte Gilliane unter Tränen. »Ihr – Ihr tut mir weh, und ich – ich ertrage es einfach nicht...«

»Pech für dich. Und jetzt auf, du dumme Gans!« befahl Lionel kurz angebunden.

Als Gilliane nicht gehorchte, rüttelte er sie aus Leibeskräften und versetzte ihr eine schallende Ohrfeige. Isabella, die alles aus dem Schatten heraus beobachtete, stockte der Atem, als sie sah, wie brutal Lionel mit seiner Frau umsprang. Entsetzt mußte sie mit anschauen, wie Gilliane im Fallen mit dem Kopf auf die Kirchenbank schlug und reglos, mit schneeweißem Gesicht, zu Boden sank.

Mein Gott! dachte Isabella. Er hat sie umgebracht. Lionel hat die arme Gilliane ermordet, und ich habe nichts getan, um ihn daran zu hindern. *Nichts!* O Gott, bitte vergib mir.

Lionel hatte sich inzwischen über seine Frau gebeugt, sah aber sofort auf, als er den leisen Entsetzenslaut hörte, der Isabella entfahren war. Seine kalten, eisblauen Augen suchten mißtrauisch die Kapelle ab.

Bibbernd vor Angst und Beschämung zog sich Isabella hinter den Pfeiler zurück. Plötzlich war ihr klar, daß Lionel sie ebenfalls umbringen würde, wenn er sie entdeckte. Sie war Zeugin seines Verbrechens – die einzige Zeugin. Er würde sie ebenfalls töten müssen, gleichgültig, wie sehr er sie begehrte. O Gott. Wenn sie nur entkommen könnte, es irgendwie zur Tür schaffen könnte. Aber Isabella wußte, daß das ein hoffnungsloses Unterfangen wäre. Wenn sie versuchte, sich aus der Kapelle zu schleichen, würde Lionel sie auf jeden Fall entdecken. Es blieb ihr nichts anderes übrig, als sich nicht zu rühren und in ihrem Versteck zu bleiben. Starr vor Angst preßte sie sich an den kalten Marmor des Pfeilers und wartete mit angehaltenem Atem.

Nach einer Weile, die ihr wie eine Ewigkeit vorkam, hörte sie, wie Lionel seine Frau über den Boden schleifte. Vorsichtig schielte Isabella hinter dem Pfeiler hervor. Ja, er schleppte die arme Gilliane fort. Bestimmt wollte er sie irgendwo verscharren... Nein! Er legte sie bloß an den Fuß einer kleinen Stiege, die von einer Seitentür in die Kapelle herabführte. Ein Unfall! Gillianes

Tod sollte wie ein Unfall aussehen. Mit klopfendem Herzen wartete Isabella darauf, daß Lionel verschwand. Aber er ging nicht. Statt dessen trat er vor den Altar und nahm einen der schweren goldenen Kerzenleuchter vom Altarpult. Es dauerte einen Moment, ehe Isabella begriff. Bei Gott! Gilliane lebte noch. Der Schlag auf die Kirchenbank hatte sie nur bewußtlos gemacht. Jetzt wollte ihr Lionel mit dem Kandelaber den Garaus machen.

»Nein!« entfuhr es Isabella. »Nein, Lionel! Nein!« Schreiend lief sie den Gang entlang zum Altar. Lionel starrte sie überrascht an und verschaffte ihr damit Gelegenheit, ihm den Leuchter aus der Hand zu reißen. »Das dürft Ihr nicht, Lionel! Das lasse ich nicht zu! Das lasse ich nicht zu, hört Ihr?«

»'Sabelle«, hauchte er. »'Sabelle.« Und dann: »Bei allen Wunden Christi, Ihr seid eine kleine Närrin. Begreift Ihr nicht? Da ist unsere Chance – unsere Chance, sie ein für allemal loszuwerden! Gebt mir den Lüster. Ich habe nie eine Frau außer Euch begehrt.«

»Herr im Himmel! Seid ihr des Wahnsinns? Selbst wenn ich frei wäre, würde ich nicht –«

»Natürlich werden wir ihn ebenfalls umbringen müssen, diesen halbwalisischen Bastard«, verkündete Lionel mit einem eigenartigen, beängstigenden Leuchten in den Augen. »Ja, anders geht es nicht, 'Sabelle. Jetzt kommt, meine Liebste, laßt mir den Leuchter«, säuselte er. »Wir müssen uns eilen, wenn man uns nicht entdecken soll.«

»Herr im Himmel«, wiederholte Isabella mechanisch. »Ihr seid wahnsinnig. Ich liebe meinen Gemahl! Ich liebe ihn, hört Ihr? Ich würde Euch nicht einmal heiraten, wenn Ihr der letzte Mann auf Erden wärt!«

»Ach kommt, 'Sabelle. Wir haben keine Zeit für solche Spielchen. Euer Herz hat immer mir gehört; das könnt Ihr nicht abstreiten.«

»Ich kann und tue es!«

Einen Moment schien Lionel auf ihren Ausbruch nicht zu reagieren, sondern schaute sie nur nachdenklich an. Dann kam er langsam auf sie zu. »Es tut mir leid, daß Ihr das sagt, 'Sabelle«, meinte er unheilverkündend. »Sehr leid sogar. Denn ich hätte alles für Euch getan.«

Langsam wich Isabella zurück. Erst jetzt wurde ihr bewußt, in welcher Gefahr sie schwebte, trotzdem wollte sie die immer noch bewußtlose Gilliane nicht Lionels Gnade ausliefern. Wenn sie nur Hilfe holen könnte! Aber Lionel folgte ihr Schritt für Schritt. Eine einzige unbedachte Bewegung konnte ihn dazu verleiten, sich auf sie zu stürzen. Im Augenblick hielt er noch Abstand, doch nur, weil sie ihm drohend den Kandelaber entgegenstreckte. Mühsam schluckte sie die aufsteigenden Tränen hinunter. Sie durfte sich auf keinen Fall ihre Angst anmerken lassen.

»Mylord... Lionel... kommt zur Besinnung. Natürlich seid Ihr verwirrt. Eure Gemahlin hat einen Unfall gehabt. Ihr könnt nichts dafür, daß sie auf der Kirchenbank aufgeschlagen ist«, log Isabella verzweifelt. »Lauft und holt den Hofarzt. Ich werde so lange bei Gillian bleiben.«

»Damit werdet Ihr keinen Erfolg haben, mein Herz«, schnurrte Lionel. »Ich habe Euch eben ins Gesicht geschaut und keine Liebe für mich darin entdeckt. Ihr liebt nur *ihn,* diesen halbwalisischen Bastard!« zischte er. »O 'Sabelle, 'Sabelle. Wir hätten so glücklich werden können, Ihr und ich. Wir *waren* einst glücklich. Ich frage mich, warum wir es nicht bleiben konnten.«

Zu Isabellas Überraschung klang Lionel aufrichtig traurig; einen Augenblick hatte sie beinahe Mitleid mit ihm. Sie wappnete sich gegen das Gefühl. Er war wie eine der schottischen Wildkatzen, von denen ihr Giles erzählt hatte. Sobald sie sich ihre Schwäche anmerken ließ, würde er sich auf sie stürzen und sie in Fetzen reißen. Und Schreien würde ihr nicht helfen. Zu so später Stunde kam niemand mehr in die Kapelle.

»Wir waren nie glücklich miteinander«, antwortete sie ihm. »Denn unsere Liebe beruhte auf Lügen, *Euren* Lügen, Mylord.«

»Liebster Jesus«, stöhnte er. »Ich habe Euch geliebt, 'Sabelle; das habe ich wirklich!«

»Nein, Lionel. Hättet Ihr mich geliebt, hättet Ihr mich nicht belogen. Ihr habt mich nur begehrt. Aber ich werde Euch niemals gehören.«

»Wegen ihm, diesem –«

»Halbwalisischen Bastard«, vollendete Isabella den Satz trokken. »Genau. Das ist Warrick – und noch viel mehr. Aber das könnt Ihr nicht verstehen, Mylord. Ihr verachtet ihn, weil das Blut in seinen Adern unrein ist. Ich dagegen liebe ihn aus genau demselben Grund um so mehr. Warricks Geburt hat ihn verwundbar gemacht. Er braucht mich, und auf eigenartige Weise brauche ich ihn auch. Wir sind uns ähnlich, Warrick und ich, ähnlicher, als wir beide uns je sein könnten, Lionel.«

»Ja, jetzt begreife ich es... jetzt, wo es zu spät ist – zu spät für uns beide«, sagte Lionel. »Ich kann Euch nicht am Leben lassen, 'Sabelle. Ihr habt gesehen, daß ich mein Weib umbringen wollte.«

Das ist das Ende, dachte Isabella. Lionel wird mich töten. O Warrick, Warrick, mein Herr, mein Geliebter...

»Lauft, Mylady! Lauft!«

Isabella wie auch Lionel drehten sich verdutzt um. Dem Mädchen fiel ein Stein vom rasend klopfenden Herzen. Es war Jocelyn – Jocelyn, die mit Caerllywels Kind schwanger ging, aber trotzdem bereit war, ihre Herrin zu verteidigen. Mit drohend vorgereckter Fackel kam sie langsam auf die beiden zu.

»Jocelyn! Hol Warrick. Lady St. Saviour ist hier. Sie hat einen Unfall gehabt, und ich darf sie nicht allein lassen«, rief ihr Isabella zu, ohne den Blick von Lionel abzuwenden.

Sie konnte sehen, wie es fieberhaft in ihm arbeitete. Dann stürzte sich Lionel jäh auf Isabella, riß ihr den Kerzenleuchter aus der Hand und holte damit aus. Im letzten Moment konnte Isabella dem Schlag ausweichen. Der Kandelaber krachte auf eine Kirchenbank, daß die Holzsplitter durch die Luft flogen. Eilig raffte Isabella ihre Röcke hoch und rannte auf den Altar zu, um sich dort mit einem neuen Kerzenständer zu bewaffnen. Doch Lionel gebot ihr mit einem einzigen Satz Einhalt.

»Keine Bewegung, mein Herz«, befahl er, »sonst bringe ich sie um.«

Sie drehte sich um und sah, daß er mit drohend erhobenem Leuchter über der reglosen Gilliane stand. Isabella schnappte nach Luft. »Nein!«

»O ja, 'Sabelle«, widersprach Lionel hämisch. »Und jetzt kommt zu mir und befehlt Eurer Magd, es Euch gleichzutun, sonst erschlage ich diese kalte, unfruchtbare Schlampe, die ich geheiratet habe.«

»Das glaube ich nicht, Mylord.«

Die Stimme, die das sagte, klang kalt, hart und unheilbringend, aber noch nie hatte sich Isabella so gefreut, sie zu hören. Warrick stand am Kopf der kleinen Stiege über ihnen. Sein Gesicht war zu einer Maske mörderischer Wut erstarrt, und ein Muskel zuckte in seiner Wange. Bevor der überraschte Lionel reagieren konnte, war Warrick zu Boden gesprungen und hatte ihm den Kerzenleuchter aus der Hand getreten.

»Ihr habt versprochen, daß wir uns wiedersehen würden, Mylord«, knurrte Warrick. »Jetzt ist es soweit. Zieht Euer Schwert, Ihr feiger Hurensohn, denn diesmal werde ich Euch töten.«

Einen Augenblick wurde Lionels Gesicht kalkweiß, doch dann grinste er höhnisch. »Mit Vergnügen, Mylord. Auf diesen Augenblick habe ich schon lange gewartet.«

Stahl schabte über Stahl, als die Schwerter aus den Scheiden gezogen wurden. Die beiden Männer salutierten kurz und begannen sich dann langsam und wachsam zu umkreisen. Sie schauten nicht einmal auf, als Caerllywell und Giles in die Kapelle platzten. Der Anblick, der sich ihnen bot, ließ die beiden abrupt innehalten.

Als Isabella ihren Bruder und Caerllywel sah und begriff, daß die beiden eingreifen würden, falls Lionel einen heimtückischen Angriff versuchen sollte, kam sie wieder zur Besinnung und eilte zum Weihwasserbecken an der Kapellentür. Eilig tunkte sie ihr Taschentuch in das geweihte Wasser und kniete dann neben Joceyln bei Gilliane nieder. Zu ihrer Erleichterung begann sich das Mädchen endlich wieder zu regen.

Kaum zwei Schritte von ihnen entfernt war mittlerweile das Duell zwischen Warrick und Lionel entbrannt. Mit ohrenbetäubendem Klirren, das bis zu der Kuppel aufstieg, trafen die Breitschwerter der beiden Männer aufeinander. Isabella mußte ihre ganze Beherrschung aufbieten, um den beiden Männern nicht zuzuschauen, vor allem, als sie aus dem Augenwinkel sah, wie Lionel auf Warrick zustürzte, der den gefährlichen Vorstoß nur mit knapper Not parieren konnte. Sie zitterte vor Angst um den Mann, den sie liebte, und wandte sich ab, bis Jocelyn, die spürte, wie sehr das Geschehen ihre Herrin mitnahm, sie von dem Anblick abschirmte.

»Fürchtet Euch nicht, Mylady«, munterte ihre Zofe sie mit einem kleinen Lächeln auf. »Lord Hawkhurst weiß, was er tut.«

»Ja.« Isabella nickte. »Aber Lionel ist wahnsinnig geworden. Niemand vermag zu sehen, zu was für einer Hinterlist er greift.«

»Caerllywel und Lord Rushden werden Lord Hawkhurst beschützen, Mylady.«

»Ja, du hast natürlich recht; ich weiß. Komm, Jocelyn. Hilf mir, Lady St. Saviour umzudrehen. Nein, Gilliane. Ihr dürft noch nicht aufstehen. Ihr seid schwer gestürzt.«

Der Kampf ging weiter; die Klingen schabten mit lautem Kreischen übereinander, das an Isabellas geplagten Nerven wetzte. Mit ihrem nassen Tuch betupfte sie die Wunde an Gillianes Kopf. Sie merkte kaum, daß Gillianes leise Wehklagen verstummt waren und das Mädchen ruhig in ihren Armen lag.

»Wie sieht es aus, Jocelyn?« fragte Isabella, als sie den gräßlichen Lärm des Duells nicht mehr ertrug.

Jocelyn drehte sich um, schaute über ihre Schulter und sah ihre Herrin dann ernst an. »Lord St. Saviour kämpft auf verlorenem Posten. Nein, schaut nicht hin, Mylady. Ihr würdet Euch nur noch mehr ängstigen. Ich versichere Euch, Lord Hawkhurst ist nicht tödlich verwundet.«

Wieder stockte Isabella der Atem. »Dann ist er verletzt!« schrie sie auf, als sie begriff, was ihre Zofe da gesagt hatte.

»Eine Wunde am Arm, nicht mehr, Mylady.«

»Kümmere dich um Lady St. Saviour. Ich muß nach meinem Gemahl sehen.«

»Nein, Mylady, bitte. Ihr dürft nicht mit ansehen, was passieren muß . . .«

Doch Isabella schenkte Jocelyns Flehen kein Gehör, sondern

schob dem Mädchen Gillianes Körper in den Schoß, sprang auf und schlug die Hand vor den Mund, als sie das Blut sah, das ihrem Mann vom Arm tropfte.

»'Sabelle.«

Schon war Giles bei ihr und stützte sie.

»O Giles, er verliert zuviel Blut!« jammerte Isabella leise, fest an ihren Bruder geklammert.

»Nein, Schwesterherz. Es ist nur ein Kratzer, glaub mir. Ich habe schon oft gesehen, wie Männer viel mehr Blut verloren und überlebt haben. Um Lionel steht es viel schlechter, fürchte ich.«

Isabella sah auf den Mann, den sie einst zu lieben gemeint hatte, und erkannte, daß Giles die Wahrheit gesagt hatte. Lionel atmete schwer keuchend, taumelte in seinen Stiefeln herum und fuchtelte wild mit seinem Schwert in der Luft, so als wäre es ihm plötzlich viel zu schwer geworden. Sein goldenes Haar war triefend naß. Schweiß perlte ihm von der Stirn, rann ihm in die Augen, blendete ihn und lief in sein dunkelblaues Wams, wo er sich mit dem Blut vermischte, das seine Kleider durchtränkte. Sein linker Arm baumelte nutzlos herab. Er war durch einen tiefen Schnitt an der Schulter fast vom Rumpf getrennt. In seinem Bauch klaffte ebenfalls eine tiefe Wunde – eine tödliche Verletzung, wie Isabella erkannte. Aber Lionel gab nicht auf. Selbst Warrick war entsetzt.

»Gebt auf, Mylord!« befahl der Graf knapp. »Ihr seid so gut wie tot.«

»Niemals ... Ihr ... halbwalisischer ... Bastard«, erwiderte Lionel mit grimmigem Kopfschütteln und lachte kurz auf. Es war ein gespenstischer, freudloser Laut. »Ich nehme ... mir ... was ... mir ...gehört und was Ihr ... mir ... gestohlen habt!«

»Redet keinen Unsinn, St. Saviour! 'Sabelle hat niemals Euch gehört und wird Euch nie gehören!«

»Sie ... hätte mir ... gehört, wenn Ihr ... nicht ... gewesen wärt!«

»Um Gottes willen, Mann!« Weiter kam Warrick nicht, denn in diesem Augenblick stürzte sich Lionel mit der Kraft eines Besessenen auf ihn. In einem letzten verzweifelten Versuch, den Grafen mit in den Tod zu nehmen, griff Lionel wie wahnsinnig an, holte aus Leibeskräften nach Warrick aus, schlug jedoch lediglich einen Kerzenständer zu Boden. Die Klinge fuhr quer über den Altar und fegte die Fürbittkerzen aus ihren schmiedeeisernen Haltern auf das Podest. Glassplitter stoben in alle Richtungen. Flammen leckten von den Dochten empor. Das Altartuch fing Feuer.

»Caerllywel!« rief Giles überflüssigerweise, denn Warricks Bruder war bereits dabei, das Feuer auszutreten.

Mit todbringendem Zischen fuhren die Klingen schon wieder durch die Luft, trafen mit lautem Klirren aufeinander, schabten mit gräßlichem Knirschen übereinander. Funken stoben aus dem Metall. Stiefel stampften über den Marmor, während die beiden Männer angriffen und parierten.

Dann war es plötzlich vorbei. Ohne Vorwarnung und scheinbar vollkommen überrascht holte Lionel tief Luft. Er schwankte, stolperte, ließ sein Schwert fallen und preßte sich die Hände auf den Bauch. Die Waffe fiel mit einem Klingen wie Todesgeläut auf den Marmor, gefolgt von Lionel selbst. Blut sprudelte aus seiner Nase und sickerte aus einem Mundwinkel; sein Kopf rollte haltlos hin und her, und kurz darauf begannen seine Arme zu erschlaffen. Seine Lider flatterten auf; dann richtete er mühsam die blauen Augen auf Isabella.

»'Sa-belle.« Mit letzter Kraft versuchte er, eine Hand nach ihr auszustrecken, aber die Anstrengung war zu groß. Er stöhnte leise. »Ich – ich habe Euch... geliebt... wißt Ihr...«

»Lionel! *Lionel!*« schrie Isabella auf und rannte zu ihm. Doch sie kam zu spät.

Lord Lionel Valeureux, Graf St.-Saviour-on-the-Lake, war tot.

Heiße Tränen brannten ihr in den Augen. Doch im Grunde weinte sie nicht um Lionel, sondern um das, wofür er gestanden hatte – ihre erste Liebe, ihre Jugend, alles, was hätte sein können... und für immer verloren war.

»'Sabelle.« Warrick legte ihr sanft die Hand auf die Schulter und zog sie hoch. »'Sabelle.«

Er drückte sie an sich, strich ihr besänftigend übers Haar und flüsterte ihr Trost zu, während sie sich an ihn preßte und bitterlich weinte.

Doch eigenartigerweise brachte ausgerechnet Gilliane Isabellas Tränen zum Versiegen. »Weint nicht um Lionel, Mylady«, erklärte das verletzte Mädchen, das endlich wieder zu Bewußtsein gekommen war und erkannt hatte, was geschehen war. »Er ist Eurer Tränen nicht würdig. Weint lieber um das Kind, das Ihr seinetwegen verloren habt, denn es war Lionel, der seine Männer damals auf dem Moor nach Euch ausgeschickt hatte.«

»Nein!« Isabella war wie vor den Kopf geschlagen. »Nein!«

»Doch, Mylady. Es ist die Wahrheit«, widersprach Gilliane leise.

»O Warrick.« Isabella schaute zu ihrem Gemahl auf, denn sie spürte den Schmerz, den Zorn und den Verlust, den er plötzlich empfand. Lionel hatte ihnen das Wertvollste geraubt – das Kind, das sie so sehnlich erwartet und um das sie so getrauert hatten; und Isabella hatte seither nicht mehr empfangen, würde vielleicht nie mehr ein Kind Warricks in ihrem Leib spüren. »O Warrick, ich habe Lady Shrewton dafür verflucht, dabei war es in Wahrheit Lionels Schuld.«

»Und ich dachte, es wäre Lord Montecatini gewesen«, gestand er ihr. »Mein verfluchter Stolz! Hätte ich dir damals vor Lionels Zeit nur geglaubt, wäre ich auf der Hut vor ihm gewesen.«

»Gib dir nicht die Schuld daran, Warrick.« Gillianes Eröffnung hatte Isabella gleichermaßen verletzt und verstört. »Lionel war wie ein Kind, das den Mond anheult, weil es ihn nicht haben kann. Trotzdem habe ich den eigenartigen Eindruck, daß er mich auf seine seltsame Weise geliebt hat.«

»Das hat er bestimmt, 'Sabelle«, pflichtete Warrick ihr bei. »Denn wie sollte dich jemand nicht lieben?«

Dann sank der Graf unvermittelt auf die Knie, genau wie Giles und Caerllywel. Jocelyn und Gilliane machten eilig einen tiefen Knicks. Ohne sich erst umzudrehen, tat Isabella es ihnen gleich und senkte den Kopf. Es konnte nur einen Grund für diese plötzliche Demutsbezeugung geben – Richard, den König.

Einen Moment lang lag die Kapelle in atemlosen Schweigen. Dann seufzte der König und sagte mit tiefer, müder Stimme: »Dies ist ein Gotteshaus, ein Ort, an dem die Menschen Seelenfrieden suchen. Warum habt Ihr dieses Haus durch einen Mord entweiht, Lord Hawkhurst?« Seine Stimme zitterte vor Zorn. »Bin ich so ein schlechter, sündiger Mensch, daß es in meinem Königreich so weit kommen muß?«

»Nein, Euer Gnaden, nein«, widersprach Warrick leise. »Ich wünschte bei Gott, es wäre nicht ausgerechnet hier geschehen.«

»Lady Hawkhurst, verbindet die Wunde Eures Gemahls und erklärt mir, was hier vorgefallen ist.«

Während Isabella Warricks Arm verband, erklärte sie, was passiert war. Als sie geendet hatte, seufzte der König nochmals.

»Es stimmt also«, sagte er leise zu sich selbst. »Ich bin verflucht. Ich stürze alle, die ich liebe, ins Unglück.« Dann rief er sich in die Gegenwart zurück. »Lady St. Saviour, Ihr seid frei. Ich übereigne Euch alle weltlichen Besitztümer Eures Gemahls und erteilte Euch die Erlaubnis, in einen Konvent einzutreten, wo Ihr den Frieden finden mögt, den Ihr sucht.«

»Oh, Euer – Euer Gnaden«, hauchte Gilliane mit Tränen in den Augen. Dann küßte sie dem König die Hand. »Sire, Ihr seid wahrhaft gut und großzügig. Ich werde immer für Euch beten.«

»Ja, tut das, Mylady«, sagte Richard leise und wandte sich zum Gehen. »Vielleicht hört Gott ja auf *Euch*.«

# Kapitel 35

Am 8. August 1485 landete Harry Tewdwr mit einer Streitmacht von zweitausend französischen Söldnern in Milford Haven, Wales. Harry ging als erster an Land. Eine Minute lang blieb er schweigend stehen und ließ den Blick über das Land seiner Geburt und Kindheit schweifen. Dann kniete er nieder und küßte den Boden. Jubel brandete aus der Menge auf, die sich versammelt hatte, um ihn zu begrüßen, aber trotzdem erhob sich Harry nicht. Sein Onkel Jasper legte ihm eine Hand auf die Schulter.

»Harry?« Jasper wirkte verstört, denn normalerweise zeigte sein Neffe seine Gefühle nicht so deutlich.

Langsam richtete sich Harry auf und entdeckte zu seiner Überraschung, daß sich seine Leibwachen mit gezücktem Schwert zwischen ihm und der Menge aufgebaut hatten. »Ist Richard Plantagenet schon so nahe, Onkel?« fragte er trocken.

Jasper errötete verlegen.

»Laßt Eure Schwerter stecken, Männer«, befahl Harry. »Wir sind hier unter Freunden. Dies ist meine Heimat.«

*Heimat.* Wie gut es tat, das Wort nach all den langen Jahren wieder sagen zu können. Vorsichtig steckten die Ritter die Schwerter in die Scheiden zurück. Aber kaum waren die stählernen Klingen verschwunden, da wurden sie wieder gezückt. Kampfbereit stellten sich die Ritter zwischen Harry und den einsamen Reiter, der ihnen entgegengaloppiert kam.

»Mylord Richmond«, rief der Fremde Harry zu. »Ich heiße Rhys ap Thomas und habe eine Bitte an Euch.« Bevor Harry darauf antworten konnte, hatte sich der Fremde vor seinen Füßen auf den Rücken geworfen. »Kommt«, dröhnte Rhys. »Tretet über mich hinweg, Sire.«

Harry und seine Männer betrachteten den Fremden mißtrauisch und doch mit leiser Erheiterung. Wenn das ein Anschlag auf Harrys Leben war, dann war es ein erbärmlich schlechter, denn Rhys ap Thomas war zwar ein Riesenkerl und sein Brustpanzer schwer, in seiner augenblicklichen Lage war der Mann jedoch äußerst verwundbar.

Da Harry keine Gefahr sah, zuckte er mit den Achseln und machte einen Schritt vor.

»Haltet ein, Harry!« rief Jasper leise. »Der Mann will Euch schaden, da bin ich ganz sicher!«

»Ich weiß nicht, wie er mir in dieser Lage schaden soll, Onkel – es sei denn, er will mir an meine Weichteile.«

»Harry!«

Harry grinste wie ein ungezogener Junge und schritt dann über Rhys ap Thomas' Leib hinweg.

Rhys lachte grölend und triumphierend, während ihm Harrys Mannen mürrisch wieder aufhalfen. »Es ist vollbracht«, jubelte Rhys. »Ich habe meinen Schwur erfüllt.«

»Und der wäre?« fragte Harry neugierig. Rhys ap Thomas, dachte er, wäre ein wertvoller Mann in der Schlacht.

»Ich habe König Richard von England geschworen, daß Harry of Richmond nur über meinen Bauch in Wales landen wird«, beantwortete Rhys Harrys Frage. »Und das habt Ihr getan. Niemand soll sagen, daß ein Waliser sein Wort nicht hält.« Damit zog er sein Schwert und reichte es, mit dem Knauf voran, Harry. »Ihr werdet Gerüchte hören, Sire, daß ich für König Richard kämpfe. Glaubt das nicht. Ich bin *Euer* Mann, Sire, für jetzt und immer. *Fiat!*«

Harrys Herz floß über, als er das hörte, auch wenn er das Versprechen nur mit Vorbehalt annahm. Nordengland mochte mit Herz und Seele Richard Plantagenet folgen, aber bei Gott, Wales gehörte ihm – Harry Tewdwr!

Am Abend öffnete die Stadt Cardigan ihm die Tore; Menschenmassen säumten die Straßen, und Jubelschreie erfüllten die Luft.

»Gott schütze den König!« erscholl es auf gälisch. »Lang lebe König Harry!«

Und Harry antwortete ihnen in seiner Muttersprache. Die Waliser waren außer sich. Seit fast tausend Jahren hatte man keinen englischen König mehr Gälisch sprechen hören. Die Menschen drängten sich danach, ihm und seinen Männern Speise und Trank anzubieten. Und was nicht hergeschenkt wurde, das bezahlte Harry, der zugleich drohend wie der Drache von Cadwallader, sein Wappentier, über seine Männer wachte, damit sie kein Unheil in der Stadt anrichteten.

Die Kunde von seiner Großzügigkeit und Höflichkeit verbreitete sich wie ein Lauffeuer über ganz Wales, und immer mehr walisische Männer schlossen sich seinen Truppen an, um gegen Richard Plantagenet zu kämpfen.

Auf den Rat seines angeheirateten Onkels Sir William Stanley, der inzwischen zu ihm gestoßen war, rückte Harry erst gegen Shrewsbury und dann ostwärts in Richtung Leicester vor. Von Nottingham im Norden aus marschierte Richard auf dasselbe Ziel zu. Zwischen Cannock und Lichfield verwirrte und verängstigte Harry seine Männer gleichermaßen, indem er plötzlich verschwand. Er wollte eine Weile allein sein, weil er sich nicht wohl fühlte – und außerdem wollte er sich mit den getreuen Rittern treffen, die am Waldrand von Cannock auf ihn warteten.

Als es aber zu dämmern begann, fragte er sich, ob es so klug gewesen war, sich heimlich von seinen Männern abzusetzen. Plötzlich wurde ihm klar, welch leichtes Ziel er für die Klinge eines Mörders abgab. Erst der schrille Schrei eines Falken nahm ihm seine Befürchtungen. Mit langen Schritten ging er auf das Geräusch zu.

»Waerwic! Verzeiht mir. Einen Augenblick dachte ich, Ihr hättet mich verraten.«

»Niemals, Euer Gnaden.« Lord Warrick ap Tremayne, Graf Hawkhurst, lächelte und kniete nieder, um Harrys Hand zu küssen. »Wir sind nur in der Dunkelheit vom Weg abgekommen.«

»Madog, Caerllywel und – nein – das ist doch nicht möglich!« rief Harry aus. »Emrys?«

»Ja, Sire. Ich bin es.«

»Ihr wart noch ein Knabe, als ich Euch zum letzten Mal sah. Ach, es tut gut, Euch alle wiederzusehen.«

»In mehr als einer Hinsicht, wie, Euer Gnaden?« fragte Madog lachend. »Kommt. Wir wollen Euch nicht weiter auf die Folter spannen, Sire.« Er führte Harry zu einer Gruppe von Männern mit Pferdewagen, die tiefer im Wald warteten. Er deutete auf die Ladung der Karren. »Seht her, Euer Gnaden. Der Herzog von Gloucester wird mit den Waffen Yorks geschlagen werden.«

Harrys Augen glitzerten erfreut und berechnend, als er die kalten Bombardenrohre im Mondschein glänzen sah. »Beim Blute Christi, Madog«, hauchte er ehrfürchtig. »Woher habt Ihr die? Ihr könnt mir nicht erzählen, daß sie aus Waerwics Burg stammen.«

»Nein, wir haben sie von Schloß Rushden in York, Sire.«

»Und ich finde es immer noch unrecht, daß wir sie gestohlen haben!« Zum ersten Mal meldete sich Caerllywel zu Wort.

»Im Krieg und in der Liebe ist alles erlaubt, Bruder«, entgegnete Madog kühl.

»Verdammt, Madog! Giles Ashley ist Waerwics Schwager – und unser Freund! Hast du gar kein Ehrgefühl?«

Madog blähte die Nasenflügel. »Meine Ehre gehört einzig meinem König – genau wie mein Leben! Giles hat gesagt, seine Burg stehe Waerwic jederzeit zur Verfügung.«

Caerllywel lachte kurz und verbittert. »Aber das gibt dir nicht das Recht, ihm drei Kanonen zu stehlen!«

»Es reicht!« mischte sich Harry ein. »Richtig oder falsch, die Tat ist vollbracht, und ich gestehe, daß ich die Waffen gut gebrauchen kann – gleichgültig, woher sie stammen.« Er wandte sich an Warrick und meinte mit hochgezogener Braue: »Aus diesem kleinen Wortwechsel entnehme ich, daß die Ashleys immer noch treu zum Haus York stehen.«

»So ist es, Euer Gnaden.«

»Und ich nehme ebenfalls an, Waerwic, daß Eure Frau nicht weiß, wo Ihr in diesem Augenblick steckt.«

»Nein, Sire.«

O Gott, 'Sabelle, *Sabelle!*

Ihr verletzter Blick hatte Warrick verfolgt, seit er sie verlassen hatte. Wie alle anderen im Tower hatte sie von Harry Tewdwrs Landung in Milford Haven gehört und geahnt, was das für sie, Warrick und Giles bedeuten würde.

»Nun«, hatte sie gesagt, »reißt mich doch noch die Liebe zu dir und die Liebe zu meinem Bruder entzwei. Geh. Ich bitte dich nur um eines –« Sie war verstummt, um dann mit bebender Stimme weiterzusprechen: »Wenn du Giles auf dem Schlachtfeld begegnest, dann – dann töte ihn nicht.«

»Nein, 'Sabelle. Ich schwöre dir bei meinem Leben, daß ich das nicht tun werde.«

Und Warrick würde seinen Schwur nicht brechen. Es war schlimm genug, daß er die Bombarden aus Schloß Rushden gestohlen hatte. Er wußte gar nicht, was in ihn gefahren war, daß er sich von Madog dazu hatte überreden lassen. Nun, jetzt war es nicht mehr zu ändern. Und bestimmt, hoffte Warrick, hätte Giles an seiner Stelle genauso gehandelt.

Kurz vor Anbruch der Morgendämmerung befanden sich die meisten der Männer, die bei Sutton Cheney lagerten, noch im

Tiefschlaf; im Gegensatz zu König Richard III. und Lord Giles Ashley, Graf Rushden. Letzterer beobachtete den König schweigend im grauen Licht des Nebels, der über dem Land lag.

Giles hätte es zutiefst verstört, hätte er die Gedanken seines Lehnsherrn geahnt. Richard, König von England, war von einem Alptraum aus dem Schlaf gerissen worden, einem Alptraum, in dem er gefallen war... immer tiefer, in ein rotes Meer... auf dessen Wellen seine goldene Krone tanzte. Verzweifelt hatte er die Arme nach ihr ausgestreckt, aber jedesmal war sie ihm um Haaresbreite entwischt.

Jetzt, als er vor seinem Zelt stand und wie blind in den Nebel starrte, überkam Richard eine merkwürdige Todesahnung. Das war es also. So weit hatten es die mächtigen Plantagenets gebracht: bis auf ein schlammiges Feld in der Nähe von Market Bosworth.

Er dachte an Anne, seine Frau, und ihren Sohn, die beide von ihm gegangen waren. Was machte es schon aus, wenn er zu ihnen stieß? Alle hatten ihn verlassen, alle, die er einst geliebt hatte: Edmund, sein Bruder; Warwick, der Königsmacher; George, sein zweiter Bruder; und Ned selbst.

O Ned. Richard kamen beinahe die Tränen. Wie hatte es so weit kommen können?

»Euer Gnaden, fühlt Ihr Euch schlecht?«

Überrascht fuhr Richard herum und kehrte mühsam in die Gegenwart zurück. »Nein, Giles.« Richard rang sich ein halbes Lächeln ab, um seinen offenbar besorgten, treuen Ritter zu beruhigen. »Mir geht es gut.« Aber noch während er das sagte, dachte der König: Ich lüge. Wie viele? fragte er sich, während er Giles nachdenklich ansah. Wie viele meiner Freunde und Gefolgsleute werden mit mir sterben?

Die Gesichter verschwammen vor seinem inneren Auge: Francis und Philipp Lovell, Richard Ratcliffe, William Catesby, Giles Ashley, Lion – nein, Lionel Valeureux war schon fort, wartete schon auf der anderen Seite auf Richard, gemeinsam mit Anne und ihrem Sohn; gemeinsam mit Ned, Edmund und George; mit Warwick und Buckingham. Nein, nicht Buckingham. An Harry, den fröhlichen Harry, den Herzog von Buckingham, der ihn so betrogen hatte, wollte Richard nicht denken.

Ja, was machte es schon, wenn Richard sterben mußte? Müde sackten seine Schultern herab, und er starrte wieder in die Ferne. Eine Funkenspur am grauen Firmament lenkte ihn ab.

»Da! Habt Ihr es nicht gesehen, Giles? Eine Sternschnuppe ... ein sterbender Stern«, ergänzte Richard leise.

Giles schaute in den leeren Himmel und fluchte insgeheim. Er sah nichts als Nebel. Aber er spürte Richards Trostlosigkeit und versuchte, den König aufzurichten.

»Das ist ein gutes Zeichen, Euer Gnaden. Es kann nur heißen, daß Gott auf Eurer Seite steht. Bestimmt wird der Tydder morgen verlieren.«

»Ja«, bestätigte Richard und dachte: Denn danach wird er König von England sein, und diese Krone wiegt so schwer auf dem Kopf ... und dem Herzen ... und der Seele.

Endlich brach die Dämmerung herein. Richards Späher, die erfahrener waren als Harry Tewdwrs, hatten die Ebene ausgekundschaftet und Ambien Hill als vielversprechendsten Schlachthügel ausgewählt.

Oben auf der Kuppe saß Richard auf White Surrey, seinem weißen Streitroß, und betrachtete die Szenerie vor ihm. Auf seiner rechten Flanke standen Sir William Stanley und seine Männer, die von Nether Cotton gekommen waren. Auf der Linken, aus Dadlington, sah Richard mit höhnisch verzogenem Mund Lord Thomas Stanley mit seiner Streitmacht anrücken. Richard lachte freudlos. Es stand noch offen, ob ihn die Stanleys unterstützen – oder sich gegen ihn stellen würden. Bestimmt würden sie abwarten, wie sich die Schlacht entwickelte, ehe sie eingriffen, auch wenn Richard den Sohn des Barons, Lord Strange, als Geisel genommen hatte, um sich Lord Stanleys Treue zu sichern.

Schließlich schaute der König auf seinen Feind, Harry Tewdwr, dessen Truppen aus White Moors anmarschiert kamen.

Für sich genommen waren Richards Truppen denen Harrys weit überlegen; denn die Vorhut des Königs bestand aus zwölfhundert Bogenschützen und zweihundert Kürassieren unter dem Kommando des Herzogs von Norfolk; die Hauptstreitmacht, die Richard selbst befehligte, umfaßte eintausend Hellebardisten und zweitausend Pikeniere; und in der Nachhut, angeführt vom Graf Northumberland, warteten nochmals zweitausend Hellebardisten und Pikeniere sowie fünfzehnhundert Reiter.

Dennoch – wenn die Stanleys ihr Gewicht für den Tydder in die Waagschale warfen, war Richard verloren, das wußte er.

Langsam zog der König seinen Helm mit der goldenen Krone auf und senkte das Visier. Die Trompeten erklangen, und die Schlacht war eröffnet.

Der Kampf begann eher mühsam, denn Harrys Späher hatten ihm nicht gemeldet, daß zwischen ihm und Ambien Hill ein Sumpf lag, den seine Armee umrunden mußte, ehe sie auf Richards Männer traf. Außerdem war die Sonne inzwischen aufgegangen und schien Harrys Vorhut in die Augen. Richards Streitmacht blieb auf dem Hügel, so daß sich Harrys Truppen bergauf kämpfen mußten. Pfeile wurden abgeschossen; Bombardenschüsse ausgetauscht. Die großen steinernen Kanonenkugeln zischten durch die Luft, während unten die beiden Armeen aufeinander zurückten und es schließlich zum Kampf Mann gegen Mann kam.

Den ganzen Morgen über wogte die Schlacht unter der heißen Augustsonne, bis dichte Staubwolken in der Luft schwebten und sich der beißendes Gestank des Schwarzpulvers mit dem nach Blut und verwundetem Fleisch mischte. Harrys Männer drängten Richards zurück, so daß der König seine Flügel in die Schlacht werfen mußte. Richard sandte Lord Stanley eine Botschaft mit dem Befehl, sofort Verstärkung zu schicken, wenn ihm das Leben seines Sohnes Lord Strange lieb sei. Der König brauchte nur einen Blick auf das Gesicht des Boten zu werfen, der die Antwort des Fuchses überbrachte, um zu wissen, daß die Schlacht verloren war.

»Euer – Euer Gnaden«, stammelte der Bote. »My-Mylord Stanley weigert sich, Eurem Befehl nachzukommen. Er hat gesagt – er hat gesagt, ich soll Euch ausrichten, er hätte noch mehr Söhne.«

Vor Zorn stieg Richard ätzende Magensäure in die Kehle. »Zum Teufel mit ihm! Köpft Lord Strange augenblicklich!«

Die Männer in seiner Leibwache starrten einander entsetzt an. Lord Stanleys bedauernswerter Sohn wurde herbeigezerrt und in die Knie gezwungen. Lord Strange war noch jung und winselte vor Angst, und plötzlich bekam Richard Mitleid mit ihm. War sein Bruder Edmund nicht auf ebenso grausame Weise zu Tode gekommen?

»Wartet!« befahl der König. Dann murmelte er: »Ich – ich habe es mir anders überlegt. Laßt den Jungen frei und schickt sofort nach Northumberland.«

Doch Northumberland hatte gesehen, daß die verräterischen Stanleys ihre Truppen auf Harry Tewdwrs Seite in die Schlacht warfen, und verweigerte Richard den Gehorsam. Statt dessen schaute der mächtige Lord aus dem Norden untätig zu, wie die Männer des Königs zwischen den drei anrückenden Armeen aufgerieben und niedergemetzelt wurden.

Der Kampf war fast vorüber. Richard glühte vor Zorn. Wie gerne hätte er Lord Stanley vor seine Klinge bekommen! Aber wie immer hütete er sich davor, unbedacht zu handeln. Der König war nicht umsonst Englands geschicktester Befehlshaber. Er hatte noch eine Chance – wenn auch nur eine winzige. Wenn er irgendwie durch die feindlichen Linien bis zu Harry Tewdwr vordringen konnte und ihn tötete, dann würde er, Richard, die Schlacht gewinnen.

»Euer Gnaden, ich flehe Euch an: Das ist Wahnsinn«, bettelte Lord Francis Lovell. »Man wird Euch töten. Laßt uns fliehen, solange es noch geht...«

»So wie Neville, Francis?« Richards Stimme bebte, als er daran dachte, wie sein Vetter Richard Neville, der Graf Warwick, vor so langer Zeit bei Barnet zu fliehen versucht hatte. Er, Richard Plantagenet, war ein König. Er würde sich nicht wie ein Feigling auf der Flucht vom Schlachtfeld erschlagen lassen. »Nein, Francis. Ich bin ein König. Ich werde wie einer sterben.«

Dann hob Seine Gnaden Richard Plantagenet, König von England, mit einem grimmigen Kampfschrei seine mächtige Streitaxt und galoppierte den Hügel hinab. Wie durch ein Wunder teilte sich das Meer der Kämpfenden vor ihm. Wie ein blutverschmiertes Phantom aus einer anderen Welt jagten er und sein Pferd über das Schlachtfeld; gnadenlos fuhr seine tödliche Klinge unter die Feinde. Ängstlich wichen die Männer vor ihm zurück; selbst der Standartenträger des Tydders fiel. Harrys rotes Banner mit dem goldenen Cadwallader-Drachen wurde in den Matsch gestampft, den das rote Blut noch sumpfiger machte.

Der Sumpf! Guter Gott! Der Sumpf. In seinem Zorn hatte Richard den Sumpf vollkommen vergessen. Just in diesem Moment spürte er, wie White Surrey ins Rutschen kam, unsicher wurde, im Schlamm versank, sich zu befreien versuchte... Mit dem Mut der Verzweiflung sprang der König aus dem Sattel seines treuen Rosses.

»Ein Pferd! Ein Pferd! Mein Königreich für ein Pferd!« brüllte Richard heiser. O Gott, hatte er es so weit geschafft, nur um jetzt sein Königreich wegen eines Pferdes zu verlieren?

»Euer Gnaden! Euer Gnaden! Nehmt meines, Euer Gnaden!« schrie Giles, der sein schnaubendes, augenrollendes Pferd zwischen den Kämpfenden hindurchlenkte. »Nehmt meines!«

Er war fast da, hatte den König fast erreicht, als wie aus dem Nichts ein riesiges braunes Schlachtroß mit sahnegelber Mähne auf ihn zustürzte. »Nein, Giles, nicht! Es ist zu spät! Gebt auf! Die Schlacht ist entschieden!« versuchte Warrick den Schlachtenlärm zu übertönen. Er wollte seinem Schwager keinen Schaden zufügen, doch er war sich auch bewußt, daß Giles keinesfalls zu Richard gelangen durfte.

Durch den Staub und Rauch konnte Giles Warrick schemenhaft ausmachen, aber er schenkte der Warnung keine Beachtung. Stattdessen bohrte der Jüngere seinem Pferd die Sporen in die Flanken und kämpfte sich weiter vor. Richard würde das Pferd bekommen, das er so dringend brauchte – und wenn es Giles das Leben kosten sollte. Er glaubte nicht, daß ihn Warrick umbringen würde. Aber noch während er das dachte, sah Giles, wie sein Schwager mit seinem schweren Breitschwert ausholte und es zu einem wuchtigen Schlag niederfahren ließ, der einen Mann – oder ein Pferd – in zwei Hälften teilen konnte. Augenblicke später hörte der Jüngere sein Roß entsetzt aufschreien. Die Klinge bohrte sich tief und todbringend in den Hals des Tieres und trennte den Kopf vom Rumpf. Das Pferd taumelte, strauchelte und stürzte.

»Springt, Giles!« brüllte Warrick aus Leibeskräften. »Springt! Um Gottes willen, *springt!*«

Aber Giles war in Gedanken nur bei Richard und zögerte den Bruchteil einer Sekunde zu lange. Dann rollte der kopflose Leib seines Pferdes über den Boden, löschte die Sonne aus, als er sich über Giles' Leib wälzte, und erstickte die gepeinigten Schreie, die sich seiner Kehle entrangen.

»Richard! *Richard!* RICHARD!«

Aber der König hörte ihn nicht. Seine Gnaden Richard Plantagenet, König von England, war tot. Sein Leichnam lag in einem Meer von Blut, und seine Krone hing in den Zweigen eines Weißdornbusches, genau außerhalb seiner Reichweite.

## Kapitel 36

O Gott. O Gott!

Isabella meinte vor Trauer wahnsinnig zu werden, als sie über die Bow Bridge kamen. Sie sah die blutbesudelten Männer in ihren Rüstungen, angeführt von Harry Tewdwr und gefeiert von den Londonern, die mit dem Zug mitliefen und ausgelassen jubelten: »Gott schütze den König! Lang lebe König Henry!«

Immer näher kamen die Reiter. Sie sangen und lachten, reichten Weinbeutel herum und bespritzten sich mit der roten Flüssigkeit, die sich mit dem Blut vermengte, das ihre schweren Harnische bedeckte. Ab und zu hielt einer an und beugte sich aus seinem Sattel, um einem hübschen, kichernden Mädchen einen Kuß zu stehlen oder um aus der Hand eines Kindes eine rote Rose entgegenzunehmen.

Der ohrenbetäubende Siegestaumel ließ das, was ihnen folgte, um so schrecklicher, um so unwirklicher wirken.

Diejenigen unter den Geschlagenen, die noch gehen konnten, waren in Ketten gelegt worden und wurden von den Karren begleitet, auf denen die Schwerverwundeten gefahren wurden.

Hinter ihnen ritt ein Reiter in vollem Harnisch und mit grausam höhnischem Grinsen. In einer Hand hielt er die Zügel eines kleinen, knochigen Esels, über dessen Rücken ein unförmiges Etwas hing. Auf den ersten Blick sah es aus wie ein Sack Mehl – nicht mehr. Aber als das Tier näher kam, erkannte Isabella, was es wirklich trug.

»O liebster Jesu!« hauchte sie. »O liebster Jesu!«

Und bevor sie sich beherrschen konnte, krümmte sie sich zusammen und erbrach sich auf ihr Kleid und die gepflasterte Straße. Jocelyn, die den gräßlichen Anblick noch nicht bemerkt hatte, schrie vor Angst auf.

»Mylady! Mylady, laßt Euch helfen. Schnell, kommt weg. Kommt weg. Ihr seid krank! Sir Eadric, Sir Thegn, Sir Beowulf. Kommt. Helft der Lady!«

Aber Isabella schenkte ihrer Magd und den treuen Rittern, die auf Jocelyns Rufen hin angelaufen kamen, keine Beachtung. Wie eine Wahnsinnige wühlte sie sich durch die Menge, auf die mitleiderregende Last zu, die noch am Morgen Seine Gnaden Richard Plantagenet, König von England, gewesen war.

Um ihn zu demütigen, hatte man ihn nackt ausgezogen, bevor man ihn durch die Straßen Londons paradierte. Als zusätzliche Schmach hatte jemand die Fetzen seines Banners über ihn geworfen.

Schreiend und hysterisch weinend rannte sie zu ihm, um ihn zu berühren, um festzustellen, ob er vielleicht doch noch lebte; obwohl sie wußte, daß ihre verzweifelten Gebete umsonst waren. Seine Hände – diese zarten Hände – waren weiß, zu weiß. Die Leute lachten und jubelten, als sie sahen, wie sie neben dem Esel herlief, Richards Gesicht festhielt und über die Strähnen seines schwarzen Haares strich, das naß und klebrig vom Blut und Schweiß war. Aber Isabella war das Gelächter gleichgültig. Sie stürzte und schürfte sich die Knie auf, ohne den Schmerz zu spüren; denn jetzt hatte sie die Henkersschlinge entdeckt, die man ihm wie einem gewöhnlichen Verbrecher um den Hals gelegt hatte – Richard, ihrem König. Sie rappelte sich hoch und rannte weiter. Ragnors bange Schreie schallten schrill durch die Luft und ließen die Menschen ängstlich zurückweichen.

»Richard! Richard!« gellte sie, außer sich vor Entsetzen und Trauer. *»Richard!«*

Lachend stubste einer der Reiter sie mit seiner Pike, so daß sie gefährlich ins Straucheln kam. Sie hielt sich an seinem Steigbügel fest, um nicht nochmals hinzufallen, aber mit einem Hohnlachen trat er sie weg, so daß sie bäuchlings auf dem Straßenpflaster landete.

»Du warst wohl seine Hure, wie?« verhöhnte er sie grinsend. »Da, nimm das. Du hast es zwar nicht verdient, aber ich kann Frauen nicht weinen sehen, selbst wenn sie Huren sind.«

Er warf ihr etwas vor die Füße und ritt weiter.

Benommen tastete Isabella nach dem Ding, das da auf der Straße lag. Hölzern schlossen sich ihre Finger darum, und sie erkannte, daß es eine Münze war – ein Goldsovereign. O Herr. O Herr. Wie lange war es her, daß ihr Richard eine solche Münze geschenkt und sie gebeten hatte, für ihn – und für Anne – zu beten?

O Anne. Anne! Ich bin froh, daß Ihr tot seid. Zum ersten Mal bin ich froh, daß Ihr tot seid, daß Ihr nicht ansehen müßt, was ich heute gesehen habe...

Tränenblind preßte Isabella den Sovereign an ihre Brust – und weinte bitterlich.

Sie hatte geglaubt, daß es nicht mehr schlimmer kommen konnte, daß Gott ihr alles abverlangt hatte, was er von ihr verlangen konnte. Aber sie hatte sich getäuscht. Das begriff Isabella, als man ihr Giles' zerschmetterten Leib brachte und sanft auf ihrem Bett ablegte. Er lebte. Er lebte immer noch, obwohl sie nicht wußte, wie das möglich war. Seine Beine waren zu Brei zerquetscht, und sie begriff, daß ihr Bruder, selbst wenn sie durch ein Wunder die verrenkten, mehrmals gebrochenen Glieder retten konnte, niemals wieder würde gehen können.

Kraftlos flatterten seine Lider auf; er nahm ihre Hand und

versuchte erfolglos, sie zuversichtlich zu drücken. »'Sabelle«, flüsterte er leise stöhnend. »Schwesterherz. Gib Warrick ... keine Schuld. Er hat – hat nur seine Pflicht getan. Ich hätte ... genauso gehandelt ...«

»Psst. Nicht sprechen, Giles«, beruhigte ihn Isabella, die sich zugleich fragte, was er damit wohl meinte.

Er redete im Fieberwahn; das war alles. Bestimmt war es das.

»Ich – ich muß, falls – falls ich ... sterbe. Warrick – Warrick konnte nicht wissen ... daß das Pferd auf mir landet. Ich ... ich hätte abspringen können, aber ich – ich war noch nie besonders ... geschickt darin.« Giles lächelte erschöpft.

»Giles, bitte. Was immer es auch ist, es hat Zeit. Ich bringe dir ein Schlafmittel. Deine Beine ...«

»Ich ... weiß.«

»Jocelyn.« Isabella schaute besorgt auf. »Geh und such Lord Montecatini. Bitte den Grafen, meinem Bruder einen Schlaftrunk zu bereiten.«

»Ja, Mylady.«

Isabella wandte sich wieder ihrem Bruder zu. Er war ohnmächtig geworden. Nun, so brauchte er wenigstens nicht zu leiden. Entschlossen, aber äußerst behutsam begann sie, ihm die verbeulte Rüstung auszuziehen, damit sie die traurige zerschmetterte Masse verarzten konnte, die einst seine Beine gewesen waren.

Lord Montecatini lächelte heimtückisch in sich hinein, während er mit größter Sorgfalt das Schlafmittel zusammenbraute, um das ihn Jocelyn gebeten hatte. Der arme Giles. Wie schade um einen so hübschen jungen Mann. Nun, wozu sollte man ihn unnötig leiden lassen? Und wenn der Graf gleichzeitig seinen Rachedurst stillen konnte, um so besser. Er hatte lange auf so eine Gelegenheit gewartet – zu lange.

Der Italiener drehte sich mit gefrorener, undurchdringlicher Miene zu Jocelyn um und reichte ihr den Trank. »Hier habt Ihr den Schlaftrunk, Mistress. Er schmeckt etwas bitter, aber nur, weil ich ein paar Kräuter hinzugefügt habe, die seine Schmerzen lindern werden.«

»Oh, vielen Dank, Mylord«, dankte ihm Jocelyn inbrünstig. »Die Lady steht tief in Eurer Schuld. Sie liebt Ihren Bruder sehr, müßt Ihr wissen.«

»Ja, es ist eine schreckliche Geschichte... und höchst... unangenehm für Lord Hawkhurst, wirklich höchst unangenehm.«

»Ja, die Lady war außer sich, als sie davon erfuhr. Sie hatte erst geglaubt, daß Lord Rushden im Fieberwahn gesprochen hat. Aber dann hat sein Knappe erzählt, was vorgefallen ist.«

»Nun, Lady Hawkhurst wird ihrem Gemahl bestimmt verzeihen«, meinte der Graf aalglatt. »Schließlich *war* es ein Unfall, und Ihr habt gesagt, die Verletzung sei nicht tödlich.«

»Wir beten, daß sie nicht tödlich ist, aber mit Gewißheit kann man das nicht sagen. Und ich weiß nicht, ob die Lady die Kraft findet, Lord Hawkhurst zu verzeihen. Er ist noch nicht zurückgekehrt, aber die Lady hat bereits erklärt, daß sie ihn nie wiedersehen will, solange sie lebt. Wenn Lord Rushden stirbt...« Jocelyn verstummte unsicher.

»Ja, das wäre wirklich schlimm, nicht wahr? Was für ein Verlust«, bemerkte der Italiener.

Aber insgeheim lächelte er.

Eine Ewigkeit, so schien es ihr, empfand Isabella überhaupt nichts. Ihr Herz hörte auf zu schlagen, und in ihrem Kopf tat sich ein schwarzes Loch auf, in dem alle Gefühle verschwanden. Dann, urplötzlich, hob sich ihr Magen, so als hätte die Erde unter ihren Füßen gebebt, und tiefe, herzzerreißende Schluchzer entrissen sich ihrer Kehle.

Es ist nicht wahr, dachte sie wie betäubt. Es ist nicht wahr.

Aber die Hand, die sie so fest gehalten hatte, war kalt, so kalt wie damals Annes; und Isabella begriff, daß Giles tot war.

»Warum, Jocelyn?« Endlich begannen auch die Tränen zu fließen. »Warum? Es waren doch bloß die Beine; da bin ich mir ganz sicher. Ich glaube nicht, daß er innere Verletzungen hatte.«

»Er muß welche gehabt haben, Mylady. Habt Ihr – habt Ihr nicht gesehen, wie er sich plötzlich zusammengekrümmt und seinen Bauch umklammert hat? Er muß eine innere Verletzung gehabt haben, die wir nicht bemerkt haben, die wir nicht heilen konnten ...«

»Nein. Er hatte doch bloß ein paar blaue Flecken. Er hatte sich noch nicht einmal eine Rippe gebrochen. Ich sage dir, das Pferd ist nur auf seinen Beinen gelandet. Glaubst du – glaubst du das nicht auch, Jocelyn?«

»Nein, Mylady. O vergebt mir, Mylady!« beeilte sich die Zofe zu versichern. »Aber ich – ich glaube, Ihr liebt Euren Gemahl zu sehr, als daß Ihr ihm die Schuld am Tod Eures Bruders geben wollt.«

»Aber wie könnte ich das nicht?« Jetzt ließ Isabella ihren Tränen freien Lauf. »Giles ist tot. Mein Bruder ist tot.« Ihre Stimme erhob sich wehklagend. »Und Warrick *ist* schuld daran. O Herr. O Herr. Er hat mir geschworen ... Warrick hat mir geschworen, daß er meinem Bruder nichts antun würde.«

»Und ich habe meinen Schwur gehalten, 'Sabelle«, sagte Warrick leise, der eben in die Kammer getreten war und Isabellas letzte Worte mitgekommen hatte. »Ich habe nur Giles' Pferd erschlagen.«

Sie drehte sich langsam um und starrte verwirrt zu ihm auf. Ihre anklagenden, unergründlichen graugrünen Augen waren weit aufgerissen, dunkel und schwer vor Schmerz. Sie sahen ihn wie einen vollkommen Fremden an, und Warrick bekam Angst.

»Mein Bruder ist tot«, erklärte sie ihm tonlos. »Das Pferd ist auf ihn gefallen und hat ihn tödlich verwundet.«

»Nein!« schrie Warrick entsetzt, fassungslos und verzweifelt; plötzlich begriff er, warum Giles so reglos auf dem Bett lag. »Ich habe nur Giles' Pferd erschlagen – nicht ihn«, wiederholte er wie unter Zwang, denn plötzlich begriff er, was Isabellas seltsam leerer Blick zu bedeuten hatte und fürchtete, sie endgültig zu verlieren. »Und das Tier ist nur auf seinen Beinen gelandet; das schwöre ich! Ich dachte – ich dachte, er könnte noch abspringen. Er hätte es noch können – als das Pferd in die Knie ging –, wenn er nur ... wenn er nur ...«

»Wenn er nur nicht an Richard gedacht hätte«, vollendete Isabella mit qualvollem Schluchzen den Satz für ihn.

»Ja«, stimmte er ihr lahm zu. Er wußte, daß sie das Ende des Königs fast so getroffen hatte wie der Tod ihres Bruders.

»O Gott! Geh mir aus den Augen!« heulte Isabella plötzlich auf. »Wenn du nicht gewesen wärst, wären Richard und mein Bruder noch am Leben! Am Leben, hörst du? Geh weg! Geh weg! Ich will dich nie wieder sehen!«

»'Sabelle –«

»Nein, rühr mich nicht an! Ich bring' dich um! Ich bring' dich um – so wie du meinen Bruder ermordet hast. Meinen Bruder ...« Neue Schluchzer erstickten ihre Stimme, und sie rang verzweifelt nach Luft. Verzweifelt schlug sie die Hände vors Gesicht. O Gott. Sie liebte ihn immer noch. Trotz allem, was ihr Mann getan hatte, liebte sie ihn immer noch; und die Liebe zu ihm und zu Giles drohten sie zu zerreißen.

»'Sabelle, *cariad.*« Ein letztes Mal versuchte Warrick, den schrecklichen Abgrund zu überbrücken, der sie plötzlich trennte. »Bitte, ich möchte dich so gerne trösten.«

»Nein. Das kannst du nicht«, antwortete Isabella dumpf, als weilte sie selbst nicht mehr unter den Lebenden. »Giles ist tot, und du bist der Mörder. O Gott.« Wieder schaute sie Warrick an, und ihr Blick wirkte so gepeinigt, daß er ihn kaum ertrug. »Ich habe versucht – ich habe versucht, ihn zu retten. Ich dachte – ich dachte, es wären nur die Beine; aber er muß eine innere Verletzung gehabt haben, denn nicht einmal Lord Montecatinis Schlaftrunk konnte seine Qualen lindern; und plötzlich begann er sich unter Schmerzen zu winden und – und starb!«

*Montecatinis Schlaftrunk.* Immer wieder hallten die Worte durch Warricks Kopf. *Montecatinis Schlaftrunk.*

Jetzt wußte er, warum Giles gestorben war, denn Warrick war absolut davon überzeugt, daß Giles' Wunden nicht tödlich gewesen waren, auch wenn seine Beine nicht zu retten gewesen wären. Plötzlich war ihm alles klar.

Guter Gott. Giles war durch 'Sabelles Hand gestorben! Guter Gott. Weil sie dem Italiener blind vertraut hatte und sein wahres Wesen nicht gekannt hatte, hatte 'Sabelle unwissentlich ihren Bruder ermordet. Das durfte sie nie erfahren, durfte sie nie herausfinden. Das Wissen würde sie vernichten. Ganz gleich, wie sehr sie ihn auch haßte, Warrick durfte ihr nie verraten, daß Giles durch den Trunk des Grafen gestorben war, den Isabella ihm selbst verabreicht hatte. Lieber Gott, betete Warrick, gib mir die Kraft zu schweigen, auch wenn sie mich haßt. Ich liebe sie. Ich liebe sie mehr als mein Leben. Lieber soll mein Leben zerstört werden als ihres. Ach, 'Sabelle... meine Schönste aller Rosen.

»Würdest du – würdest du Caerllywel holen?« fragte sie mit leiser Stimme und riß ihn damit aus seinen Gedanken.

O Jesus. Wie sollte er ihr das erklären? Sie hatte schon so viel durchgemacht. Wie konnte er ihr das erklären?

»Ich wünschte, ich könnte es, 'Sabelle.« Warrick sprach leise und ernst zu ihr. »O Gott. Ich wünschte, ich könnte es. Aber ich kann nicht. Caerllywel –« Seine Stimme brach, aber er bekam sie wieder unter Kontrolle und redete weiter. »Caerllywel wurde – wurde heute morgen bei Market Bosworth erschlagen.«

»Nein! Nein!«

Aber nicht Isabella schrie angesichts dieser Nachricht auf. Es war Jocelyn, Jocelyn, die sie in ihrer Pein ganz vergessen hatten. Tiefe Scham und Reue überkam Warrick und Isabella. Sie hatten Caerllywel geliebt. Aber sie hatten ihn nicht so geliebt, wie nur eine Frau einen Mann lieben kann, und sie trugen nicht sein Kind in ihrem Leib.

»O Jocelyn«, hauchte Isabella, die ihren Kummer für einen Augenblick ganz vergaß. Isabella und Warrick hatten immer noch einander – wenn sie Giles' Tod nicht entzweite. Aber Jocelyn hatte niemanden.

»Nein!« schluchzte Jocelyn noch einmal, bevor sie in Ohnmacht fiel.

Besorgt knieten Isabella und Warrick neben der reglosen Gestalt am Boden nieder. Giles und Caerllywel waren tot; aber es bliebe immer noch Zeit, später um sie zu trauern. Jocelyn dagegen lebte – und sie brauchte ihre Hilfe.

Noch während sie die flach atmende Zofe untersuchten, begann eine warme Flüssigkeit zwischen Jocelyns Schenkeln hervorzusikkern und ihr Kleid zu durchtränken.

»Das Kind«, erkannte Isabella. »Der Schreck hat die Geburtswehen ausgelöst.«

Nach einem prüfenden Blick auf seine Frau hob Warrick den Leichnam seines Schwagers von seinem Lager, legte ihn auf dem Boden ab und bettete statt dessen Jocelyn auf die Matratze.

Ein paar Stunden später legte Isabella ihrer Dienerin ein kleines, schreiendes Bündel an die Brust – Caerllywels Kind, sein Sohn, den er nie kennenlernen sollte.

## Kapitel 37

Drei Tage später erreichte Isabella Gillianes Botschaft. Im ersten Augenblick brachte sie nicht die Kraft auf, ihr zu antworten.

Nein. Das war zuviel verlangt. Das war einfach zuviel verlangt. Sie hatte schon genug durchgemacht.

Aber trotzdem wußte Isabella genau, daß sie gehen würde. Das war sie Richard schuldig.

Und so machte sich das Mädchen schweren Herzens auf den Weg zum Konvent der Grauen Brüder.

Es schien ihr unbegreiflich, daß das Leben in den Straßen weiterging, als gäbe es keinen Tod, als hätte niemand außer ihr Grund zum Trauern. O liebster Jesus! Wie sehnte sie sich danach, zu ihrem Gemahl zu gehen, den Kopf an seine Brust zu legen und ihr trauriges Leid mit ihm zu teilen. Aber das konnte sie nicht. Sie trauerte allein, genau wie Warrick. Um Richard. Um Giles. Um Caerllywel. Und um Madog, dessen Leichnam nie gefunden worden war.

So viele. Guter Gott. Warum mußten so viele sterben? Wie konnte die Sonne weiter scheinen, wenn Isabellas Augen mit Dunkelheit geschlagen schienen; wie konnten die Blumen weiter blühen, wo sie der Gestank nach Tod und Verwesung jede wache Stunde verfolgte? Wie konnte ihr Herz weiter schlagen, obwohl es zerbrochen war, obwohl die Liebe, die darin gebrannt hatte, zu Asche zerfallen war?

Nein, sie würde jetzt nicht an Warrick denken – sie durfte nie mehr an ihn denken. Wenn sie Warrick weiter liebte, beschmutzte sie damit Giles' Andenken für alle Zeit. Isabella mußte ihr Herz vor ihrem Gemahl verschließen, so qualvoll das auch war.

Schon hatte sie die ersten Schritte unternommen, sich ihm zu entziehen, indem sie Warrick aus ihrem Gemach im Tower verbannt hatte. Es schmerzte sie, daran zu denken, mit welch schrecklich leerer Miene und ruhiger Würde er gegangen war.

O Warrick. *Warrick!*

Müde glitt Isabella von ihrem Pferd, trat an das Tor des Konvents und zog die Glocke. Kurz darauf hörte sie Schritte, und eine junge Schwester machte auf.

»Ich – ich möchte zu Lady St. Saviour«, sagte Isabella.

Die Nonne lächelte nachsichtig. »Sie meinen Schwester Anne.«

»Ja.« Jetzt fiel Isabella wieder ein, daß Gilliane Anne zu Ehren ihren Namen angenommen hatte.

»Hier entlang«, bat die Nonne freundlich und ließ das Tor aufschwingen.

Man hatte ihn in der Kapelle auf einem Katafalk aufgebahrt. Eingetrocknetes Blut, Schlamm und Speichel klebten auf seinem mit Blutergüssen übersäten Körper; die offenen Wunden, die er aus der Schlacht davongetragen hatte, stanken faulig. Isabella begann leicht zu schwanken, so daß Gilliane, die neben ihr stand, ihr eine Hand unter den Ellbogen schob, um sie zu stützen.

»So hat man ihn zu uns gebracht«, bemerkte Gilliane leise und beschämt. »Die Schwestern trauten sich nicht, ihn anzurühren; die Nonnen fürchten immer noch den Groll des Tydders.«

»Das brauchen sie nicht«, erwiderte Isabella verbittert. »Er hat sich längst anderen Dingen zugewandt.« Harry Tewdwr hatte nichts Eiligeres zu tun gehabt, als das Tragen von Uniformen zu verbieten und alles Schwarzpulver im Königreich zu konfiszieren, damit die Lords, die ihn auf den Thron gehoben hatten, ihn nicht wieder stürzen konnten. »Dem Tydder ist Richard egal. Seine Gnaden Richard Plantagenet, König von England, ist tot. Jetzt trägt ›Seine Majestät‹ Henry Tudor die Krone.«

»Ja«, bestätigte Gilliane. »Ich habe gehört, daß ›Seine Gnaden‹ dem Tydder nicht gut genug war und er außerdem seinen Namen jetzt englisch aussprechen läßt.«

»Ganz recht«, gab Isabella zurück. »Er nennt sich ›Seine Majestät‹ Henry Tudor, als könnte er England allein mit einem großartigen Titel und Namen befrieden. Aber das wird ihm nicht gelingen.« Ihre Stimme klang wieder kräftig. »Kommt. Wir müssen für Richard, unseren wahren und rechtmäßigen König, alles tun, was in unserer Macht steht.«

Gemeinsam stellten sie rund um den Leichnam Kerzen auf und entzündeten sie. Hingebungsvoll wuschen sie die Leiche, dann nähte Isabella die Wunden. Schließlich kämmten sie Richards schwarzes Haar und kleideten ihn in die Sachen, die Isabella aus dem Tower gestohlen hatte – seine Krönungsgewänder.

Gilliane salbte ihn liebevoll und schlug das Kreuzeszeichen auf seiner Stirn, während Isabella niederkniete und weinend betete.

Nach einer Weile erhob sie sich wieder und drückte einen Goldsovereign in die friedlich gefalteten Hände auf Richards Brust.

Es war vollbracht. Jetzt war nur noch eines zu tun: Sie mußte Giles' Leichnam nach Rushden bringen. Dann konnte sie heimkehren, heim nach Grasmere.

Denn Hawkhurst war ihr keine Heimat mehr.

»Ich habe sie verloren.«

Wie oft hatte er das schon gedacht und trotzdem zu hoffen gewagt, daß es nicht wahr sein möge? Warrick wußte es nicht mehr. Er wußte nur, daß die Worte, laut ausgesprochen, so endgültig klangen, daß sie sich wie Nägel in sein Herz bohrten.

»Ich habe sie verloren.«

»Nein, Waerwic«, widersprach Hwyelis leise, während sie ihren Sohn betrachtete. Wie dünn er geworden war, wie müde er aussah.

Seine bernsteingelben Augen waren von Qualen überschattet und von schwarzen Ringen untermalt, seine Schultern waren müde herabgesackt. Sein Schweigen kam ihr vor wie ein Hilfeschrei; denn sie wußte, daß er zu ihr gekommen war wie ein kleiner Junge zu seiner Mutter, nachdem er sich weh getan hat. Trotzdem zögerte Hwyelis, ihn an sich zu ziehen, obwohl sie spürte, daß er genau das am dringendsten brauchte; schon so lange hatte Warrick sie nicht mehr berührt, außer ihre Hand zur Begrüßung zu küssen. Wenn sie ihn in die Arme nahm, würde er sich vielleicht zurückziehen; diese Zurückweisung wollte Hwyelis auf keinen Fall erleben. Sie wünschte sich, daß die Wunden endlich heilen würden, die sie ihm beigebracht hatte, als sie ihn vor so vielen Jahren verlassen hatte.

Vorsichtig spendete sie deshalb ihrem Sohn – einem der beiden, die ihr noch geblieben waren – nur mit Worten Trost. »Du mußt Isabella Zeit lassen, Waerwic. Der Tod ihres Bruders hat sie sehr mitgenommen. Irgendwann wird sie dir vergeben und vergessen.«

»Wird sie das?« Warrick klang bitter. »Beim Blute Christi! Wenn sie nur wüßte, daß in Wahrheit Montecatinis Schlaftrunk Giles umgebracht hat! Aber wie könnte ich ihr das sagen, Mutter? Damit würde ich sie zerstören, denn sie selbst hat Giles den Trank eingeflößt.«

»Ja. Du hast recht daran getan, ihr das zu verschweigen. Ich bin stolz auf dich, mein Sohn. Du hast gelernt, einen anderen mehr zu lieben als dich selbst – ich hatte gefürchtet, daß du das nach Brangwens Betrug nie mehr lernen würdest. Du warst hart geworden, Waerwic. Isabella hat dich wieder sanft gemacht.«

»Und mir neues Leid gebracht. O Gott! Diese Qualen! Ach, hätte ich sie nur nie geliebt, könnte ich nur aufhören, sie zu lieben!«

»Das meinst du nicht wirklich, Waerwic. Du sagst das, weil dein Herz so schwer ist. Wertvolle Dinge fallen einem nicht in den Schoß, und die Liebe ist vielleicht am allerschwierigsten zu erringen, denn um wahrhaft zu lieben, muß man einem anderen seinen Leib, sein Herz, seine Gefühle und seine Seele anvertrauen, und zwar aus freien Stücken, Waerwic, ohne Vorbehalt. Du kannst dich glücklich schätzen, mein Sohn. Du hast bei Isabella Liebe gefunden und sie bei dir. Sie wird zu dir zurückkehren, wenn sie erst wieder auf ihr Herz hören kann.«

»O Mutter, ich wünschte, ich könnte glauben, daß du recht hast!« wandte sich Warrick flehend an sie.

»Vertrau mir, mein Sohn. Isabella ist wie ein Reh, das im Wald Zuflucht sucht. Nur bei dir, Waerwic, findet sie Sicherheit, Kraft und Trost. Liebe und Freude kann sie nur empfinden, wenn sie sie teilt, und sie hat dich dazu erwählt, sie mit ihr zu teilen. Verzweifle nicht, mein Sohn. So wie sie deine andere Hälfte ist, bist du ihre. Sie liebt dich mehr als das Leben. Sie wird dir wieder gehören, das verspreche ich dir.«

»O Mutter, ich bete, daß es so sein möge; denn ohne sie kann ich nicht weiterleben!«

Dann warf sich Warrick, der stolze Warrick, vor Hwyelis auf die Knie, legte seinen Kopf in ihren Schoß und weinte.

# BUCH 5

## Zeit der Einsamkeit

# Kapitel 38

*London, England 1487*

Die Schlacht bei Stoke war vorbei. Jack de la Pole, der Graf Lincoln, den Richard zu seinem Thronfolger bestimmt hatte, war tot; und Lord Francis Lovell, einst Englands Lordkämmerer, war auf der Flucht vor den Truppen des Tydders ertrunken. Lambert Simnel, ein unbekannter Junge, der vorgegeben hatte, der Sohn Georges, des Herzogs von Clarence, zu sein und damit Anspruch auf die Krone zu haben, war in die Küche verbannt worden, wo er den Bratspieß drehen mußte. Die unglückselige Rebellion gegen König Henry VII. war zu Ende.

Isabella dagegen bekam erst jetzt die Folgen der Verschwörung zu spüren, mit der ein Hochstapler auf den englischen Thron gehievt werden sollte.

Obwohl es Juli war und heiß, zitterte sie leicht in dem kleinen Boot, in dem sie ihre letzten Sekunden in Freiheit verbrachte. Gemächlich schob sich das Boot über die Themse, um der Menge am Ufer ausgiebig vorzuführen, wohin Verrat führte.

Verrat. Ja, Isabella wurde angeklagt, an einem Komplott mitgewirkt zu haben, mit dem König Henry die Krone entrissen werden sollte. Nun würde sie in den Tower gebracht, bis der Tydder beschloß, sie wieder frei – oder hinrichten – zu lassen.

Das Verrätertor ragte bedrohlich vor ihr auf, schwang auf, dann wurde sie hindurchgerudert. Hände halfen ihr auf die Steinstufen hinauf, die schon so viele vor ihr beschritten hatten, aber trotzdem strauchelte sie und hielt erschrocken den Atem an, da ihr der Fehltritt ein schlechtes Omen schien.

Erneut überlief sie ein Schaudern. Vielleicht würde sie hier sterben, ohne daß sie so recht wußte, warum. Sie hatte nur eine kleine Nebenrolle in der Rebellion gespielt; andere waren viel tiefer verstrickt als sie und nicht in Haft genommen worden.

Unwillkürlich drehte sie sich zum Verrätertor um, das sich hinter ihr geschlossen hatte. Hinter dem eisernen Gitter konnte sie die Themse und die Stadt London an ihrem Ufer sehen. Eilig prägte sie sich das Bild ein. Vielleicht würde sie es nie wieder sehen. Dann wandte sie sich wieder um und folgte ihren Kerkermeistern in den Gartenturm, wo sie inhaftiert werden sollte. Isabella wünschte, man hätte sie nicht ausgerechnet in diesem Turm untergebracht, denn hier waren die beiden kleinen Prinzen ermordet worden; und statt Gartenturm nannten die Londoner den Turm inzwischen Blutturm.

Auch das schien ihr ein schlechtes Vorzeichen.

Trotzdem würgte das Mädchen ihre Angst hinunter und marschierte tapfer und mit hoch erhobenem Kopf weiter. Nur einmal hielt sie bestürzt inne, als sie Warrick in einem dunklen, muffigen Seitengang stehen sah. Isabella schluckte schwer, als ihre graugrünen Augen auf die bernsteingelben ihres Mannes trafen. Für einen Augenblick verstummten die Umstehenden und warteten mit angehaltenem Atem darauf, was als nächstes passieren würde.

Man spürte die Enttäuschung, als nichts Aufsehenerregendes geschah: Denn alle wußten, daß nach der Schlacht bei Market Bosworth die Gräfin Hawkhurst ihren Gemahl verlassen und während der letzten zwei Jahre allein auf ihrem Gut Grasmere gelebt hatte. Was der Graf von der Flucht seiner Gemahlin hielt, wußte man nicht, dafür wußte man sehr wohl, daß er König Henrys Vorschlag abgelehnt hatte, sich von Isabella zu trennen, und daß er keinen Funken Interesse an den Damen gezeigt hatte, die versucht hatten, ihn aus seinem einsamen Dasein zu erlösen.

Nach kurzem Zögern wandte sich Isabella ab und ging weiter. Die undeutlichen Konturen, zu denen die Soldaten einen Augenblick lang verschwommen waren, standen ihr wieder scharf vor Augen. An ihren enttäuschten Mienen konnte Isabella erkennen, daß man ihr den Aufruhr in ihrem Inneren nicht anmerkte.

Gott sei dafür gedankt! Niemand sollte wissen, wie sehr sie Warricks Anblick mitgenommen hatte. Sie hatte ihn seit fast einem

Jahr nicht mehr gesehen – seit er zum letzten Mal nach Grasmere gekommen war, um sie beschwörend zur Rückkehr zu bewegen. Damals hatte sie sich gezwungen, hart und unnachgiebig zu bleiben, und ihm wie die Male zuvor den Zutritt zum Gutshaus verwehrt. Später, nachdem sie ihn hatte fortreiten sehen, war sie von ihrem Balkon in ihre Kammer gelaufen und hatte bitterlich geweint, bis Jocelyn hereingekommen war und, ermutigt durch Warricks Sorge und Kummer, Isabella als Närrin beschimpft hatte.

O Jocelyn, du hattest recht! dachte das Mädchen, während es seinen Wärtern durch die gewundenen Gänge des Towers folgte. Ich liebe ihn immer noch, und er liebt mich. O warum, warum nur bin ich nicht nach Hawkhurst zurückgekehrt, als Warrick mich darum gebeten hat? Giles hat sich gewünscht, daß ich meinem Gemahl vergebe. Es war sein letzter Wunsch, doch ich habe ihn nicht erfüllt ... weil ich es nicht konnte ... nicht kann. O Giles, ist das so falsch? Ist das falsch?

Doch niemand antwortete ihr.

Ihr Bruder war tot, und Isabella allein – im Blutturm.

Warrick kam, wie Isabella vorausgesehen hatte; und im Gegensatz zu Grasmere konnte sie ihm hier, im Blutturm, den Einlaß nicht verwehren. Er stand in der Gunst des Königs und konnte tun, was ihm beliebte.

»Was willst du, Herr?« stieß sie hervor und drehte ihm den Rücken zu.

»Du weißt, was ich will, 'Sabelle.« Warricks Stimme klang rauh. »Du hast lang genug getrauert. Seit du mich verlassen hast, sind fast zwei Jahre vergangen. Ich möchte, daß du heimkommst.«

Sie lachte gezwungen, aber zu ihrem Entsetzen spürte sie Tränen in ihren Augen brennen. Hastig wischte sie sie weg, damit Warrick sie nicht sah. »Selbst wenn ich das wollte, Herr – und ich will es nicht –, könnte ich es nicht. Ich bin hier gefangen – oder habt Ihr das vergessen?«

»Nein, aber das soll kein Hindernis sein. Ich kann dich aus dem Gefängnis entlassen, sobald es mir beliebt.«

Plötzlich verstand Isabella. Wütend wirbelte sie zu ihm herum. »Heiliger Jesus!« fauchte sie. »Wie dumm ich doch war. Du warst es! Ich glaubte, man würde mich als Verräterin hinrichten, aber in Wahrheit wolltest *du* mich hier haben – hier, wo ich dich nicht aussperren kann! Gott verfluche dich und Harry Tewdwr! Du hast mich in dem Glauben gelassen, ich müßte sterben –«

»So wie ich in den letzten zwei Jahren gestorben bin, 'Sabelle«, fiel ihr Warrick grimmig ins Wort. Dann meinte er sanfter: »Mein Liebling, es war ein gemeiner Streich, ich weiß. Aber ich wußte nicht, wie ich dich sonst wiedersehen sollte. Ich liebe dich, und ich glaube nicht, daß du dein Herz so vor mir verschlossen hast, wie du gern glauben möchtest.«

»Du täuschst dich, Herr«, verkündete Isabella, obwohl sie wußte, wie recht er hatte. »Und selbst wenn du es nicht tätest, würde ich dich für das hassen, was du mit mir gemacht hast.«

»Würdest du, 'Sabelle? Tust du es, *cariad?*« bohrte Warrick leise nach.

Tränen stiegen ihr in die Augen, als sie das alte, vertraute walisische Kosewort hörte. Meine Liebe. Meine Liebe. Ängstlich wich sie vor ihm zurück. Doch der Raum war klein, und sie konnte nirgendwohin fliehen. Bald stand sie mit dem Rücken an der Wand, und Warrick stützte sich mit den Armen neben ihren Schultern ab, so daß sie nicht entkommen konnte.

»Tust du es, *cariad?*« fragte er wieder.

»Ja«, flüsterte Isabella, aber ihre Augen sagten das Gegenteil.

»Das glaube ich nicht«, antwortete er und senkte den Kopf, als wollte er sie küssen.

»Nein, nicht!« rief sie aus. »Rühr mich nicht an!«

Zu ihrer Überraschung zuckte er mit den Achseln und ließ von ihr ab, obwohl sie nicht ahnen konnte, wie schwer ihm das fiel; ihre Nähe, ihr süßer Duft hatten ihn bereits entflammt.

»Wie du willst, 'Sabelle. Aber ich warne dich: Meine Geduld geht langsam zu Ende. Du solltest wissen, daß ich deinen Bruder nicht absichtlich verletzt habe. Morgen komme ich wieder, und übermorgen und überübermorgen, so lange, bis du wieder mein wirst. Und wenn du dich mir weiterhin verweigerst« – er kniff zornig den Mund zusammen, als sie ihm eigensinnig das Kinn entgegenreckte – »werde ich dich mit Gewalt nehmen. Und niemand wird mich daran hindern.«

Stolz warf Isabella den Kopf zurück. Er sollte ihr keinesfalls anmerken, wie sehr sie sich fürchtete. »Das nennt man Vergewaltigung, Herr«, sagte sie.

»Vielleicht«, stimmte er ihr zu. »Aber es bleibt bei dem, was ich dir in unserer Hochzeitsnacht gesagt habe: Ob du willst oder nicht, du wirst mir gehören.«

Und so war es auch, obwohl sich Isabella verzweifelt gegen ihn wehrte, in jener Nacht Monate später, in der Warricks Geduld schließlich zu Ende war und er endgültig einforderte, was ihm zustand. Sie war kein Gegner für ihn. War es nie gewesen. Ihr kleiner, schlanker Leib konnte gegen ihn so wenig ausrichten wie eine Weide gegen den Wind. Sie wußte, daß sie sich biegen mußte – wenn sie nicht brechen wollte. Ein Blick in sein erregtes, erhitztes Gesicht verriet ihr das. Er wollte sie – um jeden Preis – und hatte seinen Stolz weggeworfen, um sie zu erobern.

Trotzdem wehrte sie sich aus Leibeskräften gegen ihn. Sie zwang sich, an Giles zu denken und daran, wie er gestorben war, was Warricks Hände ihm angetan hatten, jene Hände, die just in diesem Moment ihre hinter ihrem Rücken zusammenführten, die ihr langsam, verführerisch über den Leib strichen, die ungeduldig an den Bändern ihres Kleides und dem weichen Stoff ihrer Unterkleider zerrten.

»Nein«, hauchte Isabella. »Nein.«

Aber selbst in ihren Ohren klangen die Worte wie ein leises, sehnsüchtiges Seufzen; und sie begriff, daß sie verloren war.

Er hielt inne und starrte sie neugierig an, tastete mit den Augen ihr Gesicht ab, betrachtete die silbernen Strähnen, die ihr zerzaust ums Haupt hingen; die großen, unergründlich tiefen graugrünen Augen; die dunklen Halbmonde, die ihre langen schwarzen Wimpern auf die rosigen Wangen zeichneten; die feine, gerade Nase, deren Flügel im Zorn – und in erwachender Leidenschaft – leicht flatterten; den bebenden, halb geöffneten Mund; den Puls, der in der Mulde zwischen Hals und Schulter raste.

Warricks gelbe Augen senkten sich tiefer, auf das Mieder, das er eben zerrissen hatte und unter dem ihre reifen, runden Brüste zum Vorschein gekommen waren. Ihr schwerer Atem brachte sie zum Beben. Er schwelgte in dem Anblick wie ein Verhungernder, der sich auf ein Festmahl freut. Dann begann sich Isabella wieder zu wehren.

Mit einer schnellen Handbewegung fing er ihr glänzendes Haar ein und zog ihr Gesicht zurück, bevor sich seine Lippen über ihren schlossen und er sie so sanft küßte, daß sie im ersten Moment von seiner Zärtlichkeit überrascht wurde. O Gott. Wie lange hatte sie seinen Mund nicht mehr geschmeckt, diese vollen Lippen nicht mehr gespürt, die so sinnlich über ihre streichelten? In ihrem Kopf drehte sich alles, und ihr Magen zog sich zusammen, als hätte man ihr plötzlich den Boden unter den Füßen weggezogen. Seine Zunge schoß vor, spielte um die süßen, verletzlichen Lippen, um sie dann zu teilen und sich weiter vorzutasten. In ihrem Mund begann es zu kribbeln, als seine Zunge tiefer vordrang, bis sie schließlich seinen Kuß erwiderte, seine Zunge mit ihrer umkreiste und mit den Zähnen an seiner Lippe knabberte.

Ein letztes Mal versuchte sie, an ihren Bruder zu denken und daran, wie er gestorben war, aber die Erinnerung verschwamm vor ihren Augen, wurde verjagt von den Küssen ihres Gemahls – und dann spürte sie nur noch eine dunkle, hungrige Leere in sich und verzehrte sich danach, von ihm ausgefüllt zu werden. Mit aller Kraft kämpfte sie gegen das Gefühl an und versuchte noch einmal, sich aus Warricks Griff zu befreien; aber er hielt sie nur noch fester, bis sie seine Liebkosungen erwidern mußte.

Isabella schnappte nach Luft vor Wut über seine Unverschämtheit – und, ja, vor Begierde, das konnte sie nicht abstreiten, genausowenig, wie sie sich Warrick, ihrem Gemahl, ihrem Geliebten, verweigern konnte. Ohne daß sie es wollte, schmiegte sich ihr verräterischer Leib an seinen; er streichelte, liebkoste und eroberte sie, bis ihr die Knochen zu schmelzen und sich in Quecksilber zu verwandeln schienen. Er wagte sich an Stellen vor, die kein anderer Mann je berührt hatte und je berühren würde. Verräterisch schnell klopfte ihr Herz; der Pulsschlag in der Mulde unten an ihrem Hals flatterte wie ein Schmetterling, als Warrick seine Lippen darauf senkte, mit der Zunge darüber fuhr, leicht daran saugte.

Immer und immer wieder versengten sie seine Lippen, bis es so aussah, als wollte er sie bis in alle Ewigkeit küssen, um auch den letzten Funken Widerstand zu löschen und sie vollkommen schwach und hilflos zu machen. Wie eine Peitsche fuhr sein Mund über ihr Gesicht, preßte sich auf ihre Wangen, das Haar, die Ohren, den Hals, dann wieder auf die Lippen, bis ihr Mund wund und geschwollen war; ihre Nerven bloßlagen; ihre Schenkel feucht waren; und ihr ganzer Körper nach ihm schrie.

*»Cariad«*, murmelte er ihr heiser ins Ohr, so daß sie zitterte und leise wimmerte. *»Cariad.«*

Sie ertrank, sie starb; und im gleichen Moment fühlte sie sich so unbeschreiblich lebendig, daß sie es kaum glauben konnte. Nichts existierte mehr außer ihren Gefühlen; sie war ihm in qualvoller Verzückung ausgeliefert. Sie merkte nicht einmal, daß Warrick den starken, klammernden Griff gelockert hatte, daß er ihren Händen endlich die Freiheit ließ, nach der sie sich so verzehrten.

Ohne daß sie sich dessen bewußt war, wanderten ihre Hände über seinen Rücken und fuhren in sein volles, tabakbraunes, goldgesträhntes Haar; ihre Arme schlossen sich um seinen Hals, um ihn noch fester an sich zu ziehen, als er seinen Mund wieder auf ihren blassen Hals preßte.

Sie stand in Flammen; ihr Körper strahlte Hitze aus und hüllte sie in eine feine, perlige Schweißschicht, die nach weißen Rosen duftete, nach dem Waldgeruch Warricks und nach Lust. Wieder begegneten sich ihre Münder, schmeckten und verschlangen einander. Isabella knickten die Beine ein, und sie wußte, daß sie gefallen wäre, hätte sie nicht in Warricks starken Armen gelegen.

Stück für Stück verlor sie, ohne es zu merken, ihre Kleider, die wie ein Seufzer über ihren Leib glitten und zu ihren Füßen ein Meer aus Stoff bildeten, bis sie schließlich völlig nackt in seinen Armen stand.

In Warricks Lenden begann es zu ziehen und vor Lust zu pochen, während er sie mit Blicken verschlang.

Sie gehörte ihm. Für immer.

Niemals würde er sie gehen lassen. Selbst wenn sie ihn ihr ganzes Leben hassen sollte, würde sie niemals einem anderen gehören – dieser Wassergeist, diese Waldnymphe, die ihn mit ihren graugrünen Augen in ihren Bann gezogen und mit ihrem Sirenengesang verhext hatte.

Gierig liebkoste er ihre Brüste, diese alabasternen, perfekten Rundungen, nach denen er sich so gesehnt hatte. Sie waren wie Marmor, waren so weiß und durchscheinend, daß er die blauen Adern darin ausmachen konnte, durch die Isabellas Lebenssaft floß. Die rosigen Gipfel richteten sich auf und erröteten schamhaft, als seine Hände das volle Fleisch umfaßten und seine Finger langsam über den kleinen Warzen zu kreisen begannen, bis wohlige Schauer von ihnen ausgingen. Einen Augenblick spürte Isabella ein eigenartiges Flattern in ihrem Bauch, dann verflog das Gefühl und wurde durch ein viel aufregenderes ersetzt, als Warrick mit dem Daumen über die steifen Knospen rieb und sie noch weiter wachsen ließ. Sein Mund saugte sich an der rosigen Spitze fest und leckte sie, bis ihn Isabella noch fester an sich zog und mit dem ganzen Leib hungrig gegen seine Lippen, seine Finger drängte. Sie spürte, wie ihre Brustwarze unter seinen Lippen zu pochen begann und immer härter wurde, bis sie es nicht mehr auszuhalten meinte und sich fieberhaft, halb wahnsinnig vor Verlangen, an ihm rieb. Dann zog sein Mund eine brennendheiße Spur über ihre Brust zu ihrem anderen Busen und entflammte ihn genau wie seinen Zwilling, bis auch er vor Lust glühte und die Leidenschaft ihren ganzen Leib in Brand gesetzt hatte.

An ihrer geheimsten Stelle loderte eine kleine Flamme auf, die sich zu einem Flächenbrand ausbreitete, den niemand außer ihm zu löschen vermochte. Sie konnte es kaum mehr erwarten, Warrick in sich zu spüren; aber er küßte sie immer weiter, ließ seine Lippen wie einen Lufthauch über ihren Bauch wehen. Langsam sank er vor ihr auf die Knie, hielt sie mit beiden Händen an den Hüften fest. Seine Zunge tastete sich zu ihrem Nabel vor und brachte sie zum Lachen, weil die Berührung gleichzeitig kitzelte und erregte. Es tat gut, wieder zu lachen – wenn auch nur einen kurzen Augenblick. Erst jetzt merkte sie, wie sehr sie das vermißt hatte. Er sah lächelnd zu ihr auf, und seine goldenen Augen funkelten zärtlich. Ihr fiel auf, daß die feinen Fältchen in seinen Augenwinkeln tiefer geworden waren; und ein Schatten flog über ihre graugrünen Augen.

Warricks Blick verdunkelte sich für einen Moment, und seine Hände umklammerten ihre Hüften fester; dann strich er Isabella betont langsam über die Beine, zeichnete ihre Waden nach, ließ seine Hände wieder aufwärts gleiten und nochmals abwärts, bevor er endlich, endlich ihre Beine auseinanderdrückte. Leicht und spielerisch wanderten seine Finger über die Innenseite ihrer Schenkel, bis Isabella das Zittern in ihren Beinen nicht mehr unterdrücken konnte.

Mit einem leisen Schrei fing sie seine Hände ein. Warrick reagierte mit einem kehligen, triumphierenden Lachen.

Qualvoll langsam betastete er die weichen Falten unter den fedrigen, moosweichen Locken zwischen ihren Beinen. Aufreizend sanft strich er rhythmisch über das warme, feuchte Fleisch, das sich ihm wie von selbst öffnete, sobald er es teilen wollte. Schließlich fanden seine geschickten Finger die dunkle Grotte, die sich ihm so verlockend darbot. Schwer atmend erforschte er die warme, feuchte Höhle, die unter seiner Berührung zu schmelzen schien und vor Begierde bebte, so daß er sich beherrschen mußte, um Isabella nicht gleich zu nehmen. Mit jedem Fingerzucken an ihrer Pforte, jeder Daumenbewegung über der kleinen Knospe, die am oberen Ende des Tales blühte, steigerte er spürbar ihre Erregung. Sein heißer Mund verschlang die kleine Blume, die sein Daumen zum Wachsen gebracht hatte; sinnlich strich seine Zunge darüber hinweg, bis sich ihre Blütenblätter entfalteten und plötzlich wieder fest verschlossen. Isabella schnappte nach Luft, spürte eine ekstatische Woge durch ihren ganzen Körper laufen und wand sich in Verzückung.

Tief aus ihrer Kehle stieg ein tierischer Laut, ein leises, kapitulierendes Stöhnen; sie klammerte sich an Warrick, wollte ihn, brauchte ihn. Unkontrollierbar krampfte sie sich zusammen, bebte und drängte sich gegen ihn, bis sie schließlich mit einem leisen Wimmern zusammensackte, genußvoll seufzte und ruhig wurde.

Langsam und widerstrebend löste er sich von ihr, um seine Kleider abzulegen. Das Herz raste in Isabellas Brust, als sie ihren Blick über den braungebrannten, muskulösen Körper wandern ließ; wie fest und sanft sich die sehnigen Arme um sie schlingen konnten; wie sicher sich die breite, haarige Brust unter ihrer weichen, seidigen anfühlte; wie kraftvoll sich der flache, feste Bauch und die schmalen Hüften gegen ihre drängten, wenn sie sich vereinten...

Erregt und erwartend warf sie den Kopf zurück. Warrick hielt den Atem an, als er sie so sah; die sehnigen Muskeln in seinem Bauch und seinen Lenden strafften sich wie Seile unter dem Ansturm der Lust. Einen Moment lang wußte er nicht, ob er sich noch beherrschen konnte; aber er zwang sich, tief durchzuatmen und sich zu entspannen, bis das Gefühl langsam nachließ.

Plötzlich fuhren seine Hände besitzergreifend in Isabellas langes, seidiges Haar. Ihre Augen flogen auf, als sie die Berührung spürte; ihr Mund öffnete sich wie von selbst, als er sich herabbeugte, um sie wieder zu küssen. Dann richtete er sich auf, verfolgte mit angehaltenem Atem ihre Hände, die über seine Brust strichen und durch die dunkle Haarmatte glitten, die darauf wuchs. Betörend langsam stand sie auf und legte die Wange an seine Brust, um dann eine Brustwarze in den Mund zu nehmen und daran zu nuckeln, bis sie so steif war wie ihre. Ihre Zunge schoß vor und umkreiste die kleine Knospe; leckte sie, reizte sie. Hart spürte sie den Beweis für seine Begierde an ihrem Bauch; sie packte seine glatten Pobacken und zog ihn an sich; und schließlich berührten ihre Hände sein Glied.

Warrick hielt den Atem an und seufzte dann genußvoll, als ihre Finger langsam an dem steifen Schaft auf und ab strichen, um sich schließlich darum zu schließen; und dann begann sie jenes sinnliche Spiel, das so alt ist wie die Zeit selbst. Sein Körper bebte und krümmte sich leicht, als sie die weiche, samtige Spitze erkundete und streichelte, bis er genauso nach Erlösung flehte wie sie zuvor. Doch sie erlöste ihn nicht von ihrer süßen Folter, sondern ließ ihre

Zunge langsam über seinen Bauch wandern, während sie zugleich in die Knie sank. Mit Lippen und Zunge erforschte sie die festen Hoden, bis sie sich in ihrer samtigen Hülle zusammenzogen. Dann glitt ihr Mund fast unerträglich langsam sein Glied entlang, aufwärts und wieder abwärts. Er fieberte vor Erregung, als schließlich, endlich, ihre Lippen ihn aufnahmen und ihre Zunge ihn aufreizend umspielte wie eine Motte das Licht. Und in diesem Moment wußte Warrick, daß er es keine Sekunde mehr länger aushielt.

Mit einer unvermittelten, schnellen Bewegung zog er sie hoch und drückte sie dann auf das weiche Samtkissen des Sessels, sank vor ihr auf die Knie und teilte ihre Schenkel. Sekunden später hatte die Spitze seines Speeres sie gefunden und tauchte so ungestüm in ihr warmes, feuchtes Inneres, daß sie unwillkürlich aufstöhnte. Dann zog er sich ebenso unvermittelt wieder zurück, nur um gleich darauf erneut in sie einzudringen. Immer wieder fuhr sein feuriges Schwert in ihre brennende Scheide, bis sie beide um Luft rangen. Isabellas Nägel bohrten sich in Warricks Schultern, zogen rote Striemen über seinen Rücken. Ihr leises, verzücktes Stöhnen mischte sich mit seinen tiefen Atemzügen; dann öffneten sie plötzlich gleichzeitig die Augen und sahen sich an. Isabella glaubte, in den bernsteingelben Untiefen zu ertrinken, so intensiv und vertraulich zugleich war der Augenblick. Schüchtern, aber unfähig, den Blick abzuwenden, beobachtete sie Warricks Gesicht, während sein Leib unter einem süßen, wilden Schauer erbebte und er sich in sie ergoß.

Dann war nichts mehr zu hören außer ihrem Atem, der sich allmählich beruhigte. Nach einer Weile hatte sich das Herzklopfen bei beiden gelegt und ihr rasender Puls sich verlangsamt.

Danach küßte Warrick sie und zog sich mit leisem Lächeln zurück, nur um sie gleich darauf besitzergreifend mit den Augen zu verschlingen. Er wußte, daß er sie ganz und gar besiegt hatte.

Und Isabella begriff, daß er ihr Herz und ihre Seele ein für allemal erobert hatte.

# Kapitel 39

*London, England 1489*

»Zum Teufel mit ihm! In alle Höllenschlunde soll er fahren!« knurrte Lord Montecatini, der wie ein Tiger im Käfig im Zimmer hin und her marschierte. »Immer kommt er mir dazwischen – dieser halbwalisische Bastard – und rät Henry von allem ab, was ich vorschlage. Ich hätte genausogut in Italien bleiben können, solange Lord Hawkhurst in der Gunst des Königs steht, bin ich hier vollkommen nutzlos! *Sangue di Christo,* wie gern würde ich diesen Hurensohn von Grafen erschlagen!«

»Ihr habt ihn schon verwundet, Mylord.« Lady Shrewton sagte das leise und beschwichtigend, denn sie fürchtete, daß der Graf einen seiner Wutanfälle bekommen und sie schlagen könnte, so wie immer, wenn ihm etwas nicht paßte. Sie wußte im Grunde nicht, wieso sie überhaupt bei ihm blieb. Andererseits, wohin sollte sie denn gehen, wenn sie ihn verließ? Ein paar blaue Flecken erschienen ihr kein allzu hoher Preis für die Sicherheit, die sie bei ihm fand. »Immerhin habt Ihr Lord Rushden ermordet, und seine dumme Schwester gibt Hawkhurst die Schuld an seinem Tod.«

»Richtig.« Lord Montecatini nickte. »Aber das ist ein geringer Trost für den Ärger, den mir der Bastard macht. Er hat mir schon zu lange Knüppel zwischen die Beine geworfen. Ich muß ihn endlich loswerden. Aber ich muß vorsichtig vorgehen. Niemand darf erfahren, daß der Hurensohn durch meine Hand sterben wird, denn das wäre das Ende meiner doch höchst einträglichen Stellung hier in England. *Dio!* Wenn der Graf nur nicht so hoch in Henrys Gunst stünde! Wenn ich nur Hawkhursts Weib in meine Hände bekommen könnte!«

Lady Shrewtons Augen weiteten sich überrascht; es war das erste Mal, daß dem Italiener etwas entgangen war, was im Tower vor sich ging. »Aber – aber Mylord... wißt Ihr es denn noch nicht?« fragte sie. »Die Hure wird morgen aus dem Blutturm freigelassen.«

»Nein!« Lord Montecatinis schwarze Augen zogen sich zu schmalen, heimtückischen Schlitzen zusammen. »*E vero?* Ihr lügt nicht, Signora?«

»Nein, Mylord. Natürlich nicht. Alle wissen davon. Es überrascht mich, daß Ihr es noch nicht erfahren habt.«

»Dieser dämliche *sciocco* Florio!« verfluchte der Graf seinen Knappen. »Florio! Florio!« brüllte er wütend, bis der verschreckte Junge angerannt kam. »Was höre ich da? Lady Hawkhurst wird morgen freigelassen? Du hast mir nichts davon erzählt.«

»N-nein, Signore«, stammelte der Knappe nervös unter dem bohrenden Blick seines Herrn. »Ich – ich hatte angenommen, Ihr wißt bereits alles, deshalb habe ich gedacht, daß es nicht nötig sei, Euch davon zu erzählen.«

»Du hast gedacht. Du hast gedacht«, äffte ihn Lord Montecatini nach und versetzte dem Jungen eine saftige Ohrfeige. »*Idioto!* Ich bin der einzige, der hier zu denken hat! Geh und erwarte deine Strafe im Unterrichtsraum. Ich werde dir eine Lektion erteilen, die du nicht so bald vergessen wirst!«

»O nein, Signore!« flehte Florio verzweifelt. »Bitte, bitte laßt mich nicht –«

*»Silenzio, sciocco!«* fuhr ihn der Graf an. »Geh – bevor ich beschließe, daß ich dich überhaupt nicht mehr brauchen kann und dich ein für allemal loswerde!«

In Todesangst floh der Knappe; und Lady Shrewton atmete erleichtert auf, weil der Graf *ihr* keine Lektion im Unterrichtsraum erteilte. Trotzdem zog sie sich unter seinem glitzernden Blick zusammen, als er sich ihr erneut zuwandte. »Reist sie heim – nach Hawkhurst –, die kleine Rose des Grafen?« fragte er mit sardonischem Lächeln.

»Nein, das glaube ich nicht«, antwortete Lady Shrewton in der Hoffnung, daß sie recht hatte. »Ich glaube, das dumme Ding kehrt nach Grasmere zurück – auf ihr Gut. Man munkelt, daß sie ihm den Tod ihres Bruders immer noch nicht verziehen hat, obwohl der Graf mit Feuereifer um sie buhlt.«

»Und dieses ... Grasmere. Was ist das für ein Ort?« wollte der Italiener wissen.

»Es ist ein Gut, Mylord, wie ich eben gesagt habe – und schwer zu verteidigen. Eine Handvoll verkleideter Männer könnte es mit Leichtigkeit einnehmen, vor allem jetzt, wo der König alle Uniformen verboten hat. Die Männer würden niemandem auffallen. Wirklich, ich weiß gar nicht, warum Hawkhurst das Haus nicht belagert hat, nachdem ihn die Schlampe nicht hineingelassen hatte.«

»Stellt Euch nicht dümmer, als Ihr seid, Signora«, schnaubte Lord Montecatini. »Soll er seine eigene Frau angreifen? Und dabei gegen seine eigenen Männer kämpfen? Was für ein lächerlicher Einfall!«

Eilig suchte die Gräfin das Wohlgefallen des Grafen wiederzugewinnen, das sie eben verloren hatte. »Niemand würde erfahren, wer die Hure verschleppt hat – außer Hawkhurst natürlich«, höhnte sie. »Ich glaube, der Graf würde fast alles tun, um dem kleinen Dummchen das Leben zu retten; er ist über beide Ohren vernarrt in sie. Und wenn er dabei umkommt –« Sie hielt abrupt inne und zuckte nonchalant mit den Achseln.

»Beatrice.« Lord Montecatini schenkte ihr eines seiner seltenen Wolfslächeln. »Endlich seid Ihr mir einmal von Nutzen. Geht und holt mir meine Schmuckschatulle, dann sollt Ihr ein Onyx-Armband bekommen, das ausgezeichnet zu Eurem Kleid paßt.«

Dichter Schnee fiel, als Isabella Grasmere erreichte, aber das war ihr gleich. Sie war daheim – daheim – nach über einem Jahr Einzelhaft im Blutturm. Henry Tudor hatte ihr eine Lehre erteilen wollen, und das hatte er auch getan. Isabella war überzeugt, daß sie mit der langen Haft vor allem dafür bestraft werden sollte, daß sie ihren Mann verlassen und ihn unglücklich gemacht hatte. Tatsächlich hatte ihr der Tydder, kurz bevor sie den Hof verließ, noch einmal befohlen, augenblicklich zu Warrick zurückzukehren.

»Kümmert Euch um die Geschäfte auf Schloß Hawkhurst, Madam«, hatte der König kühl verkündet. »Und mischt Euch nicht mehr in meine.«

Und Isabella hatte begriffen, daß sie wieder als Warricks Frau würde leben müssen. Nicht nur, weil ihr das der König befohlen hatte, sondern auch weil Warrick ihr, bevor sie den Blutturm verlassen durfte, das Versprechen abgerungen hatte, zu ihm zurückzukommen.

»Schwöre es«, hatte er grimmig befohlen, »bei deinem Leben, 'Sabelle.«

Und sie hatte es geschworen – nicht weil er sie dazu gezwungen hatte, sondern weil ihr inzwischen bewußt war, daß es sinnlos war, gegen ihn anzukämpfen. Sie liebte ihn immer noch. Die langen Tage und Nächte, in denen Warrick ihren Leib und ihre Sinne zurückerobert hatte, hatten ihr das deutlich gemacht.

»Ich schwöre bei meinem Leben, daß ich wieder als deine Frau leben werde«, hatte sie leise erklärt. »Aber ich brauche Zeit, Herr... Zeit, mich wieder zurechtzufinden. Laß mich wenigstens eine Weile nach Grasmere fahren. Hawkhurst – Hawkhurst ist so leer ohne dich und – und Caerllywel und die anderen.«

Schließlich war Warrick einverstanden.

»Im Frühling komme ich dich holen, *cariad*«, hatte er versprochen. »Denn ich liebe dich.«

Und Isabella hatte, obwohl es ihr fast das Herz zerreißen wollte, geflüstert: »Und ich – ich liebe dich, Herr. Aber ich schäme mich deswegen.«

Als sie sich jetzt daran erinnerte, erwachten plötzlich der alte Kummer und die ausgestandenen Ängste wieder zum Leben; und als sie Grasmere in der Dämmerung vor ihnen aufragen sah, kam es ihr so vor, als würden sie selbst dort die Geister aus der Vergangenheit verfolgen.

Schneeflocken umwirbelten sie und tanzten um sie herum, aber Isabella nahm sie kaum wahr; so tief war sie in ihren Erinnerungen versunken: an ihre Großmutter, an Mutter und Vater, an Giles, an Richard, den Herzog von Gloucester, an Caerllywel, auch an Lionel, aber vor allem an Warrick, den Grafen Hawkhurst.

Als Jocelyn und Eadric, Thegn und Beowulf sie ansprachen, hörte Isabella sie weder noch sah sie die besorgten Mienen, die ihre Begleiter angeichts ihres entrückten Gesichts zeigten.

O Gott. O Gott. Sie versuchte, die Phantome aus der Vergangenheit zu vertreiben, aber ohne Erfolg.

Erst als sie ein bittersüßes, salziges Eiströpfchen auf ihren Lippen schmeckte, merkte Isabella, daß ihr die Tränen auf den Wangen gefroren waren; und sie zwang sich, auf Grasmere – und die Geister, die sie dort erwarteten – zuzureiten.

Sie kamen, wie Lionels Männer vor so langer Zeit in den Hügeln Devons, in schlichter schwarzer Uniform, die nichts über ihren Herrn verriet. Aber das erschien Isabella keineswegs ungewöhnlich, da der Tydder das Tragen aller wappenverzierten Uniformen verboten hatte. Erst als der Trupp immer näher kam, liefen ihr Angstschauer über den Rücken; und sie rannte los. Noch im Laufen packte sie Caerllywels jungen Sohn Arthwr, mit dem sie einen Schneemann auf dem Rasen gebaut hatte, stürzte ins Haus, verriegelte die Tür und schrie lauthals nach ihren Beschützern.

Die treuen Ritter versuchten alles, um ihr Leben und ihre Ehre zu retten, aber Grasmere war keine Burg, und die Angreifer kannten weder Schonung noch Gnade.

Es war eine kurze, schnelle Schlacht, auch wenn sie Isabella wie ein nicht enden wollender Alptraum erschien. Betäubt vor Entsetzen und Angst starrte sie auf die zerbrochenen Bleiglasscheiben in der großen Halle, deren Splitter rot waren vom Blut ihrer Ritter, die sterbend – oder tot – darauf lagen. Eadrics Augen starrten sie leer an, und Thegn war nur noch an seinen blutbespritzten Kleidern erkennbar. Schwer verwundet kam Beowulf zu ihr gehumpelt.

»Ihr – Ihr müßt versuchen, es bis zu – zum – Stall zu schaffen. My- Mylady. Das – das ist Eure – Eure letzte Chance.«

Aber Isabella wußte, daß das sinnlos war. Das Gutshaus war umstellt, und schon rammten die schwarzuniformierten Männer die Eingangstür ein und kämpften sich den Weg ins Innere frei. Sie konnte sich nirgendwo verstecken, außer in den Zimmern oben, und dort würden sie die gnadenlosen Eindringlinge bestimmt bald finden. Nein, Isabella würde ihre treuen Ritter nicht allein lassen.

Sie war sich nur halb bewußt, daß Alice und Jocelyn in einer Ecke kauerten und versuchten, dem jungen Arthwr den Anblick dieses Gemetzels zu ersparen. Blind vor Wut tastete Isabella nach dem Dolch in ihrem Gürtel, riß ihn heraus und streckte ihn drohend vor. Sie würde sich nicht kampflos ergeben, und wenn es zum Schlimmsten kam, dann würde sie sich lieber das Leben nehmen, als sich von diesen brutalen Kerlen vergewaltigen zu lassen.

»Wenn Ihr Räuber seid, dann nehmt, was Euch beliebt, und geht«, brüllte sie die Männer an, die jetzt ins Haus drängten. »Nichts kann Euch mehr aufhalten.«

Aber die Schwarzuniformierten lachten nur und kamen drohend näher. Beowulf unternahm einen letzten, vergeblichen Versuch, seine Herrin zu verteidigen, und wurde mit einem Hieb zu Fall gebracht.

»Beowulf! Beowulf!« heulte Isabella auf, aber ihm war nicht mehr zu helfen. Er war tot. Mit brennenden Augen starrte sie auf die mitleidslosen Männer, die ihren Ritter ermordet hatten. »Sagt – sagt mir wenigstens, wer Ihr seid und warum Ihr das getan habt!« schrie Isabella die Eindringlinge an, die sie inzwischen eingekreist hatten. »Ich – ich will nicht unwissend sterben.«

»Fürchtet Euch nicht, Signora«, antwortete ihr einer. »Der Lord wünscht, daß Euch nichts passiert, also steckt das Messer weg und kommt friedlich mit uns. Wenn Euch etwas zustößt, würde uns das den Kopf kosten.«

Weil Isabella so verblüfft und verdutzt war, als sie den Mann das sagen hörte, wäre ihr beinahe entgangen, daß er ihren Titel italienisch ausgesprochen hatte. Irgendwie beunruhigte sie das zusätzlich. Aber da sie keinen Italiener außer Lord Montecatini kannte, der immer nett zu ihr gewesen war, verdächtigte sie ihn nicht. Statt dessen wich sie immer weiter vor den Männern zurück, bis sie schließlich mit dem Rücken an der Wand stand. Ganz unerwartet langte einer der Männer nach ihrem Dolch und überraschte sie dabei derart, daß die anderen sie zu fassen bekamen. Ragnor, der auf ihrer Schulter saß, schrie wild auf und hackte mit dem Schnabel nach den Schwarzgekleideten, so daß sie kurz zurückweichen mußten. Aber schließlich hatten die Männer Isabella überwältigt. Sie schloß die Augen und machte sich darauf gefaßt, gleich vergewaltigt zu werden, denn sie mißtraute dem Versprechen, das man ihr gerade gemacht hatte.

Aber zu ihrer Verwunderung geschah ihr nichts. Statt dessen schleifte man sie aus dem großen Saal, schubste sie auf den Rasen und zerrte sie dann zu den Stallungen, wo noch mehr Schwarzuniformierte bei ihrer Stute Cendrillon warteten. Erst nachdem sie aufgesessen war, galoppierte der Graf, der den Kampf aus der Ferne beobachtet hatte, auf seinem großen schwarzen Streitroß heran, das gefährlich tänzelte und schnaubte, als er mit stählernem Griff die Zügel anriß.

»Lord – Lord Montecatini!« entfuhr es Isabella, als er die Zügel ihres Pferdes nahm und sie an seinem Sattelknauf verknotete.

»Das überrascht Euch wohl, Signora?« fragte er mit höhnisch hochgezogener Braue. »Aber natürlich begreift Ihr das alles nicht, nicht wahr? Das macht nichts.« Er zuckte mit den Achseln. »Zu gegebener Zeit werdet Ihr verstehen.«

»Mylord«, begann Isabella kalt, bevor sie ein grauenvoller Schrei verstummen ließ.

Herr im Himmel. Jocelyn. Jocelyn und Alice. Wie hatte Isabella, bei aller Todesangst, die beiden vergessen können?

»Jocelyn!« gellte das Mädchen. »Alice!« Als ihr nur hysterisches Geheul aus dem Gutshaus antwortete, wandte sich das Mädchen flehend an den Grafen. »Meine Zofe. Meine Kinderfrau. Bitte«, bettelte sie. »Befehlt Euren Männern, sie in Frieden zu lassen.«

Wieder lächelte der Italiener herablassend und zuckte mit den Achseln. »Nein, das werde ich nicht. Die Männer haben sich schließlich ein bißchen Vergnügen verdient; und wenn sie den Druck in ihren Lenden ablassen können, werden sie ihre Lust auf Euch besser im Zaum halten können, Signora. Wir haben eine lange Reise vor uns, und Ihr werdet ohnehin kaum zu bewachen sein. Im Grunde... Florio!«

»Ja, Signore?«

»Die Zofe, die Kinderfrau – wie geht es ihnen?«

»Die Zofe, Signore... sie hat sich wie eine Wilde gewehrt, aber die Männer haben sie überwältigt. Schließlich ist sie jung und hübsch, da lohnt sich ein Kampf. Aber die alte... die war die Mühe nicht wert. Sie haben ihr die Kehle aufgeschlitzt.«

»Sag den Männern, sie sollen die Zofe herbringen«, befahl der Italiener. »Mit ihr können wir die Männer von meiner Beute ablenken.«

Plötzlich begann Isabella vor Zorn zu zittern. Zum ersten Mal in ihrem Leben überkam sie der unwiderstehliche Drang, einen Menschen zu verletzen, zu vernichten, zu töten.

»Bastard!« spie sie ihm entgegen. »Ihr abscheulicher Bastard!«

Doch Lord Montecatini lachte bloß; und in diesem Augenblick stieß Ragnor, als würde er Isabellas Qual und Hilflosigkeit spüren, einen gellenden, wilden mörderischen Schrei aus, stieg von der Schulter des Mädchens auf und schoß auf die eitle, höhnische Fratze des Grafen zu. Wie von einem Dämon besessen schlug Ragnor seine Klauen in das grinsende Gesicht, senkte die Krallen und den scharfen Schnabel tief ins Fleisch. Lord Montecatini stieß ein schrilles, unmenschlich klingendes Kreischen aus, bei dem Isabella eine Gänsehaut über den Rücken lief.

Entsetzt und wie gebannt schauten die Männer des Grafen zu, wie sich ihr Herr aus dem quälenden Griff des Tieres zu befreien versuchte. In Todesangst schlug er nach dem Falken und versuchte, ihn von seinem Gesicht zu zerren; aber Ragnor krallte sich nur noch fester in seine Wangen. Lord Montecatini kippte von seinem Streitroß, rollte wild zappelnd über den schneebedeckten Boden und kämpfte mit beiden Händen, um den Falken loszuwerden, bis der Vogel schließlich nach einem zweiten durchdringenden Schrei mit den Schwingen schlug und aufflog.

Immer höher stieg Ragnor über die sinkende Wintersonne in die Dämmerung auf, um plötzlich wie ein Pfeil aus dem Himmel herabzuschießen. Mit angehaltenem Atem folgte Isabella seinem Flug. Als es beinahe so aussah, als wollte Ragnor sich auf sie stürzen, breitete er die Schwingen aus, und Isabella ahnte, was er vorhatte. Sie streckte ihre nackte Hand aus und ließ den Falken auf ihrem ungeschützten Handgelenk landen. Einen Moment, in dem die Zeit innezuhalten schien, blieb er hocken. Sie wußte, welche

Ehre er ihr erwies, indem er, frei und ohne Riemen, auf ihre Hand zurückgekehrt war. Sie starrte in seine strahlend gelben Augen und begriff plötzlich, warum er so lange nicht geflogen war. Ein Urinstinkt hatte ihn warten lassen, bis er die Schuld begleichen konnte, in der er bei ihr stand.

»Zieh mit Gott«, flüsterte das Mädchen. »Und alles Glück der Welt.«

Noch einmal schrie der Vogel auf, dann schwang er sich hoch und stieg in den Himmel, bis Isabella ihn nicht mehr sehen konnte. Der Falke war fort. Doch tief in ihrem Inneren ahnte Isabella, daß er eines Tages auf ihre Schulter zurückkehren würde. Sie waren eins – sie und Ragnor, durch den grausamen Spaß eines trunkenen Königs und die gemeine Rache eines italienischen Grafen auf ewig aneinander gebunden.

Bei dem Gedanken an Lord Montecatini kehrte sie in die Gegenwart zurück.

»Beatrice«, krächzte der Graf, der sein Gesicht in den Händen vergraben hatte, »holt... Beatrice. Sie... sie muß mir... das Gesicht verbinden.«

»Signora Shrewton!« brüllte Florio auf den Befehl seines Herren hin so laut, daß Isabella beinahe vor Schreck und Entsetzen aus dem Sattel gefallen wäre. »Signora Shrewton!«

Der Knappe suchte überall nach der bösen Gräfin, aber die war nirgendwo zu sehen. Dann entfuhr es plötzlich einem der Söldner: *»Dio mio!* Seht nur!«

Dort, im obersten Stockwerk des Gutshauses, konnte man die wahnsinnige Gräfin von Zimmer zu Zimmer eilen sehen, die sie nacheinander mit einer Fackel in Brand setzte.

»Diese übergeschnappte Schlampe!« Florio schüttelte die Faust in Richtung des Hauses, aber Lady Shrewton hörte ihn nicht. »Signore.« Er wandte sich wieder an seinen Herrn. »Die Frau... sie ist völlig von Sinnen. Sie brennt das Gutshaus nieder.«

»Mein Gesicht, mein Gesicht«, stöhnte der Graf nur, der offenbar kein Wort von dem begriffen hatte, was sein Knappe gesagt hatte. »Beatrice muß mir das Gesicht verbinden. O mein Gesicht, mein Gesicht. Es ist ruiniert, mein Leben ist ruiniert.«

Unschlüssig stand der arme Florio neben ihm, bis schließlich einer der Soldaten die Initiative ergriff, vortrat und den italienischen Grafen ganz unzeremoniell über sein schwarzes Streitroß warf. »Reißt Euch am Riemen, Signore«, erklärte der Mann gepreßt, »sonst zieht man uns allen die Hälse am Galgen lang. Euer Gesicht ist hinüber, das stimmt, aber das werdet Ihr überleben. Angelo, Liugi. Ihr geht rein und holt diese Verrückte raus.«

»Vergiß es, Vincenzo. Da drinnen ist es heiß wie in der Hölle. Die Schlampe wird bei lebendigem Leibe verschmoren. Sie wird bestimmt nichts ausplaudern. Bringt das Mädchen her, und dann nichts wie weg.«

»Wartet. Hier kommen Davide und Maurizio mit dem Mädchen. Giorgio, hol noch ein Pferd.«

Isabella erbleichte vor Mitleid und Entsetzen, als sie Jocelyn sah, die aus dem brennenden Gutshaus herausgeführt wurde. Das Mädchen war in nichts als einen groben Mantel gehüllt, den ihr einer der Männer übergeworfen hatte, und zitterte am ganzen Leib, während es durch den Schnee stolperte. Von ihrem kleinen Sohn war nichts zu sehen.

Liebster Jesu. Wie kannst du nur so grausam sein? fragte Isabella Gott im stillen. Das Kind war erst vier Jahre alt.

Und zum ersten Mal war das Mädchen froh, daß es Warricks Kind nicht ausgetragen hatte.

O Warrick. *Warrick!* schrie es in ihrem Herzen. Wo bist du, mein Herr, mein Geliebter?

Aber nur das Knistern der Flammen, die aus Grasmere hochschlugen, antworteten ihr.

Warrick wurde es zugleich eiskalt und übel, als er das zu einer schwarzen, leeren Hülle ausgebrannte Gutshaus sah.

Isabella. O Gott. *Isabella!*

Er konnte nicht wissen, ob sie in dem Feuer gestorben war, das Grasmere verwüstet hatte, denn ein paar verstreute Knochen ließen zwar darauf schließen, daß bei dem Brand Menschen ums Leben gekommen waren, aber es war unmöglich zu sagen, von wem die Knochen stammten.

Nicht 'Sabelle, betete Warrick. Bitte, lieber Gott, nicht meine süße Rose.

»Mylord! Mylord!«

Die aufgeregten Rufe der Männer holten ihn zurück in die Gegenwart. Sie kamen auf ihn zugelaufen, eine unbekannte junge Frau mit einem kleinen Buben an der Hand in ihrer Mitte.

Nein, das konnte doch nicht sein! Das konnte doch nicht sein! War das – war das –

»Onkel Waerwic! Onkel Waerwic!« rief das Kind, riß sich von der Frau los und rannte auf ihn zu.

»Arthwr! Gott sei Dank! Arthwr!« rief Warrick und drückte den Knaben an sich, der sich in seine ausgestreckten Arme warf. »Arthwr.«

Hoffnung glühte in ihm auf, daß ihm das Kind etwas verraten könnte, aber der kleine, flackernde Funke erlosch bald wieder, als er Arthwr langsam und behutsam zu befragen begann, ohne etwas Wissenswertes zu erfahren. Aber da war ja noch die Frau. Warrick winkte sie zu sich her, damit sie sich ihm vorstellte.

»Ich tu' Mary Brown heißen, Mylord, und ich komm' von Eden's Folly her«, erklärte sie, nachdem sie kurz und schüchtern geknickst hatte. »Aber ich tu' auch nicht mehr wissen als wie der Bub. Ich hab' ihn im Wald gefunden, er hat nach seiner Mama geheult! Aber die war nirgendwo zu finden, deshalb hab' ich ihn aufgenommen. Ich hab' gedacht, früher oder später kommt ihn bestimmt jemand holen. Ich – ich wollte nix Schlechtes nicht tun. Seine Kleider – sie sind wirklich fein gewesen, Mylord, da hab' ich gewußt, daß er nix Gewöhnliches ist. Ich hab' ihn doch nicht verhungern lassen können.« Letzteres sagte sie fast ein bißchen trotzig.

»Natürlich nicht«, versicherte ihr Warrick. »Du hast richtig gehandelt, Kleine. Glaub mir. Du sollst reich dafür belohnt werden, das verspreche ich dir.«

»Also, danke, Mylord. Ich will ja nicht sagen, daß ich nicht ein bißchen Geld brauchen kann; aber ich bin nicht gierig, deshalb braucht Ihr mich nicht zu bestechen. Also, wo war ich? Ach ja. Aber der Kleine hat immer bloß gesagt, daß sein Haus abgebrannt ist. Das haben wir natürlich alle gesehen. Ganz bestimmt ist dem armen Zwerg was Furchtbares passiert, weil er hat Alpträume. Schreit nachts im Schlaf. Weint nach seiner Mama, aber das kann man verstehen. Das andere, was er immer sagt, macht mir angst.«

»Das andere?« fragte Warrick. »Was sagt das Kind sonst noch?«

»Also, für mich tut's keinen Sinn geben, Mylord; außerdem ist es unanständig.«

»Verratet es mir trotzdem«, drängte der Graf. »Gebt Euer Bestes. Bitte, Mistress Brown. Es ist sehr wichtig.«

Die Frau errötete und wand sich geschmeichelt, als er sie so höflich ansprach. Dieser Lord Hawkhurst war wirklich ein netter Mann, so ganz anders als die hochmütigen Edelleute, die ihr sonst begegnet waren. »Also, Mylord, es klingt, als tut der Bub sagen: ›Sieh, Nora –‹« Sie hielt inne, errötete verlegen und biß sich auf die Lippe, fuhr aber fort, als Warrick nachhakte: »›Sieh, Nora... Schlampe. Sieh, Nora-Schlampe.‹ Das tut der Bub immer sagen, Mylord, aber wie gesagt, für mich gibt das keinen Sinn.«

Sieh, Nora-Schlampe. Sieh, Nora-Schlampe.

Was in aller Welt meinte das Kind damit? Doch dann traf es Warrick wie ein Donnerschlag, und das Herz gefror ihm in der Brust. Herr im Himmel.

*Signora* Schlampe! *Signora* Schlampe!

Das sagte der Junge. Der Italiener steckte dahinter – der Italiener hatte Isabella entführt und hielt sie irgendwo gefangen, um seine finsteren Pläne in die Tat umzusetzen – wie sie auch aussehen mochten. Ja, Isabella war am Leben. Plötzlich war der Graf davon überzeugt.

Himmel! Was mußte seine geliebte 'Sabelle in den Händen dieses verräterischen Dreckskerls wohl erdulden – und wohin hatte der Italiener sie verschleppt?

Mit tausendfach geschärften Sinnen erwachte Isabella aus ihrem Tran und schaute sich gehetzt in ihrer Kammer um. Jede Faser ihres Körpers war zum Zerreißen gespannt und schrie nach dem Trunk, den Lord Montecatini ihr vorhin versprochen hatte; dem süßen Mohnnektar, diesem Zauberpulver, ohne das sie bestimmt keine Stunde mehr überleben konnte. Ihr Körper verzehrte sich danach – qualvoll –, aber der Graf wollte und wollte nicht kommen.

Beim Blute Christi! Wo steckte er? Wo blieb er bloß?

Nervös knabberte sie auf ihren abgekauten Fingernägeln, um sich abzulenken. Als das nicht half, sprang sie vom Bett auf, marschierte rastlos in ihrer Kammer auf und ab und zerrte an ihrem Kleid, bis es ihr in Fetzen am Leibe hing.

Ein- oder zweimal erblickte sie sich im Spiegel, aber ohne die hagere, gehetzte, hohlwangige Frau zu erkennen.

Mit hastigen, ungeschickten Bewegungen untersuchte sie die Zierfläschchen mit Parfüm auf der Truhe, aber die grazilen Flakons enthielten nichts von Interesse; deshalb fegte sie sie mit einer Handbewegung zu Boden, wo sie zerbrachen.

»Nicht so ungestüm, Signora«, beschwichtigte sie Lord Montecatini, der endlich in den Raum getreten war. »Ein Glasbläser in Venedig hat viele Stunden an diesen Kristallgläsern gearbeitet.«

»Das ist mir gleich!« fuhr ihn Isabella wütend an. Sie haßte ihn und ekelte sich vor dem verunstalteten, widerwärtigen Gesicht, das inzwischen mit Narben übersät war. »Habt Ihr es mitgebracht?«

»Geduld, Signora. Ihr müßt lernen, geduldiger zu werden«, schalt der Graf, der ihre Qualen so lange wie möglich hinauszögern wollte. »Zu gegebener Zeit werdet Ihr bekommen, wonach Euch so gelüstet.«

Betont langsam faßte er in sein Wams und zog einen kleinen Beutel hervor; dann begab er sich zu dem Jagdtisch an der Wand, wobei er es sorgsam vermied, in den Spiegel zu sehen. Er lebte, ganz recht; aber er hatte immer für sein Gesicht gelebt, und sein Gesicht war jetzt entstellt.

Wie Stunden kamen Isabella die Sekunden vor, in denen er dunklen, vollen Rotwein in einen Kelch goß – Brandywein. Der kräftigste unter allen Weinen wurde aus erhitztem Burgunder gemischt, den man mit Brandy verschnitt. Er öffnete den Beutel und schüttete den Inhalt in den Pokal. Das dicke Pulver blieb eine Minute auf der Flüssigkeit liegen, dann sank es auf den Boden des

Kelches ab, wo sich die Kristalle auflösten, nachdem der Italiener den Trank mit einem Silberlöffel umgerührt hatte.

Endlich drehte sich Lord Montecatini mit verzerrtem Lächeln um und reichte Isabella den Pokal. Gierig schüttete sie den Inhalt in sich hinein und stillte ihren Durst mit dem Gebräu.

Bald darauf kehrte sie in die traumähnliche Welt zurück, in der sie inzwischen fast immer lebte. Langsam, ganz langsam kroch ein wohliges Gefühl durch ihre Adern, das ihre gepeinigten Nerven beruhigte und sie zum Kichern brachte, als sie an die dumme junge Frau dachte, die noch vor wenigen Minuten so rastlos im Zimmer herumgelaufen war. Jetzt lag Isabella auf dem Bett und schaute hinauf zu der Kreuzdecke des Turmes, in dem sie gefangengehalten wurde. Doch sie sah kein Dach über sich, sondern nur ein Muster fröhlicher, wirbelnder Farben im Himmel, durch die das Sonnenlicht strahlte. Sie sah sich selbst auf dem wirbelnden, gleißenden, ständig wechselnden Kaleidoskop nach oben schweben, und sie wußte, daß sie ohne Substanz und Gestalt war. Sie war eine Göttin, die auf ihre törichten sterblichen Untertanen herabsah und über sie lachte. Sie kicherte wieder und ließ den Kopf über dem schlaffen, reglosen Leib hin und her rollen. Benommen gähnte sie und fragte sich, warum sich ihre Lider so schwer anfühlten, warum sie überhaupt Lider hatte. Schließlich war sie eine Göttin, oder nicht? Sie brauchte keine Lider – nutzloser Kram. Lustlos hob sie einen bleischweren Arm und wedelte ziellos damit herum, bevor sie schließlich die fedrig-schwarzen Wimpern über einem Auge zu fassen bekam. Aber sie schaffte es nicht, sich die Lider abzureißen, deshalb gab Isabella den Versuch bald wieder auf. Damit verschwendete sie nur ihre Kraft. Sie lachte idiotisch; und Lord Montecatini, der sie beobachtete, schnitt eine höhnische Grimasse.

Widerwärtige Schlampe! dachte er. Ich kann es kaum erwarten, bis dieser halbwalisische Bastard seine Rose zu sehen bekommt!

Ja, er hatte sich richtig entschieden, urteilte der Conte. Es war die perfekte Rache. Er hatte mit dem Gedanken gespielt, Isabella seinen Männern zu überlassen, aber welcher Mann würde die Frau, die er liebte, verstoßen, nachdem sie gegen ihren Willen zur Hure gemacht worden war? Der Graf bestimmt nicht. Der Italiener hatte sich überlegt, Isabellas hübsches Gesicht zu verstümmeln, bis es nicht mehr wiederzuerkennen war – so wie seines; aber wenn ein Mann eine Frau wirklich liebte, dann wegen ihrer Seele. Lord Montecatini hatte sogar daran gedacht, das Mädchen zu ermorden, aber auch diesen Gedanken hatte er wieder verworfen. Er würde Isabella töten, ja, aber erst, wenn ihm der Graf auf Gedeih und Verderb ausgeliefert war und machtlos den Tod seiner Frau mit ansehen müßte.

Ja, sie süchtig zu machen, war die beste Rache gewesen. Welcher Mann konnte schon eine Frau lieben, der der süße Nektar des Mohnes wichtiger war als er, die ihren Mann sogar ermorden würde, um ihr Mittel zu bekommen, ohne ihm auch nur eine Träne nachzuweinen?

Mit verzerrtem Grinsen schaute der Graf wieder auf Isabella. Kein Mann konnte eine so verabscheuungswürdige Kreatur lieben.

Selbstzufrieden langte der Italiener nach Feder und Tinte. Es war an der Zeit, Lord Hawkhurst den Aufenthalt seiner Gemahlin zu verraten.

Grimmig sah Warrick zu dem düsteren, wehrhaften Bollwerk auf, das abweisend vor ihm aufragte. Die Festung hieß eigentlich Boldon-by-the-Sea, wurde aber immer nur Schwarzfels genannt. Beschützt von fünfzig Fuß hohen und zehn Fuß dicken Mauern hockte sie auf einer Steilklippe über dem Meer. Es gab keinen Burggraben, aber der wurde auch nicht gebraucht. Man kam nur auf einem Weg an die Burg heran: über eine steile, gewundene Straße, die zwischen den spitzen Felsen hindurch zum Burgtor führte. Schwarzfels gehörte zu den unbezwingbarsten Burgen Englands; und ein Stein legte sich auf Warricks Herz, als er sie betrachtete. Mit Gewalt würde er Isabella keinesfalls aus der Feste befreien können.

O Gott. Wenn Warrick nur die Truppen des Königs zu seiner Verfügung gehabt hätte! Aber die hatte er nicht. Lord Montecatini war viel zu gerissen, um das zuzulassen. Bevor er London verlassen hatte, hatte der Conte das Gerücht in Umlauf gesetzt, er müsse in familiären Angelegenheiten zurück nach Italien.

Warrick wußte natürlich, daß der Italiener nicht heimgekehrt, sondern statt dessen nördlich von Bridlington an Land gegangen und von dort aus nach Grasmere geritten war, wo er Isabella entführt hatte. Danach war er wieder an Bord gegangen und noch weiter nordwärts nach Boldon-by-the-Sea gesegelt, das tief im gebirgigen Grenzland lag.

Nachdem Warrick erfahren hatte, daß Lord Montecatini Isabella in seiner Gewalt hatte, war es sein erster Impuls gewesen, den Grafen öffentlich am Hof bloßzustellen. Nach eingehender Überlegung war Warrick jedoch klargeworden, daß er sich damit nur zum Narren gemacht hätte. Er hatte keinen Beweis dafür, daß der Italiener Isabella entführt hatte, und ganz London war davon überzeugt, daß Lord Montecatini auf hoher See unterwegs nach Italien war, von wo aus eine Entführung höchst unwahrscheinlich erschien.

Erst nachdem ihm der Italiener eine Botschaft hatte zukommen lassen, hatte er die lang ersehnten Informationen erhalten – und den unwiderlegbaren Beweis für die Falschheit des Italieners in der Hand. Aber Seiner Majestät Henry Tudor hatte Warrick den Brief nicht zeigen können, da der Conte ihn ausdrücklich gewarnt hatte, er würde Isabella augenblicklich töten lassen, wenn er erführe, daß der Graf dem König von der Entführung berichtet hatte.

»Was sollen wir jetzt machen, Waerwic?« fragte Emrys, entmutigt durch den Anblick der gespenstischen Burg, und holte den Grafen damit in die Gegenwart zurück.

»Wir warten«, antwortete Warrick seinem Bruder knapp. »Wir warten, bis uns der Italiener ruft. Uns bleibt nichts anderes übrig.« Dann barg er sein Gesicht in den Händen, damit ihm die Männer seine Verzweiflung nicht ansahen.

»Waerwic, du kannst da nicht rein!« flehte Emrys seinen Bruder inständig an. »Du kommst da nicht lebend raus – und Isabella auch nicht.«

»Ich weiß, ich weiß. Aber was soll ich denn tun? Beim Blute Christi! Was soll ich denn tun?«

»Warten. Früher oder später muß der Dreckskerl was unternehmen.«

»Und wenn er 'Sabelle tötet – Jesus!« stöhnte Warrick auf. »Das würde ich mir nie verzeihen.«

»Er hat keinen Anlaß, sie zu töten«, widersprach Emrys logisch. »Nicht, ehe er dich ebenfalls in der Hand hat. Eigentlich geht es ihm um *dich*. Heiland! Der Mann ist wahnsinnig! Man bringt doch niemanden um, nur weil er ein politischer Gegner ist.«

»Komm schon, Emrys. So was passiert ständig.«

»Ein Dolch in einem dunklen Gang? Meinetwegen. Aber so? Nein. Du *mußt* abwarten. Laß *ihn* den nächsten Zug machen. Das hätte Madog getan; glaub mir.«

»Bei Gott! Ich wünschte, unser Bruder wäre hier. Er wüßte, wie man in diese gottverdammte Burg kommt!«

»Vergiß es, Waerwic. Sie ist unbezwingbar. Man nennt sie nicht umsonst Schwarzfels.«

Wieder lagen Isabellas Nerven bloß und schrien lautlos nach dem Trank, der die wilden Tiere bändigen würde, die sich durch ihre Adern fraßen. Es war ihr gleichgültig, daß Lord Montecatini sie zum ersten Mal seit drei Monaten aus ihrer Kammer ließ. Sie merkte nur, daß ihr die warme Frühlingssonne in den Augen schmerzte und daß ihr der Graf allem Flehen zum Trotz den Trunk noch nicht gegeben hatte.

Statt dessen schleifte er sie immer weiter hinter sich her und verpaßte ihr eine schallende Ohrfeige, als sie stolperte.

»*Si alzi!* Steh auf!« knurrte der Italiener, riß sie wieder hoch und ohrfeigte sie gleich nochmals. »Dein Mann wagt mir zu drohen, deshalb muß ich ihm eine Lehre erteilen.«

»Warrick?« fragte Isabella benommen, der der Kopf nach den Schlägen dröhnte. »Was macht er hier?«

Aber im Grunde interessierte sie das gar nicht. Es war ihr egal, ob Lord Montecatini antwortete, egal, was Warrick vor Boldon-by-the-Sea tat. Das einzige, was ihr nicht egal war, war das Pulver in dem kleinen Beutel, den der Graf in seinem Wams trug. »Ach, warum gebt Ihr mir mein Mittel nicht?« jammerte sie und versuchte verzweifelt und wie von Sinnen, den Beutel aus Lord Montecatinis Wams zu zerren. »Ich brauche es doch! Warum gebt Ihr es mir nicht?«

»Ich werde es Euch schon noch geben, Signora«, antwortete der Italiener aalglatt. »Aber erst müßt Ihr etwas für mich tun.«

»O ja, alles. Alles!« versprach Isabella hastig, ohne zu fragen, was es war. Für den süßen Mohnnektar würde sie sogar töten.

»Gut«, stellte Lord Montecatini fest, als sie schließlich die Außenmauern der Burg erreicht hatten. »Ihr braucht nur auf die Brüstung zu klettern und ein paar Schritte darauf zu gehen, so daß Euer Gemahl Euch sehen kann.«

Isabella kannte keine Höhenangst. Und in ihrem hysterischen Wahn war ihr egal, daß kein vernünftiger Mensch getan hätte, was der Conte von ihr verlangte. Denn nur zu leicht konnte sie dabei das Gleichgewicht verlieren und auf den Felsen fünfzig Fuß unter ihnen zerschmettert werden.

Statt dessen zog sie sich auf die Mauer hinauf und kletterte dann noch höher auf eine Zinne. Einen Augenblick lang schwankte sie gefährlich, so daß sie der Italiener von hinten stützen mußte, aber sie hatte keine Angst. Statt dessen hüpfte sie zur nächsten Zinne, landete wackelnd darauf, und sprang dann weiter. Und die ganze Zeit über sah ihr Warrick von unten mit angehaltenem Atem zu.

»Mein Gott«, hauchte er. »Ist sie verrückt?«

»Nein.« Emrys schüttelte den Kopf. »Ich nehme an, der Hurensohn hat sie unter Drogen gesetzt.«

»Mein Gott«, stieß Warrick aus und wollte losstürmen. »Ich gehe hinein.«

Nur mit vereinten Kräften konnten ihn seine Männer zurückhalten, denn Angst und Zorn verliehen ihm eine fast übermenschliche Stärke.

»Sei kein Narr, Waerwic!« brüllte ihn Emrys an. »Du kannst ihr nicht helfen, und wenn du dich dem Bastard auslieferst, dann spielst du ihm damit direkt in die Hand. Begreifst du das nicht? Genau dazu will er dich bringen. Nur deshalb ist Isabella jetzt da oben.«

Und so blieb Warrick stehen, schaute hilflos zu und starb bei jedem Sprung tausend Tode, den seine Gemahlin oben auf der Brüstung tat. Und als er es nicht mehr auszuhalten glaubte, stürzte sie.

»*Si alzi!* Auf, auf!« zischte Lord Montecatini sie an, während er sich aufrappelte und abklopfte. Isabella hatte ihn im Fallen umgerissen. »Widerliche Schlampe!« knurrte er abfällig, als sie auf dem Wehrgang liegenblieb. »Ich sollte Euch umbringen wie Euren Bruder!«

Es dauerte einen Augenblick, aber irgendwie drangen die Worte trotzdem zu Isabella durch.

»Nein! Was – was sagt Ihr da?« fragte sie mit scharfer, schriller Stimme, während sie sich aufrichtete. »Sagt das noch mal, Ihr Hurensohn, Ihr Bastard!« kreischte sie. Sie packte den Conte und schüttelte ihn wie wild. »Sagt das noch mal! Was soll das heißen? Ihr solltet mich umbringen *wie meinen Bruder*?«

Wütend schlug sie der Italiener weg, dann lachte er kurz und gemein. »Ich meine das so, wie ich es gesagt habe, dummes Gör. Ich habe Euren Bruder umgebracht. Ihr habt diesem halbwalisischen Bastard die Schuld daran gegeben; aber in Wahrheit habe ich Giles umgebracht.«

»Aber – aber warum? Und – und wie?«

»Ich habe den Schlaftrunk vergiftet, den ich ihm bereiten sollte. Es war höchst gütig von mir, wirklich, den Armen von seinem Leid zu erlösen; und ich wußte, daß Ihr dem Grafen die Schuld geben, Euch gegen ihn stellen und ihm das Leben zur Hölle machen würdet. Er hat mich im Turnier gedemütigt, und seinetwegen bin ich nach Italien zurückberufen worden; damals habe ich ihm Rache geschworen.«

*Ich habe den Schlaftrunk vergiftet, den ich ihm bereiten sollte.*

O Gott. Giles war durch ihre Hand gestorben. *Sie* hatte ihm den tödlichen Trank gereicht. O Gott.

Und dann hielt sie nichts mehr. Wie eine Wahnsinnige ging sie auf den Italiener los, zerkratzte sein gräßlich entstelltes Gesicht, zerfetzte sein Wams, trat ihm ans Schienbein, trommelte wie wild auf seine Brust. Das Verlangen nach dem Mohnnektar verlieh ihr unnatürliche Kräfte. Zornig prügelte Lord Montecatini aus Leibeskräften auf sie ein, aber sie kämpfte immer weiter, drängte ihn zurück, bis er mit dem Rücken gegen die Brustwehr stand.

Dann war der Kampf plötzlich vorbei; und Lord Montecatini fiel... und fiel...

Nach Luft schnappend starrte Isabella auf seinen zerschmetterten Leib hinab, der unnatürlich verkrümmt zwischen den spitzen Felsen lag. Lord Montecatini war tot. Sie hatte ihn getötet, ihn über die Brüstung von Boldon-by-the-Sea gestoßen.

Sie schwankte, in ihrem Kopf drehte sich alles, und sie strauchelte unsicher. Plötzlich, in einer versteckten Ecke ihres Verstandes, begriff sie, daß sie Hilfe brauchte. Wie ein verwundetes Tier sehnte sie sich nach einem Menschen, der sie mehr liebte als jeder andere, der immer für sie da gewesen war. Sie warf den Kopf zurück und stieß ein heiseres, unheimliches, mitleiderregendes Heulen aus.

Aber er hörte es trotzdem, und das Herz drohte ihm vor Freude zu zerspringen. *Warrick,* hatte sie gerufen. *Warrick.*

Wenn sie nicht verteidigt wird, ist keine Burg, so stark ihre Mauern auch sein mögen, uneinnehmbar; und sobald die Männer des Conte begriffen, daß ihr Herr tot war, flohen sie durch einen Geheimgang zu dem Schiff, das am Strand auf sie wartete.

Warrick ließ sie ziehen. Ihm genügte es, daß er in die Burg eingedrungen war. Ihm genügte es, Isabella endlich wieder in seinen Armen zu halten.

## Kapitel 40

*Auf dem Hochmoor, England 1490*

Manche meinten, es sei nichts als Wind, was da über die Heide wehte und das hohe Gras zum Wogen brachte, meinten, es sei nichts als Regen, was da am Abend aus den Nebelwolken fiel. Nur Isabella wußte, daß es mehr war.

Es waren die Klagelaute jener, die sie gekannt und geliebt hatte, und die Tränen der seit langem Toten, die sie immer noch verfolgten. Auch wenn Warrick sie erst heute wieder gebeten hatte, sie ziehen zu lassen.

Allein mit ihren Geistern wanderte sie am Friedhof vorbei, auf dem Caerllywel begraben war und auf dem sie einen Stein für Madog errichtet hatte, auch wenn er nicht dort lag.

Jetzt ging es ihr gut. Warrick und Emrys hatten das bewirkt, obwohl sie nicht wußte, wie die beiden die schrecklichen Monate ihres Entzugs überstanden hatten. Nur dank Warricks Liebe hatte sie die grauenvollen Qualen überlebt. Er hatte ihr Kraft und Trost gespendet, so wie Hwyelis es prophezeit hatte.

Hwyelis lebte nun bei ihnen, genau wie Emrys und Jocelyn. Die gute Jocelyn, die ebenfalls überlebt hatte, um Arthwrs willen, und die schon wieder lieben lernte, dank Sir Bevans zärtlicher Bemühungen. Bestimmt würde Jocelyn irgendwann ihre Angst vor den Männern überwinden. Dann würden die Zofe und Sir Bevan heiraten, und Kinder würden im Hof von Hawkhurst spielen.

Hawkhurst. Ihr Heim.

Isabella blieb stehen und drehte sich zu der fernen Burg um. Dort wartete Warrick auf sie. Genau in diesem Moment zündete er in ihrem Kammerfenster eine Kerze an, die sie wie ein Leuchtturm heimführen sollte.

Gleich würde sie zurücklaufen, sich in seine ausgebreiteten Arme werfen und ihm von dem Kind erzählen, das endlich wieder in ihr wuchs; ihrem ersten von vielen Kindern, die Leben und Lachen in das leere Schloß bringen würden – auch wenn sie nie den Platz derer einnehmen würden, die einst hier gelebt hatten und von denen sich Isabella nun verabschiedete. Es war Zeit, sie ziehen zu lassen. Isabella gehörte zu den Lebenden, zu ihrem Gemahl, mit dem sie gemeinsam die sorgenvolle Vergangenheit vergessen und einer glücklicheren Zukunft entgegensehen wollte.

Von der Mauerbrüstung, auf der Ragnor jetzt hockte, klang ein schriller Schrei durch die stille Nacht. Der Vogel war zu ihr zurückgekehrt, so wie sie es geahnt hatte. Er gehörte nun für immer zu ihr, genau wie Warrick.

»Schnell«, schien der Falke zu rufen. »Schnell, komm heim, *cariad.*«

Heim. Zu Warrick.

Und Isabella raffte ihre Röcke hoch und begann, auf das Licht zuzulaufen, das von Hawkhurst aus durch die Dunkelheit leuchtete wie eine nie erlöschende Flamme der Liebe.

# Anmerkung der Autorin

Weil dieser Roman zum Teil vom Leben König Richards III. handelt und weil der König darin in weit freundlicherem Licht dargestellt wurde, als er gemeinhin gesehen wird, glaube ich, meinen Leserinnen einige Erklärungen schuldig zu sein.

Im Gegensatz zur allgemeinen Auffassung gibt es keinen wirklichen *Beweis* dafür, daß Richard die beiden kleinen Prinzen ermorden ließ; ich bin vielmehr der Meinung, daß er es *nicht* tat. Die Anschuldigungen, die gewöhnlich gegen Richard vorgebracht werden, basieren auf Hypothesen, die in sich widersprüchlich und meiner Überzeugung nach in höchstem Maße lächerlich sind. Ich halte sie im großen und ganzen für Propaganda der Tudors, denn sie basieren auf den Erinnerungen John Mortons, des Bischofs von Ely – der zu den Männern gehörte, die Henry Tudor auf den Thron hoben, und von daher kaum als objektiver Beobachter gelten kann.

Genauso überzeugend – und genauso hypothetisch – könnte man argumentieren, daß König Henry VII. oder Henry Stafford, der Herzog von Buckingham, die Kinder ermorden ließen. Beide hätten ebenso gute, wenn nicht bessere Gründe als Richard gehabt, die beiden Prinzen zu beseitigen. Ich persönlich halte Buckingham für den Verdächtigsten und habe ihn deshalb in diesem Roman (gemeinsam mit Lady Margaret Stanley) das Verbrechen begehen lassen. Es gibt Hinweise darauf, daß sich Lady Stanley und Buckingham tatsächlich in der Nähe von Birmingham getroffen haben; was bei diesem Treffen passierte, ist immer noch ungeklärt. Es bleibt jedoch rätselhaft, warum Henry Tudor so wenig Mühe darauf verwandte, den Tod der beiden Prinzen aufzuklären; hätte tatsächlich Richard III. die beiden Kinder umgebracht, dann hätte Henry VII. das wahrscheinlich laut verkündet. Daß er das nicht tat, läßt darauf schließen, daß er entweder die Prinzen selbst töten ließ oder den Mörder kannte und die Angelegenheit nicht publik machen wollte. (Wer sich für die Theorien über den Mord an den zwei Prinzen interessiert, dem empfiehlt die Autorin das Buch *Richard III.* von Paul M. Kendall, München 1957 und 1980, Anhang I.)

Es gibt außerdem keinen Beweis dafür, daß Richard einen Buckel hatte oder anderweitig behindert war, wie gemeinhin angenommen wird. Keiner der zeitgenössischen Chronisten erwähnt ein körperliches Gebrechen; erst nach Richards Tod kamen entsprechende Gerüchte auf.

Es könnte dagegen einen wahren Hintergrund für den berühmten Ausruf: »Ein Pferd! Ein Pferd! Mein Königreich für ein Pferd!« in Shakespeares *Leben und Tod König Richard III.* geben. Viele Historiker glauben, daß es einen Sumpf bei Market Bosworth gab und daß Richards Streitroß während der Schlacht darin ausgerutscht sein könnte. Aus diesem Grund hat die Autorin den Ausruf ebenfalls aufgenommen.

Es gibt noch zwei weitere Punkte, die man für Fiktion halten könnte, die aber historisch richtig sind. Edward IV. sah tatsächlich drei Sonnen am Himmel, bevor er König wurde. Diese Parhelion genannte Sonnenspiegelung entsteht durch Eiskristalle in der oberen Atmosphäre, in denen sich die Sonnenstrahlen brechen. Und so eigenartig es auch scheinen mag, es gab eine Sonnenfinsternis an Königin Annes Todestag – für das einfache Volk der Beweis, daß sich Richard bei seiner Thronbesteigung gegen Gott versündigt hatte.

Möglichen Zweifeln, wie Isabella die Tollwut überleben konnte, die gemeinhin tödlich verläuft, kann die Autorin nur entgegenhalten, daß alten Überlieferungen zufolge in der Zeit, in der dieses Buch spielt, eine Kur gegen die Krankheit bekannt war.

Schließlich möchte ich noch meinen Freunden Mary Railey, Roberta Gellis und Janice Young Brooks danken, die mir so geduldig zugehört, mit mir diskutiert und mir so viele Ratschläge gegeben haben. Außerdem möchte ich meiner lieben Freundin und Lektorin Fredda Isaacson für ihre Geduld, ihr Verständnis und ihre Ermutigung danken, wenn es manchmal so aussah, als würde dieser Roman niemals fertig werden.

*Rebecca Brandewyne*

Sie ist schön wie die Sünde und längst nicht mehr so unschuldig, wie viele meinen. Die junge Lady Isabella Ashley ist nach dem Tod ihrer Eltern als Waise unter dem Schutz des Duke of Gloucester, dem späteren König Richard III, aufgewachsen. Ihre Schönheit und Jugend betört nicht nur den König, sondern auch viele seiner Edelmänner. Schon manch einer hat sich in blutige Auseinandersetzungen gestürzt, um ihr Herz zu erobern. In den Wirren der Rosenkriege droht Isabella, als Vertraute des Königs, zu einem Spielball der Macht zu werden. Selbst seine erbittertsten Feinde vergessen all ihre Schwüre, wenn sie erst einmal Isabellas Zauber erlegen sind.

# Im Rausch der Nacht

Eine leidenschaftlich-romantische Liebesgeschichte, meisterhaft erzählt von der Erfolgsautorin

## Rebecca Brandewyne

DEUTSCHE ERSTVERÖFFENTLICHUNG

9 783442 424085
DM 12,-
ÖS 94,-
SFR 12,-